Anne Schiller

# Ein Mädchen aus Kälte und Schatten

## Zersplittert 1

©2023 Heartcraft Verlag
Landwiese 21, 35085 Ebsdorfergrund
1. Auflage
Design: Bildmedien von www.stock.adobe.com
unter Verwendung von Ai generiertem Bildmaterial
Buchsatz: Falkenfeder Design
Text: Anne Schiller

ISBN: 978-3-98595-909-9
Bestellung und Vertrieb: Nova MD GmbH, Vachendorf
Druck: PRINT GROUP Sp. z o.o. , Polen



Bibliografische Information der Deutschen Nationalbibliothek: Die Deutsche Nationalbibliothek verzeichnet diese Publikation in der Deutschen Nationalbibliografie; detaillierte bibliografische Daten sind im Internet über http://dnb.d-nb.de abrufbar.

Anne Schiller

# Ein Mädchen aus Kälte und Schatten

Zersplittert 1

*Für meine Großmutter.*
*Wir werden uns wiedersehen. Versprochen.*

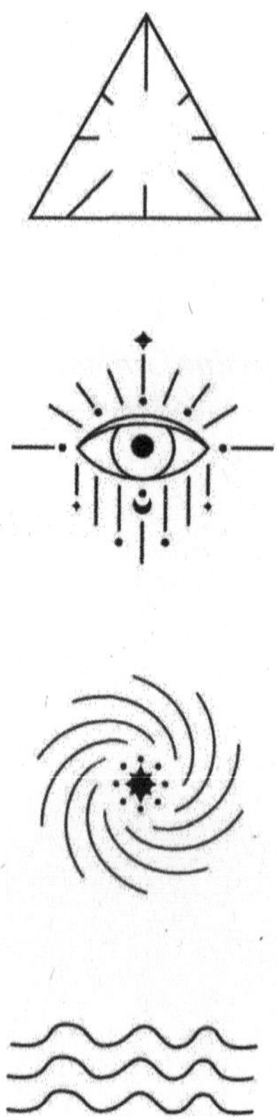

# 1

Das leise Knarzen der Holzdielen weckte mich, als meine Mutter herauf zu meinem Zimmer schlich. Es war kurz nach Morgengrauen, sanfte Lichtstrahlen fielen durch das Fenster und schenkten dem Raum ein Gewand aus Blau und Gelb. Bald würde sie an meine Tür klopfen und mich mit Tränen in den Augen aus dem Schlaf rütteln. Tränen der Freude und des Kummers, denn heute war der Tag, an dem ihre jüngste Tochter Flügel bekam und das Nest verlassen würde: Es war der Tag meines neunzehnten Geburtstags.

Lange hatte ich in den letzten Wochen wach gelegen, hatte mir Stunde um Stunde ausgemalt, was heute wohl passieren würde. Furcht empfand ich keine, zumindest redete ich mir das ein. Ich wusste, dass ich eine Beschwörerin war, genauso wie meine Mutter, mein Vater und meine ältere Schwester Elara. Ich wusste es mit einer Sicherheit, die mich eigentlich alle Zweifel vergessen lassen müsste, denn was geschehen würde, sollte ich mich als Seherin oder schlimmer, als *Gedankenleserin* entpuppen, das wollte ich mir nicht einmal ausmalen.

Rasch schloss ich die Augen, als sich wie erwartet die Tür öffnete und mir der saftige Geruch frischer Erdbeeren in die Nase stieg. Mutter musste sie heute in der Früh bei den Händlern im Dorf ergattert haben, um mir zum Geburtstag eine Freude zu bereiten. Mein Herz wurde schwer bei dem Gedanken, was sie dafür wohl in Kauf nehmen musste. Erdbeeren waren ein Luxus, den wir uns nicht leisten konnten. Vater arbeitete als Jäger, er schlachtete Hirsche und Rehe im Wald und verkaufte die Felle auf dem Markt, während Mutter das Fleisch kochte. Doch er wurde älter, seine Augen sahen nicht mehr ganz so weit und seine Reflexe ließen nach, weshalb er immer weniger Wild mit nach Hause brachte. Die Erdbeeren mussten ihn und meiner Mutter wochenlang harte Arbeit gekostet haben. Sie hatte sicherlich bis in die Morgenstunden getöpfert, um mit selbstbemalten Vasen die letzten Münzen aufzutreiben.

Ich schlug die Lider auf, als das Bettlaken raschelte und sich eine zarte Hand an meine Wange legte. Meine Mutter war gut, zu gut für diese harte Welt. Sie sah mich aus diesen rehbraunen Augen an und ich konnte nicht anders, als trotz meines schlechten Gewissens mit ihr zu lächeln.

»Alles Gute, Carry.« Sie seufzte und strich mir eine sperrige Locke aus dem Gesicht.

Ich brachte es nicht über mich, ihr zu sagen, dass ich es hasste, wenn sie mich Carry nannte. Es klang so schwach und zart, doch ich war alles andere als das. Seit Vater nicht mehr genug Geld mit nach Hause brachte, war ich es, die regelmäßig ins Dorf ging und meine Arbeiten anbot. Ich war nicht schwach, im Gegenteil. Mittlerweile konnte ich Holz besser hacken als die Söhne der Carrols, die im Haus nebenan wohnten, und Dächer flicken, als wären es nur löchrige Socken.

»Nun ist es also wirklich so weit. Die Letzte von euch verlässt das Haus.« Mutters Augen schwammen in Tränen, als sie mir mit dem Handrücken über die Wange strich.

»Das wäre nicht nötig gewesen«, sagte ich mit einem Nicken zu den Erdbeeren. »Ihr hättet das Geld für Decken gebrauchen können. Du weißt doch, wie kalt es im Winter wird.«

»Du sorgst dich immer viel zu sehr um uns«, winkte sie mit einem traurigen Lächeln ab. »Versuch abzuschalten. Wenigstens heute. Es ist doch dein besonderer Tag. Heute wirst du eine von uns.«

*Eine von uns.* Auch sie sagte das immer mit einer solchen Selbstverständlichkeit, dass die Alternativen ausfielen. Bestimmt könnte sie es kaum ertragen, würde ich nach diesem Tag einer anderen Magiergruppe angehören. Trotzdem, je näher der Moment der Entscheidung kam, desto öfter hatte ich sie in der Nacht zu den Göttern beten hören. Denn der neunzehnte Geburtstag war ein besonderer Tag. Heute würde ich endlich meine Magie erhalten und damit einem der drei Stämme angehören – den Beschwörern, den Sehern oder den Gedankenlesern. Ich würde ausziehen und meine Magie zu beherrschen lernen. Wenn ich Glück hatte, konnte ich meine Eltern ab und an besuchen, je nachdem, welche Aufgaben mir zugewiesen wurden.

»Wir müssen bald los«, sagte meine Mutter mit einem Blick aus dem schmutzigen Fenster, durch das noch immer die Morgensonne schien und den Tag begrüßte. Bald schon würde sie hinter einem Schleier aus Grau verschwinden. Der Winter brach in diesem Land mit einer Gnadenlosigkeit herein, die Jahr um Jahr mehr Leben raubte. Allein deshalb musste ich eine Beschwörerin werden, deshalb durfte es keine anderen Optionen geben. Denn wenn ich nach heute einer anderen Gruppe angehörte, müsste ich noch weiter fort von hier. Ich würde nahe der Berge bei den Sehern oder in den Wäldern bei den Gedankenlesern hausen und könnte nicht mehr für meine Familie sorgen, die auf meine Hilfe angewiesen war, besonders im Winter.

Starr stand ich auf. Obwohl mein Magen wie zugeknöpft schien, zwang ich mir eine Erdbeere in den Mund und Mutter lächelte friedvoll. Ich gab ihr einen Kuss auf die Wange, ehe ich mir nach einer kurzen Katzenwäsche einen Mantel überwarf und aus dem Zimmer trat, die Treppe nach unten und hinaus in den kühlen Morgenwind.

Die Luft warf meine Haare umher und die welligen Strähnen kitzelten meine Wangen. Ich legte den Kopf in den Nacken und atmete den Duft nach Holz und Rauch ein, der mich empfing. Den Duft meiner Heimat und der Armut, die ich nach heute bekämpfen würde. Sobald ich die Fähigkeit der Beschwörer beherrschte, würde ich sie nutzen, um meiner Familie eine glanzvollere Zukunft zuzusichern. Ich würde besser werden als sie, besser als meine Schwester und sonst irgendeiner meiner Magiegruppe. Vielleicht könnte ich Architektin werden, aus Energie strahlende Häuser mit funkelnden Ornamenten erschaffen, für die die Reichen mir ein Vermögen überlassen würden.

Eine große, kratzige Hand legte sich auf meine Schulter und holte mich so aus meinen Tagträumen.

»Bist du bereit, Cara?«, fragte mein Vater. Ich nickte. Seine Augen hatten mittlerweile ein leicht blasses Grau angenommen. Er sah immer weniger, eine Krankheit, für die wir nicht genug Geld hatten, um sie zu besiegen. Auch das würde ich geradebiegen. Nie wieder würden wir uns unserem Schicksal hoffnungslos ergeben müssen.

Mutter und Elara traten aus der Tür. Sie beide waren zu dem Anlass schicker gekleidet als ich, hatten sich Ranken aus Blüten und Gräsern in die Haare geflochten und ihre bodenlangen Wollkleider glattgestrichen. Aus solchen Traditionen machte ich mir nichts. Ich war aus härterem Holz geschnitzt als sie, kam da mehr nach meinem Vater.

Hübsche Kleidung und makelloses Auftreten bedeuteten mir nichts. Mit den Fingern kämmte ich mir durchs Haar, die wilden Wellen ließen sich jedoch kaum bändigen. Mein Mantel war alt und verschlissen, doch er verdeckte die Schlafrobe, die ich noch immer darunter trug. Es genügte. Warum sollte ich mich aufbrezeln, dafür, dass ein ohnehin blinder Mann mir Geschichten über meine künftigen Aufgaben erzählte?

Vielleicht war das der Grund, wieso Elara mich nie wirklich hatte leiden können. Ich war zwar ihre Schwester, doch in ihren Augen zu störrisch, zu rebellisch. Sie war die ältere, aber es hatte sich nie danach angefühlt, da immer ich es war, die die wichtigen Entscheidungen traf. Während ich den Tag über versuchte, unseren Eltern unter die Arme zu greifen, verbrachte sie lieber ihre Stunden damit, im See zu baden und den Männern schüchterne Blicke zuzuwerfen. Vielleicht hoffte sie, einer der anderen Beschwörer würde sie zur Frau nehmen und sie somit aus der Armut retten. Unser Geld gab sie für teure Röcke oder lächerlich glitzernde Haarspangen aus, und nicht nur einmal hatte ich genervt die Augen verdreht, als ich sie aus den Armen eines lüsternen Junggesellen gezerrt hatte. Jedes Mal warf sie mir wütende Beleidigungen an den Kopf, doch wir konnten uns einfach kein Kind leisten, dessen Magen wir zusätzlich füllen mussten.

Ich glaubte nicht, dass sie unseren Eltern mit Absicht Kummer bereitete. Sie klammerte sich lediglich so sehr an die Hoffnung von einer besseren Zukunft, dass sie all ihre Vernunft zur Seite fegte.

Manchmal fragte ich mich, ob sie sich nicht vielleicht freuen würde, wenn ich fortging. Wenn sich heute herausstellte, dass ich nicht die Magie der Beschwörer in mir trug, wie der Rest unserer Familie. Ein Wunder, dass sie heute überhaupt gekommen war, um mich zu begleiten.

Mit einem Kopfschütteln warf ich den Gedanken beiseite, ehe ich meiner Familie ins Dorf folgte.

Es war ein schöner Morgen. Wenige Wolken bedeckten den Himmel und das Licht der aufgehenden Sonne erhellte den Marktplatz, auf dem sich bereits aufgeweckte Kaufmänner tummelten. Einige von ihnen richteten gerade ihren Stand her, der Duft von Thymian und fremden Gewürzen lag in der Luft. Manchmal handelte ich mit ihnen und konnte ein paar Gramm davon mit nach Hause bringen. Jedes Mal lief mir das Wasser im Mund zusammen, wenn ich an den Geschmack frischen Fleisches, geschwängert mit exotischen Salzen dachte.

Unser Dorf trug den Namen Kyantis und war bekannt für die vielen Händler, die auf unseren Straßen innehielten, ehe sie weiter zu den großen Städten im Osten aufbrachen. Vielleicht waren sie nur ein Mythos, ich hatte noch nie jemanden getroffen, der tatsächlich dort gewesen war. Doch die Reisenden schwärmten von Reichtum und Wohlstand, der sie ebendort erwartete, also wünschte ich ihnen stets höflich Glück und Sicherheit für ihren Weg.

In Kyantis hingegen herrschte kein allumfassender Wohlstand. Unser Dorf war von Wald eingegrenzt, ohne Kutsche hatte man keine Chance, den großen Städten auch nur nahe zu kommen. Und diejenigen, die sich Kutschen und Pferde leisten konnten, waren schon lange nicht mehr hier.

Wir gingen weiter, vorbei an einem kleinen Fluss, der sich an hügeliges Ackerland schmiegte. Schon bald konnte ich das große Zelt sehen, in dem sich mein Leben heute für immer verändern würde. Es befand sich genau in der Mitte zwischen den beiden Ländern der Seher und Beschwörer. Wenn ich über den Fluss sah, konnte ich von Weitem die Nebelschwaden erkennen, die sich um die Steinhäuser der Seher formten.

Unsere Stämme waren schon seit vielen Jahren getrennt und auch wenn Seher und Beschwörer ein friedvolles Verhältnis führten, so wurde es dennoch nicht gern gesehen, wenn sich jemand von ihnen auf einen Besuch in das andere Reich wagte.

Als wir dem Zelt näher kamen, presste ich die Hand auf meine Brust, um meinen Puls zu beruhigen.

»Es wird alles gut werden«, ermutigte mich mein Vater und lächelte mir aufrichtig zu. »Der Rat kann etwas unheimlich sein, aber es sind gute Menschen.«

Ich nickte nur, den Blick weiterhin starr auf den Eingang gerichtet.

Unser Ziel wurde von hellen Fackeln beleuchtet, die ein rötliches Licht ausstrahlten. Ich hatte dieses Zelt bislang nur einmal betreten, an Elaras neunzehntem Geburtstag, und es war mir damals ebenso beängstigend vorgekommen wie jetzt. Die Einrichtung sah alles andere als feierlich aus. Keine Blumen standen an den Wänden und es gab keine Girlanden, die die Geburtstagskinder mit guten Wünschen beschenkten. Da waren lediglich die Blicke von einem Dutzend in dichte Mäntel gehüllte Gestalten, die alle starr auf mich gerichtet waren und mich schaudern ließen.

In der Mitte stand ein großer Stuhl, der fast einem Thron glich und auf dem ein alter Mann mit weißem, schütterem Haar saß. Ansonsten sah der Mann aus wie eine Krähe, mit einer spitzen Nase und einer langen, schwarzen Robe. Seine blinden Augen hielt er weit geöffnet, sodass das Weiß darin hin und her zuckte und einen zu verfolgen drohte. Gelegentlich erzitterten sie, als würden sie an einer Stelle feststecken, ehe sie sich weiterbewegten.

Ich wusste, dass der Mann mich sehen konnte, auch wenn er blind war. Er *sah*, nur eben nicht durch seine Augen, sondern durch die Magie, die durch seine Adern pochte. Selbst jetzt konnte ich das leichte Wabern der Energie erkennen, die in Form weißer Rauchfäden um seinen Körper schwebte und ihm ins Ohr zu flüstern schien. Meine Eltern und meine Schwester neigten ehrfurchtsvoll den Kopf und ich tat es ihnen gleich.

»Cara Kley«, sagte der Mann ohne jegliche Unsicherheit in der brüchigen Stimme.

Nur unter Mühen schaffte ich es, ein Zittern zu unterdrücken, als ich vorsichtig einen Schritt nach vorne trat. Von ihm ging ein merkwürdig süßer Geruch aus – der Geruch von Schimmel, der durch eine Wohnung zog und das Essen vergiftete.

»Du bist gekommen, um deine Bestimmung anzunehmen?«, fragte der Krähenmann und das Weiß in seinen Augen blitzte einmal verdächtig scharf in meine Richtung.

»Ja«, antwortete ich ruhig, obwohl mein Herz vor Aufregung erbebte.

Ich war ihm noch nie so nahe gewesen wie jetzt, dem Vorsitzenden der Seher. Er strahlte eine erhabene Spannung aus, wie er da auf seinem dunklen Thron saß und auf mich hinabblickte. Damals, als Elara an meiner Stelle gestanden hatte, wunderte ich mich, wieso ihr sonst hübscher pfirsichfarbener Gesichtston einer Geistesblässe gewichen war und sie noch Wochen nach der Zeremonie gezittert hatte wie Espenlaub im Wind. Jetzt jedoch fühlte ich sie, die Kälte, die durch meinen Körper fegte, als der Krähenmann seine Magie auf mich richtete, um meine Fähigkeit zu offenbaren.

»Du weißt, was jetzt geschehen wird, Mädchen?«, fragte er und es fröstelte mich bei jedem seiner gekrächzten Worte. »Heute, am Tag deines neunzehnten Geburtstags, wird sich die Magie offenbaren, die von Geburt an in deinem Inneren schlummert. Es wird sich entscheiden, ob du mit der Gabe des Sehens beschenkt wurdest …«

Ich schluckte bei diesem Gedanken. Bislang hatte ich die Seher immer als die schwächste der drei Gruppen erachtet. Früher jedoch mussten sie einmal sehr mächtig gewesen sein. Sie sprachen große Prophezeiungen, die Leben und Tod, Armut und Wohlstand des Landes bedeuten konnten und jeder fürchtete sich vor ihren wahnsinnigen Blicken, die stets mehr sahen, als das Offensichtliche zeigte. Doch nur noch wenige von ihnen trugen die Macht in sich, die die Seher vor vielen hundert Jahren besessen hatten, die Macht der Voraussicht und des Wahrsagens. Die meisten konnten heutzutage nur vage in die Zukunft blicken, Momente und Optionen vorhersehen, die sich in den nächsten Minuten ereigneten.

Doch jetzt, da ich vor dem alten Seher stand, spürte ich seine Macht überdeutlich. Sie wisperte mir zu, zupfte an den aufgestellten Härchen an meinen Armen und jagte mir eisige Schauder über den Rücken.

Die nächsten Worte des Mannes überhörte ich, da ich zu sehr mit meinen eigenen Empfindungen beschäftigt war. Bestimmt hatte er irgendetwas über die anderen beiden Magiergruppen gesagt, die Energiebeschwörer und Gedankenleser, und was mein Eintritt in eine der Gruppen für mich bedeuten würde. Ich wusste das alles bereits. Meine Eltern hatten in den letzten Wochen ständig darüber gesprochen, hatten versucht, mich auf diesen Moment vorzubereiten. Und ich hatte geübt. Vater hatte mir gezeigt, wie ich die Magie der Beschwörer lenken konnte, wenn ich endlich eine von ihnen war. Auch wenn meine Magie bis jetzt unter Verschluss gehalten worden war, Tag und Nacht hatte ich Trockenübungen gemacht, mich auf meine Atmung konzentriert und mir vorgestellt, wie ich aus Energie wundersame Sachen formte.

Er und Elara hatten mir erzählt, was heute geschehen würde. Ich würde es spüren, wenn die Magie in mir zu Pulsieren begann, und ich würde wissen, zu welcher Gruppe ich gehörte, in dem Augenblick, in dem es geschah. Sollte ich eine Seherin sein, würde ich flüsternde Stimmen hören, die mir die Zukunft verrieten. Ich würde in die Gesichter meiner Familie blicken und ihr nahes Schicksal sehen. Sollte ich hingegen eine Beschwörerin werden, würde ich die Fähigkeit erhalten, Dinge zu schaffen und zu zerstören, mit bloßen Gedanken Monumente errichten und vernichten können. Wäre ich eine Gedankenleserin … Nun, daran wollte ich nicht einmal denken. Also stand ich nur reglos da und wartete, bis sich die Magie in mir zu regen begann.

Zuerst war es nur ein Hauch. Ein leichter Luftzug in meinen Sehnen, den die anderen nicht wahrzunehmen schienen. Ich blickte durch den Raum, vorbei an dem Vorsitzenden der Seher und sah in die Gesichter der anderen Personen, die sich an der Zeltwand reihten. Sie alle betrachteten mich gespannt. Da war das Oberhaupt der Beschwörer, ein breiter Mann mit flammend rotem Haar und einer Narbe im Gesicht, die die Hälfte seiner Wange zierte. Ein paar weitere Personen standen daneben, wichtige Beschwörer und Seher in seltsam festlichen Roben, die ausdruckslos auf mich herabblickten. Von den Gedankenlesern war niemand hier. Kein Wunder, sie wurden schon seit Jahren nicht mehr eingeladen, gehörten nicht länger dem Rat an. Seit den finsteren Geschehnissen, die sie zu Aussätzigen machten.

Der Luftzug in meinem Inneren verstärkte sich zu einem tosenden Sturm, der an meinen Knochen zerrte und mich aufkeuchen ließ. Ich ballte die Hände zu Fäusten und versuchte, mir die Anspannung nicht anmerken zu lassen. Dennoch konnte ich das Beben nicht zurückhalten, das durch meinen Körper fuhr.

Ich hörte, wie sich Mutter die Hände vor den Mund schlug, aber diese Zeremonie musste ich allein überstehen. So war es schon immer gewesen und so würde es immer sein, ich musste selbst Einklang mit der Magie finden, die in mir brannte. Darauf hatte ich mich die letzten Jahre vorbereitet, auf diesen einen Moment, der die Zukunft meiner Familie ändern sollte.

Doch so stark? So stark hatte ich das Rauschen in mir nicht erwartet. Elara war ganz ruhig gewesen, damals vor zwei Jahren, als sie in dieses Zelt ging, um sich mit ihrer Fähigkeit zu verbinden. Sie stand die meiste Zeit nur reglos da, mit angespannten Schultern und finsterem Blick. Minuten der Stille und des Wartens, bis sie schließlich erleichtert ausatmete und aus dem Nichts eine Vase erschuf, in der Farbe von reinem Amethyst. Meine Eltern hatten sie jubelnd in eine stürmische Umarmung geschlossen und sie hatte mit einem leicht erschöpften Lächeln zu dem Oberhaupt der Beschwörer geblickt, der ihr anerkennend zugenickt hatte.

Ich jedoch fühlte mich nicht erschöpft. Ich fühlte eine allesverzehrende Energie in mir, als würde meine Magie mit sich selbst kämpfen. Mal spürte ich lodernde Hitze, dann stechende Kälte, die mich hart einatmen ließ.

Gerade als ich dachte, meine Knie würden versagen, stoppte

der Windzug in mir abrupt. Nichts blieb, bis auf ein seltsam kühles Pochen, das von meiner Brust hinab in die Hände wanderte. Und dann sah ich es. Bilder, gestochen scharf vor meinem geistigen Auge. Ich sah eine rote Rose mit spitzen Dornen und ich konzentrierte mich auf das saftige Grün des Stängels und das blutige Rot der Blätter. Das Pochen wurde zu einem Prickeln in meinen Fingerspitzen und ich fasste durch die Luft, hielt nur Sekunden später eben jene Rose in der Hand, die ich mir zuvor in Gedanken ausgemalt hatte.

Erleichterung durchflutete mich und ein paar Freudentränen zupften an meinen Wimpern, als ich realisierte, was soeben geschehen war. Das Chaos in meinem Körper war verschwunden, ich hatte mich mit meiner Magie vereint. Ab jetzt würde man mich ins Trainingslager schicken und mir beibringen, wie ich das Prickeln in mir bewusst lenken konnte. Man würde mir die Grenzen meiner Magie und die Möglichkeiten zeigen, und wenn ich mich gut anstellte, würde ich für meine Dienste in der Gruppe der Beschwörer bezahlt werden. Meine Eltern konnten den Großteil des Geldes nehmen, um ihre Schulden zu bezahlen. Elara könnte sich ein neues Kleid kaufen und vielleicht würden wir doch irgendwann noch mal Freunde werden und über die Jahre unserer Kindheit lachen. Ich seufzte glücklich auf. Alles würde gut werden, genauso, wie ich es geplant hatte. Ich fuhr mir über die feuchten Wangen, wischte die Tränen der Erleichterung weg.

Wie aus weiter Ferne hörte ich die Jubelrufe meiner Eltern und spürte nur kurz darauf die Arme meiner Mutter, als sie mich an sich drückte und mir entzückt die magische Rose aus der Hand nahm.

»Ich wusste es!«, rief sie fröhlich. »Eine Beschwörerin, wie der Rest der Familie! Wie hätte es auch anders sein können?«

»Gut gemacht«, sagte mein Vater und klopfte mir dabei auf die Schulter.

Sogar Elara zwang sich ein Lächeln auf und für einen kurzen Moment glaubte ich, dass nun wirklich alles gut werden würde. Ich könnte stundenlang hier in diesem trostlosen Zelt stehen, so lange, bis ich mich an meiner erfolgreichen Zeremonie berauscht hatte. Eine Glocke läutete und sanfte Klänge erreichten meine Ohren. Klänge, die ein neues Mitglied in der magischen Gesellschaft aufnahmen.

Ich sah den Schatten einer großen Gestalt näher kommen. Das Oberhaupt der Energiebeschwörer – ich glaubte, mich zu erinnern, dass Vater ihn ab und an Cavier nannte – kam auf mich zu. Doch gerade, als ich mich in dessen Richtung drehen wollte, fuhr ein Stoß durch mich. So plötzlich und aggressiv, dass es mich nun tatsächlich in die Knie zwang. Meine Eltern versuchten, mich zu halten, aber ich schlug sie weg von mir, da mir ihre Berührungen Schmerzen bereiteten. Meine Haut brannte, dort, wo sie nach mir griffen, und dieses Brennen breitete sich rasch auf meinem restlichen Körper aus. Der Windzug kehrte zurück, versengte meine Knochen mit wütendem Feuer und tunkte sie anschließend in Eiswasser. Irgendetwas war schiefgegangen. Es hat aus irgendwelchen Gründen nicht funktioniert, wie es sollte. In meinem Kopf überschlugen sich die Gedanken, während ich die Übelkeit unterdrückte, die sich in mir aufstaute. Panik durchsickerte meine Knochen, als mir klar wurde, dass die Magie in mir rebellierte.

Von überallher tönte das Murmeln panischer Ratsmitglieder, die ihr neuestes Mitglied betrachteten und nicht verstanden, was mit mir geschah. Ich verstand es selbst nicht. Magie flimmerte um mich herum, ließ meine Haare wehen und summte ein Klagelied in meinen Ohren. Die Lichter, die das Zelt beleuchteten, begannen, wild zu tanzen, tunkten den Ort in hektisch flackernde Röte.

Dann, so schnell es begonnen hatte, hörte es auf. Endgültig, das spürte ich in meiner Seele. Der Wind würde nicht zurückkehren, dafür kam etwas anderes. Ich war noch immer am Boden, hob meinen Kopf leicht an und sah in die leeren Augen des Krähenmanns.

»Das kann nicht sein«, hörte ich ihn murmeln.

Zitternd richtete ich mich auf.

»Was kann nicht sein?«, fragte ich und griff mit einer Hand an die Zeltwand, um nicht wieder umzukippen. Meine Handflächen waren feucht vor Schweiß und meine Wangen erneut tränennass. Erst jetzt fiel mir auf, dass ich geweint hatte. Der unkontrollierte Zauber in meinem Körper musste Emotionen hervorgerufen haben, die ich in meiner Angst verdrängt hatte.

»Du kannst mich hören?«, vernahm ich sein dumpfes Gemurmel in meinem Kopf und ich hielt mir die Hand an die Schläfe, als er zu pochen begann.

»Natürlich kann ich Sie hören«, erwiderte ich verunsichert und starrte weiter in seine blinden Augen, die sich zu bedrohlichen Schlitzen verengt hatten.

»Was redest du, Carry?« Die ängstlich zitternde Stimme meiner Mutter drang in mein Ohr. Bei ihren nächsten Worten erschauderte ich: »Es hat niemand etwas gesagt.«

*Doch, ganz sicher*, wollte ich erwidern, dann drang jedoch bereits die Erkenntnis in mein Bewusstsein, vergiftete meine Sinne. Ruckartig drehte ich meinen Kopf in ihre Richtung, sah in ihre braunen Augen. Sie trug den gleichen verängstigten Ausdruck in ihrem Gesicht wie auch mein Vater und ich hörte ihre Gedanken in meinem Kopf, ihre Gedanken, die ständig nur ein Wort wisperten: *Nein, nein, nein.*

Sie wussten es und ich wusste es auch. Hatte ich soeben noch aus purer Energie eine Rose erschaffen, so war ich nun in die Köpfe meiner Eltern eingedrungen. Ich war eine Beschwörerin. Wie konnte ich gleichzeitig eine Gedankenleserin sein?

Mit einmal Mal hörte ich sie alle, die Gedanken der anderen Magier und Seher in diesem Raum.

*»Was soll nun mit ihr geschehen?«*

*»Ein Mädchen mit zwei Fähigkeiten? Wie kann so etwas passieren?«*

*»Gehört sie jetzt zu den Beschwörern oder den Gedankenlesern?«*

All die fremden Überlegungen und Verwünschungen wirbelten in meinem Kopf und ließen ihn dröhnen, bis ich mir keuchend die Hand an die Stirn schlug. Ich fiel, überwältigt von den Gedanken, die nicht die meinen waren. Ausgelaugt durch die Magie, die nicht in mir sein durfte, und der Boden begrüßte mich, als ich hart darauf aufschlug.

Plötzlich wurde alles schwarz.

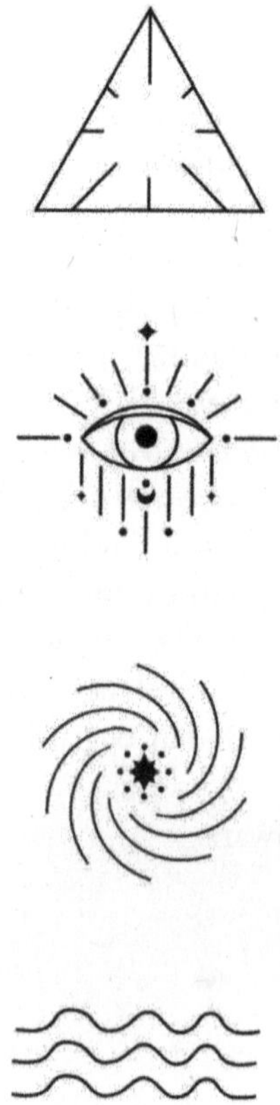

# 2

Als ich erwachte, war es mitten in der Nacht. Keine Ahnung, wie lange ich geschlafen hatte, oder was geschehen war, nachdem ich ohnmächtig wurde. Alles, was ich wusste, war, dass ich auf dem Rücken lag, und, dass es ruhig war. Irgendwie zu ruhig für meinen Geschmack. Ich lauschte in die unnatürliche Stille hinein. Nichts machte den Anschein, dass etwas Merkwürdiges geschehen war. Es gab keine Anzeichen für wild gewordene Magie, die die Personen um mich herum in Aufruhr versetzte. Niemand war hier, nicht Cavier, nicht der Krähenmann, nicht einmal meine Eltern. Diese Tatsache beunruhigte mich. Mein Kopf dröhnte noch und ich fasste mir an die Schläfe. Verdammt, nein, ich hatte das alles ganz sicher nicht geträumt. Dafür war der Schmerz zu real. Als ich den Kopf leicht anhob, um mich umzusehen, verstärkte er sich und ein leises Keuchen entkam meinen Lippen.

Ich war wieder im Haus meiner Eltern, trug noch den gleichen Mantel und darunter meine alte Schlafkleidung wie zuvor bei der Zeremonie. Vater musste mich zurück und auf mein Zimmer getragen haben, nachdem ich den Boden geküsst hatte. Mein Körper schmerzte an den Stellen, an denen ich aufgeschlagen war. Doch dieses leichte Brennen hier und da war im Moment mein kleinstes Problem.

Der Mond schien hell durch das Fenster und warf seinen Lichtschein auf mich. Ich hob die Hände und beobachtete sie, bewegte meine Finger im kühlen Schimmer. Mit diesen Fingern hatte ich eine Rose erschaffen, mit nichts als Gedanken und der Magie, die in mir schlummerte. *Ich bin eine Beschwörerin*, sagte ich immer wieder still vor mich hin, *eine Beschwörerin wie der Rest meiner Familie.*

Und dennoch spürte ich noch den Nachhall der fremden Worte in meinem Kopf. Ich hatte ihre Gedanken gelesen, das ängstliche Bitten meiner Mutter und die verwirrten Empfindungen all der anderen. Aber das konnte nicht sein. Denn wenn es stimmte, wenn ich wirklich in den Geist anderer eindringen konnte, dann hieße es, dass …

*Nein.* Ich verdrängte den Gedanken, bevor er sich formte. Es konnte nicht stimmen und trotzdem glaubte ich nicht, dass ich mich irrte. Irgendetwas musste schiefgegangen sein. Ich konnte nicht zwei Fähigkeiten in mir tragen, das war unmöglich. Von so etwas hatte ich noch nie gehört und den Reaktionen nach zu urteilen auch die hohen Ratsmitglieder nicht.

Von unten vernahm ich auf einmal hektisch tuschelnde Stimmen und ich stand auf, flüchtete zur Tür, um meinen finsteren Überlegungen zu entkommen. Als ich die Treppe hinabstürzte, sah ich meine Eltern an einem Tisch im Wohnzimmer sitzen. Sie beide waren in ein wütendes Gespräch vertieft, während Elara mit verschränkten Armen neben der Tür stand und sie mit einer solch drastischen Kälte in ihrem Blick beobachtete, dass es sogar mich zum frösteln brachte.

Ich hatte mich immer für die starke Schwester gehalten. Nun jedoch stand sie mit einer Beherrschung da, um die ich sie beneidete, während ich in dem kleinen Spiegel neben der Treppe das zitternde Wrack betrachtete, das ich darstellte. Meine bernsteinfarbenen Augen waren noch geweitet von dem Schreck der Geschehnisse und die haselnussbraunen Wellen hingen mir in zerzausten Strähnen vor die Stirn. Es war zu dunkel, um die Details meines Gesichtes zu erkennen, doch ich bemerkte, dass ich schmutzig aussah. Wie eine Wilde.

Als ich zu ihnen stieß, verstummte das Gespräch abrupt. Mutter sah mich an. Sie hatte geweint, ihre Augen waren rot und verquollen.

»Wie geht es dir?«, brachte sie hervor.

Ich antwortete nicht. Keine Ahnung, wie es mir ging.

»Der Große Seher möchte dich noch einmal sprechen, jetzt, da du wach bist. Er … wir werden herausfinden, was mit dir nicht stimmt«, fuhr Vater fort.

*Was mit mir nicht stimmt.* Genau die Worte, vor denen ich mich so gefürchtet hatte. Doch es war nicht zu verleugnen. Ich *war* kaputt, wie sonst erklärte sich das Geschehen bei der Zeremonie?

»Das behagt mir nicht«, antwortete Mutter an meiner Stelle.

Anscheinend war die Forderung des Sehers der Grund für den

Streit zwischen den beiden. Ich hatte Mutter lang nicht mehr wütend gesehen, der Zorn passte nicht in ihr sonst so sanftmütiges Gesicht.

»Wir sollten sie nicht zurückschicken, Moritz«, fuhr sie an meinen Vater gewandt fort. »Wir wissen nicht, was sie mit ihr machen werden.«

»Sie werden nichts mit ihr machen«, wetterte Vater dagegen. »Es ist ungewöhnlich, aber der Rat besteht nicht aus Monstern. Cara kann nichts für ihre Magie, das wissen sie genauso gut wie wir.«

»Und wenn es ihnen egal ist? Du weißt, was normalerweise mit Gedankenlesern geschieht.« Sie warf mir über die Schulter einen verzweifelten Blick zu. Dann stand sie auf, so energisch, dass sie mit dem Ellenbogen gegen die gerade gedeckten Porzellanteller stieß. Mit einem lauten Krachen fielen sie vom Tisch und zerschellten auf dem Boden. Ich würde die Scherben später wegfegen müssen, Elara würde es nicht tun und meine Eltern es sicherlich vergessen, so aufgewühlt wie sie gerade waren.

*Später,* sagte ich mir immer wieder. Es wird ein später geben. Es würde mir nichts geschehen.

»Es hat noch nie jemanden gegeben, dem sich zwei Fähigkeiten offenbart haben. Zu welcher Gruppe gehört sie nun? Zu uns? Zu niemandem? Wir sollten die Taschen packen und fortgehen. Ans Meer vielleicht, an unentdeckte Orte.« Rosige Flecken breiteten sich auf Mutters Wangen aus, je mehr sie sich in Rage redete.

Ich verstand ihre Sorge. Auch ich hatte noch nie gehört, dass jemand mehreren Gruppen angehörte. So etwas passierte nicht, es war unnatürlich und beängstigend. Zudem war das Oberhaupt der Beschwörer nicht als die herzlichste Person bekannt, besonders, wenn es sich um Gedankenlesermagie drehte. Womöglich würden er und die anderen hohen Amtsmitglieder mich als gefährlich einstufen und wegsperren. Vielleicht war es wirklich klüger, meine Sachen zu packen und zu verschwinden, bevor sie mich verstoßen konnten. Doch ich hatte nicht jahrelang auf diesen Tag gewartet, um jetzt zu fliehen.

Ich schluckte schwer, als ich feststellte, dass ich keine Wahl hatte. Noch immer konnte ich nicht vollständig realisieren, was geschehen war, wie sich der gestrige Tag in einen solchen Albtraum verwandeln konnte. Aber ich durfte nicht zulassen, dass meine Eltern meinetwegen zu Flüchtigen wurden. Sie hatten sich hier eine Existenz aufgebaut, eine Heimat, die sie vor dem kalten Winter schützte.

Wir konnten nicht weg, wir hatten nicht genügend Geld, um eine Kutsche zu bezahlen, geschweige denn eine Unterkunft. Und auch Elara konnte ich nicht die Hoffnung stehlen, hier einen Mann und eine bessere Zukunft zu finden, so sehr ich sie auch für ihre egoistischen Züge verurteilte.

Nein. Ich war Schuld an dem Schlamassel und ich würde das wieder hinbekommen. Ich hatte bisher alles hinbekommen. Entschlossen ballte ich die Hände zu Fäusten.

»Ich werde zu ihm gehen«, sagte ich rasch und unterbrach damit die neu aufgekeimte Diskussion zwischen meinen Eltern.

»Aber Carry …« Ich schüttelte den Kopf, ehe meine Mutter weitersprechen konnte. Es war das Richtige, ich würde mich meiner Familie zuliebe den Konsequenzen stellen, was auch immer das bedeutete.

»Es ist okay«, besänftigte ich sie und schloss sie in eine Umarmung, die sich verdächtig nach Abschied anfühlte. »Vielleicht ist auch alles nur ein Missverständnis.«

Sie nickte ein wenig zu überschwänglich, als würde sie sich krampfhaft an diese Hoffnung klammern. Ein paar Mal öffnete sie noch den Mund auf der Suche nach Widerworten, doch schließlich ließ sie mich ziehen.

Als ich an Elara vorbeiging, mied sie meinen Blick. Sie schaute zum Boden und zur Wand und zum Tisch, nur um nicht mich ansehen zu müssen. Vielleicht hatte sie ein schlechtes Gewissen, weil sie nicht bedauerte, was gestern geschehen war. Sie schaffte es nicht einmal, sich von mir zu verabschieden, als ich Vater nach draußen auf die nächtlichen Straßen folgte.

Ich wusste nicht wieso, aber ich hatte das Gefühl, mich noch einmal umdrehen zu müssen. In Gedanken fuhr ich die Umrisse der Hausfassade nach, versuchte, mir den Rotton der Ziegel einzuprägen, für den Fall, dass ich erst mal nicht zurückkommen würde. *Nur für den Fall.*

Dann wandte ich mich ab und als ich im Schatten der Nacht ins Dorf ging, drehte ich mich nicht mehr um.

»Was glaubst du, passiert jetzt?«, fragte ich Vater nach einer Weile.

»Ich weiß es nicht, Schätzchen.« Er seufzte und fuhr sich durch das graue Haar. Er sah müde aus. Sicherlich hat er nicht geschlafen, nachdem wir nach Hause zurückgekehrt waren. »Der Rat wird schon das Richtige tun.«

»Sicher«, antwortete ich nur.

Ich habe nie verstanden, woher Vater dieses blinde Vertrauen in die Ratsmitglieder nahm. Schließlich waren es genauso Menschen wie er und ich, jeder konnte mal eine falsche Entscheidung treffen. Womöglich wollte er einfach nicht glauben, dass Leute mit solch mächtigen magischen Fähigkeiten Fehler begingen. Irgendwann musste er sie wohl einfach als Ersatz für die Götter, die uns nie zur Hilfe eilten, akzeptiert haben. Er liebte mich. Nur könnte er ihnen etwas entgegensetzen, sollten sie entscheiden, mich wegzusperren?

Das Zelt kam mir heute Nacht nicht mehr ganz so beängstigend vor wie am Tag zuvor. Und das, obwohl es im Mondlicht schimmerte wie ein geisterhafter Schemen. Trotzdem, die Nacht war mir immer willkommen gewesen. Ich fand Frieden, dort, wo andere Gefahr in den Schatten sahen. Oft schlich ich mich nachts hinaus, einfach nur, um die Ruhe zu genießen und die Sternenbilder zu bewundern, die wie Diamanten am Himmel glitzerten. Nachts schaffte ich es zu träumen. Die Dunkelheit half mir, für einen kurzen Moment die Probleme des Alltags zu vergessen. Ich hatte nie daran gezweifelt, dass ich es schaffen würde, meine Eltern zu versorgen. Ich hatte mich damit abgefunden, dass ich, anders als Elara, zuhause bleiben und dafür sorgen würde, dass es ihnen gut ging. Doch würde das jetzt noch möglich sein?

Der Große Seher, der für mich wohl immer nur *der Krähenmann* heißen würde, saß genauso reglos auf seinem dunklen Thron wie bei der Zeremonie. Vielleicht war er dort festgefroren. Es musste ein grausames Schicksal sein, Woche um Woche auf seinem Stuhl zu sitzen und anderen zu helfen, ihre Lebensfragen zu beantworten. Als Anführer der Seher hatte er die stärksten magischen Fähigkeiten von ihnen und war einer der Letzten, die wahrhaftig in die Zukunft sehen konnten, wenngleich es ihn auch große Anstrengung kostete. Mit der Zeit war er dadurch von den Bewohnern des Landes inoffiziell zum Orakel ernannt worden. Die Menschen kamen zu ihm und wollten allen möglichen sinnlosen Quatsch von ihm wissen. Womöglich war er deshalb so ernst.

Ich verneigte mich, als ich mich ihm gegenüberstellte. Neben ihm befand sich Cavier, der Mann mit dem Feuerhaar. Außer den beiden Oberhäuptern war niemand hier. Die beiden straften mich dafür mit besonders intensiven Blicken und ich war mir nicht sicher, ob das etwas Gutes oder etwas Schlechtes bedeutete.

»Cara Kley«, sagte der Krähenmann wie am Tag zuvor und es klang wie reißendes Papier.

»Ja.« Meine Stimme war brüchig, doch ich riss mich zusammen. Ich würde keine Schwäche zeigen, würde nicht zeigen, wie sehr ich mich vor ihren nächsten Worten fürchtete.

»Du bist eine besondere junge Frau«, fuhr er fort.

Ich atmete erleichtert auf. Besonders klang nicht so schlimm wie *kaputt* oder *gefährlich*.

»Du bist gestern hergekommen, um dich mit deiner Magie zu verbinden.« Diesmal war es der Anführer der Beschwörer, der sprach. Seine Stimme klang tief und ein leichtes Knurren befand sich darin. Sein Blick lag so direkt auf mir, dass ich mich beherrschen musste, um ihnen standzuhalten. »Wenn ich mich recht erinnere, hast du mit Hilfe deiner Gedanken eine Rose erschaffen.« Ich nickte heftig. »Das würde bedeuten, dass du der Gruppe der Beschwörer angehörst.«

»Es wäre mir eine Ehre«, sagte ich rasch und trat noch einen Schritt vor, um die Ernsthaftigkeit meiner Worte zu beteuern.

»Dann ist jedoch etwas geschehen«, sprach er, ohne auf meine Worte einzugehen. »Es hat sich noch eine andere Magie offenbart, nicht wahr?« Jetzt wartete er und ich wusste, dass eine Lüge keinen Sinn hätte.

»Ja«, antwortete ich also zerknirscht.

»Du hast unsere Gedanken gehört. Die Geistmanipulation ist eine Fähigkeit, die nicht zu unserer Gruppe gehört. Diese Magie gehört den Gedankenlesern.«

Ich war versucht, mir die Hände vor die Ohren zu schlagen, um es nicht hören zu müssen. Es war ein Albtraum, sich mit neunzehn als Gedankenleser zu entpuppen. Jeder wusste, dass diese Gruppe von Magiern unzivilisiert war, manipulativ, aggressiv. Vor einigen Jahrzehnten war es zum Krieg zwischen ihnen und den anderen beiden Gruppen gekommen. Die Gedankenleser hatten versucht, die Macht an sich zu reißen und das Land zu unterwerfen. Sie lasen die Gedanken ihrer Feinde, manipulierten den Geist, führten sie in den Wahnsinn. Nur durch einen Zusammenschluss zwischen Sehern und Beschwörern war es gelungen, sie letztendlich zu besiegen. Die Seher nämlich hatten ihre nächsten Schritte vorausgesehen, während die Beschwörer wiederum Mauern aus Magie schufen und ihre Truppen dadurch schützten. Es war ein bitterer und tödlicher Krieg gewesen, der allen Seiten viele Leben gekostet hatte. Die Anführerin der Gedankenleser, eine, den Erzählungen nach, entschlossene Frau mit stechendem Blick, war mit ihren Beratern aus dem Rat gestoßen worden. Kinder von Gedankenlesern durften seitdem nicht mehr an der Zeremonie teilnehmen, was bedeutete, dass sich ihre Magie nie enthüllte. Es war ein grausamer Zug, doch da die Fähigkeit zumeist von den Eltern vererbt wurde, konnte dadurch das Risiko für einen erneuten Krieg gemindert werden. Je weniger Gedankenleser es gab, desto weniger hörte man von ihnen. Sie waren wie vom Erdboden verschluckt und niemand wagte sich freiwillig in die Wälder, in denen sie seither lebten. Mann sagte, ihr Hass auf die anderen beiden Reiche sei endlos und sie würden jeden zerreißen, der sich unbefugt in ihre Nähe traute. Ich wollte keine von ihnen sein, denn das bedeutete, dass ich womöglich zu ihnen geschickt wurde. Vielleicht würde ich ebenfalls verstoßen oder sogar getötet werden, um zu verhindern, dass sich die Geschichte von damals wiederholen konnte.

Bei dem bloßen Gedanken daran schossen mir Tränen in die Augen. Sie konnten mich wegsperren, wenn sie wollten. Sie konnten mir verbieten, meine Magie beherrschen zu lernen. Doch sie konnten keinesfalls glauben, dass ich mich einer Gruppe von Magiern anschloss, die ich von klein auf zu hassen gelernt hatte.

»Ich weiß nicht, wieso ich mehrere Fähigkeiten habe«, versuchte ich mich zu erklären. Ich suchte nach einem Hauch Mitleid in den Gesichtern der beiden Anführer. Nach Wut oder Entschlossenheit oder Gnade. Nach *irgendwas*, irgendeiner Emotion, die mir ihre Gedanken verriet. Alles war besser als diese Ausdruckslosigkeit, mit der sie mich ansahen und die mich zitternd auf das Urteil warten ließen. »Ich werde meine Geistmagie nicht benutzen«, versicherte ich. »Ich verabscheue sie.«

Ich spürte eine Hand auf meiner Schulter, die tröstend versuchte, meinen Kummer fortzuwischen.

»Ich bürge für meine Tochter«, sagte mein Vater und das war mehr, als ich je von ihm erwartet hatte. »Ich verspreche, dass sie keine bösen Absichten hat. Sollte ich mich täuschen, gilt die Schuld allein mir.«

Trotz des Zuspruchs fühlte ich mich bloßgestellt vor diesen beiden Männern, die mit gnadenlosem Schweigen zuhörten. Nie hätte ich gedacht, dass ich einmal hier stehen würde, mit gebückter Haltung und bereit war, um Verständnis zu flehen. Doch an der Tatsache ließ sich nichts ändern. Wenn es sein musste, würde ich auf die Knie gehen, um sie davon zu überzeugen, dass ich nicht zu den Feinden gehörte.

Der Krähenmann hob die Hand und mein Vater und ich verstummten mit unseren plumpen Bitten.

»Ein Mädchen mit zwei Fähigkeiten«, sagte der Anführer der Seher mit seiner reißenden Stimme. »Das sollte unmöglich sein. Es könnte eine Gefahr darstellen, oder eine Chance.« Es klang, als würde er mehr zu sich selbst sprechen, als zu uns. »Vielleicht könntest du die Lösung auf all unsere Fragen sein. Oder der Auslöser für noch größeres Unheil.« Er sprach in Rätseln. So sehr ich auch versuchte, ihm zu folgen, seine Worte ergaben keinen Sinn für mich.

Welche Fragen sollte ich lösen können?

»Gib mir deine Hand«, sagte der Krähenmann nun und streckte den Arm nach mir aus.

Erst nachdem mein Vater den Druck auf meiner Schulter erhöhte, folgte ich der Aufforderung. Ich taumelte nach vorne. Seine Finger waren eiskalt. Als würde ich dem Tod persönlich die Hand reichen. Doch als ich zurückzucken wollte, hielt er mich fest. Obwohl der Mann alt war, konnte ich mich seinem Griff nicht entziehen. Seine Stärke hätte mich beeindruckt, würden mir seine blinden Augen nicht eine solche Angst einjagen. Diese starrten mich nämlich mit wachsamer Intensität an, sodass ich glaubte, er wollte einen Blick in meine Seele erhaschen. Wahrscheinlich tat er genau das. Es knisterte, als er seine Magie nutzte, um Szenarien meiner Zukunft zu sehen, die mir vorenthalten waren. Ich erschauderte, als die Kälte seiner Hand auf meinen Körper überging. Das Weiß in seinen Augen flackerte heftig, kleine Risse bildeten sich an seinen Lidern und breiteten sich auf seiner Wange aus. Es sah aus, als würde ihn die Magie brechen, als bestünde seine Haut aus Porzellan, die bei jedem Zauber ein wenig mehr zerschellte. Ich sah weg und doch wusste ich, dass mir dieser Anblick noch wochenlang schlaflose Nächte bereiten würde.

Er runzelte die Stirn, als er mich so plötzlich losließ, dass ich ein paar Schritte zurückstolperte. Das Flackern in seinen Augen und auch die Risse verschwanden. Sein Atem ging ein wenig heftiger, das einzige Anzeichen dafür, dass ihn der Zauber Anstrengung gekostet hatte.

»Ihre Zukunft ist nicht eindeutig«, sagte er schließlich. »Ich sehe eine Vielzahl an Wegen, die sie einschlagen könnte.«

»Dann lasst mich wählen«, forderte ich. Es war vielleicht kühn, die beiden Oberhäupter herauszufordern, doch ich musste es versuchen. »Lasst mich entscheiden, welcher Gruppe ich angehören möchte und ich werde Sie nicht enttäuschen.«

»Ich habe eine andere Idee.« Der Mann mit dem flammenden Haar beugte sich hinab zu dem Blinden und wisperte ihm etwas ins Ohr. Dessen Augen weiteten sich leicht und den Mund presste er zu einem schmalen Strich zusammen. Caviers Idee musste waghalsig sein. Keine Ahnung, ob ich sie überhaupt hören wollte.

»Wir wissen nicht, wozu sie in der Lage ist«, flüsterte der Krähenmann als Antwort.

Mir wurde übel. Was sie da sagten, klang gar nicht gut. Auch gefiel mir die Tatsache nicht, dass sie über mich sprachen, als wäre ich nicht hier. Gerade wollte ich etwas erwidern, als mein Vater mir erneut die Hand auf die Schulter legte und mich so zum Schweigen brachte.

*Lass sie,* drängte sein stummer Blick und mit einem Seufzen gab ich nach.

Es schien, die beiden könnten sich ohne Worte verständigen. Sie standen sich eine Weile still gegenüber und das stechende Weiß in den Augen des Alten wurde unnatürlich dunkel, während er nachdachte. Nach ein paar weiteren Sekunden des qualvollen Schweigens, nickte er schließlich.

»Also gut.« Seine nächsten Worte waren an mich gewandt. »Du bist ein außergewöhnliches Mädchen, Cara. In den Jahren, in denen ich Oberhaupt der Seher war, ist es nicht ein einziges Mal vorgekommen, dass sich jemandem zwei Fähigkeiten offenbart haben. Eine solche Macht sollte niemand beherrschen. Dennoch ist Caviers Einwand gerechtfertigt. Es ist ein offenes Geheimnis, dass wir Seher nicht mehr die Mächte besitzen, die wir früher einmal hatten. Wir haben keine Visionen und damit keinen Zugriff zu den Gedankenlesern mehr. Unsere Feinde könnten gerade in diesem Moment eine Invasion starten, wir wüssten es erst, wenn es zu spät ist.« Ein Schauer durchfuhr mich. Ich glaubte zu wissen, was er als nächstes sagen wollte. Trotzdem hoffte ich, dass ich mich verhörte, als er verkündete: »Wir könnten einen Spion gebrauchen, der uns mit Informationen versorgt.«

*Ein Spion.* Die Worte hallten lange in mir nach, verspotteten mich. Es war riskant, nein, gefährlich! Ich verstand ihre Position, sie vertrauten mir noch nicht genug, um die Tatsache meiner Gedankenlesermagie außer Acht zu lassen. Aber sie konnten mich doch nicht ernsthaft in die Höhle der Löwen schicken?

»Das könnt ihr nicht von ihr verlangen«, warf mein Vater ein.

Erzürnung lag in seinem Blick. Mit einem großen Schritt stellte er sich vor mich, als könnte er mich so vor den Worten der beiden Oberhäupter schützen.

Ich atmete seinen holzigen Geruch ein, während ich nachdachte. Es war wirklich eine verrückte Idee. Die Gedankenleser waren gefährlich, zu ihnen zu gehen und sie zu belauschen, könnte meinen Tod bedeuten. Aber hatte ich eine Wahl?

Erneut sah ich an meinem Vater vorbei in das Gesicht des Sehers, der seinen Mund zu einem leichten Lächeln verzogen hatte. Ihm war bewusst, was in meinem Kopf vor sich ging, wahrscheinlich las er mir die Angst an meiner zitternden Unterlippe ab. Er wusste, dass mich diese Aufgabe umbringen könnte. Doch er wollte mich trotzdem fortschicken.

Ich musste keine Gedanken lesen, um zu erahnen, was er und der anderen Anführer dachten. Ein Test. Sie wollten prüfen, ob ich bereit war, mein Leben aufs Spiel zu setzen, um meine Loyalität zu beweisen. Anscheinend hielten sie mich für eine Gefahr. Für unnatürlich. Ein Fehler der Natur, der so nicht existieren durfte. Der Seher hatte selbst gesagt, dass meine Zukunft viele Wege bereithielt. Vielleicht erkannte er in einem Pfad die Möglichkeit, dass ich ihnen gefährlich werden konnte und sie wollten einen Beweis dafür, dass sie mir vertrauen konnten. Ein Beweis, der auf Blut gebaut war und ihnen im besten Fall noch wertvolle Hinweise über unsere Feinde brachte.

All diese Gedanken wirbelten in Sekundenschnelle durch meinen Kopf. Auf einmal sah ich so viel mehr hinter der Gleichgültigkeit der beiden Männer. Ich sah die Angst, die sie bei meiner Anwesenheit verspürten, ich sah Hoffnung und Entschlossenheit in den Augen des Beschwörers und dunkles Wissen in dem leichten Lächeln des Krähenmanns. Dem Wissen, dass es für mich keinen anderen Ausweg gab. Mir wurde schwindelig von den vielen unterdrücken Emotionen, die in ihren Gesichtern lagen.

*Es gab keinen Ausweg.* Ich musste es versuchen, musste ihrem gefährlichen Plan zustimmen. Nicht meinetwegen. Wenn es nach mir ginge, hätte ich diesen beiden Männern die Meinung gegeigt, dafür, dass sie mir ernsthaft zutrauten, anderen Schaden zu wollen. Ich hätte die Jahre hinter Gittern mit Würde genommen, die mich danach erwartet hätten. Doch um meiner Familien willen musste ich das durchziehen. Wenn ich mich weigerte und deshalb weggesperrt wurde, wer sollte sich dann um sie kümmern? Wer sollte Essen beschaffen, wenn Vaters Sicht noch schlechter wurde und er kein Wild mehr jagen konnte? Wer sollte die Wunden versorgen, wenn die Haut meiner Mutter im Winter vor Kälte verbrannte? Wer sollte Elara davor bewahren, sich von einem der Carrol-Söhne schwängern zu lassen? Es gab zu viel Verantwortung, die ich nicht abgeben konnte.

Der Alte wusste, was ich antworten würde, noch bevor die Worte meinen Mund verließen. Diese Zukunft konnte er sehen, da sie so nah, so unwiderruflich und eindeutig war, dass es keine anderen Möglichkeiten gab.

Ich schaute ihm erhobenen Hauptes in seine leeren Augen, ehe ich mit kühler Stimme verkündete: »Ich nehme mein Schicksal an.«

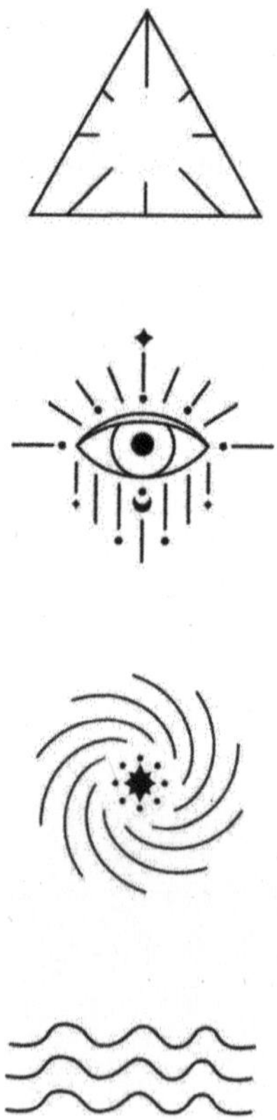

# 3

In dieser Nacht träumte ich von Rosen. Sie waren nicht rot wie jene, die ich bei der Zeremonie erschaffen hatte. Nein, in meinem Traum waren sie von einem tiefen Schwarz, als hätten sie die Schatten der Nacht in sich aufgenommen. Als ich sie berührte, stachen mir ihre Dornen in die Finger und ich wurde in einen Strudel aus Blut, Dunkelheit und Magie gezogen, der mich in einem abgelegenen Stück Wald wieder ausspuckte. Ich versuchte, den Weg zurück zu finden, und rannte. Hinter mir hörte ich ein Tuscheln, doch immer, wenn ich einen Blick über die Schulter warf, sah ich nichts außer den umliegenden Bäumen. Sie streckten ihre Äste nach mir aus wie Klauen, wollten mich auf ewig in den Wäldern gefangen nehmen. Ich stürzte durch Sträucher, schnitt mir die Arme an hervorstehenden Hölzern auf. Irgendwann blieb ich keuchend stehen. Mit pochendem Herzen blickte ich um mich, versuchte, einen Weg aus diesem Irrgarten zu finden. Aber alles, was ich sah, war, dass mich aus dem Schatten der Bäume ein grelles Augenpaar anstarrte. Es waren die Augen des Krähenmanns, blind, weiß und bedrohlich. Ich taumelte rückwärts, doch stieß mit dem Rücken gegen ein Hindernis und egal, wie sehr ich drückte und presste, ich kam nicht weiter. Die Augen kamen näher und der irre Blick brannte sich in meine Haut.

Schweißgebadet schreckte ich aus dem Schlaf. Es war noch dunkel, doch sicherlich würde bald die Sonne hinter den Bergen aufgehen und einen neuen Tag ankündigen. Ich rieb mir die Schläfen, verscheuchte die Erinnerungen an den Traum, der genauso hoffnungslos war wie die kommenden Tage.

Vater hatte drei Wochen herausgeschlagen. Drei Wochen, in denen ich noch hierbleiben durfte und mich auf meine Aufgabe vorbereiten konnte. Doch das beruhigte mich kaum. Was waren schon drei Wochen, verglichen mit der Ewigkeit in Gefangenschaft, die mich erwartete, sollten die Gedankenleser meinen Plan durchschauen? Ich seufzte. Vater wollte dafür sorgen, dass ich in den drei Wochen möglichst viel meiner Beschwörermagie zu beherrschen lernte. Er hatte es sogar geschafft, Cavier davon zu überzeugen, mich in dem offiziellen Lager der Beschwörer trainieren zu lassen. Schließlich war ich ebenso eine von ihnen. Ich trug die Fähigkeiten der Beschwörer in mir, und sollte ich meine Aufgabe meistern und lebend aus dem Reich der Gedankenleser zurückkehren, würde ich meinen Platz unter ihnen erhalten. Doch um es so weit zu bringen, musste ich es erst einmal *schaffen,* am Leben zu bleiben.

Drei Wochen waren nicht genug, um mir ausreichend Magie beizubringen, die mich schützen konnte. Und selbst wenn, ich bezweifelte, dass mir das im Reich der Gedankenleser überhaupt etwas nützen würde. Egal, wie gut ausgebildet unsere Krieger waren, es war noch nie jemand lebend aus der Heimat unserer Feinde zurückgekehrt.

»Es wird diesmal anders sein«, murmelte ich vor mich hin. »Die Gedankenleser töten bestimmt niemanden aus ihren eigenen Reihen. Ich kann es schaffen.« Aber wusste ich das mit Sicherheit?

Ich stand auf, bevor ich mir zu viele Gedanken machen konnte. Das Bett, auf dem ich geschlafen hatte, war mit einer buttergelben Decke bezogen. Es sah freundlich aus und diese Tatsache tröstete mich. Immerhin wurde ich hier nicht wie eine Gefangene behandelt. Obwohl mich der ein oder andere Beschwörer gestern wie jemand angeblickt hatte, den sie gern hinter Gittern sehen wollten. Egal, wie stark meine Beschwörermagie war, die meisten von ihnen würden wahrscheinlich immer nur ein Mädchen sehen, das die gefürchtete Geistmagie beherrschte.

*Bis ich meinen Test bestanden habe*, versuchte ich mich zu besänftigen.

Nach meiner gestrigen Entscheidung hatte man mich ins Trainingslager der Beschwörer gebracht. Es befand sich nur ein paar Straßen entfernt von dem Haus meiner Eltern. Wenn ich aus dem breiten Fenster zu meiner Linken blickte, konnte ich beinahe die Umrisse davon erkennen, das schmutzige Rot der Ziegel und das Grau des Rauches, der aus dem Kamin wehte. Ich nahm mir vor, heute Nacht eine Kerze zu entzünden und sie ans Fenster zu stellen.

Vielleicht würde Mutter sie sehen und es könnte ihr die Sorgen nehmen. Ich wollte mir gar nicht ausmalen, wie sie auf Vaters Geständnis reagiert hatte. Sicherlich hatte sie noch ein paar weitere Teller zerschmettert, als er ihr sagte, ich würde tatsächlich fortgeschickt werden.

Angestrengt kämpfte ich mit den Tränen, die verräterisch an meinen Wimpern zupften. Ich würde nicht weinen, nicht, solange ich die Situation noch retten konnte.

Ein wenig zu energisch verließ ich das Zimmer. Sie hatten mich in einem erstaunlich hübschen Teil des Trainingslagers untergebracht. *Lager* war vielleicht nicht der richtige Begriff für das, was sich mir hier zeigte. Ich war noch nie in den Bauwerken der Beschwörer gewesen. Man durfte sie erst betreten, nachdem man sich als einer von ihnen offenbarte. Bislang konnte ich die Bauten lediglich von außen bewundern, den kühlen Marmorstein und die gläserne Decke. Ich hatte mich immer gefragt, wie es hier drinnen wohl aussehen mochte. Meine Eltern hatten es mir beschrieben, doch keiner ihrer Versuche glich auch nur annähernd der Schönheit, die mich in diesem Saal empfing. Elara hatte immer nur abwertend geschnaubt, wenn ich sie um ihre Eindrücke gebeten hatte.

*»Es ist eben eine große Halle«*, waren die ausführlichsten Worte, die ich sie je über den Trainingsplatz sprechen gehört habe. Eigentlich war es ironisch. Sie gab so viel auf ihr eigenes Aussehen und doch sah sie die Feinheit in den Wandmalereien nicht, übersah die zarten Linien und Zeichen, die miteinander verbunden waren und dadurch eine nahezu unendliche Geschichte erzählten.

Ehrfurchtsvoll fuhr ich mit den Fingern über die hellen Wände. Die Zeichnungen waren nicht nur aufgemalt, sondern eingeritzt, auf ewig festgehalten in dem uralten Stein. Staunend legte ich den Kopf in den Nacken, um bis an die Decke sehen zu können. Ich erkannte drei Muster, die sich ständig wiederholten: Ein Auge, ein Dreieck und eine gewundene Spirale. Sie stellten wohl die drei Magierstämme dar.

Wenn ich die Zeit gehabt hätte, wäre ich hier noch Stunden stehen geblieben, um das Kunstwerk zu betrachten. Ich hätte mich treiben lassen von den blassen Farben, die ab und an die Skizzen untermalten und hätte die Geschichte entschlüsselt, die hier gelesen werden wollte.

Meine Seele gehörte schon immer der Kunst. Noch ein Grund, weshalb ich den Anführer der Beschwörer nicht enttäuschen und mich so unbedingt als eine von ihnen beweisen wollte. Denn insgeheim träumte ich davon, mit meiner Beschwörermagie genau solche Monumente zu errichten. Nicht nur, um Geld einzutreiben. Sondern auch, um mich meinem Perfektionismus hinzugeben. Was würde ich dafür bieten, Magie mit einer ebensolchen Genauigkeit wirken zu können wie die Erschaffer dieses Gebäudes und andere damit zum Staunen zu bringen? Ich seufzte voller Hingabe bei diesem Gedanken.

Eine Hand berührte meinen Arm und riss mich aus meinen Schwärmereien. Als ich herumwirbelte, blickte ich in strahlendes Grün. Der Junge mit den Jadeaugen lächelte, als ich ihn verdutzt ansah.

»Du bist also das berühmte Geistermädchen«, sagte er grinsend und streckte mir eine Hand entgegen. Seine Haare hatten die Farbe von Schokolade, nur waren sie von blonden Strähnen durchzogen. Er war groß und trug Trainingskleidung, einen kobaltblauen Anzug, der sich wie eine Katze an seinen Körper schmiegte und die definierten Muskeln darunter andeutete. Ich hatte ihn noch nie zuvor gesehen, was mir seltsam vorkam, da er als Beschwörer im gleichen Dorf aufgewachsen sein musste wie ich.

Doch trotz meiner Verwunderung schwieg ich bei seiner Bemerkung. Mir war klar, dass er mit ihr das Eis brechen wollte. Mit dem Begriff *Geistermädchen* hatte er jedoch genau meinen wunden Punkt getroffen.

Immerhin schien er es meiner erkaltenden Miene anzusehen, denn seine nächsten Worte waren ein wenig bedachter, brachten mich dazu, doch noch einmal in seine seltsam anziehenden Augen zu blicken.

»Hey«, sagte er mit einem Tonfall so sanft wie eine warme Sommerbrise. »Die Anführer haben Angst vor dir. Das ist der Grund, weshalb sie und die anderen Beschwörer dich wie eine Aussätzige behandeln. Wenn sie das erst mal abgelegt haben, wird hier alles ganz normal für dich sein.«

»Und du hast keine Angst vor mir?« Ich sah an ihm vorbei, zu den vielen anderen Beschwörern, die hier trainierten oder beschäftigt durch die Halle liefen. Sie versuchten, unauffällig zu sein, dennoch bemerkte ich verstohlene Blicke in meine Richtung, und die Furcht darin zerrte an mir. In den letzten Minuten hatte ich so intensiv die Wandmalereien betrachtet, dass ich fast darüber hinwegsehen konnte. Für einen kurzen Augenblick hatte ich mich *normal* gefühlt. Doch das war ich nicht und leider konnte ich mich auch nicht ewig vor den Gesprächen mit ihnen drücken.

Ein Kloß steckte mir im Hals, wenn ich daran dachte, dass ich die nächsten Tage unter ihren kritischen Blicken trainieren würde. Sicherlich würden ihre Augen mich verfolgen, fast so wie es die des Krähenmanns in meinem Traum getan haben. Wieder seufzte ich, niedergeschlagener jetzt.

»Nein, ich habe keine Angst vor dir«, antwortete der junge Mann und erneut blinzelte ich überrascht. »Wenn du wirklich unser Feind wärst, würdest du dich den anderen Gedankenlesern sicher nicht mit nur drei Wochen Vorbereitung ausliefern, um Cavier und Arvid deine Treue zu beweisen. Selbst wenn du ihre Magie beherrschst – zu ihnen zu gehen, um zu spitzeln, ist lebensmüde.«

»Woher weißt du das?«, fragte ich ihn skeptisch, während der Name *Arvid* in meinem Kopf widerhallte. Ich hatte noch nie gehört, dass jemand außer Cavier den Großen Seher bei seinem Namen nannte. »Hat sich mein Auftrag schon so schnell rumgesprochen?«

»Nein.« Der Junge schüttelte den Kopf. »Dein *Auftrag* ist ein wohlbehütetes Geheimnis zwischen den Oberhäuptern und deinem Vater. Sie haben gestern Nacht noch stundenlang darüber diskutiert.«

»Du hast sie belauscht«, schloss ich aus seinen Worten. Mit zusammengezogenen Augenbrauen beobachtete ich ihn. Bei meiner Erkenntnis setzte er ein freches Grinsen auf. Seine honigfarbene Haut glühte dadurch ein wenig.

»Es wurde hier langsam langweilig.« Unbekümmert zuckte er mit den Schultern. »Wurde Zeit, dass hier mal etwas Spannendes passiert. Ein Mädchen, das wie eine Schwerstverbrecherin von den Anführern höchstpersönlich hereingeführt wurde, war genau das, was ich gebraucht habe.«

»Und sie haben nicht gemerkt, dass du ihre Worte mit angehört hast?«, fragte ich beeindruckt. Ich selbst hatte nach meiner Zeremonie das Gefühl, die blinden Augen des Sehers würden alles mitbekommen. Meine Bewegungen, meine Mimik, sogar das leichte Heben und Senken meiner Brust, wenn sich mein Herzschlag beschleunigte.

»Ich lasse mich doch nicht erwischen.« Er hielt mir erneut die Hand hin und diesmal ergriff ich sie, hakte mich anschließend bei ihm unter.

»Vielleicht sollten sie besser dich als Spion zu den Gedankenlesern schicken.« Ein bitteres Lächeln lag auf meinen Lippen, als ich von dem Fremden durch die große Halle geführt wurde.

»Ich als Spion bei den Gedankenlesern? Nicht für eintausend

Goldmünzen. Aber ich könnte dir beibringen, wie man lauscht.« Das freche Grinsen des Mannes war ansteckend.

Die Halle war kreisrund und überall an den Wänden prangten Türen, die zu weiteren Kammern oder Schlafgemächern führten. Vater hatte mir erzählt, dass neu erwählte Beschwörer oft mehrere Wochen am Stück im Trainingslager verbrachten. Sie aßen und schliefen hier, bis sie ihre Magie beherrschten. Danach durften sie wählen – es gab verschiedene Berufe, die man erlernen konnte. Manche ließen sich als Krieger ausbilden, um die Grenzen vor möglichen Angriffen der Gedankenleser zu schützen. Diese Berufsgruppe erforderte intensiveres Training, weshalb uns auch noch einige ältere Magier – meist mit ernsten Mienen – entgegenkamen, die sich hier weiter ausbilden ließen.

Andere wählten den Beruf der Architekten. Nur die begabtesten Magier konnten diesen Beruf ausüben, denn sie waren für die Infrastruktur des Dorfes zuständig. Meistens blieben sie nicht lange hier, talentierte Architekten verließen uns schnell und boten ihre Dienste lieber reicheren Städten an. Sie erbauten Monumente und schützende Mauern mit Hilfe ihrer Magie. Es lag in der Verantwortung der Architekten, für bezaubernde Bauwerke wie dieses hier zu sorgen, sie verschönerten die Altstadt von Kyantis mit hübschen Skulpturen und erschufen Paläste für die reichen Anwohner. Deshalb hatten es die Beschwörer von den drei Magiergruppen allgemein am besten. Weder Seher noch Gedankenleser konnten aus Magie Dinge errichten, sie mussten auf ihre handwerklichen Fähigkeiten zurückgreifen, während unsere Dorfmitte von magischen Läden und hochwertigen Amtsgebäuden nur so strotzte.

Doch die Architekten waren auch geizig, weshalb mir und den meisten anderen Bewohnern die Schönheit unseres Dorfes nichts nützte. Keiner von ihnen kümmerte sich um die ärmeren Familien, obwohl es sie nur eine Handbewegung kosten würde, um ihnen ein neues Dach zu schenken und sie damit vor dem Tod zu bewahren. Ich erinnerte mich an einen Tag von vor fünf Jahren. Elara war furchtbar krank gewesen, der Winter hatte sie mit Grippe bestraft und Mutter saß nächtelang mit einem kühlen Lappen an ihrem Bett um das Fieber zu senken. Es gab Tage, an denen wir glaubten, sie würde es nicht schaffen. An anderen Tagen jedoch hatte ich mich zusammengerissen, war ins Dorf gerannt, um Heiler ausfindig zu machen. Ich hatte ihnen alles angeboten, was ich zu geben hatte, sogar meinen

Körper, um die Medizin zu bezahlen. Doch sie lachten mir nur ins Gesicht. Ein angehender Architekt wurde auf mich aufmerksam. Obwohl er gerade erst zwanzig gewesen sein musste, sah ich ihm den Übermut schon an seinem gemeinen Grinsen an. Er bot mir seine Hilfe an. Die folgende Nacht war die furchtbarste, die ich je erlebt hatte, und trotzdem war ich erleichtert, als ich am nächsten Morgen genug Münzen hatte, um sowohl Medizin als auch neue Fenster für unser Haus zu besorgen.

Ich war dem Mann nicht wütend. Er war in Reichtum aufgewachsen und dachte, die Welt würde ihm gehören. Männer wie er hatten sich schon immer alles erlauben können und ich war zu verzweifelt gewesen, um sein Angebot abzulehnen. Dennoch verfolgten mich manchmal Erinnerungen an seinen heißen Atem auf meiner Haut und ich schwor mir, ein besserer Mensch zu sein, wenn ich einmal Architektin war.

Als wir in der Mitte der Halle angekommen waren, blieb der Fremde vor mir stehen und betrachtete mich interessiert. Sein Blick lag intensiv auf mir, als würde er den Trubel um uns herum gar nicht wahrnehmen. Vielleicht war er all das auch einfach schon gewohnt. Die hektischen Rufe der Trainierenden und das leichte Flimmern der Magie, wenn ein Beschwörer versuchte, aus Energie Waffen zu erschaffen. Das leise Fluchen, wenn ein Zauber fehlschlug und die vielen skeptischen Blicke in unsere – *meine* – Richtung.

»Wer bist du überhaupt?«, wollte ich geradeheraus wissen und schlang schützend die Arme um meine Brust, als er den Kopf leicht zur Seite neigte und mich musterte. Es war eine natürliche Abwehrreaktion meines Körpers, hervorgerufen durch die Erinnerungen an mein Opfer, das Elara damals das Leben rettete.

»Mein Name ist Liam.« Er wendete seinen Blick ab, als er meine Unsicherheit bemerkte, und starrte stattdessen auf den Boden. »Ich hatte vor vier Jahren meine Zeremonie. Seitdem bin ich hier und trainiere. Ich möchte Krieger werden.«

»Vor vier Jahren.« Ich hatte ihn nicht für dreiundzwanzig gehalten. In dem schelmischen Grinsen und dem begeisterten Glitzern in seinen grünen Augen versteckte sich etwas Jungenhaftes. »Wie kommt es, dass ich dich davor nie im Dorf gesehen habe?«, fragte ich stirnrunzelnd.

»Ich bin nicht im Dorf aufgewachsen, sondern auf der anderen

Seite des Flusses. Bei den Bergen.« Jetzt blitzte sein Blick doch noch einmal vielsagend in meine Richtung. »Mein Vater war ein Seher.«

Ich riss die Augen weit auf. »Ein Seher«, wiederholte ich flüsternd und mit Ehrfurcht in der Stimme. Ich hatte nicht viele Seher in meinem Leben kennengelernt, die meisten von ihnen blieben auf ihrer Seite des Flusses, genau wie wir Beschwörer auf der unseren. Doch in meinen Gedanken sahen sie alle wie der Krähenmann aus, unheimlich und mehrdeutig.

»Er war nicht gerade glücklich darüber, dass sich mir eine andere Magie offenbarte.« Liams Blick glitt gedankenverloren in die Ferne, als wäre er in seine eigenen Erinnerungen vertieft. »In meiner Familie bin ich der erste Beschwörer seit Generationen, das haben sie nicht so gut aufgenommen. Die meisten von ihnen habe ich nie wieder gesehen.«

»Ich dachte, die Seher und die Beschwörer wären Verbündete?«, murmelte ich verwirrt. Es war schließlich überall bekannt, dass sich die beiden Gruppen zusammengeschlossen hatten, damals, als die Gedankenleser uns den Krieg erklärten.

Liam schnaubte. »Ja, Verbündete im Krieg vielleicht. Aber hast du hier im Dorf jemals Seher gesehen?«

Ich schüttelte den Kopf auf seine Frage hin.

»Siehst du? Die Stämme bleiben noch immer am liebsten unter sich. Egal, was uns Arvid und Cavier erzählen, ich glaube nicht daran, dass dieser Zusammenschluss mehr als nur den jeweils eigenen Interessen dient.«

Wieder dieser Name. *Arvid.* Gerade, als ich ihn darauf ansprechen wollte, ließ mich das Geräusch schwerer Schritte aufhorchen. Das Oberhaupt der Beschwörer trat auf uns zu, kam mit einigen Metern Abstand vor uns zum Stehen. Augenblicklich verstummte das Treiben im Saal. Es herrschte eine erwartungsvolle Stille, jeder sah zu uns und lauschte, was wohl als Nächstes geschehen würde. Anscheinend war es nicht üblich, dass sich ihr Anführer hier zeigte.

Mit grimmigem Blick sah er mir direkt in die Augen. Sein flammendes Haar wehte trotz der windstillen Luft und er sah beängstigend aus.

Ich wusste nicht, wieso, aber ich fürchtete mich dennoch nicht vor ihm. Vielleicht lag es daran, dass mein Albtraum ohnehin bereits wahrgeworden war. Was könnte schon Schlimmeres passieren als die Geschehnisse der letzten Tage?

Ich verspürte eine seltsame Ernüchterung in mir, während ich seinem Blick standhielt. Die Narbe an seiner Wange pulsierte, als Cavier mein Gesicht musterte und die Zähne zusammenbiss. In einer anderen Situation hätte ich ihn womöglich gefragt, wie er sie sich zugetragen hatte. Ob sie von einem Kampf mit den Gedankenlesern stammte, oder einen harmloseren Ursprung trug. Doch ich hatte das leise Gefühl, dass mir mein Schweigen das Leben retten konnte. Ein falsches Wort und Cavier würde sich vielleicht umentscheiden und die drei ohnehin so kurzen Wochen der Vorbereitung auf eine verkürzen.

»Liam, ich sehe, du hast unsere Neue schon herumgeführt«, sagte er an meinen Begleiter gewandt, während sein Fokus jedoch noch immer starr auf mir ruhte.

»Herumgeführt ist vielleicht das falsche Wort. Ich habe mich ihr vorgestellt, weil sich der Rest von uns das wohl nicht getraut hat.« Liam antwortete in heiterem Plauderton, doch sein Blick sprach andere Bände. Das Grün seiner Augen sprühte Funken, während er mit stummem Vorwurf in die Gesichter der vielen Beschwörer sah, die bei seinen Worten verkrampft zu Boden blickten. »Aber ich kann euch beruhigen«, fuhr er belustigt fort. Er erhob seine Stimme, damit alle ihn hören konnten. »Sie hat mir noch keinen Dolch in den Rücken gerammt. Vielleicht ist sie ja doch keine Dämonin aus der Unterwelt.«

Ich hielt die Luft an, während er sprach und mir mit seinen Worten beistand. Ein Lächeln zupfte an meinen Mundwinkeln, doch ich war zu sprachlos, um etwas anderes zu tun, als ihn nur mit großen Augen anzusehen. Den teils wütenden, teils beschämten Blicken der anderen nach zu urteilen, hatte er sie soeben bloßgestellt. Vielleicht hätte ich ihm gedankt, dass er mir den Rücken stärkte, mir, einem Mädchen, das er kaum kannte. Doch ich hatte zu viel Angst davor, was Cavier mit ihm tun würde, also schwieg ich.

Zu meiner Verwunderung tat dieser gar nichts. Er sah Liam mit einem merkwürdigen Ausdruck in seinen braunen Augen an, den ich nicht deuten konnte. Dann wandte er sich erneut mir zu.

»Komm.« Ein einfacher Befehl und ich gehorchte ohne Widerworte.

Über die Schulter warf ich Liam noch einen kurzen Blick zu, formte mit den Lippen ein stummes »Danke«. Aus den Augenwinkeln sah ich, wie er als Antwort den Kopf neigte, weiterhin mit seinem frechen Grinsen im Gesicht, das auch mich zum Schmunzeln brachte.

Cavier führte mich vorbei an den anderen Beschwörern, die nach Liams beschämender Ansprache so langsam wieder mit ihrem Training begannen. Die meisten von ihnen waren wohl selbst gerade erst neunzehn geworden, sie sahen jung aus und ihre Magie war … durchschnittlich. Wir kreuzten den Weg von einem schmalen Jungen mit weißblondem Haar, der die Augen angestrengt zusammenkniff und zitterte, während er versuchte, seine Magie zu kontrollieren. Vor ihm waberte ein undefinierbares *Etwas* aus blassblauer Energie, keine Ahnung, was es darstellen sollte. Irgendwie sah es wie eine Mischung aus Tischbein und Hausschuh aus, nur war es mit Moos überzogen.

Die meisten der Beschwörer hier würden weder Krieger noch Architekten werden. Wie auch bei den Sehern wurden die magischen Fähigkeiten mit jeder neuen Generation schwächer. Ein Großteil der Beschwörer würde selbst nach der Ausbildung gerade mal in der Lage sein, einfache Dinge wie Schüsseln oder Bälle zu erschaffen. Und die Mehrheit von ihnen wäre damit auch zufrieden. Magie besaß schon lange nicht mehr den Stellenwert in unserer Gesellschaft, den sie früher mal gehabt hatte. Die meisten nutzten sie kaum, verließen das Lager nach wenigen Wochen und führten normale Berufe aus.

Meine Eltern und Schwester gehörten zu eben dieser Sorte. Sie hatten nie das Durchhaltevermögen besessen, um sich wirklich anzustrengen, was ihre magischen Fähigkeiten betraf. Meiner Schwester reichte der Gedanke, irgendwann als Frau eines einigermaßen wohlverdienenden Mannes zu leben, während meine Eltern in ihrer Arbeit als Jäger und Töpferin mehr Chancen sahen als in der Zauberei. Nicht nur einmal hatte es deshalb Streit zu Hause gegeben. Ich hatte es aufgegeben, mit Elara zu diskutieren, aber ich hoffte, dass sie irgendwann doch noch zur Vernunft kam und an ihrer Unabhängigkeit arbeitete. Es schüttelte mich bei dem Gedanken, dass sie auf die Gunst eines Mannes angewiesen war und sich nicht um ihr eigenes Überleben kümmern konnte.

Wir liefen ans andere Ende des Saals zu einer weiteren Tür. Auch hier waren die Wände mit Zeichnungen geschmückt. Ich fragte mich, wie lange es wohl dauern würde, sie mir alle anzusehen.

Als ich durch die Tür schritt, gewöhnten sich meine Augen nur langsam an das spärliche Licht, das sich dahinter befand. Der Raum war kaum größer als das Schlafgemach, in dem ich heute Morgen erwacht war, doch im Gegensatz dazu war er vollkommen leer. Bloß ein Regal aus dunklem Ebenholz schmückte die Wand und darauf stand eine Kerze, die einzige Lichtquelle in dem sonst dunklen Zimmer.

»Wie geht es dir?«

Die Frage überraschte mich. Ich suchte Zynismus in den Augen des Anführers, doch ich fand ihn nicht. Trotzdem konnte ich ein verbittertes Schnauben nicht unterdrücken.

»Das interessiert Sie?«, stellte ich als Gegenfrage.

Die schwere Tür dämpfte den Geräuschpegel von draußen und so war es unnatürlich still, während wir uns gegenüberstanden. Ich wich ein wenig zurück, brachte Abstand zwischen mich und Cavier, und doch fühlte ich die Macht, die in Form heißer Wellen von ihm ausging. Im Zelt hatte ich sie kaum wahrgenommen. Ich war zu sehr auf den Krähenmann und dessen beängstigende Magie fokussiert gewesen, die die Stränge meiner Zukunft gelesen hatte. Doch nun, da wir nur zu zweit hier standen, fiel mir auf, dass von dem Oberhaupt der Beschwörer eine nicht mindere Kraft ausging. Die Luft um ihn herum schien kontinuierlich zu pulsieren. Sie erzitterte in seiner Gegenwart. Doch immer, wenn ich die Energie um ihn anzusehen versuchte, verschwammen die Konturen wie Nebelschwaden. Nur wenn ich nicht direkt hinsah, erkannte ich Formen. Der bunte Nebel wurde zu Blättern, dann zu Sternen, dann zu Löwenköpfen. Caviers Beschwörermagie war so stark, dass sich die Luft um ihn herum ständig zu wandeln schien. Er erschuf Dinge durch seine bloße Existenz und zerstörte sie direkt wieder, nur um sie im Anschluss zu etwas anderem zu formen. Es war beeindruckend und beängstigend zugleich.

»Natürlich interessiert mich das. Du bist schließlich eine von uns.«

»Bin ich das wirklich?«

Er nickte auf meine Frage hin, doch ich glaubte ihm nicht. Seit der seltsamen Enthüllung bei meiner Zeremonie hatte ich mich nicht wie eine von ihnen gefühlt. Im Gegenteil. Ich wurde behandelt wie eine Absonderheit, ständig unter den kritischen Blicken der anderen Beschwörer, die nur mit Mühe den Hass dahinter unterdrückten. Ich war nicht dumm. Ich bemerkte das alles, auch wenn sie es selbst nie zugeben würden.

Cavier spürte meine Zweifel. Erneut stieß er ein Seufzen aus und fuhr sich mit den Fingern über seine feurigen Haare. Er wirkte müde. Nach meinem Geburtstag hatten wohl nicht nur mein Vater und ich wenig geschlafen. Meine Fähigkeiten mussten großflächig für Aufruhr gesorgt haben.

»Weißt du, was wir normalerweise mit Gedankenlesern machen?«, fragte er plötzlich und die Magie um ihn herum waberte ein wenig kraftvoller. Vielleicht passte sich die Stärke, mit der seine Macht erschauderte, seinen Gefühlen an. Gerade war er in Aufruhr, das sah ich an dem hektischen Zittern seiner magischen Schatten. Als ich nicht reagierte, beantwortete er seine eigene Frage: »Normalerweise wird dafür gesorgt, dass sie keinen Schaden anrichten können.«

Er sah mich vielsagend an und ich nickte wissend. Es wunderte mich nicht, dass Gedankenleserkinder ermordet, eingesperrt oder zu den anderen in die Wälder verbannt wurden. Dieses Geheimnis war im Dorf schon lange keins mehr. Nie hatte ich Menschen mit Geistermagie nach ihrer Zeremonie gesehen, doch ab und an verschwanden die Söhne und Töchter von Beschwörern in den Nachbarstraßen und die Eltern verließen tagelang nicht das Haus. Nur um irgendwann mit bleichem Gesicht und eisernem Schweigen ins Leben zurückzukehren und zu bestreiten, jemals ein Kind in die Welt gebracht zu haben.

Bis zu meinem Geburtstag fand ich diese Konsequenz durchaus einleuchtend. Immerhin waren sie eine Gefahr und sie von ihrer Magie abzuschotten – mit welchen Mitteln auch immer – ein notwendiges Übel. Nun jedoch hämmerte mein Herz hart gegen meine Brust bei dem Gedanken, was die meisten Beschwörer mir wohl am liebsten antun würden. Ich sollte dankbar sein, weil mir die Chance gegeben wurde, mich zu beweisen und wieder zurückzukehren. Doch für welchen Preis? Dafür, dass ich drei Wochen lang in der Gefahr lebte, von einem meiner Trainingspartner im Schlaf erdolcht zu werden? Und falls ich die drei Wochen überleben sollte, würde im Finsterwald bei den Gedankenlesern nur Schlimmeres auf mich warten.

»Der Große Seher wollte nicht anders mit dir verfahren«, fuhr Cavier fort und ich erschauderte bei seinen Worten. »Ich kenne ihn schon zu lange, als dass ich seine Absichten nicht durchschauen würde. Aber ich konnte nicht zulassen, dass er dich einfach wegsperrt. Du bist außergewöhnlich, Cara. Vielleicht ist es ein Fehler, dich am Leben zu lassen.« Ich wollte widersprechen, doch da sprach er schon weiter: »Aber solange wir nicht wissen, wieso du zwei Fähigkeiten in dir trägst, müssen wir dich schützen. Womöglich könntest du der Schlüssel sein, um uns zu stärken. Wenn künftig mehr von uns deine Macht besitzen könnten, bräuchten wir uns nie wieder vor den Gedankenlesern fürchten.«

»Und deshalb schickt ihr mich in drei Wochen zu ihnen auf ein

Selbstmordkommando? Weil ihr mich schützen wollt?« Das alles klang so absurd in meinen Ohren, dass ich den ironischen Tonfall nicht unterdrücken konnte, der in meinen Worten mitschwang.

»Der Seher findet den Gedanken, dass du bei unseren Feinden sterben könntest, tröstlich«, gab er nach einer Weile des Schweigens zu. »Er hat Angst vor dir und ich konnte nicht mehr tun, als ihn von der Alternative zu überzeugen, dich nicht direkt töten zu lassen.«

»Der Große Seher hat Angst? Vor mir?« In meinem Kopf drehte sich alles.. Der Alte war mächtig und konnte jeden meiner Schritte vorhersehen. Ich fürchtete mich vor ihm, doch es kam mir surreal vor, dass das auf Gegenseitigkeit beruhte.

»Natürlich fürchtet er sich vor dir. Du hast Gedankenleser- und Beschwörerkräfte. Du bist alles, aber keine Seherin. Zu jeder Gruppe könntest du dich verbunden fühlen, nur er hat keine Macht über dich. Das Wichtige ist jedoch ...« Er kam einen Schritt auf mich zu und ich wich nicht zurück. Wenn er mich hätte umbringen wollen, hätte er das längst tun können, hier in diesem abgeschotteten Raum. Ich hätte keine Chance gegen den großen Beschwörer mit seinen außergewöhnlichen Fähigkeiten. Doch er sprach lediglich mit mir und seine Worte ließen mich ihm Glauben schenken. »Das Wichtige ist, dass ich nicht glaube, dass du im Finsterwald sterben wirst. Ich glaube, jemand mit deiner Magie kann es tatsächlich schaffen. Du könntest uns von größerem Nutzen sein, als du es vielleicht ahnst. Drei Wochen mögen nicht viel sein, aber es ist alles, was ich herausschlagen konnte.« Er zögerte. »Ganz ehrlich, ich weiß nicht, ob ich einen Fehler begehe. Doch du trägst Beschwörermagie in dir und gehörst deshalb zu meinem Stamm. Und ich werde dich trainieren.«

Ich riss weit die Augen auf. Der Anführer persönlich würde mich trainieren? Ich war mir nicht sicher, ob ich mich geehrt fühlen sollte oder es meinen Untergang bedeutete. Wenn mich die anderen Beschwörer wegen meiner Fähigkeiten noch nicht verabscheuten, würden sie es spätestens nach dieser Sonderbehandlung tun. Aber solange mir Caviers Training half, am Leben zu bleiben, würde ich auch die hasserfüllten Blicke der anderen ertragen. Also brachte ich ein überraschtes »Danke« hervor und folgte ihm, als er das Zimmer durchquerte und durch die Tür zurück zum Trainingssaal schritt.

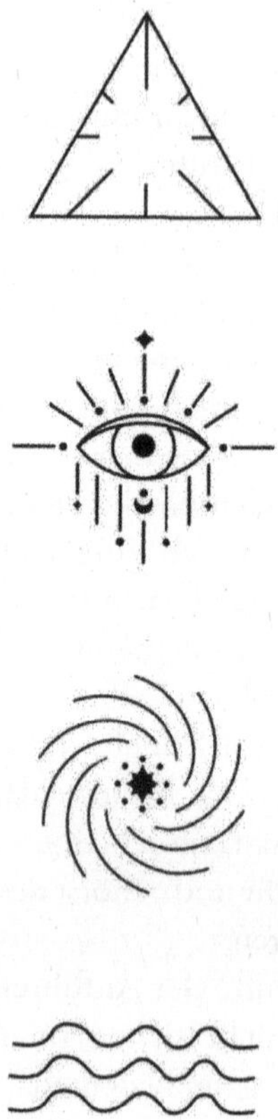

# 4

Es gab lautes Gemurmel, als der Anführer der Beschwörer und ich gemeinsam zurück in den Saal traten. Anscheinend war ich nicht als Einzige überzeugt davon gewesen, dass mich Cavier hinter verschlossenen Türen außer Gefecht setzen würde. Doch hier stand ich nun, erhobenen Hauptes, und blickte mit düsterem Ausdruck in die vielen perplexen Gesichter, die mich anstarrten.

Ich war bereit, meine Treue den Beschwörern gegenüber zu beweisen. Doch ihre halbherzig unterdrückte Abneigung ging mir wirklich auf die Nerven. Ich wünschte mir, Cavier würde mich allein in irgendeinem dunklen Raum trainieren und nicht hier, mitten in der Halle mit all den anderen. Es fiel mir jetzt schon schwer, mich auf meinen Lehrmeister zu konzentrieren, und das, obwohl wir noch nicht einmal mit dem Training begonnen hatten.

Zuerst erzählte er mir irgendetwas über Meditation. Ich müsste meinen Puls regulieren, sodass ich leichter das Zittern der Magie in mir aufspüren konnte. Um dieses Zittern anschließend zu manifestieren, müsste ich alles um mich herum ausschalten. Es dürfte nur noch mich geben, mich und meine Magie. Deshalb sollte ich im Trainingssaal mit allen anderen üben. Nur wenn ich es schaffte, ihr Starren und das Getuschel auszublenden und mich lediglich auf mich zu konzentrieren, könnte ich mein volles Potenzial entfalten.

Jetzt wurde mir auch bewusst, wieso Liam vorhin so unbeschwert angesichts der vielen Beschwörer gewesen war, die uns böse angeblickt hatten: Er hatte gelernt, andere aus seinem Bewusstsein auszuschließen.

Suchend schaute ich durch den Raum, mit dem heimlichen Wunsch, ich würde ihn irgendwo zwischen den vielen Menschen entdecken. Sein lockeres Grinsen könnte mir das Training vielleicht erleichtern und ein Blick in seine jadegrünen Augen würden mich die Umgebung womöglich tatsächlich vergessen lassen.

Doch er war nicht hier und so musste ich mich seufzend mit Cavier zufriedengeben, der mich wartend ansah. Also schloss ich die Augen. Geduld war noch nie meine Stärke gewesen und ich wurde unruhiger, je länger ich in mich hineinhorchte. Das langsame Atmen machte mich wahnsinnig und egal, wie lange ich nach irgendeinem Zittern in mir suchte, ich fand es nicht. Ein paar Mal dachte ich, ich hätte leichte Schwingungen wahrgenommen, doch sie entwischten mir immer, kaum dass ich mich darauf zu konzentrieren versuchte.

Nach einer halben Stunde, die mir vorkam wie eine Ewigkeit, öffnete ich beschämt die Augen. Cavier sah weiterhin ausdruckslos zu mir herab, hatte sich nicht einen einzigen Zentimeter von der Stelle bewegt. Wenn er enttäuscht war, versteckte er es gut. Ein paar der anderen Beschwörer hatten sich bereits vor einer ganzen Weile von uns abgewandt und gingen wieder ihren eigenen Tätigkeiten nach. Mein Versagen zu beobachten, war wohl nicht aufregend genug, und ich war froh drum. Andere jedoch warfen mir belustigte Blicke zu, sie tuschelten und lachten über meine Schwäche. Es machte mich wütend. Wie sollte ich innerhalb von drei Wochen schaffen, was die meisten erst nach Monaten lernten?

»Wir versuchen etwas anderes«, sagte Cavier grübelnd.

Ich nickte entschlossen. Meine Hände ballte ich zu Fäusten, während ich versuchte, das leise Gelächter der Umstehenden an mir abprallen zu lassen. Ihre Belustigung spornte mich an.

»Manchmal braucht Magie am Anfang einen emotionalen Anreiz, um in Schwingungen versetzt zu werden. Ich werde dich jetzt angreifen«, erklärte der Anführer nebensächlich, als wäre es das Normalste der Welt. Auch als ich schockiert die Augen aufriss, regte sich seine Miene nicht. »Es wird kein schwerer Angriff sein. Wenn du mit deiner Magie einen einfachen Schutzschild erschaffst, reicht das aus, um mich abzuwehren. Die Methode ist dieselbe wie vorhin. Atme tief und langsam, konzentriere dich auf dein Inneres.«

»Wie soll ich mich auf mein Inneres konzentrieren, wenn ich weiß, dass Sie mich gleich angreifen werden?«, fragte ich skeptisch und der Anführer begann zu schmunzeln.

»Du hast fünf Sekunden.«

»Was?«

Ich hatte keine Zeit mehr, um weiter nachzuhaken. Schon bildete sich um ihn eine Masse aus dichter flammendroter Energie, schön und gefährlich zugleich. Er formte sie nicht zu einem Schwert oder einer Axt, wie ich es erwartet hätte. Stattdessen feuerte er seine Magie einfach in meine Richtung, eine fließende Mauer aus Schwarz, die auf mich zufegte.

Ein Schrei blieb mir in der Kehle stecken, als ich panisch die Hände vor mein Gesicht schlug, um mich vor ihr zu schützen. Doch sie prallte dennoch gegen mich, schleuderte mich nach hinten. Ich stürzte gegen die Wand und sackte daran zu Boden.

Am Ende des Tages wusste ich nicht mehr, wie oft sich diese Situation wiederholt hatte. Wie oft ich mich zusammengekauert auf dem edlen Boden wiederfand, zitternd und bebend, und versucht hatte, meinem tauben Körper wieder Leben einzuhauchen, der von dem vielfachen Aufprall schmerzte. Noch immer brannten mir die Blicke der vielen Schaulustigen im Nacken, die das Spektakel beobachtet hatten. Mit der Zeit hatte sich eine ganze Horde zusammengefunden, die mitfieberte, jedes Mal, wenn der Große seine Magie gegen mich richtete.

Ich konnte es ihnen nicht verübeln. Er sah beeindruckend aus, wie er die Energie formte, als wäre es ein Kinderspiel. Ich hingegen hatte es noch immer nicht geschafft, eine einfache Schutzmauer zu errichten, die ihn daran hinderte, mich wie einen Spielball durch die Gegend zu schleudern. Dafür hatte ich mehrere Blutergüsse und Schrammen dazugewonnen, genauso wie einen pochenden Schädel und eine geprellte Nase.

Inzwischen war die Nacht hereingebrochen. Einige der Beschwörer hatten sich bereits schweren Herzens abgewandt und waren zu Bett gegangen.

Unter Mühen richtete ich mich auf. Es war dunkel und ich hoffte, schlafen zu können, ehe wir das Training morgen fortsetzen würden. Doch Cavier dachte wohl noch lange nicht an eine Pause. Erneut sammelte er seine Magie. Völlig unermüdlich. Endlos viele Angriffe hatte er gestartet und nicht einmal ein Schweißtropfen perlte an seiner Stirn. Seine braunen Augen sahen beinahe schwarz aus im Schatten der Nacht.

»Ich brauche eine Pause«, keuchte ich, als er den Anschein machte, erneut anzugreifen.

»Du hast dir noch keine Pause verdient. Erst möchte ich, dass du eine Mauer errichtest.« Seine Worte klangen unnachgiebig und streng. Nichts war mehr von der Güte zu spüren, in die er mir vor ein paar Stunden Einblick gewährt hatte, als er sein Vertrauen in mich und meine Kräfte ausgesprochen hatte. Nun sah er gefährlich aus. Ich klammerte mich an unser Gespräch hinter der verschlossenen Tür, denn wenn ich ihn jetzt so sah, fürchtete ich, er würde mich in dieser Nacht womöglich doch umbringen. Die Magie, die um ihn herumwaberte, sah im Dunklen noch furchteinflößender aus.

»Ich bin erschöpft.« Mit dem Ärmel wischte ich mir den Schweiß von der Stirn. »Je länger wir üben, desto schwerer fällt es mir, mich zu konzentrieren. Wenn wir morgen weitermachen …«

»Denkst du, die Gedankenleser geben dir eine Pause?«, unterbrach er mich harsch. »Du hast nur drei Wochen Zeit, um zu üben, und du willst faulenzen, als hättest du drei Jahre?«

»Ich faulenze nicht!«, entgegnete ich hitzig. Langsam wurde ich wütend. »Seit Stunden machen wir immer dasselbe und es nützt überhaupt nichts.«

»Weil du schwach bist. Weil du dich nicht konzentrierst. Weil du lieber schläfst und im Finsterwald ermordet werden möchtest, als zu lernen, deine Magie einzusetzen!«

»Das ist nicht wahr!«, schleuderte ich ihm entgegen. Meine Stimme hallte in dem mittlerweile leeren Saal. »Ich mache das hier zum ersten Mal. In wenigen Wochen werde ich allein in den Wald geschickt, ich habe keine Ahnung, was auf mich zukommen wird, und habe Angst, *natürlich* kann ich mich nicht richtig konzentrieren. Was erwarten Sie von mir?«

»Dass du dich anstrengst«, tadelte er mich. »Aber vielleicht habe ich zu viel von dir erwartet. Dein magisches Talent reicht womöglich nicht für mehr als für eine einfache Bäuerin oder Jägerin.«

Seine Worte glichen Fausthieben. Er wusste, dass er damit einen wunden Punkt traf. Er musste es wissen.

»Mein Vater ist Jäger«, brachte ich durch zusammengebissene Zähne hervor.

»Und er hat dir wohl seine Schwäche vererbt.«

In mir brodelte es. Erneut ballte ich die Hände zu Fäusten, bohrte mir die Nägel in meine Handflächen, bis ich die halbmondförmigen Abdrücke spürte. »Ich bin nicht schwach«, sagte ich mit einer zornigen Kälte in der Stimme. »Genauso wenig wie mein Vater!«

»Ach ja?« Der Große hob nur eine feuerrote Augenbraue.

Ein abschätziges Lächeln umspielte seine Lippen. Dann schoss seine Magie hervor, wütender und aggressiver als die letzten unzähligen Male an diesem Tag.

Doch auch ich war wütend. Ich würde es ihm zeigen, diesem herablassenden Anführer! Ich war nicht schwach! Also legte ich all meine Emotionen, all meinen Zorn in die nächsten Sekunden, bis sie an einer versteckten Stelle in meinem Inneren zerrten. Wieder spürte ich eine Kälte, die sich von meiner Brust in meinen Körper ausbreitete, wie am Tag meines Geburtstages. Die Kälte prickelte und schwappte wie Eiswasser, das herausgelassen werden wollte. Also ließ ich los. Ich fügte mich der Energie, die sich von innen gegen meine Haut presste, die nach außen dringen und mich dem rothaarigen Oberhaupt entgegensetzen wollte.

Eine Druckwelle fegte durch den Raum, als die Magie aus mir herausbrach. Ich hatte keine Mauer erschaffen, kein Schutzschild gegen die Energie, die von Cavier auf mich zuraste. Nein. Ich hatte Feuer mit Feuer bekämpft. Meine Kraft prallte gegen die des Großen, drängte sie zurück wie eine Feder. Er wurde nach hinten gestoßen, krachte gegen eine elfenbeinfarbene Säule und hinterließ bröckelnde Risse, als er sich wieder aufrichtete.

Dann war es vorbei. Meine Magie versiegte, genau wie mein Zorn. Es blieb nichts als Leere und Scham, als ich realisierte, was soeben geschehen war.

*Ich habe einen Anführer angegriffen*, hallte es in mir nach.

Ich stürzte nach vorne. Meine Hände zitterten, als ich schlitternd vor ihm zum Stehen kam.

»Es … es tut mir leid«, stammelte ich beschämt, während sich Cavier Staubreste von seiner edlen Weste wischte. Spätestens jetzt würde mich verstoßen. Er bat mir Hilfe an, trainierte mich persönlich und ich schleuderte ihn in einem Anfall aus Wut gegen eine Säule.

*Toll gemacht, Cara. Ganz toll.*

Gerade als ich mir eine halbwegs überzeugende Entschuldigung zurechtlegen wollte, begann er, zu lachen. »Sehr gut. Genauso habe ich mir das vorgestellt. Ein wenig impulsiv vielleicht, aber damit lässt es sich arbeiten.« Er blitzte mich aus seinen dunklen Augen anerkennend an.

Verwirrt runzelte ich die Stirn und sah vorsichtig auf. »Ich hatte keine Kontrolle über meine Emotionen. Ich … ich hätte Sie ernsthaft verletzen können.«

»Ja, das war großartig. Endlich hast du Zugang zu deiner Kraft gefunden. Es war nur ein wenig Provokation notwendig«, entgegnete er mit glänzenden Augen. Diese begeisterte Seite von ihm war mir neu. Die letzten Stunden über war er kühl und emotionslos gewesen, jetzt jedoch sprudelt das Leben aus ihm und ließ seine magische Aura um ihn herumtanzen. Anscheinend war er die Art Mensch, die jemanden kaltblütig ermorden und im nächsten Moment in einer Bauernkneipe Festlieder singen konnte.

»Sie haben meinen Vater also nur beleidigt, damit ich wütend werde und Sie mit meiner Magie angreife? Verstehe ich das richtig?«, hakte ich überrumpelt nach. »Sie haben sich lieber in Lebensgefahr gebracht, als es noch ein wenig mit Geduld zu versuchen?«

»Absolut.«

*Der Mann muss eindeutig an seinen Prioritäten arbeiten.*

»Jetzt hast du dir eine Pause verdient«, sagte er. Einen Atemzug später war er wieder ganz der Alte. Der kurze Moment der Unbeschwertheit in seinem Gesicht war erneut der Strenge eines Anführers gewichen.

Jetzt erst spürte ich, wie stark die Erschöpfung an meinen Knochen zerrte. Das Einsetzen meiner Magie hatte mir die letzte Kraft geraubt und so widersprach ich nicht, als mich Cavier zurück zu meiner Zimmertür führte und sich dort mit einer einfachen Handbewegung von mir verabschiedete.

Drinnen zündete ich die Kerze an, die ich zuvor auf mein Fensterbrett gelegt hatte, und schickte einen stillen Gruß an meine Mutter.

Das Bett fühlte sich himmelweich an, als ich mich darauf fallen ließ und die Augen schloss. Obwohl die Erschöpfung meine Glieder betäubte, wollte ich nicht schlafen, denn ich fürchtete mich vor Albträumen von dem Krähenmann oder meiner nahenden Aufgabe. Außerdem musste ich weitertrainieren. Ich hatte nicht mehr viel Zeit und ich musste lernen, mich zu kontrollieren, bevor ich in den Finsterwald ging. Schließlich konnte ich es mir nicht leisten, einen Gedankenleser versehentlich mit meiner Magie in die Luft zu jagen und meine Tarnung zu verlieren, nur weil ich wütend oder verängstigt war. Ich durfte meine Beschwörerkräfte nur im äußersten Notfall und mit Bedacht einsetzen. Doch nach den heutigen Ereignissen war ich mir sicher, dass das schwerer werden würde, als gedacht.

Cavier hatte mich *provoziert.* Er hatte mich mit Worten angestachelt und die Magie in mir hat diese Wut vervielfacht.

Sie hatte sich verselbstständigt und ich hatte sie losgelassen, ohne an die Konsequenzen zu denken. Wenn schon ein Beschwörer ein solches Gefühlschaos in mir auslösen konnte, wie würde es dann wohl in Gegenwart von Gedankenlesern sein?

Nein, ich wollte ganz sicher nicht schlafen. Ich wollte die Nacht nutzen und üben, üben, üben.

Doch je länger ich hier lag, auf diesem samtweichen Federkissen und mich meinen Sorgen hingab, desto schwerer wurden meine Knochen. Irgendwann konnte ich meine Augen nicht mehr offen halten, egal, wie sehr ich es versuchte, und ich fiel in einen unruhigen Schlaf.

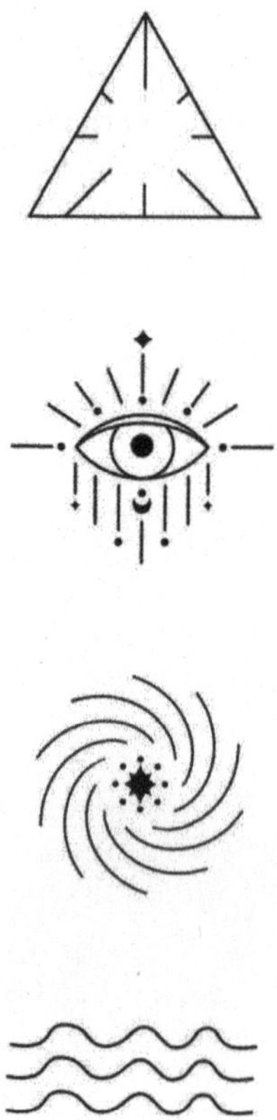

# 5

Es wäre ein Fehler gewesen, zu glauben, dass die folgenden Tage leichter werden würden. Cavier weckte mich jeden Morgen, noch bevor die Sonne aufging, und quälte mich bis in die tiefen Abendstunden. Danach war ich meistens so erschöpft, dass ich direkt einschlief, nicht selten noch mit meiner Trainingskleidung am Körper.

Ich wurde besser, ja. Immer öfter konnte ich meine Magie fühlen, auch ohne Caviers Provokationen. Doch je besser ich wurde, desto mehr forderte er mich.

»Heute versuchen wir etwas anderes. Eine Welle«, sagte er beiläufig, während er an einer heißen Tasse Kaffee schlürfte. Dabei hatte ich ihn die letzten Tage häufiger beobachtet. Wie man sich dieses Zeug reinkippen konnte, war mir ein Rätsel. Ein Reisender hatte dieses seltsame Gebräu vor einigen Jahren zu uns nach Kyantis gebracht und seitdem war es zu einem richtigen Hype geworden, seine Münzen oder gar Felle gegen ein paar Schlucke dieses Getränkes einzutauschen.

»Eine Welle?«, wiederholte ich und sah ihm angeekelt zu, wie er sich die schwarze Flüssigkeit von den Lippen leckte.

»Du erinnerst dich, als du mich mit deiner Energie angegriffen hast?«

»Das ist erst fünf Tage her, also ja.« Ich verengte die Augen zu Schlitzen, als er den Kaffee beiseitestellte. Es war nie ein gutes Zeichen, wenn er die Hände freihatte.

»Gut. Du hast deine Magie damals unkontrolliert auf mich geschleudert, wie einen Tornado.«

Nur schwer konnte ich mir ein Schnauben verkneifen. Er sprach immer von *damals*, als läge unsere erste Trainingsstunde bereits Monate und nicht erst eine Woche zurück. Aber ich wusste, dass er es hasste, wenn ich ihn unterbrach, also hörte ich stumm weiter zu. Ich machte die gleichen

Fehler schließlich nicht zweimal. Vorgestern hatte ich kurz dazwischengeredet, weil er mich versehentlich Carlotta genannt hatte, und er hatte es mir mit einem besonders tückischen Angriff heimgezahlt. Erst täuschte er vor, mich mit einem aus Magie erzeugten Schwert angreifen zu wollen, nur um dann hinterrücks eine Lawine aus spitzen Energiepfeilen auf mich zu schießen. Ich spürte die Einstiche noch immer.

»Diesmal wirst du das Gleiche machen, nur wirst du deine Energie wie in einem Fluss lenken, rhythmisch und fließend«, fuhr Cavier fort, und wieder runzelte ich die Stirn.

Bislang hatten wir nur kleinere Übungen durchgeführt. Ich sollte lediglich meine Magie heraufbeschwören, sie ein wenig atmen lassen. Einmal hatte ich es sogar geschafft, Rauchschwaden zu erzeugen, die einer Schale ähnelten, doch nie war die Energie länger als ein paar Augenblicke geblieben. Stets verpuffte sie, ließ nichts als die Kälte in mir zurück, die sie erschaffen hatte.

»Hast du Einwände?«, fragte Cavier auf meine besorgte Miene hin, doch sein spitzgezogener Mund sagte mir, dass ihm meine Antwort egal war.

Mit zu Schlitzen verengten Augen blickte ich ihm entgegen. »Nein«, antwortete ich knapp und streckte meine Arme aus, um mich auf die Aufgabe vorzubereiten. Dann schloss ich die Augen, blendete die Stimmen und das Schlagen meines pochenden Herzens aus und konzentrierte mich rein auf meine Atmung. Ich dachte an all die Lektionen, die Cavier mir beigebracht hatte. Die meisten von ihnen waren lästig gewesen, doch zugegeben, sie hatten mir geholfen.

Wenn ich meiner Atmung folgte, dem Strom frischer Luft, der durch meinen Körper floss, stieß ich früher oder später auf einen Kern aus Eis, der tief in meinem Herzen verankert lag. Im Geiste griff ich danach, zog die Kälte durch meine Adern und darüber hinaus.

»Jetzt lass sie nicht los«, flüsterte Cavier und ich öffnete sachte meine Augen.

Da war er, der magische Rauch. Tiefschwarze Nebelschwaden, die sich wanden und zappelten. So hatte ich mir als Kleinkind immer einen Geist vorgestellt, dunkel und gefährlich. Unfassbar, dass ich aus diesem Geist einmal Monumente erschaffen könnte, würde ich mein Abenteuer überleben.

Dieser Gedanke gab mir Kraft. Ich klammerte mich an die Energie, fesselte sie an mich, auch als sie sich gegen meinen Griff wehrte. Schweißtropfen perlten von meiner Stirn und ein Keuchen entwich mir, als ich es unter größten Mühen schaffte, sie zu lenken.

Erst zitterte meine Magie noch, doch irgendwann fegte sie durch den Raum wie ein Leuchtfeuer.

»Siehst du das?«, rief ich begeistert, als sie immer größer und stärker wurde. Bald schon mussten sich die anderen Beschwörer im Raum ducken, damit sie nicht davon getroffen wurden, und sprangen erschrocken zurück, drückten sich mit dem Rücken an die Marmorwand.

»Du sollst die Magie schweben lassen und sie nicht durch die Gegend jagen! Wie eine Welle, eine Welle!« Cavier versuchte, näher zu kommen, aber meine Magie hinderte ihn daran. Wann immer er einen Schritt auf mich zukam, stieß die Energie ihn wieder zurück. Immer wieder redete er auf mich ein, seine dunklen Augen riesig und aufgebracht. Doch ich sah auch Stolz darin. Denn Himmel, ich war gigantisch! Noch nie hatte ich von jemandem gehört, der innerhalb einer Woche eine solch magische Kraft bündeln konnte. Es war fantastisch!

Also ignorierte ich seine Rufe. Was war schon das Besondere an fließendem Wasser, wenn man loderndes Feuer erzeugen konnte?

Ich führte meine Magie durch den Saal, berauscht von der Kraft, die sie in mir auslöste. Mein kastanienbraunes Haar wehte mit den dunklen Schlieren um die Wette und die Strähnen kitzelten meine Wangen.

Doch so schnell das Glücksgefühl gekommen war, so schnell verging es auch wieder. Aus den Augenwinkeln erkannte ich eine zuckende Bewegung, knapp gefolgt von einem panischen Aufschrei.

Ich wirbelte herum, gerade noch rechtzeitig, um zu bemerken, wie sich ein Teil meiner Energie meiner Kontrolle entriss. Sie rauschte direkt auf einen Jungen zu und schleuderte ihn von den Füßen. Mit einem lauten Knall wurde er zu Boden gerissen und blieb schwer keuchend liegen, die Hand auf die Stelle gepresst, an der meine Magie ihn getroffen hatte.

Augenblicklich war sie vollkommen verpufft, keine Welle und auch kein Feuer an Energie flog mehr durch Raum. Sie sickerte wieder komplett in meinen Körper, hinterließ nichts als eisige Kälte.

Ich stürzte zu dem fremden Beschwörer, doch er kroch ängstlich vor mir zurück.

»Sie hat versucht, mich umzubringen!«, stieß er hervor, und seine Augen blitzten hasserfüllt in meine Richtung. Wäre ich nicht so schockiert gewesen, hätte ich ihn vielleicht bewundert. Seine Iriden schimmerten in zwei verschiedene Farben, die eine war von einem tiefen Braun, die andere besaß ein kühles Blau.

»Nein, bitte«, entgegnete ich leise. Ein Wimmern glitt über meine Lippen, als ich zusah, wie auch die anderen Beschwörer im Raum ängstlich vor mir zurückwichen. »Ich wollte ihn nicht verletzen. Es war ein Versehen.«

»Du hast die Worte des Anführers absichtlich missachtet!«, hörte ich einen anderen rufen.

»Ich habe die Freude in ihren Augen gesehen, als sie die Energie beschwor und auf ihn losließ!«, zischte noch jemand und bestätigendes Murmeln huschte durch den Saal.

Ich konnte ihnen nicht einmal widersprechen. Irgendwie hatten sie recht, ich *hatte* Caviers Worte ignoriert. Ich hatte mich überschätzt und mich an meiner Macht erfreut. Jetzt musste ich mich all dem Hass und dem Misstrauen stellen, versuchte, die getuschelten Verwünschungen und Beleidigungen zu ignorieren, die ich jedoch nicht ganz aus meinem Herzen verbannen konnte.

Es erklangen Schritte hinter mir und ich schluckte schwer. Cavier würde mir eine Standpauke halten, er würde mich vor allen anderen erniedrigen. In Gedanken bereitete ich mich auf die Predigt vor, die mich gleich erwartete. Doch Cavier ignorierte mich. Er lief an mir vorbei und kniete sich neben den verletzten Jungen.

»Wie geht es dir, Elias?«

»Nicht gut«, jammerte der Junge. Er hatte keine ernsthaften Verletzungen, das konnte ich sehen. Jeder Fall von einem Pferd löste schlimmere Prellungen aus, er hatte lediglich ein paar leichtere Kratzer an Armen und Beinen. Doch ich war mir sicher, dass er es seinen Freunden anders erzählen würde. In seiner Geschichte hätte ich ihn beinahe ermordet, sein Bein hätte in Flüssen Blut verloren und meine Gedankenlesermagie hätte ihn in Ohnmacht fallen lassen.

Ich wünschte, Cavier würde etwas sagen, als er an mir vorbeilief und ihn in das Krankenzimmer brachte. Dieses Schweigen und sein enttäuschter Blick waren beinahe unerträglich. Irgendwie war es mir wichtig, was er von mir hielt. Ich wollte, dass er mich mochte, dass er mir zutraute, meine Aufgabe zu erfüllen. Und doch senkte ich nur beschämt den Kopf, als er mich mit seinen dunklen Augen durchbohrte.

Es herrschte eine erdrückende Stille, als die beiden fort waren. Die anderen gingen schnell wieder ihren üblichen Aktivitäten nach, manche warfen mir weiterhin fiese Blicke zu und einige andere verließen den Saal gänzlich. Wahrscheinlich fürchteten sie, ich würde sie ebenfalls angreifen.

Ich hingegen übte nicht einfach weiter. Ich blieb noch eine Weile regungslos stehen, starrte auf den Boden und sah doch nichts anderes als das Bild des verängstigten Elias' vor meinem geistigen Auge.

Cavier kehrte nicht mehr zurück. Ich nahm an, dass mein Training für heute beendet war.

Die Zeit verging und die sanfte Morgensonne wurde immer kräftiger, bis sie dem Mittag Platz machte. Doch ich war so in meinem schlechten Gewissen gefangen, dass es sich wie Sekunden für mich anfühlte, auch wenn ich bereits eine Ewigkeit hier stehen musste und vor mich hinstarrte.

Schließlich riss ich mich zusammen, schüttelte mich ein paar Mal und verließ den Saal, steuerte auf die Tür zu, die auf die offene Straße führte.

Seit meiner Ankunft im Trainingslager der Beschwörer hatte ich die Halle nicht mehr verlassen. Ich schlief, aß und trainierte hier, von morgens bis abends an eine strikte Routine gefesselt.

Es hatte sich nicht ein einziges Mal die Möglichkeit ergeben, meine Familie zu besuchen. Und sie besuchten mich ebenso wenig, doch meine Mutter schickte mir regelmäßig kleine Zettel mit aufmunternden Nachrichten, die mir täglich von einem Boten überbracht wurden.

Anscheinend fürchtete sich meine Familie, sie würde mich zu sehr vom Training ablenken, wenn sie persönlich vorbeischaute. Ich brauchte schließlich jede Sekunde, um mich vorzubereiten. Jede Ablenkung konnte über Leben und Tod entscheiden, und so hatten sie mich meiner selbst überlassen, seit ich mich entschieden hatte, meine Aufgabe anzunehmen.

Auch heute wäre es sicherlich klüger, für mich selbst weiter zu trainieren. Doch ich konnte nicht länger in diesem Saal bleiben. Nicht jetzt, so kurz, nachdem meine Magie einen anderen Beschwörer verletzt hatte.

Also flüchtete ich, lief hinaus und atmete tief die frische Luft ein.

Es fühlte sich gut an, unter freiem Himmel zu sein. Die Mittagssonne strahlte auf mich hinab und wärmte mein Gesicht. Eilig lief ich die mir allbekannte Straße entlang, die an den Fluss führte, der unseren Bereich von dem der Seher trennte. Um diese Tageszeit war das Dorf noch voller Menschen und so fiel ich nicht auf, wie ich mich durch die Menge quetschte und meinen Weg suchte.

Als ich am Fluss ankam, kletterte ich auf einen der vielen hohen Felsen und setzte mich so, dass meine Beine über dem Wasser baumelten.

Dieser Ort war seit langer Zeit mein Lieblingsplatz gewesen. Der Fels wurde von umliegenden Bäumen geschützt, sodass mich niemand sah, und war gleichzeitig so hoch, dass ich über den schimmernden Fluss zu den Steinhäusern der Seher blicken konnte. Der Nebel, der sich dort ausbreitete, sah unheilverkündend aus und doch kitzelte es mich in den Fingerspitzen, einmal hindurchzulaufen und die Geheimnisse auf der anderen Seite des Wassers zu erkunden. Ich war schon immer zu neugierig gewesen, um hier glücklich werden zu können. Vielleicht war es mein Schicksal, zu den Gedankenlesern geschickt zu werden. So kam ich wenigstens weg von diesem Ort, konnte neue Horizonte entdecken, ehe ich wieder zurückkam und mein Leben hier verbrachte.

Ich betrachtete das klare Nass unter mir. Es schwammen schon lange keine Fische mehr darin. Das Wasser war mit der Zeit kälter und ungesünder geworden, genau wie die Luft. Als würde unsere Welt langsam sterben. Wir machten es nicht besser mit den vielen Bäumen, die wir im Herbst abholzten, um unsere Wohnungen im Winter zu wärmen. Wir nahmen nur, beuteten sie aus, anstatt der Natur etwas zurückzugeben.

Dennoch, das langsame Schwappen der Wellen brachte mir Ruhe. Ich schloss die Augen und genoss die Brise, die um mich herumwirbelte, bis sich mein noch immer hektisch klopfender Herzschlag beruhigte.

Erst als die Sonne ihren höchsten Punkt bereits weit überschritten hatte und der Himmel seine Farbe von hell- zu dunkelblau änderte, stieg ich wieder hinab.

Ich schlenderte den steinigen Weg zurück und bemerkte zu spät, dass mich meine Beine wie automatisch zum Haus meiner Eltern führten. Rauch quoll wie gewöhnlich aus dem Kamin und ich roch den verlockenden Duft von Wolfsfleisch, der durch die geöffneten Fenster drang.

Normalerweise unterhielten sich meine Eltern beim Abendessen, aber diesmal war es ganz still, als ich an der Fassade entlangschlich und durch das Fenster lugte. Ich wollte sie nicht stören. Bei meiner Anwesenheit würde Mutter sicherlich erneut in Tränen ausbrechen. Doch ich wollte einen Blick auf sie erhaschen, einmal nur, um wieder neue Kraft zu sammeln.

Als ich jedoch durch das Fenster ins Wohnzimmer spähte, konnte ich ein erschrockenes Japsen nicht unterdrücken.

Der Raum sah aus, als hätte ein Wildschwein darin gewütet. Das Porzellan war vom Tisch gestoßen worden, Scherben lagen überall verstreut und spiegelten im Glanz des Kaminfeuers. Ein Bild war von der Wand gefallen und ein Stuhlbein zertrümmert, als hätte jemand mit Gewalt darauf eingeschlagen. Von meinen Eltern war nichts zu entdecken, doch das Fleisch köchelte noch ruhig auf dem Herd, als wären sie vor nicht allzu langer Zeit hier gewesen.

Wie vom Blitz getroffen stürmte ich zur Tür. Sie war nicht verschlossen, ein weiteres Indiz dafür, dass etwas nicht stimmte. Wir schlossen immer ab. Sonst kämen noch Räuber, die uns um unser letztes Hab und Gut bestehlen würden.

»Vater? Mutter?«, rief ich, als ich das Wohnzimmer betrat.

Ich betrachtete das ganze Ausmaß des Schadens. Weitere Möbelstücke waren demoliert, die Tür des Kleiderschrankes aus den Angeln gehoben und zu Boden geworfen worden. Ich rückte ein verschobenes Foto auf der Kommode zurecht, das meinen Vater und mich bei unserem ersten gemeinsamen Jagdausflug zeigte. Damals war sein Haar noch dicht, seine Augen noch lebendig und wachsam gewesen.

Eilige Schritte ließen mich aufhorchen.

Mein Vater kam die Treppe hinabgehechtet, in seinen Händen eine alte, hölzerne Armbrust. Ich hob verteidigend die Hände, als er sie auf mich richtete, in seinen Augen ein solch entschlossener Blick, wie ich ihn seit Jahren nicht mehr bei ihm gesehen hatte.

»Ich bin es nur«, sagte ich schnell und duckte mich dennoch, als er warnend die Waffe klicken ließ.

Als er mich schließlich erkannte, sackte seine gesamte Haltung zusammen. Er ließ die angespannten Schultern hängen, legte die Armbrust beiseite und kam mit großen Schritten näher, um mich in eine feste Umarmung zu schließen. Sein Schmerz ging dabei auf mich über und als wir uns wieder lösten, fühlte ich mich plötzlich genauso ausgelaugt und schwach, wie er aussah.

»Was ist geschehen?«, fragte ich besorgt und deutete auf das Chaos um uns herum.

»Ich weiß es selbst nicht genau«, antwortete er mit ebenso schwacher Stimme. »Luisa, Schatz, du kannst kommen, es ist nur Cara!«, rief er schließlich nach meiner Mutter und ich hörte ihre vorsichtigen Schritte, ehe auch sie die Treppe hinunterkam.

Als sie mich sah, seufzte sie erleichtert und ihre besorgten Augen wurden wie erwartet von Tränen genässt. Sie umarmte mich ebenfalls, nicht weniger innig als mein Vater, während dieser weitersprach.

»Sie kamen ganz plötzlich, als wir gekocht haben, und wollten Papiere sehen. Es ist kaum mehr als eine Stunde her. Zum Glück war Elara nicht da, sie hätte sich zu Tode gefürchtet«, sprach er wild drauflos.

»Wer kam? Welche Papiere?«, hakte ich verwirrt nach und hob die Scherben auf, die sich zu meinen Füßen gesammelt hatten.

»Ich weiß es nicht. Männer und Frauen in schwarz. Keine Ahnung, zu wem sie gehörten. Sie trugen seltsame Masken, die ihr Gesicht verdeckten, und wollten Papiere über …« Er stockte. Erst als ich ihn fordernd ansah, sprach er zögernd weiter. »Über dich.«

Mein Herzschlag setzte aus. »Über mich?«, flüsterte ich und spürte, wie eine unangenehme Gänsehaut über meine Arme zog.

»Geburtsurkunde, Zeugnisse, deinen Pass. Informationen, wann du zuletzt bei einem Heiler warst, welche Heilkräuter du nimmst«, fuhr er fort und ich schnaubte. Als hätten wir genug Geld für Heiler oder Medizin.

»Ich habe mich geweigert, sie ihnen zu geben«, sagte Vater aufgebracht. »Sie sollten sich erst einmal selbst ausweisen, bevor sie Dokumente über meine Familie einfordern. Es wäre zu unserem Schutz, haben sie gesagt. Dass ich nicht lache!« Mit der Faust schlug er auf den bereits malträtierten Stuhl, der darunter komplett zusammenbrach. »Ein Leben lang hat sich niemand für uns interessiert. Nie hat uns jemand besucht und auf einmal wollen sie Informationen über unsere Kinder und es als gute Tat verkaufen?«

Bei dem nächsten Schwall Verwünschungen schaltete ich ab. Meine Kehle war wie zugeschnürt. Vater sprach so, als hätten es die Fremden auf unsere gesamte Familie abgesehen, doch es war allein meine Schuld. Sie waren meinetwegen hergekommen, um Informationen über mich und meine ungewöhnliche Magie herauszufinden. Wahrscheinlich hätten sie am liebsten noch Blutproben eingefordert, um mich zu klonen und weitere meiner Art herzustellen. Irgendjemand wollte mit aller Macht herausfinden, wieso ich mehr als eine Fähigkeit besaß. Oder vielleicht interessierte es ihn überhaupt nicht und er wollte nur wissen, wo meine Schwächen lagen, um mich anschließend unschädlich zu machen.

Egal, was Cavier sagte, ich war hier die nächsten drei Wochen nicht sicher. Irgendjemand wollte mir schaden – wie hätte es auch anders sein können. Es wäre zu naiv gewesen, zu glauben, dass Missgunst alles war, was die anderen Beschwörer mir entgegenbringen würden.

»Als ich nicht nachgelassen habe, haben sie angefangen, selbst danach zu suchen. Sie haben das ganze Wohnzimmer auseinandergenommen. Hätte ich sie nicht mit meinem Messer hinausgejagt, wären sie wohl noch immer hier«, schloss Vater den Monolog.

Erst jetzt bemerkte ich, dass er sich mit einer Hand das Bein hielt. Eine tiefe Schramme war in seinem Fleisch zu sehen, helles Blut tropfte daraus hervor.

»Sie haben mich erwischt, bevor sie gegangen sind«, antwortete er auf meinen entsetzten Blick. »Wollte ausweichen, aber na ja. Meine Reflexe sind nicht mehr die besten. Wir sind hoch gegangen, um die Wunde zu verbinden, kurz bevor du gekommen bist. Dachte, sie haben vielleicht Verstärkung geholt, daher die Armbrust.« Er sah mich entschuldigend an. »Sicherlich werden sie das noch tun.« Sein Blick war besorgt auf das geöffnete Fenster gerichtet, während sich Mutter an seinen Arm klammerte.

»Ihr könnt hier nicht bleiben«, stieß ich hervor. Ich nahm einen Lappen, tunkte ihn ins Wasser bei der Spüle und wrang ihn aus, ehe ich ihn Vater reichte. Er reinigte sich damit die Wunde und stöhnte vor Schmerz, als das Tuch den Schnitt berührte. »Es tut mir leid, dass ich nicht vorher hier war, ich hätte …«

Mutter unterbrach mich mit einem energischen Kopfschütteln. »Im Gegenteil. Ich danke den Göttern, dass du nicht hier warst, Carry. Sie waren so erpicht darauf, Informationen über dich zu finden. Wer weiß, was sie getan hätten, wenn du hier gewesen wärst.« Wieder schwammen ihre Augen in Tränen.

»Trotzdem. Ihr müsst fort von hier. Wenn sie zurückkommen …«

Erneut wurde ich unterbrochen, diesmal von meinem Vater. »Wenn wir wegrennen, werden sie uns verfolgen. Wir haben schon Schlimmeres überstanden als maskierte Einbrecher. Hunger, Kälte. Sollen sie ruhig wiederkommen. Wir halten Stellung.«

Auch in meinen Augen brannten nun Tränen. Es war so ungerecht! So absolut unfair! Ich konnte nichts für meine Magie und meine Eltern erst recht nicht. Jetzt mussten sie deswegen leiden und ich konnte ihnen nicht einmal helfen, weil ich trainieren und dann in den Finsterwald musste. Meine Familie war zäh, daran zweifelte ich nicht. Als ich noch ein Kind war, hatten sie mir oft Geschichten darüber erzählt, welchen Gefahren sie früher ausgesetzt waren. Sie lehrten mich, dankbar zu sein, für das wenige, das wir besaßen. Immerhin konnten wir gehen, wohin wir wollten, und mussten nicht länger mit ansteckenden Krankheiten wie dem ewigen Schlaf fertig werden, der vor einigen Jahrzehnten das Dorf heimgesucht hatte. Das änderte jedoch nichts an der Sorge, die ich verspürte und die mein Herz erkalten ließ.

Mein Vater lächelte sanft. »Es ist okay, Cara«, sagte er leise, als eine Träne meine Wange hinablief. »Wirklich. Es wundert mich nicht einmal. Du warst schon immer so stark, so anders als alle anderen Kinder. Mir war klar, dass du etwas Besonderes bist.«

»Sie haben dich verletzt. Sie werden es vielleicht wieder tun. Gib ihnen das nächste Mal einfach diese blöden Dokumente«, schluchzte ich und wischte mir mit einer Hand die Tränen weg. Als meine Eltern daraufhin liebevoll den Kopf schüttelten, zerbrach etwas in mir. »Wie kann ich euch nur helfen?«

Ich hatte mich noch nie so hilflos, so unnütz gefühlt. Bislang hatte ich auf alles eine Antwort gewusst, hatte immer alles regeln können. Diesmal war ich jedoch überfragt und das Gefühl nagte an mir wie Ratten an einem Käfiggitter.

»Überlebe.« Die Antwort meines Vaters war so knapp und doch so bestimmt, dass ich zu weinen aufhörte. »Überlebe und zeige der Welt, wie stark du bist. Damit hilfst du uns genug. Hier kommen wir schon zurecht.«

Das war keine zufriedenstellende Antwort, aber ich sah ein, dass ich im Moment nicht mehr tun konnte. Wenn sich meine Eltern neben ihren eigenen Problemen auch noch Gedanken über mich und mein Überleben machen mussten, war damit niemandem geholfen.

Also nahm ich den Kopf hoch, schob meine Sorgen beiseite und setzte ein möglichst überzeugendes Lächeln auf, das sie beruhigen sollte. Dann nickte ich.

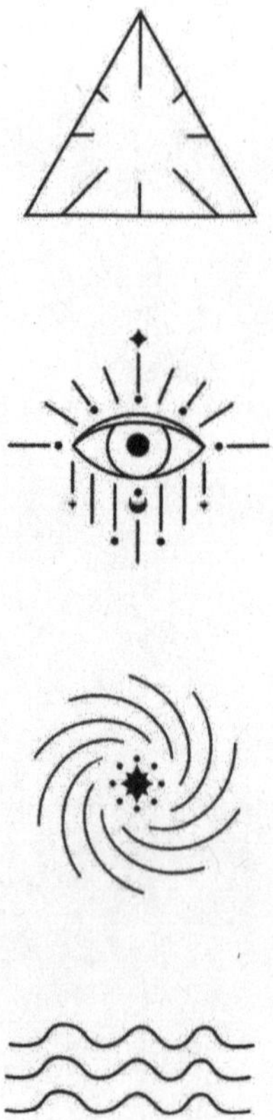

# 6

Nach dem nervenaufreibenden Treffen mit meinen Eltern brauchte ich eine weitere Stunde am Fluss, um das Geschehen zu verarbeiten. Meine Gedanken glichen einem Wirbel aus Sorge, Verzweiflung und Wut. Wie hatten es diese maskierten Verbrecher gewagt, unser Haus zu durchwühlen und meinem Vater Gewalt anzudrohen? Doch egal, wie lange ich hier auf dem Felsen saß, die Beine hinabbaumeln ließ und auf das kühle Wasser starrte, ich beruhigte mich nicht.

Mittlerweile war das Dunkelblau des Himmels einem sanften Schwarz gewichen. Die Nacht brach herein und so sehr ich die Dämmerung auch mochte, heute Abend fürchtete ich mich vor ihr.

Hinter jedem Wellenrauschen bildete ich mir ein, das magische Knistern feindlicher Beschwörer zu hören, und die Schatten der Felsen sahen aus wie düstere Gestalten, die mich beobachteten.

*Ich bin nur paranoid*, redete ich mir gut zu. Zu meiner Verbitterung musste ich mir jedoch eingestehen, dass es gar nicht unwahrscheinlich war, dass mir tatsächlich fremde Gestalten auflauerten.

Also machte ich mich rasch auf den Weg zurück zum Lager. Es war sicherlich keine gute Idee, nachts allein am Fluss herumzulungern. Im Trainingslager würden mich nach meinem magischen Missgeschick am Morgen zwar Ablehnung und vielleicht sogar weitere üble Beleidigungen erwarten, doch das war besser als in der Dunkelheit überwältigt zu werden.

Die Straßen waren bereits wie leergefegt, kaum eine Person tummelte sich mehr am Dorfplatz. Nur vereinzelnd sah ich Menschen, die in Grüppchen beisammenstanden und miteinander lachten. Das Klirren von Schnapsflaschen, die aneinandergestoßen wurden, war zu hören. Vermischt mit einzelnen Würgegeräuschen, wenn sich einer der Männer am Straßenrand übergab.

Normalerweise ignorierte ich solche Gruppen. Doch heute kam mir jede Gestalt besonders verdächtig vor und ich spürte jeden ihrer Blicke wie elektrische Schläge auf der Haut.

Erst als ich weiter hinten die Umrisse des gigantischen Torbogens erspähte, das den Eingang zum Trainingslager darstellte, wurde ich ruhiger. Ich verlangsamte meinen Schritt und blieb schließlich ein paar Meter entfernt stehen. Etwas klirrte zu meinen Füßen, als ich mit den Schuhen dagegenstieß, und als ich hinabblickte, sah ich eine weitere schmale Glasflasche mit trüber Flüssigkeit darin am Boden liegen. Die Männer mussten sie abgestellt und vergessen haben, als sie weitergezogen waren, denn sie war noch halb gefüllt.

Ich hob die Flasche auf und nippte an dem kalten Glas. Verzog das Gesicht, ehe ich einen zweiten Schluck nahm. Ich hatte nicht oft Bier gekostet und der erste Schluck war immer ein wenig gewöhnungsbedürftig. Doch irgendwie mochte ich den herben Beigeschmack und die prickelnde Wärme, die damit einherging.

Das erste Mal hatte ich mich vor einer Schenke versteckt und den rechten Moment abgewartet, um eine Flasche von dem Tablett der Kellnerin zu stehlen. Es war die Neugier, die mich dazu getrieben hatte. Dabei lag es nicht einmal an der von den Verkäufern angepriesenen berauschenden Wirkung, die mich zum Probieren reizte. Es lag einzig und allein an der Tatsache, dass Alkohol üblicherweise den Männern vorbehalten war.

Noch nie hatte ich eine Frau gesehen, die sich mit Bier betrank. Als ich meine Eltern nach dem Grund fragte, konnten sie mir keine zufriedenstellende Antwort liefern.

»Manche Männer belohnen sich damit nach einem harten Arbeitstag«, hatte Vater nur gesagt und mich staunend zurückgelassen.

Ich arbeitete auch hart! Manchmal sogar härter als die Männer, die die Pubs und alten Kneipen besuchten. Also hatte ich genauso das Recht, mich an einem kühlen Bier zu erfreuen.

Ich trank den Rest in einem Zug und leckte mir den Schaum von der Oberlippe. Vielleicht würde mir das ja den nötigen Mut schenken, um das Lager zu betreten und mich den fiesen Bemerkungen auszuliefern, die dort auf mich warteten. Wenn ich Glück hatte, wartete drinnen sogar der Junge mit den Jadeaugen auf mich und würde mir erneut beistehen, wie er es bei unserer ersten Begegnung getan hatte.

Ich sah Liam tatsächlich erstaunlich häufig im Lager. Meist sprachen wir nicht, sondern er zwinkerte mir nur im Vorbeigehen zu. Manchmal jedoch hielt er kurz inne, um sich nach meinen Fortschritten zu erkundigen.

Es war ungewöhnlich. Die anderen Beschwörer liefen mir nicht so oft über den Weg. Oder vielleicht war ich auch einfach konditioniert auf ihn, nahm seine Nähe inzwischen besonders intensiv wahr, weil seine grünen Augen und das schelmische Lächeln es mir so angetan hatten.

Eine Weile lang stand ich reglos da, die leere Bierflasche in der Hand, und dachte über die letzten Tage nach. Erst als mich jemand unsanft von der Seite anrempelte, wurde ich zurück in die Wirklichkeit geholt.

Ich blickte auf und sah mich drei Beschwörern gegenüber. Der eine sah aus wie eine Ratte, mit einer spitzen Nase und kleinen Augen, die mich fies anblitzten. Der andere war gut zwei Meter groß und musste als Sohn einer der wohlhabenderen Familien geboren worden sein. Gutgenährt war er allemal, anders konnte ich mir seine füllige Masse nicht erklären, die breiten Arme und den runden Bauch, der beinahe aus seiner Hose hervorplatzte. Nummer drei schien der Anführer der Clique zu sein, er stand mir am nächsten, den schmalen Mund zu einem spöttischen Grinsen verzogen.

Sofort wusste ich, dass dies eine unschöne Begegnung werden würde. Es handelte sich nicht um die Angreifer meiner Eltern, so viel war klar. Die Männer trugen keine Masken und sie alle hatten ihre Trainingskleidung übergezogen, wie auch ich sie noch trug. Die marineblaue Weste glänzte und das silberne Abzeichen der Beschwörer prangerte wie üblich an ihrer Brust, dennoch fühlte ich mich ihnen nicht zugehörig. Das konnte eventuell an dem düsteren Blick liegen, mit dem sie mich bedachten.

»Na, Gedankenleserin«, hauchte einer von ihnen. Es lag ein boshafter Klang in seiner Stimme.

Ich verkrampfte. Etwas an ihrer Haltung riet mir zur Vorsicht. Jetzt wünschte ich mir doch, direkt ins Trainingslager gegangen zu sein. Hier draußen in der Dunkelheit würde mir niemand zur Hilfe eilen, sollte das Gespräch eine üble Wendung nehmen.

»Kennen wir uns?«, fragte ich kühl und hob mutig mein Kinn. Ich würde diesen Idioten keine Schwäche zeigen.

»Ich kenne zumindest dich. Du hast unseren Freund angegriffen und denkst, dass du damit unbeschadet davonkommst?« Der Mann fletschte die Zähne.

Das nicht auch noch. Ich presste die Lippen aufeinander, während ich seinem Blick standhielt. Der Tag war ohnehin schon ein Desaster. Ich hatte meine Magie nicht unter Kontrolle, maskierte Fremde wollten mich ausspionieren und jetzt waren auch noch drei Beschwörer auf Rächermission.

»Ich wollte ihn nicht angreifen«, entgegnete ich und hasste mich dafür, wie brüchig meine Stimme klang. Früher war ich immer so taff gewesen. Es hatte mir nichts ausgemacht, wenn mich die verarmten Jungen auf der Straße verprügeln wollten, weil sie darauf aus waren, mein Geld zu stehlen. Doch seit meiner Zeremonie fühlte ich mich anders. Ich fühlte mich unsicher, und das verabscheute ich.

Die Beschwörer missverstanden mein Zurückweichen. Der eine grinste mich herablassend an, als würde er sich freuen, mir Angst einjagen zu können.

*Bitte*, flehte ich in Gedanken zu den Göttern. *Bitte lasst sie einfach verschwinden.*

Denn sie verstanden nicht, dass sie mir überhaupt keine Angst einjagten. Ich fürchtete mich nicht vor ihnen. Ich fürchtete mich vor mir selbst. Vor meiner Magie, die bereits viel zu mächtig, viel zu unbeherrscht war. Schon jetzt spürte ich, wie die magische Kälte in mir zu Wabern begann. Angestachelt durch meine Erschöpfung, meine Sorgen und die Wut auf die Gestalten, die meinen Vater verletzt hatten. Verstärkt durch den Alkohol, der langsam den Weg in meine Blutbahn fand.

Verstohlen blickte ich um mich. Zur späten Abendzeit waren alle bereits schlafen, stärkten sich für die Aufgaben des kommenden Tages. Die Straße war gespenstisch leer und zum ersten Mal wünschte ich mir, dass noch andere Beschwörer hier wären. Irgendjemand, der mir zur Seite stehen konnte. Wobei ich bezweifelte, dass sie es tatsächlich tun würden.

»Zeig uns doch mal, wie gefährlich du wirklich bist«, hauchte einer von ihnen und lehnte sich so weit zu mir vor, dass ich seinen stinkenden Atem auf meiner Haut spürte. Der bittere Geruch von Schweiß wehte zu mir herüber.

Dann packte er mich schon am Arm, stieß mich unsanft gegen das verzierte Eingangstor.

Ich versuchte, mich aus seinem Griff zu befreien, doch der Mann drückte nur noch fester zu. Es gab kein Entkommen. Der Körper meines Angreifers stand so dicht vor meinem, dass ich nicht an ihm vorbeihuschen konnte.

Stur blicke ich hoch in sein Gesicht. Mit seinen zarten Gesichtszügen hätte er durchaus hübsch sein können, hätte nicht dieser fiese, selbstgefällige Ausdruck in seinen Augen gelegen.

»Was willst du von mir?«, fragte ich zornig.

»Ich will, dass du verschwindest«, kam es als Antwort. »Cavier hätte dir niemals erlauben dürfen, im Lager zu trainieren. Du gehörst nicht zu uns. Wusstest du, dass die Gedankenleser damals meine Großeltern abgeschlachtet haben?«

Ich riss weit die Augen auf bei diesem Geständnis. Natürlich, viele der Beschwörer hier hatten Verluste durch die Gedankenleser zu betrauern. Der Krieg war lang und grausam gewesen. Doch sie konnten nicht mir die Schuld an den Geschehnissen geben! Wie ich so den Hass in seinen Augen betrachtete, stellte ich ernüchtert fest, dass ihn meine Unschuld nicht kümmerte. Er wollte bloß seinen Frust auslassen und ich wurde ihm wie auf dem Silbertablett serviert.

Der Kerl erwartete keine Antwort auf seine Frage. Er sprach schon weiter, in Rage geredet durch seine ungezügelte Wut. »Wusstest du, dass mir Matt und Scotty fünfzig Goldmünzen geboten haben, wenn ich dir die Kehle aufschlitze?«

Mein Körper verkrampfte sich. Ich war mir sicher, dass Matt und Scotty – seine beiden Schoßhündchen von Freunden – auch zusammen keine fünfzig Goldmünzen zusammenkratzen konnten. Diesem Mann würde ich dennoch jede Widerwärtigkeit zutrauen.

Gerade überlegte ich, aus welcher Position ich den besten Tritt in seine Weichteile landen konnte, da begann er, glucksend zu lachen. »Du hast Glück, dass Cavier hinter dir steht. Noch zumindest. Er würde mich wahrscheinlich aus dem Lager schmeißen, wenn ich dich, sein kleines Wunder, anfassen würde.«

»Aber du fasst mich doch gerade an«, erwiderte ich trocken und deutete auf meinen Arm, den er noch immer fest umgriffen hielt, während in meinem Kopf die Worte *sein kleines Wunder* umherschwirrten.

Der Mann stockte. Seinen blassen Augen blitzten wütend, als Matt und Scotty ein Lachen unterdrückten. Er wurde wohl nicht gern vor seinen Freunden bloßgestellt. Hätte ich lieber meine Klappe gehalten.

»Du denkst, du bist superschlau, nicht wahr?«, zischte er und kam mir dabei so nahe, dass ich würgen musste. »Aufschlitzen kann ich dich vielleicht nicht. Aber mal sehen, wie vorlaut du bist, nachdem ich mit dir fertig bin.« Er ließ mein Handgelenk los und holte aus.

Ich konnte mich gerade noch so unter ihm hinwegducken, sodass seine Faust mein Gesicht knapp verfehlte. Fluchend drehte er sich zu mir um und diesmal machte er nicht mehr den Fehler, mich loszulassen. Mit einer Hand griff er um meinen Hals, drückte mir die Luft zum Atmen ab.

»Du bist wahnsinnig«, keuchte ich, als der Druck fester und mein Atem immer schwacher wurde. Ich versuchte, ihn von mir wegzudrücken, mich aus seinem eisernen Griff zu winden, doch es schien vergeblich. Panik baute sich in mir auf, je länger ich erfolglos gegen ihn ankämpfte. »Du bringst mich noch um.«

»Das hättest du dir früher überlegen müssen«, entgegnete er und spuckte mir dabei vor die Füße.

Ich röchelte. Wie war dieser Abend nur so aus den Fugen geraten? Der Mann merkte nicht einmal, wie er mich langsam tötete, so blind vor Wut war er.

Mühsam versuchte ich, ihn von mir fortzudrücken. Doch er war zu stark. Das Leben sickerte immer weiter aus mir heraus, während ich gegen ihn ankämpfte, um mich trat, um mich schlug.

Und plötzlich wurde alles ganz still. Ich sah das Geschehen wie in Zeitlupe, das selbstgefällige Grinsen der Männer und das kräftige Pulsieren ihrer Schläfen. Das Licht des Mondes, das auf uns hinabstrahlte, spiegelte sich den Augen meines Angreifers. Es ließ das blasse Blau seiner Iriden noch kälter wirken. In meinem Inneren baute sich eine unnatürliche Spannung auf, ein Knistern, als würden viele kleine Feuerwerke in meinen Adern explodieren.

Ich wusste, was jetzt geschah. Mit aller Macht versuchte ich, es zurückzuhalten. Die Magie in mir zum Erlöschen zu bringen, denn sie war der Auslöser allen Übels. Ich wollte ihn nicht angreifen, wollte nicht, dass die Magie durch meine Panik verstärkt wurde und ihn vielleicht noch umbrachte. Es war ein zweischneidiges Schwert. Wenn ich nichts tat, würde er mich töten. Wenn ich jedoch zurückschlug, würden es die anderen tun. Ich konnte nur hoffen, dass mir etwas Besseres einfiel oder jemand kam, um mich zu retten.

Meine Todesangst versetzte die Kälte in mir in Schwingungen. Mit einem flehenden Blick versuchte ich, dem Mann klarzumachen, dass er mich loslassen musste, weil sonst etwas Furchtbares geschah. Ich hatte mich noch nicht unter Kontrolle, konnte es nicht zurückhalten.

Natürlich verstand er mich nicht.

Natürlich dachte er wieder, es sei die Angst um mich, die mich flehen ließ, dabei war es die Angst vor mir.

Zwei verschiedene Kämpfe focht ich aus. Der Kampf um meinen Atem, den ich langsam zu verlieren schien, und der Kampf gegen meine Beschwörermagie, die dunklen Fäden, die sich meinem Angreifer entgegenwerfen wollten. Nur unter Mühen schaffte ich es, sie aufzuhalten. Doch je mehr ich die Kälte unterdrückte und je weniger Luft ich bekam, desto mehr baute sich eine ganz andere Spannung in mir auf. Ein Funken, der mir so vertraut und gleichzeitig so fremd war, dass ich in dem Moment überhaupt nicht wusste, was mit mir geschah.

Ich hatte sie verdrängt, diese andere Magie. Ich hatte sie unter Bergen aus Schuld und Hass begraben, denn ich wollte niemals wieder an diesen furchtbaren Moment meiner Zeremonie denken, an dem sie sich mir offenbart hatte.

Nun jedoch schlug diese verräterische Hitze in meinem Inneren an meine Knochen. Ganz langsam, wie eine Warnung.

Diesmal wusste ich nicht, wie ich es abschalten konnte. Ich hatte mich nie mit meiner Gedankenlesermagie auseinandergesetzt, hatte gehofft, sie würde einfach von selbst verschwinden. Ich hatte auch keine Ahnung, wie ich die Wärme kontrollieren konnte, die sich stetig ausbreitete und mich keuchen ließ. Die Methoden der Beschwörer funktionierten nicht, keine Konzentration der Welt half, die magische Hitze mit mir in Einklang zu bringen.

Als ich in das Bewusstsein des Beschwörers eindrang, hörte ich als Erstes ein Murmeln. Es war leise und verschwommen, als würde die Stimme nuscheln. Mir ging auf, dass die Gedanken meines Angreifers so klangen, weil er blind vor Zorn war. Sein Kopf war ein Durcheinander, nur vereinzelnd hörte ich die Worte *fester zudrücken* und *Schlampe.*

Energisch schüttelte ich den Kopf. Ich wollte diese fremden Gedanken loswerden, doch je näher ich dem Tode war, desto stärker wallte die Hitze in mir. Die Worte des Beschwörers wurden lauter und dröhnender, mein Kopf begann zu pochen und …

»Hör auf!«, keuchte ich unter dem Griff des Fremden, schleuderte die Worte mir selbst entgegen. Meine Magie sollte aufhören, seine Gedanken zu lesen und mir diese letzten Momente meines Lebens noch furchtbarer zu gestalten. Wie sollte ich mich aufs Entkommen konzentrieren, wenn fremde Verwünschungen in meinem Kopf herumgeisterten?

Plötzlich lockerte sich der Griff des Beschwörers um meinen Hals. Seine Hand zitterte, als sei er nicht sicher, ob er mich weiter strangulieren oder lieber loslassen wollte. Auch ich war verwundert, doch gerade kümmerten mich seine Beweggründe nicht. Ich war so erleichtert über die frische Luft, die meine Atemwege füllte, dass ich die ersten paar Sekunden nur atmete, atmete, atmete. Keuchend schnappte ich nach Luft, rieb mir mit der Hand die wunde Kehle. Sicherlich würde man Abdrücke sehen, blaue Flecken, dort, wo er mich umgriffen hatte.

»Was …?« Entweder Matt oder Scotty sah fragend zu dem blassäugigen Beschwörer, der noch immer entsetzt auf seine zitternde Hand starrte.

»Was hat sie mit mir gemacht?«, hörte ich meinen Angreifer sagen. Panik lag in seiner Stimme.

Was *ich* mit ihm gemacht hatte? Gerade wollte ich antworten, dass er es doch war, der mich fast umgebracht hatte, als ich innehielt. Nur langsam dämmerte es mir.

Er hatte die Frage nicht laut ausgesprochen. Und er hatte mich genauso wenig freiwillig losgelassen.

Ich hatte seine Gedanken gelesen und …

»Verdammt«, entkam es mir leise. Mit weit aufgerissenen Augen sah ich ihn an und er erwiderte meinen Blick voller Angst.

Seine Hand zitterte noch immer. Ich sah, wie er krampfhaft versuchte, sie mir entgegenzustrecken, doch eine unsichtbare Macht hinderte ihn daran. Er hatte aufgehört, mich zu würgen, weil ich *gewollt* hatte, dass er aufhörte. Ich hatte seinen Verstand manipuliert, ohne zu wissen, was ich tat.

Noch bevor er ein Wort erwidern konnte, war ich davongestürmt. Ich hatte mich an ihnen vorbeigequetscht und war gerannt, hatte die Tür zum Lager aufgerissen und hechtete den Saal entlang zu meinem Zimmer. Die Beschwörer waren zu perplex, um mich aufzuhalten oder zu verängstigt.

Wahrscheinlich beides.

Ich schlug die Tür hinter mir zu, sackte mit dem Rücken an der Wand zu Boden und vergrub mein Gesicht in den Händen. Nur um kurz danach wieder aufzuspringen und meinen rebellierenden Magen in der Toilette zu entleeren. Mit den Fingern umklammerte ich die Kloschüssel. Mein hektischer Atem wurde nur knapp von dem Schluchzen übertönt, das meine Lippen verließ.

Ich hatte es wieder getan.

Ich hatte Gedankenlesermagie angewendet. Und es war schlimmer gewesen diesmal. Nicht nur war ich in den Kopf des Beschwörers eingedrungen, nein, meine Magie hatte ihn zudem dazu gebracht, seinen Griff zu lockern. Ich hatte seine Gedanken manipuliert, mit ein paar einfachen Worten: *Hör auf.*

Dabei waren die Worte nicht einmal an ihn gerichtet gewesen, sondern an mich selbst. Doch irgendwie hatte es meine Magie trotzdem geschafft, sich in seinen Kopf zu schleichen.

Ich war mir nicht sicher, ob ich erleichtert oder entsetzt sein sollte. Wenn sich das herumsprach, würde ich sicherlich gepfählt werden. Eine Gedankenleserin, die Beschwörer manipulierte? Das war genau wie vor hundert Jahren, als der Krieg ausgebrochen war und das Land ins Chaos gestürzt hatte.

Und noch eine Sache wurde mir klar: Ich musste es Cavier beichten, bevor die Beschwörer es taten. Vielleicht konnte das meine Strafe mildern.

Also stand ich taumelnd auf, blickte in den kleinen Spiegel oberhalb des Waschbeckens. Ich sah furchtbar aus. Noch furchtbarer als vor einer Woche, als sich mir meine beiden Fähigkeiten eröffnet hatten und ich dachte, von den Anführern zum Tode verurteilt zu werden. Meine Haare waren strähnig und zerzaust, der Blick aus meinen Bernsteinaugen gejagt und unruhig. Einige unschöne Rötungen zeichneten sich an meinem Hals ab, sie würden in den nächsten Stunden noch sichtbarer werden.

Eilig öffnete ich die Tür. Auch hier im Saal herrschte nächtliche Stille, vielleicht konnte ich schnell und unbemerkt in Caviers Zimmer huschen, ehe meine Angreifer mir zuvorkamen und ihm ihre Sicht der Geschichte erzählten. Ich stürzte ums Eck und krachte dabei beinahe mit einer Gestalt zusammen.

»Liam!«, stieß ich erleichtert hervor, als ich merkte, wer mir gegenüberstand. Ich hatte schon befürchtet, die drei zornigen Männer würden hier draußen auf mich warten um zu beenden, was sie angefangen hatten, entgegen aller Konsequenzen. Doch von ihnen gab es keine Spur.

Nur langsam beruhigte sich mein Puls. Wenn Liam hier war, war ich vorerst in Sicherheit. Er würde bestimmt nicht zulassen, dass mich jemand in seiner Gegenwart ermordete. Dafür war er die letzten Tage zu freundlich gewesen.

Liam grinste. »Du freust dich aber sehr, mich zu sehen«, neckte er und zog seine Augenbrauen amüsiert nach oben.

Ich spürte die verräterische Hitze, als meine Wangen in Flammen aufzugehen schienen. Es stimmte, ich freute mich wirklich, ihn zu sehen. Nicht nur, weil er mir Sicherheit schenkte. In den letzten Tagen hatte ich zu oft nach seinen grünen Augen Ausschau gehalten und seine Silhouette unter den trainierenden Beschwörern gesucht, als dass ich es verleugnen könnte. Diese Tatsache faszinierte und ängstigte mich zugleich.

»Es ist nicht ganz so schlimm, dich zu sehen, ja«, antwortete ich hüstelnd und erwiderte sein freches Grinsen. Niemals würde ich zugeben, wie sehr er meine Gedanken durcheinanderbrachte. »Da gibt es schlechtere Gesellschaft.«

»Du meinst Jasper, Matt und Scott?«, fragte er beinahe beiläufig, doch sein Blick huschte neugierig über mein Gesicht bei diesen Worten.

Augenblicklich verflog meine Freude. »Ich weiß nicht, was du meinst«, log ich.

Mein Fokus flog unruhig durch den Raum, durchsuchte den Saal nach den drei Männern. Es konnte sich unmöglich schon herumgesprochen haben, was geschehen war. Ich war kaum mehr als ein paar Minuten in meinem Zimmer gewesen und hier war doch sonst überhaupt niemand.

Erneut zog Liam nur eine Augenbraue nach oben. »Natürlich nicht«, sagte er, grinste vielsagend und zwinkerte mir zu.

Ich öffnete den Mund. Schloss ihn nicht wieder. »Woher …? Wieso weißt du …?«, stammelte ich und er wartete geduldig, bis ich es aufgab, einen Satz zu bilden.

»Ich bin ihnen zufällig über den Weg gelaufen. Bin vor zehn Minuten erst zurück zum Lager gekommen, da standen sie vor dem Eingang wie Gespenster. Ihre Geschichte war äußerst interessant. Ich habe sie dennoch zum Schweigen überredet. Auch in ihrem Interesse, Gewalt gegenüber Frauen ist hier nicht gern gesehen.«

Verwundert hob ich den Kopf. »Danke, das … ist wirklich nett von dir.« Mein Herz sackte bei mir seinem unergründlichen Blick in die Hose, doch anstatt mich zu verurteilen, lächelte er auf einmal wieder. »Kaum eine Woche bist du hier und schon hast du zwei Leute angegriffen. Und das an einem einzigen Tag. Respekt.«

Ich stöhnte. »Wenn du es so sagst, klingt es echt furchtbar.«

»Ach. In meinen Anfangszeiten habe ich beinahe den Saal in Schutt und Asche gelegt. Zu Beginn ist jeder unbeholfen mit seiner Magie. Bei dir sehen es die anderen nur etwas strenger, weil … nun ja. Du bist eben neben einer Beschwörerin auch eine von ihnen.«

Mir war klar, dass mit *ihnen* unsere Feinde gemeint waren. Keine Ahnung, wieso es aus seinem Mund dennoch wie ein Kompliment klang. Die Vorstellung, wie Liam den Saal verwüstete, zauberte mir ein Lächeln ins Gesicht. Ich hatte das törichte Bedürfnis, seine Magie zu sehen. Zu sehen, was für Dinge er erschuf, wenn man ihn ließ.

»Cavier wird mich rausschmeißen.« Meine Stimme klang wie in Watte gehüllt, als ich schließlich erneut das Wort erhob. Ich hatte mein Bestes gegeben, doch es war nicht genug. Auch ohne über die Geschehnisse von gerade eben Bescheid zu wissen, die Anführer würden mich selbst nach heute Morgen sicher keinen Tag länger bei sich dulden. Ich war zu ungestüm.

Wieder überraschte mich Liam mit seiner Antwort. »Nein, wird er nicht«, sagte er und setzte sein schiefes Lächeln auf. »Ich war heute Mittag bei ihm, meinen Trainingsplan überarbeiten, blabla. Keine Privataudienz, so wichtig bin ich nicht. Es waren noch ein paar andere Beschwörer dort«, fügte er hinzu, als ich skeptisch eine Augenbraue hob. »Es war teilweise … unschön«, sagte er und blickte dabei auf seine Finger. »Ich kann nicht gerade sagen, dass sich die anderen über deinen Aufenthalt hier freuen. Sie haben Dinge gesagt, die …« Plötzlich wurde sein Blick unnatürlich finster. »Zum Glück war Cavier da, um mich zurückzuhalten.«

Ich presste die Lippen aufeinander. Ich wusste, mit welchen Worten die Beschwörer mich bedacht hatten, ich hatte schließlich Jaspers Gedanken gelesen. Doch es gab schlimmere Dinge, als eine Schlampe genannt zu werden. Beleidigungen drangen nicht durch die harte Schale, die ich mir in den vergangenen Jahren angeeignet hatte.

»Du hattest Glück, dass Arvid nicht da war. Für ihn wäre das heute Morgen sicher Grund genug gewesen, dich einäschern zu lassen. Aber ich konnte Cavier überzeugen, dir noch eine Chance zu geben. Ich soll dir sagen, er will, dass du nie wieder ein Wort über die Geschehnisse verlierst. Und er will, dass du ab sofort auf seine Anweisungen hörst.«

Schluckend nickte ich und auch Liam hielt einen Moment lang inne, bevor er weitersprach. »Jasper und die anderen werden dich in Zukunft in Ruhe lassen«, schloss er seinen Monolog und sah auf mich herab. Sein Blick blieb ein wenig länger auf meinem Hals ruhen. Auf den roten Schlieren, die meine Kehle zeichneten. Ich bildete mir ein, so etwas wie Sorge in seinen Augen aufblitzen zu sehen. Doch das konnte nicht sein. Wieso sollte es ihn kümmern, ob ich von den anderen verletzt worden war? Wir kannten uns ja kaum. Wobei mir der Gedanke, dass Liam solche Flecken am Hals trug, ebenso wenig gefiel. Er konnte doch unmöglich die gleiche Spannung spüren, die auch ich empfand, wenn ich ihn ansah?

Er senkte seinen Blick nicht wieder und ich war mir nicht sicher, wieso ich unseren Augenkontakt nicht unterbrach. Irgendetwas hatte er an sich, dass mich in seinen Bann zog.

Einhundert Fragen lagen mir auf der Zunge, während wir uns ansahen. Wo er unterwegs gewesen war, bevor er auf Jasper und die anderen gestoßen war, woher er den Namen des Großen Sehers kannte. Doch eine andere Frage war so präsent, dass sie mir über die Lippen huschte, ehe ich sie zurückhalten konnte: »Wieso hilfst du mir die ganze Zeit?«

»Wieso?«, wiederholte er. »Darf ich einer hübschen Frau nicht zur Hilfe eilen?«, fragte er scherzend. Als ich sein Lächeln nicht erwiderte, wurde er wieder ernst. »Es ist nicht deine Schuld, dass du mehrere Fähigkeiten hast. Die anderen scheinen das zu vergessen. Sie suchen in dir eine Verantwortliche, ein Ventil für ihren Hass. Viele von ihnen haben durch die Gedankenleser geliebte Menschen verloren.« Wieder sah er zu mir und zu dem Schmerz in seinen Augen gesellte sich der Schelm, den ich so an ihm mochte. »Vielleicht hätte ich in einer anderen Situation ähnlich reagiert. Aber es ist verdammt schwer, dich zu hassen, wenn du mich aus diesen großen Rehaugen ansiehst.« Sein Grinsen erhellte sein Gesicht. »Deshalb habe ich dir geholfen.«

»Wegen meiner Augen?«, hakte ich nach. Ich versuchte zu verdrängen, wie schnell mein Herz zu schlagen begann.

Noch nie hatte mir jemand ein Kompliment über meine Augen gemacht. Meistens hielt ich das Gesicht verborgen hinter meinen dunklen Wellen. Schließlich musste ich möglichst unauffällig sein, wenn ich im Dorf Essen stahl oder mich im Wald versteckte, um Wild zu jagen. Es kam mir unwirklich vor, dass sich Liam die Mühe machte, meine Augen zu betrachten, wo er selbst doch die schönsten Iriden hatte, die ich je bei einem sterblichen Lebewesen gesehen hatte.

»Du tust gerade so, als hätte ich dich beleidigt.« Er lachte auf meinen verwirrten Blick.

»Nein, es ist nur … Ich kann wohl nicht so gut mit Komplimenten umgehen«, gab ich zu und schmunzelte über meine eigene Verlegenheit. »Danke.« Das Wort stolperte über meine Lippen. »Aber ich sollte mich jetzt ausruhen. Morgen wird ein anstrengender Tag.«

Ich seufzte. Es stimmte. So gern ich unsere Gespräche mochte, ich durfte mich nicht darin verlieren. Es war besser, jetzt zu gehen. Denn ich fürchtete, mich nicht mehr lösen zu können, sollte ich noch länger in sein hübsches Gesicht blicken.

Liam nickte verständnisvoll. Eine verhängnisvolle Spannung lag in der Luft, also riss ich mich los, bevor ich es mir anders überlegen konnte.

»Also dann. Es war schön, sich mit dir zu unterhalten«, sagte ich unbeholfen und rief damit ein amüsiertes Lächeln bei ihm hervor.

»Das kann ich nur zurückgeben«, erwiderte er förmlich. »Und wir werden uns wieder unterhalten. Sogar sehr bald.«

Als ich in dieser Nacht schlafen ging, flatterte mein Herz.

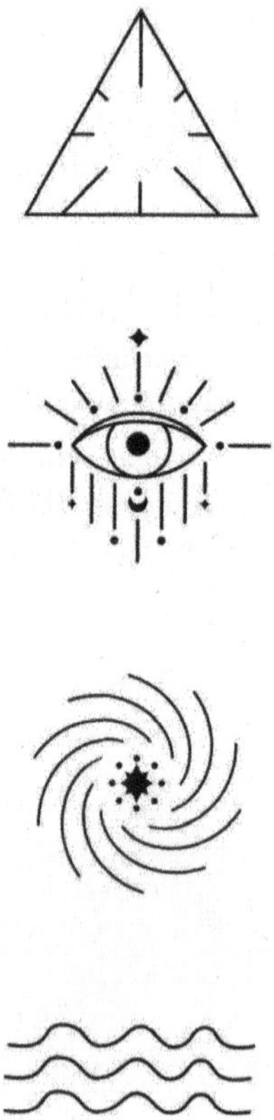

# 7

Ich hatte mir vorgenommen, nicht weiter an Liam zu denken.

Wirklich. Ich hatte es versucht, mit allen Mitteln, die mir einfielen. Doch es klappte einfach nicht. Sogar Cavier fiel auf, dass ich unkonzentriert war, und es gefiel ihm überhaupt nicht. Ein paar weitere fiese Schrammen hatte ich bei unserem Training davongetragen, weil ich in den falschen Momenten das Aufblitzen grüner Augen in der Menge vermutet hatte.

Mein letzter Trumpf war ein mysteriöser Raum, den ich irgendwann vor ein paar Tagen in einer meiner Pausen entdeckt hatte. Er war gut versteckt und nur erreichbar, wenn man eine der schier endlosen Abzweigungen nahm, die das Lager der Beschwörer beinhaltete. Fernab der Schlafräume, die direkt an den Trainingssaal reichten, und erst recht weit weg vom Speisesaal, in dem sich die meisten Beschwörer in ihrer Mittagspause aufhielten. Denn wenn mir Cavier mal ein paar Momente zum Verschnaufen gab, sah ich mich in dem riesigen Gebäude um und verlor mich in den Wandmalereien, den bezaubernden Marmorsäulen oder den kristallenen Fenstern, durch die das Licht in tausend Farbpunkte brach. Nicht nur einmal hatte ich mich hoffnungslos verirrt und es war eine Qual gewesen, zurückzufinden, da die meisten meiner Trainingsgenossen eher Abstand von mir hielten, als mir zu helfen. In einer dieser Erkundungstouren hatte ich den Raum gefunden.

Er war abgeschlossen gewesen, als ich mich das erste Mal dorthin verirrt hatte. Doch ich war wiedergekommen, Tag für Tag, denn irgendwie spürte ich, dass etwas Wichtiges dahinter lag.

Irgendwann war Cavier vorbeigekommen. Ich hatte mich hinter einer Säule versteckt, denn der Raum war offensichtlich nicht für meine Augen gedacht. Doch genau das hatte meine Neugier geweckt. Wie ein Schatten war ich ihm gefolgt und fand mich in einer weiteren Halle wieder, randvoll mit Schränken, Regalen und Akten, die die Geheimnisse dieser Welt aufführten.

Hier könnte ich problemlos Stunden meiner Zeit verbringen, hochkonzentriert und ohne an irgendeinen Mann oder sonst was zu denken. Denn ich war mir sicher, dass dieser Raum alles beinhaltete. Von Details über die Gedankenleser, über die Geschichte unseres Landes bis hin zu der einen Information, die ich so unbedingt herausfinden wollte. Herausfinden musste.

Also wartete ich, bis Cavier wieder einmal zu dem versteckten Raum aufbrach, und folgte ihm heimlich. Als er diesmal darin verschwand, blieb ich ein paar Minuten länger hinter der Säule versteckt stehen. Erst als ich mich vergewissert hatte, dass er bereits hinter der nächsten Tür verschwunden war, ging ich ihm nach.

Wie das Mal zuvor beeindruckte mich die Menge an Pergament, das sich hier befand. Ehrfurchtsvoll fuhr ich mit den Fingern über die raue Oberfläche der Regale. Von Cavier war wie erwartet nichts zu sehen, er hatte sich in einem der drei Gänge verkrochen, die von dem Raum abgingen. Dahinter befanden sich vermutlich noch größere Geheimnisse, doch ich war mir sicher, dass mir diese hier reichen würden.

Also begann ich, zu suchen.

Ich las Texte über vergangene Zeiten, das Aussterben der Waldgeister und dem Versiegen der großen Meere. Ich überflog Aufstieg und Fall der Elfenkönige, Biografien von Beschwörern, Sehern und sogar einiger Gedankenleser. Jahrzehnte waren hier dokumentiert, doch nirgendwo fand ich Aufzeichnungen über eine Bande maskierter Krimineller.

Es war zum Verrücktwerden.

Irgendwo musste es doch Informationen darüber geben, wer die maskierten Angreifer meiner Eltern waren, wer unbedingt alles über mich herausfinden wollte.

Ich hatte Cavier darauf angesprochen, natürlich. Aber er konnte mir nicht helfen, hatte nur verwundert die Stirn in Falten gelegt. Meinen Eltern wurden nun ein paar Krieger als Wachen zur Verfügung gestellt. Tag und Nacht standen sie vor meinem Elternhaus und ich war mir unschlüssig, ob das erleichternd oder eher belastend war. Aber immerhin waren sie sicher und ich dankte Cavier mit ein paar besonders konzentrierten Konterangriffen dafür.

Ansonsten konnte er mir jedoch nicht sagen, wer die Angreifer sein könnten. Er kannte keine maskierte Gruppe, doch das Dorf war voller Krimineller und so hatte ich mir nichts aus seiner Unwissenheit gemacht. Nicht einmal der Anführer der Beschwörer konnte *jeden* kennen.

Also würde ich selbst herausfinden müssen, was es damit auf sich hatte. Denn es war sicherlich nur eine Frage der Zeit, bis die Fremden ihr Glück erneut versuchten. Vielleicht würden sie in das Lager einbrechen und mich im Schlaf überwältigen. Vielleicht würden sie an den Wachen vorbeikommen und unser Haus zerstören. Egal was, dass sie einfach aufgeben würden, wagte ich zu bezweifeln. Irgendjemand hatte es auf mich abgesehen und ich würde verdammt sein, sollte ich es nicht schaffen, sie bei ihrem nächsten Versuch zu enttarnen.

Fieberhaft kramte ich also in den Papyrusschriften herum, auf der Suche nach *irgendwas,* das mir vielleicht helfen konnte. Doch so sehr ich mich auch eilte, es war unmöglich, in so kurzer Zeit einen Überblick über die Berge an Papier zu erhalten. Cavier würde sicher bald zurückkehren, ich würde seine zielstrebigen Schritte auf dem kalten Steinboden hören und müsste aus dem Saal huschen, ehe er mich entdeckte.

Frustriert seufzte ich auf, als erneut eine Abhandlung über die drei Stämme in meine Hände fiel. Ich hatte gelernt, dass die Zeichen, die die Marmorwände zierten, tatsächlich den verschiedenen Magiegruppen gehörten. Auch hier waren sie überall zu finden, waren auf beinahe jedes Pergament gekritzelt. Das verzierte Auge deutete eindeutig auf die Seher hin. Laut den alten Schriften, die ich hier fand, mussten sie früher außergewöhnlich mächtig gewesen sein. Das Dreieck symbolisierte die Beschwörer. Es war schlicht, stabil und wies auf die Fähigkeit hin, aus Gedanken pures Eisen zu erschaffen. Im Laufe der Zeit hatte sich auch die Bedeutung der Beschwörer gewandelt. Waren sie früher als Waffenschmiede und einfache Bauherren tätig, so wies heute nicht mehr viel auf die Schlichtheit und Robustheit ihrer Kräfte hin. Viele Beschwörer verkünstelten sich mit ihren Bauwerken, oftmals zu Lasten der Qualität. Nicht selten stürzten ihre Gebäude nach ein paar Jahren zusammen, hinterließen nichts als das Flüstern der Magie, die sie erschaffen hatte.

Zu guter Letzt gab es noch die Spirale. Gewunden und agil stellte sie die Gedankenleser dar. Ihre Magie war ebenso flink. Gerissen manövrierten sie sich in den Kopf ihrer Opfer, entlockten Geheimnisse, ohne dass die anderen es mitbekamen. In den Schriften waren sie jedoch als ehrliche Leute beschrieben. Meist als Psychologen oder Ärzte tätig, unterstützten sie das gemeine Volk bei ihren täglichen Problemen.

Ich musste ein skeptisches Schnauben unterdrücken, als ich die Zeilen las. Was die Gelehrten heutzutage wohl über sie schreiben würden?

Kurz bevor ich das Blatt beiseitelegte, stolperten meine Augen über etwas Ungewöhnliches. Ich runzelte die Stirn und grübelte eine Weile lang über das merkwürdige Symbol, das ein wenig wie eine Welle aussah.

So etwas hatte ich noch nie gesehen, in keiner der endlosen Papierstapel, die ich durchgeblättert hatte, war es mir aufgefallen. Es könnte alles Mögliche bedeuten. Vielleicht hatten die Elfen früher ein solches Zeichen besessen, bevor sich ihre Bevölkerungszahl im Krieg mit den Wasserschlangen drastisch gesenkt hatte. Möglicherweise gehörte es den Hyaden oder den Zyprern, mehrköpfigen Ungeheuern aus vergangenen Tagen.

Oder …

Oder es gehörte Menschen, die sich weder Auge noch Dreieck oder Spirale zuordnen ließen. Menschen, die nicht nur eine, sondern mehrere Fähigkeiten beherrschten. Wenn das stimmte, hieße es, dass es weitere meiner Art gab. Dass ich nicht allein war!

Durch das ganze Chaos, das auf meine Zeremonie gefolgt war, hatte ich selbst kaum Zeit gefunden, meiner Magie auf den Grund zu gehen. Doch wenn ich ehrlich war, juckte auch mich es in den Fingern, herauszufinden, wo der Ursprung meiner doppelten Fähigkeiten lag.

Mein Herz schlug stark, während ich nach der Antwort suchte. Es war nicht die Information, die ich gesucht hatte, als ich diesen Raum betreten hatte, aber mehr, als ich zu hoffen gewagt hatte. Doch so oft ich das Pergament auch hin- und herwendete, es fand sich keine Beschreibung des seltsamen Zeichens.

Als ich Caviers Schritte hörte, riss ich die Seite aus seinem Buch und stopfte es mir in die Tasche. Dann eilte ich zur Tür und schloss sie gerade noch hinter mir, ehe er um die Ecke bog.

Das weitere Training den Tag über verlief schlecht. Zwar hatte ich Liam aus meinem Kopf gescheucht, dafür flogen jetzt andere Gedanken durch mein Bewusstsein, und sie alle hafteten an dem zerknitterten Stück Pergament in meiner Hosentasche. Als Cavier mich endlich in die Nachtruhe entließ, hechtete ich in mein Zimmer und kramte das Papier hervor, sah es minutenlang so starr an, als könnte ich ihm dadurch seine Geheimnisse entlocken.

Doch es tat sich nichts. Egal, wie oft ich den Text über Beschwörer, Seher und Gedankenleser las, jedes Wort davon auseinandernahm und interpretierte, nichts verriet etwas über das kleine wellenförmige Zeichen, das an den Rand gekritzelt worden war.

Seufzend musste ich mir eingestehen, dass mir das allein nicht weiterhelfen würde. Die Einzigen, die mir vielleicht sagen konnten, was es mit dem Symbol auf sich hatte und ob es wirklich mit meiner Art zusammenhing, waren … Nun ja, waren wahrscheinlich die maskierten Kriminellen. Wenn sie tatsächlich alle Informationen über mich herausfinden wollten, würden sie womöglich wissen, ob es ein Zeichen gab, das meine Magie widerspiegelte. Sicherlich wussten diese Menschen mehr über doppelt begabte Magier, als ich es selbst tat. Und so schloss sich der Kreis.

Grimmig fuhr ich mir mit der Hand durch die Haare, während ich die Ironie des Schicksals bewunderte. Die Menschen, die mit Gewalt an mich herankommen wollten, waren vielleicht die einzigen, die mir helfen konnten. Ich sollte mich vor ihnen verstecken, stattdessen musste ich sie aufsuchen, wenn ich mehr über mich herausfinden wollte.

Und weder Cavier noch der Raum voller Papier konnten mir sagen, wie ich das anstellen sollte. Denn ich hatte unmöglich Zeit, um jedes einzelne Pergament zu durchsuchen. Es würde Wochen dauern, *Monate,* nur um dann womöglich herauszufinden, dass die Information gar nicht dort verstaut lag.

Doch eine letzte Hoffnung hatte ich noch und diese Möglichkeit würde ich ausspielen. Ich kannte eine Person, die immer mehr wusste, als gut für sie war. Ein Meister der Spionage, der sogar Cavier und den Krähenmann belauschen konnte und sich nachts in der Dunkelheit herumschlich. Liam hatte mich nicht nur einmal mit seinem Wissen überrascht, er schien regelrecht Spaß daran zu haben, geheime Dinge aufzudecken. Wenn jemand etwas über eine Gruppe maskierter Personen aufgeschnappt hatte, dann war er es.

Es war nicht schwer, sein Zimmer zu finden. Bereits in meinen ersten Tagen hier hatte ich mir gemerkt, in welchem Raum wer untergebracht war. Mittlerweile wusste ich, in welchen Abschnitten der Halle ich in Ruhe trainieren und von welchen Räumen ich besser Abstand halten sollte. Jasper und seine beiden Komplizen wohnten beispielsweise nebeneinander, im östlichen Teil des Saals. Dort lebte auch Valentina, eine hochgewachsene Schönheit mit umso hässlicherem Charakter. Im Osten trainierte ich also selten.

Liams Zimmer lag im Westen und so machte ich mich nervös auf den Weg dorthin. Zuvor hatte ich mir noch schnell die Trainingskleidung ausgezogen und das Gesicht gewaschen. Meine Wangen zierte nun ein sanftes Rosa und die Haare hatte ich mir zu einem langen Zopf geflochten, der mir locker über die Schulter fiel. Liams Tür war verschlossen, als ich ankam, und so klopfte ich drei Mal, ehe ich dahinter Schritte vernahm.

Ich hörte ein Rascheln, als würde Liam noch eilig ein paar Dinge wegräumen, dann öffnete sich die Tür einen Spaltbreit. Er sah gehetzt aus, doch als er mich erblickte, weiteten sich seine Augen und die Spannung schien von ihm abzufallen.

»Oh, du bist es«, sagte er und öffnete die Tür gänzlich.

»Jemand anderen erwartet?«, scherzte ich, blieb jedoch steif vor dem Eingang stehen, bis Liam mich bat, einzutreten.

Sein Zimmer war erstaunlich liebevoll gestaltet, Laternen mit Glühwürmchen darin hingen von der Decke und verliehen dem Raum etwas Zartes. Es sah tatsächlich ziemlich chaotisch aus und Liam stopfte noch eilig ein paar Zettel von seinem Schreibtisch in einen der schmalen Schränke, die danebenstanden.

Alles bestand aus Marmor. Es hätte trist und kühl aussehen können, doch er schien ein Händchen dafür zu haben, den kalten Stein zu verdecken. Überall lagen Decken und Kissen herum, als wäre man in ein riesiges Federbett gefallen.

Ich lächelte. Dies hier war ein Ort zum Wohlfühlen.

»Ehrlich gesagt hatte ich niemanden erwartet«, antwortete er. Er lehnte sich an den Schreibtisch, die Hände locker in den Hosentaschen verstaut, und musterte mich neugierig. Seine Haare waren zerzaust und es stand ihm, doch ich zwang mich dazu, ihn nicht weiter anzustarren. »Wie komme ich zu der Ehre?«

Ich biss mir auf die Unterlippe und setzte mich auf einen der beiden großen Sessel, die in der Mitte des Raumes standen. Er war so gemütlich, dass ich beinahe darin versank, und das wärmende Kaminfeuer vor mir machte mich schläfrig.

»Ich dachte, du kannst mir vielleicht helfen.« Die Worte klangen fremd aus meinem Mund. Es passierte selten, dass ich jemanden um Hilfe bat.

Liam zog überrascht die Brauen nach oben. »Klar, was kann ich für dich tun?«

Unbewusst sah aus dem Fenster. Von diesem Zimmer aus konnte man das Haus meiner Eltern nicht sehen, dennoch wünschte ich mir, einen Blick auf das Ziegeldach werfen zu können. Nur um zu prüfen, ob noch Rauch aus dem Kamin quoll und sie in Sicherheit waren.

»Bei meinen Eltern wurde eingebrochen«, sagte ich mit gedämpfter Stimme und Liams schalkhafter Ausdruck wurde augenblicklich ernst. »Die Einbrecher haben nach … mir gesucht. Nach Informationen über mich und meine Magie. Es ist nichts passiert«, fügte ich eilig hinzu, als Liam hörbar Luft einzog. »Mein Vater wurde verletzt, aber er wird es überstehen. Ich war nicht da, doch die Einbrecher sollen Masken getragen haben.« Ich zog ein Blatt hervor, das Mutter mir vor zwei Tagen zukommen lassen hat. Nachdem ihr Schock nachgelassen hatte, hatte sie versucht, die Gesichtsbedeckung aufzuzeichnen. Sie besaß die Form eines Fuchsgesichtes und bedeckte Stirn, Augen und Nase.

Liams Blick verharrte eine Weile auf der Zeichnung, nachdem ich sie ihm reichte. Ich sah, wie er fieberhaft nachdachte, doch als er mich schließlich wieder anschaute, schüttelte er den Kopf. »Ich kenne keine Gruppe mit solch einer Maskierung, tut mir leid.«

»Bist du sicher, dass du noch nie etwas davon gehört hast?«, hakte ich nach. Als er erneut verneinte, ließ ich enttäuscht den Kopf hängen.

»Vielleicht erlaubt dir Cavier Zugang zu den Archiven«, versuchte Liam, mich aufzumuntern. »Eigentlich sind sie nur den Anführern vorbehalten, es liegen streng geheime Dokumente dort, aber wenn du …«

»Ich war schon da«, unterbrach ich ihn und unterdrückte ein Kichern, als sein Gesicht einen überraschten Ausdruck annahm. »Ich habe das Archiv vor ein paar Tagen entdeckt und bin Cavier gefolgt, als er hineingegangen ist.«

»Gerissen«, sagte Liam anerkennend und hob lächelnd eine Augenbraue. »Von dir kann ich ja noch was lernen, Geistermädchen.«

»Tja, leider habe ich nichts gefunden, was mir weiterhilft«, sagte ich schulterzuckend und genoss den bewundernden Blick, mit dem er mich noch immer bedachte. Dann drückte er sich von dem Tisch ab, schlenderte durch den Raum und ließ sich auf den zweiten Sessel mir gegenüber nieder. Sein Bein streifte meins, als er es anzog, um sich in einen Schneidersitz zu setzen. Es war eine flüchtige, zufällige Berührung, dennoch setzte sie meinen Körper unter Strom. Ich blinzelte ein paar Mal heftig, um meine Fassung zurückzuerlangen.

Grübelnd schwieg er eine Weile, eher er sprach: »Ich werde auch noch mal hingehen. Vielleicht finde ich dort ja etwas, während du fort bist.«

»Du hast freien Zugang zu den Archiven?«

»Nein, aber auch ich habe meine Mittel und Wege.« Er zwinkerte mir zu. »Wir würden ein gutes Spionagepaar abgeben, findest du nicht?«

Ich errötete bei seinen Worten. *Er hat Paar gesagt, nicht Freunde,* hallte es noch in meinen Gedanken, als er erneut das Wort erhob.

»Ich werde auf jeden Fall meine Augen und Ohren offenhalten. Wenn ich etwas herausfinde, werde ich es dich wissen lassen.«

Ich nickte dankbar und verweilte dennoch einen Augenblick in betrübter Stille. Wenn weder er noch Cavier Bescheid wussten, wie sollte ich die maskierten Gestalten dann jemals finden?

»Cara?«, fragte er plötzlich leise und ich sah überrascht auf. Ein Prickeln durchfuhr mich, als er meinen Namen aussprach. »Es hat mich wirklich gefreut, dass du hergekommen bist.«

»Mich auch«, erwiderte ich mit einem leichten Lächeln und fuhr noch einmal mit den Augen durch das von Glühwürmchen beleuchtete Zimmer. »Ich glaube, dadurch habe ich noch mal eine ganz andere Seite an dir entdeckt.«

»Und gefällt dir diese Seite?«, fragte er und ich bildete mir ein, dass sich seine Augen ein klein wenig verdunkelten. Keine Ahnung, wieso mein Herz dadurch auf einmal schneller schlug. Ich nickte und er lächelte sanft. »Dann freu dich schon mal auf die Seiten, die du noch kennenlernen wirst.«

»Kannst du etwas für mich zaubern?«, platzte es aus mir hervor und ich schämte mich im selben Augenblick für diesen Wunsch. Doch ich wollte unbedingt wissen, welche Farbe seine Magie besaß und was seine Fantasie hervorzubringen vermochte. Es war wie das letzte Puzzlestück, das noch fehlte, um das Bild von ihm in meinen Gedanken zu vervollständigen.

Verwundert hob er eine Braue. »Etwas zaubern?«

Schüchtern nickte ich. Und als er schließlich die Arme hob, atmete ich fasziniert die Luft ein. Es war nicht Liams Magie, die mich in Entzückung versetzte. Nein, es war die Art und Weise, wie er Magie ausübte. Während der Großteil der Beschwörer ihre Energie nach außen schleuderte, schien Liam sich ihr voll und ganz hinzugeben. Goldene Partikel tanzten um seine Finger und seine Haut begann, zu glühen, als würde die Sonne selbst ihr Licht auf ihn werfen. Er beschwor nichts mit seiner Energie, er spielte nur mit ihr. Ließ goldenen Rauch durch die Luft fliegen und blies ihn sanft gegen meine Haare, sodass ein paar meiner welligen Strähnen in Schwingungen versetzt wurden und um meine Wangen wehten.

Es war hinreißend, einfach herzzerreißend schön.

Unsere Blicke verhakten sich ineinander, als ich ihn entzückt anstarrte und mir im selben Moment wünschte, ich hätte ihn nie darum gebeten. Wie sollte ich ihn jetzt noch aus meinen Gedanken verscheuchen? Es war unmöglich.

Als seine Magie schließlich wieder versiegte, fühlte es sich an, als wäre seine leuchtende Energie direkt in mein Herz geflossen.

»Danke«, brachte ich flüsternd hervor. »Das war … das war …« Ich fand keine Worte dafür. Wie benannte man etwas so Bezauberndes? Es war wie der Versuch, den Geschmack von Sternenstaub oder den Geruch der Unsterblichkeit zu beschreiben.

Liam lächelte. Er erwartete keine Beschreibung, sah mir die Faszination an meinem verträumten Gesichtsausdruck an. Mit einem schelmischen Schmunzeln verbeugte er sich.

Ich räusperte mich, ehe ich mich endgültig in seinen Augen verlieren konnte, und riss meinen Blick fort. »Ich schätze, ich sollte langsam gehen.« Ich flüchtete vor meinen Gefühlen. Natürlich tat ich das, es war leichter, als sie mir einzugestehen.

Und als wir uns schließlich verabschiedeten und ich das Zimmer verließ, spürte ich seinen Blick auf mir liegen, brennend heiß wie das Chaos in meinem Herzen.

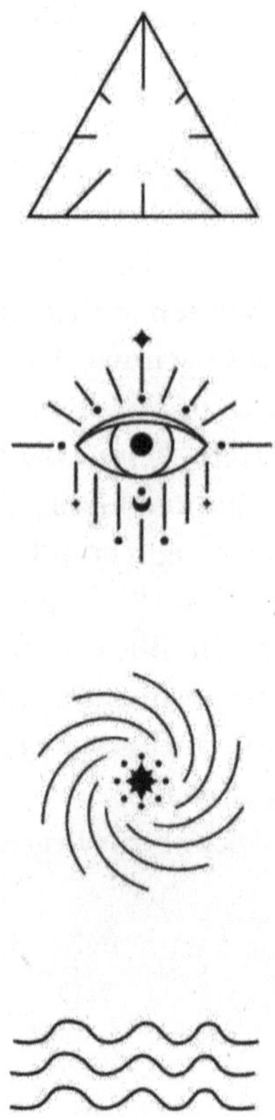

# 8

Jeder kannte sie. Diese Nächte, in denen man plötzlich erwachte, aufgeschreckt durch ein fremdes Geräusch, und sich ängstlich unter der Decke verkroch. Bis man feststellte, dass das gespenstische Heulen nur der Wind war, der an den Fensterläden rüttelte.

So eine Nacht war heute. Mit der Ausnahme, dass kein Wind wehte, als ich unruhig durch das Fenster blickte. Der Himmel schien still und sternenklar. Trotzdem hatte ich ganz deutlich ein Geräusch gehört, ein Klopfen, oder ein Husten.

Langsam richtete ich mich auf. Ich wünschte, ich hätte ein Messer von zu Hause mitgenommen. Irgendwann würde ich mich mit Hilfe meiner Magie verteidigen können, doch ich zweifelte daran, dass mir das jetzt bereits spontan gelingen würde. Ich war noch zu ausgelaugt von den vielen Stunden des Trainings mit Cavier. Außerdem kannte meine Magie lediglich ganz oder gar nicht. Selbst wenn ich es schaffen würde, zu zaubern, würde es womöglich wieder eskalieren. Was dachte ich mir dabei, unbewaffnet, mit unverschlossener Tür in einem Gebäude voller Beschwörer zu schlafen, die mich offensichtlich nicht ausstehen konnten? Vielleicht waren auch die maskierten Fremden zurückgekehrt und wollten mich nun endgültig kaltmachen. Nach den Geschehnissen der letzten Tage hätte ich ahnen müssen, dass sich jemand nachts in mein Zimmer schleichen und die Chance nutzen würde, um mich anzugreifen. Ich hatte mich einfach zu sehr an die Hoffnung geklammert, dass ich hier sicher war und die anderen Beschwörer mich in Ruhe ließen, nachdem Cavier mich am Tag nach meinem magischen Unfall nicht wie erwartet hinausgeschmissen hatte.

*Morgen hole ich mir eine Waffe,* nahm ich mir in Gedanken vor. Vorsichtig setzte ich mich auf und griff mit der Hand zu der Nachttischlampe, um sie im Notfall gegen meinen Angreifer schleudern zu können.

Kaum umgriffen meine Finger das kühle Metall, da hörte ich es wieder. Ein Geräusch, das sich ein wenig wie ein belustigtes Schnauben anhörte.

»Wer ist da?«, fragte ich in die Dunkelheit hinein. Dabei klang ich nicht halb so mutig und abgeklärt, wie ich klingen wollte. Ich verdammte den Neumond, der nicht genug Licht spendete, um jede Nische meines viel zu großen Zimmers zu beleuchten. Im Haus meiner Eltern war nie ausreichend Platz gewesen, um sich als Einbrecher irgendwo zu verstecken. Es gab ja kaum Platz, um ein Bett aufzustellen, geschweige denn einen Kleiderschrank. Wir hatten unsere Kleidung immer auf den Stühlen und Tischchen gelagert, die ich aus Holzplatten zusammengeschraubt hatte. Hier jedoch gab es Schränke für zwei Haushalte und leider genauso viele Schatten.

Eine Weile lang blieb es still. Ein Zögern lag in der Luft, als würde das Etwas nicht genau wissen, ob es mir antworten wollte. Dann hörte ich erneut ein Räuspern, lauter diesmal und ein wenig beschämt.

»Sorry, dass ich dich erschreckt habe.«

Auf einmal saß ich kerzengerade im Bett. Mein Kopf schnellte in die Richtung, aus der die Stimme gekommen war. Eine Bewegung war zu erkennen und ein Schemen trat aus der Dunkelheit hervor. Liam stand im Türrahmen, abgeschottet von jedem Lichtstrahl. Nun jedoch drückte er den kleinen Schalter neben der Tür. Das Deckenlicht erstrahlte, flutete das Zimmer mit sanftem Gelb.

»Was machst du hier?«, brach es aus mir hervor. Ich hatte nach unserem letzten Gespräch gehofft, ihn bald wiederzusehen, doch mit so bald hatte ich nicht gerechnet. Hektisch zog ich die Bettdecke enger zu mir heran. Ich trug nur ein leichtes Nachtkleid, das mir am Abend auf die Bettkante gelegt wurde. Anscheinend hatte meine Mutter es geschafft, irgendwie ein paar meiner Kleidungsstücke in den Trainingssaal der Beschwörer zu schicken.

So geschmeichelt ich auch über den unerwarteten Besuch war, das hier war eindeutig nicht der richtige Zeitpunkt für ein Gespräch.

»Ich … wollte eigentlich nur nachsehen, ob du noch lebst«, antwortete Liam zögernd. Höflicherweise wandte er seinen Blick von meinem halb nackten Körper ab, bis ich mir flink ein Hemd übergezogen hatte. »Ich habe draußen zwei Beschwörer bemerkt, die verdächtig vor deiner Tür herumgelungert sind«, fuhr er fort. »Sie waren wohl kurz davor, dir eine nächtliche Lektion über magische Angriffe zu erteilen.« Er lächelte schwach.

Ich schluckte und sah an ihm vorbei zur Tür, hinter der ein schmaler Lichtschein hervorschien. Also war tatsächlich jemand auf dem Weg gewesen, um mich zu töten. Und ich hätte meinen Tod beinahe verschlafen.

Mein Blick schwang zurück zu Liam. »Ah. Und wieso schläfst du nicht?«, sprach ich meine Gedanken aus.

Ein belustigter Schimmer huschte über sein Gesicht. »Ein Einfaches: *Danke, Liam, dass du den Helden gespielt und mich beschützt hast,* hätte auch gereicht.« Er zwinkerte mir zu. Meine Miene blieb ausdruckslos.

»Ich brauche niemanden, der mich beschützt«, erwiderte ich. Meine Stimme war eisiger als geplant. Sicher, ich hatte ihn gestern um Hilfe gebeten, aber das hieß nicht, dass ich sonst nicht allein zurechtkam. Ich hatte schon lange aufgehört, jemand anderem zu trauen als mir selbst. Meine Eltern hatten es versucht, ja. Sie wollten mich beschützen, doch sie schafften es nicht einmal, sonderlich gut für sich selbst zu sorgen. Elara kümmerte nur ihr eigenes Wohl und in den Jahren der Armut hatte ich gelernt, dass man auf sich allein gestellt war. Die Güte anderer konnte man sich nur schwer verdienen.

Fast rechnete ich damit, dass Liam nach meiner frostigen Bemerkung wieder gehen würde, doch das tat er nicht. »Das glaube ich dir«, antwortete er stattdessen. Sein Blick huschte nun doch über meinen Körper, blieb an meinen kräftigen Schultern und den muskulösen Armen hängen. Andere Mädchen würden sich dafür vielleicht schämen. Es sah seltsam aus, diese jungenhaften Muskeln in Kontrast zu meinem zierlichen Gesicht. Herausfordernd hob ich das Kinn. Es gab nichts, wofür ich mich schämen musste. Die Muskeln hatte ich mir mühsam antrainiert, sie hatten meiner Familie und mir nicht nur einmal das Leben gerettet, wenn ich Vater beim Tragen der Felle oder Mutter beim Wasserschleppen geholfen hatte.

»Ich bin oft nachts wach«, beantwortete Liam meine Frage, als ich weiter schwieg. »Es ist die einzige Zeit, in der man sich unbemerkt rausschleichen kann. Sonst wird jeder Schritt von den Anführern verfolgt oder von irgendjemandem, der petzt.«

»Wieso sollte man sich rausschleichen müssen?«, hakte ich nach. »Mir war nicht klar, dass es verboten ist, das Trainingslager zu verlassen.«

»Ist es nicht. Zumindest nicht, wenn du ins Dorf oder zu deiner Familie möchtest. Aber es gibt einen Ort, dem man sich niemals ohne ausdrückliche Erlaubnis nähern darf.« Wieder dieses schelmische Grinsen, das auch mir ein Lächeln auf die Lippen lockte.

»Und dieser Ort wäre?«, fragte ich, noch immer misstrauisch.

Erst jetzt fiel mir auf, wie unfassbar wenig ich über das Leben hier wusste. Ich hatte angenommen, Vater hätte mir bereits alles, was er wusste, über das Training und die Gewohnheiten erzählt. Vielleicht stimmte das ja auch. Vielleicht wusste er einfach nicht so viel.

»Na komm schon, du musst doch wissen, welchen Ort ich meine.« Liam kam etwas näher und automatisch rückte ich fort von ihm. Nicht, weil mir seine Anwesenheit unangenehm war, im Gegenteil. Ich genoss den leichten Duft von Flieder, der von ihm auszugehen schien. Außerdem fühlte ich mich auf eine mir ungewohnte Art zu ihm hingezogen. So hatte ich lange nicht mehr gefühlt. Nachdem ich meinen Körper an den Architekten verkauft hatte, war ich Männern stets mit Vorsicht begegnet. Nicht jedoch bei Liam. Vielleicht lag es an unserem letzten Gespräch über meine Augen. Daran, dass das Bild seiner golden glitzernden Haut noch immer gestochen scharf in meinem Verstand schwebte. Oder daran, dass Liam mich ansah. So *richtig* ansah, nicht wie eine nervige Schwester, ein bettelarmes Dorfmädchen oder eine Missgeburt mit mehreren Fähigkeiten. Sondern wie jemand Normales. Jemand, der es wert war, gesehen zu werden. Genau diese Gefühle waren es, die mich erschreckten und wegrücken ließen. Ich durfte es mir nicht leisten, mein Herz zu verlieren. Nicht, solange ich andere, wichtigere Sorgen besaß.

Liam schien meine Ablehnung nicht zu stören. Er ignorierte sie, sprach einfach weiter. »Ich schleiche mich zur Grenze.«

Ich riss weit die Augen auf. »*Die* Grenze?« Wieder einmal sah ich ihn staunend an. Liam gab sich offen, herzlich, aber er war unberechenbar, das wurde mir mehr und mehr bewusst. Welcher Mensch würde sich sonst an die Grenze zum Finsterwald schleichen? Niemand wagte sich freiwillig in ihre Nähe.

»Die einzig wahre.« Wieder grinste er, diesmal lag jedoch ein Schatten über seinen Augen. »Es geschehen seltsame Dinge dort, Cara.«

Mir fiel auf, dass ich keine Ahnung hatte, woher er eigentlich meinen Namen kannte. Ich hatte mich ihm nie offiziell vorgestellt. Er lächelte nur wissend, wahrscheinlich hatte er ihn aufgeschnappt, als er mal wieder jemanden belauschte.

»Was für Dinge? Warst du vor zwei Tagen auch dort, als du auf Jasper und die anderen gestoßen bist?«, fragte ich und beugte mich verschwörerisch in seine Richtung. Irgendwie gefiel mir das. Ich hatte noch nie einen richtigen Freund gehabt. Wie auch, mir blieb kaum Zeit und erst recht kein Geld, um abends in die Kneipe zu gehen und dort Bekanntschaften zu machen. Und beim Feilschen auf dem Markt traf man auch nicht die vertrauenswürdigsten Personen. Mit Liam heimlich über Verschwörungen zu reden, war so viel erfrischender, als daran zu denken, wie man für die nächsten Tage Essen besorgte.

»Ich habe schon genug verraten«, antwortete er nur mit einem glockenhellen Lachen und stand wieder auf. Das Glänzen seiner Augen ließ mein Herz verräterisch höherschlagen. »Ich spreche, seitdem du hier bist, die ganze Zeit und du hast mir noch keine einzige Information über dich verraten. Ich habe eigentlich keine Ahnung, wer du bist. Vielleicht stichst du mich ja doch ab, nachdem ich dir alle wichtigen Details genannt habe.« Er blitzte mich frech an.

Ich warf ihm einen finsteren Blick zu. Ich wollte mehr über die Grenze erfahren und er wusste das. Er konnte nicht einfach eine so interessante Neuigkeit verraten und mich dann sitzen lassen. Sein Ehrgeiz, mich kennenzulernen, sollte gewürdigt werden. Aber was sollte ich ihm über mich erzählen? Im Vergleich zu ihm war ich ziemlich langweilig. Bis auf das Detail mit meinen Fähigkeiten natürlich. Meine Kindheit und Jugend hingegen war alles in allem recht eintönig gewesen. Ich hatte nie viel erlebt, außer zu arbeiten, zu hungern und die Gefahren der Jahreszeiten abzusitzen.

Im Sommer herrschte Trockenzeit, die Felder verdorrten und die Hitze steckte ganze Waldabschnitte in Brand. Kein Tropfen Regen fiel vom Himmel und die Wasserquellen trockneten aus. In dieser Zeit suchten Mutter und ich in den entfernten Flüssen nach einem Hauch Feuchtigkeit, der uns vor dem Verdursten bewahrte. Danach folgte der Herbst, der das genaue Gegenteil mit sich brachte: endlosen Regen, der die undichten Wohnungen überschwemmte. Vieh, das in seinen Ställen ertrank. Der Winter bescherte Krankheit und Tod. Die Nächte waren länger als die Tage und Diebe hatten es in den ewigen Schatten einfach, ihre Raubzüge durchzuführen. In den wenigen Monden des Frühlings waren meine Eltern so wie die meisten anderen ärmeren Familien so erleichtert, ein weiteres Jahr überstanden zu haben, dass wir die Zeit damit verbrachten, auf den blühenden Wiesen zu liegen und uns bei den Göttern zu bedanken. Doch all das wusste Liam bereits. Er lebte hier seit dem Tag seiner Zeremonie, er kannte die Schwierigkeiten, die mit den Jahreszeiten einhergingen. Und viel mehr gab es nicht. Mein Leben bestand rein aus überleben, beschützen, meiner Familie zu helfen. *Überleben, beschützen, helfen.*

»Ich denke, da haben wir eine Gemeinsamkeit«, antwortete ich also nur. »Ich weiß auch nicht wirklich, wer ich bin.«

Liams Lachen verstummte. Jetzt sah er mich mitleidig an, und ich verurteilte mich dafür. Wieso musste ich diesen friedlichen Moment direkt wieder in etwas Schwermütiges lenken?

»Vielleicht findest du ja hier heraus, wer du bist«, sagte Liam schließlich und warf mir dabei ein aufmunterndes Lächeln zu, doch es erreichte seine Augen nicht.

»Ja, vielleicht.«

Eine Weile waren wir schweigend in unsere Gedanken vertieft. Bis sich Liam auf einmal gänzlich von der Wand abstieß und sich dem Bett näherte. Mein Herz klopfte bei jedem seiner Schritte ein wenig schneller und ich krallte meine Fingernägel in die Handflächen, um mich davon abzuhalten, auf seinen Mund zu starren.

*Was ist nur los mit mir?*

»Du schuldest mir trotzdem noch eine Frage«, sagte er und setzte wieder sein altbekanntes Grinsen auf, das all meine Sorgen für den Moment verscheuchte. »Wie ist es so?«

»Wie ist was so?«, hakte ich nach, obwohl ich fürchtete, die Antwort bereits zu kennen.

»Na was wohl? Eine Gedankenleserin zu sein.« Seine Augen funkelten neugierig, als er mich ansah.

Es wunderte mich nicht, dass ihn das interessierte. Um ehrlich zu sein, hatte ich schon viel früher damit gerechnet, dass mich jemand das fragte. Immerhin waren alle anderen Gedankenleser in den Wäldern, tot oder in Kerkern gefangen. Es gab außer mir niemanden, den man fragen konnte, wie es war, diese Art von Magie zu besitzen. Und Gedankenlesermagie war etwas vollkommen anderes, als die Fähigkeit der Beschwörer einzusetzen. Das wurde mir bereits am Tag der Zeremonie bewusst.

»Es ist …«, begann ich und kaute auf meiner Unterlippe herum, während ich nachdachte. »Überwältigend. Beängstigend, aber überwältigend.« Meine Zunge stolperte über die Worte. »Wenn ich etwas beschwöre, fühlt es sich kalt an. Wie Eis, das durch meine Sehnen zieht.«

Liam nickte. Er kannte das, diese Kälte, die mit unserer Fähigkeit einherging.

»Als ich jedoch die Magie der Gedankenleser eingesetzt habe, da fühlte es sich anders an. Alles war warm. Beinahe heiß. Als würde der feurige Atem eines Drachen durch meine Zellen fegen. Du fühlst dich stark, aber auf der anderen Seite sind da diese ganzen Gedanken, die nicht dir gehören. Die fremden Stimmen, die alle durcheinander reden und dich verwirren.«

Ich verstummte abrupt. So offen hatte ich noch nie mit jemandem gesprochen. Es war befreiend und doch fühlte ich mich irgendwie nackt dadurch, offenbart.

»Ich verstehe«, antwortete Liam irgendwann.

»Nein, das tust du nicht.« Ich lächelte traurig, auch als er mich mit seinen leuchtend grünen Augen verwundert durchbohrte.

»Also«, sagte ich weiter. »Ich habe dir was von mir erzählt. Was gibt es jetzt so Spannendes bei der Mauer?« Ich versuchte mich an einem munteren Plauderton, um die Düsternis zu vertreiben, die in den letzten Minuten in der Luft lag. Sicherlich gelang es mir nur bedingt. Ich war nie gut in Plaudereien gewesen.

Doch Liam spielte höflicherweise mit. »Nun ja«, begann er und senkte seine Stimme, als würde er fürchten, dass uns der Mond draußen belauschen könnte. »Die Anführer wollen nicht darüber reden, sie verheimlichen uns die Details, aber jeder weiß, dass immer öfter Krieger für Geheimmissionen an die Grenze geschickt werden. Anscheinend nehmen die Gedankenleser die alten Abmachungen nicht mehr so ernst und versuchen, wieder auf unsere Seite zu kommen. Es soll Kämpfe geben. Cavier und Arvid haben alle Hände voll zu tun, dass das nicht durchsickert. Es würde Panik in den Dörfern verursachen. Aber so langsam wissen auch sie nicht weiter. Viele unserer Leute verschwinden oder kommen nach einiger Zeit wieder und sind so verstört, dass sie kaum mehr einen anständigen Satz herausbringen.«

Er sprach so leise und flüchtig, dass ich mich konzentrieren musste, um seinen Worten zu folgen. Bei jedem Satz weiteten sich meine Augen ein klein bisschen mehr.

Geheime Kämpfe an der Mauer. Gedankenleser, die sich auf unsere Seite wagten. Davon hatte ich nichts mitbekommen.

Doch diese Tatsachen erklärten auch, wieso Cavier es geschafft hatte, den Großen Seher zu überzeugen, mich in ihre Mitte zu schicken. Wenn es stimmte, was Liam sagte, dann planten die Gedankenleser *wirklich* etwas. Dann stand ein Krieg bevor, weitere Jahre voller Leid und Tod, der die Grundmauern der Stämme auf die Knochen erschüttern würde. Ich war ihr letzter Trumpf. Die letzte Möglichkeit, herauszufinden, was unsere Feinde planten und wann.

Reflexartig ballten sich meine Hände zu Fäusten. Keine Ahnung, wieso ich zwei Fähigkeiten besaß. Wieso ich verdammt war, die Magie unserer Feinde zu beherrschen. Doch ich würde diese Tatsache zu unserem Vorteil nutzen. Niemals würde ich es zulassen, dass die Gedankenleser uns angriffen und meine Familie in Gefahr brachten. Ich würde in den Finsterwald gehen und ich würde überleben. Und mit meiner Hilfe würden wir gegen sie siegen.

Liam bemerkte meinen Stimmungswandel. Ein leichtes Lächeln zupfte an seinen Lippen und für einen viel zu langen Augenblick musterte er meine vor Entschlossenheit geröteten Wangen, als würde er etwas unendlich Entzückendes betrachten.

Dann fuhr sein Blick zu meinen Augen, mit demselbem Schelm darin, den ich die letzten Minuten so vermisst hatte. »Soll ich dir jetzt zeigen, wie man lauscht?«

»Solltest du einem Neuankömmling nicht ein besseres Vorbild sein, als ihn zu verbotenen Sachen anzustiften?«, neckte ich ihn.

Liam zwinkerte mir zu. »Komm mit«, sagte er und reichte mir dann ein Messer, das er in der Innenseite seines Mantels verstaut hatte. »Das wirst du vielleicht brauchen.«

Lächelnd folgte ich seiner Aufforderung. Bereit, mich mit ihm an jeden geheimen Ort zu schleichen, an den er mich führte.

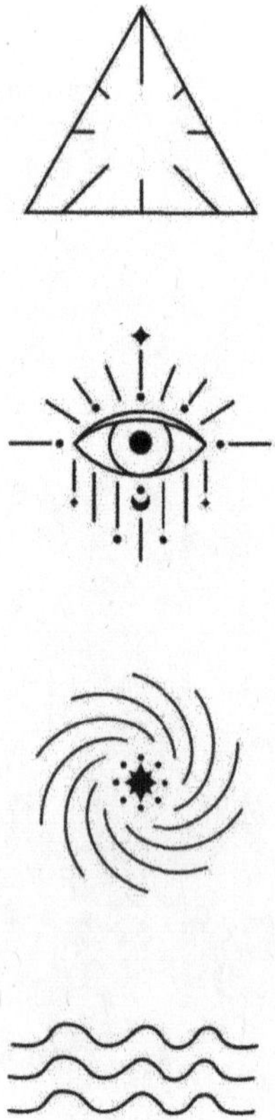

# 9

Ich fror auf dem Weg zu Mauer, trotz des dicken Mantels, den ich mir übergeworfen hatte. Es war mitten in der Nacht und der Mond wurde von dichten, dunklen Wolken verdeckt, wodurch er kaum Licht spendete. Nur vereinzelnd stahlen sich Lichtstrahlen durch die Wand aus Grau, silberne Leuchtpunkte, die sich auf die Erde zeichneten.

Es war Wahnsinn, was wir vorhatten.

Kaum zwei Wochen lang war ich neunzehn und schon schlich ich mich mit einem beinahe Fremden davon, wollte die verbotene Grenze aufsuchen und mich in Gefahr begeben.

Wobei mir Liam überhaupt nicht wie ein Fremder vorkam. Seine gewitzte Art gab mir das Gefühl, dass wir uns schon ewig kannten. Womöglich lag es daran, dass ich es nicht gewohnt war, mehr als nur flüchtige Gespräche auszutauschen. Ich hatte mich Liam geöffnet und mich blind in das Vertrauen gestürzt, das er mir entgegenbrachte. Nur, um mich dann mit ihm fortzustehlen.

Ein schlechtes Gewissen hatte ich nicht. Ich hielt mich ungern an Regeln und es konnte mir wohl niemand übel nehmen, dass ich die Grenze besuchen wollte, die ich in zwei Wochen ohnehin überquerte.

Und ich fürchtete mich auch nicht davor, mit Liam in der Dunkelheit zu spazieren. Ich hatte ein privates Gespräch mit Cavier hinter verschlossenen Türen überlebt, da würde ich schon nicht auf dem Weg zur Mauer ermordet werden.

Wir liefen schweigend. Ab und an warf ich heimlich einen Blick in seine Richtung und bildete mir ein, das ein oder andere Mal auch seine Augen auf mich gerichtet zu spüren. Wann immer sich unsere Arme beim Gehen berührten, überkam mich eine Gänsehaut.

Es war albern. Als wäre ich noch nie zuvor einem Jungen begegnet. Doch ich konnte nicht leugnen, dass er mein Herz mit seinen leuchtend grünen Augen und seinem schiefen Grinsen aus dem Rhythmus brachte. Wenn meine Eltern wüssten, dass sich ihre unabhängige Tochter blitzverknallt hatte, würden sie es wohl für einen schlechten Scherz halten. Und ich war realistisch genug, es als das zu betiteln, was es war: Ich war verknallt. Bei dem Gedanken, dass wir uns allein in der Dunkelheit befanden, wurde mir gleichermaßen kalt und heiß.

Ein scharfer Stich durchfuhr mich bei dem Gedanken an meine Eltern. Ihr Leben hatte sich nach meiner Zeremonie ebenfalls vom einen auf den anderen Tag geändert. Während Liam und ich durch das mir allbekannte Dorf liefen, fragte ich mich, ob ich die Straßen und Häuser je wieder so sehen würde wie früher. Ich hatte nie wirklich viele Vertraute in dem Dorf besessen, doch zumindest hatte ich dazugehört. Ich bezweifelte, dass mir unsere Nachbarn im Sommer weiterhin ein paar Äpfel aus ihrem Obstladen schenken würden, jetzt, da sich herumgesprochen hatte, dass ich zur Hälfte eine Aussätzige war. Nein, wenn ich mir nun die bröckelnden Häuserfassaden ansah, fühlte ich buchstäblich die abstoßende Kälte, die mich aus der Gesellschaft ausschloss.

»Bald sind wir da«, sagte Liam nach einer gefühlten Ewigkeit und brach so unser Schweigen.

Mittlerweile waren wir beinahe an dem Fluss angekommen, der unser Gebiet von dem der Seher abgrenzte. Ich fühlte den eisigen Wind, der von den Bergen zu uns herüberwehte. Er ließ mich frösteln und ich zog mir den Mantel enger an die Brust, um mich davor zu schützen.

Ich kannte den Weg, den wir einschlugen. Liam führte mich an einem Weizenacker vorbei, hinein in den Finsterwald. Die Tannen standen so dicht, dass sie beinahe das komplette Licht verschluckten. Nur noch die Umrisse der nahen Bäume waren zu sehen und ich konnte unseren leisen Atem hören, der weiße Schwaden in die Dunkelheit pustete. Das verdächtige Rascheln der Sträucher machte mir keine Angst. Zwar war ich selten nachts hier gewesen, doch am Tag war der Wald zu meiner zweiten Heimat geworden. Hier jagten wir unser Vieh und so stellte ich mich automatisch in Wachposition, als wir die dörflichen Straßen verließen. Ich fürchtete mich auch nicht vor möglichen Wölfen, die uns überfallen konnten. Meine Sinne waren gestärkt und ich hielt Liams Messer in der Hand, mit dem ich mich verteidigen konnte.

Ich glaubte, ein leises Schnauben von ihm zu vernehmen, und drehte mich fragend in seine Richtung.

»Du siehst aus, als würdest du gleich etwas angreifen wollen«, flüsterte er und ich spürte seinen Blick auf mir brennen.

»Oh.« Augenblicklich versuchte ich, meine Schultern zu entspannen und mich in eine weniger geduckte Haltung zu begeben. »Gewohnheit.«

»Du kämst hier wunderbar allein zurecht, nicht wahr?«, fragte er belustigt, doch ich hörte den leicht enttäuschten Unterton in seiner Stimme. »Ich kann also nicht als dein Beschützer in der Dunkelheit punkten.«

Nein, ich brauchte wirklich keinen Beschützer. »Es ist trotzdem nett, dich dabei zu haben«, sagte ich und warf ihm ein Lächeln zu, von dem ich hoffte, er würde es in der Dunkelheit sehen.

»*Nett?*«

»Toll. Überwältigend. Such dir was aus.«

Er lachte leise über meine Worte und das Geräusch löste ein Flattern in mir aus.

»Nun ja«, sagte er schließlich, weiterhin mit einem Lächeln in der Stimme. »Ich wette, an dem Ort, zu dem wir gehen, bist sogar du ein klein wenig unsicher.«

Er hatte recht. Wir liefen immer tiefer ins Dickicht und obwohl ich dachte, bereits einen Großteil des Waldes gekannt zu haben, wurde ich diesmal eines Besseren belehrt. Je weiter wir gingen, desto unheimlicher wurde die Umgebung. Die Tannen standen nun so dicht, dass wir uns anstrengen mussten, um einen Weg hindurch zu finden. Von überall zirpte und krabbelte es. Hätte ich es nicht besser gewusst, konnte man meinen, Liam wollte mich in einem abgelegenen Waldrand umbringen und verscharren. Doch gerade, als meine Knochen von dem vielen Laufen auf dem unebenen Boden zu pochen anfingen, blieb er abrupt stehen.

Als ich verwirrt den Kopf hob, sah ich, wie er sich einen Finger an den Mund legte und mich damit zur Vorsicht aufforderte. Dann deutete er auf etwas vor uns.

Langsam ging ich einen Schritt weiter, schob die tiefen Äste einer Trauerweide beiseite, die mir die Sicht nahmen, und atmete plötzlich scharf die Luft ein.

Da war sie. Die Mauer. Ich hatte nicht erwartet, dass sie so gigantisch war. Vor mir erstreckte sich ein Koloss aus Marmor, massiv und unbezwingbar, und doch war sie in den Tiefen des Waldes so gut versteckt, dass man sie vom Dorf aus nicht sah.

Ich merkte kaum, dass ich mich auf sie zubewegte. Wie magisch fühlte ich mich von ihr angezogen, von dieser herrschaftlichen Grenze, die sich rechts und links in die Unendlichkeit zog.

Ehrfurchtsvoll hielt ich meine Hand an den kühlen Stein. Die Mauer strahlte Macht aus, die Magie Hunderter Beschwörer waberte darin, die sie einst errichtet hatten. Es kam mir unwirklich vor, dass es tatsächlich jemand wagte, sie zu erklimmen.

»Sie ist wunderschön, nicht wahr?« Liam stand hinter mir, den Kopf in den Nacken gelegt, und sah hinauf.

Weiter oben hatte sich Nebel gebildet und waberte sanft um den Stein. Ein stiller Tanz aus Rauch und Kälte.

»Ja, das ist sie«, stimmte ich ihm zu, noch immer fasziniert von der dunklen Schönheit. Die Beschwörer hatten sich wahrlich Mühe beim Errichten der Mauer gegeben. In meinen Vorstellungen hatte sie stets trist ausgesehen, ein wenig unheilverkündend vielleicht. Doch die Realität war alles andere als das. Die Mauer war ein Meisterwerk der Baukunst, helle Schlieren verzierten den dunklen Stein, es lud einen zum Erkunden ein.

»Ich komme gern hierher«, fuhr Liam fort. »Es ist verboten, ich weiß, aber irgendwie hat das auch seinen Reiz.«

»Ich verstehe, was du meinst«, erwiderte ich. Jetzt, da ich einmal hier gewesen war, bezweifelte ich, dass ich der Mauer und ihrer Schönheit fernbleiben konnte. Sicherlich würde ich mich beim Jagen das ein oder andere Mal in ihre Nähe verirren, einfach nur, um ihre Kunst zu bewundern.

»Um ehrlich zu sein, wundert es mich, dass du noch nie hier gewesen bist. Ich hatte angenommen, du wärst neugierig genug, um dich mindestens einmal herzuschleichen«, sagte Liam schalkhaft, als er mit friedlichem Blick meine leuchtenden Augen betrachtet.

»Es gab keinen Grund für mich, herzukommen. Wäre ich erwischt worden, hätten sie mich eingesperrt. Das konnte ich nicht riskieren, meine Familie brauchte mich.«

*Braucht mich noch immer*, schoss es mir in den Kopf. Ich unterdrückte ein Seufzen. Die Sorge um ihre Zukunft machte mich wahnsinnig.

»Jetzt ist es egal, ob du erwischt wirst?«, fragte Liam neugierig.

Ich zuckte mit den Schultern. »Sie hatten bereits die Möglichkeit, mich einzusperren. Aber sie haben es nicht getan. Obwohl ich zur Hälfte der Feind bin.«

»Du bist nicht der Feind«, entgegnete Liam mit einer Sanftheit in der Stimme, die mich erröten ließ. Hoffentlich sah er es in der Dunkelheit nicht. »Und ich werde nicht zulassen, dass sie dich wegsperren.«

Bildete ich es mir ein, oder war er in den letzten Sekunden näher gekommen?

Ich sollte es nicht so sehr genießen, mit ihm in den Schatten zu stehen. Der süße Geruch von Gefahr, der in der Luft lag, war verlockend.

Er hielt ein paar Schritte von mir entfernt inne und eine seltsame Woge der Enttäuschung durchflutete mich. Fast wünschte ich, seinen Atem auf meiner Haut zu spüren.

»Was denkst du gerade?«, fragte Liam, als er meine Unsicherheit spürte.

Mein Blick huschte zu seinem Mund, blieb auf seinen verführerischen Lippen haften. Sie waren blau vor Kälte und mich überkam das Bedürfnis, den Frost von seinen Lippen zu küssen.

»Ich denke …«, sagte ich schließlich, als er mich weiterhin forschend anblickte. Mit einer Hand griff ich mir nervös ins Haar, spielte mit einer kastanienbraunen Strähne. Kratzte all meinen Mut zusammen, ehe ich weitersprach. »Ich habe mich gefragt, wie es wohl ist, dich zu küssen.« Meine Stimme verlor sich, während ich mit rasendem Herzen auf seine Antwort wartete.

Liams Augen weiteten sich, sodass ich es sogar in der Dunkelheit des Waldes erkennen konnte. Ein paar Mal öffnete er den Mund und schloss ihn wieder, ein Anzeichen dafür, dass ich ihn mit meiner Frage überrascht, ja vielleicht sogar überrumpelt hatte.

Mir war es gar nicht so abwegig vorgekommen. Schließlich konnte er kaum leugnen, dass sich zwischen uns ein Funken befand, und das schon seit unserer ersten Begegnung im Trainingssaal.

»Ich …« Diesmal war er es, der stotterte. Ein Räuspern erklang, dann hatte er sich wieder unter Kontrolle. »Du bist echt kein großer Fan von Romantik, oder?«

Das Lächeln in seiner Stimme beruhigte mich.

»Ich sehe keinen großen Sinn in Romantik«, gab ich zu. Schüchterne Mädchen, die von ihrem Prinzen erobert wurden, gab es nur in Märchen, da war ich mir sicher. »Außerdem bin ich in kaum mehr einer Woche fort und werde womöglich sterben. Ich habe keine Zeit für tagelanges Anschmachten und langsame Annäherungen.« Meine Stimme nahm einen merkwürdig schrillen Tonfall an, als mir das Gewicht meiner Worte bewusst wurde. Es stimmte.

Es bestand eine hohe Wahrscheinlichkeit, dass ich Liam schon bald nie wiedersehen würde. Also wieso nicht alles auf eine Karte setzen? Warum nicht riskieren? Wenn er mich abwies, musste ich ihm wenigstens nicht mehr unter die Augen treten.

Wenn ich so darüber nachdachte, fragte ich mich, ob ich in der Vergangenheit nicht vielleicht viel öfter ein Risiko hätte eingehen sollen. Ich hätte öfter mit einem fast Fremden im Wald stehen und ihn um einen Kuss bitten sollen. Neunzehn Jahre lang war ich bereits auf dieser Welt, doch ich hatte niemals wirklich *gelebt.* Nichts, worauf ich mit Stolz zurückblicken konnte, außer auf das Überleben meiner Familie.

»Du wirst nicht sterben«, antwortete Liam bestimmt. »Du hast noch mehr als eine Woche zum Trainieren und ich werde dir helfen.« Fast fürchtete ich, er würde meine Bemerkung über den Kuss einfach ignorieren, doch dann nahm er plötzlich meine Hand in seine. Eine so zarte Berührung, dass ein Zittern durch meinen Körper ging. Er führte meine Finger an seine Lippen und berührte sie sanft damit. »Es ist noch nicht zu spät für Romantik«, murmelte er an meiner Hand und ich hielt den Atem an.

Dann, ganz vorsichtig, strich er mit den Lippen über meine Finger, begann, jeden einzelnen davon zu liebkosen.

»Ich hatte schon Angst, dass du nicht so empfindest«, flüsterte er. »Ich habe es gehofft, klar, aber es ist wirklich schwer, dich zu lesen.«

Nach jedem Satz stockte er kurz, um einen weiteren Kuss auf meiner brennenden Haut zu hinterlassen. Erst auf meinem Handgelenk, dann an der empfindlichen Stelle meiner Armbeuge. Hitze schoss durch meinen Körper. Einerseits wollte ich, dass er weiterhin meine Hand hielt, andererseits jedoch konnte ich es nicht abwarten, bis sein Mund andere Bereiche meines Körpers erforschte.

»Ich habe schon viele Frauen kennengelernt, Cara. Aber als ich dich gesehen habe, wie du so bezaubernd friedlich die Wände im Trainingssaal bewundert hast, während um dich herum die Welt deinetwegen in Chaos ausgebrochen ist. Das hat irgendetwas in mir berührt. Es ist ehrlich gesagt beängstigend. Ich kannte dich nicht einmal und doch hast du meinen Körper unter Strom gesetzt.«

Ein leises Keuchen entkam mir, als er mich zu sich zog und mit seinen leuchtend grünen Augen tief in die meinen blickte. Seine eine Hand legte er zwischen meine Schulterblätter, mit der anderen strich er mir eine sperrige Locke aus der Stirn. Jede Berührung war magisch, unglaublich.

Es war so unfassbar, dass er das Gleiche empfand. Ich wusste nicht, ob das Schicksal auf meiner Seite war, weil es mir Liam als Geschenk brachte, so kurz bevor ich in den Abgrund trat. Oder ob es mich verhöhnen und mir zeigen wollte, was ich in wenigen Tagen zurückließ.

Doch im Moment war das nicht wichtig. Im Moment war es mir egal, ob das alles viel zu schnell ging, denn wir hatten nur noch diese paar Nächte.

Ich hielt still, während er mit den Fingern mein Gesicht erkundete. Er fuhr mir über die Wange, strich über meine Lippen, quälend und doch verführerisch langsam, als wollte er sich jeden Zentimeter meiner Haut einprägen.

Als sein Mund schließlich den meinen fand, küsste er mich so unendlich sanft, dass meine Beine nachzugeben drohten. Er lächelte leicht an meinen Lippen, als mir der Atem stockte, und ich verlor mich in unserem Kuss. Liam küsste mich, als würde er mich verehren, als wollte er mit jeder Berührung sichergehen, dass ich mich ihm hingab. Und das tat ich. Als unser Kuss stürmischer wurde, krallte ich mich an seinen Schultern fest und ein leises Knurren kroch aus seiner Kehle, während er mich rücklings gegen einen Baum drückte.

Funken stoben durch meinen Körper, als wäre ich in blendendes Sonnenlicht getaucht worden.

Ich hatte davon gehört, dass die Nähe zu einem Menschen so etwas auslösen konnte. Doch bislang hatte ich mich allein der sexuellen Begierde hingegeben, hatte mich mit jungen Männern aus dem Dorf getroffen, um die Erinnerung an jene schreckliche Nacht vor fünf Jahren zu vergessen.

Denn der Architekt, an den ich damals meinen Körper verkauft hatte, war nicht sanft gewesen. Es hatte ihn nicht gekümmert, ob ich zu jung oder zu verängstigt war. Und ganz sicher hatte er nicht wochenlang danach wachgelegen und sich in den Schlaf geweint.

Meine späteren Liebschaften hingegen hatten sich durchaus Mühe gegeben. Es war immer nett gewesen, doch selten kamen zu der oberflächlichen Sympathie tiefere Gefühle hinzu.

Jetzt jedoch schien meine Welt zu beben. Nichts war mehr von Bedeutung außer Liams Arme, die mich umfassten. Seine Hände strichen über meine Schultern, meinen Hals, meine Seite.

Ich kochte. Als er mit den Fingern langsam zum Saum meiner Hose wanderte, brannte ich bereits.

Dann jedoch hielt er inne, nahm Abstand, nur ein paar Zentimeter, doch es reicht aus, dass ich protestierend aufseufzte.

Gerade öffnete ich den Mund, um mich zu beschweren, als ein Geräusch unsere Zweisamkeit störte. Ein Ruf schallte durch den Wald und ließ ein paar Vögel aufgeschreckt davonflattern.

Augenblicklich sprangen Liam und ich auseinander. Mit einer Hand zog er mich hinter die Trauerweide und bedeutete mir, still zu sein. Eine Weile lang hörte ich nichts außer meinem eigenen hektischen Atem. Ich zwang mich zur Ruhe, doch mein Herz pochte vor Schreck so laut, dass es sicherlich gehört werden würde, sollte sich jemand in der Nähe befinden.

Ich verurteilte mich für meine Unvorsichtigkeit. Liam hatte mich vergessen lassen, dass wir uns an der Grenze befanden und es nicht unwahrscheinlich war, dass Beschwörer zur nächtlichen Wache hergeschickt wurden.

Jetzt jedoch leuchteten seine Augen vor kindlicher Neugier, als Schritte auf dem staubigen Waldboden zu hören waren. Ich wusste bereits, dass er sich gern in Gefahr begab und die Geheimnisse, die sich hier an der Mauer abspielten, erkunden wollte. Seine Vorfreude zauberte mir ein Grinsen ins Gesicht.

Die Schritte kamen näher und nun konnte ich auch die Silhouetten zwischen den Ästen erkennen. Es waren zwei Frauen und ein Mann. Unverkennbar handelte es sich um Beschwörer, ich erkannte das glänzende Wappen des Dorfes an ihrer Trainingskleidung. Sie schienen noch recht jung zu sein, alle Anfang zwanzig, und diese Tatsache wunderte mich. Wenn sich wirklich Gedankenleser auf unsere Seite der Mauer stehlen wollten, sollten die Anführer doch ausgebildete Kämpfer schicken und keine Anfänger?

»Etwas stimmt nicht.« Liams Stirn lag in tiefen Falten.

»Was meinst du?«, flüsterte ich. Ich richtete meinen Blick wieder auf die jungen Beschwörer und reckte meinen Hals, in der Hoffnung, sie genauer zu erkennen.

»Es sollten eigentlich vier sein. Es sind immer vier«, ergänzte er, als ich meinen Kopf verwirrt in seine Richtung drehte. »Damit sie in Paaren an der Mauer patrouillieren können. Allein ist es zu gefährlich.«

Verwundert suchte ich die Umgebung ab. Aber außer den drei Gestalten, die immer näher kamen, war niemand zu sehen.

»Wie konntest du ihn verlieren, Sam?«, fragte gerade eine der dreien, als sie nahe genug waren, dass wir sie hören konnten.

Liam legte eine Hand auf meine Schulter, während wir uns noch dichter an den Baumstamm quetschten, um unentdeckt zu bleiben. Seine Augen wandte er nicht eine Sekunde lang von den Beschwörern ab. Ich wusste, dass sie uns versteckt in den Büschen unmöglich sehen konnten, dennoch hielt ich den Atem an, als sie nur ein paar Meter entfernt von uns stehen blieben.

»Ich musste kurz ums Eck … ihr wisst schon. Als ich zurückkam, war Silvan verschwunden. Einfach vom Erdboden verschluckt. Meint ihr …« Ich musste mich konzentrieren, um die nächsten Worte mitzubekommen. »Meint ihr, einer von ihnen hat ihn erwischt?«

Mir wurde übel. Panisch blickte ich zu Liam. Das Grün seiner Augen lag voller Dunkelheit.

»Was sollen wir jetzt tun?«, fragte eine andere Beschwörerin. Ich hörte die unterdrückte Angst in ihrer Stimme. »Wir haben schon alles abgesucht. Wenn es wirklich einer von ihnen war, ist es vielleicht zu spät für ihn.«

Die Spannung lag wie eine eisige Wolke in der Luft.

»Es ist sicherer, wenn wir morgen weitersuchen«, sagte Sam schließlich. »Lasst uns noch einmal die nähere Umgebung sichten und dann zurück ins Lager gehen. Wir müssen Verstärkung holen, falls sie es wirklich auf unsere Seite geschafft haben sollten.«

Eine Bewegung neben mir ließ mich zusammenzucken. Ich war so in das Gespräch der drei fremden Beschwörer vertieft gewesen, dass ich gar nicht mitbekommen hatte, wie Liam langsam zurückwich. Mit einer Kopfbewegung deutete er mir an, ihm zu folgen.

Ich protestierte nicht. Auch wir mussten schleunigst zurück ins Lager, so viel war klar. Wenn die anderen uns fanden, würden wir riesigen Ärger bekommen, dafür, dass wir uns nachts ohne Erlaubnis an die Mauer geschlichen und die Beschwörer belauscht hatten.

Wenn wir hingegen hierblieben und es schafften, nicht erwischt zu werden, war da immer noch die Gefahr, dass *tatsächlich* einer der Gedankenleser die Mauer überquert hatte und Jagd auf uns machte.

Nein. Wir mussten auf jeden Fall verschwinden.

Das Laub raschelte kaum, als wir uns davonmachten. Liam war nicht zum ersten Mal hier, er hatte genug Übung darin, sich unbemerkt durch den Wald zu schleichen. Und auch ich war alles andere als hilflos. Durch das Jagen war das Schleichen zu meiner Stärke geworden. Außerdem hatte mich die Armut gelehrt, nicht aufzufallen.

In einigen weniger glanzvollen Momenten meiner Vergangenheit hatte ich auf dem Markt ein paar Brote oder Fisch gestohlen, um uns durch den Winter zu bringen. Mit der Zeit hatte ich gelernt, mich lautlos fortzubewegen und zwischen den Ziegelgebäuden hindurchzuhuschen, als könnte ich mit den Schatten verschmelzen. Auch jetzt erklangen meine schnellen Schritte kaum auf dem unebenen Boden.

»Was meinst du?«, fragte ich irgendwann an Liam gewandt, als wir uns außer Reichweite der anderen befanden. »Denkst du echt, ein Gedankenleser hat den vierten Wächter angegriffen?«

Wir verlangsamten unsere Schritte. Der Wald wurde wieder lichter und ich konnte Liams sorgenvollen Blick erkennen. Mit einer Hand fuhr er sich über das Gesicht.

»Ich weiß es nicht«, gab er zu. Die kindliche Abenteuerlust von vorhin war wie weggefegt. Jetzt sah er einfach nur noch müde aus. »Ich weiß ja, dass es immer mal Kämpfe an der Mauer gegeben haben soll. Aber das einfach einer von ihnen rüberspaziert und einen von uns entführt? Das macht doch keinen Sinn.«

»Wieso waren überhaupt nur junge Beschwörer bei der Wache?«, fragte ich hitzig. In meinem Kopf wirbelten die Gedanken umher. »Der Mann namens Sam hatte schon recht, sie bräuchten Verstärkung! Es sollte immer mindestens ein ausgebildeter Kämpfer dabei sein.«

»Silvan war ein Kämpfer«, antwortete Liam ernst.

Sein Tonfall brachte mich zum Schweigen. Die Sonne ging langsam hinter den dichten, grauen Wolken auf, tunkte den Horizont in blassrosa Farben. Ich könnte die künstlerische Pracht des Himmels bestaunen, läge nicht die Anspannung wie ein düsterer Begleiter in der Luft.

Gerade als ich glaubte, ich könnte weiter hinten die Umrisse des Dorfes erkennen, bemerkte ich an einem Gewächs neben mir etwas Seltsames. Stirnrunzelnd ging ich darauf zu, kniete mich zu den tiefen Blättern und fuhr mit den Fingern leicht über die Wurzeln.

Es hatte nicht geregnet in den letzten Tagen. Dennoch hatte ich aus den Augenwinkeln ein Schimmern wahrgenommen, so flüchtig, wie es nur eine ausgezeichnete Jägerin bemerken würde. Als ich den Blick über die Pflanzen streifen ließ, lief mir ein eiskalter Schauder den Rücken hinab.

»Was hast du?«, fragte Liam von hinten, als ich wie zu einer Statue erstarrt innehielt.

Ich antwortete ihm nicht. Stattdessen deutete ich mit der Hand auf die Blätter. Im Licht der aufgehenden Sonne sahen sie hübsch aus, doch neben dem Geruch von Thymian gesellte sich noch ein anderer, metallischer hinzu.

Das saftige Grün war rot gesprenkelt. Dickes Blut tropfte von einem Ast hinab und malte ein groteskes Bild auf den dunklen Boden.

»Was zum …?«

Ich wartete nicht, bis Liam seinen Satz beendete. Stattdessen ging ich weiter, folgte der roten Spur, die sich von Stamm zu Stamm zog. Jemand war verletzt gewesen und hatte sich an den Bäumen entlang vorangezogen. Wahrscheinlich war er auf der Flucht gewesen.

Ein Kloß steckte mir im Hals, als die Spur immer dichter und stärker wurde. Ich konnte mir nicht vorstellen, wie sich jemand mit einer so großen Wunde durch den Wald bewegt haben konnte, und fühlte mein Herz wie wild schlagen, als ich auf den nächsten rot gefärbten Baum zustolperte. Meine Hände waren mittlerweile getränkt von der dicken Flüssigkeit, so oft hatte ich mich vergewissern wollen, dass das Blut frisch war.

Vielleicht fanden wir den Verletzten noch irgendwo. Vielleicht konnten wir ihm helfen, oder ihn …

Ich blieb so abrupt stehen, dass ich beinahe über meine eigenen Füße stolperte. Scharf atmete ich die Luft ein, während mein Magen kollabierte und mich würgen ließ.

Dort vorne, an einem breiten Eichenbaum, hing ein Kopf. Die dunklen, schulterlangen Haare waren an einen Ast gebunden worden und ließen ihn der Luft baumeln, die sanfte Morgenbriese brachte ihn zum Schaukeln.

Er war sorgfältig von dem Körper getrennt worden, die toten Augen des Mannes weit geöffnet und leer. Blut tropfte aus der noch frischen Wunde, dort, wo der Hals sauber durchtrennt worden war. Von dem Körper war nichts zu sehen. Ich suchte auch nicht weiter.

Ein grausamer Akt des Mordes. Eine Warnung. So entmenschlichend und furchtbar, dass es mir die Sprache verschlug. Ich hatte schon oft zerfleischte Körper gesehen, von Tieren und Menschen, die sich in die falschen Teile des Waldes verirrt hatten. Doch diesmal war klar, dass kein Wolf hinter dem Mord steckte.

Wer würde so etwas tun? Wer würde einen Mann enthaupten und seine Tat so abartig zur Schau stellen?

Liam zog mich am Arm und ich drehte mich mit feuchten Augen in seine Richtung. Ich hatte gar nicht mitbekommen, dass ich still geweint hatte, erst als die erste Träne meine Wange hinabfloss.

»Lass uns gehen«, sagte er tonlos.

»Wir können ihn nicht hierlassen«, antwortete ich mit kratziger Stimme. Sie klang so hohl, so fremd.

»Wir können ihn nicht mitnehmen. Wir dürften gar nicht so nah an der Mauer sein. Die anderen werden ihn morgen finden.« Er sah sich angespannt um. »Die Wunde ist frisch. Der Mörder muss noch irgendwo hier sein.«

Ich schluckte schwer. Als ich schließlich nickte, fuhr Liam mit einem Finger über meine Wange und strich meine Tränen weg.

Dann rannten wir.

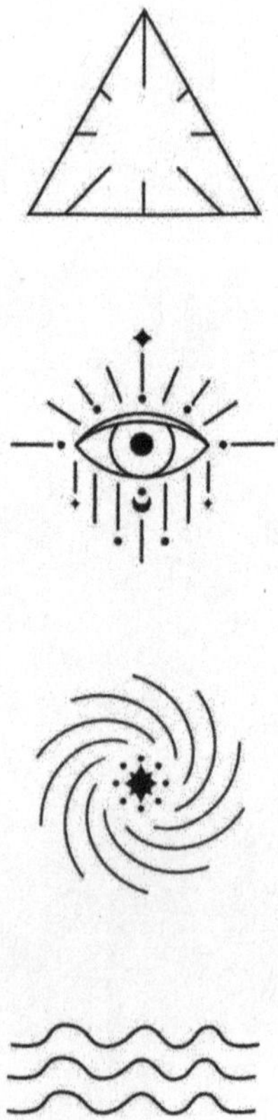

# 10

Die restliche Nacht war durchwachsen von dunklen Gedanken, die mich verfolgten. Jedes Mal, wenn ich die Augen schloss, träumte ich von Liams und meiner furchtbaren Entdeckung. Nur dass es diesmal mein Kopf war, der mir vom Baum aus entgegenblickte.

Am Tag nach unserem nächtlichen Ausflug wurden wir alle zusammengetrommelt. Der Trainingssaal war voll von Beschwörern, jeder wartete gespannt auf Caviers Worte, der sich mit düsterer Miene vor uns aufgestellt hatte.

Natürlich hielten alle einen vorsichtigen Abstand zu mir. Als Cavier schließlich die Stimme erhob, galt ihre Aufmerksamkeit jedoch nicht länger mir.

Die drei Wächter hatten ihren Kameraden nur kurz nach Liam und mir entdeckt. Wir warfen uns durch den Raum vielsagende Blicke zu, als es zu der Beschreibung seines abgetrennten Kopfes kam, und hier und da hörte ich einige der Beschwörer aufkeuchen oder in Tränen ausbrechen.

Silvan war wohl ein enger Vertrauter der meisten gewesen und ich war froh, ihn nie kennengelernt zu haben. Verluste taten weniger weh, wenn sie einen nicht direkt betrafen.

Es war ein Zettel an den Baum gebunden worden, neben seinem Kopf. Bei unserem Schreck hatten Liam und ich ihn nicht gesehen. Die wenigen Worte, die darauf geschrieben standen, hallten laut in dem riesigen Raum nach, als Cavier sie vorlas.

»Möge euch der Verlust eures Gefährten eine Warnung sein. Wir sind stärker als ihr und zögern nicht, weiter Jagd auf euch zu machen, wenn es sein muss.«

Ich hatte schon befürchtet, die Anführer würden Silvans Tod ebenfalls verschweigen, so wie die heimlichen Kämpfe an der Mauer. Doch dieser rohe Akt der Gewalt konnte nicht einmal mehr von dem Großen Seher unter den Teppich gekehrt werden, und so wurden alle Einzelheiten berichtet, während der Rest im Saal den Atem anhielt.

»Es wird ein Einzelfall bleiben«, versicherte Cavier am Ende seiner Rede. »Wir werden die Wachen verstärken und ich werde mich persönlich darum kümmern, dass es kein Gedankenleser mehr über die Mauer schafft.«

Keine Ahnung, wieso die anderen ihm glaubten. Sein gehetzter Blick zeigte mir, dass selbst er verunsichert war.

Nach der Ansprache rief er mich zu sich. Wir verschwanden wieder in dem abgelegenen Zimmer, wie bei unserer ersten Unterhaltung. Ich hörte ihm nicht richtig zu. Meine Gedanken kreisten noch immer um die toten Augen des geschlachteten Mannes. Sie hatten den Körper nicht gefunden. Der Kopf war laut Caviers Erzählung im Wald verbrannt worden, doch das Bild der blutgesprenkelten Blätter würden mich ein Leben lang verfolgen.

Cavier sagte mir, es wäre jetzt umso wichtiger, dass ich meine Fähigkeit einzusetzen lernte und die Mission überlebte. Ich müsste unbedingt herausfinden, was die Gedankenleser vorhatten. Keine Ahnung, wo sein Optimismus herkam. Allein bei dem Gedanken, mich in die Nähe dieser Monster zu begeben, wurde mir speiübel.

Doch da mir keine andere Wahl blieb, trainierte ich. Dabei hielt ich mich an Caviers Bedingungen. Von nun an hörte ich exakt auf all seine Anweisungen und auch meinen magischen Ausrutscher von vor ein paar Tagen erwähnte ich nicht mehr.

Dennoch begegneten mir die anderen im Saal die nächsten Tage über noch feindseliger als zuvor. Kein Wunder, immerhin war ihr Freund in der Nacht von jemandem mit meiner Magie ermordet worden. Ich versuchte, sie soweit es ging zu ignorieren.

Liam sah ich tagsüber nicht, doch der Gedanke an ihn gab mir Kraft. Es half mir, meine Magie zu kontrollieren, wenn ich mir vorstellte, dass ich nur stark genug werden musste, damit ich überlebte und ihn wiedersah.

Und ich klammerte mich so heftig an den Gedanken, dass es ein *Danach* geben würde. An Szenarien unserer Zukunft, die wahrscheinlich niemals Wirklichkeit wurden.

Wann immer Cavier seine Energie auf mich schleuderte und meinen Schutzwall durchbrach, schloss ich die Lider und hielt an dem Bild dieser jadegrünen Augen fest. Stürzte mich in die Erinnerung an den Geschmack von Liams Lippen und den süßen Geruch seines Atems auf meiner Haut.

Der Schmerz fühlte sich dadurch weniger brennend an.

Irgendwann schaffte ich es sogar, Cavier abzuwehren. Mehr noch, ich schlug zurück. Nicht so brennend und impulsiv wie bei unseren ersten Trainingseinheiten, sondern kontrollierter, gezielter.

Immer erst am späten Abend besuchte mich Liam in meinem Zimmer. Meistens saßen wir nur im Bett und redeten, wobei er mir stets einen Arm um die Schultern legte. Wir sprachen über vieles und es erstaunte mich, wie er es schaffte, Erinnerungen aus mir hervorzulocken, die ich längst verdrängt hatte. Mittlerweile kannte er mich so gut, dass es beinahe beängstigend war. Er konnte meine Sätze vervollständigen und spürte an den kleinen Bewegungen meines Kiefers, wenn ich mich unwohl fühlte.

Wir küssten uns nur selten, doch wenn wir es taten, war es wie Fliegen.

Auch heute wartete ich voller Vorfreude auf unser Wiedersehen und als die Sonne unterging, wurde ich nicht enttäuscht. Ich hatte mir gerade den Schmutz und das Blut abgewaschen, das das Training auf meiner Haut hinterlassen hatte. Jetzt trug ich ein helles Seidenkleid. Es war luftig und lag nicht an der Haut an. Die Prellungen konnten dadurch gut heilen.

»Na, wie war das Training heute?«, fragte mich Liam und setzte sich auf mein Bett. Er lehnte sich mit dem Oberkörper nach hinten, überkreuzte die Arme hinter dem Kopf und bedeckte damit einen Großteil der Decke, als würde er sich in dem Zimmer schon wie zu Hause fühlen. Ich lächelte bei dem Gedanken.

Als Antwort auf seine Frage schloss ich die Lider. Vor meinem geistigen Auge spielten sich Szenen ab. Ich dachte an Cavier und wie er meinen Vater bei unserem ersten Training beleidigt hatte. Auch wenn mir klar war, dass er es nur aus Provokation getan hatte, spürte ich die Wut in mir hochkochen wie in einem Kessel. Die Magie in mir begann, sich zu regen, zupfte an meinen Sehnen, bis ich die Eiseskälte spürte, die meine Adern durchfloss.

Da war sie, die Energie. Sie flackerte in meinem Inneren wie schwaches Kerzenlicht. Noch ein paar tiefe Atemzüge und ich spürte die magischen Fäden, die von ihr ausgingen. Sie waren in meinem kompletten Körper verbreitet, vernetzten sich vom Herzen ausgehend zu meinen Armen bis hin zu den Fingerspitzen.

Es war nicht unangenehm. Dennoch zuckte ich kurz zusammen, als ich die Kälte durch meinen Körper lenkte und sie in Gedanken formte. Ganz langsam spürte ich, wie sie sich in pure Energie verwandelte. Schweißperlen bildeten sich auf meiner Stirn, als ich es unter Mühen schaffte, sie sichtbar zu machen.

Noch war sie etwas unförmig. Doch als ich die Augen wieder öffnete, stand vor meinen Augen ein Stuhl aus Schatten und Magie. Schwarze Äste wanden sich um die Lehne, umarmten das dunkle Polster.

»Ein Stuhl?«, fragte Liam verwundert, warf mir jedoch einen anerkennenden Blick zu, als er aufstand und mit den Fingern über das edle Holz strich.

»Ich dachte, dann kann ich mich vielleicht auch hinsetzen, wenn du es dir schon auf meinem Bett bequem machst«, scherzte ich.

Mit gespielter Betroffenheit schlug sich Liam die Hand vor die Brust, das schelmische Grinsen auf dem Gesicht, das ich so an ihm liebte. Seine Augen funkelten dunkel, als er murmelte: »Ich hätte nichts dagegen, wenn du dich zu mir aufs Bett setzt.«

Auch ich musste lächeln, aber es verwischte schnell auf meinem Gesicht. Ich wollte den Moment nicht zerstören, wollte die letzten Stunden genießen, die wir miteinander hatten. Immerhin war morgen mein letzter Tag hier. Doch nicht einmal Liams leuchtende Augen und sein mit blonden Strähnen durchzogenes Haar konnten mich heute ablenken.

Seufzend lief ich zum Fenster. Ich hatte wieder eine Kerze entzündet und bildete mir ein, vom Fenster meiner Mutter aus eine ebensolche zu erkennen.

Ich hatte es nicht über mich gebracht, sie nach dem Training heute zu besuchen, und war froh, dass meine Eltern es ebenso wenig getan hatten. Wahrscheinlich würde ich es nicht über mich bringen, das Dorf am nächsten Tag zu verlassen, wenn ich zuvor noch die Tränen auf ihren Wangen gesehen hätte.

»Hey.«

Ich spürte eine Hand auf meinem Arm und drehte mich um. In der Dunkelheit leuchteten Liams Augen wie kleine Jadesteine, doch diesmal wirkte sein Lächeln gequält.

»Cavier schickt dich fort, weil er glaubt, dass du es schaffst. Du hast in den letzten drei Wochen mehr gelernt, als die meisten anderen von uns in drei Monaten. Vielleicht liegt es daran, dass du zur Hälfte Gedankenleserin bist, aber du bist wahnsinnig gut«, versuchte er mich aufzumuntern. Ich schüttelte nur den Kopf.

»Cavier ist verzweifelt. Wir alle sind es. Er schickt mich, weil er keinen anderen Ausweg weiß und aus keinem anderen Grund«, entgegnete ich und ballte gleichzeitig die Hände zu Fäusten. Es stimmte. Selbst wenn ich in den letzten Tagen keinen einzigen Funken Magie hätte heraufbeschwören können, hätte Cavier mich fortgeschickt.

Doch ich würde es ihm zeigen. Ich hatte Armut, Krankheit und Kälte überstanden. Unsichtbare Feinde, gegen die ich nichts ausrichten konnte. Gegen die Gedankenleser konnte ich jedoch etwas ausrichten. Liam hatte recht, ich war stark. Und ich hatte es in Caviers Gesicht gesehen, dass auch er verwundert über meine Fähigkeiten war. Dieser Stuhl aus Dunkelheit und Rauch, der jetzt in meinem Zimmer stand, dürfte gar nicht erschaffen worden sein. Ich sollte nicht *fähig* sein, bereits wahrhaftige Gegenstände zu erzeugen.

Doch ich war fähig. Und ich würde überleben. Vielleicht war es die Angst, die meine Magie verstärkte, oder vielleicht war ich mit meinen außergewöhnlichen Fähigkeiten tatsächlich ein Monster, wie es die anderen hinter meinem Rücken behaupteten. Es kümmerte mich nicht. Dieses Monster in mir würde mich am Leben halten.

»Es ist nicht wichtig, was die anderen denken«, sagte Liam, als hätte er in die Schwärze meiner Gedanken geblickt. »Du wirst morgen Nacht auf die andere Seite der Mauer und in ihr Lager gehen. Sie werden dich aufnehmen, immerhin besitzt du ihre Magie. Du wirst eine Weile mit ihnen leben und nach zwei Wochen schleichst du dich davon, wie vereinbart.« Er wiederholte den Plan, den Cavier uns heute erklärt hatte. Er hatte schnell durchblickt, dass Liam mein Vertrauter war und ich ihm ohnehin alles erzählen würde, also hatte er aufgegeben, ihn aus wichtigen Gesprächen herauszuhalten. »Du wirst hierher ins Lager kommen und dann musst du nie wieder dorthin zurück. Du wirst dich bewiesen haben und eine Heldin sein, sobald wir sie in ihre Schranken gewiesen haben.«

»Und wenn es schief geht?«, fragte ich leise. »Wenn sie in meine Gedanken eindringen und den Plan herausfinden, ehe ich fliehen kann?«

»Wann immer du das Gefühl hast, sie dringen in deine Gedanken ein …«, murmelte er und auf einmal war seine Stimme seltsam kehlig. Er nahm meine Hand und die Berührung löste ein Knistern in mir aus. »Dann denkst du einfach an das hier.«

Jeder Herzschlag fühlte sich an wie eine Ewigkeit und mein gesamter Körper erzitterte, während er viel zu langsam näher kam. Die Luft um uns schien aufgeheizt, doch das war nichts Neues. Eigentlich spürte ich jedes Mal dieses verlangende Brennen in meinem Körper, wenn ich ihn ansah, seine wohlgeformte Schulterpartie und den breiten Rücken. Der Gedanke, dass er das Gleiche empfand, löste ein so schwindelerregendes Glücksgefühl aus, dass ich mich wunderte, noch nicht zu schweben.

Er beugte sich zu mir und küsste meine Wange.

»Und dann denkst du an das hier.« Ein Kuss auf meinen Hals. »Und an das hier.« Ein Kuss auf mein Schlüsselbein.

»Liam«, hauchte ich atemlos und hielt ihn kurz zurück, ehe ich in diesen Strudel an Emotionen hineingezogen wurde und nicht mehr herauskam. »Eine Sache. Lass mich vorher noch eine Sache sagen.«

Er runzelte die Stirn, wartete jedoch geduldig ab und jede Sekunde, in der er mich nicht küsste, wurde zu quälenden Augenblicken, baute die Spannung zwischen uns noch weiter aus.

Fast streckte ich die Hand aus, um ihn erneut zu mir zu ziehen, doch ich hielt mich zurück. Ich war ihm etwas schuldig. Er gab mir Sicherheit, seit meinem ersten Tag hier. Es wurde Zeit, dass ich ihm diese Sicherheit zurückgab. Die Wächter an der Mauer und Silvans abgetrennter Kopf hatten mir gezeigt, dass das Leben zu kurz zum Schweigen war.

»Nach meiner Zeremonie … Ich bin in diese Hölle hier gekommen, in dem Wissen, dass mich jeder hassen würde. Aber ich würde jederzeit wieder herkommen und mich von Jasper und den anderen angreifen lassen, wenn ich dafür dich kennenlernen dürfte«, sagte ich und beobachtete, wie sich seine Augen erst weiteten und dann einen bezaubernd sanften Ausdruck annahmen.

Es stimmte. Vielleicht war es die Verzweiflung, die mich an ihn band, oder das Wissen, dass er der Einzige war, der mich hier nicht verabscheute. Doch solange er in mir solche Gefühle auslöste, kümmerte es mich nicht.

Liam sah mich eine Ewigkeit einfach nur an. Sein Blick wanderte er über mein Gesicht, streichelte meine Haut.

»Du bist vollkommen«, sagte er schließlich und als er mich erneut küsste, ließ ich mich in den Strudel fallen.

Ich ertrank in unseren umschlungenen Körper, krallte mich in sein zerzaustes Haar, nährte mich von seinem Keuchen, als würde ich ohne es verhungern.

Ich brauchte ihn. Brauchte ihn so sehr. Brauchte es, dass er mir das Leben zeigte, jetzt, da ich mit einem Fuß dem Tode geweiht war.

Bereitwillig ließ ich mich von ihm in die süßen Tiefen ziehen, bis mein Seidenkleid nichts weiter war als ein zerknüllter Haufen Stoff auf dem Polster des magischen Stuhles. Bis sich sein Keuchen mit meinem vermischte und mein Name aus seinem Mund wie ein Lied klang, das er immer wieder sang.

Als ich am nächsten Morgen erwachte, war mein Kopf auf Liams nackten Oberkörper gebettet. Meine kastanienbraune Mähne lag wie ein Fächer darauf ausgebreitet. Liam schlief noch, als ich mich aufsetzte. Mit den Augen fuhr ich die Linien seiner Muskeln nach, verfolgte das leichte Heben und Senken seiner Brust beim Atmen. Er sah so friedlich aus im Schlaf, dass es mir beinahe das Herz brach.

Ich versuchte, mir den Anblick einzuprägen, versteckte die Erinnerung an seine schlafende Silhouette ganz tief in meinem Inneren, für den Fall, dass es das letzte Mal sein sollte, dass ich ihn so sah.

Denn heute würde ich schon fortgehen.

Ich weckte ihn nicht, sondern zog mir leise meine Trainingskleidung über. Er würde sicherlich versuchen, mich zurück in seine Arme zu ziehen, und ich wusste, dass ich der Verlockung seiner Lippen nicht widerstehen konnte.

Dabei musste ich widerstehen, denn die Zeit, die mir noch blieb, sollte ich zum Trainieren nutzen.

Es war still im Trainingssaal, als ich mein Zimmer verließ. Die anderen schliefen noch. Es war früh am Morgen, die Sonne war noch nicht richtig aufgegangen und die Stille verlieh dem Raum eine beruhigende Atmosphäre. Es herrschte eine Ruhe, die ich mit tiefen Atemzügen in mich aufsaugte. Sonst waren immer Rufe zu hören, der angestrengte Atem trainierender Beschwörer oder leises Tuscheln bei meinem Anblick.

Jetzt jedoch stand ich allein in diesem riesigen Raum. Nur das Knistern der Magie lag in der Luft, die Rückstände jahrelanger Trainingseinheiten, die wohl nie gänzlich aus dem Saal verfliegen würden.

Ich war froh darum, niemandem begegnen zu müssen. Dieser letzte Tag sollte friedlich starten, ohne mitleidsvolle Blicke oder falsche Lächeln, hinter denen sich der Wunsch verbarg, dass ich endlich verschwand.

Mit den Händen griff ich durch die Luft, während ich die Augen schloss und in mein Innerstes horchte. Die Magie in meinen Adern flüsterte mir zu, stachelte mich an, doch versteckte sich, immer wenn ich sie greifen wollte.

Ich seufzte. Es würde noch eine Weile dauern, bis sie mir gehorchte. Magie war wie ein störrisches Kind, das man erziehen musste, bevor es tat, was man wollte. Glücklicherweise war ich nicht gänzlich unerfahren in Sachen Erziehung. Man brauchte nur ein wenig Durchhaltevermögen und Durchsetzungskraft, beides Fähigkeiten, die ich in der Vergangenheit zur Genüge gelernt hatte.

Ein tiefer Atemzug und die Verfolgungsjagd in meinem Inneren begann. Nicht lange und ich fand sie, klammerte mich an die Kälte, die in meinem Körper hauste. Sie zischte und brodelte, doch ich konnte sie einfangen.

Ich hob meine Hände, die Handflächen nach oben, und sah zu, wie die Magie in Form von schwarzen Schatten gen Decke stieg. Sie verdichtete sich in meiner Hand, formte einen Schmetterling, und ich ließ ihn los, erfreute mich an dem Anblick seiner flatternden Flügel, als er um mich herumflog.

»Nicht schlecht.«

Ich wirbelte herum.

»Elara«, brachte ich verblüfft hervor. Wie immer, wenn ich meine Schwester sah, verkrampften sich meine Schultern augenblicklich. Ich hasste es, denn so verhielten sich keine Schwestern. Doch ich konnte es nicht abstellen.

Auch Elara entging meine Haltung nicht. Ihr abschätziger Blick fuhr über meine Trainingskleidung und brachte mich zum Frösteln. Wieder fragte ich mich, was ich ihr getan hatte, dass sie mich so verabscheute. Wann sie angefangen hatte, mich zu hassen. Ich erinnerte mich, dass wir einmal Freundinnen gewesen waren. In unseren Kindheitsjahren war unsere Beziehung unbeschwert gewesen. Sie hatte mir aus einem der wenigen Bücher vorgelesen, die uns meine Mutter zu Weihnachten geschenkt hatte. Wir waren lachend durch die Dorfstraßen gerannt, hatten die Jungen mit Kieselsteinen beworfen und sie so dazu gebracht, uns durch die Gassen zu jagen.

Doch irgendwann hatte sich unser Lachen in höfliche Distanz verwandelt. Aus ihr war ein Samen der Abneigung entstanden und dieser Samen war stetig gewachsen, hatte sich zu einer Ranke aus Wut und Enttäuschung entwickelt.

Kaum verwunderlich, dass es mich schockierte, sie hier zu sehen. Mit jedem hätte ich gerechnet, aber sicher nicht mit Elara.

Besorgt musterte ich sie. Meine Schwester sah unbeherrschter aus als üblich. Ihre langen blonden Haare waren nicht wie sonst ordentlich zu einem Zopf gebunden, sondern offen und wild.

»Immer noch so verurteilend, hm? Da konnten auch drei Wochen Trainingslager nichts dran ändern«, erwiderte Elara nur mit ihrem gewohnt hochnäsigen Tonfall, doch Verbitterung schwang mit durch die Luft.

»Verurteilend? Ich verurteile dich nicht«, entgegnete ich knapp.

Gott. Zwei Minuten stand sie hier und schon versuchte sie, mich in den Wahnsinn zu treiben.

»Ich sehe doch deinen Blick«, giftete sie mit einem strengen Funkeln in den Augen zurück. »Denk nicht, ich würde ihn nicht bemerken. Du fragst dich, wieso meine Haare so zerzaust sind. Ob ich wieder mit einem der Carrol-Brüder geschlafen habe. Die Antwort ist nein.« Sie zischte so bissig, dass ich schluckte.

»Ist es das, was dich so an mir stört? Dass ich mich um dich sorge?«, unterbrach ich sie schnell, ehe sie mir weiter ihren unbändigen Zorn entgegenschleuderte. Ich wollte mich nicht mit ihr streiten. Nicht heute. Aber sie hatte eine Art an sich, die es mir schwer machte, mich zu beherrschen.

Elara stieß nur ein herablassendes Schnauben aus. Sie presste die Lippen aufeinander und starrte mich wütend an, als würde sie sich überlegen, ob sie mir ins Gesicht schlagen oder einfach wieder gehen sollte.

Erstaunlicherweise entschied sie sich für nichts von beidem. Als sie erneut das Wort erhob, schwang in ihrer Stimme eine solch frostige Kälte mit, dass es mich erschaudern ließ.

»*Sorgen*. Habe ich dich je darum gebeten, dir Sorgen um mich zu machen? Ich hasse das an dir, weißt du? Dass du immer denkst, wir könnten ohne dich nicht überleben. Als wärst du besser als wir. Ich weiß«, ergänzte sie schnell, als ich schon den Mund zu einem Widerspruch öffnete, »dass du es nur gut meinst. Aber unsere Eltern sind auch ohne dich groß geworden. Wir sind nicht schwach, selbst wenn wir vielleicht nicht so gut jagen oder zaubern oder feilschen können wie du.«

»Ich wollte nie, dass es den Anschein macht, dass ich euch nichts zutraue«, versicherte ich ihr sachte und verurteilte mich für die Strenge, die meine Stimme noch immer in sich trug.

»Ich weiß.« Sie seufzte. »Das ist ja das Furchtbare an dir. Man kann dir nicht böse sein, weil du es nur gut meinst. Ich hasse es trotzdem.«

»Wieso bist du hier, Elara?«

Sie sah mich mit einem kühlen Blick an, ehe sie antwortete. Schließlich seufzte sie. Es war ein so herzzerreißend betrübter Ton, dass es mir die Sprache verschlug. Elara hatte sich in meiner Gegenwart noch nie betrübt gezeigt. Sie war ständig beherrscht, hielt ihre Mauer aus Abscheu und Unantastbarkeit aufrecht.

»Ich weiß es nicht«, gab sie nach einer Weile zu. »Ich dachte, es würde mich freuen, wenn du gehen würdest. Und am Anfang freute es mich auch wirklich. Du bist meine Schwester, aber wir waren immer so verschieden, dass ich mir einredete, es würde uns ohne dich besser gehen.«

Ich schluckte schwer. Obwohl mir bewusst war, wie sie von mir dachte, schmerzte es, die Wahrheit aus ihrem Mund zu hören.

Ich wartete noch eine Weile schweigend auf ein Aber, doch es kam nicht. Elara presste wieder ihre Lippen aufeinander und verschränkte die Arme vor der Brust, als wollte sie sich vor mir schützen.

Sie schien wohl wirklich nicht zu wissen, wieso es sie hierher verschlagen hatte. So seltsam es jedoch auch war, ich war dankbar für ihr Auftauchen. Ich wusste diese merkwürdige, zwiegespaltene Aktion zu schätzen, denn es hieß, dass ich ihr tief im Inneren noch etwas zu bedeuten schien.

»Ich gehe jetzt«, sagte sie schließlich, doch ehe sie sich umdrehte, zögerte sie. Dann griff sie in ihre Jackentasche und zog einen kleinen Beutel hervor. Wortlos reichte sie ihn mir, und als ich ihn öffnete, zog ich scharf die Luft ein.

»Woher hast du das?«, fragte ich atemlos, als ich die Münze betrachtete, die darin verstaut war. Ein goldener Drache war darauf eingraviert, umkreist von einer silbernen Schlange. »Das ist die Währung der Gedankenleser. Seit Jahren hat niemand mehr so was gesehen.«

Erstaunt blickte ich Elara an. Sie erhob ihren Kopf und sah mir direkt in die Augen, ihre Haltung distanziert wie immer. »Ich habe sie von einem Reisenden, mit dem ich vor ein paar Monaten das Bett teilte. Habe sie auf dem Nachttisch gefunden und eingesteckt.

Er hätte mich sicherlich einsperren lassen, wenn er es herausgefunden hätte, aber …« Wieder zögerte sie. »Ich hatte das Gefühl, sie könnte irgendwann nützlich sein. Du kannst sie haben. Wer weiß, vielleicht kannst du sie dort irgendwie brauchen.«

»Ich … Danke«, entgegnete ich aufrichtig, den Blick weiterhin auf die Goldmünze gelegt. Sie sah bezaubernd aus, ein Wunderwerk im Vergleich zu den schlichten Talern, die unter den Beschwörern gehandelt wurden.

Ich wollte etwas erwidern, wollte ihr sagen, wie sehr mich diese Geste rührte, doch als ich den Kopf hob, hatte sich Elara schon umgedreht und rauschte mit wehenden Haaren davon.

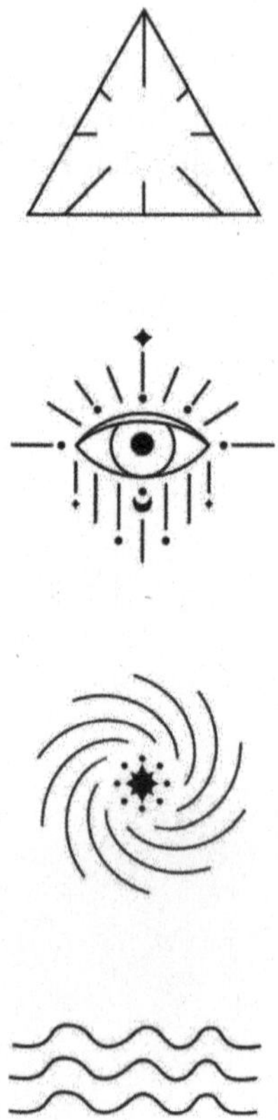

# 11

Ich trainierte nicht mehr weiter, nachdem meine Schwester gegangen war. Genauso wenig konnte ich mich dazu überwinden, zurück in mein Zimmer und zu Liam zu gehen, der sicher noch auf meinem Bett lag und schlief. Er wollte mich an die Mauer begleiten, aber mir war es lieber, wenn ich ohne ihn ging. In diesen letzten Sekunden, die ich auf dieser Seite der Mauer verbrachte, wollte ich meine Ruhe haben. Ohne irgendwelche Personen, die mir gut zuredeten oder versuchten, mich aufzumuntern.

Und das würde Liam zweifellos tun. Er würde seinen Arm um mich legen und mir versichern, dass ich mir keine Gedanken machen sollte, und das wiederum würde mich wahnsinnig machen. Ich wusste nicht, wieso, aber ich kam mit schwierigen Situationen immer schon besser allein zurecht. Ich fühlte mich wohler, wenn ich meine Sorgen und den Kummer mit mir selbst ausmachte und niemanden sonst mit hineinzog. Noch eine Eigenschaft, die ich von meinem Vater geerbt hatte.

Nein, das trübselige Gesicht meiner Schwester zu sehen, war eindeutig genug gewesen. Ich konnte unmöglich noch einen Abschied überstehen, also weckte ich Liam nicht, sondern ging direkt zu Cavier.

Der Anführer runzelte verwundert die Stirn, als ich ihm zwei Briefe reichte. Einen für Liam, den anderen für meine Eltern. Ich hatte eine simple Verabschiedung auf das Pergament gekritzelt. Die Worte waren bei Weitem nicht ausreichend, doch mehr hatte ich mit dem Kloß in meinem Hals nicht niederschreiben können.

Ich nahm keine Waffen mit an die Mauer, außer das Messer, das Liam mir gegeben hatte und das ich nun in meinem Stiefel versteckte.

Sicherlich würde es mich verdächtig machen, wenn ich den Gedankenlesern bewaffnet gegenübertrat. Wenn wir unser Spiel aufrechterhalten wollten, durfte ich ihnen nicht feindselig begegnen. Schließlich war ich eine von ihnen, von den anderen verstoßen und verängstigt. Zumindest Letzteres stimmte.

Nun lief ich wortlos neben Cavier her, dankbar dafür, dass er in mein Schweigen einstimmte. Er war mürrisch, es war zu früh für ihn und ich glaubte, ihn darüber schimpfen gehört zu haben, dass sein Vorrat an Kaffee verbraucht war. Mittlerweile kannte ich ihn gut genug, um ihn in solch einer dramatischen Situation nicht noch zusätzlich mit Gerede zu stören.

Bald schon waren wir im Finsterwald. Während wir durch die Böschungen liefen, dachte ich an Elara. Ihre Münze war eines der wenigen Sachen, die ich in meiner kleinen Umhängetasche verstaut und mitgenommen hatte. Sie musste wirklich wenig Vertrauen in meine Überlebenskünste besitzen, wenn sie sich dazu herabließ, sich zu verabschieden und mir auch noch ein Geschenk zu überreichen.

Als wir an der Mauer ankamen, hielt ich die Tasche so fest umklammert, dass meine Finger bereits schmerzten. Ich blickte hoch zu dem gigantischen Gebilde aus schwarzem Marmor und irgendwie kam es mir heute nicht mehr so bezaubernd vor wie noch vor ein paar Tagen, als ich mit Liam heimlich hier gewesen war. Vielleicht waren es seine Anwesenheit und die Schmetterlinge in meinem Bauch gewesen, die dem Ort etwas Magisches verliehen hatten.

»Da sind wir nun.« Ein Zögern lag in der Luft, nachdem Cavier die Stille durchbrach.

»Ach«, entgegnete ich zynisch, legte meine Hand wie schon zuvor an den kühlen Stein. Ich konnte die Magie fühlen, die durch ihn hindurchwaberte. Heimlich wünschte ich mir, die Mauer würde mich einfach verschlucken und nie wieder ausspucken.

Cavier sagte nichts mehr. Er konnte die Situation ohnehin mit keinem Wort besser machen, aber ich sah so etwas wie Zweifel in seinen dunklen Augen. Womöglich hatte er ja doch ein schlechtes Gewissen, weil er ein Mädchen in den sicheren Tod schickte. Wenn dem so war, hielt es ihn jedoch nicht davon ab, die Hände zu heben und sie auf die Mauer zu richten.

Augenblicklich ging von ihr ein merkwürdiges Pulsieren aus. Die Steine erzitterten und zappelten unter dem Einfluss des Großen

Beschwörers. Ich konnte im Licht, das durch die Baumkronen fiel, sehen, wie sich die eingravierten Zeichen bewegten. Sie krochen über die Mauer und dort, wo sie entlangfuhren, entstanden kleine Risse im dunklen Stein. Ganz langsam öffnete sich eine Luke, die immer größer wurde, bis sie breit genug war, dass ich hindurchkrabbeln konnte. Dahinter erkannte ich Bäume, den Teil des Waldes, der nicht mehr zu uns gehörte.

Ich schluckte. Nun, da der Moment gekommen war, nagte die Aufregung an mir und brachte mein Herz zum Rasen. Doch zu der quälenden Angst gesellte sich auch Neugier. Wie es bei den Gedankenlesern wohl aussehen mochte? Ob der Wald tatsächlich gefährlicher, der Himmel wirklich dunkler war, so wie es sich die Beschwörer erzählten? Man tuschelte, auf der anderen Seite würden Monster ihr Unwesen treiben. Wölfe so groß wie Bären, Bären so groß wie Drachen. Vielleicht gab es ja tatsächlich echte Drachen bei den Gedankenlesern. Ich wollte schon immer mal welche sehen und der Gedanke, dass dieser Wunsch nun Wirklichkeit werden konnte, tröstete mich.

Meine Finger zitterten ein wenig, als ich auf die andere Seite kletterte. Ich mahnte mich innerlich zur Ruhe, schließlich half es niemandem, wenn ich einen Nervenzusammenbruch bekam.

Dann war ich auch schon drüben und so schnell sich die Mauer vor mir geöffnet hatte, so schnell schloss sie sich wieder.

Irgendwie hatte ich mir den Moment spektakulärer vorgestellt. Es hätte mich nicht gewundert, wenn bei meinem Übergang der Boden gebebt hätte.

Doch nichts geschah. Es herrschte eine beinahe schon friedliche Ruhe.

Verwundert zog ich eine Augenbraue nach oben. Seltsam, der Himmel war gar nicht dunkler auf dieser Seite der Mauer. Aufmerksam blickte ich mich um. Wie von selbst nahm ich meine Jagdhaltung ein, die Sinne geschärft, und hörte auf jedes noch so kleine Rascheln im Unterholz.

Der Wald wirkte genauso wie bei den Beschwörern, dicht und bewachsen, die Pflanzen saftig grün. Ich wusste nicht, wieso, aber ich hatte totes Gewächs erwartet. Eine Waldmaus lugte unter einem Ast hervor, aufgeschreckt von meinem plötzlichen Auftauchen. Nichts machte den Anschein, dass hier Monster hausen würden. Der einzige Unterschied in Bezug auf zu Hause war, dass es hier … besser aussah.

Fast verurteilte ich mich für den Gedanken, aber es stimmte. Aus irgendwelchen Gründen war es hier weniger trüb. Überall, wo ich hinsah, blühten Hortensien. Der Geruch von Oleander lag in der Luft und die Bäume wuchsen nicht ganz so hoch, weshalb das Licht der Morgensonne besser hindurchschien. Der Waldweg vor mir lud fast zum Schlendern ein, doch ich ließ mich davon nicht beeindrucken. Diese freundliche Umgebung machte mich nur misstrauischer.

Ich folgte dem Pfad eine Weile lang, bis neben mir das leise Plätschern eines Baches erklang. Das Wasser darin schimmerte spiegelklar. Ich ertappte mich dabei, meine Hand hineintunken zu wollen, zuckte jedoch im letzten Moment zurück. Ein paar Fische verirrten sich in den unterirdischen Pfaden aus Algen und Stein. Fische, wie ich sie auf unserer Seite der Mauer seit Jahren nicht mehr gesehen hatte. Sie schimmerten silbern wie polierte Messerklingen, als hätte der Mond ihnen persönlich sein Licht geschenkt. Überall tönte eine sanfte Melodie, das Anzeichen von Wassernymphen, die sich irgendwo knapp unter Wasseroberfläche sonnten.

Viel zu perfekt schien dieser Ort, unangetastet, unzerstört. Fern von all dem Leid, in dem ich großgeworden war. Beinahe wie in all diesen Märchen, in denen Hexen mit Häusern aus Süßigkeiten lockten, um anschließend ihre Opfer zu verspeisen. Pah! Mir würde das nicht passieren. Ich würde die Hexe finden und töten, ihr mein Messer in die Halsschlagader rammen und sie in den Ofen stoßen, noch bevor sie mich entdeckte.

Also schlich ich vorsichtig weiter vorwärts, ignorierte die Schönheit der Blüten und das leise Rauschen eines naheliegenden Wasserfalles, um mich voll und ganz auf die Gefahren zu konzentrieren, die hier auf mich lauerten.

Und ich musste nicht lange warten.

Er kam aus der Dunkelheit wie ein Schatten. Hochgewachsen, mit Haar so dunkel wie die Nacht selbst. In eben diesem Moment wusste ich, dass ich die Hexe gefunden hatte. Der Fremde war mit Abstand das schönste Wesen, das ich je gesehen hatte. Er musste elfisches Blut besitzen, ganz klar. Denn sein Anblick überwältigte mich. Seine Augen waren von einem hellen Blau und es stellte einen solch starken Kontrast zu seinem dunklen Haar dar, dass er beinahe surreal wirkte.

*Ein Gedankenleser.*

Sofort schwand meine Selbstkontrolle und mein Überlebenstrieb siegte im stillen Kampf gegen die Vernunft. Innerhalb von Sekunden zückte ich das Messer, schnellte vor und hielt es dem Fremden an die Kehle. Ich sah das Pulsieren seiner Halsschlagader, als ich die Klinge daruntersetzte.

Doch mein Angriff löste nicht die erwartete Reaktion aus. Im Gegenteil. Der Mann mit dem tiefschwarzen Haar blickte erst neugierig auf das Messer an seinem Hals, dann sah er mir direkt in die Augen. Und schließlich grinste er, ein Lächeln so scharf wie eine Rasierklinge.

»Na«, schnurrte er mit einem amüsierten Unterton. »Welches Reh hat sich denn da in unseren Wald verirrt?«

»Eine falsche Bewegung und ich töte dich«, drohte ich, mein Gesicht nur Zentimeter von seinem entfernt.

Wieder lächelte er bloß, mit einer Gelassenheit, für die ich ihm gern ins Gesicht geschlagen hätte. Neugierig betrachtete er mich, als wäre ich nichts mehr als ein Spielzeug, das ihm zufällig vor die Füße gekullert war. Ich funkelte zurück, doch meine Wut wurde von Faszination geschwächt. Ich hasste es, aber es war wahrlich schwer, nicht fasziniert von ihm zu sein. Denn irgendwie glichen seine Augen dem Himmel, eine Mischung aus Hellblau und Grau. Es war, als würde ich direkt in eine Wolke schauen. Der Sturm in seinen Augen nahm mich gefangen. Sein Blick passte dazu, er war wild und ungezähmt und ein Hunger lag in seinem Ausdruck, als er den Kopf leicht neigte und mich von oben bis unten musterte.

Das Nächste, an das ich mich erinnerte, war, dass er plötzlich mein Handgelenk umgriffen hielt. Seine Bewegung war zu flink, zu schnell gewesen, um sie zu bemerken. Ich erstarrte vor Schreck, rührte mich keinen Millimeter. Auch dann nicht, als er mein Handgelenk noch dichter an seinen Hals führte, bis die Klinge meines Messers in sein Fleisch schnitt. Ein Blutstropfen fand seinen Weg an das Metall und fiel hinunter auf den erdigen Boden.

Meine Hand zitterte bei dem Anblick. Was zur Hölle war das für ein Psycho, der sich freiwillig mit einer Waffe in den Hals stach?

Der Fremde schmunzelte über meine offensichtliche Überforderung. »Wenn du mir Angst einjagen willst, Süße, musst du schon ein wenig selbstsicherer sein.«

*Bastard.*

Ich taumelte zurück, brachte so viel Abstand wie möglich zwischen den Mann und mich. Das Messer hielt ich wie ein Schutzschild vor meine Brust. Gut, er hatte mich ertappt. Ich hatte noch nie einen Menschen getötet, doch das hieß nicht, dass sich das heute nicht ändern würde. Wenn er davon ausging, ich ließe mich so einfach von ihm einschüchtern, dachte er falsch.

*Ich habe schon Schlimmeres überstanden. Ich habe schon Schlimmeres überstanden. Ich habe schon Schlimmeres überstanden.*

Doch hatte ich das wirklich?

»Also«, begann er mit samtweicher Stimme, die trotz ihrer Sanftheit gefährlich klang. »Nenn mir einen Grund, wieso ich dir nicht hier und jetzt mein Schwert in die Brust rammen sollte.«

Erst jetzt sah ich das Blitzen der mit Obsidian besetzten Klinge, die sich hinter seinem dunklen Mantel verbarg. Dennoch hielt sich meine Angst in Grenzen. Ein paar Sekunden lang haderte ich sogar mit mir, ob ich den Tod durch das Schwert des Fremden nicht vielleicht willkommen heißen sollte. Denn so beängstigend seine Drohung auch sein mochte, ich war mir sicher, dass mich hier im Wald noch weitaus üblere Dinge erwarten konnten als ein schnelles Ableben durch einen Klingenhieb.

Aber ich besaß zu viel Stolz, um bereits am ersten Tag den Tod zu finden. Also entgegnete ich mit aller Kühnheit, die ich zusammenkratzen konnte: »Weil ich eine Gedankenleserin bin.«

Es mir einzugestehen, war furchtbar. Doch der Mann merkte nichts von dem Schmerz, den diese Worte in mir auslösten. Er weitete nur überrascht die Augen und ich fühlte eine tiefe Genugtuung, dafür, dass es ihm seine überhebliche Sprache verschlagen hatte.

»Ach?« Plötzlich zog ein Schatten über sein Gesicht. Er kam einen Schritt näher und ich musste all meine Selbstbeherrschung sammeln, um nicht zurückzuweichen.

Das leise Rascheln des Windes verwandelte sich in ein Rauschen, als der Fremde die Augen zu Schlitzen verengte und der Schatten in seinem Gesicht zu fließen begann. Die Dunkelheit breitete sich von seinen Wangen aus, hin zu seinem blutigen Hals, wanderte über den Stoff seines Mantels bis zu seinen Armen.

Viel zu spät bemerkte ich, dass sein Blick etwas Herausforderndes, Tödliches angenommen hatte. Erst als der Schatten auf mich zuschoss, wusste ich, was der Fremde plante.

Ich fühlte, wie er in meinen Kopf eindrang und versuchte,

mir die Wahrheit zu entlocken. Natürlich wollte er wissen, ob es stimmte, was ich sagte, ob ich tatsächlich eine Gedankenleserin oder doch nur eine Lügnerin war. Der Schatten sprang blitzschnell auf mich über. Er drang so einfach, so flink in meinen Geist ein, dass es mich völlig überrumpelte. Und ich spürte die fremde Präsenz, das leise Wispern des Eindringlings in meinen Gedanken.

Also tat ich das Einzige, das mir auf die Schnelle einfiel: Ich schloss die Augen und dachte an Liam. Krampfhaft spielte ich das Bild seines Anblicks vor meinem Geiste ab. Eigentlich wollte ich die Erinnerungen an ihn tief in meinem Herzen vergraben. Ein kleiner Schatz, den ich mit niemandem teilte und der mir Kraft gab, in Stunden, in denen die Dunkelheit über mich einherfiel.

Doch lieber sah der Fremde das als die Geheimnisse, die ich vor ihm verbergen wollte.

Ein Stich fuhr mir ins Herz, bittersüß, als ich an Liams und meine heimlichen Küsse dachte und die gemeinsamen Stunden des Friedens, die sich angefühlt hatten wie der Himmel auf Erden. Ich dachte an Liams Grinsen und seine grünen Augen, an die ich mein Herz bereitwillig verschenkt hatte.

Doch ich bereute meine Gedanken in dem Moment, als der Fremde erneut den Mund öffnete.

»Wenn du dich nach Zärtlichkeit sehnst, hättest du nur etwas sagen müssen, Engel. Wobei ich nicht versprechen kann, dass ich mich dabei so ungeschickt anstelle wie dein Liebhaber.«

»Davon träumst du wohl!«, zischte ich zurück und erntete nur ein spöttisches Grinsen.

»Ich bin nicht derjenige, der hier nur an Sex denkt«, konterte er und leckte sich übertrieben langsam über die vollen Lippen.

Fast hätte ich ihn mit meinem Messer beworfen, ich besann mich jedoch eines Besseren. Gut, sollte er eben denken, ich wäre liebeskrank und verzweifelt. Immerhin lenkte das von meinem Plan ab. Er musste nur weiter davon überzeugt sein, dass ich an nichts anderes dachte als an den Freund, den ich auf der anderen Seite der Mauer zurückgelassen hatte. Und wer wusste schon, ob dieser geheimnisvolle Gedankenleser ja sogar mein Verbündeter hier werden konnte.

Nur wenn ich so in das selbstgefällige Gesicht dieses Kerls blickte, wusste ich, dass es verdammt schwierig werden würde, ihm nicht früher oder später den Hals umzudrehen.

»Also gut.« Der Fremde hatte wohl den Spaß daran verloren, sich Bilder von Liams Lippen anzusehen. »Du sagst, du bist eine Gedankenleserin. Und deine Eltern?«

»Beide Beschwörer.«

»Wann hattest du deine Zeremonie?«

»Gestern«, log ich.

»Und was genau ist passiert?«

»Ich habe die Gedanken des Sehers gelesen«, antwortete ich. Als Bestätigung spielte ich die Szenen meiner Zeremonie ab. Die schockierten Bilder meiner Familie und der umstehenden Ratsmitglieder. Diese Erinnerung fühlte sich sicher genug an, dass ich sie ihm zeigen konnte, und sie war notwendig. Ich war schließlich eine Gedankenleserin und es gab keinen Grund für den Fremden, mir jetzt noch zu misstrauen. Menschen mit zwei Fähigkeiten waren hier sicherlich genauso unbekannt wie auf der anderen Seite der Mauer.

Der Fremde runzelte die Stirn. »Dann haben sie dich hierher verstoßen.« Es war eine Feststellung, keine Frage.

Ich nickte.

»Du wirkst nicht aufgebracht deswegen«, hakte er nach und wieder nahm seine Stimme einen gefährlich lauernden Tonfall an. Ich fühlte mich unwohl unter seinem Blick, der so eisig intensiv war, dass es mich fröstelte. Er fuhr gnadenlos fort mit seinem Verhör. »Ganz andere sind schon zusammengebrochen, haben sich weinend in der Ecke verkrochen, bis ich sie fand.« Etwas Abschätziges schwang in seinen Worten mit und ich biss mir auf die Zunge, um ihn nicht dafür anzuschnauzen.

Natürlich verzweifelten die meisten, wenn in der Zeremonie herauskam, dass sie zu den Gedankenlesern gehörten. Schließlich wurde ihnen ihr Leben lang eingetrichtert, dass hier das Grauen auf sie wartete. Sie wurden von ihren Familien und Freunden verstoßen und mussten sich in der Hölle zurechtfinden. Die meisten von ihnen würden sich wohl eher den Tod wünschen, als von dem Krähenmann in die Wälder geschickt zu werden. In einer anderen Situation wäre es mir ähnlich ergangen. Der einzige Grund, weshalb ich noch nicht zusammenbrach, war, dass es für mich eine Chance auf Rückkehr gab.

Also sprach ich nur kühl die Worte aus, die ich mir seit meiner Ankunft hier selbst vorgebetet hatte: »Ich habe schon Schlimmeres überstanden.«

Die Antwort schien dem Fremden zu gefallen. Er grinste wieder. »Gut.« Dann blickte er hinauf in den Himmel. »Dann bringe ich dich jetzt zu Rosalie.«

Er glaubte mir, was ein triumphierendes Gefühl in mir auslöste. Die erste Hürde war geschafft, ich hatte ihn von mir überzeugt und *lebte noch*. Diese Rosalie würde ich auch noch überstehen.

Ich folgte ihm einen weiteren Pfad entlang, doch es stellte sich als große Herausforderung dar, nicht meine Beherrschung zu verlieren. Immer wenn ich dachte, er würde endlich schweigen, brach er die Stille erneut mit einer zuckersüßen Stichelei. Mal über meine anzüglichen Gedanken, dann wieder über Liam, ab und an über meinen gehetzten Blick.

Ich fürchtete mich vor ihm, ja, immerhin war er einer der tödlichen Gedankenleser, vielleicht sogar der Mörder von Silvan. Doch irgendwann schlug diese Furcht in Trotz um und bei jeder Bemerkung funkelte ich ihn ein wenig wütender an. Die Genugtuung einer Antwort gab ich ihm jedoch nie. Stattdessen warf ich ihm in Gedanken ein paar Beschimpfungen an den Kopf, in der Hoffnung, er würde sie hören und stapfte voran in den Wald.

»Du läufst in die falsche Richtung«, hörte ich sein Lachen irgendwo hinter mir.

»Und wo geht es lang?«, fragte ich mit knirschenden Zähnen.

»Kommt darauf an, wohin du willst. Ins Dorf geht's nach rechts, wir können aber vorher noch einen Abstecher in die heißen Quellen machen. Nackt zu baden, stärkt das Gemeinschaftsgefühl.«

Also lief ich zielstrebig nach rechts und hoffte, er würde vielleicht allein zu den Quellen gehen und mich meiner selbst überlassen. Natürlich erfüllten mir die Götter diesen Wunsch nicht. Schon bald hörte ich, wie lautstark alte Kneipenlieder gepfiffen wurden, während er hinter mir herschlenderte.

»Also schön!«, knurrte ich irgendwann genervt und blieb stehen, sodass er mich einholen konnte. Er ließ sich absichtlich viel Zeit damit, anscheinend machte es ihm Spaß, andere zur Weißglut zu bringen. »Sag mir einfach, was dein Problem ist«, forderte ich.

»Es steht dir, wenn du wütend bist«, hauchte er mir ins Ohr und nahm dann rasch einen Schritt Abstand, ehe meine Faust ihn am Kinn treffen konnte. »Ich versuche nur, die Stimmung aufzulockern, das Eis zu brechen, nenn es, wie du willst.«

»Und du denkst, das schaffst du mit deinen stichelnden Kommentaren?«, warf ich ihm entgegen und sah zu, wie er sich daraufhin lächelnd durch das schwarze Haar fuhr.

»Wut ist besser als die blinde Panik, mit der du mich vorhin angesehen hast, findest du nicht?«

Ich stockte. Tatsächlich war meine Angst durch seine Worte vollkommen verflogen, hatte Platz für Ärger und Stolz gemacht. Ich war so genervt von ihm, dass ich mich sogar auf das Lager der Gedankenleser *freute*, anstatt an meinen nahenden Tod zu denken, wenn ich ihn dafür losbekam.

Mit großen Augen blickte ich zu ihm hoch und sah, wie durch die seinen ein wissender Glanz flackerte.

»Da hinten ist das Dorf. Noch einen Kilometer. Bereit?« Er deutete mit dem Finger auf einen abgelegenen Weg. Seufzend ergab ich mich meinem Schicksal und folgte ihm.

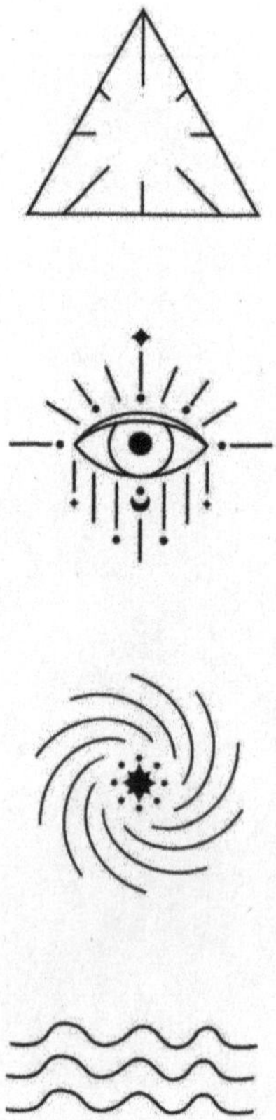

# 12

Ich wurde abgeführt. Zumindest fühlte es sich so an. In Wirklichkeit lief ich einfach nur eine Ewigkeit schweigend neben dem fremden Gedankenleser her, der ununterbrochen irgendwelche viel zu fröhlichen Tanzlieder summte.

Ab und an spürte ich ein leises Klopfen in meinem Kopf und wann immer ich das Gefühl hatte, er drang in meine Gedanken ein, malte ich im Geiste Liams Lippen nach, so detailliert wie möglich.

Leider hielt es den Fremden nicht davon ab, es weiter zu versuchen. Irgendwie hatte ich das Gefühl, er wusste, dass ich ihm etwas verheimlichte. Oder ihm schien dieses Katz-und-Maus-Spiel Spaß zu bereiten. Nicht nur einmal warf er mir einen anzüglichen Blick zu, wenn ich an eine pikante Szene mit Liam dachte, und mehrmals erntete er als Antwort einen Mittelfinger.

Doch viel mehr Interaktion gab es zwischen uns nicht auf dem Weg zum Lager der Gedankenleser. Dass es sich um ein Lager handelte, dessen war ich mir sicher. Immerhin befand es sich mitten im Wald, sie mussten wie Wilde in Zelten hausen. Dass ich mich die nächsten Wochen mit ihnen ein Strohbett teilen musste, war mir zuwider, aber ich versuchte, mich nicht zu sehr in meiner Abneigung zu verlieren.

*Zwei Wochen,* sagte ich mir immer und immer wieder. *Zwei Wochen und dann ist es vorbei.*

Dennoch, so sehr ich mir auch gut zuredete, es fand doch der ein oder andere düstere Gedanke den Weg in meinen Verstand.

Würden mich die anderen Gedankenleser ausfragen? Mit Sicherheit. Konnte ich mein Schauspiel aufrechterhalten, wenn mehrere von ihnen versuchten, in meinen Geist einzudringen? Würde ihnen die Erinnerung an meine Zeremonie reichen, um mir zu vertrauen?

Das konnte ich nur hoffen.

Je tiefer wir in den Wald hineingingen und je weiter wir uns von meiner alten Heimat entfernten, desto aufgeregter wurde ich. Mittlerweile war es früher Nachmittag, die Sonne erhellte die erdigen Pfade, die wir entlanggingen. Zu Beginn war es hügelig gewesen, jetzt jedoch war der Weg eben und ein sanfter Wind lag in der Luft. Nur noch das sanfte Zirpen der Grillen und das Rascheln und Zwitschern vereinzelter Vogelscharen waren zu hören, die sich auf ihre Reise nach Süden vorbereiteten.

Doch während äußerlich eine friedvolle Ruhe herrschte, schrie ich innerlich um mein Leben. Die Stille kam mir so laut vor, so bedrohlich. Ich traute dem Frieden nicht und bereitete mich jederzeit auf einen Hinterhalt vor, auf feindliche Kämpfer, die mir den Kopf abschlagen könnten. Beinahe hätte ich ein Gespräch mit meinem nervigen Begleiter angefangen, nur um der Ruhe zu entkommen. Doch zu meinem Glück lichtete sich der Wald in eben dem Moment, als ich meinen Mund öffnete.

Und ich schloss ihn nicht wieder.

»Und, ist es so schlimm hier, wie es die Beschwörer dir immer erzählt haben?« Der Fremde lächelte, als er von der Seite auf mich herabblickte und die Faszination in meinen Augen sah.

Es begann bei der Luft. Sie schmeckte frischer hier, roch nach Moos und sternenklaren Winternächten. Das Lachen fröhlicher Kinder tanzte durch die Luft wie eine sanfte Melodie und blühender Baldrian schmückte die edlen Eingänge der Waldhütten. Sie sahen alles andere als verwildert aus, sondern gemütlich und einladend. Weiter hinten erhaschte ich einen Blick auf ein größeres Gebäude und ich musste mich nicht auskennen, um zu wissen, dass dort wohl das Oberhaupt der Gedankenleser lebte.

Das Gebäude schien ein Gebilde aus Silber und Amethyst zu sein. Die kristallenen Fenster schimmerten so hell im gleißenden Sonnenlicht, dass es mir in den Augen stach. Und es war riesig. Beinahe fürchtete ich, in den endlosen Weiten verloren zu gehen, sollte ich jemals einen Fuß hineinsetzen. Trotz allem strahlte das Haus keine Kälte aus. Es wirkte einladend, wie das *Süßigkeiten-Haus einer Hexe.* Ich schwor mir, einen großen Bogen darum zu machen.

Dennoch, ich konnte nicht bestreiten, dass ich etwas anderes erwartet hatte.

Der Fremde sah mich so eindringlich aus seinen spiegelklaren Augen an, dass es mir schwerfiel, eine Antwort zurechtzulegen. Doch mein Schweigen genügte ihm. Schon hatte er den Blick wieder lächelnd nach vorne gerichtet und breitete die Arme aus, als ein Mädchen auf uns zueilte.

Sie kam wie eine Frühlingsbrise auf uns zugeweht. Ihr flammend rotes Haar tanzte durch die Luft und mit ihrem elfengleichen Gesicht strahlte sie mich an.

»Ciel!«, rief sie. »Wen hast du uns denn da mitgebracht?«

»Du heißt wie der Himmel?«, murmelte ich skeptisch, konnte den Blick jedoch nicht von der bezaubernden Frau abwenden.

»Witzig, nicht wahr?«, antwortete er nur, ehe sie sich ihm um den Hals warf und er sie in eine herzliche Umarmung nahm. »Hallo, Joleen.«

»Du hast mir nicht gesagt, dass du fortgehst«, schmollte die Frau namens Joleen, wandte sich dann mir zu. »Hi, du bist neu, nehme ich an? Mein Name ist Joleen. Ich hoffe, Ciel hat dich nicht zu sehr verstört auf dem Weg hierher?«

Fast hätte ich »Das kann ich nicht ganz bestätigen«, geantwortet, doch ich hielt mich zurück. Ich schüttelte auch nicht ihre Hand, die sie mir herzlich entgegenstreckte, denn ich traute ihr nicht. Ich traute keinem von ihnen. Erneut rief ich mir Liams Gesicht in den Sinn, nur für den Fall, dass sie versuchte, mich zu lesen.

»Sie ist nicht allzu gesprächig«, antwortete Ciel mit einem belustigten Schmunzeln in der Stimme, für das ich ihm einen finsteren Blick zuwarf.

»Hach.« Wieder setzte Joleen ihren Schmollmund auf. Ich musste zugeben, dass es ziemlich schwierig war, sie mit ihrer quirligen Art nicht sympathisch zu finden. »Es ist immer das Gleiche. Sie kommen hierher und denken, wir sind Monster.«

»Vielleicht, weil ihr welche seid.«

Ciel und Joleen sahen mich überrascht an, als ich mit eisiger Kälte mein Wort erhob.

»Ihr seid Monster«, betonte ich erneut, als mich ihre fragenden Blicke trafen. Es war erleichternd, dass anscheinend alle neuen Gedankenleser Angst vor ihrer neuen Heimat hatten. So musste ich meine Abneigung wenigstens nicht verstecken. Dennoch, Zurückhaltung musste ich wirklich lernen, wenn ich hier nicht früher oder später ermordet werden wollte. Bei Joleens blutrotem Haar kam mir jedoch immer wieder nur das Bild des geschlachteten Silvans ins Gedächtnis und stach viel zu scharf in meiner Erinnerung hervor. Nein, hinter diesem bezaubernden Mädchen mit der engelsgleichen Stimme lauerte eine Mörderin, da war ich mir sicher.

Stechendes Blau bohrte sich in meine Augen, als Ciel meinen Blick erwiderte. Und ich wusste, diesmal würde mir niemand zu Hilfe eilen. Bei meiner Zeremonie hatte sich mein Vater für mich eingesetzt und im Trainingssaal der Beschwörer gab es Liam, an dessen Existenz ich mich klammerte. Doch hier im Wald, bei den Gedankenlesern, war ich auf mich gestellt. Sollte mich Ciel für meine freche Zunge bestrafen, würde ich den Kampf selbst ausfechten müssen.

In diesem Moment war ich jedoch so erbittert, dass ich es darauf ankommen ließ.

Doch er griff mich nicht an. »Du bist jetzt auch eine von uns, Cara«, flüsterte er stattdessen und ich erschrak, als er mich beim Namen nannte. Er musste ihn aus meinen Gedanken gefischt haben und ich erzitterte bei der Überlegung, was er sonst noch so gesehen hatte, was nicht für ihn bestimmt war. Augenblicklich erbaute ich wieder meine geistige Mauer an Erinnerungen, blendete Liam ein, seinen Geruch, sein Lächeln.

»Das ändert nichts an den furchtbaren Dingen, die ihr getan habt«, zischte ich zurück.

Aus den Augenwinkeln sah ich, wie Joleen betrübt die Lippen schürzte. Wenn sie dachte, sie könnte mich von ihrer gefälschten Traurigkeit überzeugen, irrte sie sich. Also sah ich weiterhin nur stur in Ciels Augen, die mittlerweile mehr wie Eiskristalle aussahen. Sie hatten eine Mischung aus Stahlblau und Silber angenommen, doch trotz ihrer Helligkeit strahlten sie eine Dunkelheit aus, die mich zu verschlingen drohte.

»Und was ist mit den furchtbaren Dingen, die die Beschwörer und Seher getan haben?«, fragte er mich mit einem düsteren Knurren in der Stimme.

»Es ist noch zu früh, Ciel«, sagte Joleen, doch ihre eben noch überschwängliche Art war nach meinem Einwand einer leichten Ernüchterung gewichen. »Lass sie erst ankommen, bevor wir sie aufklären. Das ist alles viel für sie.«

Verwirrt runzelte ich die Stirn. Doch ehe ich etwas entgegnen konnte, hörte ich federnde Schritte auf uns zukommen und hob den Blick.

Es war eine Frau, die auf uns zustolzierte. Im Gegensatz zu Joleen strahlte sie jedoch keine Freundlichkeit aus. Schwarze, wellige Haare flossen über ihre Schultern und noch schwärzere Augen glitten zwischen uns hin und her. Als ihr Blick bei mir ankam, spürte ich eine merkwürdige Hitze im Nacken, die mich wachsam werden ließ. Etwas an ihr brachte mich dazu, den Atem anzuhalten.

Erstaunt stellte ich fest, dass sowohl Joleen als auch Ciel den Kopf neigten, als sie vor uns stehen blieb.

»Ciel.« Die Stimme der Frau klang alarmierend hart und befehlshaberisch. Dennoch war ihr Blick nicht mehr ganz so streng, als sie sein hübsches Gesicht musterte.

»Rosalie«, schnurrte Ciel zurück, sah ihr jedoch nicht in die Augen.

»Du hast eine Neue hergebracht, sie mir aber noch nicht vorgestellt?« Die Worte klangen anklagend aus dem Mund der Frau.

Ich beobachtete das Spektakel neugierig. Es war kein Geheimnis, dass Rosalie die Anführerin, *die Große Gedankenleserin* sein musste. Im Gegensatz zu allen anderen hier entsprach sie genau den Beschreibungen der Beschwörer und des Großen Sehers. Sie war elegant, besaß einen unzähmbaren Blick und eine solch intensive Ausstrahlung, dass ich mich fast fürchtete. Allerdings beruhigte mich die Tatsache, dass wenigstens sie sich in mein Bild fügte.

»Wir hatten hier noch ein paar Dinge zu klären«, antwortete Ciel erstaunlich zurückhaltend. »Aber wir sind jetzt fertig.« Er warf mir einen Seitenblick zu, den ich nicht deuten konnte.

»Gut. Joleen soll sie in eine der leeren Hütten bringen. Willkommen«, sagte sie zu mir und zwang sich sogar ein Lächeln auf.

Ich versuchte, es zu erwidern. Hoffentlich sah es nicht so falsch aus, wie es sich anfühlte.

»Ist sie immer so …«, begann ich, nachdem Rosalie sich wortlos umdrehte und davonrauschte. Ihr schwarzes Haar wehte wie eine Drohung hinter ihr her und die lachenden Kinder verstummten, als sie an ihnen vorbeikam.

»Ernst? Kurz angebunden? Unnahbar? Ja.« Es war Ciel, der meinen Satz beendete. Bei der unerwarteten Begegnung hatte ich unser Wortgefecht fast schon wieder vergessen und auch er schien keine Lust mehr zu haben, mich zu provozieren. Stattdessen nickte er Joleen kurz zu und sie strahlte ihn mit glänzenden Augen an – eine stille Unterhaltung, die ich nicht verstand. Anscheinend hatten sie eine enge Bindung zueinander, es wunderte mich, wie warm der Ausdruck in seinen eisblauen Augen wurde, wenn er ihr zerzaustes rotes Haar musterte. Ebenso erstaunlich war es, wie die Begegnung mit der Anführerin sein Wesen verändert hatte. Verschwunden schien der hochmütige Mann von vorhin. Nun wirkte er in sich gekehrt, ja, beinahe zurückhaltend. Ein Wimpernschlag und er war Rosalie in das Walddorf gefolgt, ohne mich noch einmal eines Blickes zu würdigen.

Joleen seufzte, während sie ihm nachschaute. Es sollte mich nicht interessieren, doch irgendwie wollte ich dennoch wissen, was in ihrem Kopf vorging und woher sein plötzlicher Stimmungswandel rührte.

Aber weil ich kein Gespräch mit ihr beginnen wollte, fragte ich nicht nach, sondern folgte ihr einfach, während sie mich durch die verschlungenen Wege und vorbei an verschiedenen Holzhütten führte. Hier und da öffnete sich ein Fenster, als wir daran vorbeigingen, und neugierige Augen beobachteten mich. Nicht nur einmal hörte ich Murmeln oder sogar Begrüßungen von Gedankenlesern in meiner Nähe, doch ich antwortete nicht. Ich hielt den Blick starr auf den Boden gerichtet, während ihre starr auf mich gerichtet waren und wie Nadeln in meinen Körper stachen. Ich wünschte, sie würden einfach weitermachen, mit was auch immer sie vor meiner Ankunft beschäftigt gewesen waren.

Doch natürlich war das Auftauchen einer neuen Gedankenleserin zu aufregend, um es dabei zu belassen.

Ich mochte es nicht zugeben, aber Joleen war eine unglaubliche Hilfe. Sie spürte mein Unwohlsein und wimmelte jeden ab, der mit mir sprechen wollte. Dabei führte sie mich so schnell durch das Dorf, dass ohnehin kaum jemand die Zeit fand, uns aufzuhalten.

Und ich hasste sie dafür.

Ich hasste sie dafür, dass sie so freundlich war. Und dafür, dass die anderen hier so freundlich waren. Natürlich, es sollte mich freuen, dass ich noch lebte und gut aufgenommen wurde. Aber ich war mir sicher, dass tief hinter dieser Maske aus Freundlichkeit die Gedankenleser einen weiteren Angriff auf die Beschwörer planten. Wahrscheinlich tummelten sich genau jetzt einige ihrer Krieger an der Mauer und versuchten, sie niederzureißen.

Angestrengt ballte ich die Hände zu Fäusten, damit vor lauter Wut nicht versehentlich meine Beschwörermagie mit mir durchging. Ich musste mich konzentrieren und durchatmen. Gute Miene zum bösen Spiel machen und zumindest *versuchen,* mich die nächsten zwei

Wochen in die Gesellschaft hier einzugliedern. Denn nur wenn sie mir vertrauten, hatte ich die Chance, an Informationen zu gelangen.

»Ich dachte, du bringst mich in meine Hütte«, begann ich also das Gespräch, als Joleen vor einer Steinruine etwas abseits stehen blieb, die offensichtlich keinen Schlafplatz beinhaltete.

Ihr Blick flog überrascht zu mir, als ich zu Sprechen anfing. Augenblicklich hellte sich ihre Miene auf. Sie plapperte drauflos, als hätte ich sie soeben gebeten, meine Freundin zu sein. »Oh, ja, deine Hütte ist in der Nähe. Ciel sagte mir, ich soll dich vorher herbringen. Hier lagern wir unsere Waffen, du kannst dir gern eine aussuchen. Laut ihm bist du mit nichts mehr als einem«, sie blickte mich stirnrunzelnd an, »stumpfen Küchenmesser gekommen. Du solltest zumindest ein Schwert oder Ähnliches besitzen, für den Fall der Fälle.«

Wütend verengte ich die Augen zu Schlitzen. Natürlich hatte er mein Messer beleidigt, er ließ wohl keine Möglichkeit aus, zu sticheln. Ein Dutzend Fragen kreisten in meinem Kopf, allen voran die, wieso sie mir anboten, eine Waffe zu wählen. Immerhin konnte ich noch immer eine Feindin sein, sie kannten mich schließlich kaum. Wie töricht waren diese Gedankenleser? Auch wollte ich wissen, was *für den Fall der Fälle* bedeutete. Wieso sollte ich eine Waffe benötigen, außer, um mich vor den *ihren* zu schützen? Zuerst stolperte jedoch folgende Frage über meine Lippen: »Wann hat er dir das gesagt? Ich war doch die ganze Zeit bei euch, seit wir hier waren?«

»Oh«, zirpte sie amüsiert. Die Belustigung sah niedlich aus in ihrem zarten Gesicht. Fast beneidete ich sie darum, immer hinreißend auszusehen. Sie war beinahe wie Elara, nur dass sich Joleen nicht für ein perfektes Aussehen zu bemühen schien. Es war ihr in die Wiege gelegt worden, eine himmlische Gabe, die alle um sie herum verzauberte. »Er hat es mir nicht direkt *gesagt.* Zumindest nicht so, dass du es hören konntest. Er hat es mir mitgeteilt. Über die Gedanken.« Sie tippte sich mit einem Finger an die Schläfe. »Das wirst du mit der Zeit auch noch lernen«, ergänzte sie, als meine Augen riesig wurden.

»Ihr könnt ohne Worte kommunizieren?«, wisperte ich gespannt.

Sie nickte grinsend und ich konnte nicht leugnen, wie beeindruckt ich war. Das war wirklich eine fantastische Fähigkeit. Es juckte mich in den Fingern, sie auch zu beherrschen, und andererseits freute ich mich auf den Moment, Liam davon zu berichten. Die Gedankenleser hatten sich mit dieser Fähigkeit noch ein ganzes Stück gefährlicher gemacht. Sie konnten sich im Geheimen absprechen, ohne dass jemand sie belauschen konnte. Es war erschreckend und faszinierend zugleich.

Joleen hielt mir das Tor auf und ließ mich allein, als ich mit noch immer wirbelnden Gedanken in die Ruine trat. Es war erleichternd, etwas Ruhe zu haben. Mein Kopf schmerzte schon vor lauter Anspannung. Ich hatte meine Gedankenmauer nie abgelegt, während ich mit ihr durch das Dorf gelaufen war. Sicherlich hatte sie das ein oder andere Mal versucht, einen meiner Gedanken aufzuschnappen, und ich durfte es mir nicht leisten, an Cavier oder unseren Plan zu denken. Doch so sehr ich die Erinnerung an Liam auch mochte, es war ermüdend, das Bild an ihn so angestrengt aufrechtzuerhalten.

Nun jedoch konnte ich ein wenig entspannen. In der Ruine befand sich außer mir niemand. Ich vernahm weder Atmen noch das Trappeln von Schritten oder Rascheln von Kleidung.

Ich musste einfach hoffen, dass Gedankenlesermagie nicht durch massive Steinmauern reichte. Also entspannte ich meinen Geist und erlaubte mir, an etwas anderes zu denken.

Es fiel mir leicht. Der Waffensaal war gigantisch. Überall, wo ich hinsah, blitzte mich edles Metall an, mit Edelsteinen verzierte Griffe oder tödliche Widerhaken. Die Wände hingen voll mit Messern und Schwertern und Dolchen. Manche wisperten vor Magie und ich wusste augenblicklich, dass es sich um Waffen handelte, die früher einmal von Beschwörern erschaffen worden waren.

Nach der Vertreibung der Gedankenleser hierher, mussten sie alle Waffen mitgenommen haben, die sie auf die Schnelle hatten finden können. Die meisten Dolche waren kaum zu gebrauchen, doch ich entdeckte das ein oder andere Schmuckstück darunter.

Es würde mir schwerfallen, mich für eines davon zu entscheiden. Waffen hatten mir schon immer gefallen. Ich mochte es, wie sich das Metall in der Hand anfühlte. Es strahlte Sicherheit aus, ließ mich unbesiegbar fühlen. Meine Familie hatte nie hochwertige Klingen besessen. Ein paar Messer für die Jagd und eine Axt zum Holzhacken. Die wirklich effektiven Gegenstände waren den Reichen vorbehalten. Doch als Kind hatte ich einmal die Erfahrung machen dürfen, eine echte Pistole zu berühren. Ein Wanderer hatte sie mir gegeben, auf der Durchreise in den Süden. Er hatte meine leuchtenden Augen gesehen und mir erlaubt, sie kurz in der Hand zu halten. Mutter war außer sich gewesen, als ich ihr davon erzählte. Ich jedoch war fasziniert gewesen von dem kühlen Lauf. Davon, dass eine solch kleine Kugel ein Leben zerstören konnte, nur mit der Hilfe von Geschwindigkeit. Unvorstellbar.

Neugierig blickte ich mich um, während ich durch die Halle schlenderte. Vorsichtig fuhr ich mit den Fingern über die silberne Klinge eines Langschwerts. Der mit edlen Steinen bedeckte Griff glich einem tödlichen Kunstwerk. Es sah bezaubernd aus, doch war zu groß und zu schwer für mich. In einem Kampf gegen die Gedankenleser wäre es eher von Nachteil. Ich brauchte etwas Kleineres, das meine Beweglichkeit nicht einschränkte.

Langsam ging ich weiter. An den großen Äxten und Breitschwertern lief ich schneller vorbei. Auch mit Pfeil und Bogen sowie Armbrüsten konnte ich eher wenig anfangen. Ich hatte nie sonderlich viel Geduld und Präzision besessen, um ein Ziel aus der Entfernung zu treffen. Das Ziehen, Spannen und Zielen eines Pfeils benötigte nur unnötig viel Zeit. Ein wenig länger blieb mein Blick an einer Sammlung langer, dünner Schnüre hängen. Sie schimmerten im Licht der hereinfallenden Sonne und es dauerte eine Weile, bis ich realisierte, dass es sich um feine Metallpeitschen handelte. Ich nahm eine von ihnen in die Hand. Man konnte sie wie ein Seil rollen und in der Tasche verstauen. Das war praktisch, da sie nicht zu viel Platz wegnahm. Doch es würde sicher eine Weile dauern, bis ich die Peitsche einzusetzen lernte. Ich hatte noch nie mit einem solchen Werkzeug gearbeitet.

Gerade wollte ich mir die Wurfsternsammlung an einem kleinen Tisch in der Mitte ansehen, als ich ein Geräusch vernahm. Rasch drehte ich mich herum und sah, wie Ciel die Tür zur Waffenkammer hinter sich schloss.

Langsam pirschte ich rückwärts, bis sich mein Rücken schmerzhaft an die Wurfsterne presste, als er mit einem Augenzwinkern auf mich zukam.

Seine Anspannung von vorhin schien wie weggeblasen, als hätte er die Begegnung mit Rosalie bereits völlig verdrängt. Verschwunden waren der gesenkte Blick und die verkrampften Kiefer. Als er mich jetzt ansah, hatte er wieder sein strahlendes Lächeln aufgesetzt, hinter dem der Schalk hervorblitzte.

Es machte mich misstrauisch.

»Was machst du da?«, fragte er.

Es dauerte eine Weile, bis ich verstand, dass er auf die zusammengerollte Metallpeitsche anspielte. Ich hielt sie weiterhin fest umklammert wie ein Rettungsseil. Bei seinem Anblick noch mehr, da augenblicklich die Anspannung zurückkehrte, die mich dazu zwang, meine Gedanken vor ihm zu verbergen.

»Ich versuche, mich zu erhängen«, kam es mir trocken über die Lippen.

Ein verwunderter Ausdruck huschte über Ciels Gesicht.

Dann, nach einer Weile des Zögerns, fragte er: »Sollte das ein Witz sein?« Wieder herrschte eine Weile lang Schweigen, in der ich nicht auf seine Frage antwortete. »Das mit dem Witzigsein musst du echt noch üben. Na ja, immerhin machen wir anscheinend Fortschritte miteinander.«

»Wir machen gar nichts miteinander!«, zischte ich und verdrehte die Augen, als er mir nur vielsagend zuzwinkerte. Als hätten wir irgendein Ding am Laufen. Irgendwie musste ich ihm diesen Gedanken ausreden.

Auf seinem Gesicht breitete sich ein Grinsen aus, das seine Augen unverschämt hell strahlen ließ. »Eigentlich wollte ich dir lediglich mitteilen, dass ich Rosalie überzeugt habe, selbst für dein Training zuständig zu sein. Wir werden jetzt also ganz viel Zeit miteinander verbringen«, sagte er und ignorierte mein entsetztes Keuchen. »Morgen fangen wir mit den Übungen an. Sieh das mit der Waffe als Vertrauensbeweis.« Er deutete auf die Peitsche in meiner Hand. »Du könntest uns damit schaden, aber ich schenke sie dir dennoch. Es soll dir zeigen, dass wir keine bösen Absichten haben und nicht nur die Monster sind, die du zu fürchten gelernt hast.«

Er betonte das Wort nur überdeutlich. Doch anstatt weiter auf die Waffe einzugehen, sagte ich: »Ganz schön töricht von euch. Ich könnte dich damit töten.«

Wieder schlich sich ein messerscharfes Lächeln in sein Gesicht. »Nachdem wir gemeinsam trainiert haben, vielleicht. Jetzt bist du nicht gefährlicher als ein Kaninchen.«

»Ich will nicht mit dir trainieren!«, platzte es aus mir hervor.

»Nun, dir bleibt keine andere Wahl«, erwiderte er nebensächlich und wieder mit einer Ruhe, für die ich ihm meine Peitsche ins Gesicht schlagen wollte. »Keine Angst, ich habe keinerlei zweideutige Absichten. Außer natürlich, du bittest darum.« Er sah kurz hoch zu mir und duckte sich gerade rechtzeitig, um nicht von dem Wurfstern getroffen zu werden, mit dem ich ihn bewarf. »Eigentlich mache ich das zum Wohl meiner Freunde. Ich kann niemandem sonst zumuten, mit dir Gedankenlesen zu üben. Nicht mal meinen schlimmsten Feinden würde ich wünschen, ständig den nackten Oberkörper von diesem Sunny-Boy in deinem Kopf zu sehen, bis du es schaffst, deine Gedanken zu verbergen. Ich nehme dieses Opfer auf mich.«

Mir kam ein so furchtbares Schimpfwort über die Lippen, dass Mutter sicher in Ohnmacht gefallen wäre, hätte sie es gehört. Doch viel furchtbarer waren meine Wangen, die in Flammen standen und so meine Scham vor diesem arroganten Mistkerl darlegten, der mich weiterhin seelenruhig angrinste.

Auf der einen Seite war ich tatsächlich erleichtert. Es wäre wirklich peinlich, wenn ich vor weiteren Gedankenleser das naive, liebeskranke Mädchen spielen musste. Ciel wollte mich mit seiner Anwesenheit quälen, das wusste ich, aber er hatte mir dennoch indirekt einen Gefallen getan. Womöglich wollte er wirklich nur *freundlich* sein. Ich verfluchte seinen Namen trotzdem, denn jetzt durfte ich mir die nächsten Tage seine stichelnden Sprüche geben.

Vielleicht sollte ich mich direkt als Beschwörerin outen. Wenn ich seinen selbstgefälligen Blick sah, war ein Leben in Ketten womöglich das kleinere Übel.

Doch bevor ich etwas erwidern konnte, begab er sich auf den Weg nach draußen.

»Wir sehen uns dann morgen um sieben Uhr. Kurz vor Morgengrauen«, flötete er und schmiss die Tür hinter sich zu. So fest, dass nicht nur ich vor Wut, sondern auch die Schwerter an den Wänden bebten.

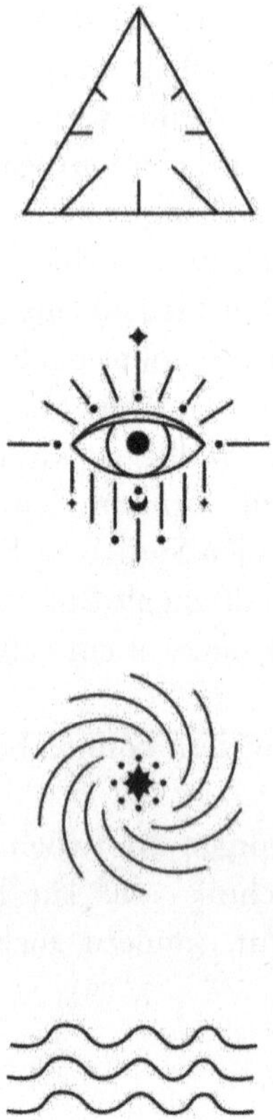

# 13

Geladen rauschte ich nach draußen. Natürlich erst, nachdem ich mich versichert hatte, dass Ciel bereits weit entfernt war. Wenn ich ihm jetzt noch einmal über den Weg lief, konnte ich wahrlich für nichts garantieren.

Es dauerte eine Weile, bis ich meine Hütte fand, doch schließlich sah ich das kleine Schild mit meinem Namen an einer der Türen. Joleen musste es angebracht haben, direkt nachdem sie mich an der alten Ruine abgesetzt hatte.

Fluchend warf ich die Metallpeitsche auf mein Bett und trat dann so heftig gegen das Bettgestell, dass ich mich nicht wundern würde, wenn mein kleiner Zeh dabei gebrochen wäre.

Es juckte mir in den Fingern, meine Beschwörermagie zu benutzen und Energie freizulassen. Doch das durfte ich nicht tun. Also setzte ich mich einfach aufs Bett und versuchte, mich abzureagieren.

Das Zimmer sah eigentlich recht hübsch aus. Es war schlicht und strotzte im Gegensatz zu meinem Raum bei den Beschwörern nicht voller Reichtum oder edler Schönheit. Die Gedankenleser hatten alles aus Holz und Stein erbaut. Wie hätte es auch anders sein können? Schließlich konnten sie nicht einfach aus Magie Schmuckstücke errichten.

Während ich mich so umsah und sich mein Puls langsam beruhigte, stellte ich zu meiner Verblüffung fest, dass ich die nächsten zwei Wochen hier überstehen konnte. Diese bodenständige Einrichtung erinnerte mich vielmehr an zu Hause, als es der Trainingssaal der Beschwörer getan hatte. Wenn ich die Augen schloss und alle bösen Gedanken ausblendete, konnte ich mir sogar den süßlichen Duft meiner Mutter vorstellen, der durch die Gegend flog.

Mein Blick schwenkte an den Rand des Bettes, wo fein säuberlich Kleidung zusammengelegt war. Ich streckte mich, bis ich mit den Fingern den Saum zu fassen bekam, und zog den Stoff zu mir. Er war nicht weich, wie ich erwartet hatte, sondern fest und samtig. Die Stücke bestanden aus einem dichten schwarzen Mantel und seltsam hautengen Fetzen, die wohl die Trainingskleidung der Gedankenleser sein musste.

Wieder zog ich skeptisch eine Augenbraue nach oben. Die Beschwörer trugen dicke Anzüge zum Trainieren, durch die nicht einmal ein Schwert so einfach stechen konnte. Dies hier war hingegen nicht mehr als ein Hauch von Nichts, völlig gegensätzlich zu dem, was ich gewohnt war.

Wenn ich es mir recht überlegte, war es kaum verwunderlich. Als Beschwörer brauchte ich feste Rüstungen, denn unser Training bestand aus manifestierter Energie, die wir formten und auf den Gegner schleuderten. Ich selbst hatte mich nicht nur einmal im Training verschätzt und Caviers Magie zu spüren bekommen.

Die Gedankenleser hingegen kämpften mit … ja, mit was eigentlich? Sie hatten Waffen, doch ihre richtigen Fertigkeiten lagen im Geheimen, Unsichtbaren. Ciel war im Wald aus den Schatten erschienen und genauso heimlich hatte er in meine Gedanken eindringen wollen. Ich konnte mir beim besten Willen nicht vorstellen, wie eine Trainingsstunde hier aussehen sollte. Und ich hatte Angst davor, es herauszufinden.

Als die Sonne am nächsten Tag aufging, konnte ich an einer Hand abzählen, wie viele Stunden Schlaf ich bekommen hatte. Jedes Mal, wenn ich geglaubt hatte, einzunicken, hörte ich von irgendwo her ein Geräusch, das mich wieder aufschreckte. Meistens stellte es sich bloß als das Rascheln der Bäume heraus und ich verfluchte die Gedankenleser dafür, dass sie ihr Lager so tief im Wald errichtet hatten. Wie sollte man da unterscheiden, ob ein Eichhörnchen den Weg entlangschlich, oder einer ihrer mörderischen Krieger einen Anschlag auf die Mauer verübte?

Entsprechend zerknirscht stand ich auf, als die ersten Sonnenstrahlen durch das Fenster schienen und die Nacht für beendet erklärten.

Gerade hatte ich mir den schwarzen Mantel übergeworfen, da öffnete sich schon die Tür. Instinktiv wirbelte ich herum und stieß unwillkürlich ein tiefes Seufzen aus, als ich meinen neuen Erzfeind vor meiner Hütte herumlungern sah.

»Ich wäre jetzt auch lieber woanders«, waren Ciels erste Worte an mich, doch seine Augen blitzten anerkennend, als sein Blick über meinen Körper fuhr. »Schwarz steht dir. Aber du hättest auch den Rest der Trainingskleidung anziehen sollen, dafür wurde sie dir ja extra zurechtgelegt.«

»Kennst du so etwas wie Privatsphäre?«, giftete ich und schlang den schwarzen Mantel um meine Alltagskleidung. Um nichts in der Welt würde ich diesen samtigen Stofffetzen anziehen, der viel zu viel Haut preisgab. Da konnte ich ja gleich nackt gehen. Also würde ich wohl ab jetzt jeden Tag dasselbe tragen, bis ich einen geeigneten Verkäufer auffinden konnte, falls es hier überhaupt so etwas gab. Wo kauften die Gedankenleser ihre Kleidung, mitten im Wald? Ich hatte mir vorher gar keine Gedanken über so was gemacht.

»Du solltest ein bisschen netter zu mir sein, immerhin trainieren wir heute miteinander. Ich könnte dich überwältigen.« Er zwinkerte mir zu.

*Wieso muss aus seinem Mund alles wie ein schmutziges Versprechen klingen?*

»Idioten wie dich besiege ich noch vor dem Frühstück«, antwortete ich und nahm die Metallpeitsche, die ich mir am Tag zuvor als Waffe ausgesucht hatte.

Ciel schüttelte den Kopf. »Die brauchen wir heute nicht. Heute geht es rein um die Gedanken.« Er tippte sich an den Kopf und eine eisige Welle der Aufregung überkam mich.

Er würde bestimmt versuchen, in meinen Kopf einzudringen, und ich musste es abzuwehren lernen. Nur konnte ich mir diesmal keine drei Wochen Zeit lassen, um meine Magie zu beherrschen, sondern musste es augenblicklich schaffen. Denn wenn Ciel meine Mauer nur einmal durchdrang, war es aus für mich. Er würde unseren Plan dargelegt sehen wie auf einem Silbertablett und mir eigenhändig den Kopf abreißen, während ich um mein Leben bettelte. Wahrscheinlich fände er das aus irgendeinem kranken Grund noch sexy.

Nein, ich musste ihn irgendwie davon abhalten. Tief im Inneren hatte ich gehofft, dass das *Training* heute aus Trockenübungen bestand und ich nebenbei etwas über ihre Pläne rausfinden konnte. Dass Ciel mir zeigte, wie ich richtig atmete und ich dann die Nächte durchmachen konnte, um meine Gedanken ohne fremde Hilfe abschirmen zu lernen.

Tja, der Blick in seinen Augen zeigte mir, dass ich mich geirrt hatte.

»Du freust dich schon tierisch drauf, irgendwelche schlüpfrigen Gedanken aus meinem Unterbewusstsein zu fischen, richtig?«, fragte ich grimmig, während ich ihm nach draußen folgte.

»Das klingt nach einer unfairen Anschuldigung. Ich will nur unser neuestes Mitglied besser kennenlernen«, antwortete er in einem Unschuldston und erntete dafür ein Schnauben.

Erneut kreuzten wir den Weg anderer Gedankenleser. Wie gestern nickten sie mir freundlich zu und wie gestern ignorierte ich sie. Einige von ihnen unterhielten sich lachend oder tuschelten über die Sorgen in ihrem sorgenfreien Leben. Ja, es war, als lebten sie in einer Parallelwelt hier im Wald. Als würde sie nicht einige Meter weiter eine riesige Mauer vom Rest der Welt abschotten und als würden ihre Freunde nicht regelmäßig Beschwörer entführen und abschlachten.

»Ist es normal, dass ich heute direkt schon mit dem Training anfange? Ich bin gerade erst angekommen. Solltest du mich nicht erst einmal ... einweisen? Den Leuten vorstellen? Mich einrichten lassen?«, fragte ich hoffnungsvoll und mit immer hysterisch werdender Stimme, als wir einen kleinen Pfad längs des Dickichts einschlugen, der von den Wohnhütten wegführte. Rechts und links blühten Mohnblumen und verschönerten den Weg. Es war verrückt, dass alles hier so herzzerreißend friedlich wirkte, während die Welt auf der anderen Seite der Mauer in Chaos versank.

Ich hatte mir immer vorgestellt, dass es andersrum sein musste.

»Normalerweise geben wir den Neuankömmlingen etwas Zeit, sich zurechtzufinden, ja«, gab Ciel schließlich zu, jedoch ohne seine Schritte zu verlangsamen. »Die meisten von ihnen sind verstört, weil sich ihnen die Gedankenlesermagie offenbart hat, und wissen nicht mehr, wen sie hassen sollen. Uns, weil es ihnen so beigebracht wurde, oder ihre Familien, die sie verstoßen haben. Die meisten lernen schnell, dass sie hier in Sicherheit sind, und dann geht es mit dem Training los.«

Bei den Worten *in Sicherheit* musste ich erneut ein Schnauben unterdrücken. Es stimmte jedoch. Bislang hatte erstaunlicherweise niemand versucht, mich zu ermorden. Doch trauen konnte ich den Gedankenlesern deswegen noch lange nicht.

»Und wieso lasst ihr mir keine Zeit, um mich zurechtzufinden?«, fragte ich ihn und bemühte mich, mit seinem schnellen Schritt mitzuhalten. Der Mantel störte ein wenig, er schlang sich beim Laufen um meine Beine und nicht nur einmal stolperte ich darüber. Bei ihm hingegen sah alles wie ein Kinderspiel aus, als wäre die lange, dunkle Kleidung mittlerweile ein Teil seines Körpers geworden.

»Erstens kommst du mit dem Ganzen hier besser zurecht als die meisten anderen«, begann er leise. »Und zweitens, weil wir nicht mehr so viel Zeit haben.« Jetzt blieb er doch stehen. Er drehte sich zu mir und sah mich unerwartet ernst an. Seine Augen wirkten ungewöhnlich dunkel. Es war beeindruckend, wie sie je nach Gefühlslage die Farbe änderten. Es war, als würde ich wahrhaftig in den Himmel sehen, mit all seinen Facetten. Mal war sein Blick wolkenklar, dann wieder erinnerte er mich an einen stürmischen Regentag.

Mühsam versuchte ich, meinen Fokus von seinem Gesicht abzuwenden, und starrte stattdessen auf eine der Mohnblüten vor uns.

»Wie meinst du das? Es ist nicht mehr viel Zeit?«, fragte ich und senkte dabei unwillkürlich meine Stimme.

»Das kann ich dir nicht sagen. Jetzt noch nicht«, ergänzte er schnell, als ich ihn fragend anblickte. »Es gehen Dinge vor, die … nun ja, es ist zumindest gut, wenn jeder von uns schnellstmöglich kampfbereit ist.«

Ein unwohles Gefühl überkam mich. *Kampfbereit.* Also hatten Cavier und der Große Seher Recht behalten. Die Gedankenleser bereiteten sich auf einen Krieg vor. Und es würde bald so weit sein. Ich fragte mich, wieso er mich nicht aufklärte. Was bedeutete, er könnte es mir *jetzt noch nicht* sagen? Anscheinend vertraute man mir zwar genug, um mir eine Waffe zu schenken, aber nicht so viel, als dass man mich in ihre Pläne einbeziehen wollte.

Meine Hand zitterte, während ich abschätzte, ob ich stark genug war, um Ciel zu überwältigen. Das Dorf hatten wir verlassen, wir waren so tief in den Wald gelaufen, dass sein Verschwinden erst nach Stunden auffallen würde. Doch was würde es bringen? Selbst wenn ich einen von ihnen jetzt besiegte, es gab noch hunderte von ihnen auf dieser Seite der Mauer.

Nein. Ich musste die nächsten zwei Wochen überstehen und so viel wie möglich herausfinden.

»Du musst keine Angst haben.« Ciel lächelte mich beruhigend an, als er meinen besorgten Blick offenbar missdeutete. »Dir wird hier nichts passieren, dafür sorge ich schon.«

Ich nickte nur. Wie sollte ich ihm auch weismachen, dass er es war, vor dem ich mich fürchtete?

»Abgesehen von deinem verfrühten Training wird jeder neue Gedankenleser normalerweise erst einmal zu Rosalie geschickt. Sie führt dann irgendwelche langweiligen Gespräche darüber, wie es dir geht, wie deine Vergangenheit ausgesehen hat, wie du dich mit deiner neuen Magie fühlst, bla, bla, bla.« Er machte eine abschätzige

Handbewegung. Anscheinend hielt er nicht viel von solchen Plaudereien, was ihn ungewollt ein wenig sympathischer machte. »Du hast Glück, dass Rosalie gerade nicht im Dorf ist. Sie ist kurz nach deiner Ankunft aufgebrochen, deshalb war sie auch so knapp angebunden. Deine Einweisung findet also später statt.«

»Wo ist sie?«, hakte ich nach.

»Sagen wir, sie ist auf einer Mission«, lautete die kryptische Antwort.

Ich war wahrlich froh, nicht zeitnah mit Rosalie reden zu müssen. Wahrscheinlich waren diese *langweiligen Plaudereien über meine Vergangenheit* mit der Anführerin genau der Moment, vor dem ich mich vor meiner Ankunft gefürchtet hatte. Ich war nicht dumm. Sicherlich fragte sie die Neuankömmlinge nur nach ihrem Befinden, um nebenbei heimlich in ihre Gedanken einzudringen und zu prüfen, ob sie sich nicht als Spione herausstellten.

Entsprechend konnte ich über ihre Abwesenheit wirklich nur erleichtert sein. Auf der anderen Seite gesellte sich jedoch auch Angst zu dieser Erleichterung. Es konnte keinesfalls etwas Gutes bedeuten, wenn die Große Gedankenleserin *auf Mission* war.

Ich konnte mir nur vorstellen, dass das eine Abkürzung für *»auf dem Weg zur Mauer, um irgendwelche Beschwörer oder Seher zu köpfen«* sein musste.

Still betete ich, dass sich Liam heute nicht wieder zur Mauer schlich. Der Gedanke war unerträglich, dass er das nächste Opfer sein könnte.

»Wir sind da«, sagte Ciel plötzlich und riss mich damit aus meinen Gedanken.

Ich hob den Kopf und wurde erneut von dem Anblick überwältigt, der sich mir bot.

Wir befanden uns noch immer im Wald, doch die Umgebung hatte sich vollkommen gewandelt. Vor mir erstreckte sich eine breite Ebene, die mit Steinen gepflastert war. Ringsherum standen Bäume in so dichten Abständen beieinander, dass man von außen unmöglich erkennen konnte, was hier vor sich ging.

Überall kämpften Frauen und Männer in schwarzer Trainingskleidung. Doch ihre Bewegungen sahen anders aus als die der Beschwörer. Manche von ihnen standen sich mit erbarmungslosem Blickkontakt gegenüber, blinzelten nicht und schienen ihren Kampf rein in Gedanken auszutragen.

Andere nutzten Schwertern und Bögen, doch mit einer Grazie, wie ich es bei den Beschwörern noch nie erlebt hatte. Sie verschmolzen mit der Umgebung und bewegten sich so flink, dass auch ich zu Blinzeln aufhörte, um ihnen folgen zu können.

Doch das Furchteinflößendste war die Manipulation.

Eine junge Frau stand am Rand. Sie war mittelgroß und hatte dunkelblonde, schulterlange Haare. Ihre Augen leuchteten in einem intensiven Grün, und ein paar braune Flecken sprenkelten die Iriden. Womöglich stachen ihre Augen nur so stark hervor, da sie mit schwarzer Farbe bemalt worden waren. Sie trug einen Bogen, aber er hing achtlos an ihrer Schulter. Nein, die junge Frau benötigte keine Waffe, um mit dem zwei Meter großen Gedankenleser fertig zu werden, der mit ausgestrecktem Schwert vor ihr stand. Sie neigte den Kopf und der Mann erbebte. Ich sah ihm an, wie sehr er gegen sie anzukämpfen versuchte, doch schließlich drehte er das Schwert in seiner Hand und hielt es sich nun selbst an die Brust. Sie bräuchte nur zu nicken und er würde es sich in den Körper rammen, sein eigenes Blut an sich hinabfließen sehen.

Dann grinste sie selbstbewusst.

Und er atmete durch.

»Gut gemacht, Emma!«, rief er ihr anerkennend zu, doch sie winkte nur ab und lief über den Platz, um einer anderen Gedankenleserin beim Dolchkampf zuzusehen.

»Das wirst du irgendwann vielleicht auch noch lernen«, sagte Ciel, als er wohl meinen bewundernden Blick bemerkte.

»Habe ich schon.« *Mist.* Ich wollte ihm nichts aus meinem Leben erzählen, denn das barg die Gefahr, mich zu verraten. Doch meine Zunge war schneller als mein Verstand und so biss ich mir beschämt auf meine Lippen, während ich seinem neugierigen Blick standhielt.

»Ein Beschwörer wollte mich töten, weil ich Gedankenlesermagie in mir trage«, erklärte ich. »Kurz bevor es brenzlig wurde, habe ich ihn irgendwie dazu gebracht, aufzuhören.«

Die Details erzählte ich ihm nicht. Vielleicht besser so, denn sein Blick verdunkelte sich bereits merklich.

»Er hätte dich umgebracht, obwohl du ihm nichts getan hast.« Es war eine Feststellung, keine Frage.

»Er wollte nur seine Freunde vor einer potenziellen Gefahr schützen.«

»Gute Absichten rechtfertigen nicht die Gewalt«, entgegnete er geistesabwesend.

»Gerade du brauchst mir nichts von Moral zu erzählen«, gab ich zurück. Keine Ahnung, wieso ich meinen Angreifer verteidigte. Doch ich wollte nicht von einem Gedankenleser gesagt bekommen, was richtig und falsch war.

»Du wirst dir noch eingestehen, dass deine geliebten Beschwörer nicht so heilig sind, wie du es dir einredest.« Ciels Stimme war plötzlich unnatürlich hart. Er blickte mit einer Finsternis auf mich herab, die mich erschaudern ließ.

Doch damit konnte er mich nicht beeindrucken. »Wir sind immerhin keine Mörder. Oder willst du mir sagen, Silvan hatte schon immer einen abgetrennten Kopf?«, fuhr ich ihn im Flüsterton an. Meine Augen sprühten Funken auf ihn und mit Genugtuung stellte ich fest, ihn damit besiegt zu haben.

Ciels Kieferknochen verkrampften sich sichtlich und für einen Moment fürchtete ich, er würde mir hier auf der Stelle an die Kehle springen. Doch er schluckte nur kaum merklich und bedachte mich mit einem solch kühlen Ausdruck, dass ich trotz der Morgensonne zitterte.

»In diesem Fall war Gewalt das Richtige«, wisperte er und ich lachte sarkastisch auf.

»Du glaubst deinen eigenen Wahnsinn«, antwortete ich ebenso leise, aber folgte ihm dennoch, als er mir voran auf die Ebene schritt. Die Abscheu ihm gegenüber brannte wie Feuer in meinem Körper, doch mich an die Regeln zu halten, war meine einzige Chance, hier zu überleben. Also würde ich trainieren, gehorchen und lernen, wie Rosalie es für mich vorgesehen hatte.

Um uns herum sahen die Gedankenleser von ihrem Training auf, als wir an ihnen vorbeiliefen. Sie grüßten mich und ich fragte mich, wieso Ciel mich ihnen nicht offiziell vorstellte.

»Willst du denn vorgestellt werden?«, hörte ich ihn auf meine unausgesprochene Frage hin sagen.

Ich zuckte zusammen. Vor lauter Diskussion musste ich meine Mauer kurz vergessen haben.

»Nein«, gab ich zu.

»Siehst du. Ich stelle dich den anderen vor, sobald du bereit dafür bist.«

»Also nie.« Wieder biss ich mir auf die Zunge. Ich musste lernen, mir die Sprüche zu verkneifen.

Ciel zog spöttisch eine Augenbraue nach oben. »Von mir aus.« Er stellte sich ein paar Meter von mir entfernt auf und sah mich herausfordernd an.

Eins musste man ihm lassen: Er war professionell. Sollte er von unserem Streit gerade ebenso aufgewühlt sein wie ich, ließ er es sich nicht anmerken. Im Gegenteil, er hatte wieder sein selbstbewusstes Grinsen aufgesetzt und blitzte mich an. »Dann sehen wir mal, was so in deinem Kopf vorgeht.«

»Nein, warte!«, rief ich. Er hatte mir überhaupt nicht gesagt, was ich tun sollte! Ich war noch lange nicht bereit für einen geistigen Angriff, doch es war bereits zu spät. Seine Dunkelheit hatte schon wieder Besitz von mir ergriffen, klopfte an meinen Erinnerungen und lockte sie hervor.

Angestrengt versuchte ich, sie zu verbergen, mir nichts anmerken zu lassen, außer meinem Verlangen nach Liam. Wie sehr sehnte ich mich danach, sein schiefes Grinsen zu sehen, und auf der anderen Seite wünschte ich mir nichts mehr, als dass er weit weg von diesem höllischen Ort war.

Ich war so konzentriert, dass ich gar nicht merkte, wie Ciel näher kam. Er stand einfach da und blickte mich an, gelassen, als würde er darauf warten, dass ich ihm etwas anderes zeigte als Liams grüne Augen.

»Kennst du keine Privatsphäre?«, wiederholte ich meine Frage von heute Morgen.

Er zuckte nur mit den Schultern. »Kennen schon. Sie interessiert mich nur nicht besonders.«

»Zieht das bei anderen Frauen? Dieses arrogante Gehabe?«, fauchte ich und sah mich verzweifelt um, auf der Suche nach irgendetwas, das mich aus dieser Situation befreien konnte.

Irgendwo weiter hinten blitzte Joleens rote Mähne auf und ich zögerte keine Sekunde. »Joleen!«, rief ich und sah erleichtert, wie Ciel erschrocken zusammenzuckte. Der Druck in meinem Kopf ließ nach, ich hatte ihn abgelenkt. »Joleen, hallo!«, rief ich noch lauter und ignorierte die fragenden Blicke der anderen Gedankenleser, die auf der Ebene standen.

Nicht nur sie wirkten verwirrt. Auch Ciel bemerkte meine plötzlich so aufgeschlossene Haltung Joleen gegenüber mit schmalen Augen. In Wirklichkeit war ich ihr überhaupt nicht aufgeschlossen. Ich hatte absolut keinen blassen Schimmer, was ich tun sollte, würde sie meinem Ruf tatsächlich folgen und zu uns kommen. Ich hatte ja kaum ein Gesprächsthema mit ihr und ich interessierte mich auch nicht für sie. Für den Moment jedoch reichte mir dieser Augenblick des Friedens, in dem Ciel meinen Kopf in Ruhe ließ.

Er hielt nicht lange an. »Was genau soll das?«, fragte er gespielt höflich, doch ich hörte die Genervtheit in seiner Stimme mitschwingen.

Hilfesuchend sah ich zu den roten Haaren, die ich weiter hinten ausfindig gemacht hatte. Wenn es einen guten Moment gab, um tänzelnd zu uns zu schweben und Ciel in eine stürmische Umarmung zu schließen, dann jetzt. Bedauerlicherweise war sie noch immer in einen ausgiebigen Kampf mit der manipulativen jungen Frau namens Emma vertieft, und so musste ich ihm wohl oder übel antworten.

»Du hast mir ja nicht gesagt, wie ich deinen Angriff abwehren kann. Da dachte ich, ich frage einfach sie«, legte ich mir spontan als Antwort zurecht und sah ihn mit erhobenem Haupt an.

»Ich habe dir nicht gesagt, wie du mich abwehren kannst, weil ich nicht wollte, dass du mich abwehrst.«

Beinahe wäre ich beeindruckt gewesen, wie absolut trocken er mir diese Unverschämtheit offenbarte. Aber nur beinahe. Ein Schwall Wut überkam mich und zupfte an der Kälte in meinen Adern. *Nicht jetzt,* bat ich meinen Körper verzweifelt. Ciel schaffte es wirklich, die Beschwörermagie in mir anzuregen, und wenn er nicht sofort die Klappe hielt, konnte ich für nichts garantieren. Aber natürlich erfüllte er mir diesen Wunsch nicht.

»Ich wollte in dein kleines hübsches Köpfchen eindringen und sehen, was du mir verheimlichst.« Er war mittlerweile so nahe gekommen, dass er mir mit einem Finger an die Stirn tippen konnte.

Ich schlug seine Hand weg, bevor er mir eine Strähne aus dem Gesicht streichen konnte. »Ich verheimliche dir gar nichts!«, entgegnete ich ein wenig zu prompt. »Warum willst du mich quälen, Ciel?«

Etwas in seinen eisblauen Augen begann, zu funkeln, als ich seinen Namen aussprach. »Ich will dich nicht quälen«, sagte er in sanftem Tonfall, der mein Herz unerwartet höherschlagen ließ.

»Sondern?« Aus irgendeinem Grund zitterte meine Stimme auf einmal.

Ein Schmunzeln erhellte sein Gesicht. »In dir schlummert eine Dunkelheit, die ich ergründen möchte, Cara.«

Jetzt war es offiziell – er hatte den Verstand verloren.

Dann, ganz plötzlich, streckte er seinen Arm nach mir aus. Es kam so unerwartet, dass ich nicht zurückwich, sondern nur schreckhaft die Luft einatmete.

Seine Hand umschloss meinen Hals, bestimmend, doch nicht aggressiv, wie der Beschwörer es getan hatte. An drei Fingern trug er Ringe, das kalte Metall brannte an meiner hitzigen Haut. Ich merkte schnell, dass es keinen Sinn hatte, gegen ihn anzukämpfen. Er war zu stark, zu unberechenbar. In seinen Augen lag nichts mehr von der Sanftheit von gerade eben. Sein Blick war hart und tödlich.

Mein Atem ging schnell vor Angst. Ich sah voller Furcht auf sein Handgelenk, dann hoch in sein Gesicht. Er bräuchte nur zuzudrücken und es wäre um mich geschehen. Ich bezweifelte, dass meine Magie – egal, ob die der Gedankenleser oder die der Beschwörer – stark genug war, um ihn aufzuhalten.

Doch Ciel würgte mich nicht. Er führte mich. Er drehte meinen Kopf mit dem Daumen an meinem Kinn in die Richtung, die er wünschte, und betrachtete meine geröteten Wangen aus allen Perspektiven, während sein Atem über meine Haut tanzte.

Seine Berührung war alles andere als sanft. Er scherte sich nicht um die anderen Gedankenleser, die uns neugierig zusahen, sondern tat einfach, was er wollte, und berührte damit einen merkwürdigen, tief vergrabenen Fleck in meinem Inneren.

Wieso hinterging mich mein Körper? Er reagierte ganz anders als mein Verstand. Mein Kopf rief mich zur Flucht, während mein Körper … Erregung verspürte?

Überraschung huschte über Ciels Gesicht.

Natürlich spürte er mein verräterisch pochendes Herz.

»Ich hasse dich«, knurrte ich holprig, als ich das selbstgefällige Grinsen sah, das an seinem Mundwinkel zupfte.

»Aber sicher doch«, schnurrte er sarkastisch, ließ jedoch meinen Hals nicht los. Stattdessen blickte er mir so intensiv in die Augen, dass es mich wunderte, noch nicht erblindet zu sein.

Schließlich legte er den Kopf schief. »Dann eben auf die harte Tour, Engel. Mal sehen, was in dir vorgeht.«

Ich konnte mich nicht wehren, als er seine Magie erneut auf mich losließ. Härter diesmal, aggressiver. Mir war nicht klar gewesen, dass er sich sonst immer zurückgehalten hatte. Das leise Klopfen an meine Schädeldecke wurde gegen ein Brecheisen getauscht, dass sich gewaltsam an meinen Erinnerungen zu Liam vorbeiquetschte.

Ich glaubte, mich vor Anstrengung schreien zu hören, doch es konnten auch nur meine Gedanken sein, die mit allen Mitteln versuchten, Ciel fernzuhalten.

Es scheiterte.

Vor meinem geistigen Auge sah ich meine Familie, Bilder der Vergangenheit, von denen ich nicht einmal mehr wusste, dass es sie gab.

Wie ich Vaters Wunde versorgte, die er sich bei der Jagd im Wald zugezogen hatte. Wie ich Mutter beim Ausnehmen der Tiere half, um das Fleisch danach in einen Eintopf zu verwandeln.

Ciel beobachtete die Szenarien in meinem Kopf und ich sah die Anerkennung in seinen Augen, als er realisierte, dass ich alles andere als das liebeskranke Mädchen war, das ich vorgab, zu sein.

Doch ich wollte seine Anerkennung nicht. Ich wollte, dass er verdammt noch mal aus meinem Kopf verschwand!

»Du opferst dich für deine Familie«, schloss er aus all den Erinnerungen, die ihm dargelegt wurden. Ein besorgter Ausdruck hatte sich in sein Gesicht gelegt, der seinen Blick verdunkeln ließ. Dann ergänzte er leiser: »Hat sich auch schon mal jemand für dich geopfert?«

»Ich wüsste nicht, was dich das angeht«, zischte ich und kämpfte nun doch gegen seinen eisernen Griff an. Mit den Fäusten bearbeitete ich seine Brust, aber er regte sich keinen Millimeter. Es war fast kriminell, wie kalt ihn meine Schläge ließen.

»Es mag ja bewundernswert sein, wie selbstlos du bist. Aber das sieht alles andere als nach einer gesunden Eltern-Tochter-Beziehung aus«, fuhr er fort, während ihm immer mehr Vergangenheitsfetzen offenbart wurden. Seine Worte klangen beinahe so, als wollte er mich belehren. Als hätte er irgendeine Verpflichtung, sich um mich zu kümmern. Seine vor Anspannung hervortretenden Kieferknochen ließen mich glauben, dass er sich tatsächlich für mein Leben interessierte, und meine Kindheit schien ihm nicht wirklich zu gefallen.

»Das. Geht. Dich. Nichts. An!«, knirschte ich. Doch er ignorierte meine Worte, genauso wie meine Fäuste.

Wir waren jetzt an dem Winter von vor fünf Jahren angekommen, als Elara erkrankt war. Ciel hatte innerhalb von Sekunden systematisch meine Kindheit aufgearbeitet und all die verdrängten Erinnerungen ließen Übelkeit durch meinen Magen schwappen. Manche Dinge blieben besser begraben, doch Ciel zog eines nach dem anderen hervor, wie störrische Fische an der Angel. Ich sah meine Schwester vor mir liegen. Mutter befand sich im Nebenzimmer und weinte vor Sorge, während ich Elara ein nasses Tuch auf die Stirn legte.

Es vermochte das Fieber nicht zu senken. Elara wollte nicht, dass ich bei ihr war. Womöglich wäre sie lieber gestorben, als dass ich mich noch einen weiteren Tag um sie kümmern musste. Sie hatte immer schon ein Problem damit gehabt, in meiner Schuld zu stehen.

Ich hielt sie trotzdem im Arm. Wie konnte ich auch nicht? Sie wirkte so klein und zerbrechlich in diesem Moment. Die Krankheit hatte sie abgemagert. Es sah schlecht für sie aus, wir mussten schnellstmöglich Medizin auftreiben. Wenn nicht alles so teuer gewesen wäre.

»Das tut mir leid«, flüsterte Ciel an meine Wange.

Wieso musste er alles kommentieren, was er sah, und wieso hörte er nicht auf, mich zu lesen? Schließlich hatte er nun genug gesehen, weitaus mehr, als ich ihm oder einer anderen Person je hatte zeigen wollen. Und wieso lösten seine Worte ein Flattern in mir aus? Vielleicht, weil noch nie jemand Anteil an den furchtbaren Momenten meiner Kindheit genommen hatte. Dennoch, es gab nichts Schönes, nichts Verlockendes an dem Gedanken, dass er Anteil nahm. Es war wohl eher verstörend, dass er so viel davon mitbekam.

Doch so verwirrt ich auch über meine zwiegespaltenen Gefühle war, im Augenblick hatte ich andere Probleme, als mir darüber Gedanken zu machen.

Denn die nächste Szene war ein so wohlbehütetes Geheimnis, dass nicht einmal meine Familie davon wusste. Sie würden es nie erfahren, genauso wenig wie Liam es erfahren sollte. Und erst recht kein dahergelaufener Gedankenleser, den ich seit einem Tag kannte und der seine Macht an mir ausließ, um die Erinnerung zwanghaft aus mir herauszuzerren.

»Wer ist das?« Ciels Tonfall verlor die Anzüglichkeit, als das mir verhasste Gesicht des Architekten in mein Bewusstsein stach.

Ich war so jung, so unschuldig gewesen, meine Haare länger und welliger als heute. Ich hatte sie mir nach jener Nacht gekürzt, denn ich wollte die Erinnerung, wie er an ihnen gezogen hatte, aus meinem Gedächtnis verbannen.

»Es reicht«, sagte ich mit einem Zittern in der Stimme, das Ciel nicht entgehen konnte. »Es reicht!«, wiederholte ich bestimmter und diesmal begann ein Teil in meinem Inneren, zu rebellieren.

All die Wut, der Schmerz dieser vergangenen Nacht. Ich hatte ihn verdrängt, hatte mein Leid wie immer hinten angestellt. Elara musste gerettet werden, da waren mir die Mittel und Wege egal gewesen. Ich wollte nicht, dass meine Eltern Schuldgefühle bekamen oder dass Elara von meinem Opfer erfuhr. Also hatte bei meiner Rückkehr nach Hause ein breites Lächeln in meinem Gesicht gelegen. Und niemand hatte gemerkt, dass dieses Lächeln festgefroren war. Eine gläserne Maske, hinter der sich all der Schmerz verbarg.

Jetzt jedoch hatte Ciel diese Erinnerung wieder hervorgerufen und die Wut, die ich ihm daraufhin entgegenschleuderte, schien unermesslich. Hitze flutete mich, während ich ihn aus meinem Kopf warf. Die Hitze war so kraftvoll, dass die Luft um uns herum zu Flimmern begann.

Und dann, ganz plötzlich, durchfuhr ein solch brennender Schmerz meinen Körper, dass ich keuchend auf die Knie sank. Es war, als hätte mir soeben jemand ein Schwert in die Brust gerammt, doch als ich wimmernd nach unten blickte, sah ich kein Blut. Der Schmerz jedoch war so präsent, so echt, dass mir beinahe schwarz vor Augen wurde.

Zu ihm gesellte sich ein Gefühl, eine Dunkelheit, die mich von innen verätzte. Diese Dunkelheit schmerzte noch stärker als das Brennen in meiner Brust. Denn schlimmer als die körperlichen Schmerzen waren jene auf der Seele. Eine endlose Traurigkeit überkam mich. Eine Hoffnungslosigkeit, so unbegründet und unwiderruflich, dass sich jeder Atemzug sinnlos anfühlte. Warum sollte ich atmen, leben, wenn der Tod im Moment doch so viel verlockender und freier schien? Diese Traurigkeit stürzte mich in Tiefen, die ich zuvor nicht gekannt hatte. Nicht einmal an meinen einsamsten Tagen fühlte ich mich so zugrunde gerichtet, so leer und besiegt. Des Lebens überdrüssig?

Und plötzlich war alles vorbei.

Ich fand mich auf dem Boden wieder, in Ciels Schoß gebettet. Er hatte die Arme um mich geschlungen, hielt mich aufrecht. Ich musste einfach umgekippt sein, überwältigt von was auch immer ich da gerade erlebt hatte.

»Was war das?«, flüsterte ich heiser, als ich meine Stimme wiederfand, und blinzelte ihn von unten hinauf an.

»Eine Erinnerung«, antwortete er sanft. Dann half er mir auf.

»Wie meinst du das?« In meinem Kopf drehte sich alles, als ich wieder auf den Füßen stand.

Ich besaß nicht einmal mehr die Kraft, Ciel von mir zu stoßen, der immer noch viel zu nah bei mir stand und mich mit seinen stürmischen Augen musterte. Dennoch hatte ich das Gefühl, dass er mich gar nicht richtig ansah. Er schien durch mich hindurchzuschauen, war in seine eigenen Gedanken vertieft, als er nahezu abwesend antwortete: »Ich weiß nicht, wie du es geschafft hast, aber du warst in meinen Gedanken.«

Meine Augen wurden riesig. »Ich war in deinem Kopf?«

Er nickte. »Es ist schon erstaunlich genug, dass du mich aus deinem schmeißen konntest. Aber du hast es tatsächlich geschafft, meine Barriere zu durchdringen, als du vor lauter Panik deine Magie auf mich geschleudert hast.« Dann lächelte er verkrampft. »Respekt, du bist stark.«

Das war nichts Neues für mich. Auch Cavier hatte meine Kraft erstaunt. Doch im Moment beschäftigte mich etwas anderes.

»Was war das für eine Erinnerung, die ich da gespürt habe? Was hast du Grausames erlebt, Ciel?«

Eigentlich sollte es mir egal sein. Er war ein Gedankenleser und hatte sicherlich schon genug schlechte Karmapunkte gesammelt, die dieses düstere Erlebnis rechtfertigten. Doch dieser Schmerz … Diese alles umschlingende Hoffnungslosigkeit … Niemand sollte so etwas fühlen. Nicht einmal er. Mein Feind.

»Nichts von Bedeutung.« Die Worte klangen bitter aus seinem Mund. Er wich meinem Blick aus, als fürchtete er, seine Augen würde mir seine Geheimnisse verraten.

Gerade als ich den Mund zu einem Einwand öffnen wollte, schallte ein Ruf über den Platz.

»Rosalie ist zurück!«, rief der Mann, der von Emma im Trainingskampf besiegt worden war. »Und sie hat einen von *ihnen* dabei.«

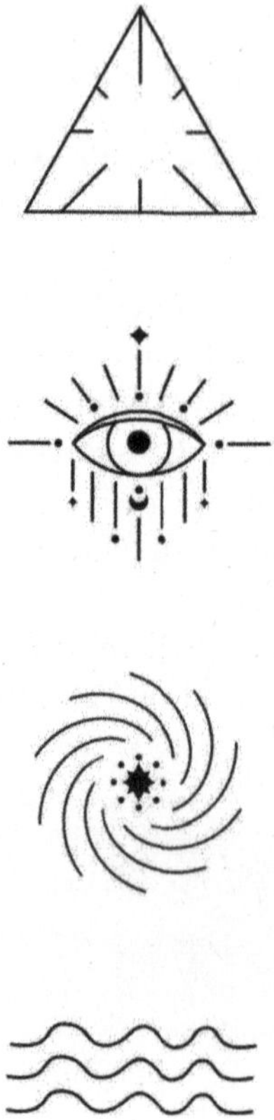

# 14

Ich schloss mich der Menge an, die alle gleichzeitig zurück zum Dorf hasteten. Anscheinend war *»einer von ihnen«* Anlass genug, dass jeder augenblicklich alles stehen und fallen ließ. Meine Neugier kitzelte mich zu sehr, um Rosalies Ankunft zu ignorieren.

Ciel hatte den Moment genutzt, um mir und den Fragen nach seiner verzehrenden Erinnerung geschickt aus dem Weg zu gehen. Ich musste nur einmal blinzeln und schon war er irgendwo zwischen den Leuten verschwunden.

Wir versammelten uns im Dorf unter einem alten Ahornbaum, der aussah, als hätte er bereits vor dem frühen Krieg dort gestanden. In einer anderen Situation hätte ich seine Wurzeln bewundert, die sich wie ein Kunstwerk über den Boden zogen.

Nun jedoch blickte ich wie gebannt auf Rosalies schwarzes Haar, das von vorne durch die Menge blitzte.

Zwischen diesen unzähligen Gedankenlesern, hätte ich mich fürchten sollen, doch aus irgendeinem Grund tat ich es nicht. Vor ein paar Tagen noch hätte ich darauf schwören können, dass ich nicht eine Stunde in Gegenwart einem von ihnen überleben könnte. Ich hatte sie mir als Außerirdische vorgestellt, mit entstellten Gesichtern und glühendroten Augen. Hier jedoch hatte ich schnell festgestellt, dass Gedankenleser erstaunlich … normal waren. Mehr noch, der Krähenmann war mir bei unseren Begegnungen weitaus gruseliger vorgekommen als Rosalie oder Ciel. Mir würde hier nichts geschehen, solange sich niemand in meine Gedanken verirrte und dieses Wissen fühlte sich … merkwürdig an.

»Freunde«, hörte ich die strenge Stimme von Rosalie schallen. Augenblicklich verstummte das Gemurmel und die Gedankenleser lauschten gespannt, was ihre Anführerin zu sagen hatte. »Ich danke euch, dass ihr in meiner Abwesenheit auf das Dorf aufgepasst habt.« Ihre Stimme hallte unnatürlich laut und klar durch die Luft. Jede Silbe war überdeutlich zu hören, trotz der vielen Bäume um uns herum, deren Blätter sanft im Wind raschelten. »Es war auch bitternötig.« Jetzt nahm ihre Stimme etwas Hartes an. »Wie ihr wisst, treffen wir vermehrt Beschwörer und Seher an der Mauer an.«

Mein Herz setzte einen Schlag aus.

»Ich hatte das Glück, einen von ihnen zu erwischen, ehe er zurück in sein Heimatdorf verschwinden konnte.«

Nun drängte ich mich doch nach vorne. Ich quetschte mich durch die Menge, stieß die anderen zur Seite und ignorierte die wütenden Rufe, als ich mich an die erste Reihe kämpfte.

Rosalie sah mir direkt in die Augen, als ich ihr nun gegenüberstand, nur ein paar Meter entfernt. Um sie hatte sich ein Kreis gebildet, ein respektvoller Abstand, doch ich schwor mir, dass ich ihr an den Hals springen würde, sollte es Liam sein, von dem sie sprach.

Eine Hand legte sich auf meine Schulter und ich zuckte zusammen. Als ich herumwirbelte, stand Joleen neben mir, mit einem sanften Ausdruck in ihrem Gesicht. Anscheinend hatte sie sich nicht durch die Menge gekämpft. Die anderen hatten ihr einfach Platz gemacht, als sie zu mir durchgedrungen war, denn hinter ihr schloss sich die Lücke langsam.

Während ich in die Gesichter der verschiedenen Gedankenleser schaute, wurde mir auch klar, wieso.

Sie hatten alle etwas gemeinsam, und das war der sanftmütige Blick, mit dem sie Joleen bedachten. Es gab keinen Zweifel, dass sie zu den Lieblingen hier gehörte, der Sonnenschein unter den verstoßenen Hexern. Dabei war es nicht nur ihr engelsgleiches Gesicht, das die Leute in ihren Bann zog. Durch ihre lebendige und zugleich zarte Art strahlte sie ein Feuer aus, das sogar das brennende Rot ihrer Haare in Schatten stellte.

Doch wie ich sie jetzt musterte, war von der gewohnten Leichtigkeit in ihrem Gesicht nichts mehr zu sehen. Sie wirkte besorgt, genauso wie alle anderen. Ein Schatten lag über ihnen, Ängste und Sorgen, die sich in ihren Augen widerspiegelten.

Rosalie hob die Hand und aus einer der nahen Hütten kamen zwei Gestalten. Ich erkannte die eisblauen Augen von Ciel sofort. Wann hatte er sich von der Gruppe entfernt?

In seinen Iriden loderte eine Flamme. Doch nicht warm und Leben spendend, sondern kalt und grausam. Eisige Blitze schienen aus ihnen zu sprühen und ich wich automatisch einen Schritt zurück. Seine wütende Aura war so fremd im Vergleich zu der nervigen Gelassenheit, die er sonst immer ausstrahlte. Es machte mir Angst.

Er führte einen Mann mit sich, dessen Hände mit einem Seil am Rücken zusammengebunden waren. Die Fessel hielt Ciel in der Hand. Er ging nicht gerade sanft mit seinem Gefangenen um, als er ihn nach draußen und zu Rosalie schubste.

Es war nicht Liam, so viel stand fest.

Seine grünen Augen hätte ich überall wiedererkannt. Doch mein Herz machte keinen Sprung vor Erleichterung, denn als die beiden näher kamen, wurde mir klar, dass ich den Mann sehr wohl kannte, der uns vorgeführt wurde.

»Jasper«, hauchte ich entsetzt.

Es war nicht so, dass ich Mitleid empfand. Immerhin war meine letzte Begegnung mit dem fiesen Beschwörer keine angenehme gewesen. Ich spürte noch immer seinen eisigen Griff und wie er mir selbstgefällig ins Gesicht grinste, während er versuchte, mir die Luft abzudrücken.

Dennoch änderte das nichts an der Tatsache, dass ich Jasper kannte. Er gehörte zu den Beschwörern, zu meinem Team. Nun war er hier, gefangen von unseren Feinden. Wahrscheinlich hatte er an der Mauer Wache gestanden und war von Rosalie überrumpelt worden. Kein Wunder. Wenn die Anführerin der Gedankenleser höchstpersönlich versuchte, auf die andere Seite zu gelangen, würde ein zweitklassiger Krieger kaum ein Hindernis darstellen.

Mir wurde schlecht, während ich seinen ängstlichen Blick bemerkte, der panisch durch die Menge schweifte. Als er mich entdeckte, weiteten sich seine Augen kaum merklich. Er hatte wohl gedacht, Cavier hätte mich letztendlich doch außer Gefecht gesetzt. Schließlich wusste niemand außer dem Großen Seher und meinem Vater von dem Plan, mich als Spion herzuschicken. Und Liam natürlich, der sie belauscht hatte.

Nun jedoch sah ich den Hass in seinen Augen aufblitzen. Er überschattete sogar die Angst, überschwemmte alle anderen Emotionen.

»Ich wusste es. Ich wusste, dass du im Herzen eine von ihnen bist«, zischte er, als er Joleens Hand betrachtete, die noch immer auf meiner Schulter ruhte.

Ich würde ihn am liebsten anschreien, ihm sagen, dass er sich irrte, doch ich hielt nur stur seinem Blick stand. Spätestens jetzt mussten Rosalie und die anderen überzeugt davon sein, dass ich nichts im Schilde führte. Jaspers Hass im Austausch für meine Glaubwürdigkeit. Ein bitteres Opfer, aber ein Notwendiges.

Jasper versuchte ein paar Mal, sich gegen seine Fesseln zu wehren, doch Ciel hielt ihn jedes Mal auf. Dieser stand still neben ihm, reglos und mit ausdrucksloser Miene, wie eine Statue. Die anderen Gedankenleser warfen Jasper wütende Blicke entgegen und ihre wüsten Beschimpfungen vermischten sich zu einem undeutlichen Rauschen in meinem Kopf. Meine volle Konzentration richtete sich stur auf Ciel. Ich konnte es nicht fassen, wie kalt es ihn ließ, dass dort gerade ein Mann an ihn gefesselt war und zunehmend panischer wurde. Ciels warf ihm mit seinen eisblauen Augen ab und an Blicke zu, die selbst Cavier Angst eingejagt hätten, solch eine tödliche Kälte strahlten sie aus. Doch ansonsten wirkte sein Gesicht wie eine Maske. Ich konnte unmöglich erahnen, was in seinem Kopf vorging und in diesem Moment würde ich meine Freiheit dafür eintauschen, das Gedankenlesen zu beherrschen.

Nur eines war mir klar: Die Gedankenleser hatten soeben ihr wahres Ich offenbart. Sie mochten noch so freundlich tun und mich als eine von ihnen mit offenen Armen empfangen. Doch sie waren grausam. Ein in Fesseln gelegter Mann stand vor uns, der nun leise wimmerte, und weder Ciel noch Rosalie schienen Mitleid zu empfinden.

Ein wenig zu ruckartig schüttelte ich Joleens Hand ab.

Nach viel zu langer Zeit begann Rosalie, zu sprechen. »Dieser Beschwörer hier hat mich an der Mauer angegriffen«, sprach sie, mit einer Stimme so kalt wie Ciels eisblaue Augen.

Da war sie. Die Beichte. Rosalie war also tatsächlich an der Mauer gewesen.

Zornig ballte ich die Hände zu Fäusten.

Die anderen Gedankenleser begannen wieder, zu tuscheln. Ich hörte Verwünschungen, die ich ihnen am liebsten selbst an den Kopf geworfen hätte.

»Wir könnten ihn zurück in sein Dorf schicken und hoffen, dass seine Sippe die Warnung versteht, wenn er mit einem gebrochenen Handgelenk zurückkommt, sodass er nie mehr sein Messer zücken kann. Doch wahrscheinlich würde dies genauso wenig Gehör bekommen wie die Warnungen zuvor.«

Ich ahnte, von welcher Warnung sie sprach. Rosalie hatte Silvan den Kopf abgeschlagen, um zu verdeutlichen, dass niemand es wagen sollte, sie aufzuhalten.

Sie war brutal, knallhart, erbarmungslos. Dennoch wünschte sich ein Teil von mir, dass sie Gnade walten ließ, nur dieses eine Mal.

»Ciel.« Ihre Stimme klang verheißungsvoll, als richtete sie sich mit dem urteilenden Hammerschlag an einen Henker. Mein Kopf ruckte wie automatisch zu ihm.

Er bewegte sich kaum, fuhr sich nur einmal kurz über sein nachtschwarzes Haar. Mit seinem gewohnt sarkastischen Gesichtsausdruck erwiderte er Rosalies Blick.

Diese schien ihm irgendwelche Anweisungen zu geben, raunte ihm Worte in Gedanken zu.

Ciel zögerte. Kurz, viel zu kurz, als dass es den anderen aufgefallen wäre. Doch ich bemerkte es, da ich ihn mit einer solch erbarmungslosen Bitterkeit beobachtete, jede seiner Bewegungen analysierte. Dann neigte er gehorsam den Kopf.

Langsam drehte er sich zu Jasper um, der ihn mit weit geöffneten Augen flehend anblickte.

»Bitte.« Ich hörte Jaspers Flehen nicht, sah nur, wie sich stumm seine Lippen bewegten.

Ciel antwortete mit einem weiteren spöttischen Blick.

Da wusste ich, dass er ihn töten würde.

»Tu das nicht.« Die Worte kamen heiser über meine Lippen, stolperten und verflogen schnell auf diesem endlos großen Platz, so leise hatte ich gesprochen.

Ciel sah trotzdem hin. Er bedachte mich mit einer Miene, die für den Bruchteil einer Sekunde so etwas wie Bedauern erahnen ließ. Doch dieser Ausdruck verschwand so schnell, wie er gekommen war.

»Bitte. Tu das nicht«, flüsterte ich wieder.

Keine Ahnung, wieso ich ihn anflehte. Als hätten wir irgendeine Verbundenheit, die ihn dazu bringen würde, auf mich zu hören. Das Einzige, was ich wusste, war, dass ich nicht wollte, dass er einem Beschwörer vor meinen Augen das Leben nahm.

Es kam mir vor wie eine Ewigkeit, in der Ciel und ich uns in einem stillen Blickduell gegenüberstanden. Er musste meine Verzweiflung sehen, das Zittern meiner Hände bemerken.

Trotzdem wandte er sich ab.

»Sieh nicht hin«, flüsterte Joleen sanft, als sich Ciel dem vor Angst bebenden Jasper zuwandte.

Zu spät.

Ciel brach ihm mit einer schnellen Bewegung das Genick. So kalt, so emotionslos. Das Knacken seiner Knochen hallte in meinem Kopf nach, verpasste mir eine Gänsehaut. Ein Wimmern löste sich aus meiner Kehle, als Jaspers lebloser Körper zu Boden sackte. Seine Augen noch immer geweitet, den Mund zu einem stillen Schrei geöffnet.

Ciel sah ein paar Sekunden auf sein Gesicht, dann wandte er sich ab und würdigte sein Opfer mit keinem Blick mehr. Stattdessen verneigte er sich vor Rosalie und wischte sich die Hände an seinem langen dunklen Mantel ab, als könnte er das Blut, das an seinen Händen klebte, dadurch loswerden.

Die anderen fanden sehr schnell ihren Frieden mit der Situation. Die Menge lichtete sich und es wurde langsam leerer. Mir hingegen pochte noch immer das Blut in den Ohren. Mein Herz raste und ließ sich nicht beruhigen. Wie besessen starrte ich auf Jaspers Leiche.

Er war ein Arschloch gewesen, ja. Und ich betrauerte seinen Tod nicht, denn er war nie ein Freund gewesen. Aber ich betrauerte die Art und Weise, wie er gestorben war. Umgeben von Menschen, die er hasste und die sich auf seinen letzten Atemzug freuten. Ermordet von einem Todesengel mit eisblauen Augen, der ihm hochmütig ins Gesicht lächelte, während er seinen Nacken brach.

Sein Körper würde niemals wieder zurück nach Hause finden. Nun war er einer der vielen verschollenen Beschwörer, die eines Abends an die Mauer gingen und nie zurückkehrten.

»Er gehörte zu unserem Dorf. Ich werde ihn bestatten.« Meine Stimme klang tonlos. Rosalie trat vor mich. Wahrscheinlich wollte sie ihre Pflicht nachholen und mich zu meinem *Begrüßungsgespräch* in ihr Anwesen einladen. Ich würde nicht hingehen.

Zu meinem Glück erwartete sie das wohl auch nicht. Immerhin war sie klug genug, um zu wissen, was gerade in mir vorging. Vielleicht hatte sie auch einfach nur meine Gedanken gelesen, die sie anschrien, dass ich von ihr nichts wissen wollte. Dass ich ebenso wenig Mitgefühl oder Trauerbekundungen erwartete.

»Dort hinten ist ein schöner Fleck, an dem Narzissen wachsen«, sagte sie ruhig und deutete auf ein etwas abgelegenes Stück Wald.

Ich nickte. Ich war zu erschöpft, um sie wegen Jasper anzufahren, und es würde wohl auch nichts bringen. Rosalie kannte bestimmt kein Schuldgefühl.

Also zog ich Jaspers Körper von der Erde hoch und legte mir seinen erkaltenden Arm um die Schulter.

Niemand eilte mir zu Hilfe, als ich ihn durch das Dorf und in den Wald schleppte. Zwar standen einige von ihnen zögernd am Wegrand und sahen mir nach, doch mein drohender Blick riet ihnen, fernzubleiben.

Als ich den Ort erreichte, den Rosalie mir gezeigt hatte, blieb mir für einen Moment der Atem weg. Dieser Ort war so herzzerreißend schön, dass meine Seele blutete, je weiter ich darauf zulief und den Frieden mit meiner düsteren Anwesenheit störte.

Überall, wo ich hinblickte, sah ich gelbe Narzissen wie Lichtstrahlen aus der Erde sprießen. Es glich einem Fluss aus Sonnenschein. Die Wiese strahlte pures Leben aus. Unverkennbar, dass Jasper und ich nicht hierher passten. Und doch konnte ich mir keinen Ort vorstellen, an dem ich einen Verstorbenen lieber bestatten würde.

Die Sonne kletterte über den Himmel, während ich die Schaufel nahm, die Rosalie mir gegeben hatte, und damit am Rande der Wiese ein Grab aushob. Der Boden hier war fest und voller Wurzeln, doch harte Arbeit war ich gewohnt, also machte ich keine Pause.

Könnte ich meine Beschwörermagie einsetzen, wäre ich wahrscheinlich schneller gewesen. Ich hätte mir eine bessere Schaufel erschaffen können, als diese hier aus brüchigem Holz. Doch das durfte ich nicht, wenn ich mich nicht verraten wollte, also musste es reichen.

Erst als die Sonne hinter den Bäumen unterging, hielt ich kurz inne, um mir den Schweiß von der Stirn zu wischen. Vorsichtig legte ich meine Arme um Jaspers Körper, um ihn in das ausgehobene Erdloch zu ziehen. Er war mittlerweile starr und unhandlich geworden, und es dauerte eine Weile, bis ich ihn richtig packen konnte.

Ein letztes Mal blickte ich in seine leeren Augen, ehe ich sie ihm mit einer schnellen Handbewegung schloss. Ein ganzes Leben, innerhalb von Sekunden vernichtet, nur weil Rosalie und Ciel das ihre über seines gestellt hatten.

*Er ist ein Mörder,* schallte es immer und immer wieder in mir nach. *Dieser arrogante Mistkerl mit dem engelsgleichen Gesicht ist ein kaltblütiger Mörder.*

»Ich fühle mich ja geehrt, dass du ununterbrochen an mich denkst.«

Ich wirbelte herum und vor Schreck rutschte mir Jaspers Körper aus den Armen. Gerade noch rechtzeitig konnte ich ihn auffangen, ehe er mit dem Kopf voran in das Loch gestürzt wäre.

»Das war ein Witz«, sagte Ciel, als er meinen entsetzten Gesichtsausdruck sah. »Du darfst lachen.«

Ungläubig starrte ich erst in sein Gesicht, dann zu dem leblosen Körper in meinen Armen. Hatte es je einen schlechteren Zeitpunkt gegeben, um Witze zu machen?

»Du verdienst mein Lachen nicht«, sagte ich jedoch nur. Meine Stimme klang merkwürdig kraftlos und ich schlug seine Hand weg, als er mir zur Hilfe eilen wollte. Mit einem kräftigen Ruck beförderte ich Jasper ein wenig zu abrupt in sein Grab und begann danach, mit eiserner Bestimmtheit Erde hineinzuschaufeln.

»Was hat dir die arme Erde nur getan, dass du sie so malträtierst?« Ciel beobachtete mit hochgezogenen Augenbrauen, wie ich wütend die Schaufel in den Boden rammte. Ein paar Mal krachte es, aber das war mir egal. Sollte diese dumme Schaufel doch auseinanderbrechen, dann konnte ich ihm die Stücke einzeln an den Kopf werfen. »Wenn du es vielleicht mal in einem anderen Winkel versuchst …«

»Was willst du hier? Denkst du echt, ich ignoriere einfach, was du gerade getan hast? Du hättest ihn retten können!«, unterbrach ich ihn abrupt. Ich schleuderte ihm die Worte entgegen, stützte mich an der Schaufel ab. »Du hättest ihn verschonen können und du hast ihn trotzdem ermordet!«

Ciel sah ein paar Herzschläge lang berechnend zu der Schaufel. Anscheinend wägte er ab, ob ich sie ihm ins Gesicht schlug, wenn er näher trat. Klugerweise entschied er sich dazu, stehen zu bleiben.

»Ja«, sagte er schließlich, mit unerwartet gedämpfter Stimme. Er blickte mir ernst in die Augen. »Ich habe ihn ermordet, weil Rosalie es von mir verlangt hat.«

»Und du tust alles, was sie dir sagt? Würdest du von einer Brücke springen, wenn sie es *verlangen* würde?«

»Du verstehst das nicht«, antwortete er abweisend und ich stieß genervt Luft aus. »Ich bin kein Held!«, sagte er plötzlich.

»Ach«, entkam es mir voller Ironie. »Danke, dass du das noch mal gesagt hast. Wäre mir sonst nie aufgefallen.«

Doch Ciel ignorierte mich. »Ich bin nicht wie die Beschwörer aus deinem früheren Leben. Und bei Gott, wahrscheinlich sind sie sogar schlimmer als ich. Du wirst irgendwann noch verstehen, dass sie bei Weitem nicht die Heiligen sind, für die du sie hältst!«

Er wiederholte die gleichen Worte immer und immer wieder seit meiner Ankunft, doch ich wollte sie nicht hören. Er konnte damit keinesfalls versuchen, zu rechtfertigen, was geschehen war.

»Sie haben nicht vor ein paar Stunden einem Mann das Leben genommen!«, feuerte ich erbost zurück. »Du hast nicht einmal mit der Wimper gezuckt. Hast du überhaupt darüber nachgedacht, ihn gehen zu lassen?«

»Nein, habe ich nicht«, gab Ciel zu.

»Weil du deine Macht beweisen wolltest?«

»Weil er dir wehgetan hat.«

Ich hielt inne. »Wie meinst du das?« In meinem Kopf herrschte plötzlich Chaos.

»Ich habe es in seinen Gedanken gesehen, als sein Blick dich gestreift hat«, antwortet Ciel. Seine Wut war verraucht und er kleidete sich wieder in Ruhe, doch seine Augen erzählten eine andere Geschichte. Sie glommen wild und ernst, als würde er die Erinnerung ein zweites Mal sehen. »Er wollte dich töten.«

Stumm presste ich die Lippen aufeinander. Ich brauchte kein Mitgefühl von ihm, genauso wenig, wie ich es von Rosalie gebraucht hatte. »Wieso kümmert dich das?«, fragte ich ihn und schmälerte meine Augen. »Wieso bist du hier?«

»Ist das nicht offensichtlich?« Er breitete vielsagend die Arme aus.

Ich blicke fragend zu ihm hoch. Erst jetzt fiel mir auf, wie stark sein Kontrast zu unserer Umgebung war. Ciel wirkte wie ein Tintenfleck auf einem Stück Pergament. Seine Haare reflektierten kein Licht, waren schwarz wie Obsidian, dunkler als die Nacht selbst. Gleiches galt für seine Kleidung. Seine Augen hingegen warfen ein intensives Leuchten auf mich. Sie unterschieden sich so stark zu der gelb getupften Wiese, dass ich mich für einen Moment fragte, ob er vielleicht wirklich nur eine Zeichnung war. Ein Kunstwerk, gemalt von einem Engel. Ich konnte nicht sagen, welche Aussicht ich schöner fand, und es ärgerte mich, dass mir dieser Gedanke kam. Ich sollte ihn hassen und nicht seine Augen bewundern, mit denen er mich mit merkwürdigem Blick bedachte.

»Um mich noch weiter in den Wahnsinn zu treiben?«, fragte ich frustriert.

Er seufzte und ließ die Arme sinken. »Um dir zu helfen. Ohne mich wärst du hier aufgeschmissen.«

Ich blickte ihn empört an, fand jedoch keine Worte, um meiner Wut Ausdruck zu verleihen. Er dachte wirklich, dass er mir einen *Gefallen* tat?

Doch er erklärte sich nicht. Stattdessen sah er hoch in den Himmel, der sich langsam mit Wolken zuzog.

»Morgen geht es mit dem Training weiter. Gleiche Uhrzeit«, sagte er, aber ich schüttelte den Kopf.

»Ich trainiere nicht mit Mördern. Bin ich halt aufgeschmissen.« Auch ich sah kurz in den Himmel, ehe ich die Schaufel nahm und zurück ins Dorf lief. Dabei spürte ich seinen intensiven Blick auf meinem Rücken.

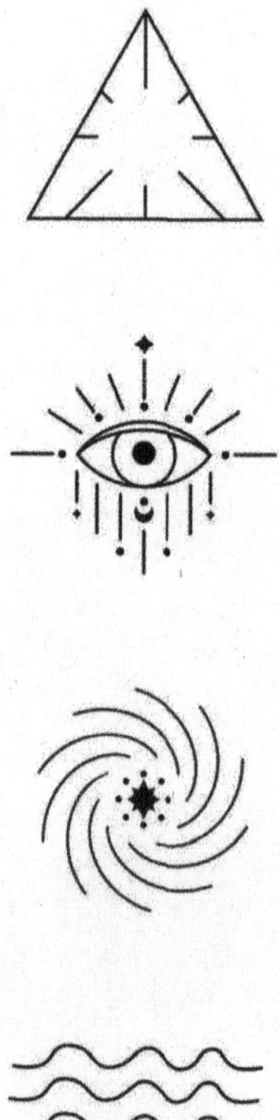

# 15

Es gab keinen Kalender in diesem verdammten Dorf. Mindestens zehn Hütten hatte ich besucht, doch nirgendwo ließ sich einer finden, als wäre es das seltsamste Objekt auf dieser Erde. Für Elaras Münze hatte ich eine Karte gekauft. Inzwischen sah sie aus wie ein zerknäultes Stück Pergament, so oft hatte ich sie hervorgeholt und wieder zusammengefaltet, stets auf der Suche nach neuen Läden, die ich durchsuchen konnte. Einrichtungsmöbel, seltsame Glaskugeln, sogar das ausgestopfte Bein eines Rindes hatte ich gefunden, aber keinen Kalender. Dabei brauchte ich doch unbedingt einen, damit ich meine Rückkehr auf die andere Seite der Mauer nicht versehentlich verpasste.

Ich hatte zwei Wochen, um meine Gedankenlesermagie zu verbessern und vielleicht heimlich in Rosalies Kopf zu springen, um ihre Pläne zu durchschauen. Und ich beabsichtigte, das Beste aus diesen zwei Wochen herauszuholen. Wenn es sein musste, würde ich Tag und Nacht damit verbringen, in mich hineinzuhorchen und die Hitze in mir zu erwecken. Man konnte in dem magischen Gedankenwispern schon mal verloren gehen und ich hatte keine Lust, irgendwann in die Realität geschmissen zu werden und zu merken, dass ich bereits drei Tage zu spät war.

Also lief ich verzweifelt zurück in mein Zimmer und ritzte eine Kerbe in die Wand. Von nun an für jeden Tag eine.

Die nächsten Tage übte ich. So viel, dass kaum Zeit für etwas anderes blieb. Ich vergaß das Essen, ging nur ab und an raus, um mich frisch zu machen. Ich wusch mich in einem See nahe der Hütten, doch das Wasser darin war kalt und trüb und ich hatte das Gefühl, danach noch schmutziger zu sein als vorher.

Als Ciel an einem Tag klopfte und mir erneut von den heißen Quellen erzählte, schlug ich ihm nur wortlos die Tür vor der Nase zu. Ich hatte wirklich keine Lust, mich neben ihn in ein enges Becken zu quetschen, insbesondere, weil er vermutlich nackt sein würde.

Ich trainierte auch nicht mit ihm. Auch mit sonst keinem der anderen Gedankenleser und irgendwann gaben sie auf, nach mir zu sehen. Ich übte für mich selbst, suchte nach der Macht, die mich vor zwei Wochen dazu gebracht hatte, Ciel aus meinem Kopf zu werfen und in seinen Geist einzudringen. Ich klammerte mich an die Wut, die ich damals empfunden hatte, und meistens klappte das auch. Wenn ich nur hartnäckig genug an sein unverschämtes Grinsen dachte, als er meinen Hals umschlossen und sich in meinen Kopf geschlichen hatte, konnte ich die Energie fühlen, die meinen Geist verschloss.

Mehr als einmal tauchte er vor meiner Hütte auf, um sich bei mir zu entschuldigen. Nicht dafür, dass er meine Gedanken gelesen hatte, das fand er wohl mehr als gerechtfertigt. Nein, er entschuldigte sich, dass er meinen Hals gefasst und mich somit an Jaspers Angriff erinnert hatte.

Wieder funkelte ich ihn nur grimmig an. Und insgeheim verspürte ich vielleicht erneut diese seltsame, verdammt unpassende Erregung bei der Erinnerung an seine brutale Nähe.

Das Training fiel mir nicht leichter als bei den Beschwörern. Gedankenlesermagie war flüchtig, sprunghaft und die magischen Fäden versteckten sich vor mir, wenn ich sie einfangen wollte. Doch mit der Zeit wurde ich besser. Ich übte an den Waldmäusen, die tagsüber an meiner Hütte vorbeihuschten, und an Vögeln, die auf dem Dach nisteten. Viel weiter reichte die Magie nicht, man musste sich in unmittelbarer Nähe seines Opfers befinden, um in dessen Geist einzudringen. Das war schade und erleichternd zugleich.

Mit der Peitsche trainierte ich ebenfalls. Ich brauchte es, mich neben dem Gedankenlesen auch körperlich auszulasten. Mittlerweile schaffte ich es, innerhalb von Sekunden zu zielen und mein Ziel präzise zu treffen. Jedes Mal stoben leuchtend blaue Funken auf, wenn die metallische Peitsche auf den Untergrund schlug.

Die Nächte über schlief ich kaum. Zumeist lag ich bis in die frühen Morgenstunden wach und sah zu, wie die Sonne hinter den behangenen Fenstern meiner Hütte aufging. Sorgfältig ging ich wieder und wieder die Worte durch, die ich mir für den Tag meiner Abreise zurechtgelegt hatte. Ich würde Rosalie bitten müssen, allein in den Wald zu gehen. Normalerweise betrat man diesen stets in Zweiergruppen, wegen der Wölfe, die unweit der Hütten in Höhlen lebten. Ich würde zweifellos beschattet werden, sollte ich mich nach zwei Wochen der Abschottung plötzlich allein in den Wald schleichen. Also musste ich sie davon überzeugen, dass ein solcher Ausflug völlig normal war und mir helfen würde, meine Gedanken zu ordnen. Ich würde sie in ihrem Anwesen besuchen und wenn ich sie in ein Gespräch verwickelt hatte, könnte ich vielleicht heimlich meine Gedankenlesermagie einsetzen und versuchen, in ihren Geist einzudringen. Zwei Fliegen mit einer Klatsche. In der Theorie klang das gut.

Doch anstatt sicherer zu werden, wurde ich jede Minute nervöser. Es half auch nicht, dass mich die wenigen Stunden, in denen ich schlief, seltsame Träume plagten.

Meistens begannen sie friedvoll. Ich lag auf dem Bett in meinem Zimmer bei den Beschwörern, Liams Arm um mich gelegt. Ich blickte in das Grün seiner Augen und saugte sein Lächeln in mich auf, ehe er sich über mich beugte und mich küsste.

Doch was so friedlich begonnen hatte, wandelte sich schnell in Chaos. Jedes Mal, wenn ich im Traum kurz die Augen schloss, um den Moment zu genießen, lag im nächsten Augenblick Ciel an Liams Stelle. Die schwarzen Haare wie Schatten, die um ihn herumwaberten, und er über mir, seine blaugrauen Augen auf mich gerichtet.

Jedes Mal riss ich abrupt aus dem Schlaf, das Herz wie wild pochend und die Fingernägel entsetzt in das Laken gekrallt.

Noch ein Grund mehr, ihm aus dem Weg zu gehen.

Als ich an diesem Morgen meine Hütte verließ, blies der Wind eisige Luft in mein Gesicht. Er verkündete Unheil, davon war ich überzeugt. Ich hatte Rosalie gestern um eine Audienz gebeten und betrat nun das erste Mal tief seufzend den Pfad, der zu ihrem Anwesen führte.

Wie auch bei meiner Ankunft an diesem Ort beeindruckte mich die Schönheit des Gebäudes. Es war glamourös, glitzernd, grausam. Ich hingegen stellte mit meinen schmutzigen Haaren und den tiefen Augenringen einen enormen Kontrast dazu dar. Und das, obwohl ich mich irgendwann sogar damit abgefunden hatte, die schwarzen, edlen Seidenfetzen überzuziehen, die mir aufs Bett gelegt wurden. Ich hatte schnell gelernt, dass sie nicht nur zum Training, sondern auch als Alltagskleidung verwendet wurden, da sie in den Schatten der Nacht gut vor Feinden tarnten.

Dennoch hielt ich das Ganze für eine schwachsinnige Regelung. Sie hätten ja wenigstens etwas mehr Stoff anbringen können.

Bevor ich eintrat, begutachtete ich mein Gesicht in der spiegelnden Fassade. Ich hatte am Morgen versucht, mit frischen, vom Feld geernteten Gurken meine tiefen Augenringe abzumildern. Überbleibsel einer schlaflosen Nacht. Das Letzte, was passieren durfte, war, dass Rosalie dachte, ich hätte wachgelegen und Pläne geschmiedet. Nein, sie sollte denken, ich wäre die Gelassenheit in Person, unnahbar, vorbereitet. Als würde ich mein Anfangsgespräch mit ihr nachholen wollen, jetzt, da ich mich eingelebt und Jaspers Tod verarbeitet hatte. Was natürlich nicht stimmte. Weder das eine, doch das andere.

Der Saal sah bezaubernd aus von innen. Nicht so edel wie das Trainingslager der Beschwörer, wo sich helle Marmorböden im Licht der Kristallfenster spiegelten. Rosalies Haus war mit hellem Holz ausgestattet, dennoch strahlte es eine schlichte Anmut aus. Der Innenraum war mit Pflanzen bewachsen, Efeu krabbelte über die Wände und Bäume reckten ihre Äste durch die Fenster. Es sah aus wie in einem Märchenwald, ein Ort geschaffen von Waldgeistern. Dennoch hafteten schlechte Erinnerungen an dem Haus wie Rotweinflecken auf einem weißen Tischtuch. Ich wollte nicht wissen, wie viele Beschwörer und Seher hier eingesperrt worden waren, damals, zu Zeiten des großen Krieges.

»Du bist pünktlich«, hörte ich plötzlich Rosalies Stimme.

Mein Kopf ruckte hoch, ich sah, wie sie grazil eine kleine Treppe hinabschritt. Sie trug ein bodenlanges, schwarzes Kleid. Bezaubernde Näharbeit, exakte Verarbeitung. Augenblicklich verbannte ich alles Fremde aus meinen Gedanken. Das Training der letzten Nächte hatte sich gelohnt. Auch ohne Ciels Hilfe spürte ich, wie die Barriere in meinen Gedanken Gestalt annahm. Ich musste nicht länger an Liam denken, um die Gedankenleser zwanghaft von meinem Plan fortzuhalten, sondern merkte, wie sich eine Mauer hochzog, Stein für Stein, die sich nicht so leicht durchdringen ließ.

»Wundert Sie das?«, fragte ich.

»Ich war mir nicht sicher, ob du kommst. Du bist sehr wechselhaft.«

Ich presste die Lippen aufeinander, um eine bissige Bemerkung zu unterdrücken, folgte ihrer stillen Geste und schritt ihr voran hinein in ein kleineres Zimmer zu unserer Rechten. Auch hier war alles grün, doch der Efeu wurde unterbrochen von bezaubernd leuchtenden Blüten.

Fasziniert berührte ich eine davon mit den Fingerspitzen, während Rosalie die Tür hinter sich schloss.

»Das sind Soleos. Meine liebsten Blumen. Sie wachsen nur hier auf dieser Seite der Mauer. Eine Züchtung meines Vaters. Hübsch, nicht wahr?«

Verwundert drehte ich mich zu ihr um. Es wirkte falsch, dass Rosalie diese Art Blüten bevorzugte. Sie waren so … bunt. Im Gegensatz dazu trug Rosalie immer dunkle Kleidung und auch ihr Charakter strahlte nichts Blumiges aus. Doch wie sie jetzt so die kräftigen Farben der Blätter betrachtete, kam mir ihr Blick tatsächlich etwas sanfter vor als sonst. Ein wenig Wehmut lag in ihrem Gesicht, als würden die Blumen sie an eine friedvollere Zeit erinnern. Sie sah hübsch aus, wenn sie ihre kühle Miene mal ablegte. Rosalie schritt durch den Raum, berührte hier und da mit den Fingerspitzen die bewachsenen Wände. Sie hielt jedoch inne, als sie bemerkte, wie ich sie anstarrte, und sobald sie sich mir wieder zuwandte, war ihr Ausdruck erneut der einer kühlen Anführerin.

»Ja«, antwortete ich verunsichert. Ich wandte mich den bewachsenen Wänden zu. Mein Blick glitt über die Decke, von der Ranken hingen wie in einem Gewächshaus. »Im Haus meiner Eltern haben wir immer nur Kakteen besessen. Es gab zu wenig Frischwasser, um Blumen wie diese am Leben zu erhalten.«

»Du vermisst sie, nicht wahr?« Die Frage klang aufrichtig aus ihrem Mund, nicht wie eine gezwungene Höflichkeit.

Ich antwortete dennoch nicht. Schließlich war es offensichtlich, dass ich mich zurücksehnte.

»Ich bewundere die Beschwörer«, fuhr Rosalie irgendwann fort. »Sie haben den Hass so tief in ihre Herzen und in die ihrer Kinder gepflanzt, dass es durch nichts zu erschüttern ist. Sie haben dich hergeschickt, ohne das Wissen, wie es dir bei uns ergehen wird. Und dennoch denkst du, sie gehören zu den Guten und wir zu den Bösen.« Rosalie hörte sich nicht traurig an aufgrund dieser Tatsache. Ein wenig verbittert vielleicht.

Ich schüttelte abrupt den Kopf. Wie auch Ciel schien sie darauf zu beharren, dass ich mich irrte, und doch hatten sie an meinem ersten Tag hier Grausamkeiten vollbracht, die mir noch immer Albträume verschafften.

»Ihr habt Jasper ermordet und erwartet dennoch, dass ich euch eine zweite Chance gebe?«

Ich beobachtete, wie sich Rosalies Miene auf meine Worte hin verhärtete. »Kennst du überhaupt die ganze Geschichte? Oder kennst du nur das, was deine ehemaligen Freunde dir über die damaligen Kriege und das Geschehen an der Mauer erzählt haben?«

Ich erhielt keine Chance, um auf Rosalies Fragen einzugehen. Sie schien keine Antwort zu erwarten, doch in meinem Inneren lebten ihre Worte weiter, ließen mir keine Ruhe. Wollte Rosalie mich verwirren? Womöglich glaubte sie wirklich an irgendeine Art Verschwörung, oder dass die Kriege letztendlich nicht ihre Schuld gewesen waren. Was für eine absurde Vorstellung! Aber vielleicht gab es da ja doch etwas, das ihre Einstellung rechtfertigte. Vielleicht …

Ich verbot mir, weiter daran zu denken, und wich automatisch einen Schritt zurück, um noch mehr Abstand zwischen mich und die Anführerin zu bringen. Sie schmunzelte, fast so, als ahnte sie von dem Chaos, den ihre Behauptungen in meinem Kopf auslösten.

»Ich nehme an, du hast mich nicht um ein Gespräch gebeten, um freundlich mit mir zu quatschen?«, fragte Rosalie trocken. »Und sicherlich auch nicht, um von mir die Wahrheit über die Gedankenleser zu erfahren?«

»Ich kenne die Wahrheit bereits.«

»Du denkst, du kennst sie«, verbesserte mich Rosalie.

Ich verkniff mir ein abschätziges Schnauben. Es juckte mir in den Fingern, herauszufinden, was sie für die Wahrheit hielt, doch mich von ihren Lügen beeinflussen lassen? Davon träumte sie wohl.

Also ignorierte ich sie und konzentrierte mich stattdessen wieder auf mein eigentliches Ziel. »Ich möchte einen Ausflug in den Wald machen. Allein.«

»Da fragst du mich? Von einem Mädchen wie dir hätte ich erwartet, dass sie einfach loszieht und die Regeln ignoriert.« Ich kam nicht umhin, den leicht spöttischen Unterton in ihrer Stimme zu bemerken. Doch ich schluckte einen Konter herunter. Ich würde mich von ihr nicht provozieren lassen.

Also lächelte ich nur bitter. »Sie haben recht. Lassen Sie mich verbessern: Ich würde gern einen Ausflug machen, ohne von Ihnen oder Ihren Lakaien beschattet zu werden, weil ich mich nicht abgemeldet habe.«

Nach meinen Worten lag eine eisige Stimmung im Raum. Fast schon fürchtete ich, Rosalie würde aus einem den Lagen ihres Kleides einen Dolch zücken und ihn auf mich schleudern, doch stattdessen setzte sie ein schmales Lächeln auf.

Das war beinahe noch angsteinflößender.

»Schlaues Mädchen«, sagte sie leise und ich presste die Lippen aufeinander. Ich mochte es nicht, wenn sie mich so nannte. Es klang, als würde sie einen Hund abrichten. »Geh in den Wald«, fügte sie schließlich hinzu und Erleichterung flutete meinen Körper. Bis zuletzt hatte ich gefürchtet, sie würde meine Anfrage ablehnen. »Tu, was immer du tun musst. Aber geh nicht zu nah an die Mauer ... Zu deinem eigenen Schutz.« Ein Schatten huschte bei diesen Worten über ihr Gesicht.

Fast musste ich lachen. *Wenn sie nur wüsste,* dachte ich mir. Die Mauer war genau der Ort, zu dem ich gehen wollte.

Gehorsam neigte ich den Kopf, steckte so viel Respekt wie möglich in diese Geste. »Danke«, antwortete ich wahrheitsgemäß. Dann sah ich rasch zur Tür. Ich wollte dieses Gespräch kurzhalten. Dennoch musste ich noch eine Sache hinter mich bringen.

Ich konzentrierte mich, bis ich die Hitze in mir spürte. Sicherlich würde sie es merken, wenn ich versuchte, in ihren Kopf zu schleichen. Also musste ich es gerissen anstellen. Ich brauchte nicht lange, ein paar Sekunden nur, denn ich war mir sicher, ihr Kopf war voll von dem bevorstehenden Krieg, den sie dabei war, anzuzetteln.

Gerade, als ich mit meiner Magie nach ihr greifen wollte, erhob sie jedoch erneut das Wort und rüttelte damit an meiner Konzentration.

»Du wirst dir hier früher oder später Arbeit suchen müssen. Diese Gemeinschaft lebt davon, dass jeder seinen Teil beiträgt«, sagte sie beinahe nebensächlich, doch die Aufforderung schwang in ihren Worten mit.

»Was ist mit denen, die nicht Teil der Gemeinschaft sein wollen?« Es war riskant, diese Frage zu stellen. Aber ich wollte die Konsequenzen wissen. Nicht meinetwegen, ich würde morgen schon nicht mehr hier sein. Ich musste es wissen, wegen der vielen anderen Gedankenleserkinder, die vor mir hierhergeschickt worden waren. In eine Welt, in die sie sich nicht einfinden konnten. Nicht einfinden *wollten.*

»Du wärst die Erste, die sich dem verweigert«, antwortete Rosalie mit einem leichten Lächeln auf den Lippen.

Ich zog aufgebracht die Stirn in Falten. Das konnte ich mir beim besten Willen nicht vorstellen. Wahrscheinlich wollte sie nur nicht mit der Wahrheit herausrücken, da sie dachte, dass es zu verstörend für mich sein würde. Gute Miene zum bösen Spiel machen, wie die Gedankenleser es immer taten. Ich verengte die Augen zu Schlitzen und nickte, nahm ihre Antwort hin und hakte nicht weiter nach. Doch abgeschlossen hatte ich damit noch lange nicht. Ich würde Cavier darum bitten, im Wald nach verstoßenen Gedankenlesern suchen zu dürfen, wenn ich wieder zurück auf der anderen Mauerseite war.

»In einer Woche findet Kyfta statt. Du kannst dir ein Kleid dafür aussuchen, danach kümmern wir uns um deine Anstellung.« Rosalie hatte sich bereits von mir abgewandt, als ich überrascht meinen Kopf in ihre Richtung schnellen ließ.

Sie setzte sich auf einen der Stühle am Rande des Raumes, vor ihr ein schmaler Tisch, der mit Stapeln an Pergament bedeckt war. Sie beugte sich über eines der Blätter, studierte es konzentriert, während die Ranken an der Wand sich um ihre Schultern schmiegten. Hätte ich sie nicht reden gehört, wäre sie in dem dunkelgrünen Hintergrund verloren gegangen.

»Ihr feiert Kyfta?«

Kyfta war eines der bekanntesten Feste von Kyantis. Ein Friedensfest, zumindest war es das früher einmal. Vor dem großen Krieg hatten sich die drei Stämme gemeinsam getroffen, die Grenzen ihrer Reiche für die anderen Gruppen geöffnet und die gegenseitige Freundschaft gefeiert. Es war stets ein fantastisches Spektakel gewesen. Die Menschen kleideten sich in königlichen Roben, tanzten gemeinsam zu himmlischen Geigenklängen und Glühwürmchen erhellten den nächtlichen Himmel.

Mutter und Vater hatten uns an Kyfta oft mit auf die Straßen genommen. Wir hatten unser Haus mit bunten Stoffen geschmückt und die Reichen bewundert, die mit ihren geflochtenen Haaren und glitzernden Schmuckstücken wie Götter aussahen.

Natürlich hatte Kyfta einen bitteren Beigeschmack erhalten, nachdem die Gedankenleser das Blutbad eröffnet hatten. Laut meinen Eltern war es vor dem Krieg noch ausfallender gewesen, als nicht nur Seher und Beschwörer, sondern auch unsere Feinde mitgefeiert hatten. Es war makaber, dass die Gedankenleser die Festlichkeiten weiterhin zelebrierten, wo sie doch den Frieden und damit den Sinn dieses Tages gekappt hatten.

»Traditionen müssen gewahrt werden«, lautete Rosalies Antwort und sie beugte sich wieder über das Pergament, das eine wichtige Notiz enthalten musste. Ihre Stirn legte sie besorgt in Falten.

Hätte ich mehr Zeit gehabt, hätte ich mich irgendwann vielleicht hier reingeschlichen und die Briefe gelesen.

»War das alles?«, fragte sie, den Blick weiterhin auf das Blatt gerichtet.

»Nein. Ich meine, ja, klar.« Panik wallte in mir auf. Sie schickte mich fort, doch ich hatte es noch nicht geschafft, in ihren Geist einzudringen. Ich erhielt auch keine Möglichkeit mehr dazu, denn der Blick, mit dem sie mich nun bedachte, war eindeutig.

Ich hatte meine Chance vertan, wenn ich jetzt noch hierblieb, würde es mich verdächtig machen. Also ging ich stillschweigend nach draußen und zurück zu meiner Hütte.

Ein paar Stunden später machte ich mich auf den Weg in den Wald. Ich hatte endlos lange reglos auf dem Bett gesessen und gewartet, bis die Sonne unterging. Nur um dann sofort aufzuspringen, als das sanfte Rot des Sonnenunterganges das Zimmer flutete.

Ich freute mich, wieder zurückzukehren.

Wobei ich zugeben musste, dass meine Freude ein wenig getrübt war, durch … ja, durch was eigentlich?

Ich konnte mir nicht erklären, woher das grummelnde Bauchgefühl kam, das sich in mir breitmachte, als ich mich in den Wald und ich Richtung Mauer begab. Rosalie hatte mir erlaubt, allein in den Wald zu gehen, also hielt mich niemand zurück.

Es gab absolut keinen Grund, nervös zu sein, und doch war ich es.

Vielleicht lag es daran, dass ich die zwei Wochen zwar überlebt, aber nichts Bedeutendes herausgefunden hatte. Ich hatte es nur einmal versucht und war gescheitert. Ansonsten war in meiner kleinen Hütte gewesen und hatte mich vom Rest der Welt abgeschottet, bis die Zeit vorbei war.

Vielleicht lag es auch daran, dass ich zwar zurückkehrte, doch kein Zuhause mehr auf mich wartete. Klar, ich würde meine Familie wiedersehen und ich hatte meine Treue bewiesen, aber würde mich nun wirklich jeder als vollwertige Beschwörerin annehmen? Sicher würde es weiterhin Leute geben, die sich von mir fernhalten wollten, da konnte Cavier ihnen noch so oft erzählen, was ich die letzten Wochen über mich hatte ergehen lassen.

*Über mich ergehen lassen.* Was hatte ich über mich ergehen lassen? Wenn ich darüber nachdachte, waren hier alle recht freundlich zu mir gewesen. Niemand hatte mich verletzt, es war mir sogar besser ergangen als bei den Beschwörern. Auch wenn sich alles in mir dagegen sträubte, kam ich nicht umhin, skeptisch den Beschwörern gegenüber zu werden.

Ciels und Rosalies Andeutungen, dass es Dinge gab, die ich nicht wusste, rumorten in mir. Dass die Realität, die ich zu kennen geglaubt hatte, eine Illusion war.

Ich wollte mich von ihnen nicht verunsichern lassen und hatte es daher als Täuschungsversuche abgetan. Doch jetzt, da ich Schritt für Schritt näher in Richtung Mauer ging, fragte ich mich, ob ich nicht vielleicht hätte nachhaken sollen. Ich hatte mich ihren Aufklärungsversuchen bewusst verschlossen, wieso also bereute ein verräterischer Teil in mir das nun?

Wütend schnalzte ich mit der Zunge. Ich *hatte* mich verunsichern lassen. Und das in dieser kurzen Zeit.

Als ich die Mauer endlich hinter den dichten Bäumen hervorblitzen sah, war ich ein nervliches Wrack. Das änderte sich schlagartig, als ein bezaubernd grünes Augenpaar zwischen den Bäumen hervorblitze.

»Liam!«, stieß ich hervor, doch er legte sich einen Finger an die Lippen.

»Pscht«, machte er, als er auf mich zutrat. Sein Blick wanderte durch die Umgebung, prüfte, ob mir jemand gefolgt war.

»Wir sind allein«, flüsterte ich und unterdrückte ein hysterisches Lachen, als ein erleichterter Ausdruck über sein Gesicht huschte und er mich in seine Arme schloss. »Wie hast du es hier rüber geschafft? Es ist gefährlich für dich auf dieser Seite der Mauer.«

»Cavier hat mir einen Durchgang erschaffen, damit ich dich abholen kann. Du kennst mich doch, etwas Gefahr hat mir noch nie geschadet.« Er zwinkerte mir zu, dann wurde sein Blick wieder ernst. »Gott, was haben sie nur mit dir gemacht?«, fragte er, als er sich von mir löste und meinen Körper musterte.

Ich wusste, was er meinte. All der Schmutz. Immerhin hatte ich zwei Wochen nicht wirklich gebadet. Abgesehen von der jämmerlichen Katzenwäsche im See.

»Mir geht es gut.« Ich warf ihm ein breites Lächeln zu.

Auch er grinste jetzt. Da war sie, die Leichtigkeit, die ich so vermisst hatte. Seine verkrampften Schultern entspannten sich ein wenig. Ein paar Mal noch tigerte er um mich herum und ich genoss es, wie er jeden Zentimeter von mir unter die Lupe nahm, um sich zu vergewissern, dass es mir außer guten Körperdüften an nichts fehlte.

Er hielt mir eine Hand hin und ich ergriff sie, ließ mich von ihm durch den Wald führen. Es fühlte sich gut an, ihn wieder bei mir zu wissen und die letzten Meter zur Grenze nicht allein gehen zu müssen. Wir gaben uns unserem Schweigen hin, denn niemand wusste die Erleichterung in Worte zu fassen, die wir empfanden. Ab und an spürte ich, wie er mich von der Seite musterte. Sein Blick wanderte immer wieder über mein Gesicht, als könnte er nicht glauben, dass es mir tatsächlich *gut* ging.

Kein Wunder. Wahrscheinlich hatte er mit dem Schlimmsten gerechnet. Dass ich verletzt oder verstört an der Mauer ankam, oder überhaupt nicht auftauchen würde.

»Und?« Mit gesenkter Stimme erhob er das Wort, kurz bevor wir die Mauer erreichten. »Was hast du herausgefunden?«

Natürlich war er neugierig. Dennoch fuhr mir ein Stich durchs Herz. Meine Mission war von höchster Bedeutung, trotzdem hatte ich gehofft, dass er sich ein paar Minuten länger Zeit ließ, um meine Ankunft und mein Überleben zu feiern, anstatt direkt mit den ernsten Themen zu starten.

»Nichts wirklich Wichtiges.« Ich seufzte.

Sein Blick nahm einen enttäuschten Ausdruck an und ich fühlte mich beinahe schlecht, ihm nichts Spannendes präsentieren zu können. Doch dann fiel mir ein, dass ich gerade zwei Wochen bei den Gedankenlesern überlebt hatte. Ich brauchte mich überhaupt nicht zu schämen! Wieso gab er mir das Gefühl, ich hätte etwas falsch gemacht?

»Sie haben Jasper ermordet«, plapperte ich also wild drauflos, um die unangenehme Stille zwischen uns zu füllen. Es funktionierte. In Liams Augen sickerte Zorn. »Ciel hat ihm einfach das Genick gebrochen, wie bei einem Hahn.«

»Ciel?«, fragte er neugierig.

»Ja. Er ist so etwas wie Rosalies Henker. Ich kenne sie zwar kaum, aber mit ihm geht sie irgendwie … netter um als mit dem Rest der Gedankenleser. Rosalie ist ihre Anführerin«, fügte ich hinzu, als Liam mich fragend anblickte. »Sie war es, die Jasper überwältigt und ins Lager gebracht hat. Die Gedankenleser leben in Waldhütten und nutzen eine alte Ruine als Waffenkammer. Ciel ist ein arrogantes Arschloch, aber sonst sind sie eigentlich recht normal …« Ich zögerte. Außer Jaspers Tod konnte ich tatsächlich kaum ein schlechtes Wort über sie verlieren. »Sie sehen auch überhaupt nicht wie Monster aus, so wie die alten Geschichten in unserem Dorf es erzählen. Im Gegenteil, Ciel und Joleen sind sogar beinahe unverschämt hübsch. Eine andere Gedankenleserin«, fügte ich schnell hinzu, als Liam beim Klang von Joleens Namen fragend die Augenbrauen zusammenzog.

»Eine Waffenkammer, sagst du?«, hakte Liam nachdenklich nach. Ich nahm mit Enttäuschung wahr, dass er bei dem Kommentar über Ciel kaum die Miene verzog. Kein Funken Eifersucht bei der Erwähnung eines anderen Mannes, nicht einmal Besorgnis. »Es war zwar klar, dass sie bei ihrer Verbannung Waffen aus früheren Kämpfen mit in die Wälder geschmuggelt haben, beunruhigend ist es trotzdem.«

»Liam«, sagte ich leise und er hielt inne. »Ich habe sie kämpfen sehen. Sie sind gut. Sehr gut sogar. Es gibt da ein Mädchen, Emma heißt sie. Sie kann mit ihren bloßen Gedanken andere Leute steuern. Und sie ist sicher nicht die einzige.« Ich verriet ihm nicht, dass ich mit den Waldmäusen heimlich das Gleiche geübt hatte, in den einsamen Stunden in meiner Hütte.

Liam nickte ernst. »Ja«, erwiderte er ebenso leise. »Das haben sie früher schon getan. Sie haben Seher und Beschwörer zu ihren Marionetten gemacht, lange bevor sie offiziell den Krieg eröffnet haben.«

Eine Weile schwiegen wir. Die Stille war so verlockend, dass ich mich fast dazu hingerissen fühlte, sie für immer zu bewahren. Da gab es jedoch etwas, was ich sagen musste. »Ich glaube nicht, dass sie alle böse sind.« Ich biss mir auf die Lippe. Lange hatte ich es mir verboten, diesen Gedanken auch nur in Betracht zu ziehen. Doch mir klang noch das Kinderlachen in den Ohren, das ich bei meiner ersten Ankunft im Dorf vernommen hatte. Junge Gedankenleserinnen und Gedankenleser, die den Krieg genauso wenig kannten, wie ich es tat. Mir war der Hass auf die Gedankenleser von Geburt an ins Ohr geflüstert worden und so war es sicher auch mit ihnen. Doch wenn man die neuen Generationen vereinen konnte, wenn man sie nur an die Freundschaft zwischen Stämmen erinnerte …

»Du weißt nicht, wovon du sprichst.«

Mein innerer Monolog stoppte abrupt. »Wie?«, fragte ich perplex, als mich Liam mit einer mir unbekannten Kälte anblickte.

»Es sind Gedankenleser, Cara«, antwortete er kühl. Irgendwie baute sich eine merkwürdige Distanz zwischen uns auf. Er hielt nicht länger meine Hand fest, sondern ballte seine zu Fäusten. »Sie haben unsere Großeltern abgeschlachtet, so wie sie Jasper und Silvan ermordet haben.«

»Ich weiß«, beharrte ich, ein wenig sanfter jetzt. Ich wollte nicht noch zusätzlich Öl ins Feuer gießen, aber Liam war mir wichtig und ich wollte, dass er meine Zweifel verstand. »Aber es ist doch nicht alles nur schwarz und weiß. Unter ihnen sind auch Kinder. Es kann doch nicht jeder von ihnen wieder einen Krieg wollen.«

»Wir wissen nicht, was sie wollen, weil du nichts herausgefunden hast.«

Verärgert biss ich mir auf die Zunge. Liam war mit den gleichen Vorurteilen aufgewachsen wie ich. Ich verstand, dass er an seinem Hass festhielt und gehofft hatte, ich würde mit mehr Informationen zurückkehren. Aber was stellte er sich vor? Dass ich einfach in Rosalies Anwesen hineinspazieren und ihr Geheimnisse entlocken könnte? Dass ich nicht jeden Tag um mein Leben gebangt hatte, bis ich halbwegs imstande war, meine mentale Barriere aufrechtzuerhalten?

»Ich will nicht mit dir streiten«, meinte Liam sanfter, als ich mich von ihm wegdrehte. Der nächtliche Wind zupfte an meinen Haaren und sie flogen mir ins Gesicht. Wehten mir den Geruch nächtelangen Trainings in die Nase. Ich musste eindeutig duschen.

Eine Hand umfasste meine Schulter, unendlich zart.

Ich knickte ein. Ich hatte unser Wiedersehen so herbeigesehnt, dass es mir unmöglich war, bei seiner Berührung wütend zu bleiben.

»Ich will auch nicht streiten.« Ich seufzte. »Und vielleicht hast du recht, ich habe wirklich nichts herausgefunden.«

»Du hast sicher dein Bestes gegeben.« Liam lächelte mich an und das Grün seiner Augen funkelte dabei liebevoll auf.

Wieder sackte mir mein Herz in die Hose.

*Hatte ich das?*

Plötzlich kam mir eine Idee, so waghalsig und töricht, dass sie mich selbst erschauderte.

»Was ist?«, frage Liam, der meinen Stimmungswandel bemerkt haben musste.

»Ich … also …« Ich schloss die Augen, atmete einmal tief durch und sprach die Worte aus, ehe sie sich noch für immer in meinem Mund versteckten. »Kann ich verlängern?«

»Was?« Liam sah mich so fassungslos an, als würde ich ihm gerade erzählen, ich könnte mich in ein lila Erdhörnchen verwandeln. Wahrscheinlich wäre das weniger merkwürdig gewesen.

»Ich will verlängern. Zwei Wochen. Nächste Woche ist Kyfta, es fließt Alkohol und ich …« Erneut schluckte ich vor den nächsten Worten. »Ich glaube, wenn ich mich anstrenge, kann ich Ciel ein paar Infos entlocken.«

Ich wollte mich nicht wieder mit ihm abgeben, doch bislang war er immer ehrlich zu mir gewesen. Vielleicht, wenn ich tatsächlich einmal versuchte, nett zu ihm zu sein … vielleicht lockerte er seine

Zunge dann ja wirklich ein wenig. Vor allem, wenn Alkohol im Spiel war. Und ich zweifelte nicht eine Sekunde daran, dass Ciel Kyfta in vollen Zügen genießen würde.

»Bist du dir sicher?« Plötzlich klang Liam alles andere als locker. Seine Kiefermuskeln verspannten sich, so fest biss er die Zähne aufeinander. »Zwei weitere Wochen bei ihnen?«

»Sie haben mich gut behandelt. Ich glaube nicht, dass sie mir etwas antun werden. Ich habe gelernt, meinen Geist zu verstecken.« Ich tippte mir an den Kopf. »Und Jasper hat mir einen Gefallen getan, kurz bevor er gestorben ist.« Als mir Liam einen fragenden Blick zuwarf, lächelte ich bitter. »Sein Hass mir gegenüber war so offensichtlich. Das hat die anderen davon überzeugt, dass ich unmöglich noch bei euch willkommen bin.«

Liam nickte, ehe er mich erneut in seine Arme schloss. Und ich versank darin. Wenn mein Körper dazu in der Lage wäre, würde ich sicher in seiner Umarmung versickern.

Dann küsste er mich und kleine Funken schossen durch meinen Körper. Funken aus Licht und Glück, die mir Mut machten.

»Für Momente wie diese hier kämpfen wir«, murmelte Liam an meinen Lippen. »Dafür, dass das hier für immer sein kann.«

Wieder küsste er mich und ich erwiderte es, so innig und verzweifelt ich nur konnte. Denn er hatte recht. Hierfür kämpfte ich. Und ich würde tun, was nötig war, um zu siegen.

»Sagst du den anderen Bescheid, wie ich mich entschieden habe?«, fragte ich und schluckte den Schmerz hinunter, der meine Kehle zum Brennen brachte.

Liam nickte. »Natürlich. Cavier und die anderen warten hinter der Mauer. Ich habe ihnen gesagt, sie sollen mich erst allein mit dir reden lassen«, murmelte er. »Ich hatte das Gefühl, es würde dir besser gehen, wenn dich nicht alle auf einmal mit Fragen löchern.«

Ich lächelte. Er kannte mich zu gut. »Sagst du meinen Eltern, dass es mir gut geht? Bitte sag ihnen, dass ich jeden Tag an sie denke. Auch an Elara.«

Wieder nickte Liam. Er löste sich von mir und plötzlich fühlte sich die Stelle, an der zuvor seine Arme gelegen hatten, unnatürlich kalt an.

Beinahe wäre ich ihm nachgerannt, als er zurück durch das Loch in der Mauer kletterte, das sich lautlos vor ihm öffnete. Weiter hinten konnte ich Caviers dunkelroten Haare erahnen, doch ich war wie festgefroren und trat nicht näher, um genauer hinzusehen.

Viel zu lange stand ich da, ohne mich zu bewegen. Auch noch, nachdem sich das Loch in der Mauer schon wieder geschlossen hatte und nichts als Schwärze hinterließ, wo zuvor Liams strahlend grüne Augen gewesen waren.

Irgendwann raffte ich mich auf.

Ein Schritt, und ich wandte der Mauer den Rücken zu.

Noch ein Schritt, und ich war auf dem Weg zurück ins Lager.

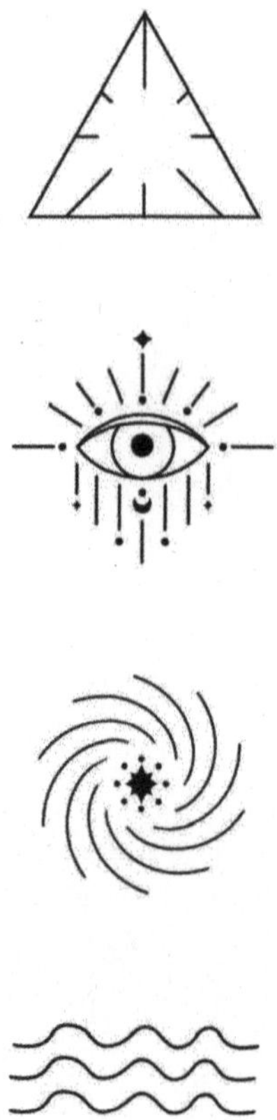

# 16

Wellen. Sie türmten sich auf, stürzten über mir zusammen, begruben mich unter sich. Die Wellen lachten über mich, während sie mich ertränkten, und jede von ihnen trug ein anderes Gesicht: Vater, Mutter, Elara, Liam. Sogar Ciels graublaue Augen machte ich in dem kühlen Nass ausfindig.

Sie lachten über mich und verurteilten mich.

Wieso, wusste ich nicht.

Mir war klar, dass ich träumte, doch der Traum ließ mich nicht frei. Selbst dann, als ich erwachte, schaffte ich es nicht, meine Lider zu öffnen und der Realität ins Auge zu blicken, die nicht weniger trostlos war als die tödlichen Wellen aus meinem Schlaf.

Alles hatte sich geändert. An dem gestrigen Abend, an dem ich Liam mitgeteilt hatte, ich würde nicht mit ihm zurück zu den Beschwörern gehen. An dem ich mich dazu entschieden hatte, hierzubleiben und Ciel Geheimnisse zu entlocken, von denen ich mir überhaupt nicht sicher war, ob es sie gab.

Klar, ich hatte vorgegeben, ich würde nach Antworten suchen. Dass ich herausfinden würde, was die Gedankenleser planten, um ihnen einen Schritt voraus zu sein. Ich hatte meine Rückkehr um weitere zwei Wochen hinausgeschoben, um genug Zeit zu haben, ihnen auf die Schliche zu kommen. Doch insgeheim war es mehr als das gewesen, das mich zum Bleiben trieb.

Ich war unsicher geworden. Ein tiefes, seltsames Gefühl hatte sich in meinem Inneren breitgemacht, je näher ich der Mauer gekommen war.

Rosalies Worte mochten wie Gift sein, die meine Gedanken vernebelten. Dennoch wuchsen meine Zweifel an Cavier und dem Großen Seher.

Ihretwegen war ich hier. Sie hatten mich dem Tod überlassen.

Und es stimmte, die Gedankenleser hatten mir in den zwei Wochen nicht einmal ein Haar gekrümmt. Ciel hatte Jasper ermordet, doch war es wirklich aus Kaltherzigkeit gewesen, oder steckte mehr dahinter? Ich war nicht naiv genug, um die Geschehnisse nicht zu hinterfragen.

Meine Eltern vertrauten den Großen seit jeher blind und was brachte es ihnen? Nichts außer Armut und Hunger.

Also hatte ich meinem stillen Gefühl nachgegeben und einen Rückzieher gemacht. Ja, ich wollte hierbleiben, um Antworten zu finden, doch ich war mir nicht mehr sicher, über wen.

Diese eine, simple Entscheidung hatte meine Gedanken völlig durcheinandergebracht. Sie stellte mein Leben auf den Kopf, erschufen Türme aus Schmerz und Schuld, die über mir einbrachen und mein Herz unter sich begruben.

Wie konnte ich mich fürs Hierbleiben entscheiden, wenn auf der anderen Seite ein Leben mit Liam auf mich wartete? Wenn meine Eltern auf mich warteten, die wahrscheinlich vor Sorge kein Auge zumachten?

Ich war völlig gestört, das musste es sein.

Ich dankte dem Himmel für die dichten dunklen Wolken, als ich meine Hütte verließ. Es war noch nicht ganz hell, die Sonne würde erst in knapp einer Stunde aufgehen, aber aufgrund des Wetters würden die meisten Gedankenleser noch ein Weilchen länger in ihren Häusern verbleiben. Perfekt, denn ich brauchte meine Ruhe. Insbesondere nach meiner gestrigen Rückkehr. Eigentlich wollte ich nur in meinem Zimmer bleiben und meinen Frust an meinem Bettgestell auslassen. Mit der silbernen Peitsche darauf einschlagen, bis sich meine wirren Gedanken geordnet hätten. Doch es waren noch zu viele Gedankenleser wachgewesen, die mich hätten hören können.

Ich war so verzweifelt, so unsicher, ob meine Entscheidung die richtige war. Doch ich hatte mir gestern Abend nichts von alldem anmerken lassen. Nur Joleen fröhlich lächelnd zugenickt, als ich nachts zurück ins Lager gekommen war. Hatte auf ihre Fragen, wo ich gewesen sei, mit schwachen Ausreden geantwortet. Ich würde mein Versprechen Liam gegenüber halten und so tun, als hätte ich mich endlich eingelebt. Freundlichkeit anstatt Abweisung.

Auch Rosalie hatte draußen auf dem Marktplatz gestanden und so getan, als würde sie nach dem Rechten sehen. Doch ich war mir sicher, dass sie insgeheim auf mich gewartet hatte, um zu überprüfen, ob ich wirklich zurückkommen würde.

Jetzt, da ich tatsächlich wiedergekommen war, musste ich die nächsten Wochen, so gut es ging, überbrücken. Ich konnte mich nicht länger in meiner Hütte verschließen, das hatte mir die letzten Tage auch nichts gebracht. Und es würde mir ganz sicher nicht helfen, weiterhin zu versuchen, mich in dem schmutzigen Teich im Wald zu waschen.

Also entschied ich mich, den frühen Morgen zu nutzen, um in den heißen Quellen zu baden.

Der Weg dorthin führte einen schmalen Pfad entlang und noch tiefer in den Wald hinein. Je weiter ich lief, desto steiniger wurde der Boden. Ich zog meine Schuhe aus und spazierte barfuß über den kühlen Granit. In der Hand hielt ich Wechselkleidung. Nicht die schwarzen Stoffe, die mir die Gedankenleser bereitstellten, sondern meine alten Hemden von zu Hause und den Mantel meiner Mutter, den ich am Tag meiner Abreise getragen hatte.

Manchmal bildete ich mir ein, dass noch immer ein Hauch ihres Duftes an dem Stoff haftete. Es gab mir ein Stück Sicherheit.

Schon bald waberte Dampf wie Nebel um meine Beine und die Luft wurde feuchter und wärmer. Noch nie zuvor war ich bei den Quellen gewesen und stand eine Weile beeindruckt am Rande, als ich sie erreichte.

Ich hatte zwei Wasserbecken erwartet, vielleicht drei, wenn es hochkam. Doch es hier gab es mindestens ein Dutzend von ihnen, natürliche Becken eingebettet in dunkelgrauen Stein. Dieser hatte s einen Weg wie ein Labyrinth durch den Boden gebahnt, kleine Hügel, durchzogen von klarem Wasser. Manche Quellen schienen kaum groß genug für eine Person, andere hingegen reichten für eine ganze Gruppe von Gedankenlesern. Ich konnte mir vorstellen, wie die Kinder im Sommer darin plantschten und von den steinernen Rändern in das warme Nass sprangen. Die Quellen selbst brodelten und blubberten. Ein mineralischer Geruch ging von ihnen aus und ihr Leuchten … ihr Leuchten war fantastisch. Sie strahlten silbern, als hätten sie das Glitzern des Mondes in sich aufgenommen. Meine künstlerische Ader drängte danach, ein Bild von den Spiegelungen des Wassers zu malen, doch diesen Anblick könnte ich nicht einmal mit Zauberei festhalten.

»Ich dachte, baden ist nicht so deins.«

Ich wirbelte herum, als ich die mir altbekannte, spöttische Stimme vernahm.

Und bereute es augenblicklich.

Ciel kam gerade aus einer der Quellen gestiegen. Der Mistkerl hatte sich wohl knapp unter der Wasseroberfläche oder hinter einem der vielen Steine versteckt, als er mich kommen gehört haben musste. Nun schüttelte er seine nassen Haare wie ein Hund. Wassertropfen flogen durch die Luft und trafen mich.

Aber das störte mich nicht.

Was mich viel mehr störte, war, dass er nackt war.

Instinktiv kniff ich die Augen zusammen und drehte ihm den Rücken zu. Doch es war schon zu spät. Ich hatte bereits einen Blick auf seine breiten, definierten Schultern geworfen. Eventuell war mein Sichtfeld kurz auch etwas weiter nach unten gerutscht. Wie konnte es anders sein? Schließlich zeigten die Muskeln an seiner Hüfte wie ein Wegweiser auf seine goldene Mitte.

»Zieh dir was an«, fauchte ich.

Ich hörte es rascheln, als sich Ciel ein Shirt und eine Hose überzog. Eine Weile wartete ich noch, ehe mich wieder umdrehte. Dann lief ich zu einer der Quellen und tunkte meine Zehnen hinein. Ein wohliger Schauder überkam mich bei der Wärme, die vom Wasser auf mich überging.

»Wieso bist du schon wach?«, fragte ich, als ich mich hinkniete und meine Haare kopfüber in den Quellen wusch.

Eine Weile herrschte zögernde Stille. Anscheinend wusste Ciel nicht, wie er damit umgehen sollte, dass ich das eiserne Schweigen zwischen uns brach. Schließlich hatte ich ihm die letzten Wochen deutlich gemacht, dass ich nichts mehr von ihm wissen wollte. Doch ich musste mich an meinen Plan halten und nett zu ihm sein, also wendete ich mich fragend zu ihm um, während ich meine Haare auswrang.

Ciel war schon wieder auf halbem Weg zurück zu dem Pfad, der zum Dorf führte. Bei meinen Worten drehte er sich jedoch noch einmal um. Eins musste ich ihm lassen, er war nicht aufdringlich gewesen, seit unserem Gespräch an Jaspers Grab. Auch jetzt hätte er mich in Ruhe gelassen, abgesehen von den stichelnden Sprüchen, die er sich wohl nicht hatte verkneifen können.

»Ich wollte den Himmel sehen«, antwortete er.

Verwirrt runzelte ich die Stirn. »Den Himmel?«

»Ja.«

»Wieso? Gibt es hier Drachen?«

Verwundert blickte er mich an. »Es wurde seit Jahren keiner mehr gesehen.« Als ich enttäuscht den Kopf senkte, ergänzte er: »Aber in manchen Nächten kann man hier Sternschnuppen sehen, kleine Lichtbälle, die ihren Weg in Richtung Erde machen.«

»Wo schlagen sie auf?«

»Das weiß niemand.«

Wieder schwieg ich eine Weile. Ich richtete mich auf, wrang meine nassen Haare aus und band sie mir auf dem Kopf zu einem Knäuel zusammen. Anschließend drehte ich mich in seine Richtung. »Wieso willst du dann den Himmel sehen?«

»Ich kann nicht gut schlafen«, gab er zu und ich hielt inne, die Hände noch an meinen Haaren.

Seine so ehrliche Antwort überraschte mich. Um ehrlich zu sein, hatte ich mich vorher nie wirklich mit ihm unterhalten. Es war erstaunlich … leicht.

»Es ist süß, wie du dir auf die Lippe beißt, wenn du nachdenkst«, meinte er und ich zuckte zusammen. Ich hatte das gar nicht mitbekommen. »Wenn ich jetzt noch wüsste, was du denkst.« Bei diesen Worten warf er mir einen anerkennenden Blick zu. Auch ihm musste aufgefallen sein, dass ich trainiert hatte. Meine Gedanken versteckte ich hinter einer Mauer, er konnte sie nicht mehr so einfach durchdringen.

»Du kannst nicht gut schlafen«, griff ich das Thema von eben wieder auf und tunkte meine Hände in die Quellen, um Wasser zu schöpfen. »Liegt es an der Erinnerung, die ich gesehen habe?«

Sie war mir nie aus dem Kopf gegangen, hatte mich seit unserer ersten Trainingsstunde auf der Ebene verfolgt. Dieses Gefühl des Verlorenseins, so präsent und schmerzhaft, dass ich sogar kurz mein Bewusstsein verloren hatte.

Ciel lächelte traurig, was Antwort genug war.

»Wirst du mir jemals erzählen, was es damit auf sich hat?«, fragte ich ihn und begann nun, mein Gesicht zu waschen.

»Wenn du mir verrätst, von welcher Erinnerung du mich weggescheucht hast«, konterte er und ich schluckte hart.

»Es war nichts Besonderes. Ich hatte einfach nur genug von dir«, log ich und hoffte, dass er das Thema damit auf sich beruhen ließ. Dieser Teil der Geschichte blieb mein kleines Geheimnis, eine verschlossene Tür in meinen Erinnerungen, die ich nicht öffnen wollte.

»Klar«, erwiderte Ciel sarkastisch. Er setzte sich auf einen der vielen Steine und beobachtete, wie ich erst meine Arme, dann meine Beine in das warme Wasser hielt.

»Wirklich, es war einfach nur ein weiterer langweiliger Moment meiner Jugend«, ergänzte ich und atmete erleichtert aus, als der Gestank tagelangen Trainings von mir abfiel. Der Schmutz des Waldes klebte nicht länger an meiner Haut, meine Haare fielen in nassen, glänzenden Wellen über meinen Rücken.

»Ich würde nichts an dir als langweilig bezeichnen.« Die Worte ließen mein Herz stolpern.

»Sicher.« Diesmal war ich es, die sarkastisch antwortete.

Doch er fuhr fort. »Du vergisst, dass ich deine Vergangenheit gesehen habe. Ich kenne dich. Du warst so jung und schon so stark. Das ist absolut nicht langweilig.«

Ich wollte keine Anerkennung von ihm, dennoch ertappte ich mich dabei, seinen Worten Glauben schenken zu wollen.

»Du hast ein gutes Herz behalten, trotz des ganzen Leides, das dir widerfahren ist. Davon können viele nur träumen.« Sein sanfter Tonfall ließ mich erschaudern.

»Mein Weg wird mich sicher trotzdem nicht in den Himmel führen«, antwortete ich leise. Ciel verdrängte anscheinend das ganze Negative, das in meiner Vergangenheit vergraben lag. Die vielen Male, in denen ich mit Elara gestritten hatte und meinen Eltern vorwarf, sie wären schuld an unseren Problemen. Die Nächte, in denen ich heimlich Vorräte gestohlen hatte, von Familien, die es nicht minder nötig hatten. Und zu guter Letzt waren da noch die Dinge, von denen er nichts wusste. Der Verrat, den ich beging, während ich hier saß und mit ihm sprach.

Ciel jedoch lächelte nur leicht. »Dann hat der Himmel einen echten Stern verloren.«

Ich sah verwundert zu ihm auf. Das immer schwächer werdende Mondlicht warf einen Schatten auf sein Gesicht, sodass seine hellen Augen wie silberne Sterne schimmerten. Ciel war wie eine kunstvolle Klinge – wunderschön und gleichzeitig so verdammt tödlich.

»Wieso bist du nett zu mir?«, fragte ich ihn, ehe ich mich in seinem Gesicht verlieren konnte.

»Du meinst, weil unsere letzten Gespräche nicht vor Sympathie gestrotzt haben?«, frage er und knackte die ringbesetzten Finger. »Du bist neu hier, du hasst uns. Es ist normal, dass Neue ihre Wut auf uns entladen, bis sie bereit sind, sich der Wahrheit zu stellen. Die Frage ist, wieso bist *du* plötzlich nett zu *mir*? Hast du mir das mit Jasper verziehen?«

»Nein«, antwortete ich rasch. Ich hatte ihm nicht verziehen und wusste auch nicht, wie ich das je tun sollte. »Aber ich brauche einen Freund hier, wenn ich nicht den Rest meines Lebens in Einsamkeit verbringen will.« Das war zumindest nur zum Teil eine Lüge. Ich brauchte wirklich Anschluss und so sehr ich Ciel für das verurteilte, was er getan hatte, so vertraute ich ihm dennoch mehr als jedem anderen Gedankenleser. Ich hasste ihn nicht. Mir das einzugestehen, war seltsam.

Seine Lippen zuckten. Bei den nächsten Worten verdunkelten sich seine Augen kaum merklich. »Ich bin mir nicht sicher, ob ich eine Freundschaft mit dir anstrebe, Cara.«

Ein Schauder fuhr durch meinen Körper.

»Ich bin nicht eine deiner Trophäen, weißt du?«, antwortete ich. Ich reckte mein Gesicht in Richtung des Himmels und genoss den kühlen Wind, der um mein noch feuchtes Gesicht wehte. »Wenn ein Zusammenleben hier funktionieren soll, musst du aufhören, mich deiner Sammlung hinzufügen zu wollen.«

»Wer sagt, dass ich Trophäen sammle?« Zorn lag in Ciels Stimme und ich wandte meinen Blick vom Himmel ab, um stattdessen in den seiner Augen zu sehen.

»Tu nicht so. Ich sehe doch, wie Joleen dich anblickt. Aber ich bin nicht wie sie. Mich bekommt man …«

»Joleen ist meine Schwester«, unterbrach er mich und ich stockte abrupt. »Adoptivschwester«, fügte er hinzu, als mein Blick vor Skepsis sprühte. Die beiden sahen sich absolut nicht ähnlich. Bis auf ihre natürliche Schönheit waren sie grundverschieden, optisch sowie charakterlich.

»Oh. Ach so«, murmelte ich peinlich berührt. Jetzt verstand ich auch die Sanftheit, mit der er sie immer bedachte, und die Ungezwungenheit ihrer Gespräche. Sie waren eine Familie. »Ich habe mich schon gewundert. Sie strahlt so ein Licht aus und du so eine …«

»Dunkelheit?« Er beendete meinen Satz mit einem Wispern. Keine Ahnung, wo diese Spannung auf einmal herkam, die die ganze Nacht einzunehmen schien, als er von dem Stein aufstand und langsam näher kam. Direkt vor mir blieb er stehen. Ich konnte nicht zurückweichen, ohne rücklings in die Quelle zu fallen, also regte ich mich nicht und sah ihn bloß an.

»Die Dunkelheit hat auch manchmal seinen Reiz, findest du nicht?«, hauchte er und meine Lider flatterten, als er mir einen Wassertropfen aus dem Gesicht strich.

Dann wandte er sich ab und hinterließ nichts als Chaos in meinen Gedanken.

»Nein«, fuhr er fort. »Ich sammle keine Trophäen. Und wenn du klug bist, nimmst du so viel Abstand wie möglich von mir.« Er lächelte mich an und ich war mir nicht sicher, ob das ein Witz sein sollte oder purer Ernst war. »Du bist bezaubernd und so unfassbar rein und genau da liegt das Problem. Ich kann mich bei dir nicht zurückhalten. Wenn ich die Bilder von diesem Beschwörer sehe.« Er lachte jetzt rau und mir war klar, dass er von meinen Erinnerungen an Liam sprach. »Bei den Göttern, wie gern würde ich dir zeigen, wie man es richtig macht.« Mein Atem stockte. »Aber ich kann nicht, denn alles Gute, das ich berühre, zerbricht irgendwann. Ich würde dich verderben. Also renn weiter weg von mir, kleines Reh.«

»Wieso denkst du, dass du alles Gute zerstörst?«, fragte ich leise.

Er antwortete nicht, sah mich nur an und das Licht der aufgehenden Sonne brannte in seinem Blick. Ich ertrank im Blau seiner Augen, nur für einen kurzen Moment, doch lang genug, um mir etwas bewusst zu machen.

»Etwas hat dich gebrochen«, stellte ich fest und versuchte, nicht an den verführerischen Rest seiner Worte zu denken. Ich durfte mich nicht verwirren lassen, nicht schon wieder. Schließlich empfand ich nichts für Ciel, wieso also löste er ein solches Prickeln in mir aus? Wieso hatte ich das Bedürfnis, ihm zu sagen, dass es mir nichts ausmachte, wenn er mich verdarb?

Wieder erinnerte ich mich an den Moment, in dem ich in seinen Kopf eingedrungen war. Sein Schmerz, so endlos und endgültig. Und wieder fragte ich mich, was wohl geschehen war. Wie viel konnte ein Mensch ertragen, bis er zersplitterte? Vielleicht war das scharfe Lächeln und all die Sticheleien nur Ablenkungen vor dem Schmerz in seinem Inneren. Vielleicht war er gar nicht das arrogante Arschloch, das er spielte, sondern wusste einfach nicht mehr, wie es sich anfühlte, *ganz* zu sein.

Ciel wusste wohl, an was ich dachte. Meine Mauer hatte Risse bekommen, doch es war mir egal.

»Versuch nicht, mich zu retten«, lautete seine Antwort auf meinen inneren Monolog.

»Wieso?«, hakte ich nach. »Macht es dir nicht Angst? Das Wissen, dass du immer allein sein wirst? Weil du denkst, du bist nicht gut genug für das Gute?«

»Ich finde den Gedanken friedlich.« Als ich ihn daraufhin fragend ansah, setzte er wieder sein hochmütiges Lächeln auf, doch ich kaufte es ihm nicht mehr ab.

Ciel sagte nichts weiter und das Schweigen schwebte schwer über uns. Getrübt von den Schatten unserer Vergangenheit und diesem Knistern, das uns zueinander zog, obwohl es das nicht sollte. Schließlich wandte er sich ab, drehte mir den Rücken zu und hob eine Hand, während er auf den Pfad zuging. Er schlenderte gelassen, doch ich wurde das Gefühl nicht los, dass er floh.

Als seine Gestalt hinter den Bäumen und Büschen verschwunden war, starrte ich ihm immer noch nach. Mein Herz klopfte wild und ich blinzelte, um mich endlich loszureißen.

Friedlich. Wie konnte er die Aussicht auf ewige Einsamkeit friedlich finden? Und wo kam diese Dunkelheit in ihm her?

Ich schüttelte den Kopf, um die Gedanken zu vertreiben, und wandte mich der dampfenden Wasseroberfläche zu.

Zeit, endlich mit der Katzenwäsche aufzuhören und richtig zu baden, solange noch kein anderer Gedankenleser hier war.

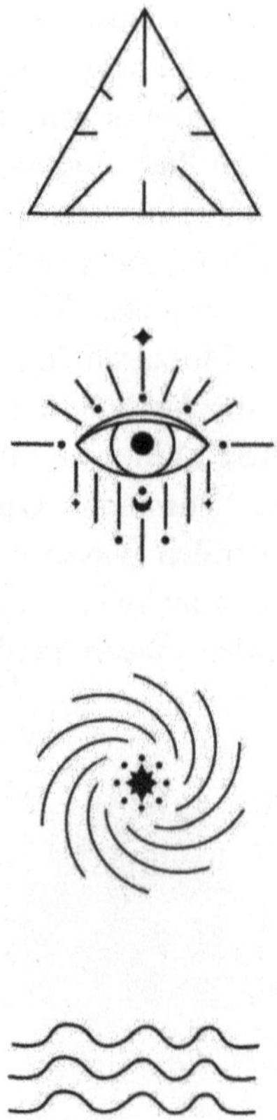

# 17

Ich badete, während ich über Ciels Worte nachdachte.

Das warme Wasser, das sanft um meine Beine spülte, entspannte mich. Es war erleichternd, den ganzen Schmutz abzuwaschen, und die rauen Kiesel am Boden der Quelle fühlten sich angenehm an.

Diese Wärme war ich nicht gewöhnt und in den ersten Momenten brannte sie auf meiner Haut. Zu Hause wuschen wir uns zumeist mit Brunnenwasser, das sich nur im Sommer etwas erhitzte.

Doch schon bald gewöhnte ich mich an die angenehmen Temperaturen der Quelle und ich sank immer tiefer, bis mein Kopf gerade noch so aus der Wasseroberfläche hinausragte.

Erst als meine Finger ganz schrumpelig wurden, stieg ich hinaus. Es fröstelte mich, als die kühle Herbstluft um meine feuchte Haut wehte. Schnell schnappte ich mir meine Kleidung und wickelte mich in den Mantel meiner Mutter ein. Um mich zu wärmen, schloss ich die Augen und suchte in meinem Inneren nach der Magie der Gedankenleser. Wie erwartet begann es in mir zu prickeln, als die magische Hitze vom Herzen aus in meine Fingerspitzen schwappte.

Ich stieß ein wohliges Seufzen aus. So entsetzlich es auch war, dass in mir zum Teil eine Gedankenleserin steckte, Vorteile hatte diese Magie auf alle Fälle.

Jetzt zu den anderen zurückzukehren, wollte ich nicht. Ich könnte mich beim Training ohnehin nicht konzentrieren, das Gespräch mit Ciel lag mir noch zu schwer im Magen. Außerdem brachte die Ruhe im Wald düstere Gedanken mit sich. Dieser friedvolle Ort könnte mein neuer Lieblingsplatz werden, würde er mich nicht so sehr an den Fluss auf der anderen Seite der Mauer erinnern. Als ich das letzte

Mal bei einem meiner Lieblingsplätze gewesen war, auf den Felsen ganz nah beim Reich der Seher, waren kurz darauf meine Eltern angegriffen worden.

Noch immer hatte ich keine Idee, wer diese mysteriösen Gestalten mit Fuchsmaske sein konnten. Es mussten Beschwörer oder Seher gewesen sein, Cavier hätte es sicherlich mitbekommen, wenn Gedankenleser über die Mauer gehuscht und sich dort unters Volk gemischt hätten.

Doch wenn ich schon einmal hier war, konnte ich mich ja mal umsehen. Vielleicht fand ich tatsächlich Hinweise. Selbst wenn nicht, würde es mich wenigstens von Ciel und seinen geheimnisvollen Abgründen ablenken.

Also packte ich rasch meine Sachen zusammen und eilte zurück ins Dorf.

Wie erwartet herrschte bereits buntes Getümmel. Die Sonne war mittlerweile aufgegangen und die ersten Gedankenleser kamen auf die Straße, um ihren täglichen Arbeiten nachzugehen. Ich sah, wie die ein oder andere Gardine vor den Fenstern zurückgezogen wurde und gähnende Gesichter ihren Morgen begannen.

Alle sahen so furchtbar freundlich und … normal aus. Keine Spur von den Monstern, die sie sein müssten.

Ich ging zurück zu meiner Hütte, um die Karte zu holen, die ich unter einem meiner Kissen verstaut hatte. Eine Weile grübelte ich, wo ich anfangen sollte. Wo suchte man nach Informationen einer unbekannten Fuchsmaske? Es konnte überall und nirgendwo sein. Und tatsächlich würde ich jedem Gedankenleser – inklusive Ciel und Joleen – ein solches Verbrechen zutrauen.

Wenn ich so darüber nachdachte, war Joleen einem Fuchs am ähnlichsten. Mit ihren langen, roten Haaren und der Anmut, mit der sie sich bewegte, würde es mich nicht wundern, wenn sie heimlich auf die andere Seite der Mauer schleichen könnte. Wahrscheinlich würde sie es sogar noch schaffen, die Beschwörer an der Mauer mit ihrem strahlenden Lächeln davon zu überzeugen, sie einfach ziehen zu lassen.

Also entschied ich mich dazu, bei ihr mit der Suche anzufangen.

Joleens Hütte lag mitten im Dorf. Das war kaum überraschend, denn sie machte kein Geheimnis daraus, dass sie gern im Geschehen war, umgeben von so vielen Leuten wie möglich. Trotzdem würde es kaum auffallen, wenn ich schnell die Tür öffnen und hindurchhuschen würde. Die meisten anderen waren um diese Uhrzeit bereits auf dem

Trainingsplatz, beim Frühstücken oder Arbeiten. Der Rest von ihnen war viel zu beschäftigt damit, sich lautstark über neue Ware am Markt zu unterhalten. Es wurden neuerdings Talismane angeboten, die einem Glück bringen sollten und vor Unheil bewahrten.

Ich verdrehte die Augen. An solch übernatürlichen Quatsch hatte ich noch nie geglaubt. Wenn dich ein Räuber überfiel, rettete dich kein Beten und kein magischer Anhänger. Nur scharfes Metall konnte da helfen und vielleicht Magie, wenn man sie zu beherrschen wusste.

Trotzdem musste ich lächeln, als ich meine Finger vorsichtig um den kühlen Griff von Joleens Eingangstür schloss. Ich konnte mir nur zu gut vorstellen, dass sie die Erste war, die einen dieser schwachsinnigen Talismane ergatterte.

Ich sah mich noch einmal um und als ich sicher war, dass niemand hinsah, drückte ich die Tür auf.

»Was treibst du denn hier?«

Wie vom Blitz getroffen fuhr ich hoch.

Da stand sie, mitten im Raum und wühlte in irgendeiner Schublade herum. Als ich eintrat, wirbelte sie in meine Richtung und blickte mich mit einer Seelenruhe an.

»Was treibst *du* hier?«, entgegnete ich nur fassungslos.

Das war doch unfassbar. Joleen war eine Frühaufsteherin, ein Wirbelwind. Normalerweise verbrachte sie jede wache Minute draußen bei den anderen. Ich erinnerte mich daran, dass sie mir irgendwann einmal erzählt hatte, dass sie es hasste, allein zu sein. Nicht selten übernachtete sie im Wald unter freiem Himmel oder lud sich zu Freunden ein. Sie war nie zu Hause und dennoch traf ich sie hier an, als würden mir die Götter einen Streich spielen wollen.

»Ich suche ein paar Münzen zusammen«, antwortete sie sichtlich verwirrt. Dann begannen ihre grünen Augen, zu leuchten. »Draußen kann man neuerdings Talismane kaufen, hast du davon gehört? Ich hole mir gleich einen.«

Ich schmunzelte. Natürlich tat sie das.

»Ich war auf der Suche nach dir«, log ich schnell. Ich konnte ihr kaum weismachen, dass ich in ihrer Hütte nach einer Fuchsmaske suchen wollte.

»Oh«, sagte sie entzückt und ein bezauberndes Lächeln breitete sich auf ihrem Gesicht aus. »Na, dann hast du mich ja gefunden. Komm gern rein.«

Ein paar Herzschläge lang stand ich unentschlossen in der Tür, aber sie winkte mich zu sich und so schloss ich leise die Tür hinter mir.

Joleen erzählte schon wieder irgendwas über Talismane und die Wirkung der verschiedenen Edelsteine, doch ich hörte ihr nicht wirklich zu. Stattdessen sah ich mich verstohlen in dem kleinen Wohnbereich um. Es sah aus wie erwartet. Überall standen Blumen herum und alle möglichen Sachen lagen wild auf dem Boden. Es herrschte reinstes Chaos, doch ich konnte mir auch beim besten Willen nicht vorstellen, wie sich Joleen mal eine ruhige Minute nahm, um aufzuräumen. Bei ihr gab es überhaupt keine ruhige Minute. Irgendwie beneidete ich sie um die ständige Energie, die sie ausstrahlte. Wenn sie sich augenblicklich in einen Lichtblitz verwandeln und durch die Gegend schnellen würde, es würde mich nicht einmal überraschen.

»… und dann gibt es noch den Azurit. Er ist mein Lieblingsstein. Hoffentlich finde ich einen Talisman mit Azurit«, schloss sie ihren Monolog und zog ihre Hände aus einer Schublade, in der sie bis gerade gewühlt hatte. »Was ist dein Lieblingsstein?«

»Ich … ich weiß nicht«, antwortete ich verwirrt. Machten sich Leute wirklich Gedanken über ihre Lieblingssteine? »Ich denke, Amethyst.«

»Ja, der passt zu dir«, sagte sie. Nachdenklich betrachtete sie mich und ich wurde unruhig unter ihrem Blick.

»Also, was wolltest du von mir?«, fragte sie schließlich.

»Ich dachte, wir könnten etwas Zeit zusammen verbringen.« Mühsam setzte ich mir ein möglichst überzeugendes Lächeln auf.

»Oh, ja, gern!« Sofort sprang sie auf, wobei ihre roten Haare durch die Luft flogen und einen süßlichen Geruch nach Sommerblumen verbreiteten.

Innerlich stieß ich einen tiefen Seufzer aus. Der Tag heute würde garantiert anders verlaufen, als geplant. Unbemerkt ließ ich meinen Blick noch ein letztes Mal über die verschiedenen Schränke schweifen, ehe ich mich von einer euphorischen Joleen nach draußen zerren ließ.

Anscheinend hatte sie sich schon unzählig viele Pläne zurechtgelegt, was man mit einer neuen Gedankenleserfreundin alles erleben konnte. So fand ich mich bald erneut im Wald wieder, diesmal aber auf einer anderen Route als zu den Quellen.

»Wo gehen wir hin?«, fragte ich sie, als wir bereits am dritten kleinen See vorbeispaziert waren und die Bäume immer dichter beieinanderstanden.

Die Eichen wurden vermehrt von Trauerweiden abgelöst und nicht selten mussten wir uns durch die tiefhängenden Äste kämpfen, um voranzukommen. Keine Ahnung, wie Joleen den Überblick über unseren Weg behielt. Wir hatten die festgetretenen Pfade schon lange verlassen und irrten quasi wahllos umher.

»Wir sammeln Pilze«, antwortete sie fröhlich.

Ich zog eine Augenbraue nach oben. »Pilze«, wiederholte ich trocken und erntete dafür einen strengen Blick.

»Ja, Pilze. Meine Lieblingspilze, um genau zu sein. Sie wachsen etwas außerhalb, deshalb gehe ich nicht so oft hier her.«

»Hast du von allem ein Lieblingsetwas?«, fragte ich zynisch.

Joleen blieb stehen und presste erzürnt ihre Lippen aufeinander. Dann entschied sie sich jedoch dafür, meinen Kommentar zu ignorieren.

»Du wirst noch merken, dass es ganz lustig sein kann, Pilze zu sammeln.« Sie lief einfach summend weiter. »Ich bin es von Ciel gewohnt, dass alles erst mal lächerlich ist, was ich sage.«

»Ich bin nicht wie er.«

»Klar«, sagte sie und grinste mich wissend an.

»Und es ist nicht alles lächerlich, was du sagst.« Irgendwie hatte sie es geschafft, mir ein schlechtes Gewissen zu machen.

Also schwieg ich den Rest des Weges und verkniff mir jeden weiteren Spruch über Joleens Lieblingspilze, Lieblingsblumen oder Lieblingskäfer. Nur selten erhob ich das Wort, um zu fragen, wann wir endlich ankommen würden. Und einmal wollte ich nebenbei wissen, ob man bei den Gedankenlesern Masken erwerben konnte. Sie kannte keinen solchen Laden, zumindest behauptete sie das.

Ab und an musste ich mich wirklich anstrengen, keinen Fluch auszusprechen, denn der Boden wurde immer bewachsener und nicht nur einmal schnitt ich mir die Arme an wildem Gewächs auf.

Dann, gerade als ich genug hatte und sie bitten wollte, einfach wieder kehrtzumachen, erreichten wir unser Ziel. Ich wusste, dass wir angekommen waren, noch bevor Joleen ein zufriedenes Seufzen ausstieß. Es fanden sich nicht nur einige wenige Pilze am Boden. Nein, die Erde sah aus, als wäre sie von ihnen überschüttet worden. So etwas hatte ich wahrlich noch nie gesehen. Der gesamte Waldboden leuchtete in einem grellen Blau. Die Pilze waren klein, kaum eine halbe Faust groß, doch sie hatten eine so intensive Neonfarbe, dass sie alles andere damit in den Schatten stellten.

»Das sieht nicht gesund aus«, sagte ich und kniete mich auf den Boden, beobachtete die blauen Gewächse genauer. Als ich eines davon mit den Fingern berührte, färbte ihre Farbe auf mich ab und blauer Staub rieselte nach unten.

»Das hat ja auch niemand behauptet«, antwortete Joleen nur und begann damit, die Pilze aus der Erde zu pflücken und in einen Flechtkorb zu legen, den sie den Weg über mitgeschleift hatte.

Alarmiert blickte ich zu ihr auf. Sie zuckte gleichgültig die Schulter und flötete: »Es sind meine Lieblingspilze. Aber gesund sind sie sicherlich nicht.«

»Was soll das heißen?«, fragte ich misstrauisch und beobachtete, wie sich ein schelmischer Ausdruck in ihr Gesicht schlich.

»Ich habe früher mal damit rumexperimentiert. In der richtigen Dosis dienen sie als Schmerzmittel, aber nimmt man zu viel davon …« Sie kicherte. »Es gab lustige Abende.«

Gerade öffnete ich den Mund, um zu fragen, wieso um der Götter Willen sie mit blauen Pilzen herumexperimentierte, als ein Knacken im Unterholz erklang.

Joleen beachtete es nicht, sie sammelte einfach weiter. Mir hingegen stellten sich augenblicklich die Nackenhaare auf.

Ich kannte die Geräusche des Waldes. Problemlos konnte ich unterscheiden zwischen dem Rascheln eines Eichhörnchens und dem Lauern eines Wolfes. Dieses Geräusch jedoch war anders, gefährlicher.

»Joleen«, sagte ich bedacht und erhob mich langsam aus meiner Hocke.

»Hm?« Sie sah hoch und blickte mich verwirrt aus ihren großen grünen Augen an.

»Wir sollten hier verschwinden.«

»Was redest du denn da?«, protestierte sie. »Wir sind doch gerade erst …«

Da kam es aus dem Gebüsch gesprungen. Ein riesiges Tier mit einer beunruhigend hohen Anzahl an Beinen. Sofort war ich in Kampfhaltung, die metallische Peitsche gezückt, doch mein Körper zitterte vor Angst.

Es sah aus wie ein Bär, groß, haarig und mit zwei dunkelbraunen Augen, die uns gierig anstarrten. Nur lief er nicht auf vier, sondern auf sechs Beinen, alle mit krallenbesetzten Pranken ausgestattet. Das Wesen stieß ein Grollen aus, als es uns entdeckte, und Speichel tropfte aus dem Maul wie bei einem hungrigen Wolf.

»Lauf!«, rief ich und diesmal protestierte Joleen nicht.

Sie sprang auf und rannte in Richtung Wald, das flammende Haar hinter ihr her wehend wie ein rotes Tuch, auf das sich das Wesen stürzte. Joleen war flink, doch früher oder später würde das Monster sie einholen, da war ich mir sicher.

Ich zögerte keine Sekunde. Mit einem schnellen Hieb schleuderte ich meine Peitsche und traf das Wesen an einem der Hinterbeine. Es heulte auf und wirbelte herum, kam gefährlich und langsam näher.

Ich merkte bald, dass das eine meiner schlechteren Ideen gewesen war. Ich hatte nicht nachgedacht und Joleen einfach retten wollen. Eine *Gedankenleserin* und dafür würde ich nun mein Leben verlieren. Denn der Wald hinter mir war so dicht bewachsen, es würde mich zu große Anstrengung kosten, durch die vielen Trauerweiden hindurch zu klettern. Nein, wenn ich rannte, würde es mich einholen und töten. Wenn ich hingegen nicht rannte …

Ich saß in der Klemme.

Die Peitsche hielt ich wie ein Schutzschild vor mich, doch die Wunde am Bein des Monsters war kaum tiefer als ein Messerschnitt. Sein Fell war zu dicht, die Haut zu dick, als dass mir meine Waffe helfen könnte.

Es gab nur eine Möglichkeit: Ich brauchte mehr Kraft, mehr Energie, um diesen Kampf zu überleben.

Das Blut rauschte mir in den Ohren, als ich in meinem Inneren panisch nach der Kälte suchte, die ich hier so lange unterdrückt gehalten hatte. Ich musste Beschwörermagie einsetzen, sie war meine einzige Chance. Auch wenn es mich vielleicht verriet.

Tief ein- und ausatmend versuchte ich, die Kälte in mir zum Strömen zu bringen. Dabei stolperte ich zitternd rückwärts, während das Etwas immer näher kam. Schritt für Schritt, mit lauerndem Blick und wütend gefletschten Zähnen. Bereit, mich in Stücke zu reißen.

Ich bündelte meine Kraft und bereitete mich darauf vor, sie gegen es zu schleudern, als das Wesen plötzlich innehielt.

Auf einmal fühlte ich eine merkwürdige Zufriedenheit in mir. Eine Ruhe, die ganz sicher nicht zu der aktuellen Situation passte. Ich sollte ängstlich sein, entsetzt, doch stattdessen war ich regelrecht tiefenentspannt.

Dem Monster schien es ähnlich zu gehen. Als es mich jetzt anblickte, blitzte kein mörderischer Glanz mehr in seinen Augen. Es wirkte beinahe zahm, als es sich auf seine Hinterbeine setzte und mit der gigantischen Schnauze das Fell putzte.

»Komm«, hörte ich es neben mir flüstern und schnellte zu Joleen herum, die vorsichtig aus dem Wald gelaufen kam. Ihr Blick war auf das Tier fixiert und die grünen Augen kamen mir merkwürdig dunkel vor, als hätten sie in den letzten Sekunden ihre Farbe gewechselt. »Lange kann ich es nicht mehr aufrechterhalten.«

Ich fragte nicht nach, denn ich fühlte eine mir unbekannte Akzeptanz im Inneren. Als wären all meine Sorgen auf magische Weise fortgespült worden. Also folgte ich ihr still.

Erst als wir uns einige Meter von dem seltsamen Wesen entfernt hatten, erhob sie wieder das Wort. Sie atmete tief aus, entspannte sich, und auf einmal schoss die ganze Panik in meinen Körper zurück, überrumpelte mich beinahe.

»Das war knapp«, sagte sie lächelnd und sichtlich erschöpft.

»Was zur Hölle war das?« Ich umgriff ihren Arm, um sie zum Stehenbleiben zu zwingen. »Was hast du getan?« Denn ich war mir sicher, dass Joleen für die merkwürdigen Gefühle verantwortlich war, die das Monster und mich beruhigt hatten.

»Das war ein Finsterbär. So ein Pech, dass wir ihm ausgerechnet hier begegnen mussten. Ich habe meine Pilze fallen gelassen«, sagte sie empört, doch ich schüttelte sie unsanft und sie verstummte.

»Was hast du getan?«, wiederholte ich drängend.

Joleen zuckte nur mit den Schultern. »Geistmagie geht über die Handlungskontrolle hinaus. Wenn man es richtig anstellt, kann man die Gefühle der anderen beeinflussen.« Sie lächelte stolz. »Ich bin eine der wenigen, die das können. Es ist sehr praktisch. Wenn jemand traurig ist, beispielsweise, oder wütend. Oder wenn man von einem riesigen Finsterbären angegriffen wird.« Sie zwinkerte mir zu.

»Aber wieso hast du das auch bei mir gemacht?«, fragte ich sie.

»Habe ich nicht.« Joleen sah mich stirnrunzelnd an. »Ich habe nur den Bären beeinflusst.«

»Nein, ich habe es auch gespürt«, widersprach ich. »Ich habe genau die gleichen Emotionen empfunden.«

Noch einmal betrachtete ich sie, ihr elfengleiches Gesicht und die zarten Züge, und kam zu dem Schluss, dass ich sie völlig falsch eingeschätzt hatte. Joleen war gefährlich. Freundlich, aber tödlich. Vielleicht mochte ich sie ja gar nicht, vielleicht brachte sie mich nur dazu. Ich beschloss, in Zukunft etwas misstrauischer ihr gegenüber zu sein. Keine spontanen Ausflüge mehr in den Wald, um Pilze zu sammeln.

»Das ist seltsam.« Eine Weile lang dachte sie schweigend nach, doch sie schien auf keine zufriedenstellende Erklärung zu kommen. Dann breitete sich auf ihrem Gesicht wieder das selige Lächeln aus. »Na ja, Hauptsache uns geht es gut. Das war irgendwie lustig. Wir sollten das wiederholen.«

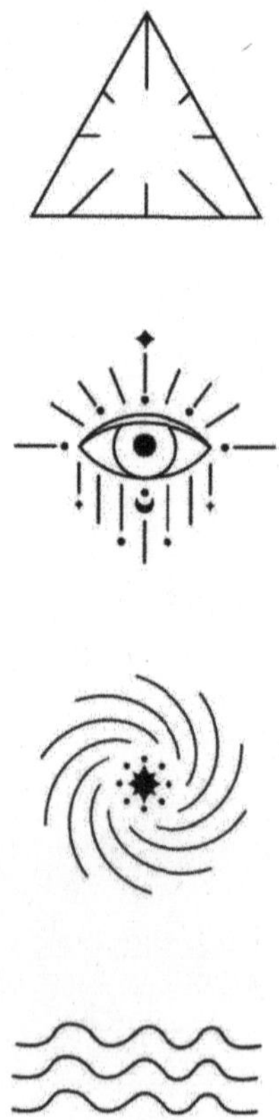

# 18

Joleen und ich wiederholten unser Abenteuer nicht. Die nächsten Tage versuchte ich auch nicht mehr, irgendetwas über die Fuchsmaske in Erfahrung zu bringen.

Nur das Gespräch mit Ciel an den Quellen ließ mir noch Tage danach keine Ruhe. Ich sollte damit einfach abschließen, sollte kein Projekt daraus machen, ihn verstehen zu wollen. Doch ich war nie gut darin gewesen, Dinge auf sich beruhen zu lassen.

Also ignorierte ich seinen Rat. Ich rannte nicht weg. Schließlich war ich garantiert nicht das kleine Reh, sondern die Jägerin, die es erlegte. Nein, stattdessen bat ich ihn, das Training wieder aufzunehmen. Und obwohl er weiterhin ein kaltblütiger Mörder blieb, musste ich zugeben, dass die Stunden mit ihm Spaß machten. Er war ein guter Gesprächspartner. Manchmal unterhielten wir uns nach den Übungen stundenlang über die Sterne und ich lernte seit langer Zeit wieder richtig zu lachen. Ich begann, unsere kleinen Wortgefechte zu genießen, und vermisste sie, wenn sie mal einige Stunden ausblieben.

Über sich selbst erzählte er mir nichts. Er war nicht so offen wie Liam und jetzt, nach beinahe drei Wochen im Lager der Gedankenleser, kannte ich Ciel genauso wenig wie am Anfang. Er machte weiterhin seine anzüglichen Sprüche, doch dabei beließ er es. Er kam mir nie zu nahe, auch wenn ich manchmal das Gefühl hatte, dass er es wollte. Keine Ahnung, wieso er sich bei mir so viel Mühe gab, keinen Fehler zu begehen. Wieso er dachte, ich wäre es wert, vor ihm geschützt zu werden. Denn ein Kind von Traurigkeit war Ciel wahrlich nicht. Es würde mich nicht wundern, wenn er tatsächlich eine Studie darüber erstellt hätte, ob Nacktbaden das Gemeinschaftsgefühl stärkte. Doch mir fiel auf, dass er nach einer durchzechten

Nacht immer allein am Frühstückstisch saß. Er ging nie zweimal mit derselben Frau nach Hause, als würde er wirklich fürchten, sie würde zu Staub zerfallen, wenn er sie zu oft berührte. Das war absurd.

Ich wusste das alles, denn ich hatte ihn beobachtet, nach unserem Gespräch am Wasser. Ich redete mir ein, dass ich nur deshalb ständig nach ihm Ausschau hielt, weil ich ihn kennenlernen und sein Vertrauen gewinnen musste. Doch tief im Inneren spürte ich, dass ich ihn zu mögen begonnen hatte. Ich verdrängte dieses Wissen, genau wie die Tatsache, dass sich unsere Blicke immer häufiger trafen und ineinander verhakten, wenn wir aneinander vorbeiliefen.

Also führte ich heimlich Notiz über ihn und verbrachte vermehrt Stunden mit Joleen, um vielleicht die ein oder andere Info über ihn herauszukitzeln. Sie war ein reiner Sonnenschein und durchgehend am Quasseln, doch immer, wenn das Gespräch zu seiner Vergangenheit führte, legte sich ein Schatten über ihr Gesicht.

Wir verstanden uns gut und irgendwann musste ich mich nicht mehr verstellen, um freundlich zu ihr zu sein. Ich hatte noch nie eine Freundin gehabt, und obwohl ich ihr nicht vertraute, kam die Beziehung mit ihr einer Freundschaft am nächsten. Sie übte mit mir die Gedankensprache. Es war kein einfaches Training und nicht selten fiel ich danach vollkommen erschöpft ins Bett. Die Müdigkeit fühlte sich anders an, als wenn ich mit der Peitsche übte. Keine körperliche. Mein Geist war müde, nachdem ich Stunde um Stunde versuchte, Joleen in Gedanken Worte zuzuflüstern.

»Du bist ganz okay«, stellte sie irgendwann flötend fest, als ich es hinbekommen hatte, ein einfaches Wort – *Musik* – zu verstehen, das sie mir zusendete.

*Okay* war nicht unbedingt berauschend, aber die Gedankensprache stellte meine bisher größte Herausforderung dar. Ich musste einen Teil meines Bewusstseins freigeben, sodass sie mit mir kommunizieren konnte. Doch da ständig die Gefahr bestand, dass ich zu viel meiner Mauer niederriss und meinen Plan offenbarte, ließ ich zur Sicherheit immer nur ein bisschen locker. Nicht genug, um ein richtiges Gespräch zu führen.

»Du bist so verkrampft«, sagte sie und schüttelte ihren hübschen Kopf, sodass ihre roten Haare wild umherflogen. Dabei zog sie einen Schmollmund, was unfassbar putzig bei ihr aussah.

»Gehört zu meinem natürlichen Wesen«, antwortete ich schulterzuckend und sah zum Himmel.

Es wurde langsam dunkel, heute war Kyfta und ich hatte mir noch nicht die Mühe gemacht, mir ein Kleid zu suchen. Joleen hatte mir den Tag über nicht erlaubt, in die Mitte des Dorfes zu gehen. Ich sollte mich überraschen lassen von dem Zauber des Festes und obwohl ich die Tatsache, dass die Gedankenleser diese Festlichkeit feierten, makaber fand, verspürte ich auch so etwas wie kindliche Vorfreude. Beinahe fühlte ich mich schlecht, dafür, dass ich die Nacht nutzen würde, um Ciel auszufragen. Ich würde ihm den ein oder anderen Schuss hochprozentigen Alkohol ins Bier kippen und darauf warten, dass sich seine Zunge lockerte. Seit dem letzten Vorfall war kein Beschwörer mehr ins Dorf gebracht worden, doch es war sicher nur eine Frage der Zeit, bis erneut Blut floss.

Also machte ich mich auf den Weg zu einem der Läden, die ich auf der Karte fand, die ich mir mit Hilfe von Elaras Münze gekauft hatte. Ich war nie ein Fan von edlen Kleidern gewesen, wie sie die Beschwörer und Seher an Kyfta trugen. Klar, sie sahen dabei wie Könige aus, doch Glanz stand mir nicht, dafür war ich zu wild. Als ich den Laden betrat, merkte ich jedoch schnell, dass ich hier keinen Glanz finden würde.

»Oh«, entkam mir ein entzückter Laut, als mein Blick über die vielen sonnengelben und rosenroten Kleider schweifte, die mir entgegenlachten.

Der Laden sah aus, als hätte ihn jemand mit bunten Farbklecksen bekleckert, jedes Kleid schien vom Leben geküsst. Wenn ich hätte wetten müssen, hätte ich behauptet, die Kyftakleider der Gedankenleser wären genauso schwarz und figurbetont wie ihre Alltagskleidung. Die Realität war davon weit entfernt.

Ich zog an einem honiggelben Etwas, bis mir ein Kleid in die Arme fiel, dessen Stoff sich wie eine Katze an meine Haut schmiegte. Rosalie hatte erwähnt, ich dürfe mir für die Festlichkeiten eins aussuchen, also wühlte ich mich eine Weile lang durch die Kleider, nur um am Ende doch das honiggelbe zu nehmen.

Als ich schließlich zurück in mein Zimmer ging, um mich für die Party bereitzumachen, und vor dem runden Spiegel herumtänzelte, der an der Wand neben der Kommode hing, wunderte ich mich, wie gut mir die letzten Tage hier getan hatten. Ich hatte befürchtet, meine Entscheidung, bei den Gedankenlesern zu bleiben, würde mich in meinen Albträumen heimsuchen, aber das Gegenteil war geschehen.

Ich konnte es mir nicht erklären, doch irgendwie hatte ich das Gefühl, den Glanz in meinen bernsteinfarbenen Augen zurückgefunden zu haben. Meine Haut war nicht mehr so bleich wie die letzten Wochen und die Gesichtszüge nicht mehr so verkrampft. Vielleicht hatte ich endlich den Schock meiner Zeremonie überstanden und lebte mich langsam im Walddorf ein. Ich vermisste mein Zuhause, meine Familie und vor allem Liam, aber der Gedanke, zurück zu den anderen Beschwörern zu gehen, erfüllte mich im Moment mit einem eher unwohlen Gefühl.

Sollte ich mich dafür verurteilen?

Als ich mich gegen Mitternacht auf den Weg zum Dorfplatz machte, überraschte meine Verwandlung mich selbst. Ich hatte mir das Gesicht gepudert und die gruselige Gedankenleserin namens Emma gebeten, mir etwas von ihrer Farbe zu leihen, damit ich mir damit die Augen bemalen konnte. Das Gelb darin kam nun noch intensiver zur Geltung und fügte sich meinem honigfarbenen Kleid. Es passte, als wäre es wie für mich gemacht und ließ mich trotz meiner breiten Schultern viel zierlicher und weiblicher aussehen. Die Haare trug ich offen. Und als sie durch den kühlen Wind herumflatterten, lächelte ich.

Ich hatte viel vermutet, doch das, was mich am Dorfplatz erwartete, übertraf all meine Vorstellungen. Es war mir ein Rätsel, wie die Gedankenleser es geschafft hatten, Wiolen herbeizuholen. Die Nachfahren der Baumgeister galten seit Jahren als verschollen, zumindest auf der anderen Seite der Mauer. Nun jedoch staunte ich über die kleinen, lila Bäume, die mit den Wurzeln und Ästen knackten und sich so flüsternd unterhielten. Sie besaßen keine Blätter, dafür ein knolliges Gesicht mit großen, braunen Augen. Baumwesen waren unfassbar selten, doch hier standen mindestens ein Dutzend davon und beteiligten sich am Geschehen.

Ich kam nicht umhin, skeptisch zu werden. Konnten die Gedankenleser auch solch mächtige Lebewesen im Geiste kontrollieren und zwingen, herzukommen? Doch die Wiolen wirkten alles andere als gezwungen. Außerdem blieb mir wahrlich nicht die Zeit, mir darüber Gedanken zu machen, denn hier war noch so viel mehr Zauberhaftes, dass ich gar nicht wusste, wo ich zuerst hinschauen sollte.

Der Himmel brannte vor lauter Glühwürmchen. Es gab gelbe, rote, blaue. Ab und an schwebten auch einige mit silbernem Schein durch die Luft. Sogar der Mond sah dadurch beinahe dunkel aus. Überall unterhielten sich Gedankenleser in bunten Kostümen, die Haare nicht edel hochgesteckt wie bei den Sehern und Beschwörern üblich, sondern in farbige Zöpfe geflochten oder locker über die Schulter geworfen. Sie wirkten unbeschwert. Von Weitem hörte ich die Wassernymphen, die zur Feier des Anlasses ein bezauberndes Lied sangen, und Fackeln säumten den Weg zu Rosalies Anwesen.

Ich folgte dem Pfad und sah, dass die Tür des Anwesens offen stand. Darin tummelte sich der Rest des Dorfes, in der Eingangshalle, die festlich hergerichtet war. Ein Tisch mit Speisen war aufgestellt worden, Torten und Brote lagen aus und die bunten Kleider der Gedankenleser passten wunderbar zu den mit Pflanzen bewachsenen Wänden, die heute in einem noch kräftigeren Grün strahlten als bei meinem ersten Besuch.

Ich musste zugeben, dass ich beeindruckt war. Jeder schien sich zu amüsieren und das, obwohl die eigentliche Bedeutung dieses Tages seinen Zweck verloren hatte. Die Gedankenleser feierten den Frieden, den es nicht mehr gab. Diese Ignoranz war bewundernswert.

»Du siehst anders aus.«

Der melodische Klang ließ mein Herz augenblicklich höherschlagen.

Ich drehte mich um und sah Ciel ins Gesicht, der bereits ein Glas mit durchsichtiger Flüssigkeit und ein Stück Kuchen in den Händen hielt. Er trug einen sommerblauen Anzug, der seine Augen betonte, doch die Krawatte dazu war von einem grellen Magenta.

»Hast du tatsächlich ein *Kleid* an?«

Mit zusammengekniffenen Augen funkelte ich ihn an. »Ja, ich habe ein Kleid an«, antwortete ich beleidigt. »Ist das so ein Schock?«

»Ja, schon ziemlich.« Er zog amüsiert die Augenbraue hoch. »Ich hatte befürchtet, du würdest in Kampfmontur kommen.«

»Du solltest dir eindeutig weniger Gedanken über mich machen«, erwiderte ich und musterte neugierig sein Getränk. »Was ist das?«

»Willst du probieren?« Er hielt mir das Glas hin und als ich daran nippte, musste ich würgen.

»Bah!« Ich verzog mein Gesicht, als der beißende Alkohol meinen Mund regelrecht verbrannte. »Bei den Göttern, was trinkst du da?«

»Absinth. Ist beliebt unter den Gedankenlesern. Man gewöhnt sich dran«, antwortete er nur lachend, während er mit schiefgelegtem Gesicht meine Mimik beobachtete.

»Du wusstest, dass es mir nicht schmecken würde«, warf ich ihm vor und bedachte ihn dabei mit einem besonders bösen Blick.

Ciel lachte erneut auf. »Natürlich.«

Ich schlug ihn mit der Jacke, die ich mitgenommen hatte, doch auch ich konnte mir ein Kichern nicht verkneifen.

»Sei nicht böse. Ich dachte nur, der hilft dir dabei, in meiner Gegenwart nicht mehr so nervös zu sein«, sagte er zuckersüß und zwinkerte mir zu.

»Klar«, konterte ich sarkastisch. »Wie könnte man in deiner Nähe nicht schwach werden.«

Auf einmal trat er vor mich, so schnell, dass ich seine Bewegungen kaum wahrnahm. Er stand nun ganz nah und sein Blick bohrte sich viel zu intensiv in meine Augen. Ich spürte seine Körperwärme, die Spannung, die zwischen uns die Luft aufzuladen schien.

»Und wieso stockt dir dann der Atem, wenn ich dir nahe komme?«, raunte er mir ins Ohr. Ein Schauder fuhr mir durch den Körper.

Energisch drückte ich ihn weg von mir. »Blödmann«, warf ich ihm entgegen.

Er lachte leise.

Wir liefen eine Weile lang gemeinsam durch die Festhalle. Ciel zeigte mir die Besonderheiten, die es hier an Kyfta gab. In wenigen Stunden würden sich alle draußen versammeln und riesige Laternen in den Fluss entlassen. Die Lichter würden das Wasser abwärts fließen, ein Meer aus Flammen, das die Wünsche fürs nächste Jahr erfüllen sollte. Draußen begann Musik zu spielen und einige Gedankenleser tanzten bereits wild, wirbelten ihre Partnerinnen oder Partner durch die Gegend in mir unbekannten Tanzschritten.

Alles glitzerte voll von silbernem und goldenem Feenstaub. Der Boden, der Tisch, die Möbel, bedeckt wie von einer dünnen Schneeschicht. Einfach wunderschön.

»Hast du Lust, den Balkon zu sehen?«, fragte Ciel auf einmal und blickte an mir vorbei zu der gewundenen Treppe, die ins Obergeschoss von Rosalies Anwesen führte. Die anderen Gedankenleser hielten alle respektvollen Abstand von der Treppe. Sie unterhielten sich lautstark und stießen mit ihren Gläsern an, doch niemand von ihnen wagte den Weg nach oben.

Ich wollte gar nicht wissen, wieso ausgerechnet Ciel Zugang dazu hatte. Wahrscheinlich bekam er Bonuspunkte bei Rosalie, weil er ein so talentierter Killer war.

Ein aufgeregtes Zwicken machte sich in meiner Magengrube breit, doch ich ignorierte es. Lag sicher nur an dem spektakulären Fest und nicht an dem Gedanken, allein Zeit mit ihm auf einem Balkon zu verbringen. Wieso sollte mich das auch nervös machen? Es gab nichts Verlockendes bei der Vorstellung, im Sternenlicht in diese eisblauen Augen zu blicken, umgeben von Nymphengesang und dem warmen Flackern der Fackeln. Absolut nichts Aufregendes bei dem Gedanken an die Schatten, die von ihm ausgingen, und die Dunkelheit, die sein messerscharfes Lächeln ausstrahlte, oder die …

Okay, ich saß in der Patsche.

Aber bei den Göttern, ich würde mich doch nicht etwa zu einem Gedankenleser hingezogen fühlen? Erst recht nicht zu diesem unberechenbaren, arroganten, tödlichen. Er hatte nichts, was Liam nicht hatte, nichts, was es wert war, die Beziehung aufs Spiel zu setzen, die ich auf der anderen Seite der Mauer aufbaute.

Des Selbstschutzes wegen antwortete ich also: »Nein, danke«, und war erstaunt über die Endgültigkeit, die in meiner Stimme mitschwang.

»Nein, danke?«, wiederholte er überrascht und zog die Brauen zusammen. »Wieso nicht?«

»Brauche ich eine Begründung, um nicht mit einem Mörder auf einen Balkon gehen zu wollen?«, fragte ich scherzend.

»Ich dachte, das hätten wir hinter uns gelassen.«

»Wie kommst du auf einen solch absurden Gedanken?«

»Nun ja.« Seine Augen blitzten teuflisch auf. »Die letzten Tage haben wir uns doch erstaunlich gut verstanden, wenn man bedenkt, wie unser Start war. Kaum sage ich dir, du sollst Abstand von mir halten, hängst du dich an mich wie eine Klette.«

»Ich hänge mich gar nicht an dich!«, protestierte ich, wohlwissend, dass in seinen Worten ein Hauch Wahrheit lag. Nur was erwartete er? Er hatte mir einen Einblick in die tiefen Abgründe seiner Seele gegeben. Selbst wenn er mich weniger faszinieren würde, ich war viel zu neugierig, um sie nicht ergründen zu wollen.

»Natürlich.« Er stieß abfällig Luft aus. Immer diese sarkastischen Antworten, für die ich ihm gern seinen Drink ins Gesicht kippen würde. Noch bevor ich etwas Bissiges erwidern konnte, fuchtelte er mit der Hand und wies damit eindringlich auf die Treppe.

Seufzend stellte ich fest, dass er mich wohl nicht in Ruhe lassen würde. Also lief ich noch einmal zum gedeckten Tisch, um mir zwei Gläser zu packen und den Alkohol nachzufüllen. Wenn ich mich schon mit ihm hochschlich, würde ich zumindest meine Aufgabe erfüllen.

Kaum kam ich zurück, deutete er mir mit einem weiteren Handgefuchtel an, ihm zu folgen. Anscheinend war das jetzt so ein Ding von ihm – weniger reden, mehr durch die Gegend wedeln.

Doch als ich ihm schließlich tatsächlich folgte und ihn das Licht des Kronleuchters in blendendes Gold tauchte, war ich es, die nervös einen kräftigen Schluck des Absinthes trank.

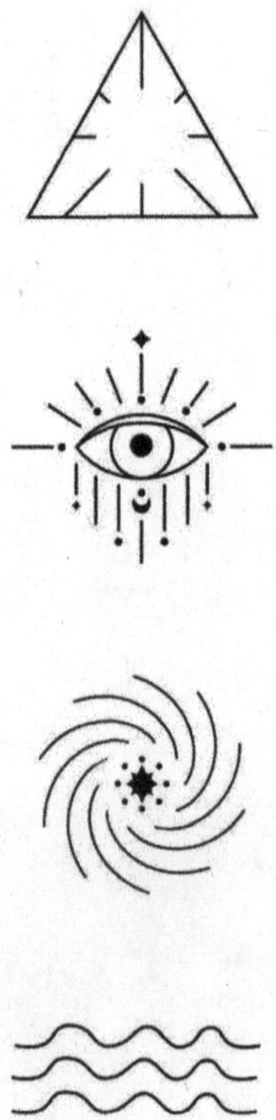

# 19

Der Balkon war nicht groß, doch bot einen bezaubernden Ausblick über den Finsterwald. Von hier aus überblickte man die Unendlichkeit der Natur, die vielen Tannen und Sträucher, die sich aneinanderschmiegten und in der Dunkelheit raschelten. Sogar die Mauer ließ sich erahnen, die uns von dem Rest der Welt abschottete. Irgendwo dahinter warteten meine Eltern und dachten sicherlich an mich.

Ein Stich fuhr mir ins Herz, der mich kurz nach Atem ringen ließ.

Weiter links lag ein Fluss, der sich durch den Wald schlängelte und zu dem langsam die anderen Gedankenleser aufbrachen, um ihre Laternen und Wünsche freizugeben. Es würde bestimmt ein wunderschöner Anblick von hier oben sein und ich hatte keinerlei Bedürfnis, mich ihnen dort unten anzuschließen. Meine Wünsche waren ohnehin zu groß, als dass sie von der Strömung erfüllt werden konnten. Nicht der größte Ozean der Welt konnte den aufkommenden Krieg verhindern. Das schaffte nur ich selbst, indem ich Rosalies Pläne vereitelte.

Ciel hatte mir bereits eines der Gläser aus der Hand genommen. Es würde nicht mehr lange dauern, bis die Wirkung des Alkohols eintrat, doch mein Herz wurde schwer bei dem Gedanken, diesen friedvollen Abend zu missbrauchen.

»Hast du keine Wünsche?«, fragte ich, als die ersten Laternen ins Wasser gelassen wurden und sich auf die Reise flussabwärts machten. Es sah wahrlich umwerfend aus, immer mehr Lichtpunkte, die die Nacht erhellten.

»Doch«, antwortete Ciel. »Aber sie sind nie in Erfüllung gegangen. Wieso sollte es dieses Jahr anders sein?«

Als ich mich ihm verwundert zuwandte, sah ich, dass sein Blick in die Ferne gerichtet war. Ich beobachtete sein Profil von der Seite, die hohen Wangenknochen unter seiner hellen Haut und die schwarzen Haare, die sein Gesicht umrahmten. Ich wagte es nicht, ihn aus seinen Gedanken zu reißen. Oder vielmehr wollte ich diese friedvolle Stille nicht stören. Vielleicht, weil ich diese Seite an ihm mochte. Diese tiefgründige, versunkene Seite, in der er mir das Gefühl gab, mehr er selbst zu sein als in all den anderen Momenten.

»Was denkst du?«, fragte er, sowie er offenbar meinen Blick bemerkte. In seinen Augen lag ein seltsames Glühen, als er mich ansah. Zu gern hätte ich gewusst, was genau sich dahinter verbarg.

»Ich dachte nur nicht, dass …« Ja, was dachte ich eigentlich? Ich schwieg eine Weile, während ich versuchte, das Chaos in meinen Gefühlen zu sortieren. Dann gab ich es schließlich auf. »Wie findest du es?«, wechselte ich stattdessen das Thema und deutete auf den Fluss, der mittlerweile von Laternen gefüllt war und wie ein Weg aus flackerndem Feuer aussah. Magisch. Für den Moment glaubte ich wirklich, dass er die Träume der Gedankenleser erfüllen konnte, wenn auch nur für diese eine Nacht.

»Wunderschön«, antwortete Ciel, doch als ich den Kopf hob, bemerkte ich, dass er noch immer mich anblickte und nicht das Wasser.

Und noch bevor ich es zurückhalten konnte, stolperten die Worte über meine Lippen, die mich die letzten Tage so beschäftigt hatten. Die mich einholten, wann immer ich für einen Moment so etwas wie Spaß oder Frieden hier empfand, wann immer ich in diesen himmelblauen Augen drohte, verloren zu gehen. »Wieso wollt ihr wieder Krieg?«

Ich hatte keinesfalls geplant gehabt, so mit der Tür ins Haus zu fallen. Eigentlich wollte ich das Thema gerissen ansprechen, vorsichtig, hinterrücks und die Informationen aus ihm herauslocken. Doch sein Blick hatte mich abgelenkt, mich so gefangen genommen, dass all die guten Pläne und zurechtgelegten Sätze aus meinem Kopf verschwunden schienen. Nur die unterdrückte Verzweiflung war geblieben, denn verdammt, ich wollte nicht gegen ihn kämpfen. Ich wollte nicht gegen Joleen kämpfen. Doch früher oder später würde es dazu kommen, dass ich ihm gegenüberstand und meine Familie verteidigte, mit allem, was ich besaß.

Ciels Miene wurde augenblicklich kühl. In dem hellen Blau seiner Augen zogen dunkle Regenwolken auf. Er sah wieder aus wie vor ein paar Wochen, kurz bevor er Jasper den Nacken gebrochen hatte, unberechenbar und distanziert. Nur loderte diesmal ein Feuer in seinem Blick, dunkel und verbrennend.

»Du denkst es noch immer«, sagte er knapp und es klang beinahe enttäuscht.

»Was denke ich noch immer?«, hakte ich verwirrt nach und beobachtete besorgt das verkrampfte Pulsieren seiner Kiefermuskeln.

»Dass wir schuld an allem sind. Bist du nicht einmal auf die Idee gekommen, dass die Geschichte anders ist, als es dir die Beschwörer erzählten haben?«

*Doch, bin ich,* schallte es in meinem Kopf und erneut erinnerte ich mich an das mulmige Gefühl, als ich mich auf den Weg zurück zur Mauer gemacht hatte.

»Nein«, sprach ich jedoch laut aus und musste mich kontrollieren, um bei seinem zornigen Blick nicht zusammenzuzucken.

»Verdammt, Cara. Wir sind es nicht, die die Mauer überqueren. Wie sollten wir auch? Denkst du echt, wir würden darüberklettern, über ein meterhohes Gebilde aus glattem Stein? Die Einzigen, die die Grenze mit ihrer Magie öffnen können, sind die Beschwörer.«

»Schwachsinn«, unterbrach ich ihn hart. Insgeheim hatte ich mich allerdings selbst schon gefragt, wie die Gedankenleser es über die Mauer schafften. Doch so gerissen wie sie waren, fanden sie sicher ihren Weg. »Wieso sollten die Beschwörer und Seher hierherkommen wollen?«

»Wieso sollten wir zu ihnen gehen? Wir sind in der Unterzahl, es wäre reiner Wahnsinn, sie anzugreifen. Sie hingegen haben ihr Land totgewirtschaftet. Es fließt kein sauberes Wasser mehr in ihren Flüssen, es gibt kaum Nahrung«, sprach er hitzig, doch ich unterbrach ihn erneut.

»Ich weiß, wie es dort aussieht, besser als du es je könntest!«, fauchte ich ihn an. »Aber das ist doch kein Grund, um euch euer Land zu stehlen. Sie würden nie … meine Familie würde nie …« Ich stockte, suchte nach den richtigen Worten.

»Sei nicht so naiv!« Diesmal zuckte ich wirklich zusammen. Ciel hatte noch nie so mit mir gesprochen, so kalt und abweisend. »Sie greifen uns an und schieben es uns in die Schuhe!«

»Ihr habt Silvan den Kopf abgeschlagen! *Du* hast Jasper getötet!« Mit einer Hand griff ich um das Geländer der Terrasse, hielt mich daran fest, da die Erinnerung an diese grausame Szenerie Schwindel hervorrief.

»Und was denkst du, wie viele von uns wurden von *ihnen* getötet?«

Gerade so unterdrückte ich ein hysterisches Lachen. »Das rechtfertigt noch lange nicht eure Taten! Das rechtfertigt nicht den Krieg, den ihr vor einhundert Jahren begonnen habt!«

Ciel schüttelte zornig den Kopf. »Es tut mir ja leid, dein rosarotes Weltbild zerstören zu müssen, meine Liebe, aber nicht wir waren es, die den Krieg damals begonnen haben. Genauso wenig, wie wir es diesmal tun.«

»Rosalie war vor zwei Wochen auf einer Mission an der Mauer unterwegs. Das hast du mir selbst gesagt! Denk nicht, ich wüsste nicht, dass sie dort gemordet hätte!«

»Sie hat unsere Seite der Mauer *verteidigt*«, stieß er gereizt hervor. »Weil es nur eine Frage der Zeit ist, bis ein weiterer ihrer Beschwörer die Mauer öffnet, um unser Lager zu suchen. Sie ist durch eines dieser Löcher gehuscht und hat gehofft, der Mord an Silvan würde sie dazu bringen, endlich aufzuhören. Aber das haben sie nicht.«

Wir standen uns wutentbrannt gegenüber. Unsere Stimmen waren immer lauter geworden und ich war froh, dass sich die anderen bei den Laternen am Fluss befanden und uns nicht hörten. Mittlerweile hatte ich es aufgegeben, etwas über Rosalies Pläne herausfinden zu wollen. Denn beim Himmel, Ciel glaubte wirklich, was er sagte! Er war felsenfest von der Unschuld der Gedankenleser überzeugt. Was für eine wahnwitzige Vorstellung, die Seher und Beschwörer könnten verantwortlich sein für all das Grauen der letzten Jahre. Selbst wenn nur ein Hauch von dem stimmte, was er behauptete, es änderte nichts an der Tatsache, dass sie gemordet hatten.

Gerade wollte ich mich zum Gehen wenden, als er sagte: »Eure Anführer hätten dich schon längst getötet, wenn du ihnen nicht von Nutzen wärst. Du weißt das und hältst trotzdem zu ihnen.«

Noch einmal wirbelte ich zu ihm herum. »Du hast doch keine Ahnung, wovon du sprichst! Du weißt nichts über sie! Und du weißt nichts über mich!«

Das Blut rauschte in meinen Adern, angetrieben von meiner Wut. Zu spät dachte ich darüber nach, was er gerade gesagt hatte.

Und als ich schließlich zum Schluss kam, dass Ciel unmöglich wissen konnte, dass ich Cavier und dem Krähenmann durch mein Spitzeln hier von Nutzen war, flüsterte er: »Falsch, Cara. Ich weiß alles über dich.«

Starr vor Schreck, regte ich mich nicht mehr. Nur mein Blick huschte zu ihm und trafen seine ausdruckslosen Augen.

Seine Stimme klang lauernd, gefährlich, als er sprach. »Ich weiß, dass du vor einer Woche an der Mauer warst, um deinen kleinen Beschwörerfreund zu besuchen.«

Mein Herz setzte einen Schlag aus, Kälte klammerte sich darum.

»Ich weiß von eurem Plan«, fuhr er fort und verdrehte bei dem letzten Wort seine Augen, »und ich weiß, dass du neben einer Gedankenleserin auch eine Beschwörerin bist.«

»Woher?«, hauchte ich. Angestrengt kämpfte ich gegen die Tränen und den Kloß, der sich in meinem Hals bildete. Meine Angst war wahrgeworden. Er hatte mich durchschaut. Jetzt würde er es Rosalie sagen und sie würde mich töten.

Doch anstatt mich mit dem Schwert zu bedrohen, dass er selbst heute am Tag von Kyfta unter seinem Jackett versteckt hielt, schüttelte Ciel auf einmal nur den Kopf, ein leichtes Lächeln auf den Lippen. Er schloss kurz die Lider, raufte sich die Haare und als er die Augen wieder öffnete, lag ein unerwartet sanfter Ausdruck in ihnen.

»Cara.« Die raue Art, mit der er meinen Namen aussprach, löste eine Gänsehaut bei mir aus. »Ich habe deine Gedanken gelesen, noch bevor du mir damals im Wald dein Brotmesser an die Kehle halten konntest.«

Erschrocken schnappte ich nach Luft, weitete vor Schreck die Augen. »Wie …? Aber …?«, stammelte ich und hasste es, dass ich in letzter Zeit kaum ein anständiges Wort herausbringen konnte.

Ich mochte es nicht, dass Ciel mich aus der Fassung brachte. Andererseits erinnerte ich mich bildlich an den Tag, als ich ihm das erste Mal begegnet war. Ich war überwältigt gewesen von seinem Anblick und der Kraft, die er ausstrahlte, doch ich hatte es gespürt, als er mit seiner Magie an meinem Bewusstsein klopfte. Ich hatte mich gut angestellt, hatte sofort an Liam gedacht und nur an ihn, als ich Ciels geistige Präsenz wahrnahm.

»Das kann nicht sein«, sagte ich also verzweifelt. »Ich hätte es mitbekommen.«

Er stieß ein Lachen aus und grinste mich anschließend mit frechem Blick an, was so unverschämt war, da ich mich selbst verwirrt und entkräftet fühlte. Dann trat er näher zu mir, bis sein Atem meine Haut streifte. »Du unterschätzt mich, Engel. Ich bin einer der besten Gedankenleser in diesem Dorf. Denkst du wirklich, du würdest meine Magie bemerken, wenn ich es nicht will? Ein Mädchen mit zwei Fähigkeiten. Das ist außergewöhnlich, hat dich aber nur umso interessanter gemacht.«

Mit großen Augen sah ich hoch zu ihm. Es gab keinen Zweifel, dass er recht hatte. Wie konnte ich so dumm sein und denken, ich würde es allein und unerfahren mit den Gedankenlesern aufnehmen können? Ich war verloren gewesen seit dem Moment, in dem ich die Mauer überquert hatte.

»Aber es war amüsant zu sehen, wie krampfhaft du versucht hast, deine wahren Gedanken zu verbergen.« Er grinste und ich verengte wütend die Augen zu Schlitzen. »Und deine wahnsinnige Anstrengung, zu unterdrücken, wie sehr es dir hier eigentlich gefällt. Ich habe alles mitbekommen, Cara. Deine Zweifel, deine Sorgen. Ich weiß, dass du mich nie so sehr gehasst hast, wie du es vorgabst.« Er schloss die Lider, während er lächelnd wohl an die Dinge dachte, die er in meinem Kopf gesehen hatte. »Deine kleinen Gewissensbisse. Dabei ist es kein Verbrechen, sich zu mehr als einer Person hingezogen zu fühlen.«

»Ich liebe Liam«, sagte ich knapp und spürte trotzdem, wie mein Herz fest zu schlagen begann.

»Natürlich liebst du ihn.« Er öffnete seine Augen wieder und schaute mich ernst an. »Du denkst es zumindest. Es ist nur logisch. Du hast ihn getroffen, als dein Leben aus den Fugen geraten ist, und er gab dir die Sicherheit, die du brauchtest. Aber du wirst noch merken, dass es eigentlich die Gefahr ist, nach der du dich sehnst.« Er zwinkerte mir zu und meine Wangen fühlten sich an, als gingen sie in Flammen auf.

Er wusste es tatsächlich. Er wusste alles, von dem Moment meiner Zeremonie bis hin zu den Gesprächen mit Cavier. Er wusste, dass es mich zu ihm hinzog, so unverständlich diese Gefühle auch waren.

Ich hatte geglaubt, ihn täuschen zu können. Hatte mit ihm trainiert und versucht, sein Vertrauen zu gewinnen. Irgendwann hatte ich sogar angefangen, ihn zu mögen. Nur um jetzt herauszufinden, dass er meinen Plan längst kannte. Er hatte Zeit mit mir verbracht und auf meinen nächsten Schritt gewartet, mir nichts von sich oder Rosalie erzählt, während er mich immer weiter kennenlernte. Wir spielten ein und dasselbe Spiel, nur war er besser darin als ich.

»Du hast mich ausgenutzt, um mehr über die Pläne der Beschwörer herauszufinden«, stellte ich trocken fest.

Erstaunlicherweise schien ihn das zu verärgern. Er zog die Brauen zusammen und funkelte mich an. »Nein, ich habe dir das Leben gerettet. Wenn ich Rosalie nicht überredet hätte, mir die Verantwortung für dein Training zu überlassen, wärst du direkt am ersten Tag aufgeflogen. Ich musste dich dazu zwingen, dass du möglichst schnell deine mentale Barriere errichtest, um sicher zu sein.«

»Deshalb hast du mich so gequält bei unserem ersten Training? Damit ich dich gewaltsam aus meinem Geist fernhalten lerne? Aber wieso? Wieso hast du mich nicht verraten?« Es machte einfach keinen Sinn.

Langsam löste ich mich aus meiner Schockstarre und lief einen Schritt auf ihn zu. Dabei hielt ich mich am Geländer fest, umklammerte das kühle Holz krampfhaft, als könnte es mich vor dem Schwindel bewahren, der kam, sobald Ciel mich wieder anlächelte.

Er war mir so nah, so dicht an meiner Haut, dass ich seine Wärme spürte. In dem Moment wurde es mir bewusst: Seine Dunkelheit hatte Besitz von mir ergriffen, das musste es sein. Wieso sonst rannte ich nicht um mein Leben, jetzt, da mir klar war, dass sein Wissen mich umbringen könnte? Wieso blieb ich hier stehen und blickte in seine immer dunkler werdenden Augen, während Chaos in meinem Inneren wütete?

»Wieso hätte ich dich verraten sollen?«, fragte er leise und strich mit einem Finger durch eine meiner kastanienbrauen Strähnen. »Du wusstest es schließlich nicht besser. Du kanntest die Wahrheit nicht.« Dann schmunzelte er plötzlich schelmisch. »Außerdem sahst du so verloren aus, damals im Wald. Fast bemitleidenswert.«

Diesmal lachte ich nicht über seine Stichelei. Ich boxte ihm auch nicht gegen die Schulter oder warf ihm böse Blicke zu, wie ich es sonst vielleicht getan hätte. Nein, stattdessen sagte ich: »Danke, dass du mich nicht verraten hast.« Und selbst wenn ich wusste, dass das wahrscheinlich meinen Tod bedeutete: »Trotzdem irrst du dich. Ich habe jetzt deinen Teil der Geschichte gehört, aber eben auch den der Beschwörer. Und ich kann nicht glauben, dass die Menschen, mit denen ich aufgewachsen bin ...«

»Wie gut kennst du die Anführer wirklich? Wann hast du das erste Mal mit ihnen zu tun gehabt? An deiner Zeremonie?«, unterbrach er mich.

»Euch kenne ich nicht viel länger, wieso sollte ich dir glauben?«, fragte ich ihn.

»Ist es nicht genug, dass ich dein Geheimnis bewahrt habe?«

»Es könnte auch ein Trick sein«, sagte ich. Ich verbot mir, daran zu denken, dass er recht haben könnte. Es durfte – nein – es konnte nicht wahr sein. »Du sagst selbst, ich unterschätze dich. Ich weiß nichts von dir, nur dass du ein …«

»Mörder bist?«, beendete er meinen Satz tonlos und ein mir bislang unbekannter Schatten legte sich über sein Gesicht. Kühler und trostloser.

Ich antwortete nicht und das schien Antwort genug für ihn.

Er stieß ein verzweifeltes Lachen aus. »Du machst mich wahnsinnig, weißt du das?«, fragte er wütend. Mit der Faust schlug er zornig gegen das Geländer und der dumpfe Lärm ließ mich zusammenzucken. »Ich tue alles, um dich zu schützen, und du denkst weiterhin, ich würde zwei ganze Völker abschlachten wollen?«

Dann machte plötzlich etwas in ihm Klick. Irgendwie schien das Gespräch einen unsichtbaren Schalter in ihm betätigt zu haben, das sah ich an dem Ausdruck in seinen Augen. Ciel raufte sich die Haare, hob die Arme in die Luft, ließ sie wieder fallen.

»Du willst das Monster in mir?«, sagte er wütend. Mit einer Hand packte er mich an der Schulter, drückte mich an das kühle Geländer hinter mir, bis sich das Holz in meinen Rücken presste. »Du willst die Dunkelheit sehen, vor der du dich so fürchtest?«

*Nein!*, wollte ich ihm entgegenwerfen, doch ich brachte keinen Ton hervor. Mein Körper arbeitete gegen mich, wollte sich nicht regen. Mit geweiteten Augen starrte ich ihn an und mein schneller Atem pustete Rauchwolken in die kühle Luft. Ich war eingenommen von ihm und der Schwärze, die ihn umhüllte. Seine Gelassenheit war wie weggefegt. Zornig funkelte er mich an, aus diesen eisblauen Augen, die sich verdunkelten, je länger wir uns anstarrten.

Ciel beugte sich runter zu mir. Er stand nun so dicht vor mir, dass ich seinen Blick auf meinem Gesicht brennen spürte. Ich sollte ihn wegstoßen, musste Magie anwenden, um mich in Sicherheit zu bringen. Doch wollte ich vor ihm sicher sein? Mein Blick huschte zu seinen Lippen, die den meinen so nahe waren. Wie sie sich wohl anfühlten? Genauso hart und unnachgiebig, wie ich sie mir vorstellte?

Doch statt eines Kusses neigte er seinen Kopf, sodass sein Mund nun über meinem Hals schwebte. Ich spürte seinen heißen Atem auf der Haut und er jagte mir elektrische Impulse durch den Körper.

Dann biss er mich. Seine Zähne berührten meinen Hals, bohrten sich in meine Haut. Nicht so fest, dass es blutete, doch fest genug, um mir ein Keuchen zu entlocken, als der Schmerz durch meinen Körper fegte. Kurz darauf ließ er von mir ab, hinterließ nur ein leichtes Pochen. Mit den Lippen wanderte er weiter nach unten, fuhr eine Linie zu meinem Schlüsselbein. So sanft, so zart im Vergleich zu seinem Biss, dass meine Beine schwach wurden und mein Atem stockte. Dann biss er erneut zu, und erneut. Er schuf eine brennende Linie von meinem Hals zu meinem Dekolletee.

Noch immer konnte ich mich kaum regen, war gefangen in einem Strudel aus Schmerz und Leidenschaft, der Hitze in meinem Inneren auslöste. Doch irgendwie verirrten sich meine Hände in seinem Haar, zogen ihn näher zu mir, bis er ein dunkles Knurren ausstieß. Ich sollte es nicht genießen. Ich sollte ihn hassen, diesen arroganten, selbstgefälligen Mistkerl.

»Du weißt gar nicht, wie gut du schmeckst«, murmelte er an meinen Hals gepresst. Noch immer lag das Grollen in seiner Stimme und erneut keuchte ich auf, als er seine Zähne an meine Haut legte.

Doch er zog sich zurück, hinterließ eine eisige Kälte, dort, wo nur Sekunden zuvor sein Atem geruht hatte.

»Ciel«, wisperte ich atemlos. Mit dem Mund wanderte er wieder nach oben, bis seine Lippen nah vor meinen schwebten. Es passte kaum ein Blatt Papier zwischen uns, ich müsste mich nur vorbeugen, um sie zu berühren.

Dann ließ er mich abrupt los, nahm einen Schritt Abstand. Meine Arme baumelten sinnlos neben mir wie bei einer Marionette ohne Fäden. Er entzog sich mir, so schnell, wie er mich eingenommen hatte.

Mit einer Hand griff ich nach seinem Arm, um ihn zurückzuziehen. Ich wollte mehr von ihm. Mehr von seinen Lippen und seinen Zähnen. Wollte seine Bissspuren auf meinem ganzen Körper. Aber er schüttelte mich ab. Als er mich jetzt ansah, war nichts mehr von dem Hunger in seinem Blick übrig. Er hatte sich wieder gefangen, hatte die Kontrolle über sein Verlangen zurückerlangt, während ich noch von meinem beherrscht war.

Schließlich wandte er sich ab. Schweigend drehte er sich um, fuhr sich erneut durch das dichte schwarze Haar, als könnte er nicht glauben, was soeben geschehen war. Dann ließ er mich wortlos zurück.

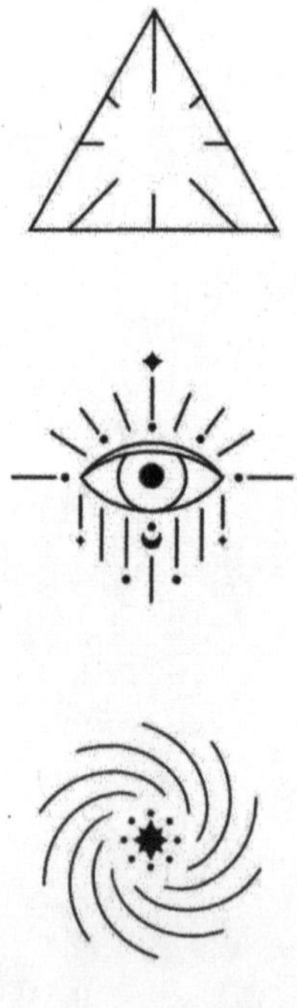

# 20

Ich schlief schlecht in der folgenden Nacht. Immer und immer wieder ging ich Ciels Worte durch, versuchte, eine Erklärung dafür zu finden. Wenn ich dann mal schlief, träumte ich von seinen Lippen. Ich spürte noch immer seinen heißen Atem auf der Haut und es ließ mein Herz höherschlagen, jedes Mal, wenn ich daran zurückdachte.

Das Kyftafest dauerte drei Tage. Als Joleen mir das am nächsten Tag freudestrahlend mitteilte, stürmte ich zurück in mein Zimmer, warf mich aufs Bett und versteckte genervt mein Gesicht in dem Kissen.

Drei Tage. Hatten die Gedankenleser nichts Besseres zu tun?

Mein Unmut stammte jedoch nicht allein von der Aussicht, drei Tage lang an Festlichkeiten teilnehmen zu müssen. Nein, er kam einzig und allein von Ciel.

Ich hatte mir vorgenommen, am nächsten Morgen zu ihm zu gehen. Was mich dazu trieb, wusste ich selbst nicht so genau. Ich wollte diese unausgesprochene Sache klären, die seit gestern zwischen uns lag. Unser Streit hatte die Emotionen hochkochen lassen und uns in eine Situation gebracht, in der wir … ja, was hatten wir da eigentlich getan?

Ich hatte ihm Alkohol einflößen und Geheimnisse aus ihm herauskitzeln wollen, und mal wieder war mein Plan fehlgeschlagen. Ich sollte mich über mich selbst ärgern, dass mich diese himmelblauen Augen erneut von meinem Ziel abgelenkt hatten. Aber anstelle von Ärger fühlte ich nur eine tiefe Verwirrung. Ich war nie die Art Mensch gewesen, die sich von Emotionen hatte leiten lassen. Aber seit ich hier war, wurde mein Handeln ausschließlich durch Gefühle beeinflusst.

Wieso fiel es mir so schwer, meine Aufgabe zu erfüllen und die Gedankenleser zu belauschen? Konnte es daran liegen, dass ich mir ihrer Schuld längst nicht mehr so sicher war?

Ich musste mir darüber klar werden.

Also trug zog ich mir nun einen großen Schal, in Farbe der Herbstblätter, an. Er verdeckte die blauen Flecken, die meinen gesamten Hals zierten. Es würde noch eine Weile dauern, bis sie verschwunden waren. Ciels Abdrücke, die mich markierten.

Wir mussten diesen Streit aus der Welt schaffen, auch wenn ich mir nicht sicher war, wieso mir plötzlich so viel daran lag, dass wir uns wieder verstanden. Immerhin war er gemeingefährlich und offensichtlich ein Lügner, wenn er mir weißmachen wollte, die Beschwörer seien die eigentlichen Verbrecher.

Trotzdem ging ich zu ihm.

Aber Ciel empfing mich nicht. Ich klopfte an seine Tür und als er sie nach einer Ewigkeit endlich öffnete und mich mit diesem endlos großen Schal sah, schmiss er sie mir direkt vor der Nase wieder zu.

Ich blinzelte ein paar Mal überrascht, dann schnaubte ich. So würde ich mich garantiert nicht abwimmeln lassen! Also setzte ich mich vor seine Tür wie eine Stalkerin und wartete darauf, dass er herauskam. Irgendwann musste er das schließlich, heute Abend fand immerhin der zweite Kyftafesttag statt.

Als die Sonne immer höher kletterte und mein Magen langsam zu grummeln begann, seufzte ich frustriert auf.

»Was tust du hier?« Joleens bezaubernde Stimme flog zu mir herüber. Als ich meinen Kopf hob, sah ich gerade noch, wie sie auf mich zuschwebte. Heute trug sie ein Kleid, das mit roten Rosen bestickt war.

»Ich warte auf Ciel«, antwortete ich und stand auf, um sie zu begrüßen. Mein Körper tat schon weh vom langen Sitzen auf dem harten Stein und ich lächelte leicht, als sie mich wie immer in eine viel zu herzliche Umarmung nahm.

Mein Lächeln erstarb augenblicklich, als sie meinte: »Ach, der ist doch schon lange nicht mehr in seiner Hütte.«

»Wie meinst du das?«, wollte ich wissen und schob sie eine Armlänge von mir. »Ich habe ihn heute Morgen noch gesehen.«

»Ja, er …« Sie biss sich nervös auf die Lippe. Dann sah sie mich entschuldigend an. »Er ist eventuell aus dem Fenster geklettert, um dir nicht begegnen zu müssen.« Neugier legte sich in ihren Blick. »Er hat mir nicht erzählen wollen, was passiert ist. Wieso …?«

»Er ist aus dem *Fenster* geklettert?«, wiederholte ich entsetzt. Das war unfassbar! Dieser Mistkerl wusste, dass ich auf ihn wartete, und er hätte mich hier noch stundenlang sitzen lassen!

»Ja … habt ihr euch gestritten?« Sie ließ einfach nicht locker. Neugierig blinzelte sie mich an. »Ciel streitet sich normalerweise nicht, weißt du. Vielleicht kann ich ja zwischen euch vermitteln.«

»Sehr nett von dir, aber nein danke«, murmelte ich abwesend, während ich auf Zehenspitzen durch die Gegend blickte und nach seinem dichten, schwarzen Haar Ausschau hielt. Joleen konnte mich noch so viel löchern, wie sie wollte, ich würde ihr auf keinen Fall erzählen, was zwischen uns passiert war. Was sollte ich auch sagen? *Er hat herausgefunden, dass ich euch ausspioniere. Dann haben wir uns gestritten, weil er mir weismachen wollte, die Beschwörer und Seher seien schuld am Krieg. Zum Schluss hat er mich gebissen, was ich irgendwie aufregend fand, und obwohl ich eindeutig in Liam verliebt bin, kann ich an nichts anderes mehr denken als an Ciels Lippen.*

Nein, ich würde ihr auf jeden Fall nichts erzählen.

Also ging ich an ihr vorbei, wobei ich mich ziemlich anstrengen musste, sie nicht unsanft aus dem Weg zu schubsen, da sie sich größte Mühe dabei gab, mich aufzuhalten.

»Warte!«, rief sie mir nach, aber ich war schon um die nächste Ecke geschlittert, um mich auf die Suche nach ihm zu machen.

Hier und da kamen mir Gedankenleser entgegen, doch ich hielt niemanden an, um nach Ciel zu fragen. Sie würden mir wahrscheinlich ohnehin nicht antworten. Immerhin hatte ich die letzten drei Wochen hier mit niemandem von ihnen auch nur ein Wort gewechselt. Ich hatte mich ihnen nie vorgestellt und kannte auch keinen ihrer Namen. *Es ist nicht wichtig, wie sie heißen*, redete ich mir immer ein. Schließlich hatte ich nie vorgehabt, zu bleiben. Trotzdem wurde mein Herz schwer, während ich an ihnen vorbeilief. Ciel mochte lügen, doch vielleicht gab es wirklich ein paar Gedankenleser, die den Krieg genauso wenig wollten wie ich.

Als ich am Trainingsplatz ankam, entdeckte ich ihn endlich. Er war tatsächlich heimlich aus seiner Hütte entkommen und trainierte jetzt mit Emma. Sie sah mal wieder unheimlich beeindruckend aus, wie sie dastand und ihre Fähigkeiten einsetzte, um ihn unter Kontrolle zu halten. Doch diesmal schaffte sie es nicht gänzlich, ihren Trainingspartner mit bloßer Gedankenmacht außer Gefecht zu setzen.

Ciel pirschte sich trotzdem an und zog unter Anstrengung sein Schwert, um es ihr entgegenzustrecken.

Ich beobachtete, wie Emma schließlich ebenfalls ihre Waffe zog. Sie besaß eine der bläulichen Metallpeitschen, wie auch ich eine ausgewählt hatte, nur konnte sie besser damit umgehen als ich. Wie ein Blitz schlug die Peitsche vor ihm ein und wäre Ciel nicht gerade rechtzeitig zurückgesprungen, hätte er sich sicher eine ordentliche Schnittwunde zugezogen.

Ich staunte, wie geschmeidig die beiden miteinander kämpften. Noch nie zuvor hatte ich Ciel überhaupt mit seinem Schwert umgehen sehen und es bestätigte meine Vermutung, dass ich ihm in einem Kampf hilflos ausgeliefert wäre. Er war wie ein Schatten, bewegte sich so schnell, dass ich fürchtete, ihn aus den Augen zu verlieren, würde ich sie einmal zu lange schließen. Doch auch Emma kämpfte gut, sie fegte ihm nach und jagte ihn über den Platz wie ein Wirbelwind.

Emma holte zu einem Schlag aus, aber Ciel parierte ihren Angriff und durchbrach ihre Deckung. Mit einer schnellen Drehung manövrierte er sich hinter sie und ich dachte, er würde ihr nun mit einer einfachen Bewegung die Peitsche aus der Hand reißen, da beugte er sich jedoch von hinten zu ihr vor und flüsterte ihr etwas ins Ohr.

Eine Sekunde.

Zwei Sekunden.

Drei Sekunden vergingen und Emma bewegte sich nicht mehr. Dann drehte sie sich steif um, legte die Waffe zu Boden und mit einem tödlichen Blick, der Häuser zum Einsturz bringen könnte, verbeugte sie sich.

Ciel schien eine Weile mit sich zu ringen, denn seine Mundwinkel zuckten verdächtig, eher er in schallendes Gelächter ausbrach und Emma in eine Umarmung schloss, gegen die sie sich vehement sträubte.

»Du musst dich vor mir doch nicht verbeugen«, lachte er, bis sie sich schließlich aus seiner Umarmung gekämpft hatte.

»Arschloch.« Sie schnaubte. »Das nächste Mal gewinne ich.« Anschließend stolzierte sie mit wehenden Haaren davon und ließ einen sich vor Lachen krümmenden Ciel zurück, auf den ich nun wütend zuschritt.

Kaum entdeckte er mich, erstickte sein Lachen regelrecht.

Er machte auf der Stelle kehrt und versuchte, in den Wald zu flüchten, noch einmal würde ich ihn jedoch nicht entkommen lassen. Ich lief ihm nach, doch er beschleunigte seinen Schritt und hängte mich ab.

»Warte!«, rief ich ihm nach, aber er ignorierte mich. »Sturer Mistkerl«, fluchte ich leise und blieb stehen, um meine Konzentration zu sammeln. Ich suchte in meinem Inneren nach der Hitze, die sich mittlerweile nicht mehr fremd und beängstigend, sondern willkommen und vertraut anfühlte. Als würde ich an einem kalten Winterabend im Haus meiner Eltern am Kamin sitzen und mich wärmen. Ich ging in Gedanken das Training der letzten Tage durch und lächelte leicht. Ciel würde es bereuen, mir diese Dinge beigebracht zu haben.

Ich konzentrierte mich, versuchte, mich genau darauf zu fokussieren, was ich erreichen wollte.

*Bleib stehen!*, befahl ich in Gedanken und mit einem Mal war es, als fasste ich mit meinem Verstand um seine Beine, zwang ihn dazu, immer langsamer zu werden, bis er gänzlich innehielt.

Ein triumphierender Laut entkam mir. Die Gedankenkontrolle machte mir Angst und nach dem Vorfall mit Jasper vor dem Eingang des Beschwörerlagers, hatte ich dieser Art von Magie abgeschworen. Doch Ciel brachte mich dazu, meine Prinzipien über Bord zu werfen. Im Geiste kämpfte er trotzig gegen mich an, es war beinahe wie ein Tauziehen. Er zerrte und riss, versuchte loszukommen, während ich dagegenhielt. Wir rangen miteinander, keiner bereit, nachzugeben. Bis er resigniert seufzte und endlich aufgab.

»Ich übe nie wieder Gedankenkontrolle mit dir«, murrte er zähneknirschend, als ich ihn schlendernd einholte.

»Ich weiß«, antwortete ich nur und sah ihm streng in die Augen. Als er meinen Blick mit einer unerwarteten Intensität erwiderte, vergaß ich für einen Moment, wie meine Stimmbänder funktionierten. Reglos stand ich da, den Mund leicht geöffnet, als wäre ich selbst Opfer einer Gedankenkontrolle.

»Bist du hier, um mich anzustarren?«, fragte er trocken.

Das riss mich aus meiner Starre und ich blinzelte. »Nein«, zischte ich zurück. »Zum einen bin ich hier, um dir zu sagen, dass du unverschämt bist. Ich habe vor deiner Hütte auf dich gewartet!«, fauchte ich entrüstet und drückte ihm meinen Zeigefinger anklagend gegen die Brust.

»Ich kann nicht jedem Groupie gerecht werden«, antwortete er nur schulterzuckend und in mir begann es, zu brodeln.

»Ich bin nicht dein Groupie«, protestierte ich.

»Wieso stört es dich dann so?«

»Weil … weil man das nicht macht!« Mann, ich hasste es, dass mir bei ihm immer die Worte fehlten. »Außerdem wollte ich das von gestern klären.« Ich senkte die Stimme, während ich sprach. Vorsichtig schaute ich mich um. Zu meinem Glück war niemand in der Nähe. Das folgende Gespräch – so unangenehm es auch werden mochte – würde unter uns bleiben.

Ciels Blick erstarrte. Er sah mich einen Moment lang unergründlich an, dann erwiderte er, mit ebenso gedämpfter Stimme: »Da gibt es nichts zu klären. Ich habe dir die Wahrheit über die Magiegruppen erzählt, du hast mir nicht geglaubt. Ende der Geschichte.«

Sprachlos starrte ich ihn an. Er hatte kein Wort über das feurige Ende unseres Treffens verloren. Als wäre es nie geschehen.

Mittlerweile hatte sich Ciel aus meiner Kontrolle befreit. Er lief einfach weiter, als wäre unser Gespräch damit beendet. Doch das war es noch lange nicht!

»Das meinte ich nicht. Außerdem stimmt es nicht, dass ich dir nicht glaube. Ich glaube dir, dass du glaubst, dass du die Wahrheit sprichst«, plapperte ich darauf los und folgte ihm eilig. »Ich rede davon, was zum Schluss passiert ist.«

»Was ist denn passiert?«, fragte er beiläufig, während er einfach immer weitermarschierte und ich ihm hinterherstapfte.

»Du weißt genau, was passiert ist!«, zischte ich und musste mich zusammenreißen, um ihm nicht irgendeinen Ast gegen den Rücken zu pfeffern. Er konnte doch nicht ernsthaft ignorieren, was zwischen uns war. Und wieso konnte *ich* das eigentlich nicht tun?

Auf einmal wirbelte Ciel herum, so plötzlich, dass ich beinahe in ihn hineinlief. Ich stolperte und er fing mich im letzten Moment auf. Er hielt meine Arme fest und ich blickte erschrocken zu ihm auf. Wir standen erneut viel zu nahe, wieder brannte meine Haut an den Stellen, an denen sie auf seine traf.

Mit einem lodernden Ausdruck erwiderte er meinen Blick. Für einen kurzen Moment schien es, er würde sich genauso nach dieser Nähe zwischen uns sehnen, wie ich es tat. Doch dann ließ er ruckartig los, als würde ihn unsere Berührung verbrennen.

Und ich kühlte ab.

»Ich habe gestern einen Fehler gemacht und es tut mir leid. Wir müssen nicht mehr darüber reden, okay?«, fragte er ernst.

Ein seltsames kaltes Gefühl sackte schwer in meinen Magen und blieb dort liegen wie Blei. Ich schluckte hart, aber es verschwand nicht. Verdammt, wieso ging es mir plötzlich so mies? War das etwa … Enttäuschung? Warum sollte ich enttäuscht sein? Weil er diesen Moment zwischen uns als Fehler abtat? Aber genau das war es doch: falsch. Und deswegen sollte ich einfach froh sein, dass er sich entschuldigte und es nicht wiederholen wollte. Oder?

»Ich lebe noch«, sagte ich urplötzlich, als sich Ciel ein weiteres Mal abwandte. Verwirrt hielt er inne und drehte er sich zu mir um. Ich stemmte die Hände in die Hüften und blickte ihn grimmig an. »Ich weiß, wieso du so reagierst. Weil du mir gesagt hast, dass ich vor dir weglaufen sollte. Weil du Angst hast, alles Gute zu zerstören, wenn du es berührst. Jetzt ist es zu spät, aber Überraschung: Ich bin nicht gut. Und du hast mich nicht kaputt gemacht oder verschreckt.«

Ich erwartete eine zynische Antwort, doch sie kam nicht. Ciel sah mich nur stumm an, Verwunderung huschte über sein Gesicht. Ich versuchte, mir nicht anmerken zu lassen, wie sehr es mich freute, dass es ihm auch einmal die Sprache verschlagen hatte.

Bei seinen nächsten Worten verflog dieses Hochgefühl jedoch wieder.

»Das gestern Abend war ein Fehler«, wiederholte er abweisend. Er wich meinem Blick aus und ich war gewollt, ihn an den Schultern zu packen und zu schütteln, damit er mich ansah. Ich wollte, dass er die Entschlossenheit und die Verzweiflung in meinen Augen sah.

Ciel sollte erleichtert sein, dass ich ihm sein Handeln nicht übelnahm. Stattdessen schien es, als riss eine unsichtbare Kluft immer weiter zwischen uns auf.

»Du wirst es irgendwann verstehen.« Er lächelte traurig. »Licht und Dunkelheit gehören nun mal nicht zueinander.«

Und bevor ich nachdachte, bevor ich mich zurückhalten konnte, flüsterte ich: »Ich sehe manchmal auch etwas Licht in dir, Ciel.«

Ciel schnaubte spöttisch und ich biss mir verlegen auf die Lippe. »Willst du denn, dass wir zueinander passen, Cara?«

Wollte ich das?

»Nein«, antwortete ich schnell und wusste, dass ich damit einen Teil von mir selbst belog. Der andere Teil in mir klammerte sich jedoch an Liam. Ich durfte Ciel nicht so sehr mögen und doch konnte ich es nicht länger leugnen.

»Siehst du, wo ist dann das Problem?« Er sah mich noch ein letztes Mal hart an, ehe er sich umdrehte und davonmachte.

Diesmal ließ ich ihn ziehen. Er drehte sich nicht mehr zu mir um und wirkte auch sonst überhaupt nicht aufgebracht. Er war die Ruhe selbst, während in mir reinsten Chaos herrschte. Allen voran die Frage, wieso um der Götter Namen ich ihn darauf angesprochen hatte.

Wahrscheinlich würde er sich bald schon wieder auf die Kyftaparty begeben und den Abend auf dem Balkon als eines von vielen merkwürdigen Erlebnissen in seinem Leben abtun, während es bei mir noch Wochen, vielleicht sogar Monate Herzklopfen verursachen würde.

Diese Tatsache störte mich. Ich wollte nicht, dass er unseren kleinen Moment der wütenden Versuchung vergaß. Ich wollte nicht, dass er unbeschwert auf die Feier ging. Und verdammt, ich wollte nicht, dass er heute Abend mit den anderen Gedankenleserinnen tanzte und sich vielleicht sogar in eine von ihnen verliebte.

Womöglich war das, was ich für ihn empfand, mehr als nur Faszination. Mehr als körperliche Anziehung. Doch war das überhaupt möglich? Konnte man sich in mehr als eine Person gleichzeitig verlieben?

Als es Abend wurde, hatte ich mich wieder in meiner Hütte verkrochen. Das gelbe Kleid lag ausgebreitet auf meinem Bett, doch ich würde es heute nicht anziehen. Ich war nicht in Stimmung, um leuchtende Sachen zu tragen. Tatsächlich gab es gerade nicht viel, für das ich in Stimmung war.

Ich hatte nichts über Rosalies Pläne herausgefunden und Ciel vergrault.

Nun saß ich auf dem Bett und starrte entmutigt an die Wand. Ich vermisste das Jagen. Sich im Wald herumzuschleichen und nach Wölfen Ausschau zu halten hatte mich bislang immer ablenken können. Also stand ich stürmisch auf, packte das Messer, über das sich Ciel stets lustig machte, und ging nach draußen.

Die kühle Abendluft tanzte um mich herum und von Weitem hörte ich das Lachen der Gedankenleser, die Kyfta feierten.

Joleen hatte mich vor ein paar Stunden abholen wollen, doch ich hatte sie abgewimmelt. Jetzt sah ich in der Ferne ihr feuerrotes Haar umherwehen. Sie war umgeben von einigen Gedankenlesern, die über all ihre Worte lachten und sie offensichtlich anhimmelten. Sicherlich bekäme sie einen Haufen Anträge, wenn sie ernsthaft nach einem Mann Ausschau halten würde. Elara würde sie dafür beneiden und ich war froh, dass sich die beiden nie kennenlernen würden.

Gerade wollte ich einen Pfad einschlagen, der in Richtung der heißen Quellen führte, als ich aus den Augenwinkeln Ciels Statur ausmacht. Wie angewurzelt blieb ich stehen, drehte mich ganz langsam in seine Richtung.

Da stand er, neben einer der knisternden Fackeln und unterhielt sich mit einer jungen Frau mit schulterlangen, braunen Haaren. Auch ihre Rehaugen glänzten in einem warmen Braun und verdammt, die beiden verstanden sich gut.

Mein Blick glitt zwischen ihnen her und als er sie mit diesem frechen Ciel-Grinsen ansah, überkam mich ein brennendes Gefühl, das mir die Atemwege zuschnürte.

Im Flackern des Feuers erkannte ich, dass er ein Grübchen an der Wange hatte. Wieso war mir das vorher nie aufgefallen? Mist, musste er denn Minute um Minute bezaubernder werden?

Mir war klar, dass sich Ciel in der Dunkelheit herumtrieb und auch anderen Frauen Aufmerksamkeit schenkte. Wieso also tat es plötzlich so weh? Jedes Mal, wenn er mit seiner fremden Begleitung lachte, stach es in meinem Herzen. Ich schluckte schwer und versuchte, meinen Blick von den beiden abzuwenden. Es scheiterte. Immer wieder ertappte ich mich dabei, in ihre Richtung zu blinzeln.

»Idiotin«, fuhr ich mich in Flüsterton selbst an. Hatte ich tatsächlich Gefühle für diesen Mann entwickelt? Wie hatte es so weit kommen können?

Als ich schließlich übereilt und verwirrt in den Wald aufbrach, war mein Kopf so benebelt, dass ich kein einziges Tier fand.

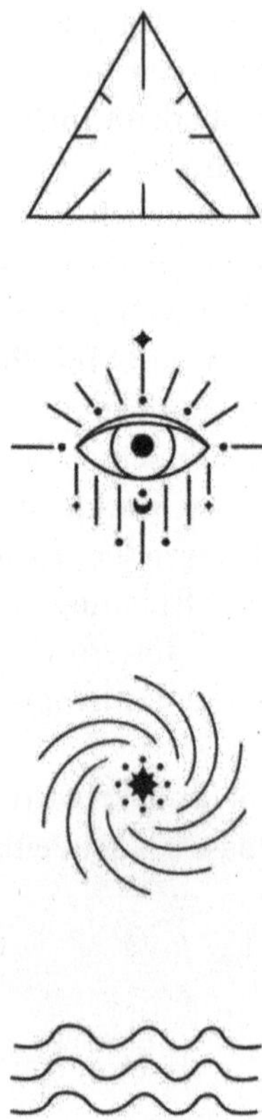

# 21

Der letzte Tag von Kyfta war genauso miserabel wie der zuvor. Alle feierten und lachten, während ich mich die meiste Zeit im Wald herumtrieb und mich fragte, wie ich es so weit hatte kommen lassen können.

Es gab noch so viel, was geklärt werden musste. So viel war unausgesprochen geblieben, doch als ich am nächsten Morgen erwachte, war der Tag meiner Rückkehr gekommen.

Diesmal gab es keinen Grund, meinen Aufenthalt zu verlängern. Ich hatte nichts aus Ciel herausbekommen, zumindest nichts, was den Beschwörern im Kampf helfen konnte. Tatsächlich hatte es auch keinen weiteren Mordfall gegeben, nichts machte den Anschein, dass ein Krieg nahte.

Die Ruhe vor dem Sturm? Ich wusste es nicht mehr. Ich hatte keine Ahnung, was richtig und was falsch war, wem ich vertrauen konnte und wer die Wahrheit verschleierte. Alles, was ich wusste, war, dass ich nicht gehen wollte. Ich sah Ciels blaues Augenpaar vor mir, wann immer ich die Augen schloss, und mein Herz brach bei dem Gedanken, ihn schon bald nie wiederzusehen.

Wahrscheinlich war es das Beste. Bestimmt freute er sich, wenn ich ihn nicht länger durcheinanderbrachte und er sich nicht mehr für die Geschehnisse auf dem Balkon rechtfertigen musste. Sein Leben würde weitergehen wie zuvor, vielleicht würde er das ein oder andere Mal schmunzelnd auf die vier Wochen zurückblicken, in denen er sich für eine merkwürdige Beschwörerin verantwortlich gefühlt hatte.

Kyfta ging vorbei und so gab es für mich keine Ausrede mehr, um meine Abreise zu verzögern. Meine Eltern freuten sich sicherlich schon riesig auf meine Rückkehr und ich würde Liam endlich wiedersehen. Cavier würde mich wie eine Heldin empfangen, denn ich hatte überlebt und konnte nun ein normales Leben als Beschwörerin führen. Ich sollte darauf hinfiebern.

Doch das tat ich nicht. Trotz meiner anfänglichen Abneigung hatte ich die Gedankenleser in den vergangenen Wochen näher an mich herangelassen, als ich es überhaupt für möglich gehalten hätte. Der Gedanke, sie für immer zu verlassen, schmerzte in meiner Brust und schnürte mir die Kehle zu.

Ich würde mich nicht verabschieden. Sie würden irgendwann merken, dass ich fort war, und Ciel verstand dann zweifellos, dass ich mich für eine Seite entschieden hatte. Er würde es Rosalie sagen.

Ich packte nichts ein, außer dem Messer, mit dem ich gekommen war. Eine Weile haderte ich, ob ich die schimmernde Metallpeitsche mitnehmen sollte. Ein kleines Andenken an meine Zeit hier im Wald. Doch schließlich ließ ich sie liegen. Bei den Beschwörern würde es sinnlos sein, dort konnte ich mir wieder nach Belieben eigene Waffen herbeizaubern. Ich freute mich darauf, meine Beschwörermagie bald nicht mehr verstecken zu müssen. Sie fehlte mir, diese erfrischende Kälte. Außerdem würde mich der Blick auf die Peitsche wohl jedes Mal wieder traurig stimmen und Traurigkeit hatte ich in den letzten Wochen zur Genüge empfunden.

Noch vor dem Morgengrauen schlich ich mich hinaus in den Wald. Es war still, die anderen Gedankenleser schliefen noch. Mich würde ohnehin niemand aufhalten. Mittlerweile hatten sie verstanden, dass ich es bevorzugte, allein zu sein.

Der Weg zur Mauer war mir vor zwei Wochen wie eine Ewigkeit vorgekommen. Jetzt hingegen verging die Zeit viel zu schnell und ich ertappte mich dabei, mit dem Blick immer wieder durch die Umgebung zu schweifen, um den Anblick der mit Blumen bestückten Pfade sicher in meinem Herzen zu verwahren.

Diesmal wurde ich nicht von Liam empfangen. Wir hatten ein Zeichen ausgemacht, also klopfte ich ein paar Mal rhythmisch gegen die edle Mauer. Nach einer Weile des Wartens hörte ich leises Gemurmel von der anderen Seite der Barriere. Mehrere gedämpfte Stimmen, die sich hitzig unterhielten.

Ich schmunzelte. Nur zu gut konnte ich mir vorstellen, über was sie diskutierten. Cavier war zu skeptisch, zu misstrauisch, um die Grenze einfach zu öffnen. Schließlich könnte ich auch irgendein anderer

Gedankenleser sein, der das Klopfzeichen herausgefunden hatte und es nun verwendete, um auf die andere Seite zu gelangen. Ich selbst hätte ähnlich reagiert.

Doch ich glaubte, unter den Stimmen auch Liams leises Murmeln zu vernehmen, der den mächtigen Anführer zu beruhigen versuchte.

Ein paar Sekunden lang herrschte Stille. Nur mein Herzschlag dröhnte in meinen Ohren, ehe ein Klicken ertönte. Die Mauer bewegte sich und ein weiteres Mal beeindruckte mich der Anblick der fließenden Steine. Als das Loch breit genug war, um hindurchzublicken, sah ich drei mir bekannte Augenpaare, die mich wachsam anschauten. Meine Beine bewegten sich wie von allein auf die Öffnung zu. Ich kletterte hindurch und ein Schluchzen entkam mir, als mich mein Vater in die Arme schloss. Ich war stark gewesen in den letzten Wochen, so stark, doch hier, eingehüllt in seinen vertrauten Duft, wurde ich ganz weich. Verletzlich. All die Sorgen und Ängste der letzten Wochen sprudelten in mir herauf, ließen mein Herz krampfen und sickerten heiß über meine Lider. Die Tränen rannen mir die Wangen hinab und ich wischte sie fort, lächelte glücklich, als ich hoch in seine gutmütigen Augen blickte. Er lächelte ebenfalls, doch er sah müder aus als sonst. Natürlich, er hatte die letzten vier Wochen ganz allein für die Familie sorgen müssen. Ich war nicht da gewesen, um mich um ihn und Mutter zu kümmern, und das schlechte Gewissen schlug wie ein Fausthieb zu.

»Ich bin wieder da. Es ist alles gut. Mir geht es gut. Ich werde nicht mehr weggehen«, brach es in einem Schwall aus mir heraus, als ich sah, wie auch er mit den Tränen kämpfte. Seine Unterlippe zitterte und ein verdächtiger Glanz schimmerte in seinen Augen.

»Wir haben uns solche Sorgen gemacht, als du nicht zurückgekommen bist vor zwei Wochen. Deine Mutter ist fast verzweifelt«, sagte er mit seiner rauen Stimme.

»Ich weiß. Aber jetzt bin ich da. Ich bin ja da.«

Selig lächelnd drehte ich mich zu Cavier. Er hatte die Mauer wieder verschlossen und legte mir anerkennend eine Hand auf die Schulter. Dann neigte er den Kopf, in seinen ernsten, dunklen Augen ein respektvolles Leuchten, das mich stolz machte. Dennoch konnte ich nicht verhindert, dass sich zu diesem Stolz ein Hauch Misstrauen gesellte. Ich konnte Ciels Worte über die wahren Verursacher des Krieges nicht vergessen, so unsinnig sie auch sein mochten. Ich wollte das fröhliche Leuchten in Caviers Augen nicht hinterfragen, trotzdem tat ich es.

Anschließend drehte mich der letzten Person in der Runde zu. Es dauerte keine Sekunde, schon ließ ich mich in Liams Arme fallen. Er strich mir mit der Hand beruhigend über die Haare, drückte mich so fest an sich, dass mir beinahe die Luft wegblieb.

»Du hast es geschafft«, flüsterte er mir immer und immer wieder ins Ohr, als könnte er es selbst nicht glauben. »Du hast es tatsächlich überstanden.«

Ich wusste nicht, wie lange wir vier so dastanden und uns einfach nur ansahen. Wie lange es dauerte, bis ich realisiert hatte, dass ich *zurück* war. Dass ich nicht nur wild träumte.

Cavier brannte darauf, alle möglichen Informationen aus mir herauszuquetschen. Mehrmals erhob er das Wort, um mich auszufragen, doch mein Vater ging jedes Mal dazwischen.

»Lass sie ankommen«, knurrte er den Anführer an.

Es rührte mich. Ich hatte nicht gewusst, dass Vater so beängstigend sein konnte. Irgendwann gab Cavier nach, und nach einigen weiteren flüsternden Glückwunschbekundungen machten wir uns zurück ins Dorf der Beschwörer. Ich kannte den Weg, doch als ich diesmal den anderen voran durch den Wald lief, fühlte es sich anders an als sonst.

Unbewusst hatte ich mich an die strahlenden Bäume und das saftige Grün der Blätter bei den Gedankenlesern gewöhnt. Dort strotzten die Pflanzen nur so von Leben, hier war alles grau.

Ich musste Ciels Worten zustimmen, wir hatten unser Land totgewirtschaftet. Es war nicht zu leugnen, dass es den Menschen auf der anderen Mauerseite besser ging als uns. Die Baumkronen standen hier so dicht aneinander, dass die frühe Morgensonne kaum durchschien. Die Kälte des herannahenden Winters breitete sich dadurch schneller aus und nur das leise Rascheln unserer Kleidung im dichten Unterholz war zu hören. Kein Tierlaut hallte durch den Wald, sie alle bereiteten sich schon auf den langen Schlaf vor. Immer wieder fasste ich mir nervös mit der Hand an den dichten Schal, der weiterhin die Bisswunden an meinem Hals verdeckte. Irgendwie gab es mir Sicherheit, zu wissen, dass Ciel bei mir war, wenn auch nicht körperlich.

Als wir das Dorf erreichten, erstaunte es mich, wie fremd mir alles vorkam. Als wäre ich nicht vier Wochen, sondern vier Jahre lang fortgewesen. Vielleicht fühlte es sich auch nur so an, da in den letzten Tagen so unfassbar viel geschehen war.

Die anderen Beschwörer waren schon wach, es fand das übliche Treiben am Marktplatz statt. Ein paar Girlanden hingen noch an den Häusern oder lagen wahllos auf der Straße herum. Überbleibsel von Kyfta, und wieder stach mein Herz bei dem Gedanken an Ciel und das zierliche Mädchen, mit dem er sich zuletzt vergnügt hatte.

Irgendwie hatte sich nach unserem letzten Gespräch eine vorher nie dagewesene Leere in mir ausgebreitet. Ich war hier, in meiner alten Heimat, und doch spürte ich, dass ich einen Teil von mir im Wald zurückgelassen hatte.

Ein wenig besser fühlte ich mich, als ich weiter hinten die Ziegel meines Elternhauses erspähte.

*Zuhause.*

Vater verabschiedete sich, indem er mir einen Kuss auf die sperrigen Wellen gab. Mit außergewöhnlich tänzelndem Schritt machte er sich los, um meiner Mutter von meiner erfolgreichen Ankunft zu berichten.

Bald würde ich ihm folgen und sie in eine kräftige Umarmung schließen, doch ich wusste, dass ich zuerst woanders gebraucht wurde: Cavier hatte schon angedeutet, dass der Krähenmann bereits ungeduldig auf meine Ankunft wartete, und ich hatte eingewilligt, direkt mit ihm mitzukommen. Ich wollte das alles so schnell wie möglich hinter mich bringen. Im besten Fall würde Cavier mich ausfragen, ich durfte mir ein paar gruselige Sprüche des Sehers anhören und dann war ich frei. Anschließend würde mein Leben so verlaufen, wie ich es seit meiner Jugend geplant hatte: Ich würde als richtige Beschwörerin anerkannt werden, trainieren und Architektin werden. Ich würde mir mit Liam eine Zukunft aufbauen. All meine Träume konnten nun Wirklichkeit werden. Aus irgendeinem Grund machte mich der Gedanke jedoch nicht mehr so euphorisch wie vor ein paar Wochen noch. Irgendetwas hatte sich verändert. *Ich* hatte mich verändert, während das trübselige Leben hier gleichgeblieben war.

Energisch schüttelte ich den Kopf, um dadurch dieses schwere Gefühl zu vertreiben, das sich in meiner Brust einnistete. Ich blickte noch einmal kurz meinem Vater nach und machte dann einen Schritt nach vorne in Richtung des weißen Zeltes, in dem der Große Seher saß und wartete.

»Cara!«

Die aufgeregte Stimme meiner Schwester ließ ich wie angewurzelt stehen bleiben. Als ich mich umdrehte, sah ich, wie sie mit wehenden Haaren auf mich zurannte. Schlitternd hielt sie vor mir inne, warf Cavier und Liam einen unsicheren Blick zu und sah mir dann so eindringlich in die Augen, dass sich mein Magen zu verknoten schien.

»Cara, ich muss mit dir reden.« Die Dringlichkeit in ihrer Stimme machte mich unruhig. Jetzt zog sie mich sogar am Arm und als sich mein Fokus auf ihre Hand legte, bemerkte ich, wie verkrampft sich ihre Finger in meinen Mantel krallten.

»Was ist passiert, Elara?« Wie von selbst ging ich einen Schritt auf sie zu und bedachte meine Schwester mit besorgtem Blick.

Sie sah eigentlich aus wie immer. Ihre blonden Haare waren ordentlich zurückgelegt, die Stränge in ihrem Gesicht hatte keinen Riss bekommen. Ich konnte auch keinen einzigen Kratzer an ihr ausfindig machen. Kein Anzeichen dafür, dass sie jemand in meiner Abwesenheit schlecht behandelt hatte oder etwas Schlimmes passiert war. Dennoch stand sie hier und sah mich mit einem Ausdruck an, der mich glauben ließ, sie hätte gerade einen Blick auf ihren größten Albtraum erhascht.

»Ich muss mit dir reden«, wiederholte sie, noch drängender jetzt, und ich nickte entschlossen.

»Natürlich«, sagte ich behutsam. »Ich komme mit dir …«

»Kann das bis später warten?« Caviers kratzige Stimme durchschnitt das Gespräch wie mit einem scharfen Messer.

Entrüstet wandte ich mich in seine Richtung. Sicher, er brannte darauf, alles über die Gedankenleser herauszufinden. Auch konnte er nicht wissen, dass dies hier so ziemlich das erste Mal war, dass Elara mich um ein Gespräch bat. Doch selbst ohne unsere komplizierte Geschwisterbeziehung zu kennen, machte ihr Auftreten eindeutig, dass es sich um einen Notfall handelte.

»Nein, das kann nicht …«

»Schon gut.« Elara sah mit eisiger Kälte zu Cavier. Ihr Gesicht war wie eingefroren, als sie den Anführer der Beschwörer betrachtete. Irgendetwas an der Art, mit der sie ihn bedachte, gefiel mir überhaupt nicht. Eine düstere Spannung lag zwischen uns und ich glaubte, in ihren Augen zu lesen, dass das Etwas, das sie mir erzählen wollte, mit ihm zusammenhing.

»Es ist ohnehin besser, wenn wir uns allein unterhalten. Komm einfach nachher zu mir«, sagte sie leise, den Blick noch immer starr auf ihn gerichtet.

Nur mühsam schaffte ich es, meine Augen von ihrem Gesicht abzuwenden. Was war in meiner Abwesenheit geschehen? Ich suchte bereits nach der Hitze in meinem Inneren, um die Antwort aus ihren Gedanken zu klauen, als sie mir einen eindringlichen Blick zuwarf und energisch den Kopf schüttelte. Fast so, als wüsste sie, was ich vorhatte.

Mit einem Kloß im Hals nickte ich also und als ich Cavier schließlich weiter folgte, war es schwierig, meine Gedanken erneut auf meine Aufgabe zu lenken. Es gab so viele Fragezeichen in meinem Kopf, dass es mich fast von der Tatsache ablenkte, bald wieder dem gefürchteten Krähenmann gegenüberzustehen.

»Das war seltsam, oder?«, flüsterte mir Liam zu und drehte sich noch einmal unauffällig in Richtung meiner Schwester. Diese stand weiterhin dort, wo wir sie getroffen hatten, den brennenden Blick auf unsere Rücken gerichtet.

»Mhm«, machte ich und kaute nachdenklich auf meiner Unterlippe herum.

Wir erreichten das Zelt, in dem der Anführer der Seher wie immer auf seinem dunklen Thron saß. Der Rat stand dahinter, hochangesehene Magier, die auf unsere Ankunft warteten. Die Beschwörer unter ihnen klatschten mir Beifall, als ich das dämmrige Zelt betrat. Verblüfft hob ich meine Brauen. Überallher tönten Jubelrufe und wohlwollende Pfiffe und einige Magier kamen sogar zu mir, um mir respektvoll auf die Schulter zu klopfen. Ich hatte vieles erwartet, aber sicher nicht einen solchen Empfang.

»Die Großen haben uns erzählt, was du getan hast«, sagte einer von ihnen.

»Willkommen zurück!«, rief ein anderer.

Mit riesigen Augen schwenkte ich meinen Blick zu Cavier, der mich zufrieden angrinste.

»Jetzt zweifelt niemand mehr, dass du auf unserer Seite bist«, freute sich Liam und legte seinen Arm um mich, um mich näher an sich zu ziehen.

*Auf ihrer Seite.*

Ja, das war ich, nicht wahr? Das war der ganze Sinn der Sache gewesen. Dass ich die Beschwörer überzeugte, mich als solche zu akzeptieren. Meine Treue zu beweisen.

Während ich so durch die Menge blickte und mir ein Lächeln aufzwang, merkte ich, wie seltsam es sich anfühlte, endlich Teil von etwas zu sein, von dem ich nicht einmal mehr sicher wusste, ob ich dazugehören wollte.

Irgendwann erhob sich der Große Seher und Schweigen trat ein. Er kam einen Schritt auf mich zu und es ließ mich erschaudern. Die weißen Nebelschwaden waberten wilder um ihn herum als bei unserem letzten Treffen. Als wäre er aufgewühlt. Doch äußerlich wirkte er vollkommen ruhig. Seine weißen Augen waren weit geöffnet und ich hielt ihnen stand, obgleich ich mich vor ihnen fürchtete.

Ich wusste, er und Cavier würden mich gleich ausfragen. Sie würden mir gebannt zuhören, immerhin hatte ich einige interessante Dinge zu berichten. Insgeheim war ich dennoch erleichtert, darüber, dass der Seher in die Zukunft und nicht in die Vergangenheit blicken konnte. Die gemeinsamen Stunden mit Ciel blieben mein wohlbehütetes Geheimnis. Nur Liam müsste ich es irgendwann beichten. Es graute mir bereits jetzt vor diesem Moment. Was sollte ich ihm sagen? Vielleicht würde er einfach darüber hinwegsehen, in dem Wissen, dass ich nicht mehr in die Wälder und zu Ciel zurückging. Doch wollte ich, dass er darüber hinwegsah? Konnte ich Liam überhaupt noch in mein Herz lassen, jetzt, da Ciel einen Teil davon behalten hatte?

»Also?« Die Stimme des Krähenmanns hallte schrill und laut durch das Zelt. Er hatte mich nicht beglückwünscht. Auch sonst schien er sich nicht sonderlich zu freuen, dass ich lebend zurückgekehrt war, jedenfalls trug er denselben finsteren Ausdruck wie immer. Anscheinend sollte Cavier Recht behalten mit seiner Vorahnung: Der Seher hatte wohl wirklich gehofft, ich würde auf meiner Mission scheitern.

Unruhig schweifte mein Blick umher. Die anderen sahen gespannt in meine Richtung, warteten darauf, dass ich das Wort erhob. Also wand ich mich aus Liams Umarmung, stellte mich mitten in den Raum und begann, zu sprechen.

»Die Gedankenleser leben in kleinen Holzhütten im Wald. Es ist schön dort, nicht wie erwartet düster und kalt. Sie haben sich ein Paradies aufgebaut, mit blühenden Gräsern und Wesen, wie wir sie seit Jahrhunderten nicht mehr auf unserer Seite der Mauer gesehen haben.« Ich stockte kurz, als ich wehmütig an die Schönheit dachte, die ich zurückgelassen hatte. »Es gibt einen Trainingsplatz, ähnlich wie der unsere, nur weiter und frei unter dem Himmel. Und eine alte Steinruine voller Waffen.«

»Wo genau ist das Lager?«, unterbrach mich der Seher und sein Blick nahm einen merkwürdig gierigen Ausdruck an, den ich nicht deuten konnte.

»Etwa … fünf Kilometer nordöstlich der Stelle, an der ich die Mauer überquert habe«, antwortete ich verwirrt. »Die Waffenhalle ist etwas außerhalb im Westen.«

Ich schwieg kurz, ehe ich weitersprach.

»Sie kämpfen vollkommen anders als wir.« Bei dieser Aussage sah ich automatisch zu Cavier, meinem Lehrmeister. »Kaum verwunderlich, unsere Magie ist ja völlig verschieden.«

»Ja, Liam erzählte mir, dass sie Leute durch ihre Gedanken steuern können«, bestätigte er und nickte mir bestärkend zu.

Ich nickte ebenfalls. »Genau.« Wieder zögerte ich, während ich überlegte, ob ich ihnen von Joleens wundersamer Fähigkeit berichten sollte, Gefühle zu manipulieren.

Doch Cavier unterbrach mich schon mit einer weiteren Frage. »Und ihre Pläne?«

Das ganze Zelt schien die Luft anzuhalten, während Beschwörer und Seher auf meine Antwort warteten.

Beschämt presste ich die Lippen aufeinander. »Ich habe nichts über irgendwelche Pläne erfahren.« Enttäuschung breitete sich im Raum aus und ich ergänzte schnell: »Nein, ihr versteht nicht. Ich glaube nicht … ich glaube wirklich nicht, dass sie einen Plan *besitzen*. Ich glaube, das ist alles ein großes Missverständnis.« Bittend sah ich erneut zu Cavier. »Sie glauben genauso, dass ihr sie angreifen wollt, wie umgekehrt.«

Ich war mir sicher, dass es so sein musste. Ein Missverständnis. Womöglich konnte ich vermitteln, vielleicht konnten wir die Gruppen wieder vereinen. Vielleicht war das meine Chance, Ciel wiederzusehen. Der Gedanke löste ein schlechtes Gewissen in mir aus. Hier stand ich, bei Liam, und sehnte mich dennoch nach der Nähe eines anderen. Aber die Hoffnung war zu stark, als dass ich sie verdrängen könnte.

»Die Gedankenleser haben sie verwirrt«, krächzte der Anführer der Seher leise und die Nebelschwaden um ihn wurden ein wenig dunkler.

Wütend zog ich die Brauen zusammen und sah ihn an. »Sie haben mich nicht verwirrt«, widersprach ich entschlossen. »Sie sind nicht böse, zumindest nicht alle von ihnen.«

»Sie haben Jasper getötet, nicht wahr? Und Silvan«, fragte er und ich musste schlucken. Es stimmte, die Gedankenleser waren nicht unschuldig. Aber waren wir es?

»Ich habe nichts weiter herausfinden können«, entgegnete ich knapp und hoffte, dieses unangenehme Gespräch damit beenden zu können. Ich erwartete enttäuschte Gesichter, doch zu meiner Überraschung wirkten die anderen sogar recht munter. Der Große Seher nickte einmal kurz und entließ mich mit einer simplen Handbewegung. Erleichterung durchflutete mich, ließ mich innerlich aufatmen und nachdem ich noch ein paar Augenblicke unschlüssig dastand, machte ich auf dem Absatz kehrt und verließ das Zelt.

Mittlerweile hatte es zu regnen begonnen. Sanfte Tropfen fielen leise auf den steinernen Boden und trommelten eine ruhige Melodie. Ich mochte den Regen. Er roch so gut, so frisch und klar und … nach Flieder?

Als ich mich umdrehte, sah ich Liam auf mich zukommen. Sein Geruch flog zu mir herüber und er blickte mich mit diesem ansteckenden Grinsen an.

»Na, Beschwörerin?«, sagte er, als er vor mir stehen blieb.

»Wie, ich bin nicht länger das Geistermädchen?«, scherzte ich und hieß seine Arme willkommen, die mich zum wiederholten Mal in eine Umarmung zogen. Wir hatten einiges nachzuholen.

»Nein«, murmelte er an meinem Ohr. »Jetzt bist du eine von uns.«

»Sicher? Ich habe nicht die Information gebracht, auf die Cavier und der Große Seher gewartet haben.« Unsicher blickte ich über Liams Schulter zurück zum Zelt, erhaschte durch den Eingang einen Blick auf die beiden Anführer, die inbrünstig miteinander diskutierten. Worüber sie wohl sprachen?

»Du hast genug erzählt. Und das Wichtigste ist: Du bist am Leben.« Liam sah mich so glücklich an, dass es sich anfühlte, als würde mein Herz für einen Moment in Licht getaucht werden. Ehe eine beklemmende Wolke aus Schmerz es zurück in die Dunkelheit stieß. Ich verdrängte das seltsame Gefühl, einen Fehler zu begehen. Denn jetzt endlich konnte ich das Leben führen, das wir kurz vor meiner Abreise begonnen hatten.

Liam griff meine Hand und nahm mich mit sich zum Fluss, in die Nähe meines Lieblingsortes. Dort blieb er stehen, zog mich dicht an sich und begann sich mit mir in einem stummen Takt zu wiegen.

»Was tust du?« Ich schnaubte belustigt, stimmte jedoch in seine Bewegungen mit ein.

Liam drehte mich sanft und hob die Schultern. »Wonach sieht es denn aus? Tanzen.«

Also tanzten wir im Regen wie in diesen kitschigen Liebesromanen. Bis meine Haare nass an meinen Wangen klebten. Liam strich sie fort, blickte mich mit einem intensiven Leuchten in seinen jadegrünen Augen an. Ich hatte in den letzten Wochen so oft an diese Augen gedacht, dass es sich wie eine Erlösung anfühlte, sie endlich wieder betrachten zu können. Sein Blick löste Schmetterlinge in mir aus, die für den Moment die Zweifel verscheuchten, die sich in meinem Inneren eingenistet hatten.

Wir kletterten über die Felsen und ließen unsere Beine über das Wasser baumeln, betrachteten die Nebelschwaden auf der Seite der Seher und versuchten, Figuren darin zu erkennen. Wir lachten über belanglose, nichtige Dinge. Darüber, wie zart sich die Regentropfen auf unserer Haut anfühlten, und wie schnell die Sonne über den Himmel wanderte. Aus dem Morgen wurde Mittag, aus dem Mittag früher Nachmittag. Für diesen einen Moment war alles gut. Und wenn das alles vorbei war, wenn ich die Beschwörer und Seher überzeugen konnte, dass die Gedankenleser nicht nur mörderische Monster waren, ja, dann konnten wir vielleicht in Frieden leben. Bis dahin genoss ich die Minuten des Glücks. Das wohlige Kribbeln in meinem Inneren, als Liam eine Hand an meine Wange legte und mich sanft zu sich zog. Er sah mir mit einem tiefen Blick direkt in die Seele und das Grün seiner Augen vermischte sich mit dem Bernstein der meinen. Ich erzitterte, als er seine Hand von meiner Wange zu meiner Hüfte senkte. Schließlich, als mein Herz schon wieder verräterisch laut pochte, beugte er sich vor, bis ich seinen Atem über meine Lippen tanzen spürte. Dann küsste er mich. Weich und zärtlich, wie eine Brise. Jede Berührung war bedacht, behutsam. Nicht so stürmisch und unvorhersehbar wie Ciels.

Ich schüttelte den Gedanken an ihn ab. Dieser Moment gehörte Liam, da wollte ich mich nicht von einem unverschämten Gedankenleser durcheinanderbringen lassen.

Also konzentrierte ich mich wieder auf den Mann vor mir, den Geschmack seiner Lippen und den leichten Fliederduft, der von ihm ausging. Ciel hatte nach Wald gerochen, nicht so süß und lockend, sondern herb und frisch.

Genervt schnalzte ich mit der Zunge. Ich konnte mich nicht davon abhalten, immer wieder an diesen schwarzhaarigen Idioten zu denken. Gerade jetzt und hier, wo ich glücklich und bei Liam war. Dass mir Ciel am Herzen lag, war mir klar gewesen, doch ich hatte gehofft, diese Gefühle würden verschwinden, sobald ich wieder zu Liam zurückkehrte. Ich musste Ciel loslassen, aber ich konnte es nicht.

Jedes Mal, wenn ich die Augen schloss und versuchte, mich Liams Liebkosungen hinzugeben, stachen die himmelblauen Iriden messerscharf in meinem Gedächtnis hervor.

»Beiß mich«, kam es mir über die Lippen, als sich Liam vorbeugte und eine Stelle an meinem Hals küsste, die nicht von dem Schal überdeckt wurde.

Stille.

»Was?«, hörte ich ihn irritiert und ich öffnete meine Augen.

Liam hatte etwas Abstand genommen und sah mich mit einem Stirnrunzeln an.

»Du sollst mich beißen«, wiederholte ich. Wahrscheinlich war ich verrückt geworden.

»Aber … ich … ich werde dich nicht beißen, Cara.« Er ließ die Hand sinken, die zuvor noch auf meiner Hüfte gelegen hatte.

»Wieso nicht?«, fragte ich ihn.

»Weil ich dir nicht wehtun möchte.«

»Ja, aber …« Ich biss mir auf die Unterlippe. Natürlich hatte ich alles wieder kaputtgemacht. Doch ich konnte mir nicht helfen. Jedes Mal, wenn Liam seine Lippen auf mich legte, sehnte ich mich nach diesem aufregenden Funken, den Ciel auf Rosalies Balkon in mir ausgelöst hatte.

»Du hast in den letzten Tagen so viel Gefahr und Angst überstanden. Ich will dir zeigen, dass das alles jetzt vorbei ist. Bei mir bist du sicher«, fuhr Liam fort und lehnte sich erneut zu mir, um mich zu küssen. Liebevoll und sanft. Viel zu sanft.

Ich riss mich los. »Das weiß ich zu schätzen«, antwortete ich wahrheitsgemäß. Liam war ein Engel. Er war so gut zu mir und doch zog es mich zum Teufel hin. »Aber was ist, wenn ich dir sage, dass ich die Gefahr mochte?«

Ich legte so viel Bitterkeit in diese Worte, denn insgeheim hoffte ich, dass er verstand. Dass er irgendwie aus dem Schmerz in meinen Augen lesen konnte, dass mein Herz zum Teil noch jemand anderem gehörte.

»Sie haben dich tatsächlich verwirrt, nicht wahr?« Die Härte in seiner Stimme ließ mich zusammenzucken.

Augenblicklich schien alles still zu stehen. Das ganze Glück war vom einen auf den anderen Moment verschwunden, fortgeweht im regnerischen Wind. Fassungslos sah ich ihn an. Hatte er das gerade wirklich gesagt?

»Ich bin nicht verwirrt«, wiederholte ich die gleichen Worte, die ich auch dem Krähenmann an den Kopf geschmissen hatte. »Wie kommst du denn jetzt darauf?«

»Seit du fort bist, hast du dich total verändert. Ich habe es schon an dem Tag gemerkt, an dem du um eine Verlängerung deines Aufenthaltes dort gebeten hast. Du sprichst wirres Zeug. Dass die Gedankenleser freundlich sind, dass du die Gefahr liebst. Wo ist das Mädchen, dass kein Risiko einging, weil es ihre Familien schützen wollte?«

»Darum ging es doch gar nicht!« Ich warf frustriert die Arme in die Luft. Langsam wurde ich wütend. »Ich bin nie ein Risiko eingegangen, weil ich es nicht konnte! Weil ich gebraucht wurde und meine eigenen Bedürfnisse immer hintangestellt habe. Aber davon habe ich überhaupt nicht gesprochen.«

Zornig schüttelte ich den Kopf. Mir wurde kalt, denn die nassen Klamotten klebten mir am Körper. Ich war mir nicht einmal sicher, auf wen ich wütend war. Auf Liam, weil er mir Vorwürfe machte, oder auf mich selbst, weil ich mir wünschte, er wäre mehr wie Ciel.

Als ich mir das eingestand, kochte die Hitze der Wut in mir noch höher.

»Woher willst du überhaupt wissen, dass ich mich verändert habe?«, fuhr ich ihn an. »Wir kannten uns drei Wochen, bevor ich zu den Gedankenlesern geschickt wurde. Drei Wochen, in denen ich verstört, ängstlich und überfordert war. Natürlich bin ich jetzt anders als damals.«

»Weil dir die Gedankenleser geholfen haben, nicht mehr verstört, ängstlich und überfordert zu sein?« Er blitzte mich herausfordernd an, nicht weniger wütend als ich.

Ich zögerte eine Weile, während ich über seine Worte nachdachte. Dann breitete ich die Arme aus und antwortete: »Ja.« Liams Gesicht wurde bleich. »Sie haben mich *gut* behandelt, Liam. Nicht wie eine Aussätzige. Sie haben mir keinen Grund gegeben, ängstlich und verstört zu sein. Nicht wie …«

»Wie wir?«, beendete er meinen Satz. Seine Stimme klang nüchtern und als er mich diesmal mit seinen glänzend grünen Augen ansah, lag darin keine Freundlichkeit mehr.

»Wie die meisten hier, ja. Du warst der Einzige, der mich nach meiner Zeremonie nicht gehasst hat«, antwortete ich.

»Also reiche ich dir nicht?« Seine Frage überrumpelte mich.

*Doch, natürlich,* wollte ich sagen, aber mir blieben die Worte im Hals stecken. Reichte er mir?

Liam gab mir keine Zeit, um mir darüber Gedanken zu machen. Mein Zögern genügte ihm als Antwort. Und als er erneut das Wort erhob, ließ mich die Kälte darin erschaudern. »Dann geh doch zurück zu ihnen. Geh, wenn es dir dort besser ging.«

Noch bevor ich ihn aufhalten, bevor ich überhaupt etwas entgegnen konnte, wandte er sich ab und marschierte davon.

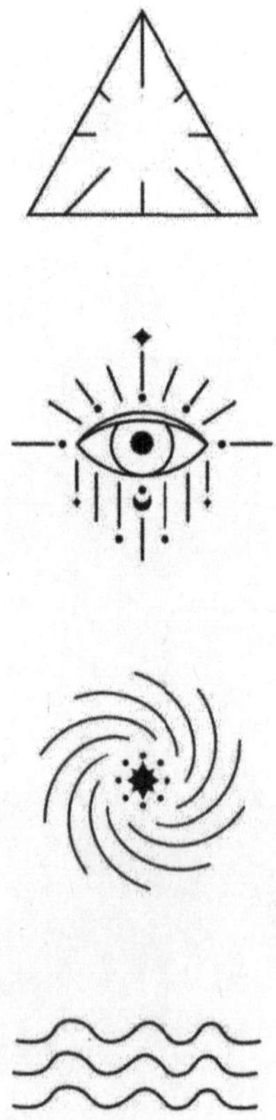

# 22

Alles in allem war meine Ankunft weitaus weniger blumig gewesen als erwartet. Sicher, die Anspannung war von mir abgefallen, kaum hatte ich das schmutzige Zelt mit dem Krähenmann hinter mir gelassen. Doch dafür war nur eine neue Anspannung hinzugekommen, eine neue Last, die mich zu erdrücken drohte. Ich war zurückgekehrt in der Hoffnung, hier eine Heimat vorzufinden, in der ich mich wohlfühlte.

Doch ich merkte schnell, dass sich diese Hoffnung nicht erfüllte.

Während ich mich bei den Gedankenlesern weiterentwickelt, meinen Horizont erweitert und alte Verhaltensweisen hinterfragt hatte, war die Welt hier stehengeblieben.

Es herrschten die gleichen Vorurteile, derselbe Hass, den ich vor vier Wochen zurückgelassen hatte. Die anderen Beschwörer begegneten mir mit dem gleichen Unmut wie zuvor. Cavier hatte ihnen zwar von meiner Mission erzählt, doch es änderte nicht ihre Meinung über mich. Für sie war ich immer noch das seltsame Mädchen mit den zwei Fähigkeiten, die Gedankenleserin, der Feind. Ich sah es in ihren Augen, die Angst und auch die Enttäuschung, dass ich zurückgekehrt war. Sogar Liam hatte ich vergrault, obwohl ich den Abend eigentlich nur hatte genießen wollen.

Lediglich meine Eltern warteten sehnsüchtig auf meine Heimkehr und als ich schließlich nach dem nervenaufreibenden Gespräch zu ihrem Haus zurückkehrte, stand dort eine frische Hühnersuppe für mich bereit und ich wurde in viele tränenreiche Umarmungen geschlossen. Sie hielten mich fest, ihre Tochter, die sie schon verloren geglaubt hatten.

»Wie erging es euch in den letzten Wochen?«, fragte ich, die Arme noch immer um meine Mutter geschlungen und sie lachte auf.

»Wir leben und haben Essen auf dem Tisch. Die wichtigere Frage ist, wie erging es dir?«

Also setzte ich mich mit ihnen an einen Tisch und begann, zu erzählen. Ich erzählte ihnen alles, was ich für wichtig empfand. Details, die Cavier und den Großen Seher nicht interessierten, aber unendlich prägend für mich gewesen waren. Ich erzählte von den hölzernen Hütten, die einen Hauch Heimat versprühten. Von den blubbernden Quellen, die aussahen, als wären sie in Sternenstaub getunkt worden. Ich sprach von Kyfta und den bunten Gewändern, von Wiolen und blauen Pilzen. All die schönen Dinge, die nicht nur in meiner Erinnerung, sondern auch in meinem Herzen einen Platz gefunden hatten.

Als ich fertig gesprochen hatte, lag Erstaunen in den Gesichtern meiner Eltern.

»Das klingt …«

»… unerwartet gut«, beendete Vater den Satz meiner Mutter.

Ich lächelte traurig. »Ja, das trifft es ganz gut.«

Meine Mutter legte mir einen Arm um die Schultern. Sie schien mir meinen Kummer anzusehen. Die Wehmut, die ich zu unterdrücken versuchte, während ich an den Ort dachte, den ich anfangs gefürchtet und nun so sehr zu lieben gelernt hatte. »Mit flammenden Flüssen und lebhaften Blüten können wir zwar nicht dienen. Aber dafür gibt es hier etwas anderes: Liebe. Unsere Familie ist wieder vereint. Vielleicht tröstet dich das, Carry.«

»Natürlich.« Ich lächelte und wischte mir eine einzelne Träne weg, die mir über die Wange lief. Es tat gut, sich seine Gefühle eingestehen zu können. Ein Zuhause zu besitzen, an dem ich akzeptiert wurde, wie ich war.

Auf einmal hörte ich ein Rascheln und als ich aufsah, blickte ich in die braunen Augen meiner Schwester. Sie stand an der Ecke zur Treppe und schien wohl die ganze Zeit über gelauscht zu haben. Noch immer lag tiefe Unruhe in ihrem Gesicht. Ich nickte ihr zu und wir beide verabschiedeten uns von unseren Eltern, gingen zusammen nach draußen in den Garten. Deren überraschten Blicke verfolgten uns beim Hinausgehen. Es war eine ganze Weile her, dass wir freiwillig gemeinsam Zeit verbracht hatten.

»Es hat dir dort also gefallen«, sagte Elara, als wir uns etwas abseits vom Haus unter einen Apfelbaum stellten. Sie blieb in großzügigem Abstand vor mir stehen und verschränkte die Arme vor ihrer Brust.

»Anfangs nicht«, entgegnete ich und lehnte mich an den rauen Stamm. Wenn ich die Augen schloss, konnte ich mir fast vorstellen, ich befände mich wieder im Wald bei den Gedankenlesern. »Ich hegte fürchterliches Misstrauen ihnen gegenüber. Tue ich noch immer.«

»Aber es ging dir besser dort als hier.« Sie machte kein Geheimnis aus ihrer Missbilligung, ihre Nasenlöcher weiteten sich skeptisch. Es kümmerte mich nicht. Von Elara hatte ich ohnehin kein Verständnis erwartet.

»Es ist nicht schwer, besser behandelt zu werden, als hier.«

Darauf antwortete sie nichts. Stattdessen blickte sie in den Himmel, kniff die Augen und den Mund zusammen, als würde sie sich zu irgendetwas überwinden müssen.

Ich wurde unruhiger, je länger wir so dastanden und ich ihr bei ihrem inneren Kampf zusah. Doch ich kannte sie gut genug, um zu wissen, dass ich sie in Ruhe lassen musste, bis sie die richtigen Worte fand. Ein einziger falscher Satz von mir könnte bewirken, dass sie sich für immer verschloss.

Irgendwann seufzte Elara tief. »Was ich dir jetzt sage, sage ich dir einmal und nie wieder. Ich werde mich nicht wiederholen. Und ich werde nicht diskutieren.«

Ich schluckte schwer und nickte.

Sie sah mich nervös an und als sie diesmal das Wort erhob, purzelten die Sätze nur so aus ihr heraus.

»Damals, an meinem neunzehnten Geburtstag … bei meiner Zeremonie … Da ist etwas passiert. Ich wusste, mir würde etwas Furchtbares geschehen, sollte es je herauskommen, also habe ich es verschwiegen. Ich habe diese Vase erschaffen und zu meinem Glück ist der Rest nicht aufgefallen. Aber die jetzige Situation verändert alles.«

»Von was sprichst du?«, unterbrach ich sie rasch. Ich verstand kein Wort von dem, was sie mir zu erzählen versuchte. Irritiert kräuselte ich die Stirn.

Elara sah mich grimmig an, als ich sie unterbrach. Dann schloss sie Augen. Atmete, ein-, zwei-, dreimal ein und aus.

»Ein Rabe kommt von links«, sagte sie plötzlich.

Verwundert sah ich gen Himmel. Da war kein Rabe.

»Was …?« Auf einmal hörte ich ein Krähen. Wie von Elara vorhergesagt, flog ein Rabe durch die Luft, drehte ein paar Runden über dem Apfelbaum und verschwand dann weiter in Richtung Osten.

»Woher wusstest du das?«, fragte ich verwirrt, als Elara ihre Augen öffnete.

»Ich weiß so einiges«, antwortete sie angespannt. »Morgen wird es regnen. Mutter wird sich dadurch erkälten, aber es geht ihr schnell wieder besser. Wir haben Glück, auf der anderen Seite des Dorfes wird der Fluss überschwemmen und einige Hütten unter Wasser stellen. Ich denke, es reicht, wenn wir die Plane aufstellen und den Eingang schützen.«

Mein Mund stand offen, während ich ihr zuhörte. Wie konnte sie das alles wissen?

»Jetzt komm schon«, sagte sie und sah mich eisern an. »Streng dein kleines Gedankenleser-Köpfchen an, dann wirst du schon eine Erklärung finden.«

Ein paar Momente starrte ich sie einfach an. Dann, ganz langsam, formte mein Mund die Worte, die so unglaublich, so wahnsinnig schienen. »Du bist eine Seherin.«

»Na siehst du, war doch nicht so schwer.« Sie funkelte mich an, aber ihr Ton hatte an Bissigkeit verloren.

Mir hingegen klappte die Kinnlade herunter. Ich hörte das Blut in meinen Ohren rauschen, während ich versuchte, diese neue Information zu begreifen. Elara, eine Seherin? Das konnte nicht sein! Oder etwa doch?

»Wie ist das überhaupt möglich?«, fragte ich sie mit gesenkter Stimme. Besorgt blickte ich um mich. Aber außer ein paar Tauben, die den Müll von der Straße pickten, war niemand zu sehen. »Und seit wann weißt du es?«

»Sagte ich doch bereits«, fuhr sie mich an. »Ich weiß es seit meiner Zeremonie. Die Sehermagie habe ich als erste gespürt. Sie war so … aufbrausend. Wie ein Windzug. Das Erste, was ich gesehen habe, war, dass ich noch eine andere Magie erhalten würde. Ich habe gesehen, was geschehen würde, wenn meine Andersartigkeit herauskäme, also habe ich stillschweigend auf meine Beschwörerfähigkeit gewartet und mir geschworen, niemals jemandem davon zu erzählen. Ein Leben unter Beobachtung – pah, das konnte mir gestohlen bleiben.«

Fassungslos hörte ich ihr zu. Sie war sichtlich aufgebracht, wippte nervös mit den Fußspitzen auf und ab und spielte ununterbrochen mit dem Ring, den sie an ihrem linken Zeigefinger trug. Dennoch schaffte sie es, ihre Gefühle größtenteils hinter ihrem strengen Gesichtsausdruck und der aufrechten Haltung verschlossen zu halten. Es war dieser Moment, in dem mir klar wurde, dass Elara eine Kämpferin war. Nun machte alles Sinn. Dass sie immer so zurückhaltend war. Ihre Wut auf mich, die ich andauernd das Gefühl hatte, sie beschützen zu müssen.

Elara musste nicht beschützt werden. Sie hielt seit Jahren ein Geheimnis unter Verschluss, hatte niemanden, dem sie sich anvertrauen konnte. Dennoch stand sie hier mit ihrer gewohnten Gleichmut. Sie kam viel besser mit ihren Fähigkeiten klar, als ich es tat. Sie war so viel stärker als ich.

»Ich habe versucht, es loszuwerden. Nicht nur die Magie der Seher, auch die der Beschwörer. Meine Fähigkeiten widerten mich an«, fuhr sie fort. »Ich wollte normal sein, verstehst du? Ein einfaches Mädchen mit einem einfachen Ehemann in einem einfachen Leben. Auch wenn ich wusste, dass du das nie verstanden hast.«

»Du hättest es mir sagen können«, sagte ich. »Es hätte so vieles leichter gemacht.«

»Hätte es das? Oder hätte es alles verkompliziert, wenn du gewusst hättest, dass ich eine *Fehlfunktion* habe?« Bei dem Wort Fehlfunktion verkrampften sich ihre Schultern und sie presste fest ihre Lippen aufeinander, nachdem sie die Frage ausgesprochen hatte.

»Ich bin wie du, Elara. Ich habe die gleiche Fehlfunktion.«

»Aber das wusstest du damals noch nicht.«

Da konnte ich ihr nicht widersprechen. Ich konnte es ihr nicht einmal übelnehmen, dass sie all das für sich behalten hatte. Denn die Wochen nach meiner eigenen Zeremonie waren alles andere als friedvoll gewesen. Ich erinnerte mich bildlich an den Moment, als ich realisiert hatte, was mit mir los war. Wenn ich die Möglichkeit gehabt hätte, damals im Zelt und unter den blinden Augen des Krähenmanns, ich hätte alles dafür getan, dass meine Fähigkeiten niemals ans Licht gekommen wären.

»Wieso erzählst du es mir jetzt?«, fragte ich sie, nachdem ich meine wirbelnden Gedanken sortiert hatte.

»Weil es nötig ist.« Auf einmal zögerte Elara wieder. Ein Schatten huschte über ihr Gesicht, nur ein paar Millisekunden lang, doch lang genug, dass ich es bemerkte. »Es geschehen Dinge«, sprach sie und ihre Stimme verlor plötzlich all ihre Kälte. Nun wirkte sie besorgt, fuhr sich mit den Fingern unschlüssig durch das schöne blonde Haar. »Ich habe Visionen. Immer öfter in letzter Zeit.«

»Visionen?«, wiederholte ich atemlos. »Ich dachte, die Seher hätten schon lange die Fähigkeit verloren, wahrhaftige Visionen zu empfangen? Nicht einmal ihr Anführer kann viel mehr als vage Bilder erhaschen.«

»Wundert es dich wirklich?«, fragte sie mich und taxierte mich genau, während sie die Arme verschränkte. »Bist du nicht auch stärker, als du es sein solltest? Besser?«

Sicher war ich das. Ich hatte innerhalb von Wochen Dinge erschaffen, die andere Beschwörer erst nach Monaten lernten. Es hatte nur eine einzige Trainingsstunde und Ciels wahnsinnigen Unterrichtsstil gebraucht, um eine Barriere zu meinen Gedanken zu errichten. Ich war gut, doch hatte das tatsächlich damit zu tun, dass etwas grundlegend anders war mit mir?

»Wieso denkst du, sind wir so? Denkst du, es gibt noch mehr?«, fragte ich Elara. Fieberhaft rief ich mir all die anderen Menschen aus meinem Dorf in den Sinn. Konnten weitere Magier dieses Geheimnis in sich tragen? Wieder erinnerte ich mich an das kryptische Zeichen, dass ich in Caviers Archiven gefunden hatte. Die Welle, die zu keinem der anderen drei Magiegruppen passte.

»Keine Ahnung«, antwortete sie leise. »Aber ich weiß, dass es ein Fehler war, zurückzukommen, Cara.«

»Wie meinst du das?«, fragte ich misstrauisch.

Sie erwiderte meinen alarmierten Blick mit kühler Entschlossenheit. »Ich hatte Visionen«, wiederholte sie und diesmal zitterte ihre Stimme, als sie sprach: »Sie zeigen immer das Gleiche.« Noch einmal versicherte sie sich, dass uns niemand belauschte. Schließlich sprudelte es aus ihr hervor. »Ich sehe einen blutgesprenkelten Schauplatz, irgendwo im Wald. Überall ist Rauch, als hätte jemand die Bäume entflammt. Ich höre Stimmen und das Rascheln schneller Schritte im Laub. Ein Kampf steht bevor, ein großer Kampf. Und er kommt näher …« Elara schloss die Augen und hielt sich mit einer Hand den Kopf. »Ich sehe es immer öfter, ich traue mich gar nicht mehr, schlafen zu gehen.«

»Du denkst, die Gedankenleser greifen uns an?«, fragte ich entsetzt. Sie mussten wahrlich Meister der Täuschung sein. In den vier Wochen bei ihnen hatte es keine Anzeichen für einen nahenden Angriff gegeben. Sie hatten trainiert, so wie die Beschwörer es auch taten, doch Rosalie hatte nach Jaspers Mord keine weiteren Ansprachen gegeben.

»Nein.« Elara schüttelte energisch den Kopf. »Ich sehe sie dort liegen, Cara. Im Wald, verletzt. Es sind nicht die Gedankenleser, die uns angreifen. Ich glaube, wir sind es. Er stand da, über ihnen, mit einem Schwert aus Magie. Cavier.«

Es fühlte sich an wie Blei. Wie Blei, das durch meine Atemwege gepresst wurde. Die Erkenntnis sickerte viel zu langsam in mein Bewusstsein. Aufgehalten durch all die Zweifel, denn *es konnte nicht sein.* Wir waren doch die Guten. Mein Leben lang war ich überzeugt davon gewesen, dass es so war.

»Ciel«, hauchte ich, mehr zu mir selbst als zu Elara.

Es war keine Lüge gewesen. Er hatte es mir gesagt und ich mich davor verschlossen. Die Gedankenleser waren nie Monster zu mir gewesen, sie hatten versucht, mich vom Gegenteil zu überzeugen.

»Ich habe bereits vor einer Weile gesehen, dass es Kämpfe an der Mauer gab«, flüsterte Elara. »Ich glaube, die Beschwörer und Seher suchen schon lange nach dem Ort, an dem die Gedankenleser ihr Lager aufgeschlagen haben.«

Ich lachte hysterisch auf. Natürlich taten sie das. Liam hatte es mir gesagt, ich war selbst dort gewesen, als die Beschwörer auf Entdeckungstour gewesen waren. Sie haben die Mauer nie verteidigt. Sie haben sie beobachtet. Und ich habe ihnen vor ein paar Stunden das Einzige gesagt, was ihnen für einen Angriff noch fehlte. Der Große Seher wollte wissen, wo sich ihr Lager befand. Er wollte wissen, wo sie ihre Waffen versteckt hielten, und ich hatte ihm die Antwort gegeben.

»Ich muss sie warnen«, sagte ich, während kalte Angst meinen Nacken hinaufkroch. Wenn es stimmte, was Elara sagte, war es nur eine Frage der Zeit, bis es zu spät sein würde.

Hektisch drehte ich mich in Richtung des Dorfplatzes, erwartete fast schon den Geruch frisch entzündeter Fackeln, mit denen sich die Beschwörer auf den Weg in den Wald machten.

»Als ich dich besucht habe, am Tag deiner Abreise«, fügte Elara schnell an und ich hielt inne, »da hatte ich das erste Mal diese Vision. Ich wusste nicht, ob du darunter sein würdest. Unter diesen Menschen, die im Wald verbluten.« Sie trat nervös von einem Bein aufs andere.

»Ich dachte mir bereits, dass du nicht so große Aussichten auf meine lebendige Rückkehr hattest. Sonst hättest du dich wohl kaum verabschiedet«, erwiderte ich lächelnd.

»Ja … vielleicht hätte ich es dir da schon sagen sollen, die Sache mit meiner Magie. Ich habe es mir auch wirklich überlegt, aber … Ach, ich weiß nicht. Wie hätte dich das schützen können?

Es hätte dich nur noch mehr abgelenkt und du brauchtest deine Konzentration, um am Leben zu bleiben.« Sie sah mich scheu an. »Ich dachte, du könntest dir mit der Münze vielleicht Hilfe erkaufen, sollte es tatsächlich zu einem Kampf kommen.«

»Ich habe die Münze für eine Karte ausgegeben«, beichtete ich und räusperte mich.

»Idiotin«, kam es nur als Antwort. Elara schüttelte lächelnd den Kopf, dann lachten wir beide leise.

Es war ein friedvoller Moment. Ich glaubte, meiner Schwester nie so nahe gewesen zu sein wie jetzt. Doch ich musste los. Es blieb nicht mehr viel Zeit, davon war ich überzeugt.

Ich wollte mich auf den Weg machen, hielt jedoch noch einmal inne. »Elara?«

»Hm?«

»Danke.« Ich lächelte sie an und sie erwiderte es leicht.

»Bieg das wieder gerade«, antwortete sie streng, ehe sie erneut gen Himmel sah. »Die Zukunft ist nicht in Stein gemeißelt, weißt du? Es gibt immer mehrere Szenarien.« Mit diesen Worten drehte sie sich um und ging zurück zu unserem Elternhaus, ohne mich noch einmal anzublicken.

Eilig hastete ich zum Zelt, wo ich Cavier und den Anführer der Seher zurückgelassen hatte. In meinem Kopf wirbelten die Gedanken. Elara war wie ich. Das kam mir noch immer so verrückt, so unwirklich vor und doch zweifelte ich nicht an ihren Worten, denn nun ergab so vieles Sinn.

Ich musste irgendwie verhindern, dass die Beschwörer und Seher in den Finsterwald einmarschierten. Wie? Keine verdammte Ahnung. Vielleicht half es, wenn ich noch einmal mit ihnen sprach. Denn genauso, wie ich an die Unschuld mancher Gedankenleser geglaubt hatte, so konnte ich auch jetzt nicht glauben, dass jeder in diesem Dorf einen Krieg wollte. Womöglich stimmte es, unser Land verlor an Fruchtbarkeit, während das der Gedankenleser aufblühte. Aber eine gewalttätige Übernahme war nicht die Lösung, das mussten sie doch verstehen!

Schlitternd bog ich um die letzte Ecke und stürmte in das mir mittlerweile so verhasste Zelt. Wenn nötig, würde ich den Krähenmann an seinem dunklen Stuhl festbinden und Cavier mit Magie am Austreten hindern.

Ich setzte bereits die Kälte in mir in Schwingungen. Bunte Schatten waberten um mich herum, pulsierende Energie, die nur darauf wartete, dass ich sie zu einer Waffe formte oder als Schutzschild einsetzte. Ich wusste nicht, woher diese plötzliche Gewissheit kam. Aber als ich schwer atmend vor dem großen Stuhl stehen blieb, wurde mir klar, dass ich die Gedankenleser mit meinem Leben verteidigen würde.

Denn, verdammt noch mal, ich war eine von ihnen! Ich würde nicht zulassen, dass sie ihre Heimat verloren, nur weil ich einen Fehler begangen hatte. Ich hatte sie verraten, doch ich würde es wieder gutmachen, ich würde …

Erst jetzt bemerkte ich, dass es ungewöhnlich ruhig um mich herum war. Meine Energie tanzte wie wild durch die Luft, aber es gab niemanden, auf den ich sie schleudern könnte. Der Stuhl, auf dem der Alte sonst immer wie angewachsen saß, war leer. Auch Caviers flammend rotes Haar konnte ich nicht entdecken und der Rat stand nicht wie gewohnt im Hintergrund. Das Zelt war verlassen.

War ich zu spät?

Das konnte nicht sein. In welcher Zeit hätten die Großen denn einen Angriff beginnen sollen? Ich hatte bei Elara doch Ausschau gehalten, die Umgebung nach brennenden Fackeln oder kampfbereiten Kriegern abgesucht. Es sei denn …

Fieberhaft überlegte ich, wie lange ich wohl mit Liam im Regen getanzt und mit ihm geredet hatte. Die Zeit war verflogen, wie immer, wenn ich mich in seiner Nähe befand. Konnten die Großen diese Zeit genutzt haben, um zur Mauer zu schleichen? Das machte einfach keinen Sinn.

Wenn ich es mir recht überlegte, wusste ich überhaupt nicht mehr, was Sinn machte. Ich hatte gedacht, Cavier wäre mein Freund. Ein Mentor, sicher, aber er hatte mir so viel beigebracht und ich hatte ihm vertraut. Nun wurde mir klar, dass er mich angelogen hatte. Wie auch die anderen Beschwörer und Seher hatte er mich in dem Glauben gestärkt, die Gedankenleser wären verantwortlich für die vermehrten Kämpfe.

Wäre ich bloß mit Elara mitgegangen, als sie mich um ein Gespräch gebeten hatte, anstatt Cavier ins Zelt zu folgen. Ich würde mich nicht wundern, hätten er und der Seher in den Wochen meiner Abwesenheit diesen Tag und den Angriff auf den Wald bis ins Detail geplant. Wahrscheinlich hatte ihnen mein Streit mit Liam in die Karten gespielt. Ich war abgelenkt gewesen, was ihnen genug Zeit verschafft hatte, um sich heimlich in die Wälder zu schleichen, ohne dass ich es mitbekam.

Und während ich vor dem leeren Stuhl stand, auf das dunkle Holz starrte und die Panik in mir zu einer alles verzehrenden Masse wuchs, hörte ich von draußen einen Schrei.

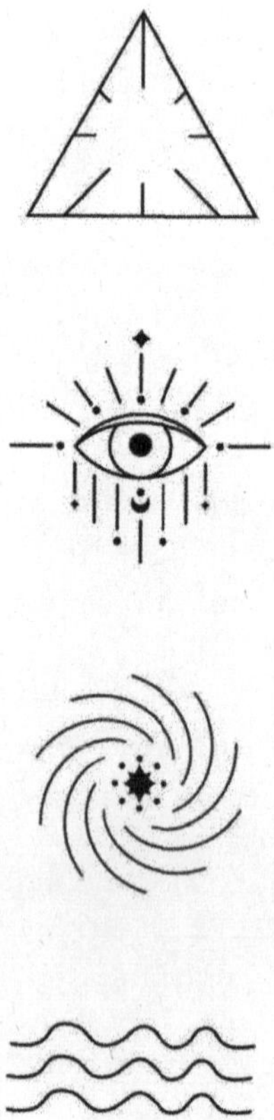

# 23

Ich rannte so schnell mich meine Füße trugen.

Ein Knall war zu hören und ich lief darauf zu, vorbei an den verwirrten Händlern auf dem Markt, die alle aufgeschreckt in Richtung des Lärms blickten. Einige hatten vor Schreck ihre Ware fallen gelassen, ein Korb lag am Boden, aus dem frische Äpfel und Kräuter purzelten.

Die Tür des Trainingslagers stand offen, als ich hineinstürmte. Anfangs konnte ich überhaupt nichts erkennen, so überfüllt war der Raum von Beschwörern, die in ihrer Kampfkleidung umherrannten und sich gegenseitig Dinge zuriefen. Ich ging in dem wilden Getümmel unter und das harte Klopfen der unzähligen Schritte auf dem Marmorboden pochte in meinem Kopf.

Ich streckte die Hand aus, als gerade eine der Beschwörerinnen an mir vorbeieilte. Valentina, die große blonde Schönheit, starrte mich wütend an, als sie von mir zum Taumeln gebracht wurde.

»Lass mich los, Gedankenleserin«, zischte sie und versuchte, ihren Arm aus meinem Griff zu befreien. Natürlich gehörte sie zu denjenigen, die meiner Rückkehr nicht fröhlich entgegengeblickt hatten. Kaum verwunderlich, sie war eine enge Freundin von Jasper gewesen und hielt mich verantwortlich für sein Verschwinden. Irgendwie war ich das ja auch. Was sie wohl sagen würde, würde ich ihr erzählen, dass ich ihn in einem Beet aus Narzissen begraben hatte?

Valentina kämpfte gegen mich an und riss sich schließlich los. Ihr Blick sprühte Funken, als sie mich damit wütend durchbohrte.

»Du bleibst stehen«, sagte ich bestimmt und erntete nur einen herablassenden Blick.

»Einen Teufel werde ich tun«, entgegnete sie, hob arrogant ihr Kinn und … bewegte sich nicht. »Was soll das?«, fragte sie panisch. »Wieso kann ich mich nicht bewegen?« Dann wurde ihr Blick ängstlich. »Du«, hauchte sie mich hasserfüllt an.

Ich wusste, dass es töricht war, Gedankenlesermagie einzusetzen, hier, in einem Lager voller Beschwörer. Wahrscheinlich würde sie mich verpfeifen, sobald ich sie gehen ließ. Aber um Himmels willen, ich wollte nur wissen, was los war!

»Sag mir, was hier los ist«, befahl ich und ignorierte die Blitze, die regelrecht aus ihren Augen schossen.

»Du wirst dafür bezahlen!«, fauchte sie, doch als ich sie nicht gehen ließ, seufzte sie schließlich und gab nach. »Was soll schon los sein? Es gibt Verletzte und die müssen, so schnell es geht, versorgt werden. Wahrscheinlich stirbt jetzt jemand, weil du mich hier festhältst. Toll gemacht«, sagte sie hochmütig und nickte nach links.

Ich folgte der Bewegung und sah in der Menge ein paar Beschwörer, die eine Trage aus dunkler Energie über ihren Köpfen herführten. Darauf lag eine Frau, deren linke Schulter fürchterlich blutüberströmt war.

»Wo wurden sie verletzt?« Meine Zähne knirschten, so fest presste ich sie aufeinander. Doch ich wartete Valentinas Antwort nicht ab. Mist, ich wusste, wo sie verletzt worden waren. Wieso hatte ich auch all diese Umwege gemacht? Ich hatte gehofft, Cavier aufzufinden, bevor sie tatsächlich in die Wälder einmarschierten. Jetzt musste ich die verlorene Zeit irgendwie aufholen.

Also ließ ich Valentina stehen und hörte ihre Protestrufe noch lange hinter mir herschallen. Es war mir egal. Sollte sie da stehen bleiben, bis sie mit dem Boden verschmolz. Ich musste in den Wald, aus dem mir immer mehr Beschwörer entgegenkamen. Manche pressten sich nasse Wickel auf ihre Schnittwunden, andere halfen dabei, die Schwerverletzten zum Trainingssaal zu tragen. Ich beachtete sie nicht, sondern rannte an ihnen vorbei, ignorierte die Rufe, die mich zum Helfen aufforderten.

Ich nahm die Umgebung kaum wahr, die Silhouetten der Bäume und Gestalten verschwammen miteinander. Mir ging nur eine einzige Sache durch den Kopf: *Ich bin zu spät, ich bin zu spät, ich bin zu spät.*

Als ich sie schließlich erreichte, ging mein Atem stoßweise, meine Beine brannten und ich hatte mir mindestens ein duzend Mal die Arme an irgendwelchen Baumstämmen angeschlagen. Entsetzt blieb ich stehen, begutachtete die herrschaftliche Mauer.

Heute Morgen hatte sie noch ganz normal ausgesehen. Die glänzende Barriere war erbarmungslos hoch und so selbstverständlich massiv gewesen, als würde sie bereits seit Jahrhunderten dort stehen und weitere hundert Jahre standhalten.

Jetzt jedoch konnte ich nicht bezweifeln, dass Cavier selbst seine Magie daran gewirkt hatte. Er hatte ganze Arbeit geleistet. Die Mauer war … verändert. Nicht mehr starr und massiv, nein, sie *floss*. Jeder Stein schien zu vibrieren, schwamm in wellenartigen Bewegungen umher und ließ jeden hindurch, der sich ihr näherte.

Einige Beschwörer hasteten an mir vorbei. Die Mauer verschluckte sie, ließ sie auf die andere Seite und verschloss sich danach wieder.

Ich hielt einen von ihnen am Arm fest, als er an mir vorbeieilte, und hinderte ihn so daran, den anderen nachzulaufen.

»Ihr müsst aufhören!«, sagte ich zu dem Fremden. Verzweiflung schwang in meiner Stimme mit. Von unten herauf sah ich ihn an, fast schon flehend, als könnte ich ihn damit überzeugen, all dem ein Ende zu bereiten. Er musste Mitte vierzig sein, hatte bereits angegrautes Haar und noch grauere Augen. Anscheinend wurden nicht nur die auszubildenden Beschwörer in den Kampf geschickt. Jede kampffähige Frau oder Mann war anwesend, was unmöglich etwas Gutes bedeuten konnte. »Das alles ist ein furchtbarer Fehler.«

»Anweisung von oben«, sagte er mit erstaunlich ruhiger Stimme. »Aber es ist ohnehin bereits vorbei. Wir holen nur noch die Verletzten und ziehen uns dann zurück.«

»Jetzt schon? Wie meinst du, es ist vorbei?«

»Hast du bei den Vorbereitungen geschlafen?«, warf er mir vor. Er schien mich nicht zu kennen und für unfassbar dämlich zu halten und ich atmete einmal tief durch, um ihn nicht vor Wut rücklings gegen die Mauer zu schleudern.

»Nein. Ich war bei den Vorbereitungen auf der anderen Seite und habe euch die Informationen beschafft, die noch gefehlt haben«, sagte ich und sah mit Genugtuung, wie sich seine Augen vor Schreck weiteten.

»Du bist das!«, keuchte er atemlos und endlich gab er mir die Antworten, nach denen ich die ganze Zeit suchte. Ich hasste es, dass er mich ansah wie eine Kriegsheldin. »Wir haben uns die letzten Wochen über vorbereitet. Standen quasi in den Startlöchern. Kaum haben uns die Großen den Standort der Gedankenleser genannt, sind wir vormarschiert. Der Angriff kam für sie überraschend, wir haben sie überrumpelt und Feuer gelegt. Schnell und effektiv. Danke noch mal für deine Unterstützung.« Mein Herz setzte einen Schlag aus. »Aber wir haben uns zurückgezogen, als sie angefangen haben, zurückschlagen.«

»Sie haben zurückgeschlagen?«, hauchte ich und konnte den hoffnungsvollen Tonfall nicht unterdrücken. Wenn sie sich hatten wehren können, war das Ausmaß vielleicht nicht so schlimm. Ich wusste, wie stark sie waren, Joleen, Ciel und Emma. Es würde mehr als ein Feuer brauchen, um sie zu besiegen.

»Ja. Anschließend sind sie verschwunden. Keine Ahnung, wie sie so schnell fliehen konnten. Diese kleinen Bastarde sind gerissen.«

Es knallte.

Mit einem kräftigen Hieb schlug ich ihm ins Gesicht.

»Diese kleinen Bastarde sind meine Freunde«, zischte ich.

Schon huschte ich an dem Mann vorbei, der sich verwundert die schmerzenden Kiefer hielt. Ich ließ mich von der Mauer verschlucken. Es fühlte sich an wie Wasser, als ich hindurchwatete, und sobald ich auf der anderen Seite ankam, rannte ich den Weg zum Lager der Gedankenleser und mit jedem Schritt wurde mein Herz … leichter.

Nicht, weil ich keine Angst hatte. Himmel, ich hatte furchtbare Angst. Davor, anzukommen und festzustellen, dass das Lager dem Erdboden gleichgemacht worden war. Elaras Vision wahrgeworden zu sehen und blutende Gedankenleser auf dem Waldboden vorzufinden. Andererseits durchflutete mich jedoch eine tiefe Erleichterung, je weiter ich in den zauberhaften Wald hineinlief. Dies hier, dieser Ort, war es, der mich entzückte. Der Geruch frischen Laubes und friedlicher Winternächte, die so viel Leben und Freiheit versprachen.

Ich würde es retten.

Je weiter ich lief, desto seltener kamen mir Beschwörer entgegen. Ich beachtete sie nicht, auch wenn sie mir ab und an Worte zuriefen. Meine Ohren rauschten vor Anspannung, ich konnte ohnehin nichts verstehen. Irgendwann war ich schließlich ganz allein.

Die Beschwörer hatten wirklich einen schnellen Angriff gewagt und ihre Verletzten in Windeseile zum Dorf zurückgebracht. Doch je weniger Menschen mir entgegenkamen, desto öfter zeigten sich die Blätter der umliegenden Bäume rot gesprenkelt. Hätte ich es nicht besser gewusst, hätte ich gedacht, jemand wäre mit einem Farbeimer hindurchspaziert und hätte die Bäume mit Farbe betupft.

Irgendwann bemerkte ich den Geruch verkohlten Holzes. Erst ganz leicht, als hätte jemand irgendwo ein kleines Feuer entzündet. Doch mit der Zeit wurde er so stark, dass er sich in meine Atemwege brannte. Als ich an die Stelle kam, wo sich der Rauch durch die Äste schlängelte, wusste ich, dass es schlimmer war als befürchtet.

Ich erwartete hektische Stimmen und Magier, die das Feuer zu bekämpfen versuchten. Als ich jedoch übereilt in das Lager stolperte, war dieses menschenleer. Niemand war zu sehen, kein Geräusch zu hören, außer das Knistern der Flammen, die um die Holzhütten züngelten. Erschrocken lief ich zur Mitte des Platzes, betrachtete das ganze Ausmaß der Zerstörung. Die meisten Holzhütten waren bereits eingebrochen und kokelten langsam vor sich hin. Dunkle Rauchschwaden zogen gen Himmel und verdeckten ihn wie eine Regenwolke. Der Waldboden, auf dem sonst Hortensien wuchsen, war kahl und trüb. Sie hatten das Feuer in der Mitte des Lagers gezündet, nahe dem großen Baum, an dem Ciel Jasper ermordet hatte. Als ich panisch die Tür eines brennenden Hauses eintrat, um die dort lebenden Gedankenleser zu befreien, war darin keine Menschenseele. Ich wusste nicht, ob ich das beruhigend oder merkwürdig finden sollte.

Rasch drehte ich mich um, schweifte mit dem Blick weiter suchend durch das Dorf. Hinten am Dorf waren die Flammen bereits auf den Wald übergesprungen. Glücklicherweise sah es so aus, als wären erst wenige Meter vom Brand betroffen. Ich dankte dem Himmel für den Nieselregen, der das Gehölz den Tag über genässt hatte und das Feuer natürlich eindämmte. Dennoch, bei dem Anblick des niedergebrannten Dorfes zog sich meine Brust schmerzlich zusammen. Gleichzeitig schlug mein Herz so wild, dass mir beinahe die Luft wegblieb. Ich atmete panisch ein, versuchte, meinen gehetzten Atem zu beruhigen. Wo waren nur die anderen?

Es fühlte sich seltsam an, hier zu sein. Heute Morgen war ich aufgebrochen, in der festen Überzeugung, nie mehr zurückzukehren. Nun hatte sich alles verändert, obwohl nur Stunden nach vergangen waren.

Während ich über den schwarzen Boden schritt, sah ich mich aufmerksam zu allen Seiten um. Vielleicht waren die Gedankenleser an den Fluss geflohen, um sich in Sicherheit zu bringen. Aber gleich alle? Es kam mir verdächtig vor, dass wirklich niemand mehr anwesend war. Ein paar von ihnen sollten doch zumindest versuchen, ihr Hab und Gut aus den Hütten zu retten und das Feuer zu löschen. Irgendwas ging hier vor sich, nur wusste ich nicht …

»Cara.« Eine Hand kam wie aus dem Nichts hervorgeschnellt und zog mich energisch zur Seite. Alarmiert fuhr ich herum, bereit zuzuschlagen, wer auch immer mich da hinfortzog. Gerade rechtzeitig erblickte ich die sichelförmigen grünen Augen und zog meine Faust zurück, ehe sie Joleen am Kinn treffen konnte.

Sie sah fürchterlich aus. An ihrer Wange prangte eine tiefe Schramme und Ruß schwärzte stellenweise ihr Gesicht. Er hob sich so stark von ihrem bleichen Hautton ab, dass ich ihn am liebsten fortwischen würde. Die roten Haare lagen zerzaust und schmutzig um ihre Schultern, ein Zweig hing darin, als wäre sie noch vor Kurzem durch den Wald gerannt.

»Wo sind die anderen?«, fragte ich hektisch und stellte mich auf die Zehenspitzen, um an ihr vorbei zu blicken.

Joleen drehte mich jedoch nur ungeduldig in die andere Richtung und deutete mit dem Finger auf einen der vielen Bäume, dessen Äste sich weit in den Himmel erstreckten und große, geisterhafte Schatten warfen.

»Ich verstehe nicht«, sagte ich stirnrunzelnd. Meine Stimme klang langsam hysterisch und nahm einen ungewöhnlich hohen Ton an. »Wo sind die anderen, Joleen?«

»Dort vorne.« Wieder deutete sie auf den Baum.

Vielleicht hatte sie den Verstand verloren?

»Ich sehe niemanden«, versuchte ich es erneut.

»Doch tust du.« Sie wurde immer drängender. »*Sieh hin,* Cara.«

Verzweifelt starrte ich den Baum an, blinzelte ein paar Mal heftig und fragte mich, was um Himmels willen sie mir damit sagen wollte. Plötzlich spürte ich ein Zwicken in mir. Meine Magie flüsterte zu mir, kleine Hitzewellen, die sanft bis in meine Schläfe pochten. Auf einmal sah ich nicht nur einen großen, alten Baum inmitten eines menschenleeren, zerstörten Dorfes.

Überall saßen Gedankenleser.

Ein paar von ihnen hatten sich unter dem Baum niedergelassen, sie versorgten die Wunden von Freunden oder ihre eigenen. Einige wuselten durch die Menge und sammelten Dinge zusammen, die sie aus den Flammen retten konnten. Ich erkannte Emma neben einem finster aussehenden Jungen stehen. Die beiden hielten Eimer mit Wasser in den Händen und versuchten damit, die Flammen zu löschen. Sie redete hitzig auf ihn ein, in ihrem sonst so abgeklärten Gesicht lag ein besorgter Ausdruck.

Das Dorf war alles andere als leer. Jeder befand sich hier, jeder kümmerte sich um das Chaos. Wie konnte es sein, dass ich sie erst jetzt bemerkte?

»Was …?«, begann ich atemlos, doch Joleen zog mich schon mit.

Sie führte mich etwas abseits, damit wir den vielen Menschen nicht im Weg standen, die durch die Gegend eilten. Dann schaute sie mich so eindringlich aus ihren grünen Augen an, dass es mir die Sprache verschlug. Ich hatte sie bislang nie so ernst gesehen, es sah beinahe herrisch aus.

»Es sind, glaube ich, noch Sachen in deiner Hütte. Du hattest Glück, dass du nicht hier warst, als sie angegriffen haben, einige von uns wurden von den Flammen überrascht. Hol dein Zeug und bring alles raus, wir müssen, so schnell es geht, von hier verschwinden.« Sie presste die Lippen aufeinander. »Wir dachten uns bereits, dass sie bald kommen würden. Wir haben es immer mal wieder in den Gedanken der Beschwörer gelesen, die sich an der Grenze herumgeschlichen haben. Deshalb haben wir uns vermehrt vorbereitet in den letzten Wochen. Aber jetzt schon? Das alles kam so unerwartet schnell. Der Anführer der Beschwörer war höchstpersönlich hier und hat einige unserer Leute verletzt.«

Ich schwieg getroffen. Brachte es nicht über mich, ihr zu beichten, dass ich genau wusste, wieso sie ausgerechnet jetzt angegriffen hatten. Dass ich es war, die dafür die Verantwortung trug.

»Sie werden wiederkommen«, sagte Joleen mit angespanntem Blick in Richtung Wald. Dann drehte sie sich um und eilte davon, ließ mir nicht einmal mehr die Chance, Fragen zu stellen.

Ich stand hier, völlig hilflos und überfordert, und beobachtete, wie die anderen ihren Arbeiten nachgingen. Keine Ahnung, wo Joleen hingegangen war, keine Ahnung, wie ich helfen konnte. Also tat ich das Einzige, was mir einfiel: Ich gehorchte. Eilig lief ich den Weg zu meiner Hütte. Vor dem Morgengrauen hatte ich sie verlassen, keine zehn Stunden später und schon war ich zurück.

Jetzt stand ich in der eingebrochenen Tür und schwenkte meinen Blick durch den Raum. Er sah einigermaßen unversehrt aus. Ich hatte Glück, dass meine Hütte abseits stand und nicht so zentral wie Joleens. Ich wollte mir gar nicht ausmalen, wie ihr Zuhause wohl aussah. Sicherlich war es komplett zerstört worden, nichts mehr als Asche und Scherben der Erinnerung übrig.

Ich packte die wenigen Wertsachen, die ich besaß, in eine Tasche. Die bläulich schimmernde Peitsche, einige der schwarzen Kleidungsstücke, die mir die Gedankenleser zur Verfügung gestellt hatten, und die Karte, die ich mit Elaras Münze gekauft hatte. Ich drückte sie an meine Brust, schloss die Augen und tat etwas, das ich seit Jahren nicht mehr getan hatte.

Ich betete.

Ich betete für Elara, dass wir einen Weg fanden, den Grund für unsere merkwürdigen Fähigkeiten zu erfahren. Ich betete für die Gedankenleser, dass sie es lebend aus diesem Drama hinausschafften, und ich betete für meine Familie, die in diese Situation hineingezwungen worden war und der jetzt ein Krieg bevorstand.

Erst als ich hinkende Schritte hörte, öffnete ich meine Augen wieder.

»Ciel«, wisperte ich und blickte auf die Wunde an seinem Bein, aus der hellrotes Blut floss. Ansonsten sah er aus wie immer, ein bisschen blasser vielleicht, aber nicht weniger bezaubernd.

Ich unterdrückte den Drang, zu ihm zu gehen und meine Hand an seine Haut zu halten, einfach nur, um zu überprüfen, ob er echt war. Ich war mit dem Gedanken gegangen, ihn genauso wenig wiederzusehen wie diesen Ort hier, doch es hatte eine Leere in mir zurückgelassen, die sich nicht verdrängen ließ.

Ihm jetzt gegenüberzustehen, diesem Mann mit den leuchtend blauen Augen, setzte meinen Körper unter Strom.

»Nicht so schlimm«, winkte er ab, als auch er einen Blick auf sein Bein warf. Er hatte eine Bandage darum gewickelt, doch sie sah alles andere als sauber gebunden aus. Jedes Kind könnte es besser und ich schmunzelte bei dem Gedanken, wie er sich abgemüht haben musste, um sie anzulegen. »Eine Pfeilwunde, nichts weiter. Er wollte sicherlich mein Herz treffen, na ja, zielsicher sind die Seher wohl nicht.«

»Sonst geht es dir gut?«, fragte ich mit einem besorgten Zittern in der Stimme.

Ciel nickte stumm.

Auf einmal brach etwas in mir zusammen. All die Selbstbeherrschung, als die Kühnheit, die ich mir bewahrt hatte, verschwand mit einem Mal. Er hatte schon immer diese Wirkung auf mich gehabt, diese Gabe, mich aus meinem Gleichgewicht zu bringen. Ich hasste es an ihm, genauso wie ich es liebte.

»Es ist meine Schuld«, brach es aus mir heraus. »Ich war es, Ciel. Ich habe ihnen erzählt, wo genau sich das Lager befindet. Meinetwegen ist all das passiert.« Mein Körper begann, unkon-trol-liert zu beben. Plötzlich beichtete ich ihm alles, auch wenn es nicht nötig gewesen wäre. Ciel musste es ohnehin schon gewusst haben, denn er zuckte nicht mal mit den Wimpern. »Heute Morgen habe ich mich zurückgeschlichen. Ich habe dir nicht geglaubt, weißt du? Ich dachte, du wärst nur zu blind, um zu sehen, was Rosalie im Schilde führt. Dabei war ich es, die blind war. Ich habe Cavier und Arvid alles erzählt und sie haben direkt im Abschluss den Angriff angeordnet. Ich wusste nicht, dass sie das tun würden, sonst hätte ich es nie soweit kommen lassen. Und ich weiß, dass ihr mich jetzt hasst, aber du musst mir glauben, dass es mir wirklich, wirklich leid …«

Ich kam nicht mehr dazu, weiterzusprechen. Mit wenigen Schritten trat Ciel auf mich zu. Seine schwarzen Haare verschwammen mit den Schatten des Zimmers und ließen seine blauen Augen noch intensiver hervorstechen. Dann schlang er seine Arme um mich, fuhr mir mit der Hand immer wieder beruhigend über den Kopf.

»Schon gut«, sagte er leise. Die Wärme seiner Arme hüllte mich ein und legte sich so sanft um meine Seele, dass sich meine Brust immer enger zusammenzog. Ich hatte sie alle in Gefahr gebracht und er sollte mich hassen, stattdessen hielt er mich fest und schenkte mir Sicherheit. Eine Sicherheit, die mir die Maske der Stärke abnahm, hinter welcher ich meine Emotionen verbarg. Die Schuld lastete so schwer auf mir, dass ich glaubte, zusammenzubrechen, würde er mich loslassen. Um den Krieg zu verhindern, war ich hierhergekommen und nun lag das Dorf in Trümmern. Nichts hatte ich aufhalten können, weil ich blind und stur gewesen war. Ich presste meine Lippen aufeinander, kniff die Augen zusammen, doch der Kloß in meinem Hals kroch immer höher. Verzweiflung, Wut und Selbstvorwürfe stürmten wie ein Gewitter durch mich hindurch und schließlich sammelte sich all die Bitterkeit als Brennen in meinen Augen und als Schluchzen in meiner Kehle. Tränen kullerten über meine Lider, rannen über meine Wangen und versickerten an Ciels Brust. Er hielt mich und ich weinte. Krallte mich in den Stoff seiner Kleidung und drückte mein Gesicht gegen ihn, als könnte ich mich bei ihm verstecken.

Und Ciel nahm mir Stück für Stück den Schmerz, der mich von innen verbrannte, wie das Feuer die Hütten. Mit jedem geduldigen Herzschlag, jedem Streicheln seiner Hand auf meinem Haar. Seine Ruhe vertrieb die Leere, bis meine Tränen langsam versiegten und meine Schultern aufhörten, zu beben.

Schließlich schaute er mich an. Mit einer Hand griff er an mein Kinn, drückte es nach oben und musterte mich ausgiebig. Der Blick seiner himmelblauen Augen tanzte über mein Gesicht.

»Kopf hoch, Engel«, sagte er, als wir uns aus nächster Nähe ansahen. »Trauer steht dir nicht.«

»Bist du nicht sauer?«, wollte ich mit vom Weinen brüchiger Stimme wissen.

»Doch, ein wenig.« Er lächelte schwach. »Ich würde dich wegen deiner Dummheit am liebsten schütteln.«

»Wieso tust du es dann nicht? Wie kannst du mich nicht hassen?«, fragte ich und strich mir mit dem Ärmel die letzten Tränen aus dem Gesicht. »Ich habe euch verraten.«

»Weil ich es nicht schaffe, dich zu hassen, egal, wie sehr ich es versuche«, gab er zu und mein Herz machte einen schmerzhaften Satz. »Außerdem bist du zurückgekommen.« Sein Blick glitt über mein Gesicht, herzzerreißend zart. »Ich bin sehr froh darüber, dass du zurückgekommen bist.«

»Am Anfang habe ich euch gar nicht gesehen«, hauchte ich. »Ich dachte, ihr seid weg.«

»Ja.« Ciel warf einen Blick über die Schulter zur Dorfmitte, wo Emma und die anderen die Flammen mittlerweile unter Kontrolle gebracht hatten. »Es kostet Rosalie enorm viel Kraft, den Schutz aufrechtzuerhalten. Aber wenn jemand es schafft, dann sie.«

»Den Schutz?«, hakte ich nach.

»Es ist starke Magie notwendig, um Illusionen zu erzeugen«, erklärte Ciel. »Nur sie ist in der Lage dazu, sie auf eine solch weite Umgebung auszubreiten.«

»Was meinst du mit Illusionen?« Verwirrt senkte ich die Brauen.

Ciel bedachte mich mit einem kurzen Blick, dann atmete er tief ein. Ich blinzelte und plötzlich flog vor mir ein kleiner, schwarzer Falter. Er flatterte hektisch mit seinen Flügeln und umkreiste mich.

Erschrocken atmete ich ein. »Du kannst Dinge beschwören?«, fragte ich verwundert.

Ciel schüttelte den Kopf. »Dieser Falter hier«, er folgte seinen Bewegungen mit den Augen, »existiert nicht.«

»Wie meinst du das? Ich sehe ihn doch.«

»Ich bringe dich nur dazu, ihn zu sehen. Es ist eine Illusion, Cara. Ich manipuliere deine Gedanken.«

Entsetzt starrte ich auf den Falter. Ich streckte meine Hand danach aus – und tatsächlich. Als meine Finger die dunklen Flügel berühren müssten, spürte ich … nichts.

»Du müsstest es durchschauen können«, ergänzte Ciel und beobachtete friedlich, wie ich immer wieder ungläubig durch die Luft griff. »Es ist ein Teil deiner Gedankenlesermagie, solche Illusionen aufzuheben.«

Aber ich war zu aufgeschreckt, um in meinem Inneren nach der Hitze zu greifen. »Und Rosalie macht das Gleiche?«, fragte ich stattdessen.

Er nickte. »Nachdem uns die Seher und Beschwörer angegriffen haben, haben wir uns gewehrt. Aber wir waren nicht vorbereitet, also zogen wir uns schnell zurück. Rosalie hat über das gesamte Lager ihre Illusion gelegt. Sie sehen nur noch einen verlassenen Ort, wir sind quasi unsichtbar. Damit haben sie sicherlich nicht gerechnet und es verschafft uns einen enormen Vorsprung. Ich befürchte jedoch, viel länger wird sie das nicht mehr aufrechterhalten können. Bis dahin ist hoffentlich jeder von ihnen wieder zurück auf ihrer Seite der verdammten Grenze und wir können uns auf den Weg machen, ehe sie wiederkommen.«

»Dann sollten wir uns beeilen«, erwiderte ich panisch. »Wieso bist du hier, anstatt den anderen zu helfen?«

»Machst du mich jetzt fertig, weil ich dich nach deiner Rückkehr begrüßen wollte?«, scherzte er.

Ich spürte, wie Hitze in meine Wangen stieg, und sie sich sicher rosa färbten. »Nein, so war das nicht … ich meine nur …«

»Schon okay«, winkte er ab. »Ich bin eigentlich nur hier, weil …« Plötzlich sah er beschämt zu Boden. »Na ja, vielleicht erinnerst du dich daran, dass ich damals einiges in deinen Gedanken gelesen habe, als du zum ersten Mal herkamst.«

»Ja, ich erinnere mich«, unterbrach ich ihn etwas frostiger als geplant.

»Ich habe auf jeden Fall gesehen, dass du gut in … vielem bist.«

Ich zog eine Augenbraue nach oben. Worauf wollte er hinaus?

Ciel sah mich kurz an, dann blickte er ein wenig länger auf sein verbundenes Bein. Schließlich dämmerte es mir.

»Du willst, dass ich mir deine Wunde ansehe?«, fragte ich überrascht.

Ein hoffnungsvoller Schimmer huschte über sein Gesicht. »Ich könnte sie natürlich problemlos selbst reinigen«, sagte er zögernd und mit einem Hauch Selbstmut in der Stimme.

»Klar«, antwortete ich sarkastisch, doch es schlich sich wie von allein ein sanftes Lächeln auf meine Lippen. »Los, setz dich.«

Dann machte ich mich an die Arbeit.

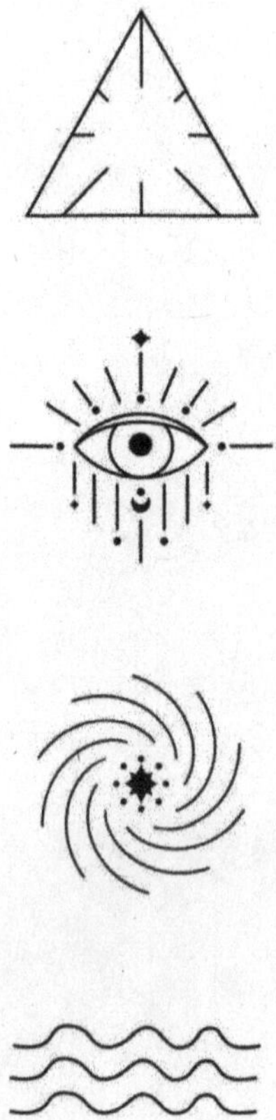

# 24

Ich zögerte nicht, kaum hatte ich die alte Bandage abgenommen. Es war ein Wunder, dass Ciel überhaupt aufrecht stehen konnte, denn die Wunde hatte sich entzündet und eine ungewöhnlich dunkle Farbe angenommen, obwohl sie erst einige Stunden alt sein konnte. Mit einem nassen Lappen versuchte ich, sie zu reinigen. Es stellte sich als große Herausforderung dar, denn Ciel zappelte wie ein Fisch, der an Land gezogen worden war, und nicht nur einmal musste ich ihn daran erinnern, dass es schneller ging, wenn er stillhielt.

»Wieso habe ich das Gefühl, du genießt das gerade?«, murrte er mit schmerzverzerrtem Gesicht, als ich den Lappen zum wiederholten Mal auf sein Bein presste und er einen krächzenden Laut von sich gab.

»Vielleicht, weil es so ist«, antwortete ich mit einem spitzen Lächeln. »Halt still.«

»Du bist ein Monster, weißt du das?«

Nachdem ich den Schmutz entfernt hatte, zerriss ich die schwarze Gedankenleserrobe und band den Stoff geschickt um seine Verletzung. Ich war stolz auf mein Werk. Mit ein wenig Glück würde Ciel in wenigen Tagen wieder voll funktionsfähig sein. »Es sollte regelmäßig gereinigt und neu verbunden werden«, riet ich ihm.

Ciel bewegte das Bein testweise, ehe er nickte. »Das fühlt sich besser an«, sagte er und als ich ihm einen herausfordernden Blick zuwarf, ergänzte er: »Gut, vielleicht hätte ich es doch nicht allein geschafft.«

Ich grinste und reichte ihm die Hand, um ihm aufzuhelfen.

Wir liefen gemeinsam nach draußen, wo der Rest der Gruppe bereits zusammenstand. Auch Rosalie war da, aber sie sah wahnsinnig erschöpft aus. Kein Wunder, die letzten Stunden über hatte sie Großartiges geleistet. Ihr schwarzes Haar glänzte nicht mehr ganz so strahlend und Joleen saß bei ihr, stand ihr mit ihrer Positivität beiseite.

Ich zögerte, bevor ich zu ihnen ging. Es fühlte sich falsch an, so zu tun, als wäre nichts geschehen. Als sei ich unschuldig an dem ganzen Leid, das hier passierte.

Doch Ciel legte mir beruhigend eine Hand auf die Schulter und als ich hoch in seine blauen Augen sah, fasste ich neuen Mut.

*Wir werden es ihnen ein andermal sagen*, hörte ich ihn in Gedanken zu mir sprechen. Die Gedankensprache war mir immer schwergefallen, weil ich einen Teil meines Geistes dazu freigeben musste, doch jetzt gab es nichts mehr, was ich vor ihm verheimlichen wollte.

*Ich sollte es ihnen sofort sagen*, hielt ich in Gedanken dagegen. Wenn ich es nicht täte, würden sie am Ende nur umso enttäuschter von mir sein.

Er schüttelte den Kopf. *Die meisten kennen dich noch nicht einmal richtig. Sie wissen nicht, dass du heute Morgen gegangen bist, und sie haben einen anstrengenden Tag hinter sich. Gib ihnen Zeit. Sie werden es verstehen, aber erst, wenn wieder etwas Ruhe eingekehrt ist.*

*Ich verstehe es doch selbst nicht einmal*, entgegnete ich.

Er schnaubte belustigt und schob mich voran, bis ich stolpernd neben Emma stehen blieb. Schüchtern lächelte ich ihr zu und sie antwortete darauf mit einem skeptischen Blick.

Rosalie zitterte unaufhaltsam, doch sie gab ihr Bestes, um sich nichts anmerken zu lassen, während sie uns den weiteren Plan erklärte. Immer wieder hielt sie kurz inne und sammelte sich, nur um danach mit einer noch entschlosseneren Miene in ihrem bleichen Gesicht weiterzusprechen. Joleen wich nicht von ihrer Seite, sie stützte sie, denn das Anwenden solch gigantischer Mengen an Magie hatte die Anführerin auch körperlich ausgelaugt. Ich sah die vielen besorgten Gesichter der Gedankenleser, die sich um sie sorgten. In diesem Moment merkte ich, dass diese Menschen hier vielmehr als ihre Magie gemein hatten. Sie waren nicht nur Verbündete, sondern eine Familie. Während mir die meisten Beschwörer immer fremd geblieben waren, schien man hier aufeinander zu achten.

Erneut durchfuhr mich das Gefühl von Schuld wie ein Bolzen. Sie hatten mich wie einen Teil von sich aufgenommen und ich hatte es ihnen mit Verrat gedankt.

»Wir werden uns Richtung Süden halten«, beendete Rosalies ihre kräftezehrende Ansprache und wir machten uns auf den Weg, tiefer in den Wald hinein. Wir würden den Pfad nehmen, der zu den Quellen führte, und uns dann durchs Dickicht schlagen. Es musste ein neuer Platz gefunden werden, an dem wir ein Lager aufschlagen konnten, und uns war allen klar, dass dies eine ganze Weile in Anspruch nehmen würde. Im Wald wimmelte es von Gefahren, Finsterbären und leuchtende Pilze waren da nur die Spitze des Eisbergs. Ich war mir sicher, dass sich noch weitaus schlimmere Gestalten in den Schatten herumtrieben und es Tage, wenn nicht sogar Wochen dauern könnte, einen ähnlich bewohnbaren Ort wie diesen hier zu finden.

Ich hatte nicht vor, sie bis zum Ende zu begleiten.

Ich war zu spät gewesen mit meiner Warnung und wollte nun zurück, um Cavier und die anderen davon zu überzeugen, dass sie diesen Wahnsinn stoppen mussten. Ich musste mit Liam sprechen. Er würde mir sicher helfen, und falls nicht, dann würde ich Elara und meine Eltern schnappen und sie so weit es ging von hier fortbringen. Irgendwo in den Süden, wo die Sonne den Legenden nach nie unterging und der Regen nach Freiheit schmeckte.

Ich musste unbedingt zurück.

Keine Ahnung, wieso ich nicht bereits gegangen war. Vielleicht, um sicherzugehen, dass die anderen den richtigen Weg einschlugen. Vielleicht, weil ich einfach noch ein paar Stunden länger in Ciels Nähe sein und den erdigen Geruch genießen wollte, der von ihm ausging.

Egal, woran es lag, als sich die Gruppe aufmachte, folgte ich ihnen. Äste knackten unter meinen Füßen und ich lief schweigsam neben Ciel her, der wieder zu pfeifen begonnen hatte, um die Stimmung aufzuheitern. Als die Sonne vollständig hinter den dichten Wolken des Spätherbstes verschwunden war, flüchtete ich mich in ein Gespräch mit ihm, um meinen Sorgen für eine Weile zu entkommen.

»Es wundert mich, dass du mich vorhin begrüßt hast«, begann ich im Plauderton und in das Gepfeife mischte sich ein schiefer Ton. »Ich dachte, wir ignorieren uns seit Neuestem, um bloß nicht über den Moment auf dem Balkon zu sprechen.«

»Ich wollte dich auch ignorieren«, antwortete Ciel und bedachte meine plötzliche Gesprächigkeit mit einem misstrauischen Blick.

»Aber?«

Er spitzte die Lippen. »Aber als du weg warst, habe ich gemerkt, wie langweilig es ist, dich nicht mehr in Verlegenheit bringen zu können.«

»Wirklich rührend, dass du mich nach zehn Stunden bereits vermisst hast«, konterte ich und unterdrückte ein Lächeln.

»Um genau zu sein, habe ich dich bereits nach vier vermisst. Man muss bedenken, dass ich dachte, du würdest überhaupt nicht wiederkommen.«

»Das dachte ich auch …«, entkam es mir wehmütig. »Aber ich musste ja schließlich geradebiegen, was ich verbockt habe.«

Ciel warf mir einen seiner vielsagenden Blicke zu. »Nur deshalb bist du zurück?«

»Wieso sonst?«, fragte ich ihn stirnrunzelnd.

»Na ja.« Er brach einen Ast von einem nahestehenden Baum ab und wirbelte ihn zwischen seinen Fingern umher. »Ich dachte, du würdest mehr Zeit auf der anderen Seite verbringen. Ganz egal, was mit uns geschieht. Immerhin hattest du dort deinen heißvermissten Geliebten wieder.« Das Wort *Geliebter* betonte er mit einer besonders drastischen Belustigung in der Stimme. »Es sei denn, du hast womöglich eingesehen, dass er nicht den Nervenkitzel in dir auslöst, nach dem du dich sehnst.«

Ich wollte etwas Schlagfertiges erwidern, doch die Worte blieben mir im Hals stecken. Ja, ich hatte mich auf Liam gefreut. In meiner Vorstellung hatten wir die Zukunft miteinander verbracht, ein Haus in der Nähe meiner Eltern bezogen und bis ans Ende in Frieden dort gelebt. Doch als ich zurückgekommen war, hatte ich bemerkt, dass ich das überhaupt nicht wollte. Die Wochen bei den Gedankenlesern hatten mir gezeigt, dass es mehr gab als die Welt, die ich zu kennen glaubte. Liam schenkte mir Sicherheit, aber ich wollte mehr als das. Ich wollte nachts in blubbernden Quellen baden und umgeben von Giftpilzen gegen Monster kämpfen. Ich wollte Emma dabei zusehen, wie sie durch pure Gedankenkraft einen erwachsenen Mann bezwang, und vor Aufregung die Nerven verlieren. Ich wollte mich an Kyfta auf einen fremden Balkon schleichen und Himmel, ich wollte gebissen werden.

»Er ist zu sanft zu dir, nicht wahr?«, murmelte Ciel leise und ich erschauderte, als ich in seine sturmtiefen Augen sah.

Und anstatt ihm zu widersprechen, antwortete ich nur: »Du hast mich das Leben spüren lassen, Ciel.«

Er öffnete überrascht den Mund, doch bevor er etwas erwidern konnte, schallte es von vorne: »Hier rasten wir.«

Wir waren an einem recht hübschen Fleckchen Wald stehen geblieben. Die Bäume lagen nicht allzu dicht beieinander und man konnte die Sterne sehen, ein Meer aus Lichtpunkten am Himmel. Der Mond stand beinahe voll am Firmament und warf trotz der vielen Schatten erstaunlich viel Licht auf den Weg vor uns.

Wir erbauten einige Zelte und entzündeten ein Lagerfeuer in der Mitte des Platzes. Der Rauch stieg empor in den Himmel und zeichnete Kringel in die kühle Luft. Es war ein schöner Abend, trotz der schicksalhaften Ereignisse, und als ich mich irgendwann zurückzog, fühlte ich mich erstaunlich friedlich.

Ich lehnte mich mit dem Rücken gegen einen Baumstamm, schlang die Arme um meine angewinkelten Beine und horchte in die Nacht hinein. Mit der Zeit verabschiedeten sich immer mehr Gedankenleser und verkrochen sich in ihre Schlafstätten, einige wenige blieben noch am Feuer und hielten abwechselnd Wache. Weiter rechts hörte ich Schmerzensschreie aus einem der größeren Zelten. Dort wurden die Verletzten behandelt und Wunden ausgebrannt. Die Rufe hallten in der Nacht und ich schloss die Augen, in der Hoffnung, sie würden mich nicht zu lange verfolgen.

Von irgendwoher hörte ich das Näherkommen federnder Schritte. Joleen war wohl zurückgekehrt, sie und ein paar der anderen hatten Gräber für die Opfer ausgehoben. Es waren zum Glück nicht allzu viele.

Mit geschlossenen Augen hörte ich, wie sich Joleen von den anderen verabschiedete. Erst als sich eine zierliche Hand auf meine Schulter legte, öffnete ich die Lider wieder.

»Sorry, dass ich vorhin so kurz angebunden war.« Sie hockte sich vor mich und war mit ihrem Gesicht so nah vor meinem, dass ich erschrocken zurückzuckte. »Aber ich war ehrlicherweise verwundert, dass du plötzlich blind durch die Gegend gelaufen bist. Wo warst du den Tag über?«

Ich schluckte. Vielleicht war das der Zeitpunkt, an dem ich Joleen beichten sollte, was ich getan hatte. Doch ich brachte es nicht über mich. Jedes Mal, wenn ich den Mund öffnete, kam nur heiße Luft heraus. Ich fürchtete mich vor dem Gespräch und davor, was Joleen im Anschluss von mir denken könnte. Das war der Moment, in dem ich realisierte, wie gern ich sie in der kurzen Zeit gewonnen hatte. »Ich war im Wald«, log ich also.

Sie dachte einen Augenblick nach, schließlich nickte sie verständnisvoll. »Dann hast du Glück gehabt. Du hast ein Massaker verpasst.« Sie blickte sich um und ich dankte den Sternen still für ihre kindliche Naivität. »Wir haben uns gut geschlagen, aber ich bezweifle, dass wir einen weiteren Kampf gewinnen würden. Die Seher und Beschwörer sind in der Überzahl und man darf ihre Kräfte nicht unterschätzen. Es ist schade um unser schönes Zuhause …«

Ihre Stimme wurde leise, bis sie schließlich gänzlich in der Nacht unterging. Sie hielt inne, starrte auf ihre Fingerspitzen, bis ich endlich realisierte, dass sie kurz davor war, zu weinen. O nein, ich war schon immer schlecht darin gewesen, andere zu trösten. Empathie gehörte nicht unbedingt zu meinen Stärken.

Aber Joleen traurig zu sehen, diesen sonst so strahlenden Sonnenschein, berührte etwas in mir, sodass ich hart schluckte.

»Hey«, sagte ich sanft und schüttelte sie leicht, bis sie mich wieder ansah. Ihre Augen glänzten glasig, schwammen in Tränen, die sie mühsam zurückzuhalten schielt. Sie zog einen zitternden Schmollmund und ich konnte nicht anders, als darüber zu schmunzeln. »Es wird alles gut, hörst du? Ich verspreche es dir.«

»Wie kannst du so etwas versprechen?«, fragte sie und ich schwieg. Wie konnte ich es ihr erklären? Wie konnte ich ihr weismachen, dass ich dafür sorgen würde, dass Cavier und die anderen sie in Ruhe ließen? Sie wusste schließlich nichts von meiner Verbindung zu ihnen, hatte keinen blassen Schimmer von meiner Beschwörermagie. Das war ein wohlbehütetes Geheimnis zwischen Ciel und mir. Doch als ich so in ihr rosiges Gesicht sah, breitete sich eine sanfte Wärme in mir aus, die mir verriet, dass ich ihr vertraute.

Leise seufzend suchte ich in meinem Inneren nach meiner magischen Kälte. Sie durchströmte mich. Fuhr durch meine Adern und verwandelte meine Knochen in Eis.

Plötzlich hörte ich ihr erschrockenes Keuchen, als aus meiner Hand goldener Rauch floss und sich vor Joleen zu einer gewundenen Kette zusammenfügte.

»Es ist kein Azurit und schützt auch ganz sicher nicht vor Gefahren. Aber ich möchte sie dir trotzdem schenken«, sagte ich leise.

Ihre Augen wurden riesig, als sie mir mit spitzen Fingern vorsichtig die Kette aus der Hand nahm und den hellen Bernstein betrachtete, der sich perfekt in das Collier fügte.

»Wie hast du das gemacht?«, fragte sie mich ehrfurchtsvoll, ohne den Blick davon abzuwenden.

»Lass uns ein andermal darüber sprechen«, bat ich. Es schmerzte, über die Magie nachzudenken, die ich ein Leben lang so unbedingt hatte beherrschen wollen und die mich jetzt mit Scham erfüllte. »Das Wichtigste ist, dass alles wieder gut wird. Ich werde dafür sorgen, dass wir sicher sind, okay?« Verdutzt merkte ich, dass ich zum ersten Mal wir gesagt hatte. Joleen merkte es ebenfalls. Und als sie daraufhin lächelnd nickte, lächelte die Nacht mit ihr.

»Weiß er es? Ciel?«, fragte sie und deutete auf die Kette. Wie jedes Mal bei der Erwähnung seines Namens durchfuhr mich regelrecht ein elektrischer Funken.

»Ja.«

Joleen schwieg eine Weile. »Das erklärt einiges. Wo ist er eigentlich? Er wollte bei den Bestattungen helfen, ist aber nie gekommen.«

»Er hat seinen Schlafplatz am Rand errichtet, um im Falle eines Angriffs die erste und letzte Hürde zu sein. Ich sehe nach ihm, ruh dich ruhig aus.« Mühsam stand ich auf. Meine Beine fühlten sich starr vom langen Sitzen an und ich war froh über die Aussicht, etwas zu tun zu haben. Früher hatte ich nie so lange auf einem Fleck verweilt. Ich hatte den Tag über immer einen Haufen Aufgaben zu erledigen gehabt, hier musste ich lernen, abzuwarten.

Joleen nickte dankbar und verschwand in ihrem Zelt, in dem schon bald die letzte Kerze erlosch.

Ich hingegen machte mich auf zu Ciel. Sein Zelt war gut von Bäumen geschützt und selbst für mich auf den ersten Blick kaum zu erkennen. Feindliche Krieger würden ihn nicht kommen sehen, sollte er sie aus dem Hinterhalt angreifen, um die anderen zu verteidigen. Wobei ich mir nicht sicher war, ob er bereits in der Verfassung wäre, zu kämpfen. Sein Bein hatte ihm auf dem Weg immer größere Probleme bereitet, kein Wunder nach der stundenlangen Wanderung auf unebenem Boden. Hier angekommen hatte ich noch einmal seinen Verband gewechselt, doch danach hatte auch ich ihn nicht mehr gesehen. Wenn ich so darüber nachdachte, war das tatsächlich äußerst unüblich. Ciel ließ sonst nie eine Gelegenheit aus, um im Mittelpunkt zu stehen. Er war immer und überall unverschämt präsent.

»Hallo?«, fragte ich, als ich sein Zelt erreichte. Keine Antwort. »Ciel? Ich bin es, Cara.«

Wieder nichts. Vorsichtig zog ich den Vorhang zur Seite, der ins Innere führte. Es war keine Kerze entzündet und meine Augen gewöhnten sich nur langsam an das spärliche Licht. Erst nach ein paar Sekunden des hilflosen Herumstehens erkannte ich eine Gestalt, die zusammengekauert in der Ecke lag. Von ihr gingen in unregelmäßigen Abständen Atemstöße aus, röchelnd und hustend.

Keinen Herzschlag später war ich bei ihm. Ich kniete mich neben seinen Körper und drehte ihn so, dass ich in sein Gesicht blicken konnte. Bei jeder Bewegung gab Ciel ein schmerzvolles Stöhnen von sich.

»Was ist passiert?«, fragte ich hektisch. »Wurdest du angegriffen?« Ich suchte seinen Oberkörper nach Kampfspuren ab, doch er schüttelte nur den Kopf. Mit einer Hand umgriff er mein Handgelenk und als ich innehielt, deutete er nach unten.

Ich folgte seinem Blick. Ein merkwürdig schriller Laut entkam mir, als ich Ciels Bein erblickte. Dunkle Adern setzten sich von der verbundenen Wunde ab und zogen sich den Oberschenkel entlang nach oben. Es sah aus wie von Schimmel durchzogenes Holz, krank und verkümmert.

»Der Pfeil, der mich getroffen hat, war wohl vergiftet. Schlauer Zug.« Ciel musste sich sichtlich anstrengen beim Sprechen, trotzdem versuchte er noch, Witze zu machen.

Mist. Natürlich war der Pfeil vergiftet gewesen. Wie konnte es sein, dass mir das nicht aufgefallen war?

Schnell wickelte ich den Verband ab, um mir ein Bild zu machen. Ich rümpfte die Nase, als mir ein strenger Gestank entgegenkam.

»Bekommst du das wieder hin?«, fragte Ciel schwach, als ich anfing, Wasser aus einer Trinkschale auf die Wunde zu träufeln, um das Blut zu reinigen.

»Ich denke schon. Wieso hast du mich nicht gerufen, als es dir schlechter ging?«

»Ich wollte euch nicht beunruhigen.«

»Dummkopf.« Ich warf ihm einen strengen Blick zu.

»Das nennt sich Tapferkeit«, sagte er und zwang sich ein müdes Lächeln auf.

»Das nennt sich Einfältigkeit«, entgegnete ich.

Nur weil er Rosalies Henker war, hieß das nicht, dass er so tun musste, als sei er unverwundbar. Was brachte es ihm, wenn er sich nichts anmerken ließ und dann heimlich in seinem Zelt starb wie eine verwundete Katze? Denn dieses Gift war kein Kinderspiel, das hatte ich in dem Moment gemerkt, als ich die schwarzen Schlieren erblickt hatte. Ich kannte mich mit Heilkunde aus, doch so etwas hatte ich noch nie gesehen. Wir mussten es hier mit einem alchemistischen Meisterwerk zu tun haben, und besorgt stellte ich fest, dass ich vollkommen überfragt war.

Und es wurde dringlicher. Ich konnte beinahe beobachten, wie er Sekunde um Sekunde schwächer wurde und mehr die Kontrolle über seinen Körper verlor. Er zitterte, nein, bebte, und sein Gesicht wirkte bleich wie der Marmor im Trainingslager der Beschwörer.

Nachdem ich die Wunde gründlich untersucht hatte, musste ich mir eingestehen, dass ich Hilfe benötigte, um Ciel zu retten.

»Warst du schon bei eurem Heiler?«, fragte ich ihn dringlich. Ciel nickte schwach. »Und?«, hakte ich energisch nach.

»Er hat mir einen Trank gegeben«, murmelte er. »Es wirkt sehr langsam.«

Bei seinem Anblick war ich mir nicht sicher, ob es überhaupt half.

»Bei eurem Kyftafest habe ich Wiolen gesehen«, sagte ich und ließ ihn nicht aus den Augen, als er sich keuchend auf die Seite drehte. Er sah mich an, doch sein Blick verschwamm immer öfter, als risse ihn eine unsichtbare Macht in eine andere Welt.

»Ciel«, wiederholte ich drängender, als er nicht antwortete. »Hier im Wald gibt es Wiolen, nicht wahr?«

»Ja«, sagte er. »Sie kommen jedes Jahr zu Kyfta, um uns unseren Feenwein wegzutrinken.«

»Weißt du, wie man sie auffindet?«, wollte ich wissen. Wiolen waren die Nachfahren der Waldgeister und nicht sehr gesprächig, aber sie trugen auch das Wissen hunderter Generationen in sich. Sie kannten sich aus mit Beeren und Kräutern und in welcher Kombination sie welche Wirkung hervorriefen. Mutter hatte mir als Kind eine Geschichte von ihnen erzählt. Sie spielte vor unzähligen Jahren, zur Zeit, als die großen Meere noch salzige Wellen an Land schlugen und riesige Ungeheuer den Himmel regierten. Damals war der erste Beschwörer ein Freund der Wiolen gewesen und nachdem er sie vor dem feurigen Atem eines Drachen rettete, schenkten sie ihm als Dank das Wissen über Heladin, das erste Heilkraut, das auch heute noch regelmäßig verwendet wurde.

Für Ciels Wunde würden wir stärkere Mittel als Heladin brauchen und wenn ich nur irgendwo einen der Waldgeister auffinden könnte, würde er mir vielleicht sagen können, welches.

»Sie halten sich gern in der Nähe von Wasser auf«, antwortete er nach einer Weile. »Wieso fragst du?«

Ich stand auf. »Wir können jetzt alle Heilmittel ausprobieren, die euer Heiler dabeihat. Mit der Gefahr, dass keines davon das benötigte Gegengift für deine Verletzung enthält und du qualvoll sterben wirst.«

»Sehr aufmunternd, danke«, sagte er belustigt, doch seine Worte wurden von einem Hustenanfall unterbrochen.

Ich verzog schmerzlich das Gesicht. Ihn leiden zu sehen, fügte mir regelrecht körperliche Schmerzen zu. »Oder«, fuhr ich also rasch fort und ignorierte sein Kommentar. »Ich mache mich jetzt auf die Suche nach den Wiolen, hole schnell die richtige Medizin und bringe dich noch bis zum Morgengrauen auf die Beine.«

Zu meiner Überraschung schüttelte Ciel den Kopf. »Sei nicht wahnsinnig. Es ist mitten in der Nacht und dieser Teil des Waldes gehört nicht zu den sichersten. Du würdest in Lebensgefahr geraten, noch bevor du in die Nähe der Waldgeister kommst. Geschweige denn, dass du sie in der Dunkelheit überhaupt finden würdest.«

»Aber …«, begann ich zu widersprechen. Ich musste es doch wenigstens versuchen!

Ciel unterbrach mich erneut. »Es ist niemandem geholfen, wenn du dich im Wald verlierst und nicht mehr zurückkommst. Da kannst du genauso gut bis zum Morgen warten.«

Da war was dran. »Soll ich bis dahin Joleen holen?«

»Nein, sie würde sich nur zu viele Sorgen machen.«

Ich nickte. Eine Weile betrachtete ich ihn zögernd. »Soll ich bei dir bleiben?«

Er öffnete die Augen und schien mir direkt in die Seele zu blicken. »Das wäre schön«, sagte er schließlich.

Also zog ich meinen Mantel aus und breitete ihn neben ihm auf dem Boden aus. Ich legte mich darauf, ihm den Rücken zugewandt, und lauschte seinem immer regelmäßiger werdenden Atem. Er schlief ruhig. Ich hingegen bekam kein Auge zu. Zum einen dachte ich immer wieder an seine vergiftete Wunde und wie sie am Morgen wohl aussehen würde. Die Schlieren hatten sich beunruhigend schnell ausgebreitet. Zwar schien der Trank des Heilers tatsächlich zu helfen, denn jedes Mal, wenn ich einen Blick auf sein Bein warf, stellte ich erleichtert fest, dass sie unverändert waren. Dennoch nahm ich mir vor, aufzubrechen, sobald die ersten Sonnenstrahlen durch das Zelt fielen. Zum anderen fand ich keine Ruhe, weil ich seine Nähe überdeutlich spürte. Es trennten uns nur Zentimeter, und mein Herz klopfte bei dem Gedanken, wie nah sich unsere Körper waren.

Als ich mir sicher war, dass er nicht aufwachen würde, rollte ich mich herum, um sein Gesicht zu betrachten. Verrückt, wie eine einzige Person mein Leben so durcheinanderbringen konnte. Ciels schwarze Haare fielen ihm in das Gesicht und verdeckten zum Teil seine Augen, die von wunderschönen dichten Wimpern eingerahmt waren.

Es freute mich, dass er so tief schlief, trotz der Vergiftung, die ihn heimsuchte. Wenn Elara krank war, schlief sie immer sehr unruhig. Sie wälzte sich hin und her und bekam kaum ein Auge zu.

Wenn ich es mir recht überlegte, war es seltsam, dass es bei ihm so anders war. Ich hob die Hand, um ihm eine der dunklen Strähnen aus der Stirn zu streichen.

Als ich ihn berührte, erstarrte ich.

Ich tastete nach seiner Halsschlagader. Sein Herz schlug, doch es schlug viel zu langsam. Ich hatte mich also nicht getäuscht, er war tatsächlich zu ruhig. Ängstlich legte ich meine Hand an seine Stirn.

Er glühte.

Sofort sprang ich auf und rüttelte ihn wach.

»Ciel«, stieß ich eindringlich hervor. »Ciel, du musst aufwachen!«

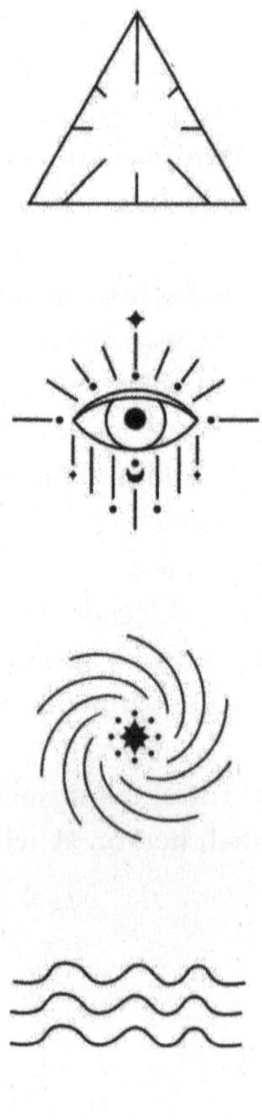

# 25

Als er endlich die Augen öffnete, war ich schon längst raus- und wieder hineingestürmt. Ich hatte eines meiner Shirts in Wasser getunkt, das wir in Schalen mit uns geführt hatten und das uns hydriert halten sollte. Den nassen Stoff legte ich ihm auf die Stirn, in der Hoffnung, es würde sein Fieber senken.

Ein Bild schoss mir ins Bewusstsein, von Elara, klein und entkräftet. Damals war ich ebenso hilflos gewesen, hatte genauso wenig gewusst, wie ich sie retten konnte.

*Diesmal wird es anders sein*, versprach ich mir still.

»Ich bin müde, Cara«, murmelte Ciel leise und seine Lider flatterten.

Mit einer Hand rüttelte ich an seinen Schultern und zwang ihn so dazu, mich wieder anzusehen. »Ich weiß. Du darfst jetzt aber nicht einschlafen«, bat ich ihn bestimmend.

Ich fürchtete so sehr darum, nie wieder in das strahlende Blau seiner Augen blicken zu können, sollte er sie noch einmal schließen.

»Erzähl mir etwas«, brachte ich hervor und zwang mir einen heiteren Tonfall auf. Ich musste ihn bis zum Morgen bei Bewusstsein halten. Nächte waren am schlimmsten, die Schatten verstärkten die Krankheit, so war es immer. Bei Tageslicht würde es besser sein, das redete ich mir so oft ein, bis ich es selbst glaubte.

»Was willst du wissen?«, fragte er. Er klang schwach, angestrengt, doch ich sah, wie sehr er sich für mich bemühte.

»Irgendetwas. Erzähl mir etwas über dich und Joleen. Eure Kindheit. Eure Familie.«

Ciel schwieg. Erst als ich dachte, er würde überhaupt nicht mehr antworten, erhob er schließlich das Wort. »Ich bin in einem kleinen Ort in der Nähe der Berge aufgewachsen. Melion hieß er.

Meine Eltern wurden damals ins Exil geschickt, wie die meisten Gedankenleser.« Er hielt kurz inne und als ich ihm die Schale mit dem Wasser reichte, trank er sie in einem Zug aus. »Der Krieg von Kyantis ist nicht nur hier ein großes Thema gewesen, die Geschichte verbreitete sich schnell auch in den anliegenden Orten. Gedankenleser wurden immer häufiger auch in entfernteren Gegenden verbannt, aus Angst, die Geschichte könnte sich wiederholen.«

Seine Augen schweiften ab. Nicht so, als würde er gleich wieder das Bewusstsein verlieren, sondern als brächte seine Worte Erinnerungen zurück, in denen er sich verlor.

»Meine Eltern flohen mit den anderen in die Wälder, doch sie haben sich dort nie sonderlich wohl gefühlt. Du musst wissen, damals gab es noch nicht so ein ausgereiftes System mit Holzhütten und abgetrennten Bereichen für den Handel, das Training und Wasserquellen. Rosalie hat den Wald erst Jahre später für uns bewohnbar gemacht, bis dahin lebten die Gedankenleser wie Wilde.«

Ich schluckte bei seiner Geschichte. Was er mir erzählte, all das Leid und die Verwilderung in den ersten Jahren ihrer Verbannung, genauso hatte ich mir die Gedankenleser immer vorgestellt. Im Nachhinein betrachtet war es töricht gewesen, zu denken, dass sie sich im Laufe der Zeit nicht weiterentwickelt hatten.

»Meinen Eltern ging es nicht als Einzigen so«, fuhr er fort. »Viele Gedankenleser haben sich damals in entfernte Städte abgesetzt. Sie gaben sich als Reisende aus, die ihre Heimat aufgrund des Krieges verloren hatten. Es gab so viele Flüchtlinge, dass sie einfach in der Menge untergegangen sind, und solange sie ihre Kräfte nicht einsetzten, hat niemand sie verdächtigt.«

»Was ist dann passiert?«, fragte ich nach. Ihm zuzuhören, tat gut, denn solange er sprach, war er bei Bewusstsein.

»Es war eine sehr … schwierige Zeit. Wie gesagt, wir waren nicht die einzige Gedankenleserfamilie, die dort Unterschlupf suchte. Die meisten Flüchtlinge gehörten dennoch den Seher oder Beschwörern an, die auch Jahre nach dem Krieg Hoffnung auf ein besseres Leben in entfernteren Dörfern gesetzt hatten. Als Kind … hatte ich es nicht immer leicht dort. Die anderen Kinder haben mit ihren Fähigkeiten geprotzt, ich hingegen musste meine verstecken. Sie dachten, ich besäße keine oder wäre so untalentiert, dass ich sie nicht einsetzen konnte. Das hat mich oft zum Opfer ihrer Streiche gemacht.«

Er lächelte bitter, während er erneut innehielt, um über die Vergangenheit nachzudenken. »Manchmal konnte ich mich schützen. Ich bin heimlich in ihre Gedanken eingedrungen und habe gesehen, wenn sie einen neuen Plan ausheckten. Das Gedankenlesen wurde quasi zu meinem Schutzschild und ich bin immer besser darin geworden.« Wieder stockte er kurz. »Nun ja. Die Kinder sind älter geworden und was als harmlose Streiche begonnen hat, wurde irgendwann zu … nennen wir es … ausgereifteren Angriffen. Einmal bin ich nachts aufgewacht, weil ich keine Luft mehr bekam, nur um festzustellen, dass einer der Beschwörer mein Bettgestell in eine Würgeschlange verwandelt hat.«

Ich stieß ein ersticktes Keuchen aus und Ciel fuhr fort.

»Ich konnte ihnen nicht entkommen, weil sie in der Gruppe einen talentierten Seher hatten, der immer wusste, wo ich mich als Nächstes verstecken würde. Es war makaber. Irgendwann habe ich angefangen, mich zu wehren.« Ciels Blick flog durch das Zelt und blieb an seinem Schwert hängen. »Ich konnte nicht zaubern, aber es stellte sich bald heraus, dass ich auch im nicht-magischen Kampf recht großes Talent besaß.« Vor seinen nächsten Worten schwieg er eine Weile länger. »Eines Abends war ich auf dem Weg von der Arbeit nach Hause. Ich hatte eine Anstellung als einfacher Schmied angenommen, nichts Besonderes, aber sie genügte mir. Sie lauerten mir auf und vor Schreck habe ich die Axt geschwungen, an der ich den Tag über gearbeitet hatte. Es war ein Unfall. Aber ich würde lügen, würde ich behaupten, dass mich sein Tod betrübt hätte.«

Es war gespenstisch still, während ich auf den Rest der Geschichte wartete. Ich hing ihm gespannt an den Lippen, doch nicht minder grauenerfüllt. Seine Kindheit hatte ebenso wenig strahlende Momente besessen wie meine. Womöglich lag es daran, weshalb wir uns einander so verbunden fühlten. Er wusste, wie es war, kämpfen zu müssen.

»Selbstverständlich kam ich damit nicht davon. Ich wurde angeklagt. Meine Eltern haben versucht, mich zu schützen, und als einer der Wachmänner auf sie zutrat, um sie abzuführen, bin ich in Panik geraten und habe meine Magie benutzt, um ihn aufzuhalten.«

Wieder entkam mir ein erschrockener Laut. Ich ahnte, worauf das hinauslief. Die Menschen waren nie gnädig gewesen und Gedankenleser in den eigenen Reihen wurden übel bestraft.

»Sie wurden wegen ihrer Magie hingerichtet«, sagte er knapp und mit kalter Endgültigkeit. Wie automatisch legte ich meine Hand auf seine.

»Es war nicht deine Schuld«, entgegnete ich, als er still blieb. Er schien gefangen in der Trauer, den düsteren Erinnerungen seiner Jugend. Das sah ich an seinen Augen, aus denen all das Licht verschwunden war. »Du wolltest ihnen nur helfen.«

Ciel lachte auf, hielt sich dann jedoch die Brust, als ihm erneut ein Husten entkam. »Ja, Cara. Das passiert eben, wenn ich den Leuten helfen will. Früher oder später stirbt jemand.«

Ich riss die Augen auf. Das konnte doch unmöglich der Grund sein, dass er niemanden an sich heranließ? Dass er dachte, er wäre eine Gefahr für jeden, der sich ihm näherte? Dieser eine schicksalhafte Fehler in seiner Jugend bedeutete nicht, dass er alles zugrunde richtete, was ihn glücklich machte.

Aber ich hatte keine Zeit, zu widersprechen.

»Ich war noch jung, daher ließen sie mich am Leben«, fuhr er rasch fort und ich musste mich konzentrieren, da er so schnell sprach, dass ich kaum folgen konnte. »Sie hielten mich ein Jahr lang in einem Kerker gefangen. Ich wusste schon gar nicht mehr, wie frische Luft schmeckte. Es ist verrückt, aber in der Dunkelheit vergisst man solche Selbstverständlichkeiten. Wie der Himmel aussieht, zum Beispiel, oder wie die eigene Stimme klingt. Ich war dem Wahnsinn nahe, als Rosalie mich fand.«

»Sie hat dich rausgeholt?«, hauchte ich ehrfurchtsvoll. »Wie?«

»Nachdem sie in den Wäldern eine Zuflucht errichtet hatte, ist sie im Geheimen durch die Dörfer gestreift, um ihresgleichen zu suchen. Sie hat Joleen aus den Händen eines Kinderhändlers gerettet und die Kerker durchsucht, in der Hoffnung, weitere Gedankenleser zu finden. Irgendwann traf sie dort auf mich. Sie manipulierte die Wächter so geschickt, ich glaube, sie haben bis heute nicht verstanden, was damals geschehen war. Zu dritt sind wir schließlich über die Mauer in den Wald geschlichen und haben uns geschworen, sie nie wieder zu übertreten. Der Wald war unser aller Rettung.«

Mein Hals fühlte sich wie zugeschnürt an, während ich still seinen Worten lauschte, in denen die Trauer mitschwang wie eine düstere Melodie. Die Ungerechtigkeit machte mich so wütend.

Die Gedankenleser sehnten sich nach Schutz.

Nach Frieden.

Nach dem Gefühl, zu Hause zu sein.

Die Beschwörer und Seher hatten ihnen das genommen, damals wie heute.

»Aber im Wald bei Rosalie ist es dir schließlich besser ergangen, nicht wahr? Du konntest dich von allem erholen«, versuchte ich es.

Wieder lachte Ciel leise auf. »Weil Zeit alle Wunden heilt, meinst du? Ich heile nicht, Cara. Ich verwelke.« Sein Blick verlor plötzlich für wenige Sekunden seine Müdigkeit. Er sah mich intensiv an, mit so viel Schmerz, dass ich schreien wollte. »Rosalie nahm mich auf, aber jeder in der Gruppe musste seine Aufgabe erfüllen. Sie merkte schnell, dass ich verdammt gut im Kämpfen war, und nun ja, bis dahin dachte ich auch, dies sei das Einzige, das ich wirklich konnte. Ich wurde zu ihrem Beschützer. Zum Beschützer des Dorfes. Und bei den Göttern, ich würde alles tun, um sie und Joleen zu retten. Das bin ich ihnen schuldig, schließlich verdanke ich ihnen mein Leben.«

»Und?«, fragte ich. Ich verstand einfach nicht, worauf er hinauswollte.

Ciel lehnte sich vor zu mir, bis sein Gesicht nur noch Zentimeter von dem meinen entfernt war. Doch diesmal lag kein Hunger in seinem Blick, sondern eine Dringlichkeit, die mich unter Strom setzte.

»Ich tue, was getan werden muss, Engel. Was immer Rosalie von mir erwartet. Ich habe schon einmal nur an mich gedacht und dadurch Menschen verloren, die ich liebte. Ich töte, wenn es sein muss. Das Blut dieses Beschwörers Jasper ist nicht das erste, das an meinen Fingern haftet. Ich bin gut darin, das weiß ich. Doch das ändert nichts an der Tatsache, dass jedes Mal ein kleiner Teil von mir mit ihnen stirbt. Hier drin«, er deutete auf sein Herz, »wird es mit jedem Mal ein wenig kälter.«

Er sah mich aus seinen blauen Augen so heftig, so bittend an. Schließlich verstand ich, was er mir sagen wollte, auch ohne, dass er es aussprechen musste. Diese Erinnerung, dieses Gefühl, dass ich empfunden hatte, als ich versehentlich in seinen Kopf gesprungen war. Diese unerträgliche Schwärze, hervorgerufen durch jeden Mord, den er beging, durch jedes Leben, das er nahm.

Das Töten war sein Talent, doch es bedeutete auch seinen Untergang.

»Ich hasse dich nicht«, wisperte ich. Ich hatte das dringende Bedürfnis, ihm das klarzumachen. »Das habe ich nie. Selbst nach deinem Mord an Jasper nicht.«

»Das will ich doch hoffen«, antwortete er leise. »Ich fände es nämlich ziemlich schade, wenn du mich hassen würdest.«

Seine Worte lösten ein Lächeln in mir aus.

»Aber das bedeutet nicht, dass ich es nicht verdient hätte. Ich habe furchtbare Dinge getan«, fuhr er fort.

»Was ist, wenn ich dir sage, dass mir das egal ist? Dass ich an dem Guten in dir festhalten möchte?«, fragte ich ihn. »Dass ich keine Angst davor habe, dass du mich zerstören könntest? Weil ich mich seit unserem Kennenlernen im Wald jeden Tag mehr danach sehne, in deiner Nähe zu sein.«

»Dann würde ich dich für verrückt erklären«, antwortete er heiser, doch ich sah am Heben und Senken seines Brustkorbes, wie schnell sein Herz schlug.

»Du bist nicht der Bösewicht in meiner Geschichte, Ciel. Auch wenn ich eine Weile gebraucht habe, um das zu verstehen.«

»Ich bin der Bösewicht in meiner eigenen Geschichte«, antwortete er bitter lächelnd und nun schloss er doch wieder die Augen. Seine Stirn glänzte schweißnass. Noch einmal tunkte ich den Stoff in kühles Wasser und er seufzte, als ich ihn auf seine glühende Haut legte.

»Daran arbeiten wir.« Ich sah kurz zum Zelteingang. Es war noch mitten in der Nacht, doch in wenigen Stunden würde sicherlich die Sonne aufgehen. Ciel hingegen schien wieder abzudriften. Eine Weile beobachtete ich, wie hinter seinen geschlossenen Lidern die Augen wild hin und her zuckten. Ich wusste mir nicht zu helfen. Würde er die Nacht überleben, würde ich den Göttern danken. Ich versprach mir, nie wieder an den Göttern zu zweifeln, sollten sie ihn bitte, bitte, bitte retten.

Plötzlich schoss seine Hand vor und umgriff meinen Arm. Zog mich zu sich herunter.

»Cara?«, hauchte er fiebrig.

»Ja, ich bin hier. Ich bin hier«, sagte ich leise und das Zittern der Angst ließ meine Stimme merkwürdig fremd klingen.

»Du bist jetzt dran. Erzählst du mir was?«

Ich schluckte, nickte dann aber. Ich war nie eine gute Geschichtenerzählerin gewesen, für Fantasien war meine Realität zu düster. Also entschied ich mich einfach für die Wahrheit.

»Vierzehn«, sprach ich tonlos. Er öffnete kurz ein Auge, um mich verwirrt anzusehen. Nervös nestelte ich mir mit den Fingern im Haar herum, überlegte, wie ich das Folgende erzählen sollte. »Ich habe dich aus meinem Kopf geworfen, bei unserem ersten Training. Erinnerst du dich? Die Erinnerung, die du nicht sehen solltest, da war ich vierzehn.«

Wieder schwieg ich und Ciel wartete geduldig. Er hatte mir von den tiefsten Abgründen seiner Vergangenheit erzählt, doch das war nicht der Grund, wieso ich ihm von meinen erzählte. Ich *wollte*, dass er es wusste. Dass er alles kannte, jeden noch so zerbrochenen Teil in mir.

»Elara lag im Sterben. Sie hatte hohes Fieber, so wie du gerade …« Diese Ironie. »Wir besaßen kein Geld, um ihre Medizin zu bezahlen, also musste ich sie irgendwie beschaffen. Er war Anfang zwanzig.«

Meine Stimme verlor sich in der erdrückenden Stille des Zeltes und die Geschichte kam zu einem abrupten Ende. Es dauerte, bis Ciel etwas erwiderte. Seine Kiefer waren verspannt, ein Zeichen dafür, dass ihn meine Erzählung wütend machte. Er dachte nach, ehe er antwortete. Vielleicht war er schockiert, vielleicht legte er sich auch nur behutsam seine nächsten Worte zurecht.

»Das war sehr selbstlos von dir. Und mutig. Und etwas dumm.« Er lächelte leicht und ich dankte ihm still für seine Worte. Mitleid hätte ich nicht ertragen.

»Ich habe mich nicht mutig gefühlt«, entgegnete ich. »Aber es musste getan werden, Elara zuliebe.«

»Genau das ist der Grund, wieso du zu gut für mich bist. Ich hätte diesen Mistkerl getötet und das Geld aus seiner Tasche gestohlen.«

»Ich wünschte, ich hätte es getan«, antwortete ich tonlos. »Ihn zu töten, hätte im Nachhinein vieles leichter gemacht.«

»Hast du seitdem Angst? Vor Männern wie ihm?«

»Nein«, erwiderte ich schnell. »Nein, vor solchen Idioten habe ich keine Angst.«

»Vor was dann?«

Ich zwirbelte eine Locke um meinen Finger, während ich über seine Frage nachdachte. Wovor fürchtete ich mich?

»Vor Käfigen«, antwortete ich schließlich.

Verwundert runzelte er die Stirn. »Wieso vor Käfigen?«, fragte er, als ich nicht weitersprach.

»Es ist weniger der Käfig an sich, der mir Angst macht«, versuchte ich, zu erklären. Nachdenklich blickte ich in die Leere. »Mehr das Gefühl … gefangen zu sein. Nicht frei entscheiden zu können, was ich tue oder nicht tue.«

Nur das leise Zirpen der Grillen von draußen war zu hören, während wir beide still über mein Geständnis grübelten. Ich hatte mir meine Ängste noch nie so bewusst gemacht wie jetzt, bei einem nächtlichen

Gespräch unterm Sternenhimmel. Wie ich so überlegte, fiel mir auf, wieso ich diese Sorgen überhaupt hegte. War mein Leben vor meiner Zeremonie nicht genau das gewesen? Ein Käfig? Tag für Tag hatte ich nur das getan, was mir das Richtige schien, was meiner Familie beim Überleben half. Es hatte nie eine Aussicht auf Veränderung gegeben, sich nie die Möglichkeiten auf etwas anderes eröffnet.

Erst nachdem ich in den Finsterwald geschickt worden war, hatte ich gelernt, was es hieß, sich um die eigenen Gefühle und Wünsche Gedanken machen zu können. Ich war aus meinem Käfig ausgebrochen und Himmel, wie sehr ich mich davor fürchtete, dass ich wieder eingefangen wurde. Dass ich erneut dazu gezwungen sein würde, ein Leben auf der anderen Seite der Mauer zu führen, in dem jeder Tag gleich und schwerlich verlief.

Mein Blick schwenkte zurück zu ihm. Erst jetzt sah ich, dass Ciel zu Lächeln angefangen hatte.

»Was ist so witzig?«, fragte ich schmollend. Ich hätte ihm nicht von meinen Ängsten erzählt, hätte ich gewusst, dass er mich dafür auslachen würde.

Doch Ciel schmunzelte weiter. »Es ist einfach schön, zu wissen, dass sich deine größte Sorge nicht bewahrheiten wird.«

Ich neigte meinen Kopf leicht. »Wie meinst du das?«

»Du wirst niemals wieder gefangen sein, Cara. Sieh dich an, sieh, wie stark du bist. Du wirst jeden Käfig sprengen.«

Mein Herz tanzte. »Denkst du wirklich?«

»Natürlich.«

Glücklich grinste ich in mich hinein. »Ich wusste gar nicht, dass du so charmant sein kannst.«

»Als ob. Das wusste du bereits, als du mich das erste Mal gesehen hast«, scherzte er zurück.

»Na gut, du hast recht. Ich hatte so eine Ahnung. Irgendwas mussten die ganzen Frauen ja in dir sehen, mit denen du die Nächte verbracht hast«, konterte ich, doch etwas Missgunst schwang in meiner Stimme mit.

Ich dachte an das hübsche Mädchen mit den schulterlangen Haaren, mit dem er sich an Kyfta unterhalten hatte. Sicherlich hatte er es auch mit auf Rosalies Balkon genommen. Ein Schub stürmischen Ärgers durchfuhr mich wie ein heißer Orkan. Erneut wurde mir bewusst, was die Gedanken an solche Szenarien in mir anstellten. Es fühlte sich an, als würde mein Innerstes umgekrempelt werden. Sicher, ich hatte keinen Anspruch auf ihn. Ich wusste ja nicht einmal, ob er meine Gefühle erwiderte. Dennoch, ich wollte nicht, dass er andere Mädchen so ansah, wie er mich anblickte. Und ich wollte erst recht nicht, dass er jemand anderem so tief in die Augen sah, so berührte.

Er lächelte wissend. »Das war alles nur Ablenkung.«

»Von was?«, fragte ich skeptisch.

»Von dem nervtötenden Beschwörermädchen, das mir den Kopf verdreht hat«, murmelte er vor sich hin und löste dabei eine Horde Schmetterlinge – nein, wohl eher Wirbelstürme – in meinem Inneren aus. Hatte er mir damit gerade seine Gefühle gestanden? Glücksgefühle überschwemmten mich, so schwindelerregend und wahnsinnig intensiv, dass ich gewollt war, lachend durch das Unterholz zu tanzen. Ein unangebrachtes Gefühl, wenn man bedachte, dass Ciel hier gerade litt und mit einer vergifteten Wunde zu kämpfen hatte.

Schließlich fuhr er fort und seine Stimme glich dem sanften Rascheln der Blätter im Wald. »Hat dir eigentlich schon mal jemand gesagt, dass deine Augen in der Sonne glitzern wie flüssiges Gold?«

»Halt still«, sagte ich und wechselte erneut den Stoff an seiner Stirn, tunkte ihn in kaltes Wasser und legte ihn zurück auf seine glühende Haut. »Du sprichst im Fieberwahn.«

»Cara?«, fragte er. Er verstärkte kurz den Griff seiner Hand auf meinem Arm. Seine Finger waren schweißnass, genau wie sein Kopf. »Ich habe dich gern gebissen, weißt du?«

»Das musst du mir nicht sagen. Dein schneller Atem an meinem Hals hat es schon verraten«, stichelte ich, jedoch mit einem sanften Lächeln auf den Lippen, welches sich in meine Stimme schlich.

Auch er lächelte und schloss die Augen. Diesmal ließ ich ihn schlafen. »Ja«, hauchte er. »Ich habe es gern getan. Aber wenn ich das hier überlebe, dann werde ich zärtlicher sein. Ich werde dir zeigen, was Liebe ist.«

Seine Worte schickten einen Schauder durch meinen gesamten Körper, bis selbst meine Kopfhaut kribbelte. Er driftete weg und die Angst, die ich dabei verspürte, griff mit kalten Klauen nach mir, als wollte sie mich in ein unendlich tiefes Loch ziehen. Wie hatte ich jemals gegen meine Gefühle für ihn ankämpfen können? Er war der Sturm in meinem Leben. Anfangs hatte ich das für etwas Schlechtes gehalten, mittlerweile wusste ich jedoch, dass mir der Nervenkitzel bei Wind und Regen lieber war als ein Leben in ständigem Sonnenschein.

Ich hauchte ihm einen Kuss auf die feuchten, schwarzen Haare und strich ihm ein paar davon aus der Stirn.

»Natürlich überlebst du«, murmelte ich »Alles andere verbiete ich dir, hörst du? Und wenn du morgen früh aufwachst, gehöre ich ganz dir.«

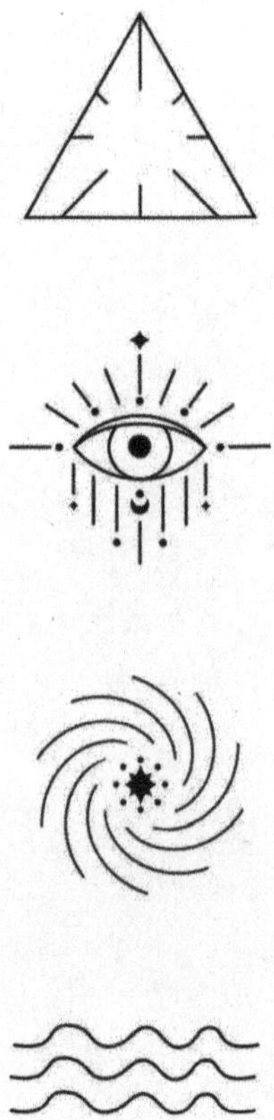

# 26

Ich machte die ganze Nacht kein Auge zu. Jedes Mal, wenn mich die Müdigkeit zu übermannen drohte, schreckte ich Sekunden später wieder auf und lauschte in der Stille, ob ich Ciels flache Atemzüge noch wahrnehmen konnte. Die Sorge zerrte an meinen Kräften. Ich fühlte mich ausgelaugt, paranoid, unruhig, und bereits beim ersten Sonnenstrahl sprang ich auf und rauschte hinaus. Ich rüttelte Joleen wach, die mich nun mit verschlafenen Augen verblüfft anblickte.

»Was ist denn mit dir passiert?«, fragte sie und begutachtete verdutzt meine mit Sicherheit völlig zerzausten Wellen und den wilden Blick, der in meinem Gesicht liegen musste. Dann senkte sie vielsagend die Stimme. »Habt ihr beiden etwa … die Nacht durchgemacht?«

»Ich … Was? Nein! Also, ja.« Meine Wangen fühlten sich an, als gingen sie mal wieder in Flammen auf. »Nicht so, wie du denkst«, ergänzte ich, als sie mich wissend angrinste.

Ich zog sie mit mir und hinein in Ciels Zelt, wo sie entsetzt die Hände vor den Mund schlug. Ohne auf ihre nächsten Worte zu warten, ging ich zu ihm und hob die Decke an, die ich um ihn geschlungen hatte. Darunter kam sein Bein zum Vorschein, dunkelblau angelaufen und durchzogen von schwarzen Linien, die wie ein Kunstwerk seine Haut zierten.

»Ein Giftpfeil«, antwortete ich auf die unausgesprochene Frage, die in Joleens weit aufgerissenen Augen brannte.

»Wieso hast du mich nicht gerufen?«, fragte sie entrüstet und ich zuckte zusammen, als sie mich mit einem zornigen Blick bestrafte. Ihre sonst so fröhliche Art war verschwunden, hatte einem Ausdruck tiefster Panik Platz gemacht. Ich wollte ihr eine Hand auf die Schulter legen, um sie zu beruhigen, doch in diesem Moment fürchtete ich mich vor ihr. So kannte ich sie nicht und ich konnte sie nicht einschätzen.

»Er wollte es nicht«, antwortete ich nach kurzem Zögern. »Er wollte nicht, dass du dir die Nacht über Sorgen machst.«

»Dieser idiotische Kobold«, fluchte sie.

Ich zog amüsiert eine Augenbraue nach oben. »Ich werde im Wald nach Wiolen suchen. Sie werden mir sicherlich sagen können, wie man das behandelt«, sagte ich bestimmt.

Joleen nickte. »Es gibt einen Heiler. Lass uns zu ihm gehen, bevor wir die Wiolen aufsuchen.«

»*Wir?*«, wiederholte ich und konnte das Entsetzen nicht gänzlich aus meiner Stimme verbannen.

»Klar. Oder denkst du, ich sehe hier untätig zu, wie mein Bruder stirbt? Ich komme mit dir.« Ihrem entschlossenen Blick konnte ich nichts ausschlagen. Trotzdem seufzte ich, als wir uns nach draußen begaben und den Weg zum Heiler einschlugen.

Unser letzter gemeinsamer Ausflug war in reinstem Chaos geendet. Ein solches Erlebnis konnte ich diesmal absolut nicht gebrauchen. Wahrscheinlich würde ich den Finsterbären überhaupt nicht bemerken, sollte er erneut angreifen. Ich war blind durch meine Angst um Ciel. Verwirrt aufgrund der Erbarmungslosigkeit, mit der er sich einen Platz in meinen Herzen erkämpft hatte. Mit Liam war es schön gewesen und ich dachte gern an unsere gemeinsamen Stunden zurück. Doch ich hatte erst Ciel kennenlernen müssen, um zu verstehen, dass sich wahre Gefühle nicht nur schön anfühlten, sondern einem den Atem raubten.

Nein, ich würde den Finsterbären ganz sicher übersehen, wenn er uns im Wald auflauerte. In meinem Kopf geisterten bloß die Bilder von Ciels schmerzverzerrtem Gesicht und Erinnerungen an unsere nächtlichen Gespräche. Ob er sich an seine fieberhaften Worte noch erinnern würde, wenn er aufwachte?

Ich wusste, dass wir den Heiler erreicht hatten, in dem Moment, als ich ihm gegenüberstand. Es war ein älterer Mann mit schütterem Haar und weißem Bart, der ihn wie einen Zauberer aussehen ließ. Im Gegensatz zu den anderen Gedankenlesern schlief er nicht in einem Zelt, sondern unter freiem Himmel. Er hatte sich einen gemütlichen Fleck inmitten eines Baldachins gesucht und darunter ein Bett aus Zweigen und Blättern errichtet. Um ihn herum standen alchemistische Mixturen und viele Fläschchen, in denen sich verschiedenfarbige Flüssigkeiten befanden. Ich glaubte, in einem davon ein Froschauge herumschwimmen zu sehen, doch ich hielt mich davon ab, näher nachzuschauen.

Es war mir ein Rätsel, wie er diese ganzen Zaubermittel aus dem Feuer hatte retten können. Ihm mussten mehrere Gedankenleser beim Tragen geholfen haben, denn er selbst wirkte alles andere als kräftig.

Ich schluckte, als wir zögernd vor ihm stehen blieben. Der Mann murmelte unverständliche Dinge vor sich hin, während er die verschiedenen Flaschen durchstöberte, hin und wieder eines davon genauer musterte und sie anschließend in anderer Reihenfolge aufstellte. Er bemerkte uns nicht, oder vielleicht ignorierte er uns auch nur. Es schien wichtig zu sein, was er da tat, zumindest in seiner wohl verschobenen Welt.

»Ähm«, sagte Joleen und räusperte sich. Sogar sie sah eingeschüchtert aus. Womöglich gehörte der Heiler zu den einzigen, den sie nicht mit ihrer entzückenden Art entwaffnen konnte. »Salem?«

Der Mann hielt inne bei der Erwähnung seines Namens. Dann, ganz langsam, drehte er sich zu uns um.

Die Kinnlade klappte mir herunter, als ich in sein Gesicht blickte. Grimmig sah er mich an und ich wusste nicht, in welches seiner beiden Augen ich schauen sollte. Denn er besaß nur ein menschliches, das andere schien das einer Schlange zu sein. Die längliche Pupille zuckte und war von einer gelben Iris umgeben, die mich in ihren Bann zog.

»Ja?«, krächzte er uns ungeduldig an, denn auch Joleen brauchte ein paar Sekunden, um sich in seiner Gegenwart zu fassen.

»Wir haben einen Notfall«, sagte sie und ihre Stimme zitterte kaum merklich. »Es geht um Ciel.«

»Ciel … Ciel …«, murmelte Salem immer wieder, als versuchte er, sich in Erinnerung zu rufen, wer das sein mochte. »Aha! Ciel!«, stieß er schließlich hervor und sein Schlangenauge weitete sich.

»Ja …« Joleen warf mir einen kurzen, beunruhigten Blick zu und sprach dann weiter. »Er wurde im Kampf von einem Giftpfeil getroffen, vielleicht erinnern Sie sich. Es breiten sich dunkle Linien über sein ganzes Bein aus.«

»Außerdem hat er Fieber«, ergänzte ich. »Es wird immer schlimmer. Sie haben ihm gestern bereits eine Tinktur gegeben, doch sie wirkt nicht. Können Sie ihm helfen?«, bat ich dringlich.

Der Heiler fokussierte mich mit seinem Schlangenauge, während das andere noch immer auf Joleen ruhte. Irgendwann fragte er: »Wie schmeckt es?«

»Was?«, brachte ich verwirrt hervor.

»Sein Blut, sein Blut!«, krächzte er energisch. »Schmeckt es bitter oder eher süß? Nach Minze? Limone? Erdbeere? Ich muss es wissen!«

Überfordert wandte ich mich Joleen zu. Alles klar, der Mann musste seinen Verstand verloren haben. Joleens Gesicht war vor Übelkeit leicht grün angelaufen und ich war beinahe stolz darauf, wie selbstverständlich sie auf diese merkwürdige Frage antwortete. »Wir haben sein Blut nicht probiert.«

Salem schnalzte missbilligend mit der Zunge. Nach ein paar weiteren gemurmelten Worten griff er nach einer der Flaschen, die eine unschöne grüngelbe Flüssigkeit beinhaltete.

»Probiert die«, sagte Salem und wendete sich ab.

Doch ich umgriff seine Schulter und zog ihn wieder zurück. Joleen keuchte auf, als Salem wankend zurückstolperte und mich aufgebracht anfunkelte, aber das war mir egal. Dieser verschrobene, unhöfliche, zerbrechliche Mann würde uns nicht einfach so fortschicken. Nicht, wenn Ciels Leben davon abhing.

»Was ist das?«, herrschte ich ihn mit Blick auf die Flüssigkeit an. »Und was ist, wenn es wieder nicht hilft? Wenn er stirbt, ehe wir die Wiolen gefunden haben? Er hat nicht mehr viel Zeit, um irgendwelche Sachen auszuprobieren.«

Eine Weile lang standen Salem und ich uns wütend gegenüber. Sein Schlangenauge huschte wild hin und her, doch ich war zu aufgebracht, um mich davor zu fürchten. Schließlich seufzte er. Er schien zu verstehen, dass ich ihn nicht in Ruhe lassen würde, bis er mir Antworten gab. Als Salem diesmal das Wort erhob, klang seine Stimme erstaunlich sachlich und viel weniger verwirrt als zuvor. Zum ersten Mal hatte ich wirklich das Gefühl, einem *Heiler* gegenüberzustehen und nicht einem tattrigen Greis.

»Das Fläschchen enthält einen Fiebersaft. Es wird ihn über den Tag bringen. Das ist das Einzige, was ich tun kann. Was ihr da beschreibt, ist hochkonzentriertes Nymphengift. Sie beträufeln damit ihre Dreizacke, um Haie und andere Fressfeinde zu töten. Keine Ahnung, wie sein Angreifer da drangekommen ist. Aber egal wie, für solche Fälle habe ich hier nichts dabei. Gegengifte sind mit dem Großteil meiner Mixturen im Feuer verbrannt. Und jetzt«, er zog ruckartig seinen Arm zurück und befreite ihn damit aus meiner Umklammerung, »lasst mich in Ruhe.«

Das ließen wir uns nicht zweimal sagen. Wir machten uns erneut zu den anderen Zelten auf und nach ein paar Minuten grauenerfüllter Stille brach ich das Schweigen.

»Das ist ja ein angenehmer Zeitgenosse«, sagte ich sarkastisch.

»Er ist ein bisschen kauzig, ja.«

»Was machen wir jetzt?«, wollte ich wissen.

»Ganz einfach.« Joleen nahm mir die Flasche aus der Hand und betrachtete angeekelt die dickflüssige Mixtur, die darin umherschwappte. »Die flößen wir Ciel ein. Ich gebe Rosalie Bescheid, dass wir erst morgen früh aufbrechen können. Dann machen wir beide uns auf die Suche nach den Wiolen.«

Und so machten wir es. Mühsam zwang ich Ciel den Fiebersaft ein, während Joleen zu Rosalie ging. Ich war vollkommen aus der Puste, als ich mich schließlich neben ihn auf den Boden sacken ließ und mir den Schweiß von der Stirn wischte. Ciel hatte den Trank getrunken, doch nicht ohne zwanzig Minuten um sein Leben zu kämpfen, als ich ihm das Fläschchen an die Lippen setzte. Er fiel schon bald wieder in einen tiefen Schlaf und ich warf ihm tödliche Blicke zu. Natürlich war der Trank ekelig, aber wenn er so gegen seine Krankheit ankämpfen würde, wie er gegen Salems Heilmittel angekämpft hatte, wäre er sicher längst wieder gesund.

Irgendwann öffnete sich das Zelt und eine äußerst besorgte Rosalie kam hereingestürmt. Sie überrannte mich beinahe, als sie zu Ciel hechtete und ihm eine zittrige Hand an die feuchte Stirn legte.

Leise schlich ich mich hinaus. Nach unserem Gespräch die Nacht zuvor, wusste ich, dass sie eine familiäre Beziehung zueinander hatten. Fast wie Mutter und Sohn, auf eine etwas merkwürdige Art und Weise vielleicht. Noch immer war ich mir nicht sicher, was ich von Rosalie halten sollte. Denn obwohl ich sie dafür verurteilte, dass sie Ciel zu Dingen zwang, die sein Innerstes verkümmern ließen, so dankte ich ihr auch, dass sie ihn damals aus dem Kerker befreit hatte. Also ließ ich die beiden allein und machte mich mit Joleen auf in den Wald.

Diese ahnte wohl, wo sich der nächste Fluss befand, und schien voller Tatendrang. Wir liefen Richtung Norden. Wie gewohnt schwieg ich, während Joleen mir ununterbrochen irgendwelche suspekten Geschichten erzählte.

»Falls du eine Singdrossel siehst, halte dir die Ohren zu«, sprach sie, nachdem sie eine besorgniserregende Erzählung über einen Bandwurm beendet hatte. »Seit ein paar Jahren nimmt die Zahl ihrer natürlichen Fressfeinde stetig zu, weshalb sie sich sehr effektive Abwehrmechanismen angeeignet haben. Singdrosseln sehen putzig aus, aber ihr Gesang versetzt dich in Schlaf und dann picken sie dir die Haut von den Knochen.«

»Danke für den Hinweis«, antwortete ich und ertappte mich dabei, immer wieder beunruhigt gen Himmel zu blicken.

Äste knackten unter meinen Füßen und mein Atem bildete weiße Nebelschwaden in der Luft. Ich zitterte, während wir tiefer in den Wald hineinliefen. Bald würde der Winter hereinbrechen und meist tat er das ziemlich zügig. Eines Morgens würden wir aufwachen und uns in einer Schneelandschaft wiederfinden. Ich hoffte nur, dass die Gedankenleser bis dahin einen festen Unterschlupf gefunden hatten.

Keine Ahnung, wieso, aber ich fühlte mich zunehmend beobachtet, je weiter wir liefen. Als würden die Bäume Augen bekommen, sobald wir ihnen den Rücken zuwandten. Ab und an hörte ich ein Rascheln, doch immer, wenn ich einen Blick über die Schulter warf, konnte ich nichts Ungewöhnliches ausfindig machen. Eine Zeit lang versuchte ich, es zu ignorieren, und überzeugte Joleen davon, merkwürdig verschachtelte Wege einzuschlagen, um unsere möglichen Verfolger abzuwimmeln. Doch es klappte nicht. Immer häufiger stellten sich mir die Nackenhaare auf, ein Zeichen dafür, dass sich jemand vor uns versteckte.

Ich schien nicht die Einzige zu sein, die so fühlte. Irgendwann unterbrach Joleen ihren Monolog und blieb so abrupt stehen, dass ich beinahe in sie hineingelaufen wäre.

»Hörst du das?«, fragte sie und sah sich konzentriert um.

Auch ich suchte mit dem Blick erneut das Dickicht ab, lauschte nach Schritten und Atemzügen im Unterholz.

»Irgendjemand ist hier«, hauchte sie und ging einen Schritt voran, zog das Laub eines naheliegenden Busches zur Seite.

Plötzlich griff sie mit der Hand mitten hinein. Ein Aufschrei war zu hören und heftiges Rascheln, als die fremde Gestalt gegen Joleens Griff anzukämpfen versuchte.

Einige Sekunden herrschte Gerangel, in denen ich perplex dastand und zusah, wie meine rothaarige Freundin ein Mädchen aus dem Gebüsch zerrte. Die Kleine purzelte hinaus und blieb vor uns im Dreck liegen. Weitere Sekunden vergingen, bis auf einmal ein zweites Mädchen aus dem Dickicht hervorsprang und dem ersten auf die Beine half. Sie blickten uns mit ihren großen kindlichen Augen an und wichen so weit zurück, dass sie mit dem Rücken gegen den Baum hinter ihnen stießen.

Ich konnte nicht anders, als sie mit offenem Mund anzustarren.

Es handelte sich zweifellos um die merkwürdigsten Mädchen, die ich je gesehen hatte. Es waren Zwillinge und so identisch, dass ich ein paar Mal blinzeln musste, um sicherzugehen, dass ich nicht doppelt sah.

Ihre schwarzen Haare reichten bis auf den Boden. Genauso dunkel schimmerten ihre Augen. Als ich ihren Blickkontakt erwiderte, war mir, als würde ich einen Blick in die Tiefen der Nacht erhaschen. Sie besaßen rundliche Gesichter und dichte schwarze Wimpern umrandeten die Augen. Die beiden hätten durchaus als hübsch bezeichnet werden können, wäre da nicht ein kleines Detail gewesen: Ihre Münder. Besser gesagt, das, was sich darin befand. Ihre Lippen zeichneten einen wohlgeformten und blutroten Schwung, doch als sie schüchtern zu Lächeln begangen, kam ihre Zunge zum Vorschein, viel zu lang und in der Mitte gespalten, wie die einer giftigen Schlange.

»Puh, ihr habt mir aber einen Schrecken eingejagt«, sagte Joleen, die über dieses gruselige Detail anscheinend problemlos hinwegsehen konnte. »Was tut ihr beiden hier?«

Die Zwillinge warfen sich einen vielsagenden Blick zu und kicherten dann.

Ich pikste Joleen beunruhigt in die Seite. »Wer ist das?«, flüsterte ich, ohne meine Augen von den Mädchen abzuwenden.

»Oh!« Joleen sah mich schockiert an. »Stimmt, ihr kennt euch ja noch gar nicht. Das sind Mia und Kia, Salems Töchter.«

Ich machte große Augen. Der Heiler hatte Töchter? Diese Vorstellung war so absurd, dass es mir die Sprache verschlug. Zudem hatte der verrückte Mann keinerlei Gemeinsamkeiten mit den Kindern, außer …

Mir kam sein merkwürdiges Schlangenauge in den Sinn.

»Ihre Mutter ist eine Hexe«, antwortete Joleen auf die Frage, die wohl in meinem Gesicht stand. »Eine Magista, um genau zu sein.«

»Magista existieren?«, hauchte ich ehrfürchtig. Sie waren ein Mythos, eine Schauergeschichte, die Eltern ihren Kindern erzählten, wenn sie sich schlecht verhielten. Man sagte, Magista gehörten zu einer Zeit, in der die Drachen über die Lande regiert hatten. Es seien betörende Frauen mit magischen Kräften. Die meisten von ihnen tarnten sich, indem sie sich in ein Tier verwandelten, so hieß es. Joleen nickte.

»Sicher. Salem traf sie im Wald, als er nach Heilmitteln forschte. Sie kroch als Schlange durchs Unterholz. Er hätte sie beinahe aufgespießt, um ihr Gift zu verwerten. Im letzten Moment hat sie sich ihm offenbart, um sich zu retten. Er verliebte sich sofort unsterblich.«

Verwundert hob ich die Brauen. »Wo ist sie nun?«

»Magista leben nicht gern unter Menschen. Sie verbrachte nicht viel Zeit bei ihm, dann hat sie ihn verlassen und ist in den Wald zurückgekehrt. Ich glaube, er wartet noch immer darauf, dass sie zu ihm zurückkommt. Er ist nie wieder der Alte geworden.« Joleen seufzte herzzerreißend. »Das ist so romantisch, findest du nicht?«

Um ehrlich zu sein, fand ich das alles andere als romantisch. Eher bemitleidenswert. »Sind sie auch Magista?«, flüsterte ich mit Blick auf die Mädchen. Sie regten sich immer noch nicht, starrten uns weiterhin aus ihren dunklen Augen an.

»Kia und Mia? Nein, sie sind ganz normal, wie Salem. Er bildet sie zu Heilerinnen aus. Wahrscheinlich haben die beiden unser Gespräch mit ihm belauscht und dachten, ein Ausflug zu den Wiolen wäre spannender als das Sortieren von Froschlaich, nicht wahr, ihr zwei?« Sie warf ihnen einen strengen Blick zu und die Mädchen kicherten wieder.

Grübelnd betrachtete ich die beiden und legte mir einen Finger ans Kinn. »Wir können sie nicht zurückschicken. Allein ist es für zwei Kinder zu gefährlich im Wald«, sprach ich meine Bedenken aus.

»Ja, da hast du wohl recht.« Joleen dachte kurz nach. »Na schön«, ergab sie sich. »Ihr könnt mitkommen. Aber wehe, ihr macht nicht das, was wir sagen, verstanden?«

Die Mädchen nickten eifrig und schlossen sich uns wortlos an. Auch ich schwieg die nächste Stunde über. Irgendwie fühlte ich mich unwohl in Gesellschaft der beiden seltsamen Kinder. Ab und an hörte ich sie kichern oder schnauben, als würden sie miteinander kommunizieren. Es war unheimlich.

Joleen versuchte anfangs noch, sie in ein Gespräch zu verwickeln. Doch sogar für sie war das eine aussichtslose Mission, also ließ sie es irgendwann notgedrungen bleiben.

»Können sie nicht sprechen?«, fragte ich, als die Mädchen gemeinsam vorausgingen und über Wurzeln und Steine sprangen. Ich folgte ihren wehenden Haaren mit dem Blick, um sie ja nicht aus den Augen zu verlieren.

»Doch, können sie.« Joleen seufzte. »Sie tun es nur nicht gern. Sie unterhalten sich untereinander lieber in Gedankensprache.«

Wie angewurzelt blieb ich stehen. »Wie bitte?«

»Ja.« Joleen wartete geduldig auf mich. »Es ist schwierig, eine Beziehung zu ihnen aufzubauen. Sie leben in ihrer eigenen Welt und lassen nur selten jemand anderen an ihren Gedanken teilhaben.«

Ich schüttelte den Kopf. Das war es nicht, was mich so entsetzte. »Wie können sie in Gedankensprache miteinander sprechen? Sie sind doch noch keine neunzehn.«

Joleens verwirrter Blick brannte sich in mein Gesicht. »Was hat das mit dem Alter zu tun?«

Perplex starrte ich zurück. »Mit neunzehn findet die große Zeremonie statt«, sprach ich hektisch drauflos. »Man wird dem Anführer der Seher vorgestellt und mit Hilfe seiner Magie offenbart sich einem die Fähigkeit.«

»Aha.« Joleen zog eine Augenbraue nach oben. »Und das klingt gar nicht komisch für dich?«

»Komisch? Es ist einfach so. So war es schon immer.« Meine Stimme wurde vor Verwirrung immer schriller. Erneut geriet die Welt, die ich zu kennen glaubte, ins Wanken.

Joleen hingegen begann, schallend zu lachen. »Cara«, sagte sie besonders sanft. »Ich hatte dich nicht für so naiv gehalten.« Sie grinste mich an. »In dieser Geschichte sind so viele Unstimmigkeiten. Wieso sollten die Seher irgendetwas mit der Magie der anderen zu tun haben? Selbst wenn, wieso kann nur ihr Anführer sie hervorrufen? Und was hat der neunzehnte Geburtstag für eine mystische Bedeutung bei euch? Die Magie ist von Geburt an in dir, sie kommt nicht einfach irgendwann und verbindet sich auf seltsame Weise mit deinem Körper.« Sie schüttelte den Kopf, wobei ihre roten, glatten Haare wild um ihr Gesicht flogen. »Wie denkst du, haben Ciel und ich unsere Magie bekommen? Oder die anderen Gedankenleser und Bewohner entfernter Dörfer? Es kommt ja schließlich nicht jeder in euren Ort gepilgert, um sich dem Seher zu stellen. Oder gibt es in jeder Stadt einen Anführer?« Sie wartete, doch ich war zu perplex, um zu antworten. »Ich glaube«, begann sie erneut, »dass der Seher euch ganz schön ausgetrickst hat. Jeder kann Magie in einem anderen auslösen, es wird nur ein bewusster Trigger und die entsprechende Bereitschaft des Kindes benötigt.

Meistens warten die Eltern, bis ihre Söhne und Töchter in einem Alter sind, in dem sie mit ihrer Magie umgehen können, ohne andere zu verletzen. Dann dringen sie in ihre Gedanken ein und ihr magischer Impuls löst die Magie bei den Kindern aus. So einfach ist das.«

»Meine Eltern hätten also lediglich ihre Energie auf mich richten müssen und ich hätte meine Magie erhalten?« Ich kam mir dumm vor, so unfassbar dumm.

Bislang hatte ich Joleen immer für die Naivere von uns beiden gehalten, genauso wie ich Elara für schwächer als mich hielt. Letztendlich hatte ich mich gnadenlos selbst überschätzt. Aber stimmte es, was Joleen sagte? Wieso sollte der Große Seher das Gerücht verbreitet haben, er wäre der Einzige, der uns unsere Magie geben könnte?

»Er kontrolliert uns«, sprach ich zu mir selbst, mit einer Stimme so tonlos und kalt, als hätte ich meine Stimmbänder in Eiswasser getunkt. »So behält er einen Überblick über jeden einzelnen Bewohner. Aber wie kann es sein, dass das noch nicht aufgefallen ist? Es muss doch schon häufiger passiert sein, dass jemand versehentlich seine Magie auf einen Minderjährigen gerichtet hat.«

»Wenn ihr alle davon ausgeht, ihr bekommt eure Magie erst mit neunzehn, geschieht das wohl nicht so häufig. Du musst dich der Magie öffnen, um sie zu erhalten. Es reicht nicht, wenn jemand seine Magie einfach auf dich richtet. Du musst sie annehmen. Aber nun ja, es passiert tatsächlich ab und zu …« Plötzlich sah sie betrübt aus. Sie biss sich auf die erdbeerrote Unterlippe und sah bekümmert zu Boden, zeichnete mit ihrer Ferse Muster in die feuchte Erde.

»Joleen …?«, hakte ich ungeduldig nach.

Sie sah auf und blickte mich mitleidig an. »Es werden öfter mal Beschwörer- oder Seherkinder in den Finsterwald geschickt. Bisher dachte ich immer, eure Anführer seien einfach grausam. Na ja, anscheinend wollen sie nur verschleiern, dass manche in solch jungen Jahren bereits Magie beherrschen.« Sie zuckte die Schultern. »Vielleicht hoffen eure Anführer, wir wären so furchtbar wie in ihren Geschichten und bringen sie um, sobald sie einen Fuß in die Wälder setzen. Unsere Gruppe besteht nicht nur aus Gedankenlesern, weißt du? Wie könnte es auch, es gibt genug von uns, die Kinder mit einer anderen Art der Magie zur Welt bringen.«

Grauenerfüllt lauschte ich ihren Worten. Einerseits war es entsetzlich, dass Arvid und Cavier Kinder in die Wälder schickten, die zu früh ihre Magie beherrschten und drohten, das System auffliegen zu lassen. Andererseits lebten die Gedankenleser genau das Leben, das ich mir auch für Liam und meine Familie wünschte: Alle vereint, egal, welche Magie in ihnen floss. Wenn die Gedankenleser es schafften, die Grenzen der Reiche zu überwinden, dann mussten es die Beschwörer und Seher doch auch schaffen können.

Mir blieb keine Zeit mehr, um über die furchtbaren Dinge zu grübeln, die sich mir gerade offenbart hatten. Kia und Mia kamen auf uns zugerannt. Kurz vor uns blieben sie stehen, flüsterten sich Worte ins Ohr und deuteten dann nach hinten.

Ich stellte mich auf die Zehenspitzen und folgte ihrem Blick. Ich war so in das Gespräch mit Joleen vertieft gewesen, dass ich gar nicht mitbekommen hatte, dass wir den Fluss bereits erreicht hatten. Der Boden wurde immer feuchter und grüner und weiter hinten konnte ich das Glimmen lilafarbener Baumstämme erkennen.

Wir hatten unser Ziel erreicht.

In ihrer natürlichen Umgebung sahen die Wiolen noch majestätischer aus. An Kyfta hatte ich sie nur vereinzelnd wahrgenommen und ihre klackernde und raschelnde Sprache war im allgemeinen Lärm untergegangen. Als wir uns ihnen nun jedoch näherten, wehte ihr Murmeln wie eine luftige Brise um mich herum, die sich in meinen Eingeweiden festsetzte. Es war, als würde ich das Klacken in meinem Kopf hören, was vielleicht daran lag, dass das Geräusch im Wald hallte und von überall her zu schallen schien. Ich unterdrückte den Drang, mir die Hände auf die Ohren zu pressen, um es zu dämpfen.

Dennoch staunte ich, als Joleen aus der Böschung hinaustrat und am Rande des Flusses stehen blieb. Auch sie presste sich die Hand vor ihren Mund und starrte entzückt am Ufer entlang.

Die Wiolen hatten sich der Reihe nach aufgestellt und ihre Wurzeln in das Wasser gestreckt. Es gab ein erstaunliches Bild ab, hunderte lilafarbener Bäume, die dem Fluss einen violetten Glanz verliehen. Hätte ich es nicht besser gewusst, würde ich denken, ich wäre in ein Gemälde eingetaucht, die Mischung der Farben wirkte surreal vor dem sonst so grünen Hintergrund.

Ein Rascheln erklang und die Zwillinge stürmten an uns vorbei zum Wasser, sprangen von Stein zu Stein und schreckten damit die Frösche auf, die am Rande des Flusses ruhten.

»Hey, wartet!«, rief ich ihnen nach und setzte zur Verfolgung an, da hielt mich Joleen zurück.

»Sie kommen schon wieder. Sie erkunden nur den Fluss«, sagte sie beruhigend.

»Woher weißt du das?«, fragte ich.

Sie tippte sich an den Kopf. »Sie haben es mir gesagt.«

»Natürlich haben sie das.« Ich hakte nicht weiter nach, sondern vertraute auf Joleens Einschätzung, dass die beiden Kinder heil zurückfinden würden. Mit dem gruseligen Salem als Vater hatten sie sicherlich schon weitaus Aufregenderes erlebt als einen mit Waldgeistern bewohnten Waldfleck.

Unsicher blickte ich in deren knolligen Gesichter. Bis zu Kyfta hatte ich nicht einmal gewusst, dass es Waldgeister tatsächlich gab. Wie sollte ich ein Gespräch mit ihnen beginnen, und würden sie mich überhaupt anhören?

Joleen bemerkte wohl meine Unruhe, denn sie lehnte sich zu mir. »Du musst dich mit ihnen verbinden«, flüsterte sie mir ins Ohr. »Dann kannst du ihnen deinen Wunsch vortragen.«

»Wie verbinde ich mich mit ihnen?« Das Wort verbinden kam mir seltsam vor. Wie verband man sich mit einem Baum? Was bedeutete das überhaupt? Doch ich behielt meine Zweifel für mich und folgte still Joleens Anweisungen. Es gab keine Zeit mehr zu verlieren, keine Zeit für Diskussionen oder Skepsis.

Also wählte ich sorgfältig einen von ihnen aus. Es war reines Bauchgefühl, das mich zu dem knolligsten aller Wiolen führte. Efeu schlang sich um seinen dicken Stamm und seine lila Wurzeln reichten so weit, dass ich schon Meter davor darüber stolperte. Kurz bevor ich seinen Stamm erreichte, waren sie so dicht und hoch, dass ich darüber klettern oder unten hindurchtauchen musste.

Ein wenig außer Atem schob ich die letzten Äste beiseite und sah mich ihm nun direkt gegenüber. Ich konnte nur raten, wo sich seine Augen befanden. Er hielt sie geschlossen und ich vermutete sie hinter jeder Einkerbung der Rinde. Lediglich seine Nase zeigte sich deutlich ersichtlich, ein rundes, schrumpeliges Etwas, das herausstach und erzitterte, als ich vor ihm stehen blieb.

Wiolen verstanden keine Worte, hatte Joleen mir gesagt. Doch sie konnten aus Emotionen gesponnene Wünsche fühlen, was sie fast zu besseren Gedankenlesern machte als die Gedankenleser selbst. Dafür brauchten sie eine Verbindung zu den Gefühlen einer Person, einen unsichtbaren Strang aus Trübsal und Hoffnung.

Kurz hielt ich den Atem an, dann legte ich meine Hand flach auf die Rinde. Ich platzierte sie unterhalb der Knollnase. Genau da, wo ich sein Herz vermutete, sollten Waldgeister so etwas überhaupt besitzen.

Erst passierte rein gar nichts. Meine Hand lag steif auf dem holzigen Stamm und die Kanten bohrten sich in meine Haut, je fester und dringlicher ich sie darauf presste. Doch je mehr Ungeduld, je mehr Verzweiflung ich verspürte, desto deutlicher bemerkte ich einen Widerstand, der sich vom Inneren des Baumes gegen meine Handfläche drückte. Es war, als würde sich der Wiole von meiner Angst nähren. Von der panischen Bitte, Ciel zu retten.

Dann, ganz langsam, öffneten sich seine Augen. Sie waren faustgroß und die blassen Pupillen starrten mich unentwegt an, schienen direkt in meine Seele zu sehen.

Das Band war geknüpft. Es war ein Gefühl, ein Pochen in meinem Inneren, das mich das wissen ließ. Als hätte sich eine fremde Gestalt mitten in meinen Kopf eingenistet.

Auf einmal fegte ein Windzug durch mich hindurch. Panisch blickte ich um mich, suchte nach dem Sturm, der mich von den Füßen zu reißen drohte.

Doch es stürmte nicht. Kaum eine Regenwolke war am Himmel zu sehen, der Wind schien direkt von dem Waldgeist zu kommen. Sein Stamm raschelte und knarzte, kleinere Äste fielen herunter und blieben mir in den Haaren stecken. Die Rinde zitterte und das Vibrieren ging auf mich über, ließ meinen gesamten Körper unter Strom stehen. Ich dachte an Ciel, an sein Bein und die dunklen Schlieren, so hoffnungsvoll und intensiv ich nur konnte. Ich dachte daran, wie sehr ich mir wünschte, dass es ihm wieder gut ging.

Auf einmal erschienen Bilder in meinem Kopf. Sie ließen mich das Geschehen von oben aus betrachten, nur stand ich in diesem Szenario nicht reglos da, sondern zückte ein Messer und …

Entsetzt starrte ich den Wiolen an. Er hatte mir gezeigt, was ich tun musste, aber das konnte er unmöglich von mir verlangen!

Ich schüttelte energisch den Kopf, doch die Bilder änderten sich nicht, egal, wie lange ich still protestierte.

»Bitte nicht«, flüsterte ich. Im selben Moment wusste ich, dass ich keine andere Wahl hatte.

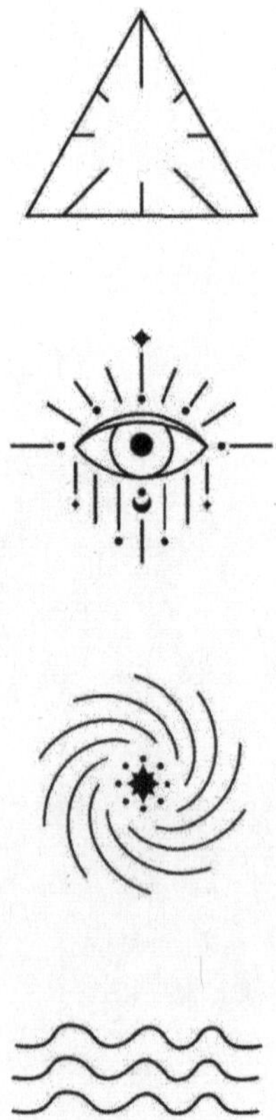

# 27

Ich zückte mein Messer. Diesmal tatsächlich und nicht in dem von Wiolen erschaffenden Bildern in meinen Geist. Die Klinge blitzte im frühen Morgenlicht, wie eine Warnung vor dem, was ich gleich zu tun gedachte.

Waldgeister waren uralte Wesen und sie auch nur zu beleidigen kam einer Sünde gleich. Dennoch hob ich die Hand, mit dem Messer darin, bereit zu tun, was getan werden musste, um Ciel zu retten.

»Cara«, hörte ich Joleens aufgebrachte Stimme von hinten zu mir herfliegen. »Was tust du da?« Das Trappeln ihrer Schritte wurde immer schneller. Sie rannte in meine Richtung, um mich vor meiner nächsten Tat abzuhalten.

Doch ich hatte schon die Kälte in mir gebündelt und meine Beschwörermagie in Schwingungen versetzt. Mit einem einfachen Gedanken ließ ich die Magie frei, dunkler Rauch, der um mein freies Handgelenk waberte. Innerhalb von Sekunden befand sich an seiner Stelle ein Schale, erschaffen aus Magie und der Trauer, die ich empfand, als ich sie ergriff und an die Rinde der Wiole hielt. Das Messer setzte ich weiter oben an und stach mit einem raschen Hieb zu. Ich zögerte nicht.

Joleen erreichte mich und zog mich fort, aber es war bereits schwarzes Blut in die Schale geflossen. Es sah beinahe so dunkel aus wie die Schlieren an Ciels Haut. Waldgeisterblut, ein Heilmittel, so mächtig und einzigartig wie sonst nichts auf dieser Welt. Doch dafür musste ich auch ein Opfer bringen, die Bilder in meinem Kopf hatten daran keinen Zweifel gelassen.

»Was tust du da?«, zischte Joleen aufgebracht und sah entsetzt auf das blutige Messer in meiner Hand. Ihr Blick wanderte zu dem Loch, das ich in die lila Rinde geschlagen hatte. »Du hast ihn verletzt!«

»Vertrau mir.« Ich schüttelte sie ab und sah ihr so eindringlich in die Augen, dass sie ihren Mund wieder schloss, den sie erneut zu einem Protest geöffnet hatte.

Erneut zögerte ich nicht, sondern ließ die Klinge des Messers über meine Handfläche gleiten, bis helles Blut daraus hervorquoll. Der Wiole wollte mein Blut im Austausch für seines. Er sollte es bekommen. Ich hätte ihm meine Seele geboten, wenn ich Ciel dafür in Sicherheit wüsste. Also ignorierte ich Joleens erschrockenes Aufatmen und legte meine Hand an die Rinde. Nur kurz war mein blutiger Abdruck an dem Stamm zu sehen, einen Wimpernschlag später hatte der Wiole es bereits in sich eingesaugt. Das Erbe meines Blutes, für immer in sich gespeichert.

Joleen fragte zum Glück nicht weiter nach, sie speicherte den Moment wohl einfach als ein weiteres seltsames Erlebnis in ihrem Leben ab.

Nun rannten wir nebeneinander her, fort von den Geistern und zurück zu den anderen Gedankenlesern. Erst als wir schon wieder auf halben Weg zurück waren, wurde mir die Bedeutung dessen klar.

Der Waldgeist hatte eigennützig gehandelt. Er hatte sich mit diesem Deal wertvolles Wissen angeeignet. Wiolen lebten von Erinnerungen und wuchsen durch Erfahrungen. Durch mich hatte er das seltene Blut eines Mädchens mit zwei Fähigkeiten in sich aufgenommen. Ich musste beinahe schmunzeln über diesen Schachzug. Doch ich hatte bekommen, was ich wollte, also kümmerte es mich nicht, was der Geist mit meinem Blut anstellte.

Es hatte uns einiges an Nerven gekostet, Mia und Kia aufzufinden, die sich irgendwo im Wald versteckt hielten. Doch irgendwann hatte ich ihre schwarzen Haare ausfindig gemacht und wir waren zu viert umgekehrt.

Obwohl Joleen und ich rannten, so schnell wir konnten, waren die beiden Mädchen schneller als wir. Vielleicht lag es an dem Magistablut, das ihnen zu übermenschlicher Schnelligkeit verhalf, vielleicht lähmte mich auch einfach nur der Schock des Geschehenen.

Als ich schließlich keuchend den Lagerplatz der Gedankenleser erreichte, begab ich mich auf direktem Weg in Ciels Zelt. Die anderen Gedankenleser folgten mir dabei mit verwunderten Blicken. Schlitternd kam ich vor Ciels Liege zum Stehen, blickte auf den Fleck, an dem ich ihn zurückgelassen hatte.

Er war nicht hier.

Mir würde übel. Horrorszenarien bildeten sich in meinem Kopf wie Gewitterwolken, eines dunkler als das andere. War ich zu spät gekommen? War eines der Gräber, die Joleen gestern ausgehoben hatte, gefüllt mit seinem leblosen Körper?

Nein, das würde Rosalie nicht tun. Sie würde ihn nicht einfach bestatten, nicht ohne Joleens Anwesenheit und schon gar nicht ohne große Trauerfeier. Schließlich war er doch so wichtig, ihr Sohn, ihr Todesengel. Es musste …

»Du siehst gehetzt aus.«

Ich wirbelte herum. Da stand er. An die Zeltwand gelehnt, den Arm in die Seite gestemmt und hochmütig lächelnd, als würde sein Bein nicht gerade aussehen, wie von einem riesigen Tentakelmonster verschluckt.

Anscheinend hatte Salems ekelhafter Schleimsaft geholfen und Ciel fühlte sich besser. Gut genug, um herumzulaufen und Witze zu reißen. Dabei hatte er noch Stunden vorher sterbend in diesem Zelt gelegen und würde es in wenigen Stunden wahrscheinlich wieder tun, wäre ich nicht losgezogen.

»Ich würde dich gerade echt gern schlagen«, sagte ich trocken und schluckte meine Empörung hinunter.

»Aber?« Er stieß sich von der Zeltwand ab und schlenderte auf mich zu. Mit Genugtuung bemerkte ich den humpelnden Gang, der ihn auf dem Boden der Tatsachen hielt.

»Es verstößt gegen meine Prinzipien, einen Todkranken zu schlagen.« Ich zog eine Augenbraue nach oben, als er vor mir stehen blieb.

Lässig beugte er sich über mich, die Hände an die Zeltdecke gestreckt. »Na dann. Du könntest mich stattdessen küssen«, raunte er, ganz nah an meinem Ohr. Die Wärme seines Atems stand im Kontrast zu der frostigen Luft, die uns umgab. Sie ließ mich erzittern.

»Trink das.« Ein wenig unbeholfen drückte ich ihm die Schale entgegen. Das Blut darin schwappte gefährlich umher, als er sie nahm und skeptisch hineinblickte.

»Machst du das mit Absicht?«, fragte er und zog angeekelt die Brauen zusammen. »Mir irgendwelche seltsamen Flüssigkeiten einflößen?«

»Das letzte Mal hat es geholfen«, entgegnete ich. »Außerdem weiß ich diesmal sogar, was es ist. Es ist Wiolenblut.«

»Das macht es nicht weniger seltsam«, antwortete er skeptisch.

»Trink schon!«, forderte ich. Der Mann würde noch sterben, weil er zu lange mit mir diskutierte!

Er öffnete den Mund zu einem Protest, doch ich tippte nur ungeduldig mit der Fußspitze auf den Boden, bis er mit einem weiteren grimmigen Blick die Schale an den Mund setzte und in einem Zug austrank.

Erst schloss er angewidert die Augen, doch mit der Zeit wurde seine Miene nachdenklicher. Als er abgesetzt hatte, leckte er sich mit der Zunge über die Lippen und ich verfolgte die Geste mit entgeisterter Miene.

»Schmeckt eigentlich ganz gut«, meinte er und ich rümpfte empört die Nase. »Was denn? Willst du probieren?« Er hielt mir die Schale hin, in der sich noch ein paar Tropfen des magischen Blutes befanden, und ich sprang rasch zurück. Dann lachte er. »War nur ein Spaß. Es schmeckt furchtbar. Aber mein Bein fühlt sich ... anders an. Prickelnd.« Vorsichtig löste er den Verband von seiner Haut.

Tatsächlich.

Die Schlieren waren noch da, weit verbreitet wie die Wurzeln eines Baumes, die sich durch den Boden fraßen. Doch ich glaubte, sie verblassen zu sehen, je länger ich hinstarrte. Vielleicht bildete ich es mir auch nur ein, weil ich so hoffnungsvoll war.

»Du hast mir wohl das Leben gerettet«, stellte Ciel verwundert fest. Als er mich jetzt ansah, schien es, als hielte er mich für das faszinierendste Geschöpf, das er je gesehen hatte.

Ein fröhliches Lächeln zupfte an meinen Lippen. »Du solltest mir auf Knien danken«, scherzte ich, doch Erleichterung durchflutete mich und tunkte mein Innerstes in Sonnenlicht. Es hatte tatsächlich geholfen. Unser Ausflug hatte sich ausgezahlt. »Aber ich nehme auch ein einfaches *Dankeschön* an, wenn dir das lieber ist.«

Auf einmal zog ein merkwürdig unheilverkündender Schatten über sein Gesicht. Voll von dunklen Versprechen, die mein Herz höherschlagen ließen. »Ich weiß genau, wie ich dir am liebsten danken würde, Engel. Ich fürchte jedoch, das wäre hier und jetzt nicht angebracht. Aber ich würde vor dir knien, da hast du recht.«

Meine Haut brannte und ein Prickeln fuhr durch meinen Körper. »Ziemlich töricht, so etwas zu sagen. Vor wenigen Tagen meintest du immerhin noch, du würdest dich mir auf keinen Fall mehr nähern wollen«, entgegnete ich verschmitzt.

»Da stimme ich dir zu.« Seine Stimme klang sachlich, doch etwas Lauerndes lag darin. »Ich könnte es darauf schieben, dass ich in deiner Gegenwart nun mal einfach gedankenlos werde. Aber unser Gespräch letzte Nacht hat mir gezeigt, dass es nichts nützt, mein Verlangen noch länger zu unterdrücken. Früher oder später werde ich meine Prinzipien ohnehin für dich über Bord werfen.«

Er erinnerte sich also. Trotz des Fiebers war unsere Verbindung echt gewesen.

Himmel, wie sehr ich gehofft hatte, dass er sich erinnerte.

Ciel sah mich an und sein Blick ... sein Blick war so sanft, wie ich ihn noch nie gesehen hatte. Eine Hand legte er an meine Wange und schien damit nicht nur meine Haut, sondern auch meine Seele zu berühren. Das Gefühl seiner Haut auf meiner vibrierte bis in die tiefsten Winkel meiner Selbst.

»Und wer sagt, dass ich meine Prinzipien ebenfalls über Bord werfe?«, neckte ich flüsternd und sah ihm von unten tief in die Augen. »Gedankenleser stehen ganz oben auf meiner Tabu-Liste.«

»Nun ja«, hauchte er und ein lockendes Knurren lag in seinen Worten. »Ich könnte dich töten, wenn du dich mir widersetzt. Ich habe es schon für weitaus weniger getan.«

»Ich habe keine Angst vor dir.«

Langsam, ganz langsam, kam ich ihm näher.

Mein Atem setzte aus.

Noch näher.

Mein Herz stockte.

Ich schloss die Lücke zwischen uns.

»Sag mir, dass das nicht nur ein Spiel ist, Cara«, murmelte er plötzlich. In seinen grauen Augen spiegelte diesmal eine andere Dunkelheit. Er sah mich mit leicht geöffneten Lippen an, die mich fast dazu verleiteten, ihn endlich zu küssen. Doch in seinem Blick lag eine Dringlichkeit, eine Sorge, die mich davon abhielt.

»Sag mir ...«, flüsterte er weiter und kam ebenfalls näher, bis sein Atem über meine Haut tanzte. Unsere Nasenspitzen berührten sich fast. Unmöglich, jetzt noch einen klaren Gedanken zu fassen. Doch falls er wusste, wie sehr er mich aus dem Konzept brachte, zeigte er es nicht. »... dass ich für dich mehr als nur eine Ablenkung vor den Geschehnissen der letzten Wochen bin. Wenn es so wäre«, er fuhr mit den Knöcheln mein Schlüsselbein entlang und unser beider Atem beschleunigte sich, »könnte ich mich wahrscheinlich nicht davon abhalten, dir diese Ablenkung zu verschaffen. Aber ich will, dass du mich genauso begehrst wie ich dich. Dass du genauso wahnsinnig wirst bei dem Gedanken, was ich mit dir anstellen würde, wenn wir nicht in diesem verdammten Zelt umringt von so vielen anderen Menschen wären.«

»Es ist nicht nur ein Spiel«, brachte ich, ohne zu zögern, hervor und beobachtete, wie sich seine Augen erst weiteten und dann einen bezaubernd sanften Ausdruck annahmen. »Es ist kein Spiel. Nach meiner Zeremonie … Ich kam hierher, nur um festzustellen, dass alles, was ich zu wissen glaubte, eine Lüge war. Ich habe Freunde verloren, genau wie das Leben, das ich vor meiner Zeremonie geführt habe. Doch ich bereue nichts davon. Keinen Streit, keine Furcht, keine Sekunde des Schmerzes, denn all das hat mich zu dir gebracht. Und als ich gestern zurück auf der anderen Seite der Mauer gewesen bin, gab es keinen Moment, in dem ich nicht an dich gedacht habe.«

Mein Herz hatte sich entschieden. Himmel, natürlich empfand ich etwas für Liam. Er war mein Anker gewesen, die Kerze in der Dunkelheit. Doch Ciel hatte ein Feuer in mir entfacht, das nicht einmal durch einen Ozean gelöscht werden konnte. Er hatte mich aufgeweckt, mir gezeigt, wo mein Platz war, wenn ich nur endlich auf meine eigene Stimme hörte.

Ciel schwieg. Er neigte den Kopf und lehnte sich vollends zu mir. Mit der Zunge fuhr er über meine Lippen, quälend langsam und hinterließ ein Prickeln auf jedem Zentimeter, das meinen Atem flattern ließ.

»Ich hasse es, dass ich dir die Gedankenmagie beigebracht habe«, murmelte er an meinem Mund.

»Wieso?«, brachte ich unter einem Keuchen hervor, als er mit der Hand unter mein Shirt wanderte und mit den Fingern sanfte Kreise an meinem Bauch fuhr.

»Du bist zu gut darin geworden«, antwortete er leicht verärgert. »Wenn du mich doch nur in deinen Kopf lassen würdest. Ich könnte dir genau das geben, was du willst.«

Als wäre das nötig.

Ich griff in das Shirt über seiner Brust und zog ihn zu mir heran. Ich wollte nicht länger warten. Keine Sekunde länger auf diese vollen, sinnlichen Lippen starren, ohne sie berühren zu können.

Er erfüllte mir meinen Wunsch. Sein Kuss schmeckte nach dem puren Leben und entführte mich zugleich in die Tiefen seiner Abgründe. Ich ging verloren in dem Verlangen, in dem Gefühl seiner Hände auf meiner Haut. Ciel war nicht vorsichtig, sondern stürmisch wie die See, dennoch schaffte er es, mir mit jeder Berührung mehr die Sinne zu rauben. Seine Finger verirrten sich zwischen meine Schulterblätter, fuhren eine prickelnde Linie hinauf zu meinem Nacken. Wir konnten uns nicht beherrschen, waren wie besessen voneinander. Ich krallte mich an ihm fest, während er mich packte und auf das Laken bettete.

»Ciel«, knurrte ich, als er sich mit seinem Mund einen Weg heißer Küsse von meinem Hals hinab zu meinem Bauch bahnte. Er liebkoste jeden Zentimeter meiner Haut, jede noch so kleine, noch so unwichtige Stelle. Ciel erkundete meinen Körper wie ein Lied. Analysierte jede Zeile, spulte zurück und hörte sich die besten Passagen ein zweites Mal an. Er übernahm die Kontrolle über mich, dankte mir für sein Leben, indem er mich das meine spüren ließ, und wann immer ich den Mund zu einem Keuchen öffnete, presste er seine Hand auf meine Lippen, um mich zum Schweigen zu bringen.

»Du musst leise sein«, murmelte er und blickte mich von unten herauf aus dunklen Augen an. Die Lider halb gesenkt, ein tiefer See voller Lust.

Ich gehorchte.

Die nächsten Stunden sollten die wunderbarsten und grausamsten sein, die ich je erlebt hatte. Grausam, weil ich nicht genug von ihm bekommen konnte. In seinen Küssen lag so viel Schmerz, so viel Verzweiflung und Wut der letzten Jahre. Andererseits vollbrachte er mit seiner Zunge Wunder, die mich schweben ließen.

Als die Sonne unterging, lagen wir beide atemlos nebeneinander auf dem Boden des Zeltes. Mein Kopf war auf seinen nackten Oberkörper gebettet und mit der Hand strich er mir sanft über die Haare.

Wir schwiegen. Genossen dieses seltsam fremde Gefühl, für den Moment einfach nur glücklich zu sein.

Ich wusste, dass es nicht von Dauer sein würde.

In wenigen Stunden würden die Gedankenleser wieder aufbrechen und weiter nach einer neuen Heimat suchen. Ich hingegen würde zurückkehren und versuchen, Liam und den Rest der Beschwörer von weiteren Angriffen abzuhalten.

Es war so verlockend, einfach hierzubleiben.

Mit Ciel ans Ende der Welt zu fliehen, irgendwohin, wo uns niemand finden konnte.

Doch das durfte ich nicht.

»Ich werde mit dir kommen«, hörte ich ihn plötzlich murmeln. Ruckartig drehte ich meinen Kopf in seine Richtung. Er sah friedlich aus und ein leichtes Lächeln umspielte seine Lippen. »Was denn? Denkst du, ich wüsste nicht, dass du vorhast, zurückzukehren?«

»Du kannst nicht mitkommen«, sagte ich kopfschüttelnd. »Du bist ein Gedankenleser. Es wäre zu gefährlich.«

Er lachte. »Mein Leben war schon immer gefährlich, Engel.« Dann bleckte er die Zähne. »Wird ohnehin Zeit, diesen eingebildeten Schnöseln mal die Meinung zu geigen.«

Wieder schüttelte ich den Kopf. »Das kann ich nicht zulassen. Ich …« Ein verräterisches Kratzen brannte in meiner Kehle. »Ich kann dich nicht verlieren.« Wir hatten uns doch gerade erst gefunden. Ich musste ihn in Sicherheit wissen.

»Cara.« Er setzte sich auf und nahm behutsam mein Gesicht zwischen seine Hände. »Ich bin nicht deine Schwester. Und auch nicht deine Eltern. Du musst mich nicht beschützen.« Er lächelte und sah mit seinen blaugrauen Augen so intensiv in die meinen, dass es mir kurz den Boden unter den Füßen wegzog. Er hatte recht, Ciel war wahrlich kein Mensch, den man schützen musste. Doch allein der Gedanke, ihn zu verlieren, brannte mir ein Loch in die Brust.

»Aber … Joleen braucht dich«, versuchte ich es erneut. »Du kannst dich nicht für mich in Gefahr bringen.«

»Hör zu«, entgegnete er geduldig. »Für dich würde ich mich jederzeit in Gefahr bringen. Ich bereue nichts. Nicht eine einzige Sekunde. Und wenn morgen tatsächlich mein letzter Tag in diesem Leben sein sollte, sollst du wissen, dass ich dich im nächsten finden werde.«

»Versprochen?«, fragte ich atemlos.

Zur Antwort hauchte er mir einen Kuss auf die Lippen. Als wir uns voneinander lösten, wusste ich mit einer Gewissheit, die mir den Atem raubte, dass ich für diesen Mann ebenfalls mein Leben geben würde. Ich würde einen Pfeil abfangen und mich in Ketten legen lassen, wenn es nötig war. Und noch einer Sache war ich mir sicher: Gemeinsam konnten wir jeden besiegen.

# 28

Wir verabschiedeten uns nicht von Joleen. Sie würde uns nicht gehen lassen oder schlimmer: uns begleiten wollen. Und wir beide waren uns mehr als einig, dass sie nicht mitkommen durfte. Sie war zu zart und vor allem zu wichtig für die Gruppe, die wir verließen. Sie musste bleiben und den anderen Mut machen, während Ciel und ich den Krieg zu verhindern versuchten.

Keine Ahnung, wie wir das anstellen wollten. Doch Liam würde mir wenigstens zuhören und auch Cavier würde sein Wundermädchen hoffentlich nicht hinrichten, ohne dass ich mich erklären konnte.

Es war wichtig, dass ich mit ihnen sprach und ihnen die Lage erklärte. Dass sie Ciel kennenlernten und merkten, dass er kein Monster mit rotglühenden Augen war, sondern ein Mensch wie sie.

Es würde nicht einfach werden. Das Feuer hatte Ciels Kleidung verbrannt, er besaß nur die Gedankenleserrobe, die er trug. Keine Möglichkeit, sich in den Dörfern zu tarnen. Sicherlich würden wir nicht ohne Auseinandersetzung zu Cavier und dem Krähenmann gelangen, vielleicht müssten wir uns verteidigen.

Er kannte das Risiko. Jeder von uns kannte es.

Trotzdem, als wir uns vor Anbruch der Dunkelheit aus dem Staub machten, war ich froh, dass er mich begleitete. Es fühlte sich nicht ganz so aussichtslos an, mit ihm an meiner Seite.

In Teile der Mauer klafften Löcher, als wir bei ihr ankamen. Sie hatte ihren Glanz verloren, die Schönheit und Unantastbarkeit war verschwunden. Ganze Steinbrocken schienen herausgebrochen worden zu sein. Womöglich war sie aber auch einfach brüchig geworden, nachdem man so viel Magie auf sie angewendet hatte.

Es kümmerte mich nicht.

Der Faszination, die ich am Anfang verspürt hatte, war Abscheu gewichen. Ich hasste die Mauer und die Ungerechtigkeit, die sie verkörperte.

»Irgendwann werde ich diese Mauer dem Erdboden gleichmachen«, sprach Ciel erbittert meine Gedanken aus. Er spähte mit dem gleichen Hass zu ihr hinauf, den auch ich empfand, und löste widerwillig seine Hand aus meiner, um durch eines der Löcher auf die andere Seite zu klettern. Dann reichte er sie mir wieder, um mir hinüberzuhelfen.

Auf der anderen Seite angekommen, blieb er stehen und sah für einige Momente verloren aus.

»Was ist?«, fragte ich ihn.

»Es ist merkwürdig, wieder hier zu sein«, antwortete er und blickte sich um.

Kaum verwunderlich, dass er sich unwohl fühlte. Das letzte Mal, als er sich auf dieser Mauerseite befunden hatte, war er in einen Kerker gesperrt worden. Außerdem gab es hier nichts von dem Charme, der bei den Gedankenlesern herrschte. Die Bäume hier schimmerten gräulich, verblasst, krank. Auswirkungen einer jahrzehntelangen Ignoranz der Natur gegenüber. Die Beschwörer hatten den Wald getötet, um das Holz für ihre Hütten zu nutzen. Bei den Sehern auf der anderen Seite des Flusses sah es nicht anders aus, nur war der Boden dort sicherlich bereits schneebedeckt.

Verständnisvoll legte ich ihm eine Hand auf die Schulter. Die Geste rüttelte ihn aus den Gedanken und gemeinsam schlichen wir uns weiter durch den Wald. Wir trafen auf keine Menschenseele, bis wir am Dorf ankamen. Das war unüblich, normalerweise streiften haufenweise Jäger durch die Wälder und Beschwörer patrouillierten an der Grenze. Doch nach dem Angriff waren die meisten von ihnen wohl mit der Versorgung der Verletzten beschäftigt, oder bereiteten sich bereits auf den nächsten Angriff vor.

Es schüttelte mich bei dem Gedanken.

»Das ist also deine Heimat«, flüsterte Ciel, als wir die Böschung verließen und die Aussicht auf die mir allbekannten tristen Straßen des Dorfes frei wurde.

Mit dem Blick überschaute ich die Umgebung. Der Dorfplatz war geräumt worden, kaum ein Händler stand am Markt und verkaufte Leder oder Kräuter. Nur vereinzelnd streiften Personen durch die Gassen, huschten von Schatten zu Schatten. Ihre Gesichter lagen tief in den Kapuzen versteckt und sie lugten paranoid durch die Gegend.

Ein weiteres Indiz dafür, dass sich die Beschwörer vorbereiteten. Wahrscheinlich erwarteten sie jede Sekunde einen Gegenangriff der Gedankenleser und hatten die Evakuierung eingeleitet. Die kampffähigen Beschwörer waren sicherlich gesammelt im Trainingslager, um das weitere Vorgehen zu besprechen.

Gut so.

Ich wollte niemanden von ihnen antreffen. Jetzt noch nicht. Zuerst wollte ich zum Haus meiner Eltern. Es war so viel zu klären, bevor ich zu Cavier und Liam gehen würde. Sie würden sich auf einen Abschied vorbereiten müssen, denn falls mein Plan schiefging und ich Arvid und Cavier nicht überzeugen konnte, den Krieg zu beenden, würde ich ohne Zweifel als Verräterin gehängt werden. Meine Familie würde unter ständiger Beobachtung stehen. In dem Fall wäre es besser für sie, wenn sie sich in den entfernteren Orten im Westen Schutz suchten.

»Ich kann ihnen den Weg zu den Städten beschreiben, in denen meine Eltern damals Unterschlupf gesucht haben«, flüsterte Ciel, während wir gemeinsam den Weg zu meinem Elternhaus beschritten.

Unsere Schritte hallten auf dem Pflaster nach und jeder Laut ließ meine Nackenhaare sich vor Anspannung aufstellen. Hoffentlich hörte uns niemand.

»Ich habe nur schlechte Erinnerungen an die naheliegenden Orte, aber die Bewohner dort waren schon damals, beim letzten großen Krieg, offen für Flüchtlinge«, fuhr er fort. »Sie werden deine Eltern und deine Schwester gut behandeln, immerhin sind sie Beschwörer.«

Ich nickte. Mein Atem beschleunigte sich kaum merklich und ich starrte stur geradeaus. Es würde ihnen das Herz brechen, von hier fortzugehen. Still betete ich, dass mein Plan gelingen würde.

Weiter vorne erkannte ich bereits die roten Ziegel und das sanfte Wabern der Rauchwolken aus unserem alten Schornstein. Ich beschleunigte meine Schritte und Ciel und ich erreichten den rostigen Zaun, der uns vom Vorgarten abschottete.

Wo waren eigentlich die Wachen?

Cavier hatte doch welche abgestellt, die Tag und Nacht aufpassten, für den Fall, dass die seltsamen Gestalten in Fuchsmasken zurückkamen. Ich hatte erwartet, dass sie sich auch beim Eintreffen eines Gedankenlesers zeigen würden. Vielleicht hielten sie sich versteckt, beobachteten im Geheimen? Aufmerksam sah ich mich um, doch ich fand sie nicht.

»Das ist es«, sagte ich irgendwann mit einem nervösen Lächeln auf den Lippen. »Hier bin ich aufgewachsen.«

Ciel und ich gingen zu der verschlissenen Tür, die ich schon das ein oder andere Mal eigenständig geflickt hatte.

Eigentlich gab es keinen Grund, aufgeregt zu sein. Ich musste mich für nichts schämen. Nicht vor Ciel. Er lebte in einer ebenso simplen Holzhütte und besaß selbst keine Reichtümer, außer seines messerscharfen Verstands. Dennoch schlug mir mein Herz bis zum Hals und meine Zunge klebte mir am trockenen Gaumen, denn ich hatte noch nie einen Mann mit nach Hause gebracht. Die meisten Bekanntschaften blieben auf der Straße, wo ich sie kennenlernte. Ich hatte nie den Wunsch verspürt, jemanden meinen Eltern vorzustellen. Selbst Liam hatte ich nicht offiziell in die Familie eingeführt. Er war einfach irgendwann da gewesen und mein Vater hatte keine Fragen gestellt, als ich mich bei meiner Rückkehr in seine Arme hatte fallen lassen.

Jetzt jedoch zitterte ich, als ich die Hand nach dem alten Türknauf ausstreckte.

*Krach!*

Die Tür wurde von innen aufgeschlagen und sowohl Ciel als auch ich sprangen alarmiert zurück. Ich hatte noch nicht einmal meine Finger an den Knauf gelegt, meine Eltern schienen mich wohl schon von Weitem aus dem Fenster gesehen zu haben.

Da stand er. Mein Vater, gestützt auf einen alten Gehstock.

Mein Magen rebellierte und angestrengt versuchte ich, die Übelkeit zu unterdrücken, die mir die Kehle hinaufschlich.

Ich spürte, dass etwas passiert war, noch ehe er den Mund öffnete.

Seine Augen waren weit aufgerissen und grauenerfüllt. Er sah zu mir und doch fühlte es sich an, als würde er mich kaum wahrnehmen. Vaters Unterlippe bebte und er wirkte kreidebleich, panisch, verängstigt. Immer wieder murmelte er die gleichen Worte vor sich hin, aber es klang so abgehakt und leise, dass es eine Weile dauerte, bis ich sie verstand.

»Der Fuchs. Der Fuchs war da«, krächzte er.

Mein Atem stockte, als mich Schwindel überkam.

Ohne ein Wort zu sagen, drückte ich meinen Vater zur Seite und stürmte ins Haus. Ein kläglicher Laut entkam meiner Kehle, eine Mischung aus einem Wimmern und erstickten Schreien.

Überall auf dem Boden verteilten sich Laken voller Blut. Mutter war über den Esstisch gebeugt, auf dem eine schmächtige Gestalt lag und in unregelmäßigen Abständen zuckte.

»Elara«, hauchte ich und rannte zu ihr, stolperte beinahe über meine eigenen Füße. Als ich am Tisch ankam, keuchte ich entsetzt auf. Meine Schwester lag dort, das Gesicht zur Decke gerichtet. Mit stockendem Atem beäugte ich das kleine Messer, das in ihrer Brust steckte. Aus der Wunde quoll Blut, lief unaufhaltsam über ihren Körper, der so zart war, so anmutig wie ein Schmetterlingsflügel. Sie röchelte. »Nein, nein, bitte nicht«, wimmerte ich und schlug mit der Faust so hart auf den Holztisch, dass meine Knöchel für einen Moment taub wurden.

»Sie kamen letzte Nacht, als es dunkel wurde«, flüsterte meine Mutter mit brüchiger, leerer Stimme. Ich blickte in ihr Gesicht, welches noch immer starr auf ihre älteste Tochter gerichtet war. Ihre Wangen waren eingefallen und tiefe Augenringe zeichneten sich auf ihrer Haut ab.

»Wer sind sie?«, hakte ich verzweifelt nach.

Wieder blickte ich zu meiner Schwester. Sie hatte die Augen geschlossen. Nur ab und an hoben sich ihre Lider schwach, doch ich glaubte nicht, dass sie mich erkannte.

Ich nahm ihre Hand. Himmel, sie war so kalt.

»Ich weiß es nicht«, hauchte Mutter. »Eine Frau und ein Mann. Sie hatten diese Masken auf. Das Mädchen hat das Messer geworfen. Ich glaube, die Wachleute steckten mit ihnen unter einer Decke, sie haben sie einfach durchgelassen.«

»Habt ihr sie nicht erkannt?«

»Nein.« Mutter schüttelte den Kopf. Ihre Augen schwammen in Tränen. »Aber das Mädchen hat etwas zu dem Jungen gesagt. S ie sagte: *Du hattest recht, Luz.*«

»Luz?« Ich kannte keinen verdammten Luz.

»Cara.« Mein Kopf zuckte in die Richtung meiner Schwester. Sie hatte das Wort hervorgepresst, als hätte ihr jede Silbe Schmerzen bereitet.

Fassungslos schüttelte ich den Kopf. Ein Leben lang hatte ich versucht, sie zu beschützen. Ich hatte so viel auf mich genommen, um Gefahren von ihr fernzuhalten. Und nun? Nur ein paar Tage war ich fortgewesen und schon lag sie hier, blutend, schwach. All ihre Träume von einem normalen Leben, einer normalen Zukunft – all das war zerstört worden. Ausradiert durch gesichtslose Fremde, von denen einer auf den Namen *Luz* hörte.

»Sie wussten, dass ich eine Seherin bin«, hauchte Elara. »Sie wussten Bescheid, auch darüber, dass ich dich vor dem Angriff gewarnt habe. Sie haben mich Mutantin genannt. Und sie wollten wissen, wo du bist.« Ein Husten schüttelte sie und ich japste ungläubig auf.

*Sie wollten mich.* Sie wollten die ganze Zeit nur mich.

Das war nicht fair. Ich hätte es sein müssen, die auf diesem Tisch lag. *Ich* war die verhasste Gedankenleserin, die sich von den Beschwörern abgewandt hatte, um ihre Feinde zu warnen. Dennoch lag nun meine Schwester hier und verblutete, während ich wohlbehalten zurück war.

»Ich habe ihnen nichts gesagt«, keuchte sie weiter.

»Pscht«, machte ich mit einem Zittern in der Stimme. Zu mehr war ich nicht fähig. Was sollte ich auch sagen? Dass es mir leidtat? Dass ich wünschte, wir könnten tauschen? Was würde das bringen?

»Er war es«, hauchte sie. »Er hat sie geschickt. Ich habe es gesehen, bevor sie gekommen sind.«

Vor Schmerz stöhnend drehte sie den Kopf zur Seite, Blut schwappte aus ihrem Mund und lief als rotes Rinnsal ihre Haut hinab. Ich wollte sie von ihrer Bewegung abhalten, doch meine Arme waren taub. Ich konnte mich nicht rühren, als hätte sich mein Körper meiner Kontrolle entzogen. Mit der Hand nahm Elara ein blutbeflecktes Tuch vom Tisch und reichte es mir. Darauf war mit Tinte ein Zeichen gekritzelt worden. Ein Auge. *Der Große Seher.*

»Ich wusste, etwas Schlimmes würde geschehen, wenn ich es jemandem sage«, murmelte sie und schloss die Augen. Ihre Stimme wurde immer leiser und als das letzte Wort ausgesprochen war, krampfte sie sich zusammen. Mit einem Mal fiel ihr Arm schlaff zur Seite. Kein Heben und Senken der Brust war mehr zu sehen. Sie lag einfach da, völlig reglos.

Meine Schwester war gestorben, hier auf diesem Tisch, erdolcht durch ein Messer.

Sie war tot.

Elara war tot.

Ich glaubte, mein Herz würde zersplittern. Grauenerfüllt presste ich mir erst die Hand auf die Brust, dann auf den Mund, schließlich stürzte ich vor und starrte in das ausdruckslose Gesicht meiner Schwester. Es dauerte einige Sekunden, bis ich begriff, dass sie mich nie wieder aus ihren kühlen Augen streng anblicken würde. Dass sie nie wieder schnauben würde, wenn ich sie belehrte. Ich würde nie wieder ihre Stimme hören und bald würde auch der leichte Zitronenduft verfliegen, der stets von ihr ausging.

Meine Mutter begann, hysterisch zu weinen, doch ihre Klagelaute drangen nur dumpf in mein Bewusstsein vor.

Ich nahm meine Schwester in den Arm und hielt sie fest. Würde sie nicht loslassen.

»Cara.« Ciel rüttelte an meinem Arm. Doch ich regte mich nicht, hatte völlig vergessen, dass er bei mir war. »Cara, wir müssen gehen. Wer auch immer das war, sie werden sicherlich ahnen, dass du hier bist«, zischte er jetzt drängender. Als ich hochsah, erkannte ich meinen eigenen Schmerz, der sich in seinen Augen spiegelte.

»Sie haben sie ermordet.« Meine Stimme klang trocken und spröde. »Sie haben meine Schwester ermordet.«

»Ich weiß.« Er massierte sich mit den Fingern die Nasenwurzel. Dann plötzlich atmete er tief ein und aus und als er mich diesmal ansah, flackerte sein Blick entschlossen und endgültig. Er eilte durch den Raum, nahm eine Feder und ein Stück Pergament von dem Beistelltisch neben einem der Stühle und schrieb irgendetwas darauf.

Keine Ahnung, was genau. Wie besessen starrte ich auf meine Schwester, die sich nicht mehr regte. Die sich nie wieder regen würde. Die Wärme sickerte immer weiter aus ihrem schlaffen Körper und keine Magie der Welt konnte sie ihr zurückgeben. Dennoch drückte ich sie an mich, als könnte ich ihr so etwas von meinem eigenen Leben schenken.

Ciel reichte das Pergament meinem Vater und wechselte einige leise Worte mit ihm. Mein Vater war in besserer Verfassung als meine Mutter, er schaffte es, Ciel zuzuhören, und nickte ein paar Mal. Doch auch er wandte seinen Blick keine Sekunde von Elara ab, sein Gesicht so grau wie der Rauch, der aus unserem Kamin wehte.

Dann kam Ciel zum Tisch zurück, schloss meine Mutter in eine unerwartete Umarmung. Wieder murmelte er für mich unverständliche Worte und sie wurde ruhiger, bis ihr Weinen irgendwann zu einem leisen Schniefen abklang und nach einer Weile ganz verstummte.

Schließlich ließ er sie los. Sie zitterte nicht länger, sah nur noch mit leerem Blick zu Boden und wischte sich mit einem der Laken die Tränen von den Wangen.

»Lassen Sie sich Zeit zum Trauern. Dann gehen Sie zu dem Ort, den ich Ihnen markiert habe. Fragen Sie in der Schänke nach einer Frau namens Melinda. Sie wird Ihnen die ersten Nächte eine Unterkunft bereitstellen«, erklärte Ciel mit samtweicher Stimme, die sogar auf mich beruhigend wirkte, und deutete auf das Pergament in der Hand meines Vaters.

Schließlich kam er zu mir, legte mir sachte eine Hand auf die Schulter. Ich schüttelte ihn ab. Einmal, zweimal, dann ließ ich mich von ihm wegziehen. Weg von Elara, weg von meinen Eltern, die mir mit Tränen in den Augen nachsahen, weg von unserem Haus.

Tränen rannen meine Wangen hinab, während ich ihm den Weg zurück zur Dorfmitte folgte. Mein Herz fühlte sich an, als wäre es brutal in unzählige Stücke zerschlagen worden.

»Ich kann dir helfen«, sagte Ciel irgendwann zögernd. »Wie deinen Eltern. Ich kann dich den Schmerz vergessen lassen, wenn du willst. Es ist ganz einfach.« Ich spürte das sanfte Klopfen seiner Magie an der Blockade in meinem Kopf. »Ich kann dich an die schönen Dinge denken lassen, wenn du magst. Es ist nicht von langer Dauer, aber lang genug, um klare Gedanken fassen zu können.«

Ich schluckte. Das hatte er also getan, um meine Mutter zu beruhigen. Er hatte ihr den Schmerz genommen, damit sie sich auf die Aufgabe vorbereiten konnte, die zweifellos vor ihnen lag: die Flucht in die Städte.

Energisch schüttelte ich den Kopf, als das Klopfen stärker wurde. »Ich will den Schmerz nicht vergessen«, sagte ich dumpf. Meine Stimme klang merkwürdig fremd, ich erkannte sie kaum wieder. »Er macht mich stärker.«

Ich merkte erst, dass ich meine Hände zu Fäusten ballte, als sich meine Fingernägel in die Haut pressten und ich ein leichtes, schmerzhaftes Ziehen verspürte. Wut kroch brennend meine Kehle hinauf, legte einen bitteren Geschmack auf meine Zunge.

*Der Krähenmann hat meine Schwester ermorden lassen.* Stetig wiederholte sich diese Tatsache in meinem Kopf. Erst hatte er mich zu den Gedankenlesern geschickt, in der Hoffnung, ich würde dort sterben, und dann hat er zwei Meuchelmörder geschickt, um Elara umzubringen.

Nicht nur das. Caviers Wachleute, die dafür zuständig gewesen waren, meine Familie zu beschützen, stellten sich letztendlich nur als Attrappen heraus, die den Mördern meiner Schwester Zutritt gewehrt hatten.

Ich biss mir verbittert auf die Lippe. Meine Emotionen drohten überzukochen. Die Trauer zersplitterte mein Innerstes, der Schmerz in meiner Brust pochte bis in jede Faser meines Körpers und brachte mich nahezu um den Verstand.

Es war der Hass, der mich aufrecht hielt. Und im Namen aller Götter, ich hasste wie noch nie in meinem Leben.

»Cara«, hörte ich Ciels Stimme, weit entfernt, wie durch einen Schleier.

Als ich aufsah, fegten bunte Blätter vor mir durch die Luft. Er war Herbst, doch dieses Windspiel war selbst für die stürmischeren Tage in Kyantis unüblich. Es spielten jedoch nicht nur die Blätter verrückt. Es hatte sich auch eine Dunkelheit ausgebreitet, dunkle Energie, überall, wo ich hinsah. Als wäre plötzlich tiefste Nacht eingebrochen und würde den Weg vor uns in Schatten tauchen.

Ciel umfasste meinen Arm, nahezu eindringlich. »Cara, man wird uns entdecken.«

Ich wurde stutzig und folgte seinem Blick. Langsam sah ich an mir hinab und war für einen Moment sprachlos. Die Energie schien von mir zu kommen. Ich war es, die die Blätter durch die Luft wirbeln ließ. Erst jetzt spürte ich die eisige Kälte, die in meinem Inneren unkontrolliert umherfegte. Ich hatte sie nicht unterscheiden können von dem leeren Gefühl des Verlustes, das mein Herz in Eis hüllte.

Doch meine ungezügelten Emotionen brachten die Beschwörermagie zum Aufbrausen. Dunkle Wellen gingen von mir aus, die gegen die Bäume prallten und sie erschütterten. Die Wellen meiner Energie wurden immer schwärzer, immer dichter, immer größer. Sicherlich würden bald die ersten Menschen darauf aufmerksam werden, die sich noch auf den Straßen aufhielten.

Es war mir egal. Von mir aus sollten alle wissen, dass ich hier war. Wer auch immer sich mir in den Weg stellte, ich würde jeden bezwingen.

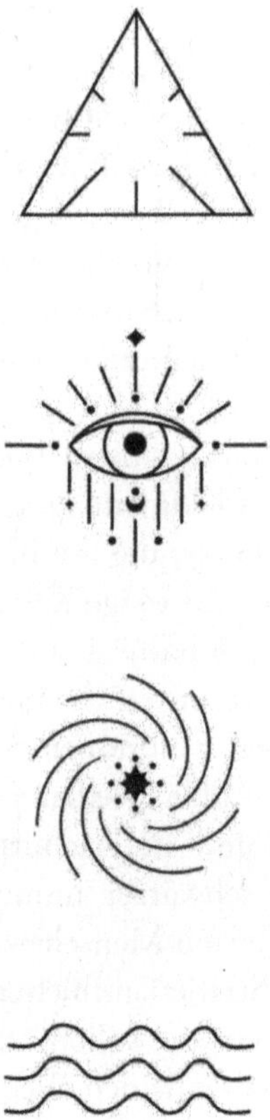

# 29

Ohne Ciel wäre ich aufgeschmissen gewesen.

Er behielt einen klaren Kopf, während ich die Nerven verlor. Und er stand zu mir. Stumm nahm er meine Wut hin, doch er versuchte nicht, mich zu beruhigen. Er respektierte meine Entscheidung und blieb bei mir, obwohl er jedes Recht dazu hatte, umzukehren und zurück in die Wälder zu flüchten.

Schließlich war unser ursprünglicher Plan hinfällig geworden. Der Krähenmann steckte mit den Fuchsmenschen unter einer Decke und sie hatten meine Schwester ermordet. Wenn ich bis zu meiner Ankunft noch die Hoffnung gehegt hatte, dieser Tag könnte ein friedliches Ende nehmen und ich den Krieg mit den richtigen Argumenten beenden, so war ich nun überzeugt, dass es dazu nie auch nur eine Chance gegeben hatte.

Dieser Mann würde ohne mit der Wimper zu zucken ein ganzes Volk abschlachten, wenn es zu seinem Vorteil geschähe. Er und Cavier hatten einen Krieg begonnen und ich zweifelte nicht mehr daran, dass sie auch für den letzten verantwortlich waren. Für ein bisschen Land und Bodenschätze schickte er junge Männer und Frauen in den Kampf, entriss Müttern ihre Söhne und Töchter.

Nein, ich wollte keinen Frieden mehr. Ich wollte ihn leiden sehen, so wie ich litt. Wie meine Eltern litten und die Gedankenleser, die er durch einen Putsch verstoßen hatte und denen er jetzt erneut die Schuld in die Schuhe schieben wollte.

Ciel wusste, dass ich meine Hoffnung auf Frieden aufgegeben hatte, und trotzdem blieb er bei mir. Er sah der Gefahr ins Gesicht, ohne mich zu verurteilen. Götter, wie sehr ich ihn dafür liebte.

Dennoch bekam ich kaum Luft bei dem Gedanken, Cavier gegenüberzutreten. Ich hatte ihm vertraut, hatte ihn als meinen Mentor, vielleicht sogar als Freund gesehen. Ich hatte ihm von den Fuchsmenschen erzählt und er hatte mir versprochen, für die Sicherheit meiner Familie zu sorgen.

Er hatte mich belogen.

Ich hoffte, Liam zu finden, ehe die beiden verräterischen Anführer ihn für ihre Zwecke missbrauchten. Liam musste von hier verschwinden, genau wie meine Eltern. Er musste weit weg gehen, ehe er für die Beziehung mit mir bestraft wurde.

Es dauerte nicht lange, bis die ersten Beschwörer auf uns aufmerksam wurden.

Ciel und ich waren bereits auf halbem Weg zu dem verhassten Zelt, in dem das Chaos begonnen hatte. Ich war mir sicher, den Anführer der Seher dort vorzufinden. Cavier befand sich vielleicht im Lager bei den Beschwörern, aber Arvid würde sich sicherlich nicht selbst in den Kampf stürzen. Er würde auf seinem dunklen Thron sitzen und die Fäden in seinen knochigen Fingern halten, so wie er es die ganze Zeit schon getan hatte.

Ich würde ihn zur Rechenschaft ziehen.

Es wunderte mich nicht, dass Seher vor dem Zelt standen und den Eingang bewachten. Sie mussten meine dunkle Aura schon von Weitem erkannt haben und empfingen uns mit erhobenen Speeren.

Sogar einige hohe Ratsmitglieder der Beschwörer standen unter ihnen. Sie waren wohl zu Arvids Schutz abgestellt worden. Ihre Speere glänzten noch herrschaftlicher als die der Seher, denn sie bestanden nicht aus Metall, sondern waren durch Magie erschaffen worden.

Ich schnaubte. Als würde sie ein hübscher Speer vor meinem Zorn schützen.

»Lasst uns einfach durch«, forderte Ciel mit zuckersüßer Stimme, als wir sie erreichten. Es klang dennoch bedrohlich, die lauernde Gefahr schwang in jeder Silbe mit. Ciel stand aufrecht und mit einem herausfordernden Blitzen in seinen stürmischen Augen, fuhr mit dem Blick abschätzig durch die Menge aus Beschwörern und Sehern, die uns gegenüberstanden. Er war wieder genau der unheimliche Mann, den ich vor wenigen Wochen im Wald kennengelernt hatte. Kalt und unnahbar.

Man konnte sich vor ihm fürchten, aber ich wusste, dass dies nur ein Teil seiner komplexen und wunderschönen Persönlichkeit war.

Die anderen jedoch wussten es nicht.

Sie regten sich keinen Millimeter, folgten seiner Aufforderung nicht. Natürlich nicht, sie waren nur Schachfiguren in Arvids und Caviers Spiel. Doch ich sah, wie sich ihre Augen ängstlich weiteten, als sie Ciel betrachteten. Sicherlich hatte Arvid sie vor mir gewarnt. Immerhin hatten einige Beschwörer mitbekommen, wie ich in die Wälder gerannt war, um ihre Feinde zu warnen. Ich hatte Valentina mit Gedankenlesermagie unter Kontrolle gehalten und dem grauäugigen Beschwörer ins Gesicht geschlagen. Bestimmt hatte sich innerhalb von Stunden herumgesprochen, dass ich nun auf der anderen Seite stand.

Aber Ciel? Von ihm konnten sie unmöglich wissen.

Jetzt sah ich ihr unterdrücktes Zittern und gekonnt lenkte ich meine Magie auf sie, um ihre Gedanken zu lesen.

Sie fürchteten sich. Ich fühlte die Kälte ihrer Angst und wie sie krampfhaft versuchten, sich nichts anmerken zu lassen. Ich sah Ciel durch ihre Augen. Ein Gedankenleser in ihrem Gebiet, wie ein Todesengel, kühl und wunderschön.

Ciel sah es wohl auch, denn er schmunzelte, und seine Augen funkelten amüsiert. Leise schnurrte er: »Oh, *ihr* solltet keine Angst vor *mir* haben. Nicht heute. Denn ihre Wut ist größer.« Mit einem breiten Grinsen sah er zu mir und die Augen unserer Gegner folgten seinem Blick.

Wie recht er hatte.

»Lasst uns durch«, wiederholte ich Ciels Forderung, als sich die Ratsmitglieder mir zuwandten.

Der Beschwörer, der mir am nächsten stand, bleckte zur Antwort die Zähne und sein magischer Speer begann, unheilverkündend zu glühen.

Ich hatte es noch nie mit austrainierten Kriegern zu tun gehabt, doch ich fürchtete mich nicht. In meinem Herzen war kein Platz für Furcht, denn es war erfüllt von Wut. Reiner, alles verzehrender Wut.

»Ihr macht einen Fehler«, versuchte Ciel es erneut mit prickelnder Anspannung in der Stimme. »Wir wollen euch nichts tun, wir wollen nur zum Anführer der Seher.«

Der zähnebleckende Beschwörer stieß ein abschätziges Schnauben aus. »Süß, dass du denkst, ihr könntet uns Anweisungen geben. Für wen haltet ihr euch?«

Ein paar der anderen begannen daraufhin, selbstgefällig zu grinsen. Vor wenigen Tagen hätte ich unsere Forderung selbst noch für weit mehr als töricht gehalten. Sie waren in der Überzahl und die Seher unter ihnen konnten sicher unsere Schritte vorausahnen. Einen Kampf zu riskieren, war verrückt, niemand mit gesundem Menschenverstand würde das tun. Zumindest niemand, der noch etwas zu verlieren hatte.

Ich hingegen war bereits verstoßen worden. Was sollten sie mir noch antun? Mit der Offenbarung meiner Gedankenlesermagie hatte ich den Respekt der Dorfbewohner verloren, den ich mir jahrelang mühsam erarbeitet hatte. Ich hatte meine Heimat verloren und spätestens nach den letzten Tagen im Wald würde ich in Kyantis kein sicheres Zuhause mehr finden. Das Einzige, was mich stets davon abgehalten hatte, eine Dummheit zu begehen, war meine Familie. Doch selbst diese hatten sie mir genommen. Elara war gestorben und meine Eltern würden hoffentlich bald nach Melion aufbrechen, wo ich sie aufsuchen würde, sollte ich das hier überleben.

Und das würde ich.

Die Ratsmitglieder ahnten nicht, wie unfassbar stark Ciel war. Ebenso wenig wussten sie, dass ich in den letzten Wochen sowohl in der Gedankenlesermagie als auch beim Einsetzen meiner Beschwörerkräfte wahnsinnige Fortschritte gemacht hatte.

Als der Beschwörer seinen glänzenden Speer auf Ciel schleuderte, reagierte ich blitzschnell. Ich ließ meine Magie wie eine Mauer zwischen ihn und die Waffe gleiten und der Speer prallte daran ab, fiel klappernd zu Boden.

Ich wollte nicht kämpfen.

Diese Menschen hier standen alle nur unter dem Einfluss der Anführer, sie konnten nichts für die Lügen, die ihnen eingepflanzt wurden und ihre Sinne vergifteten. Ich selbst hatte lange Zeit hingenommen, was mir von den anderen beigebracht wurde. Vor ein paar Wochen noch hätte ich an ihrer Seite gestanden und alles dafür getan, meine Heimat vor dem fremden Gedankenleser zu beschützen, insbesondere, wenn er so unverschämt unantastbar und gottesgleich wirkte.

Es blieb mir jedoch nichts anderes übrig, als mich zu verteidigen. Bald schon würden durch den Lärm andere Beschwörer und Seher auf uns aufmerksam werden und dann hatten wir keine Chance mehr, zu Arvid zu gelangen. Ich durfte nicht aufgehalten werden, ich *musste* ihn treffen. Es wurde Zeit, dass er mir die Wahrheit verriet.

Er musste mir sagen, wer die Mörder meiner Schwester waren, und dann würde er in den Kerkern seine gerechte Strafe absitzen. Danach würde alles wieder gut werden. Ich klammerte mich so fest an die Hoffnung an ein glückliches Ende, dass es schmerzte. Doch damit es soweit kommen konnte, musste ich ihn erst einmal sprechen.

Bald schon konnte ich die fremden Beschwörer und Seher nicht mehr auseinanderhalten, die immer wieder Speere oder magische Gegenstände auf uns schleuderten. Jedes Mal wehrte ich sie mit einer Ladung Energie ab, zerstörte sie, löste sie in Luft auf. Ciel wich den Angriffen so geschickt aus, dass ich das ein oder andere Mal glaubte, er könnte tatsächlich mit den Schatten verschmelzen. Ein Atemzug und schon schien er verschwunden, war in Windeseile davongepirscht und parierte die Hiebe unserer Gegner. Und das, obwohl sein Bein noch immer nicht vollständig genesen war und sich die verblassten dunklen Schlieren unter seinem schwarzen Mantel abzeichneten. Doch er war gut und er las in den Gedanken unserer Gegner, was sie als Nächstes vorhatten. So war er ihnen immer einen Schritt voraus, es machte ihn den Sehern ebenbürtig.

Sie spielten nur, das war mir klar. Sie wollten uns schwächen, uns provozieren, bis wir irgendwann die Konzentration verloren.

Auch Ciel spürte das wohl und wurde zunehmend ungeduldiger. Genervt neigte er den Kopf zur Seite und einer der Seher stieß einen gellenden Schrei aus. Entsetzt beobachtete ich, wie sich dessen Augen weit öffneten und er auf die Knie sackte, sich dort zusammenkauerte und bebend liegen blieb.

*Was hast du getan?*, fragte ich Ciel in Gedanken und auch unsere Gegner erstarrten für einen Moment, als sie ihren Verbündeten am Boden entdeckten.

Ich sah, wie sich ein Schmunzeln um Ciels Lippen formte. *Ich habe ihm eine Erinnerung gezeigt*, hörte ich seine Worte in meinem Kopf und ich atmete scharf die Luft ein.

*Du meinst doch nicht etwa …*

*Genau die*, unterbrach er mich. Er zwinkerte mir zu. *Er ist schwach. Du hast damals nicht so lange am Boden gelegen, als du versehentlich in meine Gedanken gehüpft bist.*

*Es hat sich wie eine Ewigkeit angefühlt.*

Die anderen bekamen von unserer Unterhaltung nichts mit. Sie sahen nur Ciels anerkennendes Lächeln, was sie davon überzeugte, dass wir ihren Mitstreiter mit einer brutalen Attacke aus dem Gefecht gezogen haben mussten. Weshalb sonst lag er wimmernd zu unseren Füßen und regte sich kaum?

Der Kampf änderte sich spürbar. Ihre Angriffe wurden aggressiver, häufiger. Keine magischen Speere wurden mehr geworfen, sie prallten ohnehin an unserer Verteidigung ab wie Spielzeuge. Zwei der Beschwörer stellten sich nebeneinander auf und beschworen eine mächtige Welle aus Energie herauf, pulsierend und blau, die sie gemeinsam gegen mich richteten.

Doch sie drang nicht durch die dunkle Aura, die noch immer zornig um meinen Körper waberte. Mit einer einfachen Handbewegung bündelte ich die Kälte in mir und schoss einen Strahl aus Dunkelheit direkt auf den rechten von ihnen. Meine Magie prallte gegen seine und drängte ihn zurück. Ich hatte nie gelernt, meine Energie wahrhaftig unter Kontrolle zu halten. Sie war immer zu eigensinnig, zu störrisch gewesen, ganz wie ich selbst. Jetzt war ich froh darum, ich hatte nicht mehr vor, sie in Schach zu halten. In diesem Moment schenkte ich dem Eis in meinem Inneren alle Freiheit, die es brauchte. Ich entfesselte meine Macht, ließ sie tanzen. Und sie enttäuschte mich nicht.

Ciel stieß ein anerkennendes Pfeifen aus, als der Beschwörer rücklings gegen einen Baum knallte und reglos liegen blieb.

Doch seine kurze Unaufmerksamkeit wurde bestraft. Einer der Seher schaffte es durch Ciels Abwehr und traf ihn an der Schulter. Er schleuderte seine Waffe so flink, dass ich sie nicht einmal erkennen konnte. Lediglich ein leises Zischen war zu hören, als sie durch die Luft sauste. Dann folgte Ciels Schmerzensschrei.

Der Seher lachte triumphierend auf und hielt kurz inne, um sich in seinem Erfolg zu sonnen. Sein selbstgefälliges Grinsen brannte sich in meine Haut, ließ sie lodern.

*Er kämpft mit beschissenen Wurfsternen?*, fluchte Ciel in Gedanken und presste sich mit schmerzverzerrtem Gesicht eine Hand vor die Schulter, aus der hellrot sein Blut floss.

Irgendetwas in mir entflammte.

In meinem Kopf vermischte sich das Bild seines Blutes mit dem von Elaras. Ihn verletzt zu sehen, brach die letzten Barrikaden in mir.

Ich würde ihn nicht verlieren.

Bevor Ciel reagieren konnte, war ich schon in den Kopf seines Angreifers eingedrungen und zwang ihn zum Stehenbleiben.

Er konnte sich nicht mehr regen, egal, wie unerbittlich er gegen mich ankämpfte. Doch das reichte mir nicht. Wir hatten schon zu viel Zeit hier verloren, wir mussten endlich an ihnen vorbei.

Ciel nutzte den Moment, in dem ich ihm den Seher vom Hals hielt, und entfaltete seine volle Macht.

Auf einmal fuhr ein Zucken durch die Reihe unserer Gegner und ein halbes Dutzend von ihnen blieb wie angewurzelt stehen. Wie ein Marionettenspieler stand Ciel da, die Arme ausgebreitet und die Augen geschlossen. Es sah aus, als würde er mit jedem Finger je einen von ihnen kontrollieren. Er führte sie und sie schienen seinem eisernen Willen hilflos ausgesetzt.

Bis jetzt hatte ich nicht einmal gewusst, dass es möglich war, in mehrere Köpfe gleichzeitig einzudringen. Es musste ihn zweifellos einiges an Kraft kosten. Beeindruckt musterte ich ihn. Das schwarze Haar fiel ihm ins Gesicht und er sah unheimlich aus, beängstigend.

Er brauchte sein glänzendes Schwert nicht, um gegen eine Meute an Gegnern anzukommen. Er selbst war die Waffe, Rosalies unabdinglicher Henker.

Einer der Beschwörer kam auf mich zu, feuerte Energie wie Pistolenkugeln auf mich ab. Zwei andere schnitten mir von der Seite den Weg ab.

Der Beschwörer grinste. Ich war nicht so gut wie Ciel, das schien er zu bemerken. Ich konnte nicht in mehrere Köpfe gleichzeitig schleichen und sie am Angreifen hindern.

Dafür konnte ich etwas anderes. Die Hitze, mit der ich den Wurfsterntypen zum Stehenbleiben zwang, setzte meine Knochen in Flammen, doch tief im Inneren rumorte noch die andere Magie. Nie hatte ich versucht, sie beide zeitgleich hervorzurufen. Ich hatte es immer für unmöglich gehalten, denn Kälte und Hitze ergänzten sich nicht, sie vernichteten einander. Nun jedoch sah ich meine Gegner auf mich zukommen, wie in Zeitlupe vor meinem inneren Auge. Ciels angestrengtes Keuchen schwang in der Luft, ihm ging die Kraft aus.

Ich musste ihm helfen, musste uns aus dieser Situation retten. Also versuchte ich das Unmögliche.

Mein Körper rebellierte, als ich die Kälte freiließ. Meine Sehnen, Muskeln und Knochen fühlten sich an, als würden sie bersten. Mir wurde heiß und kalt zugleich und die Luft um mich herum vibrierte, als die Energie aus mir hervorbrach. Zahllose leuchtende Farben. Es war Wahnsinn, was ich vollbrachte, doch ich ließ die magischen Fäden nicht los, die sich in mir bildeten. Ich beschwor den Untergang herauf.

Den Seher weiterhin unter geistiger Kontrolle schleuderte ich meine Energie auf die drei Beschwörer. Ihr entsetztes Schreien verstummte, als sie zurückgeworfen wurden. Fassungslos blickten sie zu mir auf, die ich erhobenen Hauptes vor ihnen stand. Unverletzt, ungebrochen. Meine Haare wehten wild umher, Energie fegte um mich herum und der Seher konnte sich noch immer nicht bewegen.

Ins Ciel Augen stand grenzenlose Faszination, als er das Treiben beobachtete. Er musste seine Magie nicht länger aufrechterhalten. Die Seher und Beschwörer würden sich uns ohnehin nicht mehr in den Weg stellen, das konnte ich in ihren Gedanken lesen.

Nun hatten sie Angst vor mir. Gut so.

In diesem Moment war ich eine Naturgewalt und Ciel der Sturm persönlich. Gemeinsam wirkten wir unbesiegbar.

Es dauerte ein paar Wimpernschläge und die Ratsmitglieder waren verschwunden, ihre Silhouetten nur noch als kleine Flecken zu erkennen, die über den Fluss in Richtung Berge flohen.

»Feiglinge«, knurrte Ciel und folgte ihnen mit dem Blick, die Augen leicht zusammengekniffen.

Ich reckte mein Gesicht zum Himmel und atmete einmal tief durch. Mit einem erleichterten Seufzen ließ ich die Fäden los, verschloss die Magie zurück in meinem Inneren. Die Energie erlosch und das Reißen ließ nach, das meinen Körper unter Strom gesetzt hatte. Schon spürte ich, wie die Erschöpfung an mir nagte. Noch nie hatte ich solch große Mengen an Magie eingesetzt, es würde eine Weile dauern, bis ich mich davon erholen würde.

»Wie geht es dir?«, fragte ich mit Blick auf Ciels Schulter.

»Halb so wild. Hab schon Schlimmeres überstanden«, winkte er ab.

Erleichtert nickte ich. Es war so verlockend, noch ein wenig hier zu verweilen und sich der Ruhe hinzugeben. Nur ein paar Sekunden länger, ehe wir dem eigentlichen Feind gegenübertraten. Dennoch zwang ich mich, mühsam einen Fuß vor den anderen zu setzen.

»Glaubst du, ich kann ihn besiegen?«, wisperte ich, als wir zögernd vorm Eingang des Zeltes stehen blieben. Der Große Seher hatte den Kampf sicherlich mitbekommen, er müsste taub sein, um die Schreie überhört zu haben. Entweder er war schon längst geflohen, oder er hatte sich vorbereitet und würde versuchen, mir ein Messer in die Brust zu stoßen, wie meiner Schwester.

»Ich bin überzeugt davon«, antwortete Ciel sanft.

Überrascht sah ich hoch in sein Gesicht und er erwiderte meinen Blick ernst, aber vertrauensvoll.

»Aber er ist ein Anführer«, hauchte ich. »Er ist einer der Großen Drei.«

»Und du bist viel mehr als das.« Er legte seine Hand unter mein Kinn und hob es an, damit ich ihm in die Augen sah.

»Ein Mädchen mit zwei Fähigkeiten?«, fragte ich. Ich zweifelte, dass diese Tatsache ausreichen würde, um einem Anführer ebenbürtig zu sein.

Ciel senkte die Stimme. »Das Mädchen, das es nach einer Ewigkeit als erstes geschafft hat, meine verkümmerte Seele zu berühren.«

Hitze schoss durch meinen Körper. Eine Hitze, die mich lockte, ihn zu mir zu ziehen und seine Lippen mit den meinen zu bedecken. Aber der Moment ließ es nicht zu. Zuerst musste ich dem Seher gegenübertreten.

Dennoch, als ich meinen Blick erneut dem Zelt zuwandte, fühlte ich mich besser.

»Kommst du mit mir?«, fragte ich ihn.

Er lächelte leicht und hauchte mir einen Kuss auf die Stirn, ehe er antwortete: »Immer.«

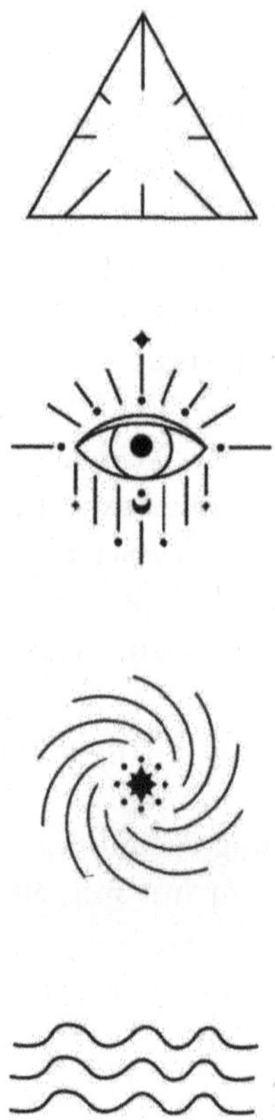

# 30

Unheilverkündende Stille lag über uns. Dann, noch bevor ich seinen Mut – oder seine Dummheit – bewundern konnte, trat Ciel mir voran in das große Zelt.

Als ich ihm folgte, empfing mich dichter Nebel.

Meine Augen gewöhnten sich nur langsam an die verrauchte Umgebung. Ich konnte nicht viel erkennen, doch weiter hinten sah ich die Umrisse des riesigen schwarzen Stuhles, auf dem regungslos eine Gestalt saß.

Der Krähenmann wartete.

Von ihm ging der Nebel aus.

Seine Magie war so dicht und beengend, dass sie sich wie ein schwerer Mantel auf meine Atemwege legte. Das Luftholen fiel mir schwer, seine Macht prickelte und brannte in meiner Lunge.

Ich wusste bereits von meiner Zeremonie, dass der Nebel zum Anführer der Seher flüsterte. Es erzählte ihm Geschichten, hauchte ihm Geheimnisse zu, mögliche Szenarien unserer Zukunft. Fast musste ich grinsen, als ich an eines unserer ersten Aufeinandertreffen zurückdachte.

Arvid hatte bei unserer zweiten Begegnung gesagt, meine Zukunft stünde nicht fest. Dass nicht sicher sei, wie ich mich entscheiden würde – für die Beschwörer oder die Gedankenleser. Auch noch Wochen danach hätte ich meine Hand dafür ins Feuer gelegt, dass ich den Beschwörern niemals den Rücken kehren würde. Allein Liam wegen war dieser Gedanke vollkommen absurd für mich gewesen.

Witzig, wie einen das Schicksal leiten konnte. Jetzt stand ich hier, neben Ciel, und hatte mich für die Gedankenleser entschieden. Diese Magie, die ich so lange verabscheut hatte, war nun ein Teil von mir.

»Cara Kley.« Die Stimme des Alten war so kratzig und verhängnisvoll wie immer, flog bedrohlich durch den Raum. »Es hat ganz schön lange gedauert, die Wachen zu beseitigen. Ich dachte, du wärst schneller hier.«

»Ich habe die Wachen nicht beseitigt«, antwortete ich und bemühte mich um einen ruhigen Tonfall. Doch die Wut kochte spürbar in mir, verzerrte meine Stimme zu einem leisen Knurren. »Das Morden ist eher dein Ding.«

Arvid ignorierte meine Bemerkung. Stattdessen fuhr er unbeirrt fort: »Wie ich sehe, hast du mir einen Gedankenleser mitgebracht.«

Ciel verkrampfte sich sichtlich neben mir und ich streckte die Hand nach ihm aus, um aus seiner Berührung Mut zu schöpfen. Bestärkend verschränkte er seine Finger mit meinen.

»Ja«, antwortete ich kühl. »Du scheinst gar nicht überrascht zu sein. Ich *war* überrascht, damals, als ich ihn kennenlernte. Er ist nämlich gar kein blutrünstiges Monster, wie ihr es uns immer gepredigt habt.«

»Jasper und Silvan würden etwas anderes behaupten.« Arvid lächelte. Ihm schien unser Wortgefecht Freude zu bereiten, ich hingegen musste mich zusammenreißen, um ihm nicht an die Gurgel zu springen.

Wütend trat ich einen Schritt vor, achtete nicht auf Ciels besorgtes Zischen und entzog mich seiner Hand, ehe er mich zurückhalten konnte.

Ich schritt durch den Nebel, lief direkt auf den Seher zu. Seine blinden Augen waren wie immer weit aufgerissen. Diese furchtbaren Augen, die mich in meinen Träumen verfolgt hatten. Als wäre es eine Warnung gewesen, die ich nur nicht hatte sehen wollen, als ich den Lügen des Sehers noch Glauben schenkte.

Mit erhobenem Haupt starrte ich ihm ins Gesicht. Diesem Mann, der so viel Leid verursacht hatte.

»Wieso?«, fragte ich ihn.

Als er antwortete, schwang mir sein fauliger Atem entgegen: »Wieso was? Ich deine Schwester habe ermorden lassen? Ich dich zu den Gedankenlesern geschickt habe? Ich einen neuen Krieg begonnen habe, nachdem der alte doch bereits dafür sorgte, dass sie ein für alle Mal in die Wälder verbannt wurden?«

»Du gibst es also zu«, zischte ich. Wutentbrannt starrte ich in sein mir so verhasstes Gesicht.

»Es macht keinen Sinn, zu lügen. Du kennst die Wahrheit oder könntest sie aus meinem Kopf fischen. Sie auszusprechen, erspart uns nur unnötige Zeit.«

Unfassbar, wie er einfach so dasaß und im Plauderton von seinen Verbrechen sprach, ohne scheinbar auch nur einen Hauch Schuld zu verspüren.

»Hätte ich mich doch nur durchgesetzt, am Tag deiner Zeremonie. Dich zu töten, hätte mein Leben um einiges erleichtert.«

»Wieso habt ihr es dann nicht getan? Du und Cavier? Wieso das ganze Drama?«, entgegnete ich zornig.

Plötzlich lachte Arvid. Es klang merkwürdig schrill und quietschend, wie Kreide, die über eine Tafel gezogen wurde. Sein Gesicht verzerrte sich, warf unendlich viele Falten. Nur seine Augen veränderten sich nicht, sie blieben starr und weit geöffnet, jagten mir einen Schauder über den Rücken. »Cavier hätte dich am liebsten in Watte gehüllt, sein kleines Wunder. Ihn überhaupt davon zu überzeugen, dass deine Magie gefährlich sein könnte, war mehr als aufwendig. Letztendlich hielt er jedoch zu mir, heute so wie damals. Er hielt an dem Hass gegen die Gedankenleser fest, den ich ihm eingetrichtert habe. Ihn zu täuschen, war meine bislang größte Leistung.« Mit seinem hässlichen Grinsen fixierte er mich.

Cavier war also nicht von Anfang an in Arvids böse Pläne eingebunden gewesen. Das erleichterte mich jedoch nicht. Was machte es für einen Unterschied, ob Cavier getäuscht wurde oder nicht? Immerhin war er der verdammte Anführer der Beschwörer. Er hätte die Wahrheit herausfinden müssen, hätte nachforschen sollen, ehe er seine Leute in den Kampf schickte.

»Wie hast du ihn getäuscht?«, hörte ich Ciels Stimme hinter mir. Mein Kopf ruckte zu ihm. »Wie hast du es geschafft, dass alle denken, wir Gedankenleser seien grausame Mörder?« Die Frage schien ihn schon lange verfolgt zu haben, ich hörte die Dringlichkeit in seinen Worten.

»Bist du sicher, dass du das wissen willst?« Arvids Antwort kam lauernd, leise. Ciel nickte und ein bittersüßes Lächeln umspielte die faltigen Lippen des Krähenmanns. »Wie du wünschst«, sagte er.

Er faltete die Hände vor dem Schoß zusammen, wie ein Großvater, der seinen Kindern eine Geschichte vor dem Kaminfeuer erzählen wollte. Nur war die Geschichte, die er uns nun erzählte, nicht für Kinderohren geeignet.

»Ich musste nicht wirklich etwas tun, außer einen kleinen Anreiz zu liefern. Gerüchte verbreiten sich so schnell wie der Wind, wenn sie auf Angst gebaut sind. Menschen sind egoistische Wesen, sie sehen liebend gern über die Wahrheit hinweg, wenn die Lüge sie besser fühlen lässt.« Der Nebel um uns begann, sich zu bewegen. Bei jedem seiner Worte pulsierte er kräftig, als hätte die Magie einen eigenen Herzschlag. Mittlerweile kannte ich meine eigene Magie so gut, dass ich wusste, dass sie sich den Gefühlen anpasste. Arvid war aufgeregt, das spürte ich. Vielleicht wartete er schon eine ganze Weile darauf, jemandem seine Geschichte zu erzählen. »Ihr denkt, ich sei böse, nicht wahr? Nun ja, das Böse ist ein dehnbarer Begriff und wandelt sich, je nachdem aus welcher Perspektive man die Situation betrachtet. Ich nehme es euch nicht übel. Ihr seid zu jung, um das große Ganze zu verstehen, zu naiv für die Grausamkeiten der Welt«, fuhr er fort.

»Aus keiner Perspektive kann gut geredet werden, was du getan hast«, zischte ich, doch Arvid widersprach mir.

»Manchmal müssen Opfer erbracht werden, um das Wohlsein der Masse zu sichern. Seit beinahe achtzig Jahren bin ich nun Anführer der Seher. Ich habe Zeiten miterlebt, die du dir nicht einmal in deinen schlimmsten Albträumen ausmalen könntest. Die Armut auf den Straßen Kyantis ist ein Luxus, verglichen mit den Dämonen vergangener Zeiten. Du bist verwöhnt, stur und blind für echtes Leid. Vor einhundert Jahren, als ich noch ein junger Seher mit Hoffnungen und großen Träumen war, lernte ich schnell, dass diese Welt nicht für Träumer gemacht ist. Seher, Beschwörer und Gedankenleser lebten damals gemeinsam in Kyantis, genauso wie in den anliegenden Dörfern und Städten. Es gab keine Trennung nach Magiegruppen, kein Abgrenzen von Territorien. Die Gedankenleser gehörten zu den wichtigsten Heilern und Psychologen, sie waren in die Gesellschaft eingegliedert wie jeder andere. Doch zu der Zeit brachten Reisende das Schlafvirus in die Dörfer, mitgeschleppt durch wilde Tiere, mit denen sie auf den Märkten handelten. Es breitete sich aus, wurde zu einer nicht kontrollierbaren Seuche. Man traute sich kaum mehr unter Menschen, jeder Atemzug wurde zu einer Bedrohung. Kein Heiler vermochte die Infizierten aufzuwecken und tausende Magier verfielen in einen tiefen Schlaf, aus dem sie nicht aufwachen konnten. Sie alle starben – Männer, Frauen, Kinder. Es war eine Zeit der Angst und des Misstrauens. Niemand verließ mehr das Haus.«

Gebannt lauschte ich seinen Worten. Ich kannte die Geschichten. Unsere Eltern hatten Elara und mir ab und an von der Schlafkrankheit erzählt, die nahezu alle Familien heimgesucht und viele Leben geraubt hatte. Doch wieso sprach er nun davon?

»Wir schafften es, die Seuche einzudämmen«, fuhr Arvid fort. Seine Stimme verlor an Klarheit, vertieft in Erinnerungen. »Die Märkte nahmen ihren Betrieb wieder auf, Freunde trafen sich erneut zum Plaudern, als hätten sie nichts aus ihren Fehlern gelernt.« Der Abscheu in seinem Tonfall war kaum zu überhören. Er spuckte die Worte aus, als wären sie eine Krankheit, die sich in seiner Seele festgesetzt hatte. »Ich hingegen bekam Visionen, grausame Vorhersehungen. Natürlich würde das Virus wiederkommen und auch weitere Seuchen sollten folgen, dazu lebten zu viele Menschen auf zu geringem Raum. Kyantis ist nicht geschaffen für eine solche Vielzahl an Personen, wir mussten die Population senken, wenn wir langfristig überleben wollten.« Seine weißen Augen schwenkten zu mir. Ich ahnte, was er als Nächstes sagen würde, noch bevor er seinen Mund öffnete. »Es war simpel. Ich wusste, was ich zu tun hatte, denn ich sah, was geschehen würde, wenn ich es nicht tat. Eines Nachts erdolchte ich einen Seher, der aus einer Schenke kam. An einem anderen Tag einen weiteren, der gerade jagen gehen wollte.«

Ein Schauder fuhr mir vor Grauen über den Rücken. Arvid hatte Leute seiner eigenen Gruppe ermordet, nur um sein Ziel zu erreichen. Es war so furchtbar, dass es mir die Sprache verschlug.

»Am dritten Tag bereits begannen die Gerüchte und erste Streitereien. Es war reiner Zufall, ob es die Gedankenleser oder die Beschwörer treffen würde, doch als ich wenige Stunden später auf den Marktplatz trat, sah ich die Leiche eines Gedankenlesers auf dem Steinboden liegen.«

Der Alte bedachte mich mit einem wissenden Blick, als mir ein erschrockener Laut über die Lippen kam. Dann fuhr er fort. »Er war immer schon etwas impulsiv gewesen, anscheinend dachten seine Angreifer, er wäre der gesuchte Mörder. Doch es gab keine Beweise, also richteten sie ihn eigenständig. Sie waren nicht grausam, falls du das denkst. Streitsüchtig vielleicht, naiv auf alle Fälle. Aber du musst verstehen, wir waren gerade erst den Schlaf losgeworden. Wir befanden uns in einer Hochphase und die Menschen wollten ihre neuerlangte Freiheit nicht wieder verlieren, nur weil ein Mörder frei herumlief. Sie dachten, sie helfen sich selbst, in dem sie ihn frühestmöglich aus dem Verkehr zogen. Doch Familie und Freunde des ermordeten Gedankenlesers dachten da anders. Von da an brauchte es nur hier und da einen kleinen Antrieb und der Streit zwischen den Gruppen begann wie von allein. Es ist unfassbar, wie glaubwürdig man auf andere wirkt, wenn man mit der Gabe des Sehens beschenkt wurde.« Er lächelte leicht und rückte auf seinem dunklen Thron hin und her, ehe er weitersprach. »Natürlich kamen mir die ein oder anderen Gedankenleser auf die Schliche, doch schon bald wurde ich zum Anführer bestimmt und hatte damit meine Mittel, um Widersacher aus dem Weg zu räumen. Wir nahmen ein paar der Gedankenleser in Gewahrsam und brachten sie dazu, uns zu Diensten zu sein. Sie manipulierten die Gedanken der anderen, sodass sie meinen Worten Glauben schenkten, und ließen vergessen, was ich sie vergessen lassen wollte. Der neunzehnte Geburtstag als Zeremonie wurde ins Leben gerufen und durch die Manipulation zweifelte niemand daran, dass eine Audienz bei uns notwendig war, um sich mit seiner Magie zu verbinden. So behielten wir immer einen Überblick über die Gruppen in Kyantis. Neue Gedankenleser konnten aussortiert oder, wenn sie besonders großes Talent besaßen, eingesperrt werden, um uns zu unterstützen.«

Er machte eine kurze Pause, in der er gedankenverloren in die Leere starrte. Es wirkte fast so, als würde er in Erinnerungen schwelgen, die Momente seiner Vergangenheit vor seinem geistigen Auge noch einmal erleben.

Ich hingegen warf Ciel einen entsetzten Blick zu. Irgendwo in den Kerkern von Kyantis waren Gedankenleser eingesperrt, so wie er einst eingesperrt worden war. Arvid hatte sie dazu gezwungen, in die Köpfe der Dorfbewohner zu schleichen und sie glauben zu lassen, ihre eigene Magiergruppe sei bösartig.

»Für euch mag das vielleicht grausam erscheinen«, fuhr Arvid fort. »Doch glaubt mir, wirklich Grausames wäre geschehen, wenn ich die Gedankenleser nicht in die Verbannung geschickt hätte. Nur so konnten sich Generationen nach mir an einem einigermaßen friedvollen Leben erfreuen.«

»Du meinst, Generationen aller, außer denen der Gedankenleser«, knurrte Ciel und ich fauchte gleichzeitig: »Wieso hast du dann niemanden eingeweiht, wenn deine Handlungen doch so ehrenhaft waren?«

»Menschen sind nicht bereit, zu tun, was getan werden muss«, antwortete Arvid. »Es durfte nicht schiefgehen, daher wurde niemand eingeweiht.«

»Niemand ist bereit, solche Dinge zu tun, weil es Alternativen gegeben hätte. Wege, die niemanden verletzen.« Ich wollte ihm diese Worte entgegenwerfen, stattdessen klangen sie schwach und grauenerfüllt aus meinem Mund.

»Sicherlich«, stimmte er mir zu. »Aber wann hätten wir diese Alternative gefunden? Nach wie vielen Monaten? Wie viele Menschen wären noch in ewigem Schlaf verfallen, wenn wir uns Zeit gelassen hätten?«

Ciel trat einige Schritte vorwärts und seine Augen blitzten stärker als das funkelnde Schwert unter seinem Mantel. »Und was denkst du, wie viele Menschen sind gestorben, weil du sie in die Wälder schicktest?«

»Opfer für das größere Wohl«, wiederholte Arvid schulterzuckend.

Wütend griff ich mit der Hand zu der metallischen Peitsche, die in meiner Tasche verstaut war. Arvid bemerkte es und fragte mit einem amüsierten Aufleuchten in seinen blinden Augen: »Willst du mich jetzt töten, Mädchen? Willst du in den gleichen Abgrund eintauchen, den ich vor so langer Zeit betreten habe?«

»Als Anführer solltest du die Menschen beschützen. Das Volk hat dir vertraut und du hättest eine ganze Magiegruppe bereitwillig in den Tod geführt. Ich werde niemals in einen so tiefen Abgrund stürzen, wie du es getan hast«, entgegnete ich bitter.

»Ich habe das Volk gerettet«, beharrte Arvid.

Er wollte nicht verstehen.

Er wollte nicht verstehen, dass es keine gute Tat war, Leben zu retten, indem man andere nahm. Doch es gab Dinge, die er nicht gutsprechen konnte, egal, wie sehr er sich um eine Erklärung bemühte.

»Und diesmal? Rettest du das Volk diesmal auch, indem du den Gedankenlesern erneut ihre Heimat nimmst, nur um deine zu erweitern?«, warf ich ihm vor. »Tust du etwas Gutes damit, Unschuldige zu ermorden?«

Arvid musste mir den Schmerz in der Stimme anhören, als ich von meiner Schwester sprach. Erneut brannten mir Tränen in den Augen und ich wischte sie wütend weg. Ich wollte nicht weinen, ich wollte ihm nur meinen Zorn entgegenbrüllen, diesem furchtbaren, egozentrischen Mann.

»Elara war nie eine Gefahr! Für niemanden! Sie wollte nur ein normales Leben führen und du hast sie umbringen lassen!« Ein Schluchzen quälte sich aus meiner Kehle und ich zog nun tatsächlich meine Metallpeitsche, schlug damit einmal kräftig auf den Boden vor mir. Blaue Funken stoben an der Stelle hervor, gaben mir kleine elektrische Schläge.

Arvid zeigte keine Reaktion auf meine Verzweiflung. »Natürlich war sie eine Gefahr. Sie hat dich vor dem Einzug ins Lager der Gedankenleser gewarnt und nur die Götter wissen, was sie noch alles gesehen hätte.«

»Wenn ihr mich mit ihr hättet reden lassen, hätte ich sie überzeugen können, zu schweigen. Ich hätte sie fortgeschickt, weit weg von hier!«, hielt ich dagegen.

Doch der Seher ließ sich nicht beirren. »Und was, wenn dort irgendjemand von ihren Kräften erfahren hätte?«

»Was dann?«, entgegnete ich zornig.

»Du weißt besser, was dann geschehen wäre, als ich, Mädchen. Wie haben die Leute auf deine magischen Fähigkeiten reagiert? Waren sie glücklich darüber?«, fragte er fordernd. »Denkst du nicht, es hätte Aufstände gegeben, würde herauskommen, dass plötzliche Menschen mit mehreren Fähigkeiten herumlaufen? Als es nur dich gab, hat es noch ausgesehen, als wärst du einfach ein Missgeschick der Natur, ein …«

»Sie ist ganz sicher kein Missgeschick«, knurrte Ciel und stellte sich schützend vor mich.

Mir rauschte das Blut in den Ohren. Ja, vielleicht hätte es Aufstände gegeben. Außer Liam hatte mich in dem Dorf niemand mit meiner außergewöhnlichen Magie akzeptiert. Die Ignoranz der anderen Beschwörer hatte mich nicht nur einmal in eine unschöne Situation gebracht. Es stimmte, Elara wäre sicherlich nicht so gut damit klargekommen, wenn jemand versucht hätte, sie zu erwürgen. Doch sie hätte wenigstens die Chance bekommen sollen.

Als Arvid erneut das Wort erhob, lag nichts als Gleichgültigkeitin seiner Stimme. »Die Menschen fürchten, was ihnen fremd ist. Halte von mir, was du möchtest, aber ich beschütze das Volk vor Dingen, die ihnen Angst einjagen.«

»Indem du andere Ängste schürst«, antwortete ich bitter.

Auf einmal wurde der Blick des Krähenmanns unnatürlich weich. »Ich habe dir jetzt alles gesagt, was du wissen wolltest. Bringen wir das hier also zu einem schnellen Ende.« Als ich ihn fragend ansah, ergänzte er leise: »Ich sehe es in deiner Zukunft, Cara Kley. Noch bevor du dieses Zelt betreten hast, war mir bewusst, dass du mich umbringen wirst. Es ist dir vorherbestimmt.« Er lächelte wieder und ich erstarrte wie zu einer Eisskulptur, sah ihn mit weit aufgerissenen Augen an. Unbeirrt sprach Arvid weiter: »Ich habe alle Szenarien durchgespielt, jeden möglichen Ausweg. Doch sie enden immer gleich. Vielleicht fällt es dir leichter, wenn ich dir sage, dass ich alles jederzeit wieder tun würde. Wenn du mich nicht tötest, werde ich einen Weg finden, weiterzumachen. Wir wissen beide, dass du das nicht zulassen kannst, auch wenn es zum Wohl von Kyantis geschieht.«

War das ein Trick? *Wollte* er sterben? Er bettelte ja regelrecht darum. Vielleicht erfreute er sich auch einfach nur an dem Gedanken, dass ich die gleiche Richtung einschlagen könnte wie er. Dass ich sein Leben nahm, um das anderer zu retten. In vielerlei Hinsicht würde mich das nicht besser machen als ihn. Auch ich würde das Leben von Ciel und Joleen über das seine stellen, wenn ich ihm diese glitzernde Peitsche entgegenschleuderte. Mich zu einer Mörderin zu machen, obwohl ich ihn dafür verabscheute, war womöglich sein letztes großes Ziel, sein letzter Triumph.

Noch vor meinem nächsten Atemzug wusste ich, dass ich dieses Opfer in Kauf nehmen würde. Ich hatte schon Elara verloren, wer würde es als Nächstes sein? Liam? Ciel? Das konnte ich nicht zulassen. Allein der Gedanke, meine Freunde könnten zu Schaden kommen, riss an meinem Herzen. So sehr ich mich auch für das hasste, was ich gleich tun würde, die Alternative ertrug ich nicht.

Die Waffe in der Hand trat ich einen Schritt vor. Ich ließ die Hitze in mir nach vorne gleiten, durch den Nebel hindurch und auf den alten Mann zu. Keine Ahnung, wieso ich ihn mit Magie am Wegrennen hinderte. Er machte nicht den Anschein, fliehen zu wollen. Doch er weitete erstaunt die Augen, als er vergebens versuchte, sich meiner Kontrolle zu entwinden. Als er spürte, wie stark ich war.

Noch ein Schritt vorwärts und ich hörte die leisen Worte nicht mehr, die er vor sich hinmurmelte. Wahrscheinlich irgendwelche klugen Sprüche oder herablassenden Behauptungen.

Ich hörte sie nicht, weil alles, was ich wahrnahm, mein eigener Herzschlag war, der wie wild in meiner Brust tönte.

Noch ein Schritt und mein Atem zitterte, ebenso wie mein ganzer Körper.

Ich hatte noch nie ein Leben genommen. Obwohl er Schuld am Tod meiner Schwester war und ich mir diesem Moment in der letzten Stunde mindestens einhundert Mal ausgemalt hatte, so fühlte es sich jetzt … beängstigend an. Als würde ich einen Weg einschlagen, auf dem ich nicht mehr umkehren könnte. Und genau so war es. Ein Mord blieb für immer.

*Tu es nicht*, hörte ich plötzlich Ciels Stimme in meinem Kopf. *Er meint vielleicht, es sei dein Schicksal, ihn zu töten. Aber die Zukunft ist nicht in Stein gemeißelt.*

Ich drehte mich nicht zu ihm, wollte sein Gesicht nicht sehen. Es würde mich womöglich von meinem Vorhaben abhalten, und das konnte ich nicht zulassen. Ich wollte nicht schwach werden.

*Du musst das nicht tun*, sprach er zu mir.

*Doch, muss ich*, hielt ich verzweifelt dagegen. *Er wird weiter morden und es anderen in die Schuhe schieben. Ich muss es tun, Ciel!*

Sein Blick brannte auf mir, als er mir die nächsten Worte schickte: *Es wird dich zerbrechen.*

Ich machte den Fehler, ihm nun doch ins Gesicht zu sehen. Der Ausdruck darin war sanft, aber bittend. Er brachte mich ins Wanken. *Du bist keine Mörderin, Cara. Ich spürte sein Zögern, ehe er mir die nächsten Worte schickte. Aber ich bin einer.*

Entsetzt weitete ich die Augen. Er wollte doch nicht etwa …?

*Dich zerbricht es ebenfalls*, wetterte ich in Gedanken dagegen und schüttelte energisch den Kopf. Er durfte diese Aufgabe nicht für mich übernehmen. Ich hatte am eigenen Leib gespürt, was das Töten mit ihm anstellte. Dass es ihn nur noch tiefer in diese hoffnungslose Dunkelheit ziehen würde, einen Strudel aus Schuld und Albträumen, die ihn gefangen hielten.

Ciel lächelte nur bitter. *Ein weiterer Splitter im Scherbenhaufen macht keinen Unterschied, Engel. Doch ich werde nicht zulassen, dass deine Reinheit auch nur einen winzigen Kratzer bekommt.*

Noch ehe ich widersprechen, noch ehe ich überhaupt reagieren konnte, zog er sein Schwert. Und dann färbte sich Ciels Klinge rot.

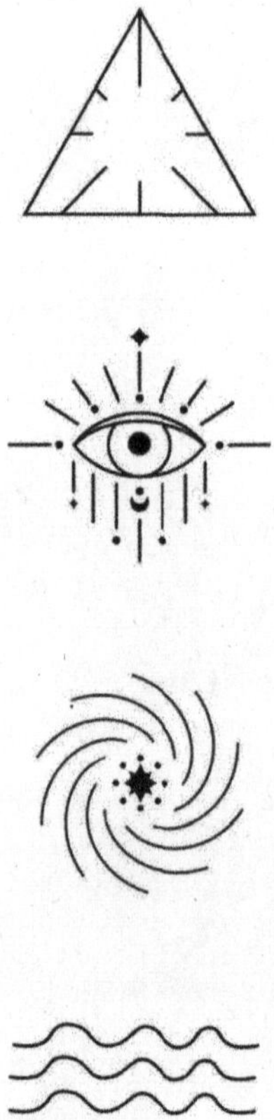

# 31

Ciel hatte für mich getötet.

Stumm sah ich dem Blut zu, das langsam Arvids Kehle hinabtropfte, und beobachtete, wie ihm sein Kopf seitlich auf die Schulter sackte.

Ich hatte nicht gewusst, dass die blinden Augen des Alten noch leerer werden konnten, als sie es ohnehin schon waren. Doch als der Nebel mit seinem Herzschlag stetig schwand, bemerkte ich den leblosen Ausdruck darin und es schüttelte mich.

Arvid war tot.

Ciel hatte ihn ermordet und ich rannte nun zu ihm, schlang meine Arme um seinen Körper. Er regte sich kaum, stand da wie eine Eisstatue, doch ich wusste, dass er innerlich zerbrach. Ich legte meinen Kopf an seine Brust, spürte seinen rasenden Herzschlag. Schließlich holte er tief Luft und schüttelte den Kopf, als wollte er die Schuld abwerfen, die auf ihm lastete.

»Du hättest das nicht tun müssen«, flüsterte ich und blickte von unten hinauf in seine blaugrauen Augen, die für den Moment grauer und verlorener wirkten als sonst.

»Ich wollte es aber.« Er lächelte mich an, eine Geste, die ich zu schätzen wusste. Denn mir war klar, dass es ihn viel Mühe kostete, seine Fassung aufrechtzuerhalten. »Ich werde alles tun, damit du dein Licht nicht verlierst.«

Ich wollte ihn küssen, doch der Augenblick hielt mich davon ab.

Erneut wandte ich mich dem Anführer der Seher zu. Der Raum hatte sich nun vollkommen gelichtet, der Nebel und seine Magie waren geschwunden. Nur noch das dreckige Weiß der Zeltwände war zu sehen und der schwarze Thron, auf dem der gefallene Krähenmann saß.

Ich ging auf ihn zu und blieb regungslos vor ihm stehen. Dann schloss ich seine Augen. Und betete für ihn.

Sein Tod war notwendig gewesen, um den Krieg abzuwenden. Jetzt konnten wir uns auf die Suche nach den gefangenen Gedankenlesern machen, sie befreien und sie konnten uns helfen, dass sich alle anderen erinnerten. Dass sie den eingetrichterten Lügen des Sehers nicht mehr glaubten und die Reiche wiedervereint werden konnten. Es würde eine Weile dauern, das Vertrauen zu den Gedankenlesern wiederherzustellen, doch ich war sicher, dass wir es schaffen würden. Wir würden einen Weg finden, Kyantis wieder aufleben zu lassen, ohne noch mehr der Wälder zu zerstören, und ohne Tote.

Auch wenn ich fest daran glaubte, dass wir das Richtige getan hatten, war ich überzeugt davon, dass Arvid die Wahrheit gesprochen hatte. Er hatte dem Volk helfen wollen, ihnen eine Zukunft schenken wollen. Nur seine Mittel waren die falschen gewesen. Der Ehrgeiz hatte sein Herz vergiftet.

»Sogar jetzt betest du noch für ihn«, murmelte Ciel und legte von hinten einen Arm um mich. Ich hatte gar nicht mitbekommen, wie er näher getreten war. »Es gibt nicht viele, die das tun würden.«

»Ich bin ihm dankbar«, sagte ich nachdenklich und drehte mich in Ciels Richtung.

Fragend blickte er zu mir hinab.

»Nicht für das, was er den Gedankenlesern und allen anderen angetan hat. Aber für das, was er mir angetan hat.« Ein leicht verschmitztes Lächeln huschte mir über die Lippen. »Er hat mich mitten in deine Arme geschickt.«

»Ein schwacher Preis für all das Blut, mit dem du dafür bezahlen musstest«, antwortete Ciel, doch auch seine Augen leuchteten friedlich auf. Dann drehte er sich in Richtung Ausgang. »Was machen wir jetzt?«, fragte er. »Es sieht nicht gut für uns aus. Wir sind hier, ein Gedankenleser und eine berüchtigte Verräterin, hinter uns ein toter Anführer.«

Es stimmte. Es sah tatsächlich nicht gut für uns aus. »Cavier wird uns anhören«, antwortete ich überzeugt. Bestimmt ging ich ein paar Schritte voraus. »Er wird verstehen, was …«

»Cara?« Beim Klang dieser Stimme zuckte ich augenblicklich zusammen. Wie angewurzelt blieb ich stehen, lauschte dem Geräusch von Schritten und dem Rascheln, als der Vorhang am Eingang des Zeltes beiseitegezogen wurde. »Ha! Ich habe mir doch gedacht, dass ich deine Stimme gehört ...« Liams Blick schwenkte an mir vorbei. Verweilte kurz auf Ciel und wurde dabei Sekunde um Sekunde düsterer. Dann flog er weiter nach hinten, durchstreifte den Raum und blieb fassungslos auf Arvids leblosem Körper liegen. »Was ist hier los?«

»Liam.« Meine Stimme war nicht mehr als ein Hauchen. Ich wollte zu ihm gehen, wollte ihn in die Arme schließen. Meine Beine bewegten sich jedoch nicht, egal, wie sehr ich mich anstrengte. Ich war wie festgefroren, zu Eis erstarrt.

»*Das* ist Liam?« Auch Ciel wirkte fassungslos. Nach ein paar Augenblicken, in denen er ihn verwirrt anstarrte, begann er zu glucksen. »Das war meine Konkurrenz? In deinen Gedanken sah er irgendwie ... besser aus.«

Ich boxte Ciel in die Seite, damit er den Mund hielt, doch das Chaos hatte bereits begonnen.

»Kennen wir uns schon?« Liam kam bedrohlich einen Schritt näher und fixierte Ciel, der sich nicht von dessen lauernder Stimme einschüchtern ließ.

»Ja. Nein. Also nicht direkt. Ich habe einige sehr detaillierte Abbildung deiner Lippen gesehen, aber persönlich sind wir uns noch nicht begegnet, denke ich.« Ich schlug mir vor die Stirn, während Ciel amüsiert einen Schritt vortrat und Liam seine Hand entgegenstreckte. »Mein Name ist Ciel.«

»Wie der Himmel?«, fragte Liam frostig, ohne Ciels ausgestreckte Hand zu beachten.

Dieser machte sich jedoch nichts aus der abweisenden Haltung des anderen. Es schien ihn eher zu belustigen. »Ich weiß, es ist merkwürdig, da ich ja eigentlich in die Hölle gehöre.« Er zuckte mit den Schultern.

Ich wollte ihm erneut einen kräftigen Stoß in die Rippen verpassen, doch sobald Liam seinen Blick wieder auf mich richtete, erstarrte ich. Er sah mich so eindringlich an, als würde er dadurch versuchen, mir meine Geheimnisse zu entlocken. Er konnte keine Gedanken lesen, aber das brauchte er auch nicht, um zu erahnen, was geschehen war.

»Ein paar der anderen sind auf der Suche nach dir«, sagte er kühl und mit ungewöhnlich tonloser Stimme. Sie ließ ihn fremd wirken, unnahbar. »Es wurde getuschelt, dass du mit einem Gedankenleser im Dorf gesehen wurdest. Ich habe sie davon überzeugt, mich allein mit dir sprechen zu lassen. Du bist vielleicht verwirrt, aber nicht böse, habe ich gesagt.« Sein Blick schwenkte zu Arvid und blieb auf ihm liegen. »Womöglich habe ich mich geirrt.«

»Ich kann dir das erklären«, flüsterte ich hilflos. Ich ging auf ihn zu, umgriff mit einer Hand seinen Arm, doch er entzog sich mir.

Als er nun sprach, lag in seiner Stimme ein Schmerz, der an meinem Herzen riss. »Was hast du getan, Cara?«

»Ich erzähle dir alles. Jede Kleinigkeit, versprochen«, brach es aus mir hervor.

Und ich hielt mein Versprechen. In den nächsten Minuten erzählte ich ihm von dem Gespräch mit meiner Schwester und sein Blick verdunkelte sich kaum merklich. Dann berichtete ich ihm von meiner Rückkehr in die Wälder, der Zerstörung der Hütten und Rosalies Magie, mit der sie die Gedankenleser vor fremden Blicken verschleierte.

Liam sagte währenddessen kein einziges Wort. Ein paar Mal kam es mir so vor, als würde ich mit einer Puppe sprechen, so reglos stand er da und lauschte. Auch Ciel sagte nichts, obwohl ich sein Unwohlsein wie heiße Schwingungen wahrnahm. Er wollte nicht, dass ich all das preisgab. Doch ich musste es tun, musste einmal ehrlich sein in diesem ganzen Netz aus Lügen, das mich die letzten Wochen über eingespannt hatte.

Es tat gut, mich zu offenbaren.

Ich stand hier in diesem Zelt und legte alle Karten auf den Tisch, alles, was von Bedeutung sein könnte. Ich sprach davon, wie frei ich mich in der Gegenwart der Gedankenleser fühlte. Es war nicht wichtig für Liam und es gefiel ihm offensichtlich nicht. Aber er musste verstehen, wieso ich jetzt Seite an Seite mit Ciel stand, anstatt mit den anderen Beschwörern in den Kampf zu ziehen.

Ich erzählte davon, wie hoffnungslos, unwiderruflich und grenzenlos ich mich verliebt hatte. Dass es nichts an meinen Gefühlen zu ihm änderte, doch dass es für mich kein Zurück mehr gab. Die ganze Zeit über spürte ich Ciels Hand an meiner Schulter, ein stiller Rückhalt und Wärme schwappten von seinen Gedanken zu meinen, als ich davon berichtete.

Liam regte sich noch immer nicht. Nicht einmal mit der Wimper zuckte er, kein einziges Mal rümpfte er empört die Nase.

Erst als ich bei unserem Gespräch mit Arvid ankam, schwenkte sein Blick abermals zu dessen reglosem Körper. Er betrachtete die Wunde an seinem Hals, an dem Ciels Schwert ihn getroffen hatte.

»Er hat alles gebeichtet, Liam. Alles. Ich habe recht gehabt, die Gedankenleser waren nie so böse, wie es uns immer berichtet wurde. Arvid hat einfach alle aus dem Weg geräumt, die seine Lügen nicht unterstützen wollten. Er hat die Gedankenleser gezwungen, unsere Großeltern zu manipulieren, damit sie seinen Lügen glauben. Der ganze Rat ist korrupt, Cavier wurde hinters Licht geführt …«

»*Nicht böse.*« Es waren seit Langem die ersten Worte, die Liam aussprach. Und sie klangen überhaupt nicht nach ihm. Ich hatte Liam als freundlichen Mann kennengelernt, gütig, tolerant. Immer mit einem schelmischen Grinsen auf den Lippen. Nun jedoch sah er verbittert aus und seine grünen Augen sprühten Gift wie eine Viper. Ich zuckte zusammen unter seinem eisigen Blick und der unterdrückten Wut, die er mir entgegenschleuderte. Dann deutete er auf die Leiche des Großen Sehers. »Das ist deine Definition von *nicht böse*, Cara?«

»Verstehst du nicht, was er getan hat?« Ich stockte. Versuchte, mich zu erklären. »Wir mussten es tun, weil er sonst immer weitergemacht hätte. Der Teufelskreis wäre niemals geendet!«

Liam zog zweifelnd eine Augenbraue nach oben. »Du verurteilst ihn für Morde an Unschuldigen und tust selbst das Gleiche?«

»Er ist aber nicht unschuldig, Liam!«, entgegnete ich. »Genau das ist der Punkt!«

Sein missbilligendes Schweigen traf mich wie Peitschenhiebe.

Mir war klar gewesen, dass er es nicht gutheißen würde. Ich hätte jedoch nicht erwartet, dass er mich so stark verurteilte. Nach alldem, was ich ihm berichtet hatte, konnte er nicht ernsthaft noch immer auf Arvids Seite stehen? Er musste sich doch darüber freuen, dass all das nun ein Ende hatte. Der Krieg, die Kämpfe und Verluste. All die Lügen und Geheimnisse.

»Du stehst unter Schock, das ist okay«, sagte ich, um mich selbst zu beruhigen. Wir würden das regeln. Wir mussten einfach.

»Unter Schock?« Er lachte freudlos auf. »Was erwartest du, Cara? Du stehst hier mit deinem neuen Liebhaber und beichtest mir, dass ihr gerade den Anführer der Seher ermordet habt. Wie denkst du, soll ich da reagieren? Ich habe …«

Plötzlich hallte ein Ruf durch die Luft, durchschnitt unser Gespräch. Ich zuckte zusammen, als ich Valentinas helle Stimme erkannte. Doch das war es nicht, was mein Leben von der einen auf die andere Sekunde ins Wanken geraten ließ, sondern den Namen, den sie rief. Dieser eine Name, der einfach nicht sein konnte. Nicht sein durfte!

Mein Herz stolperte, einmal, zweimal, dann blieb es kurz stehen. Alles um mich herum begann, sich zu drehen, und ich wäre wahrscheinlich zu Boden gestürzt, hätte Ciel den Druck seiner Hand auf meine Schulter nicht verstärkt.

Liam drehte sich langsam in Richtung Zelteingang. Seine Augen weiteten sich erschrocken, als wäre er bei einer Straftat ertappt worden.

Und genau so war es.

»Luz? Die Zeit ist um. Hast du sie gefunden?« Erneut ihre Stimme. Erneut dieses eine Wort, das mich entzweiriss.

*Luz.*

Keine Sekunde später war Valentinas dichtes, blondes Haar zu erkennen, gefolgt von ihrem grazilen Gesicht. Sie lugte zu uns herein, erst besorgt, dann erleichtert, als sie Liam entdeckte. »Ich habe mir schon Sorgen ge…«

Meine Peitsche schnalzte durch die Luft, knallte auf den Boden und Funken stoben in alle Richtungen. Es war wie ein Reflex, ich konnte kaum denken, so schnell schleuderte ich sie zwischen die beiden.

Valentinas Blick flog zu mir und Abscheu bildete sich auf ihrem hübschen Gesicht, ließ es verzerrt und alt aussehen. Sie nahm es mir wohl noch immer übel, dass ich vor wenigen Tagen Gedankenlesermagie bei ihr angewandt hatte.

Dann zuckte ihr Fokus zu Ciel. Sie konnte ihre Verwunderung kaum verbergen, die geschwängert von Faszination schien, so wie jeder empfand, der zum ersten Mal in seine sturmgrauen Augen sah.

Erneut schwang ich meine Peitsche und zwang Valentina, ihren Blick von ihm abzuwenden.

»Wie hast du ihn gerade genannt?«, fragte ich sie mit bittersüßer Stimmlage. Ich wagte es nicht, Liam anzusehen. Aus Angst, ich würde in meine Einzelteile zerfallen, sollte ich die Wahrheit aus seinem Mund hören.

Ich betete, dass ich sie einfach falsch verstanden hatte, und wusste im selben Moment, dass dem nicht so war.

Valentina zögerte ängstlich. Hilfesuchend sah sie zu Liam, doch er schwieg. Blickte nur betreten zu Boden.

»L-Liam. Ich habe ihn Liam genannt«, stammelte Valentina. Der Hochmut in ihrem Gesicht wich einer geisterhaften Blässe.

Anscheinend hatte sie nicht gedacht, dass Liam mich tatsächlich auffinden würde, oder sie war davon ausgegangen, dass ich schon längst verschwunden oder getötet sein würde, wenn sie hier eintraf.

Egal, was es war, auf alle Fälle hatte sie nicht geplant, dass ich ihren Ruf hörte.

»Nein«, antwortete ich leise und bedrohlich ruhig. »Das hast du nicht.« Jetzt wandte ich mich doch Liam zu, die Fassungslosigkeit in meinen Augen so groß wie die Wut, die ich empfand. Meine Hände ballte ich zu Fäusten, um sie vom Zittern abzuhalten. »Wie hat sie dich genannt?«

Liam presste stumm die Lippen aufeinander. Dann hob er den Kopf, ganz langsam, und als er mich ansah, wirkten seine Augen so kühl wie Eiskristalle.

»Geh schon mal raus, Valentina«, sagte er, ohne seinen Blick von mir abzuwenden.

Kurz zögerte sie, doch schließlich eilte sie davon, verschwand ins Nirgendwo, und ich hoffte, ihr niemals wieder begegnen zu müssen.

Eine erwartungsvolle Stille legte sich über uns, nachdem sie fort war. Noch immer antwortete Liam nicht, ließ mich warten und mit jeder Sekunde sickerte die Erkenntnis tiefer in mein Bewusstsein, tötete mich ein Stückchen mehr.

»Wieso hat sie dich Luz genannt?«, fragte ich, hauchzart, wie das Streicheln einer Feder.

»Kannst du nicht in meine Gedanken springen und es selbst herausfinden?«, stellte Liam die Gegenfrage mit ebenso kühlem Blick.

»Ich will es von dir hören. Ich will, dass du mir die Wahrheit sagst«, forderte ich. Gleichzeitig verkrampfte sich mein Körper, so sehr f ürchtete ich mich vor seiner Antwort. Erneut spürte ich eine Hand, die sich sanft auf meine Schulter legte. Doch nicht einmal Ciels Nähe konnte mich jetzt beruhigen.

Auf einmal raufte er sich die Haare. Helle Strähnen fielen ihm ins Gesicht. »Weil das nun mal mein Name ist, Cara.«

»Nein.« Ich schüttelte entschlossen den Kopf. »Dein Name ist Liam.«

Er schaute mich an und ein düsteres Lächeln verdunkelte sein Gesicht. »Liam ist der Name, unter dem du mich kennengelernt hast. Er sollte verschleiern, wer ich wirklich bin. Und es hat funktioniert, nicht wahr?«

In meinem Kopf drehte sich alles. Liam, Luz. Wieso sollte er seine wahre Identität verstecken? Wer war er? Und noch viel wichtiger: »Hast du meine Schwester ermordet?«

Die Frage hallte lange im Raum nach, wie ein Fallbeil, das jeden Moment auf den Richtblock donnerte. Sie verfolgte mich und Liam zuckte unmerklich zusammen.

»Es ist kompliziert«, wich er aus.

Bis zur letzten Silbe hatte ich gehofft, er würde alles mit einem plausiblen Grund erklären und mich damit vor den Tiefen bewahren, in die ich zu stürzen drohte. Doch das tat er nicht.

*Es ist kompliziert* sagte nichts und gleichzeitig genug, dass mein letzter Funken Fassung erlosch.

»Wenn du nicht willst, dass ich dir auf der Stelle die Kehle durchschneide, sagst du mir endlich, was passiert ist«, drohte ich und schlug kräftig mit der Peitsche auf den Boden, dass ihr Zischen und Schnalzen den Raum erfüllte. Die sachten elektrischen Schläge, die dabei auf mich übersprangen, hielten mich bei Verstand.

Liam ließ sich Zeit vor seinen nächsten Worten. Er schlenderte zu Arvid, dessen leblosen Körper ich beinahe schon wieder vergessen hatte. Vor ein paar Minuten hatte ich noch den Drang verspürt, mich vor Liam rechtfertigen zu müssen. Er hätte es fast geschafft, mir ein schlechtes Gewissen einzureden, nur damit ich jetzt herausfand, dass …

Ja, was eigentlich? Dass er gar nicht der Liam war, der er vorgegeben hatte, zu sein? Dass er selbst ebenfalls mit dem Tod Unschuldiger zu tun hatte?

Energisch schüttelte ich den Kopf, um die düstere Vorahnung zu verdrängen, die sich mir anbahnte. Das alles musste ein Missverständnis sein. Ich kannte Liam. Ich kannte ihn so gut, wie sonst kaum jemanden. Und er kannte mich. Wir hatten so viele schöne Momente zusammen erlebt, uns unsere Geheimnisse anvertraut. Er war mein Verbündeter gewesen in einer Zeit, in der ich nicht einmal mir selbst vertraut hatte. Sicher, wir waren nicht durchgehend einer Meinung gewesen, insbesondere nach meiner Zeit bei den Gedankenlesern nicht. Doch wir blieben immer noch wir – Freunde, ehemalige Geliebte.

»Wusstest du, dass er mein Großvater war?«, fragte Liam plötzlich, und ich ließ vor Überraschung beinahe meine Peitsche fallen. Er lief langsam um den schwarzen Stuhl herum, fuhr mit den Fingerspitzen leicht über die hellgraue Kleidung des Großen Sehers, als würde das Gefühl des Stoffes auf seiner Haut Erinnerungen zurückbringen. »Ich habe dir doch erzählt, dass meine Familie aus Sehern besteht. Ich war der erste Beschwörer seit Generationen.«

Mit offenem Mund starrte ich ihn an. In meiner Kehle brannte es und nur unter Mühen schaffte ich es, ihm zu antworten. »Du sagtest mir, deine Familie hätte es nicht gut aufgenommen.«

»Stimmt. Meine Eltern hassten den Gedanken, mich zu verlieren. Arvid jedoch dachte, ich könnte trotzdem nützlich sein.« Gedankenverloren betrachtete Liam ihn, die geschlossenen Augen, die sich nicht mehr öffnen würden. Ich hatte mich immer gefragt, wieso er Arvid als einzige Person bei seinem Vornamen nannte. Jetzt wurde mir klar, dass Liam nicht einfach wagemutig gewesen war, sondern dass er ihn so nannte, weil sie sich kannten. *Richtig* kannten und nicht nur von der Zeremonie. »Er hat es in meiner Zukunft gesehen, weißt du? Dass ich eine Rolle spielen würde.«

»Wieso hast du es mir nicht gesagt?«, fragte ich heiser. Er hätte es mir anvertrauen können, so wie ich ihm mein Leben anvertraut hatte. Ich hätte ihn nicht verurteilt, weil er das Blut des Krähenmanns besaß. Es war nicht wichtig, in welche Familie man hineingeboren wurde, sondern was man aus seinem Leben machte. Es schreckte mich nicht ab.

Doch was nun folgte, tat es.

»Es gehörte zum Plan, dir nichts zu erzählen. Wenn du gewusst hättest, dass Arvid und ich verwandt sind, hättest du womöglich Zweifel gehegt.«

»Zweifel worüber?« Wir standen uns lauernd gegenüber und ich ignorierte das kräftige Pochen meines Herzens, das mir zeigte, wie sehr ich mich vor seiner Erklärung fürchtete.

»Erinnerst du dich an deine Zeremonie?«, wollte er wissen.

Ich nickte. Was für eine dämliche Frage. Als würde mich dieser Tag nicht nächtlich in meinen Albträumen heimsuchen.

»Erinnerst du dich auch noch an den Tag danach? Was Arvid zu dir gesagt hat, nachdem sich deine beiden Fähigkeiten offenbart haben?«, hakte er weiter nach.

»Dass meine Zukunft nicht feststeht«, ratterte ich abermals die Worte des Sehers herunter. »Es stand nicht fest, auf welche Seite ich mich schlagen würde.«

Liam nickte und warf mir einen vielsagenden Blick zu. Es schien, als hoffte er, ich würde selbst auf die Antwort kommen.

Er wollte die Wahrheit nicht aussprechen und plötzlich fiel es mir wie Schuppen von den Augen. All die gemeinsamen Momente mit ihm spielten sich in meinen Gedanken ab, doch ich sah sie auf einmal in einem anderen Licht. Was für ein Zufall war es gewesen, dass ich in ein Lager von Beschwörern geschickt worden war, die mich loswerden wollten, und mir in meinen verängstigten Stunden plötzlich Liam wie auf dem Silbertablett serviert worden war? Ein Junge, der mich nicht kannte und keine Gründe gehabt hatte, mich zu mögen, doch alles dafür getan hatte, mein Vertrauen zu gewinnen.

Götter, ich war so naiv gewesen. So naiv, naiv, naiv!

»Du hast nur mit mir gespielt«, entkam es mir fassungslos. »Du hast dir mein Vertrauen erschlichen, damit ich auf der Seite der Beschwörer bleibe.«

Ciels Zorn nahm mit einem Mal den ganzen Raum ein, als ich diese Worte aussprach. Ich hielt ihn nicht zurück, als seine magische Hitze wütend durch die Gegend züngelte und die Zeltwände ankokelte.

Ich wusste nicht, wieso ich selbst nicht genauso reagierte. Vielleicht erstickte mein Schmerz all die Wut, die ich empfand. Vielleicht betäubten mich Liams nächste Worte, als er flüsterte: »So war es zu Anfang. Doch glaub mir, so ist es nicht mehr.«

Ich stieß ein bitteres Lachen aus, während ich gegen die Tränen ankämpfte, die in meinen Augen brannten.

Liam wich vor Ciels Zorn zurück, nahm behutsam etwas Abstand von den kokelnden Wänden, ehe er fortfuhr. »Arvid gab mir die Aufgabe, dafür zu sorgen, dass du dich für uns entscheidest. Er dachte, wenn wir eine Beziehung aufbauen, würde dich das zu den Beschwörern zurückführen. Ich habe mir einen anderen Namen verpasst, damit du keine Verbindung zwischen ihm und mir findest, solltest du Nachforschungen betreiben. Ich sollte irgendein dahergelaufener Beschwörer sein, der dir sein Herz schenkt.«

»Du hast also mit Absicht alles dafür getan, dass ich mich in dich verliebe? Es war alles eine Lüge?« Ich verlor den Kampf gegen meine Tränen und schmeckte den salzigen Geschmack, als sie die Wange hinab zu meinen Lippen flossen. All die gemeinsamen Stunden. Die Worte, die er mir heimlich ins Ohr geflüstert hatte. Unsere Küsse im Kerzenschein. Ich hatte mich so wohl bei ihm gefühlt, hatte an unseren Gefühlen füreinander festgehalten.

Ich trauerte diesen Erinnerungen nach, die nun vergiftet waren, verdorben.

Am meisten trauerte ich jedoch darüber, dass sein Plan funktioniert hatte. Der Gedanke an ihn hatte mich an die Beschwörer gebunden. Obwohl die Gedankenleser mich offener behandelt hatten als jeder einzelne Beschwörer, so wäre ich freiwillig zurückgegangen, um bei Liam zu sein.

»Anfangs war es eine Lüge«, wiederholte er behutsam. Konnte ich da etwas Verzweiflung in seinen Augen erkennen? »Wie konnte ich dich zu Beginn auch nicht verabscheuen? Immerhin wurde ich dazu gezwungen, einem Mädchen mein Interesse vorzuspielen, das ich überhaupt nicht kannte. Aber ich habe dich kennengelernt und die vorgespielte Liebe hat sich in etwas Echtes verwandelt.«

»Sprich nicht von Liebe«, fauchte ich ihn an. »Du weißt nicht einmal, was dieses Wort bedeutet, *Luz.*« Ich spuckte ihm die Worte vor die Füße. »Wie konntest du mich weiter belügen, nach alldem, was wir gemeinsam erlebt haben?«

Auf einmal sah er müde aus. Mit der Hand fuhr er sich über das Gesicht, schloss die Augen, ehe er seufzend antwortete: »Wir steckten alle schon zu tief drin. Wenn ich dir die Wahrheit gesagt hätte, hätte dich das doch direkt in seine Arme geschickt.« Er warf Ciel einen funkelnden Blick zu. »Wir brauchten dich. Ohne deine Informationen hätten wir nie gewusst, wo sich ihr Lager …«

»Ihr brauchtet mich.« Ich lachte laut auf. »Weil ihr eure Spielchen weiterspielen wolltet. Soll ich dir mal etwas sagen? Es ging nie um Spielchen, Liam. Es ging nie um Stärke, oder um Macht oder um das Erweitern von Territorien. Es ging um uns«, schleuderte ich ihm entgegen. »Es ging darum, dass wir uns etwas aufgebaut haben und du mich nur ausgenutzt hast. Mir ist es verdammt noch mal egal, für was ihr mich gebraucht habt!«

»Was interessiert es dich überhaupt?«, entgegnete er mit Eiseskälte in der Stimme. »Tu nicht so, als hättest du nicht auch gespielt. Ich habe dir vielleicht meine Absichten verschwiegen, aber du warst es, die sich mehrere Liebhaber gleichzeitig gesucht hat. Du hast das Leben als Hure eines Gedankenlesers einer Zukunft mit mir vorgezogen.«

»Sag nichts, was du später bereuen wirst«, knurrte Ciel.

Erschüttert blickte ich in Liams Augen, deren Grün mich nun nicht mehr an Jade erinnerte, sondern an pures Gift. Niemals hätte ich erwartet, dass dieser herzensgute Mensch mich so hintergehen würde. Doch war er überhaupt herzensgut? Schmerzlich wurde mir bewusst, dass es den Mann, den ich zu kenne glaubte, gar nicht gab. Ich kannte Liam, aber ich hatte nicht den blassesten Schimmer von Luz. Und ja, auch wenn meine Gefühle für ihn in keiner Weise mit dem vergleichbar waren, was Ciel in mir auslöste, so bekam mein Herz dennoch einen Riss. Nur weil ich Ciel liebte, bedeutete es nicht, dass Liam mir plötzlich egal war.

»Wer sind die Menschen mit der Fuchsmaske?«, fragte ich ihn. Als ich ihn vor einigen Wochen danach befragt hatte, hatte er bestritten, dass er sie kannte. Ebenfalls eine Lüge und ich hatte ihm blind geglaubt.

»Ein Zusammenschluss aus Sehern und Beschwören, die mehr über die Zersplitterten herausfinden sollen«, antwortete er ruhig. »So nennen wir Menschen, die mehr als nur eine Fähigkeit besitzen. Die Gruppe wurde kurz nach deiner Zeremonie gegründet.«

»Ich schätze, Arvid kam auf diese grandiose Idee?«, fragte ich sarkastisch. »Seit wann hat er Einfluss auf Beschwörer und kann ihnen Spezialaufgaben zuteilen?«

»Die Gruppe bestand zum Großteil aus Freiwilligen«, antwortete Liam. »Arvid hat lediglich die für ihn erfolgversprechendsten Magier eingeweiht und um Diskretion gebeten. Diejenigen, die Angst vor dir hatten oder dich aufgrund deiner Fähigkeiten schlichtweg nicht leiden konnten, waren direkt Feuer und Flamme für die Aufgabe. Ich war dabei, weil ich … nun ja, ich bin gut darin, unauffällig zu sein. Geheimnisse herauszufinden und verbotene Wege einzuschlagen, sind mein Spezialgebiet. Aber das weißt du ja.«

»Das war also keine Lüge?«, fragte ich hart und zynisch.

Liam schüttelte den Kopf und breitete ratlos die Arme aus. »Ich habe mich dir so gezeigt, wie ich bin, Cara. Ich habe dich nicht belogen. Nur meine Absichten verschleiert.«

»Das macht dich nicht zu einem besseren Menschen«, erwiderte ich verbittert.

»Nein, aber zu einem ehrlicheren«, gab er zurück.

»Toll.« Ich raufte mir die Haare. »Und, habt ihr etwas über die *Zersplitterten* herausgefunden?«, fragte ich gehässig. Bestimmt war er überaus beliebt gewesen in der Fuchsgruppe. Immerhin hatte er direkt an der Quelle gesessen, konnte die meisten Informationen beschaffen. Ich erinnerte mich daran, dass er mich nach meiner Gedankenlesermagie befragt hatte. Er war so wissbegierig gewesen, so verständnisvoll. Dabei hatte er mich überhaupt nicht verstehen, sondern studieren wollen. Ich war die ganze Zeit über ein Experiment gewesen, ein Rätsel, das er zu lösen versuchte.

»O ja, so einiges.« Auf einmal glitzerten Liams Augen wie Diamanten in dem verdunkelten Zelt. »In Caviers Archiven befinden sich ganze Aktenschränke voller Schriften über die Zersplitterten. Man braucht nur wissen, wo man suchen muss. Dieser Idiot sollte echt ein besseres Sicherheitssystem einbauen, wenn er nicht will, dass seine Räumlichkeiten leergeräumt werden.«

»Cavier gehört nicht zu der Fuchsgruppe?«, fragte ich überrascht.

»Nein, er war nicht eingeweiht. Ich bezweifle, dass er da mitgespielt und dich beschattet hätte. Er hielt doch so viel von seinem Wunderkind.« Liam klang verbittert, als er das sagte. Als hätte ich ihm eine besondere Stellung streitig gemacht und ihn von seinem unsichtbaren Thron gestoßen. Wie lächerlich. Als ob ich das wollte. Ich wollte nie auch nur irgendetwas von dem, was geschehen war.

Dennoch überraschten mich seine Worte. Wenn er die Wahrheit sprach – und das konnte ich nur hoffen, denn vertrauen konnte ich ihm nicht mehr – dann hatte Cavier mich tatsächlich unterstützen wollen. Er war zwar ein Befürworter des Krieges, was das Ganze schlimm genug machte, aber er hatte seine Beschwörer wirklich zum Schutze meiner Familie abgeordnet. Er war nicht verantwortlich für … für …

»Wer hat sie umgebracht?«, fragte ich und hasste mich für das Zittern in meiner Stimme. Ich wollte nicht schwach klingen, sondern gefasst und furchteinflößend, doch ich schaffte es nicht.

Liam wusste, worauf ich hinauswollte, und schwieg. Schließlich, nach einer gefühlten Ewigkeit, erhob er das Wort. »Ich wollte nicht, dass deine Schwester stirbt. Das wollte ich wirklich nicht. Ich hätte nie gedacht, dass Evangelina tatsächlich das Messer wirft.« Evangelina. Wer war Evangelina? »Ich bin dir gefolgt, als du zurück ins Dorf kamst. Kurz nach unserem Streit am Fluss. Ich habe euer Gespräch belauscht. Zwei Zersplitterte in einer Familie, das ist gigantisch. Ich dachte nicht, dass Arvid anordnen würde, sie auszuschalten. Er fürchtete wohl, was sie noch alles in ihren Visionen sehen würde, welche der Pläne sie noch durchschaute und …«

Liam verstummte, als er den tödlichen Ausdruck in meinen Augen sah. Nun erzitterte er doch vor mir. Ich glaubte, aufrichtige Reue in seinem Blick zu lesen, aber es kümmerte mich nicht. Sollte er so viel Reue zeigen, wie er wollte. Ich verzieh ihm nicht. Würde es nie. In mir kochte es, all die Trauer und der Schmerz kamen wieder hoch, hervorgerufen durch seine Beichte. Ich sah Elaras leblosen Körper vor mir, die blutverschmierten Laken auf dem Boden unseres Elternhauses. Sie war so jung gewesen. Das ganze Leben hatte ihr noch bevorgestanden, ehe es ihr gewaltsam genommen worden war.

Wahrscheinlich schluchzte ich, denn Liam streckte behutsam seine Finger nach mir aus. Mein Kopf dröhnte zu sehr, als dass ich es hörte. Ich zuckte zurück vor ihm, als fürchtete ich mich davor, seine Berührung könnte mich verätzen.

Ich wollte ihm meine Magie entgegenschleudern, doch ich konnte es nicht und diese Erkenntnis machte mich beinahe wahnsinnig. Er hatte mich belauscht, hatte Elara an Arvid verraten und war somit verantwortlich für das Verbrechen, das kurz darauf geschehen war. Dennoch konnte ich ihn nicht angreifen. Ich war nicht stark genug, mich an dem Mann zu rächen, der mir in meinen ersten Tagen als Beschwörerin so viel Kraft geschenkt hatte.

Ein leises Klopfen in meinem Geist verriet mir, dass Ciel in meinen Kopf schlich. Er wollte mir mit Gedankensprache etwas mitteilen, mich sicherlich beruhigen, doch ich hielt die Mauer aufrecht, sodass seine Worte nicht hindurchkamen. Ich war mir sicher, es nicht ertragen zu können, sollte er mir sagen, dass alles gut würde. Denn im Moment glaubte ich, dass sich überhaupt nichts niemals mehr zum Guten wendete.

»Wusstest du, dass auch Kinder schon Magie beherrschen können?«, fragte ich stattdessen tonlos, als mein Schluchzen abebbte und ich nur noch eine schmerzvolle Leere spürte, dort, wo einst mein Herz geschlagen hatte.

Liam hob überrascht die Augenbrauen. Es war eine rhetorische Frage gewesen, ich dachte mir bereits, dass selbst er nicht in jedes von Arvids Geheimnisse eingeweiht gewesen war. »Wir sind nicht gebunden an irgendeine Zeremonie. Arvid und seine Anhänger beherrschten uns die ganze Zeit.« Dann hob ich das Kinn, durchbohrte Liam mit meinem Blick. »Ich werde dafür sorgen, dass jeder im Rat seine gerechte Strafe erhält. Du wirst ebenfalls deine gerechte Strafe erhalten. Unter welchem Namen auch immer du sie absitzen willst«, brachte ich hervor, ehe meine Stimme erneut zu brechen drohte.

Ich erwartete so etwas wie flehende Worte. Rechnete mit Reuebekundungen und Versprechen auf Besserung, irgendetwas, das ihm meine Gunst erhandeln konnte. Doch ich hatte mich einmal mehr getäuscht, denn Liam sah mich nur bedauernd an.

»Tut mir leid, Cara. Aber das kann ich nicht zulassen.«

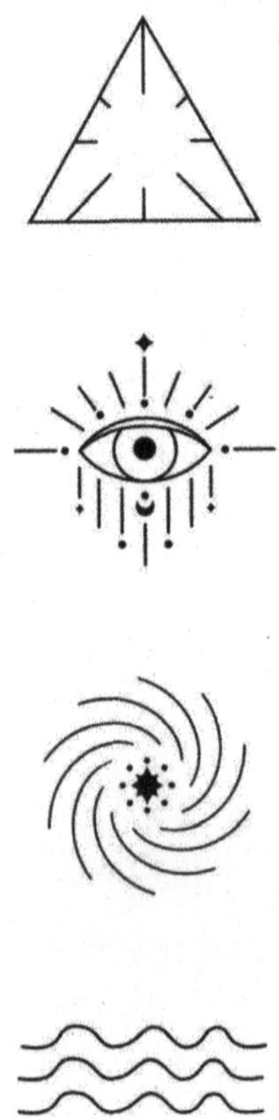

# 32

»Wie meinst du das, du kannst das nicht zulassen?« Fassungslos starrte ich ihn an.

Er war so ruhig und ernst. Gefasst im Gegensatz zu mir. Mit bedauernder Miene betrachtete er meine tränennassen Wangen, tastete sich mit seinem Blick hinauf zu meinen geröteten Augen. Mitfühlend sah er mich an, als würde er bereuen, was er als Nächstes sagen würde.

»Ich kann dich das nicht tun lassen«, sagte er mit einem Zögern in der Stimme. »Du siehst es in deiner Wut vielleicht nicht, aber Arvids Plan hatte durchaus Hand und Fuß. Ich kann nicht zulassen, dass du ihn zerstörst.«

Sogar Ciel schien sprachlos und sah zu Liam, als wäre er ein wahrgewordener Albtraum.

Er konnte doch nicht ernsthaft weiterhin Krieg führen wollen?

»Seine Maßnahmen mögen vielleicht drastisch sein«, fuhr Liam fort, »aber willst du auf lange Sicht Armut auf den Straßen? Es sterben jetzt schon Familien an Kälte und Hunger, dir brauche ich das nicht zu erzählen. Deine Familie selbst ist ein Opfer der Wirtschaft, ohne die Ländereien der Gedankenleser schaffen wir es nicht mehr durch die nächsten Winter. Sie werden uns ihre Länder sicher nicht kampflos überlassen.«

»Und wessen Schuld ist das? Woher kommt denn die Armut, die unsere Familien heimsucht?« Ich deutete zornig auf den leblosen Körper des Sehers. »Von Männern wie ihm und den anderen Mitgliedern des Rates, die die Gelder nicht gerecht verteilt haben. Von Beschwörern wie uns, die ihre magischen Fähigkeiten für abartige Preise anbieten, anstatt den Armen zu helfen. Hier müssen wir ansetzen, um unsere Zukunft zu retten! Nicht, indem wir uns gewaltsam fremdes Eigentum aneignen.«

Die Ruhe, mit der Liam darauf antwortete, ließ den Zorn in mir hochkochen. »Du kannst die Menschen nicht ändern, Cara«, sagte er. »Wir werden verhungern, ehe du auch nur einen Bruchteil der Leute bekehrt hast.«

Das konnte ich nicht so stehen lassen. »Die Gier nach Größerem wird nie enden, Liam! Wenn wir die Länder der Gedankenleser eingenommen haben, werden wir sie genauso ausbeuten. Wir zögern das alles nur heraus, indem wir das Blut von anderen vergießen!«

»Es verschafft uns Zeit, die wir dringend benötigen!«, beharrte Liam. Er und ich standen uns zornig gegenüber. »Ich habe dich für stärker gehalten«, sagte er mit loderndem Blick. »Aber du bist nicht bereit, das zu tun, was getan werden muss, um unsere Dörfer zu retten.« Er wiederholte die Worte, die auch Arvid mir entgegengebracht hatte.

Ein paar Wimpernschläge und ich begann, zu verstehen. Wie oft war mir in den letzten Tagen vorgeworfen worden, die Gedankenleser hätten mich verwirrt? Mir wurde klar, dass jedoch nicht ich die Verwirrte war. Es war Liam, der manipuliert wurde. Vergiftet durch die Lügen, die sein Großvater ihm erzählt hatte.

»Liam, du musst das nicht tun«, versuchte ich es ein wenig behutsamer. Die Wut kochte noch immer in meinem Inneren, doch damit kam ich nicht weiter. Ein paar Mal atmete ich tief durch, versuchte mit frischer Luft, das Brennen in meinen Adern zu lindern. Mich zusammenzureißen. Schließlich fügte ich hinzu: »Ich bin nicht dein Feind und Ciel ist es ebenso wenig.«

Liam sah von mir zu Ciel und wieder zurück. Ich spürte, dass er anders dachte.

Aber ich konnte nicht so einfach aufgeben, also trat ich einen vorsichtigen Schritt auf ihn zu. »Wieso hast du mir von all dem erzählt, von all den Lügen, wenn du damit weitermachen möchtest? Lass uns das alles hinter uns lassen. Es besser machen als unsere Vorfahren. Lass uns neu anfangen, in Frieden.«

Es funktionierte. Auch wenn ich mir sicher war, niemals Frieden mit dem Mörder meiner Schwester schließen zu können, Liam glaubte mir.

Seine Miene wurde weicher. »Denkst du, ich möchte Krieg mit dir? Natürlich nicht! Um der Götter willen, Cara, ich erzähle dir das alles, in der Hoffnung, du würdest endlich verstehen, dass es das Richtige ist, was wir tun. Keine Lügen mehr. Keine Geheimnisse. Nur du, ich und ein besseres Leben.«

»Du glaubst ernsthaft, ich würde mich eurem Plan anschließen?«, hauchte ich. Ungläubig schüttelte ich den Kopf. »Das wird niemals passieren, Liam.«

Er musste es mir ansehen, die Endgültigkeit meiner Worte. Liam verzog schmerzlich das Gesicht, nur kurz, ehe er die Augen schloss und tief durchatmete. Als er sie schließlich wieder öffnete und erneut die Stimme erhob, war es, als hätte er sich von mir verabschiedet. »Ich hatte befürchtet, dass du das sagen wirst.« Er zögerte. »Ich gebe euch einen Vorsprung. Weil mir etwas an dir liegt.«

Meinte er das ernst?

»Fünf Minuten. Dann werde ich den anderen Beschwörern von eurem Verbrechen erzählen.« Er deutete auf Arvid. »Sie werden euch suchen und ich werde sie nicht aufhalten.«

Ich lachte laut auf. Eine Kälte legte sich über mein Herz. Nicht die Art von Kälte, die die Beschwörermagie hervorrief, sondern eine qualvolle, die an meinen Kräften zerrte. Liam wollte mich ausliefern.

»Sie werden uns nicht angreifen, wenn wir ihnen die Wahrheit sagen«, sprach ich leise.

»Wem denkst du, würden sie Glauben schenken?«, fragte Liam ebenso ruhig. »Euch oder mir?«

Ich starrte Liam erschüttert an, blickte direkt in seine schwarze Seele, von der ich einst geglaubt hatte, sie würde so viel Licht enthalten.

»Ich will das nicht tun, Cara«, sagte er und ich glaubte ihm sogar. Ich glaubte ihm, dass es ihm leidtat. Dass er sich einen anderen Ausweg gewünscht hätte. Doch es änderte nichts an seiner Entscheidung. Und auch nicht an meiner. Was einst als Freundschaft begonnen hatte und so schnell zu einer Liebschaft geworden war, hatte sich nun in das genaue Gegenteil gewandelt. Jetzt standen wir auf unterschiedlichen Seiten und ich schüttelte mit zusammengepressten Lippen mit dem Kopf, um ihm deutlich zu machen, dass sich unsere Wege hier trennten.

Liam seufzte. »Dann habt ihr jetzt noch vier Minuten.«

Ich erinnerte mich nicht mehr daran, wie Ciel es schaffte, mich aus dem Zelt zu schleifen. Die Umgebung verschwamm vor meinen Augen und das Erlebte fühlte sich wie ein Traum an, in dem ich gefangen war. Ich war wie betäubt, hörte nur ein schrilles Klingeln in meinen Ohren, das mich davon abhielt, die Besinnung zu verlieren.

Als ich die Kontrolle über meinen Körper zurückerlangte, fand ich mich im Wald wieder. Ciel hatte mich mit sich gezogen und wir rannten, rannten, rannten. Ich spürte die Schnitte an Armen und Beinen kaum, die ich mir durch Dornen und Äste zuzog, während ich durch das Gehölz floh.

Vier Minuten trennten uns von unseren Verfolgern, die sicherlich schon auf der Suche nach uns waren, bestärkt durch Liams Lügen.

Bei dem Gedanken an seinen Namen geriet ich ins Stolpern, stützte mich an einem der Stämme ab, um nicht zu fallen. Alles um mich herum schien sich zu drehen, Spiralen aus Verzweiflung und Schmerz, die um mich herumwirbelten. Ich ging in die Knie, drückte meine Handflächen auf die Erde, um den Boden zu spüren. Halt zu bekommen.

»Hey.« Ich spürte Ciels Hand an meiner Wange und brach schluchzend in seinen Armen zusammen. Es tat so weh, so fürchterlich weh.

Ich wusste nicht, wie weit wir schon gekommen waren, wie viel Abstand zwischen uns und den Beschwörern lag. Doch ich konnte nicht weiter, bei jedem Versuch, aufzustehen, stürzte ich tiefer in das Loch aus Mutlosigkeit.

Wir hatten Arvids Lügen aufgedeckt. Wir hatten die Wahrheit herausgefunden, all die Intrigen und Verbrechen. Doch wir konnten nichts tun, niemand würde uns glauben.

»Er wollte, dass wir ihn töten«, wisperte ich. »Wir haben ihn ertappt und Arvid wusste, dass es keinen guten Ausweg für ihn geben würden. In dem Moment, als wir ihn getötet haben, hat uns das zu den Bösewichten gemacht, in die er uns so dringend verwandeln wollte. Wie sollen wir jetzt noch jemanden von der Unschuld der Gedankenleser überzeugen? Ich bin auf seinen Plan hereingefallen.«

»Hey«, wiederholte Ciel behutsam und verstärkte den Druck seiner Hand auf meiner Wange. Er hob meinen Kopf an, sodass ich ihm in die Augen sehen musste. Seine Berührung war so warm und beruhigend, sein Blick so eindringlich und sanft zugleich, dass es mein Herz dazu brachte, wieder etwas langsamer zu schlagen. »Du konntest nicht wissen, dass Luz dich hintergehen würde.«

Ich antwortete nicht, doch ein Zucken durchfuhr meinen Körper, als Ciel das Wort *Luz* in den Mund nahm. Es war seltsam, wenn ihn jemand bei diesem Namen nannte. Auch wenn dies sein richtiger Name war, für mich würde er wohl immer einfach Liam bleiben.

»Was willst du machen, wenn das hier vorbei ist?«, fragte Ciel unerwartet.

Ich runzelte fragend die Stirn.

»Ich habe dich das nie gefragt«, fuhr er im Plauderton fort. Er wollte mich ablenken, das war mir klar. Mich an etwas anderes denken lassen, als an das Bild meiner toten Schwester, die blinden Augen des Sehers oder Liam, der mich ausgenutzt und hintergangen hatte. »In einer perfekten Welt. Was würdest du machen wollen? Wie würde dein Leben aussehen, wenn du nicht gerade vor ein paar Beschwörern fliehen müsstest?«

»Ich will Architektin werden«, antwortete ich leise.

Ciels Blick wurde noch sanfter. Seine Augen waren ein perfektes Abbild des stürmischen Himmels über uns. Und einmal mehr stellte ich fasziniert fest, wie herzzerreißend schön er war.

»Das ist ein gutes Ziel«, antwortete er friedlich und stand auf, zog mich mit sich auf die Beine.

Erst wackelte ich ein wenig, doch mit seiner Hilfe fand ich festen Stand zurück. »Ob ich es jetzt noch erreichen kann?«

»Wenn du nicht aufgibst, mit Sicherheit.« Er lächelte und ich erwiderte es schwach.

»Leichter gesagt als getan. Es ist schwierig, den Optimismus zu behalten, wenn ein Haufen Beschwörer hinter einem her ist.« Ich blickte mich sorgsam um, erwartete fast so etwas wie dunkle Magie, die hinter einem der Bäume hervorbrach und mich zurück in die Knie zwang. »Sie wollen uns töten.«

Es auszusprechen, brachte die gnadenlose Gewissheit. Cavier hatte vielleicht gute Absichten gehabt, doch Arvid hatte nie geplant, dass ich am Leben blieb. Es war nie eine Option gewesen, egal, wie viel ich dafür geopfert hätte, meine Treue den Beschwörern gegenüber zu beweisen. Ich hatte nie eine faire Chance gehabt.

»Sollen sie es versuchen.« Ciel sah entschlossen zu mir herab, streckte seine Hand nach mir aus. Ich ergriff sie, folgte ihm weiter, immer tiefer in den Wald hinein. »Es sind weitaus mehr als ein paar mittelmäßige Krieger notwendig, um uns zu töten.«

Eine Ewigkeit liefen wir einfach geradeaus. Irgendwann wurden aus den Eichen dichte Tannen und der Himmel wurde erst dunkler, dann sternenbesetzt und schließlich wieder hell. Die Tage verstrichen und wir hielten uns immer nur kurz an einem Ort auf, rasteten ein paar Stunden und gingen dann weiter. Wir durften uns keine Unaufmerksamkeit erlauben und so schlief stets nur einer von uns, während der andere Wache hielt.

Seher waren gute Spurenleser und sahen sicherlich unseren Weg vorher, also versuchten wir, so oft es ging, die Richtung zu wechseln. Neue Pfade einzuschlagen, unerwartete Wendungen hervorzurufen. Alle paar Stunden hielten wir inne und brachen quer durch den Wald und nicht nur einmal mussten wir uns durch dichtes Gewächs kämpfen oder uns an schlafenden Wölfen vorbeischleichen.

Das Glück war auf unserer Seite. Wir trafen zwar auf Giftschlangen und allerlei andere seltsame Wesen, einmal hatte ich sogar den trügerischen Schein eines Irrlichts erspäht, doch Begegnungen mit Geschöpfen wie dem Finsterbären blieben uns erspart.

Ich hatte keine Ahnung, wo wir waren, und Ciel wusste es auch nicht. Wir hatten schon lange die Orientierung verloren und hofften, die Ausdauer der anderen würde langsam knapp werden. Vielleicht gaben sie die Verfolgung auf, je länger sie uns suchten, und waren bereits wieder auf dem Weg zurück zum Dorf. Doch ausruhen durften wir uns auf dieser Hoffnung nicht.

Ein- oder zweimal fanden wir auf unserem Weg einen See, in dem wir baden konnten. Ab und an zückte ich mein Messer, um zu jagen. Es war in Ciels Nähe eigentlich nicht notwendig. Er konnte problemlos in den Geist eines Kaninchens hineinschleichen und es am Wegrennen hindern, doch ich bat ihn, es sein zu lassen. Das Jagen hatte mir schon immer geholfen, meinen Kopf frei zu bekommen. Meine Atmung zu regulieren. Meine ermüdeten Knochen zu entspannen.

Also jagte ich, während Ciel ein Feuer machte und die Umgebung im Auge behielt. Nach dem Essen brachen wir ohne Umschweife auf, ehe uns der Rauch verraten konnte.

Wir sprachen nicht viel miteinander, in der Gegenwart des jeweils anderen konnten wir jedoch schweigen, ohne uns dabei unwohl zu fühlen. Ich war ihm dankbar dafür, manchmal erhob ich dennoch das Wort, einfach um sicherzugehen, dass meine Stimme noch nicht verloren gegangen war.

»Danke«, begann ich irgendwann ein Gespräch. Wir liefen gerade durch ein besonders hübsches Fleckchen Wald. Die Blätter der Bäume, die den Weg pflasterten, besaßen die Form von Sternen. Ich drückte einen tiefen Ast beiseite, als Ciel mir einen verwunderten Blick zuwarf.

»Wofür?« Auch seine Stimme klang rau, die Auswirkung stundenlangen Schweigens.

»Liam hat seine Liebe nur vorgetäuscht. Jedenfalls am Anfang. Du dagegen hast mir nie etwas vorgemacht. Du wusstest, wer ich bin, von dem Moment an, als wir uns im Wald trafen. Du wusstest, dass ich anders war, und hast mich dennoch so genommen, wie ich bin.« Ein Lächeln stahl sich auf meine Lippen, teils dankbar, teils traurig.

»Wie auch nicht? Du bist wundervoll.« Ciel erwiderte mein Lächeln kurz, ehe er wieder ernst wurde. »Ich glaube übrigens nicht, dass Luz böse ist. Er ist ein Soldat, eine Schachfigur in Arvids Spiel und nicht mutig genug, um dessen Anweisungen zu hinterfragen.«

»Weißt du, was das Schlimmste daran ist?«, fragte ich tonlos. »Zu wissen, dass es echt war. Meine Gefühle zu ihm waren wahrhaftig.«

»Es sind die Menschen, die man am meisten liebt, die einen am schlimmsten verletzen können«, antwortete er leise.

Wie recht er hatte.

Plötzlich war ein Rauschen zu hören, als würden große Mengen Wasser in ein Becken platschen. Verwundert sahen wir uns an, ehe wir in die Richtung des fremden Geräusches eilten. Je näher wir der Ursache des Lärms kamen, desto lauter wurde es, bis das Rauschen zu einem tosenden Prasseln und die Luft immer feuchter wurde. Hauchzarte Wassertropfen nässten mein Gesicht und stolpernd blieb ich stehen, als ich unser Ziel erreichte.

Der Wald lichtete sich und gab den Blick frei auf …

»Das kann nicht sein«, keuchte ich atemlos.

Wir befanden uns an einer Klippe. Doch entgegen aller anderen Steinberge, die ich zuvor gesehen hatte, war dieser hier gigantisch. Die Klippe ging weit in die Tiefe und darunter lag kilometerweit Wasser.

Ich schmeckte die salzige Luft, hörte die Wellen, die gegen die Steine schlugen, und fand schließlich die Ursache für das Rauschen. Ein Wasserfall verlief unweit von uns aus einem schmalen Bach in die Tiefen des Meeres. Wasser prallte auf Wasser und erzeugte pras-selnde Laute.

»Ich dachte, die großen Meere wären alle vertrocknet«, brachte ich hervor. Mein Blick fuhr über die endlosen Weiten des Meeres, bekam nicht genug davon. Diese Aussicht war wie eine Heilung für die Seele. So etwas Bezauberndes hatte ich noch nie gesehen, wohlwissend, dass den Legenden nach Ungeheuer unter der Wasseroberfläche lauerten.

Jetzt jedoch, da ich das Meer mit eigenen Augen sah und nicht nur Geschichten davon hörte, konnte ich mir beim besten Willen nicht vorstellen, dass unter dieser beeindruckenden Schönheit etwas Furchtbares herrschen konnte.

»Das dachte ich auch.« Ciel drehte sich um und blickte zurück zu dem Wald, aus dem wir gekommen waren. Er war so dicht gewesen, dass es sich darin wie ewige Nacht angefühlt hatte, doch jetzt, am Rande dieser Klippe, sahen wir, dass die Sonne gerade aufging. Das Meer wurde in bezaubernde Farben getunkt, die Lichter schimmerten auf dem Wasser und ließen es glitzern. »Womöglich sind wir am Ende der Welt angelangt. Ich kenne niemanden, der sich je so tief in den Wald gewagt hat.«

»Vielleicht ist es Schicksal«, antwortete ich. »Das wir bis jetzt überlebt haben und das hier entdecken durften.«

Ich schaute zu ihm und sah gerade noch, wie sein Blick von meinen vor Aufregung geröteten Wangen zu meinen Lippen wanderte und darauf verweilte. Er war näher gekommen und hüllte mich mit seinem Duft ein. Ciel roch gut, nach Zimt und Wildblüten, eine Mischung aus süß und erdig, die mir gefiel. Dann hauchte er mir einen Kuss auf die Lippen, sanft und gleichzeitig verheißungsvoll.

»Ob sie in salzigem Wasser wohl genauso schmecken?«, murmelte er an meinem Mund.

Ich weitete erschrocken die Augen. »Du willst dort hinunter?«, fragte ich ihn. »Du willst ins Meer fliehen?«

Es stimmte, dorthin würde uns sicher niemand folgen. Unsere Spuren würden verwischen, sobald unsere Körper die Wellen berührten.

Doch es war auch riskant, gefährlich. Ein aufregendes Kribbeln durchfuhr mich.

»Das ist keine Flucht. Wir springen in unsere Freiheit, mein Engel.«

Wieder drehten wir uns dem Wasser zu. Ganz langsam ging ich näher heran. Meine Fußspitzen erreichten den Rand der Klippe und ich lugte vorsichtig hinunter.

Es war tief. Windig und laut.

Ich wollte wissen, wie es sich anfühlte. Ich wollte erkunden, was sich unter der Oberfläche verbarg. Doch ich wusste auch, dass es dann kein Zurück mehr gab. Es gab keinen Weg mehr hinauf.

Wenn wir einmal gesprungen waren, würden wir den Wald und mein altes Dorf womöglich nie wiedersehen. Vielleicht gab es auf der anderen Seite des Meeres auch überhaupt kein Land. Vielleicht hatten wir tatsächlich das Ende der Welt erreicht und wenn wir sprangen, würden wir darin verloren gehen.

»Sollen wir es wirklich wagen?«, flüsterte ich.

Ciel stand neben mir, ganz dicht, und ich spürte die Wärme seines Körpers an meiner Seite. Auch er blickte hinaus aufs Meer, einen friedlichen Ausdruck in seinem Gesicht.

»Wenn du springst, springe ich mit dir«, sagte er nur.

Ich schluckte. »Wo denkst du, führt es hin?«, fragte ich mit Blick zum Horizont.

»Das Wasser?« Ciel hob die Schultern. »Ich weiß nicht. Vielleicht dahin, wo die letzten Drachen leben oder die Sternschnuppen auf der Erde aufkommen.«

»Das klingt vielversprechend«, entgegnete ich lächelnd.

Ich nahm seine Hand und verschränkte meine Finger mit seinen. Ein paar Sekunden atmete ich die salzige Luft ein, dann zählte ich in Gedanken bis drei. Mein Herz klopfte mir bis zum Hals. Wir würden es schaffen. Überleben. Neu beginnen.

Und wir sprangen.

*Fortsetzung folgt …*

# Danksagung

Es ist lange her, dass mich eine Geschichte so gefangen genommen hat, wie die von Cara es tat. Sie hat es mir als Protagonistin wahrlich nicht leicht gemacht – sie ist störrisch, eigensinnig und temperamentvoll. Eigenschaften, die ich mir selbst auch zuschreiben würde. Vielleicht liegt es genau daran, dass wir so oft aneinandereckten und uns über den Verlauf der Geschichte gestritten haben. Na ja, jetzt, da das Buch beendet ist, kann ich voller stolz sagen, dass wir beide doch irgendwie Freundinnen geworden sind.

Ohne eure Hilfe wäre das sicherlich nicht so einfach möglich gewesen.

Danke an alle, die mich ermutigt haben, die Geschichte zu einem Ende zu führen.

An alle, die mich motiviert haben, nicht aufzugeben, wenn ich mal wieder verzweifelt vor dem Manuskript saß und nicht weiter wusste.

Ich danke meinen Eltern, die so auf den Release hingefiebert haben wie sonst kaum jemand.

Danke an meine Testleserinnen für all das kostbare Feedback.

Danke an all die Menschen, die ich online kennen und lieben gelernt habe.

Danke an Lana, die auf jeden noch so kleinen Erfolg angestoßen hat.

Danke an das Team vom Heartcraft-Verlag, das mir stets beisteht, egal mit wie vielen Fragen ich sie bombardiere.

Danke an meine Familie und Freunde, die mich bei all dem unterstützen.

Und natürlich Danke an meine Leserinnen und Leser. Dafür, dass ihr Caras Geschichte in die Welt hinaustragt.

# Anne Schiller

Anne Schiller ist 1997 in Mannheim geboren. Sie hat Wirtschaftsingeneurwesen studiert und bildet sich derzeit mit einem berufsbegleitenden Master weiter. Wenn sie nicht gerade schreibt, tanzt sie oder trinkt Tee. Um ihren Durst nach Fantasy-Texten zu stillen, verbringt sie einen Großteil ihrer Freizeit in lokalen Buchhandlungen und versinkt dort in zauberhaften Welten. Ihre Debüt-Reihe »Aikaria« ist ebenfalls im Heartcraft Verlag erschienen und das Buch »Der kleine Bork« wurde beim Dark Empire Verlag veröffentlicht.

# Weiteres von Anne Schiller

**Aikaria – Ddie Flügel des Phönix von Anne Schiller**

***"Finde den Phönix in dir und du wirst viel mehr als nur das Königreich retten."***

Die sechzehnjährige Stella wird wiederholt von Träumen über eine sterbende Lichtung und einen seltsamen Jungen geplagt. Eines Morgens begegnet sie genau diesem Jungen am Waldrand. Der mysteriöse Fremde erzählt ihr von einer Prophezeiung, laut der Stella die Auserwählte ist, die eine magische Welt vor großen Gefahren schützen muss. Doch was hat es mit der Prophezeiung auf sich? Und welche Gefahr lauert in der zauberhaften Welt?

Als sie sich dazu entscheidet, ihr Schicksal anzunehmen, ahnt sie noch nicht, dass es sie auf eine Reise voller Magie, Hexen und dunkler Kräfte führt, die ihr Leben für immer verändern wird. Und natürlich muss ihr auch noch der arrogante und geheimnisvolle Severyn das Leben schwer machen, dessen Schutzwall aus Gleichgültigkeit langsam zu bröckeln beginnt ...

**Der Auftakt der wunderschönen, bezaubernden Fantasyreihe! Alle Bände sind bereits im Heartcraft Verlag erschienen.**

# Weiteres aus dem Verlag

**After Eden – Das Erwachen von Mika D.Mon und Loki Feilon**

Als Eden fiel, verließ Gott die Welt und verfluchte sie. Die rebellierenden Engel verwandelte er in Dämonen - die sieben Todsünden – und sperrte sie in Slayer. Menschen, dazu verdammt, zu töten und Leid zu bringen.

**Nemesis** – Nach sechzehntausend Jahren als Slayer hat er die Schnauze gestrichen voll. Sollen die himmlischen Speichellecker doch kommen und endlich vollbringen, woran alle vor ihnen gescheitert sind!

**Zero** – Verdammte Verräter! Er wird sie finden. Sie töten. Und alle, die ihm in die Quere kommen, wird er im Namen des Himmels vernichten.

**Gabriel** – Wieso will Gott die Todsünden plötzlich auslöschen? Sind sie nicht noch immer Brüder und Schwestern des Himmels? Sie sind nicht verloren – nur gefallen! Und er wird ihnen das Fliegen wieder beibringen.

**Isaiah** – Das Schicksal kann ihn mal. Ehrlich, es geht mal gar nicht klar, dass die Menschheit über Jahrtausende an einem Fluch leidet. Aber nicht mit ihm. Er wird sich höchstpersönlich darum kümmern, dass dieses Elend ein Ende findet!

**John** – Erst bestraft Gott die Menschen mit den Todsünden und nun will er sie loswerden? Nein danke. Es ist wohl an der Zeit, ein paar Federn zu rupfen.

**Dystopische Dark Fantasy mit Helden, die keinen Bock haben, welche zu sein – und viel Sarkasmus. Ein Anime zum Lesen!**

***700 Seiten actiongeladene Fantasy. Bildgewaltig. Mitreißend. Episch.***

**Sieben Todsünden. Sieben grausame Schicksale.**
**Ein Fluch, der sie eint.**

**Nach langem Warten erscheint bald der langersehte zweite Band.**

HEARTCRAFT